Zu diesem Buch

Dieser Heimatroman, der zwischen den beiden Weltkriegen in der schönen Landschaft Schleswig-Holsteins spielt, erzählt die Geschichte einer Gutsfamilie. Sommergäste bringen fröhliches Leben, aber auch Unheil in die ruhigen Tage auf Schloß Moorburg. Die junge Gutsherrin Barbara ist der gütige Schutzengel ihrer Freundin Jutta, einer Tänzerin, die sich in einen zu Besuch weilenden Archäologen verliebt. Doch bald überschattet ein dramatisches Ereignis das Glück. Jutta wird von einem Geigenvirtuosen erpreßt, dessen Faszination sie sich kaum entziehen kann. In einem Fechtkampf tötet die Gutsherrin schließlich den Künstler. Während sie im Gefängnis ihre Strafe absitzt, versucht der Verwalter, Geld in seine eigene Tasche zu wirtschaften. Er bringt den Hof an den Rand des Ruins. Doch nach ihrer Heimkehr kann die tüchtige Barbara die Geschicke des Gutes wieder in ihre Hand nehmen, und mit der Geburt eines Sohnes scheint die Zukunft für Moorburg gesichert.

Erika Petersen, geboren 1913 in Borby bei Eckernförde als Tochter eines Hamburger Kaufmanns und Gutsbesitzers, absolvierte nach einer Haushaltslehre in der Landwirtschaft eine Ausbildung als Sportlehrerin und Krankengymnastin. In den fünfziger Jahren lebte sie mit ihrem Mann, einem Flugtechniker, einige Jahre in Brasilien, wo ihr auch die Idee zu einem schleswig-holsteinischen Familienroman kam. «Ich glaube, daß es diese Ausflüge mit Pferd und Hund, durch Felsgebirge und unberührte Landschaft waren, die mich an meine Schleswiger Heimat denken ließen.» Dem ersten Band, «Die Herren auf Moorburg» (rororo Nr. 4498), der sofort ein Erfolg wurde, folgten außer dem vorliegenden Roman inzwischen noch «Die Frauen auf Moorburg» (rororo Nr. 5089) und «Amor und der Klabautermann» (rororo Nr. 4896). Erika Petersen lebt jetzt mit ihrer Familie in einem alten Bauernhaus in Hohenfelde bei Ahrensburg.

Erika Petersen

Die Erben von Moorburg

Ein Familienroman

rororo
Rowohlt

42.–46. Tausend Juni 1986

Veröffentlicht im Rowohlt Taschenbuch Verlag GmbH,
Reinbek bei Hamburg, Mai 1981

Umschlagentwurf Detlev Nitschke
Satz Sabon (Linotron 404)
Gesamtherstellung Clausen & Bosse, Leck
Printed in Germany
880-ISBN 3 499 14748 3

Erster Teil

Eine Tänzerin am Schwarzsee

1

Über dem Maiengrün der Lindenwipfel ragte das Dach des Karlshöher Herrenhauses empor. Es war der höchste Punkt in der Schwarzseelandschaft. Vor über hundert Jahren, 1818, hatte Karl von Trappen gut 900 Hektar aus dem Konkurs des benachbarten Gutes Moorburg erworben und auf diesem Hügel das Haus erbauen lassen, einen hell verputzten, noch im klassizistischen Stil ausgeführten Bau.

Bunte Frühlingsblumen, die auf breiten Beeten wuchsen, sandten ihren Duft durch die geöffneten Fenster in den Gartensaal. Hier saß man noch beim Nachmittagskaffee um den wohlbestellten Tisch.

Vor einigen Tagen war Besuch gekommen. Jutta Dewitz, Frau von Trappens jüngere Schwester, die vor kurzem ihre Ausbildung als Tänzerin in Berlin beendet hatte, wollte sich auf Karlshöhe von der hinter ihr liegenden anstrengenden Zeit erholen.

Behaglich in seinen Sessel zurückgelehnt, musterte Joachim von Trappen, in der fünften Generation Gutsherr auf Karlshöhe, die ihm auf dem Sofa gegenübersitzenden Schwestern. Wie verschieden sie doch waren! Ingeborg, seine Frau, groß, blond und blauäugig; Jutta, ein zierliches Persönchen mit langen, dunklen Locken und kastanienbraunen Augen. Eben hatte sie ihre schön geschwungenen Augenbrauen unmutig zusammengezogen.

«Was soll ich denn mit der ganzen Ausbildung, wenn Vater mir verbietet, öffentlich aufzutreten?» rief sie ärgerlich.

«Sie war nur für den Hausgebrauch gedacht, Jutta, Vater wird seine Gründe haben, warum er dich nicht auf der Bühne sehen will. Ein viel zu harter Beruf für dich... Und außerdem ist wohl jemand da, der auf dich wartet?»

Frau Ingeborg sah die Schwester lächelnd an.

«Hör nur damit auf», rief Jutta und erhob sich schnell. «Joachim, du wolltest doch zum Förster reiten, nimmst du mich mit?»

Eine halbe Stunde später ritten Herr von Trappen und seine Schwägerin vom Hof. Jutta trug eine alte Reithose von Ludwig, dem Bruder Joachims, die sie sich mit einigen Nadelstichen zurechtgenäht hatte. Der Gutsherr sah lächelnd von seinem mächtigen Braunen, den seine Hünengestalt erforderte, auf das junge Mädchen hinab. Jutta schien ein angeborenes Reittalent zu besitzen. Erst vor wenigen Tagen hatte er begonnen, ihr Reitunterricht zu geben, und jetzt saß sie schon wie angegossen im Sattel und beherrschte die Hilfen. Heute hatte er ihr Fatme, eine rassige Stute mit Araberblut, anvertraut.

«Allein darfst du sie auf keinen Fall reiten. Sie hat ihre Tücken, damit wirst du noch nicht fertig», hatte Joachim beim Satteln nachdrücklich zu Jutta gesagt.

Doch der Gedanke, mit Fatme allein eine Geländetour zu machen, ließ Jutta nicht los. Die Gelegenheit bot sich, als das Ehepaar von Trappen, einer Einladung folgend, in die Kreisstadt fuhr. Zwar war Jutta mit eingeladen, entschuldigte sich aber mit Kopfschmerzen. Sie hatte gelernt, ein Pferd zu satteln, und entwischte unbemerkt auf Fatme.

Beim Mitteltrab über die Weiden fühlte sich Jutta wie mit dem Tier verwachsen und doch losgelöst von der Erde. Fatme trabte leicht, geschmeidig und unbeschwert, und ebenso war der Reiterin zumute.

Juttas Blick war in die Ferne gerichtet, wohin auch das Pferd strebte, ein Gefährte in der Lust des Vorwärts, in der Lust des Dahinstürmens.

«Galopp, Fatme! Wir wollen fliegen!» rief Jutta.

Ein kanariengelb blühendes Rapsfeld dehnte sich vor ihnen gegen einen Hügel. Hier parierte Jutta das Tier, selber schnell atmend, und folgte langsam dem Pfad durch das stark duftende Blütenmeer auf die Kuppe des Hügels. Der graue, regenträchtige Himmel überspannte die gelbe Fläche.

Auf der Höhe angelangt, bot sich dem Mädchen ein unerwarteter Anblick: Ziemlich steil fiel das Rapsfeld zu einem Tannenwald ab, über dessen Wipfel hinweg ein See sichtbar wurde. Seine Uferlinien weiteten sich nach dem Hintergrund zu und verloren sich in einem perlmutterfarbenen Dunst, den der dort einsetzende Regen verursachen mochte. In der nahen Bucht war das Wasser fast schwarz, denn das Ufer war von düsteren Wäldern umsäumt. Langsam ließ Jutta das Pferd den Hang hinabsteigen. Hinter dem Nadelwald betraten sie eine schilfige Wiese, und es gelang dem Mädchen nicht, Fatme zum Betreten dieses feuchten Uferstreifens zu bewegen. Sie hielt am Waldrand Umschau. Dunkel blinkte der See durch die bewegten Schilfhalme. Der Wind brauste über ihr in den Tannenästen wie das Auf und Ab der Meeresdünung. Irgendwo klagte ein Rohrsänger.

In einer Anwandlung von träumerisch-melancholischer Stimmung verharrte Jutta eine Weile unter den Fichtenästen. Dann nahm sie die Zügel auf und umrundete den Wald, bis sie auf eine Brachfläche kamen. Fatme spitzte die Ohren und fiel in Galopp. Jutta hatte Mühe, die Führung zu behalten. Da störten sie ein Kiebitzweibchen beim Brüten auf. Direkt vor dem Pferd flatterte es schreiend hoch. Das Pferd richtete sich kerzengerade auf, schnaubte heftig und ging durch.

Jutta bekam einen heißen Schreck; zwar war sie auf dem Pferd geblieben, hatte aber beide Steigbügel verloren. Fatme hatte sich in die Trense verbissen und stürmte dahin. Das Mädchen klammerte sich mit einer Hand am Sattel fest. Bis Karlshöhe würde sie diese Raserei nicht durchhalten. Jochen hatte recht gehabt mit seinem Verbot.

«Fatme! Halt! Halt doch!» schrie Jutta, als das Pferd nun auf einen frisch aufgeworfenen Graben zugaloppierte.

Nun ist es aus, dachte sie und schloß die Augen. Es gab einen starken Ruck. Sie schoß vom Pferd herunter auf etwas Hartes, Nachgebendes und fand sich auf der Schulter eines Mannes, der die Zügel unter dem Maul des Pferdes gepackt hatte.

Noch vor Aufregung zitternd, stand Jutta wieder auf der Erde und wandte sich dem Pferd zu, das von seiner Fessel freizukommen suchte. In der Hosentasche kramte sie nach einem Taschentuch, da ihr die Tränen über die Wangen liefen. Der Fremde drückte ihr ein buntes Taschentuch in die Hand.

«Kleines Fräulein, das sind die Nerven. Gibt sich aber gleich», hörte sie seine tiefe Stimme hinter sich. «Mit dem unruhigen Pferd können Sie aber nicht allein nach Hause reiten. Übrigens ein herrliches Tier! ... Sind Sie aus Gnissen?»

Jutta nickte und schneuzte in das fremde Taschentuch. Jochen durfte nicht erfahren, daß sie mit Fatme ausgerissen war. Vielleicht kannte der Mann Jochen. Jutta kam sich ganz klein und häßlich vor.

«Ich werde Sie zur Landstraße bringen», sagte der Fremde und verlängerte die Steigbügel.

Jutta sah nur eine mit Bartstoppeln bedeckte Wange unter einem alten Filzhut und eine große, kräftige Gestalt, die in einem rissigen Ledermantel steckte. Als der Mann sich in den Sattel schwang, bemerkte sie, daß er lange Gummistiefel trug. Dann beugte er sich herunter und zog Jutta vor sich auf das Pferd. In die Linke nahm er die Zügel und mit der Rechten hielt er Jutta um die Körpermitte fest. Fatme trabte unter dem neuen Herrn fügsam durch den Tannenwald.

Zwischen den Bäumen war es fast dunkel, denn der Himmel hatte sich noch mehr bezogen. Das matte Licht des späten Nachmittags drang nur spärlich durch die Tannen. Auf dem Nadelboden war der Tritt des

Pferdes nicht zu hören, nur das Rauschen der Wipfel und mitunter ein Vogellaut unterbrachen die Stille. Juttas Sitz auf dem Sattelknopf war unbequem, aber die starken Eindrücke ihres Erlebnisses überdeckten das körperliche Unbehagen.

Wer war wohl dieser unrasierte Kerl mit den Gummistiefeln? Ein Fischer, ein Landarbeiter? Sie blinzelte auf seine Hand hinunter, die die Zügel hielt. Sie war erdverkrustet. Nun, sie selber sah wie ein Vagabund aus mit der alten zerrissenen Hose und Inges Windjacke, die ihr zu weit war. Wenn der Vater oder Inge sie so sehen würden! Eigentlich hätte der Mann auch neben ihr hergehen können. Wie er sie, ohne zu fragen, einfach um die Taille nahm, war frech. Müßte sie nicht fürchten, daß der Kerl dieses Alleinsein mit ihr im Wald ausnützte? Seltsam, daß sie keine Angst verspürte. Schon vorhin, als sie vor Aufregung geweint hatte, war sie ruhiger geworden, als er mit seiner tiefen Stimme zu ihr sprach. Es gingen Ruhe und Sicherheit von ihm aus. Und wahrscheinlich hatte er ihr das Leben gerettet. Müßte sie sich nicht bei ihm bedanken?

Langsam wandte Jutta den Kopf. Aber der Fremde blickte über sie hinweg nach dem schmalen Streifen des grauen Himmels. Seine Augen lagen im Schatten der Hutkrempe, und sie sah auf sein stoppeliges Kinn und den gut geschnittenen Männermund, dessen Ecken etwas nach unten gezogen waren.

Ein Gefühl überkam Jutta, das sie noch nie erlebt hatte. Sie scheute sich, diesen «Kerl» anzusprechen. Sie schaute wieder auf Fatmes nikkendes Haupt.

Nach einer Weile spürte sie den ersten Tropfen auf der Stirn, und als sie aus dem Wald heraus auf den Feldweg ritten, prasselte einer jener Frühlingsschauer auf sie nieder, die der Mai zuweilen in Bereitschaft hat. Wortlos öffnete der Mann seinen weiten Mantel und hüllte sie, Jutta noch enger an sich ziehend, damit ein.

Der Regen hatte aufgehört, als sie die Landstraße erreichten. Der Fremde hob Jutta vom Pferd und verkürzte wieder die Steigbügel. «So, kleines Fräulein, jetzt können Sie wohl allein nach Hause reiten, ohne unliebsame Zwischenfälle zu erleben. Die schwarze Dame ist jetzt ruhig und gewiß auch müde. Reiten Sie sie nur nicht wieder ohne Kandare!»

Er half Jutta in den Sattel. Sie reichte ihm die Hand.

«Ich danke Ihnen vielmals für Ihre Hilfe. Guten Abend!»

Der Mann lüftete den Hut und wandte sich dem Feldweg zu.

Zwei Stunden später lag Jutta wohlbehalten im Bett. Sie war von der Landstraße zu den Weiden abgebogen und von dort aus zum Stall geritten, wo der alte Knecht Fatme mit den Worten: «Na, noch'n bißchen geübt, Frollein?» in Empfang genommen hatte. Im Einschlummern hörte Jutta den heimkehrenden Wagen über den Kies rollen. Noch im Traum spürte sie den Rhythmus des Reitens und den schützenden Druck des Männerarms.

Nach diesem Erlebnis schlief sie ungewöhnlich lang und erwachte erst, als die Schwester ins Zimmer trat. Sie hatte Jutta eine perlgraue Reithose gekauft, die das Mädchen gleich anprobierte. Übermütig hüpfte Jutta damit durchs Zimmer, den guten Sitz im Spiegel zu bewundern.

«Die hast du Jochen zu verdanken», wehrte Ingeborg den stürmischen Dank der Schwester ab. «Nun kann Ludwigs grauslige Hose wieder verschwinden.»

Jutta drehte sich dem Waschtisch zu.

«Sag mal, Kleine, seit wann benutzt du Herrentaschentücher?»

Betroffen sah Jutta sich nach der Schwester um, die ein zerknülltes, buntkariertes Taschentuch aus der abgelegten Reithose hervorgeholt hatte.

Nur einen Blick warf Jutta auf das Tuch, dann tauchte sie ihr Gesicht in die Waschschüssel, die aufsteigende Hitze zu kühlen.

Mißtrauisch betrachtete Ingeborg das schmutzige Tuch, das sie an einem Zipfel angefaßt hielt.

«Jutta Dewitz, wie kommst du zu diesem Ding?»

Mit dem Handtuch bearbeitete Jutta ihr Gesicht. Der Name des Vaters hatte ihr das Stichwort für eine passende Ausrede gegeben.

«Ach, weißt du, das hat Erich mir während einer Autotour geliehen, als ich mein Taschentuch nicht bei mir hatte.»

«Dann hättest du es ihm längst gewaschen und gebügelt zurückgeben müssen, anstatt es noch mit auf Reisen zu nehmen», gab Frau von Trappen zurück. Dann, plötzlich lächelnd, sah sie neugierig in das rosig überhauchte Jungmädchengesicht und fuhr der Schwester über den noch ungekämmten Haarschopf. «Oder wolltest du es als Erinnerung an schöne Stunden mit deinem Erich behalten? So verliebt, kleine Jutta?» fragte sie schmeichelnd.

Jutta entzog sich mit einem «hm» der Antwort und bückte sich, die Schuhe zu binden. Es entging Ingeborg dadurch, daß sich die Augenbrauen der Schwester unwillig zusammengezogen hatten.

2

Der Karlshöher Garten prangte in einer Farborgie: Goldregen, Flieder, Rotdorn und Schneebälle leuchteten aus den Büschen, und auf den Beeten blühten Vergißmeinnicht und Stiefmütterchen, auch der rote Klatschmohn entfaltete seine seidigen Blätter. Hurtig schwärmte das Bienenvolk aus, und die Blütenkelche zitterten ob der summenden Emsigkeit der Insekten.

Auf dem Rasen vor der Laube saß Jutta im Schneidersitz und unterhielt sich mit der im Schatten nähenden Schwester.

«Willst du uns nicht einmal etwas vortanzen, Jutta, damit wir sehen können, was du gelernt hast? Jochen und ich sind zwar hoffnungslos unmusikalisch. Aber es sind sehr gute Schallplatten da.»

«Och», meinte Jutta, «dazu habe ich hier gar keine Zeit. Ich muß den schönen Frühling doch genießen.»

Mit einem Brief in der Hand betrat Herr von Trappen die Laube. «Liebesbrief von Erich!»

Während Jutta am Ende der Laubenbank in den Brief vertieft war, zerpflückte sie eine Fliederdolde, und als sie mit ernstem Gesicht zu Ende gelesen hatte, ließ sie den Rest der Blüte auf den Boden fallen.

«Fährt heute noch jemand zur Post, Joachim?» fragte sie, sich erhebend. «Ich muß nämlich einen Eilbrief aufgeben.»

«Es ist doch nichts passiert?» erkundigte sich Inge besorgt.

«Aber nein, gar nichts. Oder soll ich selbst nach Gnissen reiten?»

«Heute nachmittag könnte der Schweizer den Brief mitnehmen.»

«Nein, Jochen, das wäre zu spät.»

«Wenn's so eilig ist, schick doch ein Telegramm; das kannst du telefonisch aufgeben», schlug Joachim vor.

«Nein, das kann man nicht per Telegramm ...»

«Aber was ist denn, Jutta?» forschte Ingeborg in der ihr eigenen Gründlichkeit.

«Ach, nichts Besonderes», erwiderte Jutta mit gespielter Gleichgültigkeit und sah ihrem Schwager ins lächelnde Gesicht.

«Dann mach nur deinen Brief fertig und reite damit zur Post, kleine Jutta», meinte er gutmütig.

Ingeborg von Trappen sah der davoneilenden Schwester kopfschüttelnd nach.

Am frühen Sonntagnachmittag rollte der Karlshöher Wagen nach Gnissen. Ingeborg im großen Strohhut saß mit ihrer Hausgehilfin hinten im Wagen, auf dessen Boden Deckelkörbe standen, denn man wollte im Dorf Eintagsküken kaufen. Auf dem Kutschsitz thronte Jutta neben dem Schwager, der seinem «kleinen Adjutanten» erlaubt hatte, die Zügel zu führen. Sie war nun schon vier Wochen auf Karlshöhe, und die Zeit war wie im Flug vergangen. Jeder Tag hatte neue Erlebnisse mit Menschen, Tieren und Pflanzen gebracht.

«Du bist bald so braun wie ein Zigeuner», sagte Joachim, der ihren Eifer beim Kutschieren amüsiert beobachtete.

Jutta warf die Locken zurück und tippte mit der Peitsche auf den Rücken des Handpferdes.

«Zigeuner sind hübsche Menschen», lachte sie.

«Aber nur, wenn sie jung sind», gab der Schwager zurück.

Erst als sie ins Dorf kamen, nahm Joachim die Zügel selber. Im Wirtshaus wurden die Pferde untergestellt. Man verabredete, sich hier wieder zu treffen, und der Karlshöher ging zu einem Bauernhof, wo er etwas zu besprechen hatte. Die Damen begaben sich zur Hühnerfarm. Da Jutta vom Federvieh nichts verstand, wurde es ihr bald langweilig. Sie drückte sich unter dem Vorwand, Durst zu haben, und schlenderte wieder zur Gastwirtschaft zurück. Sie hatte vorhin Tanzmusik gehört, und es lockte sie, sich so einen dörflichen Tanz anzusehen.

Der Saal mit einer kleinen Bühne im rückwärtigen Teil war mit Papiergirlanden geschmückt. Darunter drehte, stampfte und wirbelte es: die Mädchen in bunten, fliegenden Röcken, die Burschen in weißen Hemdsärmeln. Auf der Bühne bliesen und trommelten die Musikanten mit roten Köpfen und voller Hingabe. Jutta, die von der Saaltür zuschaute, bemerkte, wie ein dicker Trompeter sein Instrument umstülpte und das Produkt seiner Anstrengung herausfließen ließ.

Belustigt ging sie zum Schanktisch und ließ sich ein Glas Apfelsaft geben. Als sie das Glas eben zum Mund führen wollte, legten sich ihr zwei Hände mit zärtlichem Druck um die Schultern. Sofort wußte sie, wem diese Hände gehörten. Dasselbe Empfinden von Geborgenheit durchströmte sie wie bei dem Ritt zu zweit.

Der Mann drehte sie zu sich um. Jutta sah gegen das helle Rechteck des Fensters den schmalen Umriß seines Kopfes über sie geneigt.

«Wollen wir miteinander tanzen, kleines Fräulein?» fragte er mit seiner leisen und tiefen Stimme.

Jutta nickte und trank hastig ihr Glas aus. Als sie unter die Tanzenden traten, wurde gerade ein Walzer gespielt. Ein Geiger, ein Pianist und ein Trommler bildeten ein schwungvolles Trio. Auf der Tanzfläche tummelten sich nur wenige Paare, da sich die meisten der Tanzlustigen bei dem vorangegangenen Marschfox ausgetobt hatten.

Leicht wie eine Feder lag das Mädchen im Arm des Fremden, und im schnellen Drehen des Walzers vergaßen beide ihre Umwelt. Zum erstenmal sah Jutta bewußt die dunkelblauen Augen des Mannes über sich.

Sie fand, daß sie die Farbe des Meeres hatten, über das eine schnelle Bö hinwegfährt. Da er heute rasiert war, traten die Furchen von der Nase zum Kinn stärker in Erscheinung. Sein Mund bekam dadurch einen angespannten, spöttischen Zug. In ihrer Freude an der gemeinsamen Bewegung tanzten sie, ohne die Augen voneinander zu lassen, immer weiter und merkten nicht, daß sich nur noch wenige Paare auf der Tanzfläche drehten. Die Zuschauer genossen schweigend den Anblick des Paares, das unermüdlich über die glatte Fläche schwebte. Selbst die Musikanten hatten Freude an der ungewollten Vorstellung der beiden Fremden und spielten einen Walzer nach dem andern.

Etwas schwindlig geworden, ließ Jutta die Augen vom Gesicht des Fremden zur Seite gleiten und merkte nun erst, daß sie mit ihrem Partner ganz allein tanzte. Überrascht blieb sie stehen und wankte. Schnell schob der Fremde seinen Arm unter ihren Ellenbogen und geleitete sie durch eine Seitentür hinaus. Applaus schallte hinter ihnen her.

Langsam, den Arm um ihre Schulter gelegt, führte der Mann Jutta in den Wirtshausgarten. Hinter einer Weißdornhecke ließ er sie vorsichtig frei und sah sie schweigend an. Jutta fühlte, wie unter seinem Blick das Blut in ihre Wangen schoß. Verlegen drehte sie den Kopf zur Seite und fragte – nur um irgend etwas zu sagen –, ob er sein Taschentuch nicht vermißt habe.

«Ich habe noch mehr davon», antwortete er und nahm sie in die Arme. Als er sich über sie neigte, gewahrte Jutta einen Hauch von Schwermut im Gesicht des Fremden. Schnell legte sie die Arme um seinen Hals und schloß die Augen.

Als der Mann ihren Mund freigab, zitterte das Mädchen am ganzen Körper. Scheu sah sie ihn an. Da hörte sie die Stimme der Schwester hinter dem Haus. Noch einmal warf sie sich dem Fremden in die Arme, dann löste sie sich von ihm.

«Bleib bei mir!» rief er ihr zu. Aber Jutta hörte den Ruf der Schwester nun schon zum zweitenmal. Sie drehte sich um und rannte die Hecke entlang dem Haus zu. Dort blieb sie stehen und sah zurück. Der Mann stand noch auf demselben Fleck, gegen den Stamm der Linde gelehnt. Seine Arme, die sie eben noch umfangen hatten, hingen schlaff herunter. Ein drängendes Verlangen, zu ihm zurückzulaufen, überkam Jutta, und sei es nur darum, seine nun leer und überflüssig erscheinenden Arme wieder um sich zu fühlen. Ingeborg von Trappens energische Schritte klapperten jetzt über den gepflasterten Hof, und Jutta ging ihr mit bleischweren Füßen entgegen.

«Sag mal, Mädel, was ist eigentlich mit dir los? Du machst ein Gesicht wie sieben Tage Regenwetter. Hast du vielleicht Ärger mit Erich?»

Eindringlich musterte Joachim von Trappen seine Schwägerin, die schweigend neben ihm am Rand der blühenden Wiese ritt.

«Ach, Jochen, ich bin mitunter so niedergeschlagen, weil ich ein undankbares Geschöpf bin. Ihr seid alle so gut zu mir, und ich habe gar keinen Grund, unzufrieden zu sein.»

Jutta sah den ziehenden Wolken nach.

«Das ist dummes Zeug, Jutta ... Ich bin keineswegs neugierig, aber ich glaube, es wäre gut für dich, dir einmal alles von der Seele zu reden, was dich bedrückt. Diskretion Ehrensache. Irgend etwas stimmt bei dir nicht mehr seit einigen Tagen.»

Sie stiegen ab, banden die Pferde an einen Holunderstrauch, dessen tellergroße Blüten streng dufteten, und setzten sich nebeneinander ins hohe Gras.

«Erich würde sich nie mit mir auf eine Wiese setzen», sagte Jutta, immer geradeaus blickend. «Er nimmt sich nicht die Zeit dafür, und es langweilt ihn, wie ich aus Erfahrung weiß. Seitdem ich hier in Karlshöhe bin, habe ich gemerkt, wie verschieden unsere Interessen sind. Ich habe das Leben hier draußen liebgewonnen, und darauf müßte ich verzichten, wenn ich ihn heirate, denn das will er. Er wollte herkommen und meine Einwilligung holen für die Hochzeit im Herbst.»

«Darüber werden sich dein Vater und Ingeborg sehr freuen, Jutta. Und das andere ... nun, ihr habt euch doch bisher gut verstanden? In der Ehe gleicht man sich ganz von selbst einander an. Du bist doch bei Erich in guten Händen. Dein Vater mit seinem Herzleiden wird nicht alt werden.»

«Erich hat eine glückliche Ehe verdient», erwiderte Jutta, «aber ich glaube, ich kann ihn nicht glücklich machen ... Jetzt nicht mehr ... Komm, Jochen, laß uns weiterreiten. An den See.»

Diesesmal kamen sie von der Südseite durch eine Schneise des Hochwaldes, und der Schwarzsee lag für Jutta unvermutet plötzlich vor ihnen. Sein stilles Wasser schimmerte wie blau-schwarzes Glas im Schatten der Wälder. An der Nordseite ragten zwei mächtige Türme über die Bäume empor.

«Das ist Moorburg», erklärte Jochen. «Dahin wollen wir am Pfingstsonntag fahren, denn dort, hinter einem Hügel verborgen, liegt auch die für Karlshöhe zuständige Kirche. Die Türme gehören zum Moorburger Schloß. Übrigens, die Moorburger sind recht sympathische Menschen; du wirst sie ja kennenlernen.»

«Der See ist böse», bemerkte Jutta und blickte nachdenklich über seine düstere Fläche, «unheimlich und romantisch. Wie kommt es, daß er eine so dunkle Färbung hat?»

«Wegen seiner dunklen Farbe heißt er ja auch Schwarzsee. Es liegt wohl an dem moorigen Grund und sicher auch an den ihn zum großen Teil umgebenden dunklen Wäldern. Stellenweise ist er unglaublich tief und wegen seiner Unterwasserströmungen und warmen Moorquellen heimtückisch. Nicht sehr geeignet für sportliche Vergnügungen. Natürlich haben die an sich schon abergläubisch veranlagten Leute einen Kranz von Sagen und Schauermärchen um ihn gewoben. Wenn dich das interessiert, mußt du dich beim Wassermüller lieb Kind machen. Das ist so ein Heide. Der weiß über all diese Gespenstergeschichten Bescheid, nur ist er wenig zugänglich, ein Sonderling jedenfalls.»

Jutta ließ sich den Weg zur Wassermühle erklären. Auf dem Rückweg – Jochen ritt voran, denn es ging nun durch die engen Reihen der Nadelbäume –, kamen sie später auch auf jenes Brachfeld, wo Juttas Unruhe ihren Anfang genommen hatte.

Klopfenden Herzens forschte sie nach dem Graben, aber das Feld lag glatt vor ihnen, nirgends eine Spur von ihrem Erlebnis. Und Fatme ging ruhig neben Hektor, Jochens trojanischem Pferd, als sei sie nicht fähig, ein Wässerchen zu trüben. Sie ritten denselben Weg zur Landstraße wie damals, und Juttas Herz lag wie ein Stein in ihrer Brust.

Die Moorburger Kirche war eine jener kleinen Kirchen aus dem 13. Jahrhundert, die aus Feldsteinen errichtet worden sind. Versehen mit breitsimsigen, romanischen Bogenfenstern, hatte sie gotische Strebepfeiler an den Außenseiten des Gebäudes. Die Glocke schwang und sandte ihren Ruf weit ins Land, den Beginn des Pfingstgottesdienstes zu künden. Die Karlshöher, mit zwei Wagen angekommen, nahmen nach einem kurzen Gebet in ihrem Kirchenstuhl Platz. Das Kirchenschiff war voll besetzt. Jutta wunderte sich über das reiche Schnitzwerk an Gestühl, Epitaphien, Altar und Kanzel. Ingeborg, die der Schwester Staunen bemerkte, flüsterte ihr zu, daß diese kleine Kirche einen Schatz an alten, teils berühmten Kunstwerken berge. Ihr wären in vergangener Zeit großzügige Stiftungen von den umliegenden Gütern zugeflossen, teils von Adelsfamilien, die ausgestorben seien und deren irdische Überreste hier unter dem Kirchenschiff begraben waren.

Dann schwieg die Glocke, und die Orgel mit wunderbar vollem Klang setzte mit einem Vorspiel ein und ging danach in ein Kirchenlied über. Die Gemeinde hob die Gesangbücher und stimmte ein:

«O heilger Geist kehr bei uns ein,
und laß uns deine Wohnung sein.
O komm, du Herzenssonne!»

Juttas Augen wurden von einem hellen Schimmer angezogen, der von dem schmalen Haupt eines Mädchens ausging. Es saß unter dem Fenster, und das Morgenlicht fiel durch die bunten Scheiben auf das blonde Haar, das wie leuchtendes Metall vom Scheitel hinabfloß. Jutta fand, daß das Leuchten nicht von dem einfallenden Licht verursacht wurde, sondern vielmehr von dem Mädchenkopf selbst ausging.

Als die Gemeinde sich von ihren Sitzen erhob, um stehend die Bibelworte zu vernehmen, bemerkte Jutta, daß das blonde Mädchen sitzen blieb, was jedoch niemand zu wundern schien. Des Pfarrers klare Stimme schallte durch die Kirche.

«Und ich will euch ein neues Herz und einen neuen Geist geben und will das steinerne Herz aus eurem Fleisch wegnehmen und euch ein fleischernes Herz geben. Ich will meinen Geist in euch geben und will solche Leute aus euch machen, die in meinen Geboten wandeln und meine Rechte halten und danach tun. Amen.» Anschließend sprach der Pastor in warmen, eindringlichen Worten zu seiner Gemeinde. Jutta folgte voll Anteilnahme der Predigt. Besonders zu Herzen gingen ihr die Worte des Pfarrers, die sich gegen den sich immer mehr ausbreitenden egoistischen Materialismus der Menschheit wandten, der den Lehren Christi so sehr widerspreche und vielen unter ihnen keine Zeit lasse zur Besinnung und Sammlung der Seele und des Geistes Gottes, der in ihnen allen sei.

Juttas Augen waren auf das jugendliche und stille Antlitz des Pastors gerichtet, und während sie, über die gehörten Worte nachdenkend, ihren Blick über die Kanzel gleiten ließ, stach ihr auf einmal eine Figur an der Kanzel ins Auge. Es war die geschnitzte Gestalt eines Engels, etwa einen halben Meter hoch, dessen Flügel mit denen der rechts und links stehenden Engel gotische Bogen bildeten. In die breiteren Flügelfelder waren biblische Szenen geschnitzt. Jeder Engel war anders gestaltet, aber alle hatten auf den Häuptern eine Art Krone, die gleichsam das Kanzelbord trugen. Jutta starrte wie gebannt auf die Figur, die ihr zugewandt war. Kein Zweifel, der Engel trug die Gesichtszüge des Unbekannten, den sie nicht aus ihren Gedanken bannen konnte. Nur der Mund des hölzernen Gesichts war anders. Halb geöffnet gab er dem ganzen Kopf das Gepräge eines seligen Lauschens nach etwas Fernem, Beglückendem.

Sie sah zum Pastor auf, doch ihr Blick kehrte zu dem Bildnis des Engels zurück. Es zeigte ihr wieder die hohe Stirn, die tiefliegenden Augen, Nase und Kinn des Fremden; auch der Mann hatte dichtes, lockiges Haar gehabt wie der Engel, nur daß seines kurz war, anstatt wie hier lang über die Schultern zu fallen.

Die Gemeinde sang «Schmückt das Fest mit Maien», und während des Orgelnachspiels strömten die sonntäglich gekleideten Landbewohner aus dem Gotteshaus in den strahlenden Junitag hinaus. Auf dem Kirchhof, über dem ein süßer Duft von Jasmin lag, standen die Menschen noch ein wenig zusammen, unterhielten sich über die Wetteraussichten für die bevorstehende Heuernte und den dörflichen Klatsch.

Da sah Jutta, wie aus dem Seitenportal der Kirche ein dunkelblau livrierter Mann das junge Mädchen mit dem leuchtenden Haar heraustrug. Gerade wollte sie sich fragend an Ingeborg wenden, als Herr von Trappen und ein hochgewachsenes Paar auf sie zukamen. Joachim machte sie mit Major von Pogwisch und dessen Frau bekannt, die besonders Ingeborg sehr herzlich begrüßte, und man beschloß, noch ein Stündchen in Moorburg zu verplaudern.

Das Stammgut Moorburg lag am Nordufer des Schwarzsees, der in der Höhe des Parks eine beträchtliche Breite aufwies, sich jedoch hinter einer hügeligen Halbinsel nach Osten zu verengte. Dort begrenzte den See das Moor und hatte dem Gut den Namen gegeben, besser gesagt der alten Moorburg, die im 16. Jahrhundert zerstört worden war. Auf ihren Grundmauern war im 18. Jahrhundert das neue Schloß errichtet worden, damals noch vom breiten Wassergraben umgeben, über den eine Zugbrücke zum Torhaus führte. Diese war nun freilich einer festen Steinbrücke gewichen, und der Graben war im Laufe der Jahre zum Teil verschilft und von Erlengestrüpp überwuchert; den nach der Gartenseite liegenden Teil hatte man aufgeschüttet. Das Torhaus, älter als das Herrenhaus, stand noch mit seinen braunroten Ziegelmauern da. Auf seinem Dach wuchsen Grasbüschel. Die Wappenschilder über dem Torbogen waren stark verwittert und kaum mehr zu erkennen, das Katzenkopfpflaster aber, über das im Lauf der Jahrhunderte unentwegt Menschen und Pferde gegangen waren, hatte allen Strapazen standgehalten.

Die alte Lindenallee, die einstmals vom Dorfplatz zum Burggraben hinabführte, war einer Kastanienallee gewichen. Auf dem Hof aber war nichts verändert worden, seit Jürgen von Pogwisch sein Erbe angetreten hatte.

Im Gegensatz dazu sah die Seeseite des Moorburger Hauses wesentlich anders aus als im vorigen Jahrhundert. Dem Hang der Menschen des 19. Jahrhunderts folgend, hatte Jürgen von Pogwisch Architekten kommen lassen. Seinem Ehrgeiz, aus dem schönen Herrenhaus ein Schloß zu machen, fiel der uralte, abseits stehende Rundturm, der ihm nicht gefallen hatte, zum Opfer. An seiner Stelle wurde unter großem Kostenaufwand ein höherer und imposanterer Turm gebaut, der sein Pendant auf der anderen Seite vor dem rechten Flügel des Hauses bekam. Die Seitenflügel wurden beide bis zu den Türmen hin verlängert.

Auch die barocke Gartenanlage mit ihren bunten Blumenbeeten und Bosketts war verschwunden. Rasenflächen zogen sich zum See hinab. Nur die alten Baumgruppen hatte man stehenlassen. Durch eine Schneise sah man den Schwarzsee schimmern. Im Westen des Hauses befand sich nun der Rosengarten der Baronin Beate von Pogwisch.

Jürgen von Pogwisch war 1909 gestorben, und seine Frau Tove war nun schon seit einem Dutzend Jahren die Besitzerin Moorburgs. Nach dem Tod ihres Schwiegervaters, Hinrich von Pogwisch, war sie die eigentliche Gutsherrin, da ihr Gemahl immer viel auf Reisen war. Gemeinsam mit dem bewährten Inspektor leitete Tove von Pogwisch den Betrieb, und Jürgen von Pogwisch hatte sie oft scherzhaft seinen Landwirtschaftsminister genannt oder auch «Exzellenz». Das hatte sich herumgesprochen, und die Gutsleute nannten sie untereinander «Exzellenz von Moorburg», und auch in der Familie mußte Frau Tove es sich gefallen lassen, «Tantchen Exzellenz» zu sein.

Da das Ehepaar Pogwisch kinderlos war, hatte Jürgen seinen Neffen Otto, Sohn seines verstorbenen Bruders Paul, zu seinem Nachfolger und nach dem Tod seiner Gemahlin zum Erben Moorburgs bestimmt.

Otto von Pogwisch war mit Leib und Seele Soldat gewesen. Er und seine Frau Beate hatten sich in der Garnison wohl gefühlt. Als sie, dem Ruf des sterbenden Onkels folgend, nach Moorburg umzogen, war besonders Frau Beate sehr unglücklich, in dieser abgelegenen Einöde leben zu müssen. Sie vermißten das heitere, gesellige Leben der Garnison und die Nähe Berlins. Vor allem war auf dem Land, weit ab von passenden Schulen, die Ausbildung ihrer beiden Töchter mit Schwierigkeiten verbunden. Zunächst unterrichtete eine Erzieherin die beiden Mädchen Lily und Barbara. Später besuchten sie ein Lyzeum in Potsdam. Während Lily, die ältere Schwester, sich in ihrer sanften Art willig dem Internatszwang unterordnete, gab es mit der vitalen und freiheitsliebenden Barbara oft Reibereien. Sie war ein kräftiges, rotwangiges Mädchen mit dunkelblonden Locken. Ihre grauen Augen glitzerten vor Lebenslust, besonders wenn sie einen ihrer Streiche ausgeheckt hatte. Sie glich ihrem Großvater Paul Pogwisch sehr.

Als die beiden Schwestern wieder in Moorburg ihren Liebhabereien nachgehen konnten, wandte sich Barbaras praktischer Sinn mehr und mehr dem wechselnden Ablauf des landwirtschaftlichen Jahres zu, und sie verbrachte den größten Teil des Tages damit, den alten Inspektor zu begleiten. Währenddessen saß Lily mit einem Buch in der Bibliothek oder, im Sommer, auf ihrem Lieblingsplatz, der Landzunge am See, von den Gästen des Hauses, die ihr manchmal Gesellschaft leisteten, Philosopheninsel genannt.

An einem stürmischen, düsteren Herbsttag, als der See aufgewühlte

Schaumkronen trug und der Wind im Schornstein heulte, war Lilys Krankheit ausgebrochen. Es begann mit Sehstörungen, die die Angehörigen als Überanstrengung vom vielen Lesen deuteten. Doch zwei Tage später war eine Lähmung der Beine eingetreten, während die Augen wieder gesund wurden. Lily von Pogwisch mußte abermals ihr geliebtes Moorburg verlassen und sich in Krankenhäusern und Sanatorien ärztlicher Behandlung unterziehen, die ihr Leiden nicht beheben konnte. Schließlich hatten die Eltern den Bitten der Tochter nachgegeben, nach Moorburg zurückkehren zu dürfen.

Seit der Zeit war es still geworden auf Moorburg. Die wenigen Feste, die die Pogwischs gaben, waren so gehalten, daß Lily daran teilnehmen konnte, ohne sich ihres Leidens bewußt zu werden.

Als nun an diesem strahlenden Pfingstmorgen die Kirchgänger auf das Moorburger Torhaus zuschritten, erzählte Frau Ingeborg ihrer Schwester in kurzen Worten von dem traurigen Schicksal Lilys. Jutta wußte vor Mitleid nichts zu sagen, als sie das leidende junge Mädchen etwas später auf der Terrasse begrüßte. Neben dem Rollstuhl saß Rex, ein Dobermann, und bewachte die Kranke. Der Major stellte Jutta seiner Tante vor. Sie knickste und küßte der alten Dame die runzlige Hand. Das Gesicht der Freifrau von Pogwisch wies noch Spuren ihrer einstigen Schönheit auf. Zwar waren die Vergißmeinnichtaugen verblaßt, aber die feine, gebogene Nase war dieselbe geblieben. Die junge Fremde durfte sich neben die Gutsherrin setzen.

Beate von Pogwisch bewirtete ihre Gäste mit einem erfrischenden Getränk. Man plauderte über lokale Angelegenheiten, und Jutta bewunderte die schöne Aussicht über den Garten auf den See. Dann kamen vom Gartensaal her der junge Pastor und Barbara von Pogwisch auf die Terrasse. Zwei Dackel folgten der jüngsten Pogwisch auf dem Fuß. Sie war schlank und hochgewachsen, trug schilfleinene Hosen und Reitstiefel.

«Wo kommt denn dieses ungewöhnlich sympathische Wesen her?» wandte sie sich verblüfft an ihren Vater, nachdem sie Jutta bemerkt hatte.

«Das ist ein ganz großes Kompliment, gnädiges Fräulein», lachte Otto von Pogwisch, «wenn meine Tochter einmal an einem Fremden nichts zu beanstanden hat.»

Barbara hielt einen Augenblick Juttas Hand und musterte sie mit ihren grauen Augen, dann sagte sie zu ihrem Vater:

«Wahrscheinlich wird unser altes Burgverlies heute nacht Gäste haben. Diese dämlichen Weiber haben wieder mal den Kükenstall nicht verschlossen und sitzen nun im Graben und sammeln die Küken aus den

Brennesseln. Ich habe ihnen versprochen, falls ein Tier fehlen sollte, sie über Nacht unten einzusperren.»

«Du bist wohl verrückt geworden. Das will ich nicht haben!»

Tove von Pogwisch ergriff ihren Handstock und fuchtelte damit aufgebracht in der Luft umher. Barbara war mit zwei Schritten bei ihr und nahm der Großtante den Stock aus der Hand.

«Du sollst dich doch nicht aufregen. Das ist schlecht für deinen Blutdruck, Tantchen!» sagte sie streng. Barbaras Gesicht schien wie erstarrt, und Jutta kam es vor, als ob die hoch aufgerichtete Gestalt in einer Rüstung stecke.

Ärgerlich und schweigend hatte Frau Beate diesem Auftritt zugesehen. Jetzt wandte sie sich an die Karlshöher mit der Einladung, zu Lilys bevorstehendem Geburtstag nach Moorburg zu kommen. Gern sagten die Trappens zu.

Lily, die von Frau von Trappen über Juttas Tanzkünste unterrichtet worden war, fragte, ob es nicht zu unbescheiden sei, Fräulein Dewitz zu bitten, durch einen Tanz zur Gestaltung des Abends beizutragen.

«Es ist mein Geburtstagswunsch. Ich freue mich über alles Schöne.»

Nun mußte nur noch die zum Tanz erforderliche Klavierbegleitung gefunden werden. Frau Beate spielte zwar Violine ...

«Aber wie ist es mit Ihrem Vetter, Herr Pastor? Wir hoffen doch, daß er mit Ihnen zusammen erscheinen wird, oder ist er schon wieder ausgeflogen?» fragte der Major.

«Nein», erwiderte der Pfarrer, «augenblicklich ist er hier und wird Fräulein Lily sicher gern zum Geburtstag gratulieren. Ich will ihn fragen, ob er Fräulein Dewitz begleiten kann.»

«Dann müßten Sie beide aber sicher den Tanz vorher einüben», meinte Frau Beate zu Jutta.

«Das ist nicht nötig. Die Musik, die ich wählen werde, kenne ich, und der Tanz ist eine Eingebung des Augenblicks», erwiderte diese.

Die Karlshöher verabschiedeten sich, und Barbara geleitete sie zur Wirtschaft, wo der Kutscher schon mit dem Wagen wartete.

Unterwegs fragte Jutta die Moorburgerin, ob der Vetter des Pastors Musiker sei.

Babs schüttelte lachend den Kopf.

«Leider ist er nicht so was Harmloses. Aber von Musik versteht er viel. Ich wette, daß er heute morgen unseren Kantor mal wieder von seiner Orgel vertrieben hat.»

Auf dem Heimweg äußerte sich der Gutsherr von Karlshöhe anerkennend über den Zustand der Moorburger Felder und Wiesen, durch die sie fuhren. Jutta war von dem Besuch bei den Pogwischs sehr beeindruckt. Eine merkwürdige Familie: Eine «Exzellenz», die aus einer anderen Zeit übriggeblieben ist; ein älterer Herr, den die Familienpflicht aus seinem eigentlichen Beruf geworfen hat; eine Dame von Welt, die Handschuhe anzieht, um Rosen zu schneiden; und als Schwestern eine gotische Madonna neben einer verkappten Jungfrau von Orleans.

Ingeborg, die die schweigsame Jutta beobachtete, fragte die Schwester nach ihrem Eindruck.

«Eine sehr aparte Familie, Inge. Soweit ich sie beurteilen kann, jeder von ihnen ein Typ für sich. Die Barbara gefällt mir sehr gut.»

«Ein sehr tüchtiges Mädchen», äußerte Jochen nun, «aber sie hat es mit ihrer Großtante nicht leicht. Zwischen den beiden Damen herrscht ein ständiger Kampf um die Modernisierung Moorburgs. Die alte Frau von Pogwisch meint, es müsse alles so bleiben wie zur Zeit des seligen «Kammerherrn», ihres Mannes. Es wäre damals alles gutgegangen, und so würde es immer weitergehen. Das Schlimme ist, daß der alte Inspektor sie in dieser Ansicht unterstützt. Der Major will ihn gern loswerden, aber die Tante vertraut diesem völlig veralteten Landwirt mehr als ihrem Offiziersneffen. Nun hat sich aber die sehr aktive Barbara eingeschaltet und wenigstens zunächst einmal durchgesetzt, daß sie in Moorburg Telefon bekommen haben. Elektrisches Licht haben sie immer noch nicht.»

«Ja, aber was denn sonst?» fragte Jutta erstaunt.

«Kerzen und in den Ställen Petroleumfunzeln wie zu Urgroßvaters Zeiten!»

Ingeborg warf ein, daß sie diesen Mangel an elektrischem Licht bei Abendgeselligkeiten in Moorburg immerhin sehr hübsch gefunden habe. Allerdings liebe sie stimmungsvolles Kerzenlicht nur in den Häusern anderer Leute.

«Was könnte man aus Moorburg machen, wenn es neuzeitliche Einrichtungen hätte!» rief Joachim von Trappen. «Welche Unsummen an Arbeitslöhnen müssen die Pogwischs aufbringen! Die arbeiten ja noch mit alten Flügelmähern und Garbenbinderinnen. Nur das Dreschen erledigen sie inzwischen mit einer Lokomobile, die Dreschflegel wenigstens hat der Major abgeschafft.»

«Immerhin setzt Barbara sich in manchem durch», sagte Ingeborg. «Es hat einen gehörigen Krach gegeben, als sie eines Tages, ohne daß jemand vorher etwas ahnte, mit einem kleinen Auto angefahren kam.»

Einige Tage später machte Jutta die Bekanntschaft mit Barbaras kleinem «Flitzer», der unvermutet vor das Karlshöher Haus fuhr. Die junge Moorburgerin wollte in Alberg Besorgungen für Lilys Geburtstag machen, und unterwegs war ihr eingefallen, Fräulein Dewitz mitzunehmen.

«Mama kann wegen der Vorbereitungen für morgen nicht mitfahren», sagte Babs zu Jutta, die freudig überrascht neben ihr im Wagen Platz nahm. «Sie behauptet, ich hätte einen bäuerlichen Geschmack, und da dachte ich, Sie als Künstlerin könnten mir beim Aussuchen behilflich sein. Vielleicht verstehen Sie mehr von Büchern und anderen Dingen.»

Barbara hatte eine große Einkaufsliste mitbekommen, und das gemeinsame Aussuchen in den Geschäften gestaltete sich zu einem heiteren Nachmittag für die beiden jungen Mädchen. Erst auf der Rückfahrt, kurz vor Karlshöhe, fragte Babs, was Jutta zu tanzen beabsichtige.

«Ich weiß es noch nicht genau, habe aber heute morgen ein wenig trainiert. Hat der Pfarrer schon mit seinem Vetter gesprochen?»

«Sicher, aber ich habe die beiden Herren inzwischen nicht gesehen. Nun, lassen wir uns überraschen.»

In dieser mondhellen Juninacht schlief Jutta unruhig. Der Gesang der Amsel weckte sie in der Morgendämmerung, und es lockte sie, an den See hinunterzugehen. Leise verließ sie das Haus. Im Tannenwald war es noch dunkel. Dann stand sie am Abhang. Unter ihr lagen See und Weiden im dünnen Nebel, aus dem die Tannenwälder an den Ufern ihre schwarzen Spitzen heraushoben. Im Osten warf der junge Tag einen rosigen Schein über das Grau-Weiß. Eine leichte Brise vom See ließ die durchsichtigen Nebelschwaden in spielerischer Leichtigkeit durcheinanderwogen.

Langsam stieg Jutta den Hang hinab. Nur die Erlen mit ihren wispernden Blättern zeichneten sich im Nebel ab. Dem Geräusch der kleinen Wellen folgend, gelangte sie an eine Bucht, die rechts und links von Schilf eingefaßt war.

Mit zwei Schritten erreichte Jutta, nachdem sie die Schuhe abgestreift hatte, einen großen Feldstein, der im Wasser lag. Darauf ließ sie sich mit hochgezogenen Knien nieder. Wie sie dort saß, zusammengekauert, eingehüllt in Nebel und vom Wasser umspült, wurde sie ganz ruhig. Sie glaubte, in die Morgenstille hineinzugehören wie dieser Stein, wie die Erlen oder wie die schweigsamen Fische im See. Sie sah die nebligen Schleier durcheinanderwogen, sah, wie sie nach und nach vom rosa Licht durchleuchtet wurden, wie das eben noch dunkle Schilf eine helle Metallfarbe annahm.

Sie stellte sich auf die Füße, reckte sich hoch auf und begrüßte über den Nebel hinweg die noch verhangene Sonne, die eben aus dem See auftauchte.

Da durchbrach ein harter, spitzer Schrei wie ein Geschoß die Stille.

Ein großer Vogel stieß auf das Wasser hinunter.

Weit hinten nach dem Moor zu sah Jutta ein Boot auf Moorburg zufahren.

3

In der Moorburger Halle zauberten Büsche, Birken- und Buchenlaub freundliche Frühlingsstimmung. Die Türen des Gartensaales waren der milden Abendluft geöffnet. Trotzdem brannte ein Feuer im Kamin, hauptsächlich für die beiden «Stakkels», wie Tove von Pogwisch eben Herrn von Trappen erklärte. Damit meinte sie sich und Lily, das Geburtstagskind, das in einem schlichten, weißen Wollkleid neben dem Kamin saß.

Lily war reich beschenkt worden. Auf ihrem Gabentisch unter dem Bildnis einer Ahne mit weißer Rokokofrisur hatten die geschickten Hände Frau Beates die Geschenke hübsch angeordnet. Barbara trug ein geblümtes Seidenkleid. Sie begrüßte den gerade eintretenden Pfarrer mit den Worten:

«Wo stecken Sie nur so lange? Haben Sie den Maulwurf nicht gleich mitgebracht?»

Was ihr ein mahnendes «Aber Barbara!» der Mutter eintrug.

Pastor Bolten entschuldigte sich der Verspätung wegen. Er habe den Vetter im Pastorat erwartet und sei schließlich zum Malvenhause gegangen, wo er ihn angezogen, aber im tiefen Schlaf auf dem Bett vorgefunden habe. Es sei dem Vetter natürlich sehr peinlich, die Zeit verschlafen zu haben. Man möge auf keinen Fall auf ihn warten, denn er habe noch einiges zu erledigen und müsse sich auch noch umkleiden. Dann würde er schnellstens herüberkommen.

August, der Blaulivrierte, öffnete die Türen zum Speisezimmer, nahm Lily auf den Arm und ließ sie neben dem Pfarrer auf den Stuhl gleiten.

Man hatte die dunklen Vorhänge vor die Fenster gezogen, und auf die festlich gedeckte Tafel warfen Kerzen in siebenarmigen Silberleuchtern ein warmes Licht.

«Moorburger Produkt», sagte Barbara stolz zu Ingeborg von Trappen und zeigte auf die Kerzen. Jutta, die zwischen dem Pastor und einem jungen Mann mit unaussprechbarem slawischen Namen saß, mußte oft zu der ihr gegenübersitzenden Schwester hinsehen. Ingeborg hatte ihr morgens mitgeteilt, sie sei jetzt sicher, daß sie ein Kind erwarte. Und Jutta entdeckte voll Verwunderung, daß Ingeborg schön war. Der manchmal strenge Zug um ihren Mund war verschwunden. Inge sah so aus, wie man sich eine glückliche Frau vorstellt. Auch Joachim, der sich mit Frau Beate unterhielt, strahlte vor guter Laune.

«Sehen Sie, Pastor, weil nun der Maul ...», schnell schlug Barbara sich auf den Mund, «weil nun der Herr Doktor die Zeit verschlafen hat, muß ich die Speisenfolge ohne Tischherrn über mich ergehen lassen. Seh ich gar nicht ein!»

Sie stand auf, holte aus dem Gartensaal den Dackel Männe und setzte ihn neben sich auf den leeren Stuhl. Dann zog sie eine lila Irisblüte aus der Dekoration und befestigte sie am Halsband des Hundes. Männe benahm sich tadellos. Anscheinend war er es gewohnt, mit Babs bei Tisch zu sitzen. Seine blanken Tieraugen blickten über den Rand des Tisches.

Onkel Rudolf von Schwoon, Barbaras Nachbar zur Rechten, zog eine Zigarre aus seinem Etui.

«Willst du Männe nicht mit einer Zigarre beglücken? Der arme Hund langweilt sich sichtlich.»

Lachend blickte Babs zu Tante Tove hinüber.

«Nein, heute lieber nicht. Heute habe ich die seriöse Tour.»

Die beiden Pogwischschwestern waren früher gern auf Polzin bei Onkel Rudolf gewesen, der meist zu lustigen Schwänken aufgelegt war, ganz im Gegensatz zu Tante Malvine, die die Moorburger den «Sauertopf» nannten.

Jutta fragte den Pastor, wie es mit der Begleitung zu ihrem Tanz stünde. Verlegen erwiderte er, sein Vetter habe auf seine diesbezügliche Anfrage erklärt, er habe noch nie eine Balletteuse begleitet und würde es auch jetzt nicht tun. Resigniert hob Jutta die Schultern.

Das Essen war vorüber, und man stand mit Mokkatäßchen im Gartensaal beisammen, als August Herrn Doktor Stauffenbiel meldete. Aus der Halle trat ein großer, eleganter Herr, küßte der alten Baronin die Hand, entschuldigte sich wegen der Verspätung bei Frau Beate und überreichte Lily sein Geschenk: eine goldene Nadel mit einer Bernsteinträne inmitten des Rankwerks. Lily dankte ihm voll Freude und steckte das Schmuckstück an ihrem Ausschnitt fest.

Der große Kronleuchter warf seinen flackernden Kerzenschein über die fröhliche Festlichkeit. In der Terrassentür standen die Karlshöher mit Juttas Tischherrn und bewunderten den letzten Tagesschein, der den See goldrot färbte. Jutta hörte hinter sich Major von Pogwisch sagen «Lieber Doktor, darf ich Sie mit den Herrschaften von Karlshöhe bekannt machen».

Sie drehte sich um und sah Herrn von Pogwisch mit einem Herrn im Licht der Kerzen auf sich zukommen. Rasch trat sie beiseite, um ihre Tasse, die auf der Untertasse klirrte, auf einem Tischchen abzustellen.

Obgleich Doktor Stauffenbiel heute einen tadellos sitzenden Gesellschaftsanzug trug und seine Locken in eine anliegende Frisur gebändigt hatte, erkannte sie in ihm sofort den Fremden wieder, den Mann mit den Fischerstiefeln, den Mann, der sie geküßt hatte, der dem Kanzel-Engel so ähnlich sah.

Nachdem Doktor Stauffenbiel das Ehepaar von Trappen begrüßt hatte, wandte er sich den erklärenden Worten des Majors folgend Fräulein Dewitz zu. Jutta stand dem Kerzenlicht zugekehrt, als sie ihm die Hand reichte. Sein Gesicht, von der Abenddämmerung schwach beleuchtet, zeigte den Ausdruck eines Weltmannes, der eine junge Dame der Gesellschaft kennenlernt. Aber seine Hand umschloß Juttas Rechte einen Augenblick mit festem Druck, ehe er sie freigab, um sich mit dem slawischen Jüngling bekannt machen zu lassen.

«Was fällt Ihnen eigentlich ein, mich zu versetzen!»

Barbara von Pogwisch schritt langbeinig auf den Doktor zu.

«Ich hatte mich darauf gefreut, Sie als meinen Tischherrn ordentlich ärgern zu können.»

«Ich bin untröstlich, gnädiges Fräulein, daß mir dieses Vergnügen entgangen ist, und bitte reuevoll um Vergebung», erwiderte Herr Stauffenbiel mit zerknirschter Miene.

Etwas später im Musikzimmer, in dem er und Frau Beate musizierten, hatte Jutta Gelegenheit, Doktor Stauffenbiel unauffällig zu betrachten.

Ganz der Musik hingegeben, die schwersten Passagen leicht meisternd, saß er am Flügel. Beim Umwenden des Notenblattes warfen die beiden Kerzen einen flackernden Schein auf sein Gesicht, das Jutta in diesem diffusen Licht fremd und mystisch vorkam. Ihr fiel ein Vers aus dem Sieben-Nixen-Chor von Mörike ein.

Manche Nacht im Mondenscheine
Sitzt ein Mann von ernster Schöne,
Sitzt der Magier Drakone
Auf dem Gartenhausbalkone
Mit Prinzessin Liligi.

Ja, ein Mann von *ernster Schöne.* Vielleicht hatte der Magier Drakons so ausgesehen wie der Mann dort am Flügel? Jener Magier, der die Prinzessin mit seinen Märchen und Küssen betört hatte. Gab es heutzutage wohl noch einen solchen Männertyp, wie der romantische Mörike ihn in seiner Legende gezeichnet hatte? Möglicherweise war Doktor Stauffenbiel so einer. Ihr fiel ein, daß sie ihn noch nie lachend gesehen hatte.

Gerade in diesem Augenblick trafen sich ihre Blicke, und es berührte sie seltsam; es war, als ob er ihre Gedanken erraten habe. Doch sah er gleich wieder auf die Noten und gab Frau von Pogwisch, die keine ebenbürtige Partnerin für ihn war, mit einem Kopfnicken das Zeichen zum Einsatz.

Es war nicht sehr geschickt von Frau von Schwoon, sich nach diesem Könner an den Flügel zu setzen. Barbara winkte Jutta, mit ihr hinauszugehen.

«Den Sauertopf können wir uns ersparen», sagte Babs draußen. «Was ist nun mit Ihrem Tanz?»

Jutta berichtete von den Schwierigkeiten der Begleitung, und Babos meinte ärgerlich:

«Das sieht dem Maulwurf ähnlich. Ich werde ihn mal ein bißchen zwiebeln. Er hat sowieso allerhand auf dem Kerbholz. Wühlt mir tonnenweise die Erde auf Moorburger Gebiet nach seinem alten Kram um. Warten Sie hier, ich hole ihn heraus.»

Als sie dann mit Doktor Stauffenbiel auf die Terrasse kam, hörte Jutta sie sagen: «Ihre Sanftmut ist ja direkt unheimlich, Doktor.»

«Als mein Vetter mir den Vorschlag machte, dachte ich an irgendeine Hopserei», Stauffenbiel musterte Jutta sachlich. «Verzeihen Sie, ich konnte ja nicht wissen, daß es sich hier um eine junge Künstlerin handelt, wie Frau von Pogwisch mir eben mitteilte. Natürlich wird es mir eine Freude sein, Sie zu begleiten. Was wollen Sie tanzen?»

«Die Morgenstimmung von Grieg, aber haben Sie die Noten überhaupt da?»

«Das ist nicht nötig, die habe ich im Kopf», sagte der Mann und sah das Mädchen nachdenklich an. «Seltsam, wann ist Ihnen der Gedanke gekommen, die Morgenstimmung zu tanzen?»

«Heute morgen, als ich ganz früh im Nebel am See war», antwortete Jutta und merkte, daß Stauffenbiel etwas dazu sagen wollte. In diesem Augenblick kam Beate von Pogwisch, um sich nach dem Stand der Dinge zu erkundigen.

Man einigte sich, daß Jutta im Musikzimmer tanzen solle und die Zuschauer durch die geöffneten Flügeltüren des Gartensaals die beste Sicht hätten.

«Wie wollen Sie Ihren Tanz gestalten?» erkundigte sich Stauffenbiel. «Soll ich etwas auslassen oder wiederholen? Wohin wollen Sie den Höhepunkt legen?»

«Ans Ende, und das langsame Motiv am Anfang piano und wiederholen.»

Jutta summte ein paar Takte.

«Ich verstehe. Das Aufstreben in der Mitte etwas abschwächen und die Steigerung an den Schluß verlegen. Sozusagen als Sieg des Tages über die Nacht, nicht?»

Sie sahen sich einen Augenblick lang vertraut in die Augen und nickten sich zu. Jutta vergaß das Antworten, und Babs drängte. «Los! Ich helfe Ihnen beim Umkleiden. Kommen Sie!»

«Sie sehen bezaubernd aus», sagte sie wenig später im Ankleidezimmer ihrer Mutter zu Jutta, die ein aus matter Seide gearbeitetes Kleid trug. Im Oberteil umschmiegte es den schlanken, aber sehr weiblichen Körper des Mädchens und schwang bis zum Boden in einem weiten Rock aus. Juttas dunkles und welliges Haar fiel lose über die Schultern.

Lampenfieber hatte sie nicht, doch befand sie sich in einer erwartungsvollen, erregten Vorfreude, die sich noch steigerte, als sie mit bloßen Füßen auf dem Teppich des Musikzimmers stand und dem Mann am Flügel, der sie entzückt ansah, mit den Augen das Einsatzzeichen gab.

Gleich nach den ersten feierlich-getragenen Takten war Jutta inmitten der Morgenlandschaft, wie sie sie in der Frühe erlebt hatte: Der Nebel über dem See, das langsame Erwachen der Natur ringsumher, die leise wehenden Erlenzweige, die plätschernden Wellen und die sich biegenden Schilfhalme. Dann das Durcheinanderwogen der Nebelschleier, das durchbrechende Tageslicht, das die Nacht vertrieb.

Die Zuschauer waren für sie versunken. Ihr Körper brachte ihre Gefühle zum Ausdruck, und die Musik riß sie mit, machte ihr das Gestalten leicht, untermalte es. Wie verzaubert ließ Ulrich Stauffenbiel die Hände über die Tasten gleiten. Seine Augen waren auf die Tänzerin gerichtet, und als sie ihm einen kurzen Blick zuwarf, ließ er die Melodie aufperlen, ansteigen, immer höher und triumphierender, und Jutta stand wieder auf dem Feldstein im See und begrüßte, hoch emporgereckt, über den Nebel hinweg die aufsteigende Sonne.

Es war ein Kunstwerk wie aus einem Guß. Beide wußten, daß sie zur selben Zeit die Morgenstimmung erlebt hatten, nur an verschiedenen Seiten des Schwarzsees.

Die Gesellschaft war des Lobes voll. Lily ließ sich von August zu Jutta tragen, umarmte sie und flüsterte ihr ins Ohr:

«Das war mein schönstes Geburtstagsgeschenk.»

Dann reichte sie Doktor Stauffenbiel beide Hände.

«Ich kann mir nicht vorstellen, wie Sie beide – sich doch schließlich fremd – so etwas Vollkommenes auf Anhieb zuwege gebracht haben. Oder haben Sie doch vorher geübt?»

«Aber nein», Doktor Stauffenbiel schmunzelte, «das machte sich ganz von selbst so.»

Anschließend wurde im Gartensaal eine Erdbeerbowle serviert. Barbara sammelte auf einer Untertasse Erdbeeren. Der Major drohte ihr lächelnd mit der Bemerkung, sie werde einen tüchtigen Schwips davon bekommen.

«Das Kind schlägt ganz nach ihrer Urgroßmama Pogwisch, die hatte für Alkohol auch eine große Schwäche», meinte Tante Tove.

Die Herren hatten sich zusammengesetzt und tauschten politische und wirtschaftliche Ansichten aus. Lily und der Pastor waren in ein literarisches Gespräch vertieft, und die alte Frau von Pogwisch ließ sich von Babs unauffällig in ihr Zimmer führen. Vom Mondlicht auf dem See verlockt, beschlossen die Damen, einen Spaziergang durch den Park zu machen.

Irgendwo in den großen Bäumen schlug ein Sprosser in langgezogenen Tönen. Das leise Rauschen der Blätter wurde vom Froschchor fast übertönt. Vor einem stark duftenden Jasminstrauch blieben die Damen plaudernd stehen. Jutta, die hinter einem Gebüsch einen rotglühenden Punkt entdeckt hatte, ging langsam darauf zu. Sie war neugierig, was es sein mochte. Ein Tier vielleicht? Es war aber die Pfeife des Herrn Stauffenbiel, der dort, an eine Fichte gelehnt, den See betrachtete. Als er Jutta kommen sah, klopfte er die Pfeife am Absatz aus, schob seine Hand unter ihren Arm und führte sie zur Philosopheninsel hinauf.

Dort stand ein kleiner Pavillon, der nach der Seeseite hin offen war und nach der Landseite eine Reetwand hatte. Sie setzten sich auf eine Bank. Juttas Herz schlug so heftig, daß sie fürchtete, der Mann neben ihr könne es hören. Sie wußte nicht, wie sie ein Gespräch beginnen sollte. Die ganze Situation war anders geworden. Nachdem sie eine Weile in Gedanken versunken den auf dem Wasser glitzernden Mondschein betrachtet hatten, wandte er Jutta sein Gesicht zu.

«Ich möchte Ihnen für das eigenartige Erlebnis vorhin danken», sagte er mit seiner leisen und tiefen Stimme.

«Nicht bei mir bedanken ... Ich glaube, es war ein gemeinsames Geschenk.»

«Ein schöner Traum vielleicht. Träume sind auch Geschenke, Geschenke der Seele, wenn der immer wache Verstand schläft.»

«Es begann aber schon am frühen Morgen, und darum glaube ich nicht, daß es ein Traum war. Warum glauben Sie nicht, daß unser Erlebnis Wirklichkeit war?»

Jutta hatte den Kopf wieder abgewandt und sah in die Ferne. Der Mann betrachtete ihr zierliches Profil: Sie ist schön, ein wunderschönes, sensibles und zartes Mädchen.

«Hm», meinte er dann, «wenn man sehr jung ist, glaubt man gern, daß Träume wahr werden. Die Wirklichkeit sieht meist anders aus. Man kann einen Augenblick nicht festhalten. Diese Erkenntnis wurde mir in Gnissen wieder bestätigt, als Sie mir davonliefen. Und Wiederholungen gibt es in den meisten Fällen nicht. Das Bild ändert sich, und es ist besser, sich nicht in Träume zu verlieren. Darüber hilft einem nur Arbeit hinweg.»

«Aber was hätte ich denn damals in Gnissen tun sollen?»

Jutta verstummte jäh, denn in die Stille fiel ein Ton wie der Klang einer Glocke, dann ein anderer, von tieferer Klangfarbe, und immer mehr stimmten ein.

«Was ist das?» fragte sie betroffen.

Er legte den Arm um ihre Schulter und zog sie an sich.

«Das? Das ist der Sieben-Nixen-Chor.

Dann zum Spiel kristallner Glocken,
Drehn die Schwestern sich im Tanz
Schütteln ihre grünen Locken
Und ...»

Er kam nicht weiter. Jutta war aufgesprungen.

«Man könnte sich vor Ihnen fürchten!»

Sie lief zum Park hinab. Dort holte er sie ein.

«Ich bin nicht der, für den Sie mich halten. Aber wenn Sie mal in die Nähe des Lachsenbaches kommen, würde der Maulwurf sich freuen, wenn Sie ihm etwas Abwechslung in die Wühlarbeit brächten.»

Abwechslung also, dachte Jutta, als sie den Geschwistern auf dem Heimweg gegenüber saß. Ich werde den Lachsenbach meiden.

Heiß und hell waren die Tage, ein rechtes Heuerntewetter. Über die Wiesen fuhren die Mähmaschinen, und reihenweise sanken die bunten Wiesenblumen zu Boden. Die Luft war erfüllt vom Geruch des frischgemähten Grases, in das sich der Duft der blühenden Linden mischte.

Beate von Pogwisch band in Hut und Handschuhen ihre wundervoll erblühten Rosen mit Bast an kleine Stöcke und versuchte, Männe zu verjagen, der viel Interesse für ihre Tätigkeit zeigte. Auf der Terrasse legte Tantchen Tove ihre Patience, die bei ihr immer aufging. Lily blickte ab und zu von ihrem Buch auf, nachsichtig lächelnd die kleinen Mogeleien Tantchens beobachtend.

Pastor Bolten saß im Pastorat an seinem Schreibtisch. Vor ihm lag ein Zettel mit Notizen über ein junges Paar, das in den nächsten Tagen heiraten wollte. Er überlegte sich die Traurede.

Im Karlshöher Garten war Frau Ingeborg mit der Ausstattung für ihr kommendes Kind beschäftigt, und Joachim von Trappen ritt über die Wiesen, nach dem Rechten zu sehen.

Jutta saß in ihrem Zimmer, kaute am Federhalter, kraulte mit dem Fuß den unter ihrem Tisch faulenzenden Terrier und sah auf die Linde vor ihrem Fenster. Auf dem Tisch lag ein Briefbogen, der einzig die Worte aufwies: «Lieber Erich!»

Es klopfte, und auf Juttas «Herein» meldete das Hausmädchen, Fräulein von Pogwisch wünsche Fräulein Dewitz zu sprechen.

Babs tritt immer wie eine Erlösung auf, dachte Jutta und eilte die Treppe hinab. Unten erwartete sie Barbara.

«Kommen Sie, ich habe meinen Flitzer draußen, ich war in der Stadt. Haben Sie Zeit und Lust, mit mir zu Christoph in die Wassermühle zu fahren? Sie wollten ihn ja kennenlernen! Er ist mein bester Freund und ist sicher beleidigt, daß ich so lange nicht bei ihm war. Also, los!»

Die Wassermühle lag am unteren Teil des Lachsenbaches, der in den See mündete. Er war die Grenze zwischen Karlshöhe und Moorburg am Nordufer des Sees. Der Bach war kurz vor dem Gefälle, das das Mühlrad trieb, von dicken Polstern wilden Steinbrechs und Vergißmeinnicht gesäumt. Hier ließ Babs das Auto stehen, und Jutta sprang mit einem Freudenschrei in die Pracht. Über dem Dach der Mühle, die auf Moorburger Seite stand, wölbten sich die Zweige eines gewaltigen Nußbaums, wodurch das alte, schon etwas baufällige Gebäude etwas düster wirkte.

Der Müller war bei den Bienenstöcken im Garten beschäftigt und hörte Barbaras Rufen erst gar nicht, weil er seine Imkermaske aufhatte und die Bienen ihn umsummten.

Als er schließlich zu ihnen kam und die Maske abnahm, erschrak Jutta heftig: Aus einem farblosen Gesicht sahen sie zwei rote Augen an. Wie bei einem weißen Kaninchen, fiel ihr ein.

«Na, Christoph, du hast wohl gedacht, ich sei dir untreu geworden, was? Irrtum, wie du siehst. Hast du ein kühles Glas Met für uns?» begrüßte Babs den Müller.

«Ja, gewiß», meinte er und begrüßte auch Jutta freundlich.

«Er ist gescheiter als viele studierte Männer», sagte Babs zu Jutta, bevor Christoph aus dem Haus die Gläser zum Nußbaum brachte, unter den sich die Mädchen gesetzt hatten.

Christoph musterte Jutta. Der Rauch aus seiner Pfeife stand vor seinem Gesicht, und Jutta war froh, nicht in die schrecklichen Augen sehen zu müssen.

«Deinen Schwager habe ich als ganz kleines Kind schon gekannt», sagte er. «Er holte sich im Herbst frische Walnüsse bei mir.»

«Ach ja, die schönen Nüsse, Jutta! Lily und ich sind auch früher zur Nußernte zu Christoph gekommen. Das war immer ein Fest, und Christoph erzählte uns hübsche, kleine Geschichten. Weißt du noch, Christoph?»

Er nickte.

«Doch! Und ich weiß auch noch, wie Lily aus den Nußschalen kleine Tiere anfertigte. Wie geht es ihr?»

«Danke, schlecht.»

Babs' frisches Gesicht wurde ernst, und auch Christoph sah traurig vor sich hin. Jutta betrachtete den alten Mann erstaunt.

Eigentlich sieht er gut aus, stellte sie plötzlich fest. Ein schöner Altmännerkopf mit der ausgeprägten Nase, der schmalen hohen Stirn und dem weißen Haar. Als Christoph sie abermals ansah, fand sie die roten Augen nicht mehr so störend.

Er erkundigte sich nun, ob es ihr am Schwarzsee gefalle.

«Herrlich ist es hier! Ich bin selbst überrascht, wie abwechslungsreich das Leben auf dem Land ist. Hier ist es besonders schön.»

«Vielleicht haben auch dich der See und seine Landschaft verzaubert», meinte Christoph, «und du wirst gern hierher zurückkehren. Was machst du in der Stadt?»

Barbara erklärte, was Jutta gelernt hatte.

«Tänzerin? Darunter kann man mancherlei vermuten. Du siehst eher aus, als ob du heimlich Gedichte verfaßt, so sensibel, wie du bist», bemerkte der Müller. Er schenkte Jutta noch ein Glas Met ein.

«Hm, das schmeckt ja herrlich! Woraus wird es gemacht?» erkundigte sich Jutta.

«Das sind eingemachte Sonnenstrahlen», lächelte der alte Mann geheimnisvoll. «In den Städten haben sie das Rezept längst vergessen. Da haben sie schon vieles, was die Natur uns Menschen bescheren will, aufgegeben. Babs, du fährst ja auch mit so einem knatternden Luftverpester herum.»

«Brauch ich einfach, Christoph. Soll ich vielleicht auf Pluto nach Alberg reiten, wenn ich schnell mal hin muß? Dafür fehlt mir die Zeit!»

«Zeit! Das ist alles nur Einbildung. Die Menschen machen sich selbst verrückt mit ihrer Hetzerei. Du hast jetzt doch auch Zeit, hier zu sitzen. Und ich hoffe, du wirst dir öfter die Zeit nehmen, in der Wassermühle einzukehren. Laß mich bloß zufrieden mit diesen städtischen Allüren.»

«In der Stadt kann man sich einfach nicht so viel Zeit lassen, da geht alles nach der Uhr», sagte Jutta. «Sie können sich das sicher nicht vorstellen, da Sie vermutlich nie in einer größeren Stadt gelebt haben?»

Christoph sah in die fragenden Mädchenaugen und lächelte.

«Kleine Tänzerin, ich habe eine Menge Bücher gelesen, die in großen Städten spielen und das Leben dort schildern in all seiner Pracht und Herrlichkeit. Aber ich habe mir auch erzählen lassen, daß es hinter diesen großartigen Fassaden viel Elend in ungesunden Wohnungen gibt und Menschen, die hungern.»

«Laß dich nicht mit Christoph in Debatten ein, Jutta, dabei zieht man immer den kürzeren. Aber ich habe bei ihm so manches gelernt, was nicht in Schulbüchern steht, was man aber im Leben brauchen kann, was, Christoph?»

«Ich glaube, ich habe Sie vorhin im Eifer des Gesprächs geduzt, Jutta. Es ist mir ganz selbstverständlich herausgerutscht, könnten wir es nicht beibehalten?» fragte Barbara, als sie Jutta nach Karlshöhe zurückfuhr.

Als Antwort küßte Jutta sie auf ihre sonnengebräunte Wange.

Einer der Karlshöher Heuwender war defekt geworden, und Jochen ritt mit Jutta an einem schwülen Nachmittag auf die Wiese, den Schaden zu beheben. Es war eine der Wiesen am Lachsenbach. Joachim ging zum Wender. Jutta nahm Joachims Pferd beim Zügel und ritt ein wenig den Bach hinauf. Sie stieg ab und überlegte, ob sie ihre Stiefel ausziehen und ihre Füße im Wasser kühlen sollte. Da hörte sie ein Geräusch hinter sich. Fast im selben Augenblick ließ sich Doktor Stauffenbiel neben ihr nieder, nahm den Hut ab, trocknete sich die Stirn und blickte in Juttas erschrockene Augen.

«Ich sah Sie mit den Pferden im Bach, als ich mir weiter oben die Hände wusch. Da dachte ich, es müßte gut sein, ein Weilchen neben Ihnen zu sitzen. Ist das schlimm?»

Das Mädchen schüttelte den Kopf.

Er betrachtete Fatme.

«Und Sie sind doch wieder mit der Araberdame unterwegs? Wie ich sehe mit Kandare und nicht allein.»

Jutta richtete sich auf.

«Wenn mein Schwager kommt, sagen Sie ihm bitte nichts von dem Ritt damals!»

Er lächelte ein wenig.

«Wie werd ich denn?»

Dann ging er zu Fatme und streichelte ihre weichen Nüstern.

«Heute ist ein Glückstag», sagte Stauffenbiel und setzte sich wieder zu ihr.

«Erstens habe ich einen kostbaren Fund gemacht und zweitens eine Kostbarkeit am Bachrand gefunden.»

Jutta errötete. Jetzt ist er wieder so wie in Gnissen, dachte sie, und sie erkundigte sich, was er denn außer dem dummen Mädchen gefunden habe.

Als er ihr das sorgsam in eine Schachtel verpackte schmutzige, schwarz-braune Etwas in die Hand gab, so, als überreiche er ihr ein

Diamantdiadem, blickte Jutta enttäuscht darauf nieder. Er erzählte ihr, daß er mit seinem Gehilfen unten am Abhang lange gebuddelt und schließlich in ziemlicher Tiefe eine Kochstelle aus der Steinzeit entdeckt habe, wie man sie hierzulande ab und zu finden könne. Neben dem einfachen, aus Feldsteinen gebildeten Feuerloch habe er zwischen einigen Geräten aus Flintstein und Knochen dieses Stück Buchenholz gefunden.

«Die Wissenschaftler behaupten, die Buche sei hier in der Gegend ursprünglich nicht beheimatet, man habe sie erst später hier angesiedelt. Nun aber habe ich den Beweis, daß die Buche hier bodenständig ist, denn die Steinzeitmenschen hätten sich bei dem vorhandenen Waldreichtum gewiß nicht um Aufforstung fremder Baumarten gekümmert.»

Wie aufgeschlossen er in seiner Freude ist, dachte Jutta und gratulierte ihm zu seiner Entdeckung. Sie bat ihn, mehr von seiner Tätigkeit zu erzählen, da sie in dieser Hinsicht sehr unwissend sei, und Stauffenbiel versprach, ihr später eine Grabkammer aus der Steinzeit zu zeigen. Unvermittelt fragte er, ob sie Lust hätte, nachmittags einmal zu ihm ins Malvenhaus zu kommen, das die alte Frau von Pogwisch ihm zur Verfügung gestellt habe.

Von jenseits des Baches rief Joachim. Jutta erhob sich, um die Pferde loszubinden, aber da war der Schwager schon mit einem kühnen Satz über den Bach gesprungen und begrüßte Doktor Stauffenbiel.

«Na, Herr Doktor, war der Fang heute ergiebig?»

Und irgendwie freute sich Jutta, als er antwortete:

«Nichts von Bedeutung.»

«Du, Joachim, haben wir etwas Zeit? Doktor Stauffenbiel hat versprochen, mir ein Steinzeit-Grab zu zeigen.»

Herr von Trappen ging gern mit. Sie stiegen den Hügel hinauf, den eines jener Steingräber krönte, die für die Gegend charakteristisch waren.

Das Grab wurde von einer riesigen Steinplatte bedeckt. Die Männer schoben einen der klotzigen Seitenseine fort, und sie zwängten sich durch den Spalt in die muffige Kühle hinab.

«Wenn ich wieder kurz vor einem Hitzschlag sein sollte, weiß ich nun, wo ich mich abkühlen kann», bemerkte der Karlshöher.

Das Grab war schon lange ausgeräumt, doch gab Doktor Stauffenbiel einige interessante Erklärungen über die Bestattungsbräuche jener Steinzeitmenschen zum Besten.

Plötzlich schrie Jutta auf. Ihr war etwas Schwarzes, Flatterndes über den Kopf gestrichen. In einem Lichtstrahl, der von oben ins Dunkel fiel, sahen sie das Tier.

«Ein Vampir», sagte Joachim, «er saugt den Menschen Blut aus.»

«Pfui, Joachim, ich will hinaus!» rief Jutta ängstlich.

Herr Stauffenbiel lachte und half ihr behutsam durch den Spalt. Als Herr von Trappen unten am Bach die Pferde am Zügel nahm, sagte Doktor Stauffenbiel leise zu Jutta:

«Ich freue mich auf Ihren Besuch. In der nächsten Woche habe ich viel Schriftliches zu erledigen, dann treffen Sie mich im Malvenhaus an.»

Als Joachim Fatme heranführte, legte Jutta ihr Knie in die gefalteten Hände Stauffenbiels und saß auf. Ihre dunklen Locken flogen im Sommerwind, als sie neben ihrem Schwager über die jenseitige Wiese galoppierte. Lächelnd sah der Mann ihr nach.

Am nächsten Nachmittag fuhr der Blaulivrierte, hoch auf dem Bock thronend, die Moorburger Staatskarosse in elegantem Bogen vor das Karlshöher Haus.

Das Ehepaar von Pogwisch und Barbara wurden in den Garten geführt, wo unter der Trauerweide der Kaffeetisch gedeckt war. Das alte Arztehepaar aus Gnissen war auch eingeladen.

Barbara meinte, Karlshöhe sei für sie immer eine Erholung: Alles sei viel heller und freundlicher hier, und niemand wolle etwas von ihr. Sie streckte ihre lange Gestalt behaglich im Korbstuhl aus.

Als sie sich genug an Kaffee und Kuchen gestärkt und von Herrn von Trappen eine Zigarette bekommen hatte, wandte sie sich, heiter gestimmt, an ihren Vater mit der Bemerkung:

«Wußtest du schon, daß ich falsch polarisiert bin, Papa?»

«Was ist denn das nun wieder?»

Barbara lachte glucksend in Erinnerung an ihren Besuch bei Tante Amanda in Lübeck. Amanda von Schwoon, eine Schwester Onkel Eduards auf Polzin, stellte Horoskope, konnte Handlinien deuten und Karten legen. Es war hochinteressant, sie zu besuchen.

«Diesesmal hatte sie es mit dem Pendeln. Zunächst hat sie mir erklärt, ich sei falsch polarisiert: Erstens wegen meiner männlichen Tätigkeit in Moorburg, und das Umherrasen im Auto sei auch völlig unweiblich. Drittens habe sie von Tante Malchen gehört, daß ich Männerhosen trage. Das sei denn doch! Darauf riß sie mir ein Haar aus, das sie an einen Ring mit sonderbaren Zeichen band. Hierauf mußte ich meine Hand auf ein Blatt Papier legen, das gleichfalls mit seltsamen Hieroglyphen bemalt war. Sie hielt den am Haar befestigten Ring darüber. Der Ring pendelte hin und her. Ernst und traurig sah sie mich daraufhin an und sagte, ihre Vermutung sei leider begründet. Sie nannte mich ‹armes Kind›!»

Joachim von Trappen brach in schallendes Gelächter aus, und als Jutta ihn verständnislos ansah, erklärte er:

«Das arme Kind ist demnach ein Hahn. Ist das nicht köstlich! Weißt du, Jutta, man macht das mit dem Pendeln auch bei Eiern, um zu sehen, ob männliche oder weibliche Tiere darin sind. Bei weiblichen Tieren beschreibt der Ring einen Kreis, doch leider stimmt das nicht immer.»

«Ich werde der alten Tante schon beweisen, daß ich kein Hahn bin. Eines Tages werde ich mit einem Kinderwagen mit Zwillingen drin bei ihr ankommen», rief Babs vergnügt.

Bald danach löste sich die Kaffeerunde auf. Die Mädchen gingen im Garten spazieren, die Damen blieben am Tisch sitzen, und die Herren begaben sich in Joachims Zimmer, um bei einem Cognac und Zigarren die politischen Ereignisse zu besprechen.

Die Zeiten waren schlecht. Der Erste Weltkrieg warf noch seine Schatten mit Geldentwertung und Unruhen. Die beiden Gutsherren sahen mit Sorge dieser Entwicklung entgegen, vor allem auch in bezug auf die Entlöhnung der Gutsarbeiter in dieser sich ständig ausweitenden Inflation.

«Man sollte sie mit Naturalien entlohnen», meinte Herr von Trappen.

«Nein», sagte Herr von Pogwisch, «Bargeld brauchen sie auch, und das wollen sie auch haben. Womit sollen sie sonst ihre Kleidung kaufen?»

«Sehen Sie! Das ist der Segen der modernen Textil-Industrie», der alte Dorfarzt richtete sich auf. «Wenn diese jungen Frauen zu mir in die Praxis kommen, haben sie faustgroße Löcher in ihren dünnen Strümpfen. So ein Dienstmädchen kann sich von dem sofort entwerteten Geld kein Paar von diesen Dingern leisten. Aber alles muß nun Seidenstrümpfe tragen oder auch Baumwolle. Ist auch nicht viel besser. Und wärmen, was der Sinn eines Strumpfes schließlich ist, tut das dünne Zeug auch nicht. Folglich gibt es jetzt viel mehr Erkältungskrankheiten.»

«Kann ich mir denken, Doktor. Ich selbst trage immer Wollsocken in den Schaftstiefeln. Die strickt mir meine Frau.»

«Ihre Frau ist in diesen Dingen vorbildlich, lieber Trappen», sagte Otto von Pogwisch lächelnd.

«Was die Inflation betrifft, sind die armen, alleinstehenden Alten, die sich etwas zusammengespart hatten, am schlechtesten dran. Ihr Geld ist futsch», meinte Doktor Sähn.

«Und all die Menschen, die von Nordschleswig nach Schleswig-Holstein gekommen sind, weil sie keine Dänen sein wollten, sind auch übel dran.»

Herr von Trappen schenkte die Gläser wieder ein.

«Ja», sagte der alte Arzt, «das sind tatsächlich Idealisten. Von den Fleischtöpfen Dänemarks in unsere Städte, wo noch rationiert wird. Und zunächst kein Verdienst, wenn's nicht gerade Beamte sind. Wenn ich überhaupt an die Tragödie meiner Heimat Nordschleswig denke! Meine Familie stammt aus Tondern. Da ist es wirklich trostlos.»

Er nahm einen tiefen Zug aus seiner Zigarre.

«Bei der Abstimmung ist allerlei gemogelt worden. 3993 Quadratkilometer Land haben sie uns fortgenommen. Grad als ob sie zu den Siegermächten gezählt hätten. Bei den richtigen Siegern laß ich so etwas zur Not gelten. Aber diese Annektion ist typisch für die Dänen. Immer dann, wenn Deutschland am Boden liegt, treten sie mit ihren Speckpaketen auf.»

Wütend trank er sein Glas in einem Zug leer.

Nachdenklich betrachtete Major von Pogwisch ein Gemälde, das den Kampf um die Düppeler Schanzen darstellte. Unter ihm hing ein Helm an der Wand. «Unsere Großväter haben sich weidlich mit den Dänen abgeplagt, Trappen. Und Ihr Urgroßvater ist bei Idstedt gefallen. Wir sind machtlos, uns sind die Hände gebunden.»

4

Über dem Schwarzsee schwirrten die Libellen. Die Luft flimmerte vor Hitze. Am Südufer in einer der Schilfbuchten unter überhängenden Erlen saß der Wassermüller Christoph in seinem Boot. Zwei ausgelegte Angeln ragten über die spiegelglatte Fläche. Er saß auf der Ruderbank mit nackten Beinen und zog an seiner Pfeife. Seine Augen unter dem großen Mützenschirm beobachteten die kleinen unscheinbaren Vorgänge der Natur, dann blinzelte er nach Moorburg hinüber.

Immer wieder stieg Zorn in ihm hoch, wenn er die beiden hochragenden Türme über dem Park sah. Dann glitt sein Blick weiter zum Reetdach des kleinen Hauses am Ufer, in dem er als Knabe bei Fischer Mahrt die Ferienwochen verlebt hatte. Seine Lili hatte das Haus restaurieren lassen und ihren Lebensabend darin verbracht. Gut, daß sie den Bau dieser schrecklich stilwidrigen Türme nicht mehr miterleben mußte. Die hatte sich auch nur ein Mensch wie Jürgen Pogwisch errichten können! Dieser Doktor Stauffenbiel, der als Kunsthistoriker wirklich etwas davon verstand, hatte sich ihm gegenüber am Anfang seines Besuches ganz entsetzt geäußert. Und Christoph mußte ihm erzählen, wie Moorburg früher ausgesehen hatte. Zuweilen lieh sich der Doktor seinen

Kahn, und wenn er ihn wieder zurückbrachte, unterhielten sie sich meist eine Weile auf der Bank unter dem Nußbaum. Und nun war diese kleine, zerbrechliche Tänzerin da. Ein Schmetterling am Schwarzsee. Sommergäste! Beim ersten rauhen Wind würden sie wieder davonfliegen!

Die Leine zuckte im Wasser. Christoph beugte sich hinüber und hob die Angel hoch. Ach, nur ein Ulker! Er löste das Fischlein und warf es ins Wasser zurück.

Über dem Moorburger Gemüsegarten brütete die Hitze. Rex, der Hund, tappte mit hängender Zunge über die Salatbeete, die Schnauze am Boden. Die kleinen, frisch aufgeworfenen Hügel erregten seine Aufmerksamkeit. Eine Weile hielt er sich zwischen zweien von ihnen auf und beobachtete ein winziges Erdbeben. Doch schließlich wandte er sich gelangweilt ab, da auch sein Kratzen nichts zutage förderte. Er streckte sich im Schatten der Johannisbeerbüsche aus.

Auf dem Wirtschaftshof schirrten die Gespannknechte eben wieder die Pferde an, die Mittagspause war vorüber. Die Pferdehufe klapperten in der Stille hell auf den Steinen des Pflasters.

Lily saß mit Pastor Bolten auf der Terrasse und horchte. «Ich höre so gern das Hufgeklapper, es ist mir ebenso lieb wie das Dengeln der Sensen. Es gehört in die Stimmung des ländlichen Milieus. Wie schade, daß so viele der vertrauten Geräusche der Technik zum Opfer fallen. Die Dreschmaschinen ersetzen das lustige Geklapper der Flegel auf der Tenne, Schlepper ersetzen die Pferde, und die Mähmaschinen haben das bunte Volk der Schnitter verdrängt. Ich kann Tantchen verstehen, wenn sie das Einbrechen der Technik in Monrburg nicht haben möchte.»

«Red du Tantchen auch noch zu, Lily, dann können wir bald ganz einpacken!»

Barbara hatte Lilys letzten Satz gehört, als sie die Treppe vom Garten emporstieg. Sie sah erhitzt aus, das Haar klebte an den Schläfen, und die helle Bluse war auf dem Rücken schmutzig. Die Stiefel waren mit Staub bedeckt. Müde ließ sie sich auf einen Stuhl fallen.

Der Pfarrer schenkte ihr ein Glas Obstsaft ein und reichte es ihr über den Tisch.

«Erfrischen Sie sich, Fräulein Babs. Sie beide sehen die Landwirtschaft eben aus verschiedenen Blickwinkeln. Sie als aktiver Landwirt von der rationellen, Ihre Schwester von der romantischen Seite.»

Barbara wischte sich mit dem Handrücken den Mund ab und stellte das leere Glas auf den Tisch.

«Das kann man wohl sagen! Nur ist mein Standpunkt lukrativer.»

Sie griff in ihre Hosentaschen, förderte aber nur ein schmutziges Taschentuch zutage.

«Haben Sie wohl eine Zigarette für mich, Pastor?»

Nachdem ihre Zigarette brannte, zündete sich der Pastor auch eine an. Lily lächelte ihrer Schwester zu.

«Babs, du weißt ja, wie sehr ich dir die Erfüllung deiner Bestrebungen wünsche und welche Schwierigkeiten du mit Tante Tove und dem Inspektor hast. Meine Bemerkung von vorhin war ja nur das Bedauern, daß das ländliche Idyll der alten Zeit den modernen Anforderungen weichen muß. Das weiß ich wohl. Man kann in einem solchen Betrieb nicht wegen irgendwelcher sentimentalen Gefühle hinter anderen, fortschrittlichen Gütern zurückbleiben. Und doch ...»

«Siehst du, Schwesterchen», fiel Babs ein und nahm ein Buch vom Tisch, «dies paßt zu dir: Briefe Bettina von Arnims an Goethe! Du bist immer eine Romantikerin gewesen und sollst es auch bleiben. Den ekligen Alltagskram überlaß nur mir.»

«Nun», erwiderte Lily, «ich bin es zwangsläufig durch meine Krankheit geworden. Wäre ich gesund ...»

«Wärst du es auch!»

«Sie haben recht, Fräulein Babs», warf nun Pastor Bolten ein, «Lily ist wohl schon als Schöngeist auf die Welt gekommen.»

«Ach Lily, es ist gut, daß es Menschen wie dich gibt. Man kann sich bei dir von den Scherereien ausruhen und erholen. Für dich wäre der Existenzkampf nichts. Schau, wie langweilig wäre ein Gemüsegarten, wenn nicht auch ein paar Blumen drinstünden.»

Der Pfarrer nickte.

«Ein hübscher Vergleich! Ja, wir erleben einen Umbruch. Der Weltkrieg hat mancher Lebensform ein Ende gesetzt. Ich meine jetzt nicht nur den Wechsel von der Monarchie zur Volksregierung, sondern vor allem den Wandel in der Stellung der Frau im Berufsleben. Sie tritt an die Seite des berufstätigen Mannes. Gewiß, es gab vor dem Krieg auch schon Damen, die studierten, Lehrerinnen wurden, und andere, die ein Handwerk erlernten. Aber das war ein geringer Prozentsatz. Sie, Fräulein Babs, sind eine von ihnen.»

«Ja, gottlob!» Babs drückte die Zigarette am Tischbein aus und ließ den Stummel fallen. «Die Männer haben bisher bestimmt, regiert, befohlen, geherrscht. Sie haben die Frauen für recht beschränkt, auf jeden Fall für geistig zurückgeblieben gehalten. Und das waren sie wohl auch zum größten Teil, denn ihre Schulausbildung war nur mäßig. Welcher Vater schickte denn seine Tochter auf ein Gymnasium? Teilweise wurden sie dort gar nicht aufgenommen. Lyzeen? Im vorigen Jahrhundert gab es die wohl noch nicht. Blaustrümpfe waren unbequem. Frauenrechtlerinnen wurden von den Männern lächerlich gemacht. Gelobt sei der Umbruch, wie Sie sagen! Wie dem auch sei. Das sage ich euch: Im nächsten Jahr haben wir Selbstbinder für die Ernte.»

Sie erhob sich und legte ihren Hut auf den Tisch.

«Ich hänge mich jetzt ein Stündchen unter den Bäumen auf.»

Sie ging über den Rasen auf die Hängematte zu, die zwischen zwei starken Bäumen gespannt war.

Lily beobachtete, wie sich die Schwester gewandt in die Hängematte schwang.

«Wie herrlich ist es doch, gesund zu sein, Detlev!»

Pastor Bolten streichelte die blasse Hand, die auf der Sessellehne lag.

«Wir müssen weiter hoffen und Geduld haben, Lily.»

Die Glastür klirrte, und August kam aus dem Gartensaal, um die Kranke bis zum Nachmittagstee ins Bett zu bringen. Der Pastor verabschiedete sich.

Der Gartensaal hatte sich seit den Wasmerschen Zeiten nicht verändert, abgesehen davon, daß an den Wänden zwei andere Gemälde hingen: Eines zeigte Tove von Pogwisch als junge Frau, das andere war sehr nachgedunkelt und stellte einen Offizier des 17. Jahrhunderts dar: Melchior Pogwisch, Herr auf Grevenslund. Er war im Dreißigjährigen Krieg mit König Christian IV. den Katholiken entgegengezogen und bei Luther am Barenberg gefallen.

Der Diener trug Lily auf ihr Zimmer, die ehemalige «Kaffeestube», legte sie ins Bett, deckte sie sorgsam zu und verließ leise den Raum.

Neben der Tür, die von der Halle in die Bibliothek führte, breitete der Schädel eines Damhirsches seine gewaltigen Schaufeln über ein Gemälde aus, das einst Mathilde von Pogwisch von ihrem ältesten Sohn hatte anfertigen lassen. Der Kammerherr von Pogwisch hatte es für richtig gehalten, das Bild seines Onkels hier aufzuhängen. So schaute Herr Wulf, der Nimrod, im Jagdanzug, mit Flinte und Jagdhund in diese Halle, wo er einstmals bei seinem ersten Besuch auf Moorburg staunend die Jagdtrophäen, die noch immer die Wände zierten, bewundert hatte.

Der ehemalige Salon Germaine von Wasmers diente jetzt als Musikzimmer. Frau Beate, die gern musizierte, war der Ansicht, die Akustik sei hier besser als im danebenliegenden Gartensaal. Tantchen Exzellenz benutzte es als Wohnzimmer.

Otto und Beate von Pogwisch hatten ihre Zimmer oben, sie zur Garten-, er zur Hofseite. Es waren aber nicht die Zimmer von Charlotte und Hinrich. Jürgen hatte das Gemach seines Vaters genauso gelassen wie ehemals. Nur ein Bildnis des Jünglingskopfes von Hinrich hatte er über das Bett gehängt. Inzwischen waren die Malereien an Decke und Supraporte wieder dunkel geworden. Kein Mensch betrat mehr diesen Raum.

Der kleine Saal über dem Gartensaal und ein danebenliegendes kleines Zimmer waren von Jürgen von Pogwisch zu «Fürstenzimmern» erhoben worden. Dort hatte eine königliche Hoheit anläßlich einer Jagd als Jürgens Gast logiert.

Barbara wohnte weitab und unabhängig im ersten Stock des rechten Turms. Das alte Kontor neben der Halle erfüllte noch denselben Zweck, auch das Inspektorhaus auf dem Ehrenhof. Die Bibliothek, die noch immer der Treffpunkt der Familie war, war von Frau Beate mit neuen Möbeln ausgestattet worden. Die alten waren ihr zu abgenutzt und zu unbequem. Tantchen Tove hatte zwar gebrummt, doch fand sie es, besonders an kalten Winterabenden, in einem molligen Polstersessel vor dem Kamin recht behaglich. Die schöne Stuckdecke hatte Jürgen von Pogwisch um die Jahrhundertwende restaurieren lassen. Überhaupt hatte er immer dafür gesorgt, daß Hof und Dorf in gutem Zustand blieben.

An einem heißen Nachmittag holte Babs Jutta ab. Als die beiden Mädchen, in eine dicke Staubwolke gehüllt, durch die Feldwege nach Moorburg fuhren, war Babs ziemlich einsilbig. Auf Juttas teilnehmende Frage antwortete sie brummend:

«Die Hölle ist los, wenn's nicht bald Regen gibt. Sieh dir das bloß an!»

Der kleine Zweisitzer keuchte zwischen zwei Hecken den Berg hinauf, deren Blätter mit dichtem Staub überzogen waren. Oben angekommen, hielt Babs einen Augenblick an.

«Der schöne Weizen! Er stand so prachtvoll.» Sie deutete mit der Hand nach der anderen Seite des Hügels. «Und die Weiden, wie gelb! Was macht man nur? Die Heuernte ist eingefahren und immer noch kein Regen! Christoph behauptet zwar, es würde noch ein gesegnetes Jahr werden, aber ich glaube nicht mehr daran.»

«Doch, ich glaube, daß es bald Regen geben wird, mir ist so merkwürdig zumute», versuchte Jutta sie zu trösten, «hab ein bißchen Geduld, Babs.»

Sie kamen in den Schatten der großen Moorburger Bäume. Babs hielt vor der Schmiede an.

«Du, ich habe mit dem Schmied noch etwas zu besprechen. Willst du inzwischen ins Pastorat gehen? Der Garten ist sehenswert. Der Pastor ist zu Hause und wird sich freuen, wenn du ihn besuchst. Ich hole dich dann ab, ja?»

Jutta war damit einverstanden, und als sie unter den hohen Bäumen an den Katen vorbei auf das Pastorat zuging, überfiel sie ein seltsames Gefühl, ein Empfinden, daß dieses geruhsame Schreiten im leichten rot und weiß getupften Kleid, die Unbeschwertheit, nie wiederkommen würde.

Am Straßenrand gackerten die Hühner der Taglöhner, und irgendwo summte ein Bienenschwarm. Sonst war es still, nur ihr Herz war unruhig. Die Sonne versengte alles, bis es vor Trockenheit knisterte, und Staub war überall, wohin das Auge schweifte. Wie mochte dieser Tag enden? Gut, schlecht, langweilig?

Jutta war an der hölzernen Pforte des Pfarrgartens angelangt. Quietschend drehte sich die Gartentür in den Angeln. Entlang eines gelblich verdorrten Rasens erreichte Jutta die Halle des Fachwerkgebäudes. Der Pfarrer hatte sie kommen sehen und kam ihr aus seiner Studierstube freudig grüßend entgegen. Alsbald gingen sie durch den großen, halb verwilderten Garten zu einer Laube, die von Jelängerjelieber überwuchert war und köstlich duftete. Hier, in der Nähe eines Bächleins, waren die Pflanzen frischer. Kurze Zeit später kam Barbara mit der Haushälterin des Pfarrers, einer rundlichen, gutmütig lachenden Matrone, den Gartensteig herunter und fächelte sich mit einem unterwegs abgepflückten Rhabarberblatt Kühlung zu.

«Ah, hier ist gut sein, Pastor», sagte sie und ließ sich auf die Bank nieder, indes die Haushälterin ein buntes Tischtuch ausbreitete und einen Krug Saft und Gläser darauf stellte. «So schnell werden Sie uns nicht los. Hier kann man die Hitze aushalten.»

Auf des Pfarrers Frage nach Lilys Befinden antwortete Babs traurig:

«Es ist ein Trauerspiel mit ihr. Wenn sich doch einmal eine Besserung zeigen wollte. Aber eher das Gegenteil ist der Fall. Warum wird ein so herzensguter Mensch wie Lily derart hart gestraft?»

Pastor Bolten sah schweigend auf die Lichtkringel, die auf dem Tischtuch tanzten. Er wußte wohl, daß es keinen Sinn hatte, dieses Thema mit Barbara zu erörtern. Zu oft schon hatten sie sich aufgrund ihrer unterschiedlichen Ansichten deswegen gestritten. So entstand eine nachdenkliche Pause, die wie ein luftleerer Raum zwischen ihnen lag.

Jutta unterbrach die Stille, indem sie nach den Schnitzereien an der Kanzel fragte, und Pastor Bolten erklärte ihr die Szenen aus dem Alten Testament. Über die künstlerische Seite könne sein Vetter Stauffenbiel besser Auskunft erteilen, meinte er. Überhaupt seien die Kunstwerke der Moorburger Kirche der Anlaß gewesen, weswegen er seinen Vetter hergebeten habe.

«Ich dachte, Doktor Stauffenbiel ist Archäologe», bemerkte Jutta.

«Das ist er auch und Kunsthistoriker. Im Vorjahr war er so begeistert von dem, was er in Moorburg vorfand, daß ich ihn auf die Steingräber aufmerksam machte mit dem Hintergedanken, ihn hier eine Zeitlang zu binden. Wir haben als junge Leute miteinander studiert und manch frohe Fahrt gemacht. Da er seine Mahlzeiten im Pastorat einnimmt, habe ich das Beisammensein mit ihm sehr genossen. Im Moment ist der Vogel wieder ausgeflogen. War schon immer ein unruhiger Geselle.»

Barbara sah auf ihre Uhr und fragte Jutta, ob sie nun ins Schloß gehen wollte. Es sei eine trübe Stimmung drüben, weil es Lily nicht gutgehe, darum habe sie sich vorgenommen, mit Jutta allein in ihrem Turmzimmer zu speisen.

Jutta war einverstanden und schlug noch einen Gang durch den Garten vor. Wiederum befiel sie eine ziellose Unruhe, als habe der Tag eine besondere Bedeutung für sie. War es das eigenartige Milieu Moorburgs? Sicher nicht, denn diese innere Spannung fühlte sie schon den ganzen Tag.

Als sie dann die raschen, vom Pfarrhaus her kommenden Schritte hörte, wußte sie sofort, daß ihre Ahnung sie nicht getrogen hatte, trotz der Bemerkung des Pastors, der Vogel sei ausgeflogen. Detlev Bolten äußerte seine Überraschung, den Vetter plötzlich auftauchen zu sehen.

«Ich hatte heute morgen das Bedürfnis, nach Moorburg zu fahren. Vor einer halben Stunde bin ich im Malvenhaus gelandet», sagte Doktor Stauffenbiel zu Jutta, die ihm schweigend die Hand gab. Barbara musterte ungeniert den hellen Anzug und den weißen Panamahut des Ankömmlings.

«Sieh da! Der Schaufelstiel auf tropisch!»

«Und Fräulein Wiesenfrosch auf Entengrütze!» gab Stauffenbiel schlagfertig zurück, indem er Barbaras grünes Kleid betrachtete. Verständnislos sah Jutta in drei lachende Gesichter.

«Eins zu null für Sie!» grinste Babs und ging, weiter neckend, mit dem «tropischen Maulwurf» zusammen voran den engen Weg dem Haus zu.

«Wieso Wiesenfrosch?» fragte Jutta den Pfarrer.

«Der Name Pogwisch bedeutet auf hochdeutsch Froschwiese. Mag sein, daß bei der Namensbildung eine Wiese, um die vielleicht ein Streit entbrannt war, eine Bedeutung gespielt hat. Nun, und die ‹Entengrütze› paßt vorzüglich zu dem Wiesenfrosch; man nennt so das grüne Zeug, das Teiche und Tümpel wie ein grüner Teppich bedeckt. Aber daß mein Vetter den Spieß umdrehte, kam Fräulein Barbara doch überraschend, wie es schien», lächelte der Pastor.

«Schaufelstiel ist übrigens für einen Archäologen auch nicht schlecht», sagte Jutta.

Barbara wandte sich um.

«Hört mal, der Maulwurf hat mich überredet, meine Enten hierherzubringen, damit wir sie gemeinsam verspeisen. Ist es Ihnen recht, Pastor?»

«Natürlich, das ist ein vernünftiger Gedanke! Die Zubereitung wird

Fräulein Schulze gern übernehmen. Etwas Moselwein ist auch vorhanden, aber zu Entenbraten nicht gerade passend.»

«Aber als kalte Ente hinterher, um bei der Ente zu bleiben», meinte Jutta.

«Großartig!» rief Babs. «Den Sekt dazu bringe ich mit. Sind zwei Enten genug? Ich hatte ja nur an Jutta und mich gedacht.»

Alle versicherten ihr, daß sicher keiner hungrig von der Tafel aufstehen werde. Sie standen jetzt vor dem Pastorat, und Barbara wollte gerade ihren Flitzer besteigen. Jutta hielt sie zurück.

«Ob deine Schwester nicht kommen kann? Du kannst sie im Wagen mitbringen.»

Babs schüttelte den Kopf.

«Lily wird schon deshalb nicht kommen wollen, weil sie Angst hat, zu stören. Es quält sie immer sehr, wenn sie merkt, daß andere durch ihren Zustand in ihrer Freude beeinträchtigt werden. Sie ist die Selbstlosigkeit in Person.»

Tatsächlich kam Barbara ohne ihre Schwester zurück: Lily wünsche allen viel Spaß bei dem kleinen, improvisierten Essen, sie selbst werde bald zu Bett gehen.

Die beiden Mädchen halfen Fräulein Schulze in der Küche, die Herren hängten Windlichter in die Zweige eines Ahornbaumes und holten den Wein aus dem Keller. Bis die Enten gar waren, saßen sie plaudernd um den gedeckten Tisch. Barbara erzählte, wie sie der Enten habhaft geworden war.

«Ich hatte in der Nacht, wohl wegen der Hitze, schlecht geschlafen und zog frühmorgens mit Hasso und der Flinte los. Mitunter überkommen mich solche Mordgelüste.»

Sie blinzelte den Pfarrer an.

«Zwischen Moor und See verbarg ich mich im Schilf und hatte noch gar nicht lange gewartet, da plätscherte es vor mir im Wasser, und ein Pärchen flog hoch, wohl durch das Geschniefe des Jagdhunds aufgeschreckt. Den Erpel erwischte ich. Hasso mußte ziemlich lange umherschwimmen, bis er den Enterich fand. Aber auf einem Bein kann man nicht stehen. Und so wartete ich weiter. Geduld ist des Jägers Tugend. Erst als die Sonne über dem Moor aufging, kam eine Kette Enten. Ich war schon ganz verrückt wegen der Mücken, dieser verflixten Landplage! Die Enten zogen über mir nach dem Moor ab. Beim zweiten Schuß traf ich eine Ente, die in den Morast fiel. Der Hund sauste wie ein Wilder hinterher. Seinem Jiefen nachgehend, fand ich ihn mit der Ente im Maul im Dreck ... Na, wir sahen vielleicht aus, an den Beinen schwarz wie Ferkel. Aber Spaß macht es doch!»

«Wenn das deine Tante Amanda wüßte, daß du auch noch mit Mordgelüsten und Flinte umgehst! Was würde sie dazu sagen?» fragte Jutta.

Grinsend meinte Babs: «Oh, die würde sich noch mehr mit ihrer sicheren Diagnose aufspielen.»

«Mit welcher Diagnose denn? Sind Sie krank?» erkundigte sich Doktor Stauffenbiel.

Da kam Fräulein Schulze mit dem Tablett mitten in das Gelächter der Mädchen. Alle machten sich mit großem Appetit über die Enten her.

«Wir unterhielten uns gestern über die Emanzipation der Frauen», sagte der Pastor zu seinem Vetter, nachdem er sich den Mund mit der Serviette abgewischt hatte.

«Fräulein von Pogwisch hat uns Männer dabei ganz gehörig durch die Mangel gedreht.»

«Das kann ich mir denken», sagte der Doktor, «aber es steht ihr gut zu Gesicht, finde ich. Waren Sie auch mit von der Partie?» wandte er sich an Jutta.

«Nein, ich war gestern nicht in Moorburg ... Und Emanzipation ..., das hört sich so spitz und aggressiv an ...»

«Ist es auch», erwiderte Stauffenbiel und sah lächelnd in Juttas dunkle Augen, «und nun habe ich Durst.» Er schenkte die Gläser voll.

Die kalte Ente mundete vorzüglich, und allmählich kam eine heitere Stimmung auf. Jutta gab, nachdem die Herren lustige Streiche aus ihrer Studentenzeit erzählt hatten, einige witzige Erlebnisse aus ihrer Ausbildungszeit zum besten. Besonders gut konnte sie eine ihrer Lehrerinnen von der Tanzschule nachahmen. Ein ältliches Fräulein, das in seiner Jugendzeit dem russischen Ballett angehört hatte und den Schülerinnen gern von der damaligen Glanzzeit erzählte. Jutta imitierte gekonnt die Sprechweise ihrer Lehrerin. Das russisch gefärbte Deutsch wirkte durch den Umstand, daß die Lehrerin einen ständigen Kampf mit der schlecht sitzenden Zahnprothese führte, sehr spaßig.

Barbara schüttelte sich vor Lachen.

«Jutta, du bist ja die geborene Schauspielerin!»

«Du kannst dir sicher vorstellen, daß wir die gute alte Russin bei jeder Gelegenheit zum Erzählen animierten. Wir waren eben alberne Gänse, ewig zum Lachen aufgelegt. Wenn wir mal später alte Jungfern sind, Babs, lachen die Jungen über uns.»

Doktor Stauffenbiel brummte hinter dem Rauch seiner Pfeife. «Was das letztere anbetrifft, braucht Jutta sich wohl keine Sorgen zu machen.»

Der Mond tauchte apfelsinenfarben über den Bäumen der Allee auf. Fledermäuse flatterten lautlos umher, und irgendwo in der Stille heulte ein Hund. Die Windlichter waren heruntergebrannt, und der Pfarrer wollte aus dem Hause frische holen, doch die anderen wehrten ab, es sei schöner, im Mondschein zu sitzen.

Barbara, behaglich zurückgelehnt, wandte sich dem Pastor zu.

«Wissen Sie, in diesen prächtigen Garten und das geräumige Haus gehören ein Dutzend fröhlicher Kinder.»

Jutta sah Doktor Stauffenbiel betroffen an; ernst erwiderte er ihren Blick.

«Willst du uns nicht ein wenig vorspielen», fragte der Pastor den Vetter, statt eine Antwort zu geben.

Ulrich Stauffenbiel erhob sich. Hinter den geöffneten Fenstern flammte Kerzenlicht auf, und es erklangen die Romanze und das Rondo aus der Kleinen Nachtmusik. Rein perlten die anmutigen Melodien in die Nacht hinaus.

Als der letzte Ton verklungen war, nahm Jutta ein gefülltes Glas und ging ans Fenster, hinter dem Ulrich am Klavier saß. Wie immer, wenn er sich der Musik hingegeben hatte, erschien sein Gesicht entspannt und jünger. Er genoß das Bild, das sich ihm darbot: Die zierliche Mädchengestalt im Fensterrahmen, die sich, beleuchtet vom milden Kerzenschein, gegen das Dunkel abhob; die schmale Hand mit dem Glas. Er nahm das Glas und trank. Dann bat er sie, sich etwas zu wünschen, was er für sie spielen sollte.

«Alles, was Ihnen für die Nacht passend scheint, wenn's nicht gerade der Sieben-Nixen-Chor ist», sagte sie lächelnd, ergriff das Glas und tat selbst einen tiefen Schluck. Unter dem Ahorn herrschte bedrücktes Schweigen, als Jutta zurückkam.

Es war ein stilles, trostvolles Lied, das Stauffenbiel spielte. Jutta kannte es nicht und sah den Pastor fragend an. Beim zweiten Vers sprach er leise die Worte zur Melodie:

«Es ist so still geworden,
Verrauscht des Abends Wehn.
Nun hört man allerorten
Der Engel Füße gehn.
Rings in die Täler senket
Sich Finsternis mit Macht,
Wirf ab, Herz, was dich kränket
Und was dir bange macht!»

Drinnen löschte Stauffenbiel die Kerzen und kam heraus. Er bemerkte, daß Barbara von Pogwisch dem Pastor die Hand auf den Arm legte und ihn bittend ansah.

«Haben Sie Lust, noch einen Gang durch den Garten zu machen?» fragte er Jutta.

«Wie schwer es ihr wohl fallen mag», sagte sie, als sie um das Haus herumgingen.

«Sie wird sich nichts dabei gedacht haben.»

Im Garten war es dunkel, nur hin und wieder zeichneten sich hellere Flecken auf dem Weg ab.

«Ich danke Ihnen für das schöne Nachtlied, Pastor Bolten sprach den Text.»

«Es hat mehrere Strophen, aber die erste gefällt mir am besten. Vielleicht kommt für Sie einmal eine Zeit, wo Sie sich an sie erinnern werden. Manchmal hat man so was nötig.»

Er legte den rechten Arm um sie und sah in die Baumkronen hinauf, während sie langsam auf einen hellen Rasenplatz zugingen. Das Gemeinsame des nächtlichen Spazierganges beglückte Jutta ebenso wie die anderen Erlebnisse mit ihm; jede Begegnung unterschied sich von den vorangegangenen und war so ganz anders als das Zusammensein mit anderen Menschen, die sie kannte.

Plötzlich ließ er sie los und ging rasch auf den Rasen hinaus. Verwundert kam sie ihm aus dem dunklen Weg nach. Er stand da und sah zu, wie sie ins Mondlicht trat.

«Sie kamen eben wie die Prinzessin aus dem Märchen heraus», sagte er, als sie bei ihm war, und nahm ihre beiden Hände. «Schon heute morgen, als ich in der Stadt aufwachte, habe ich mich auf diesen Anblick gefreut.»

«Aber Sie konnten doch gar nicht wissen, daß Sie mich treffen würden.»

Sie sah verwirrt zu ihm auf: «Wenn ich diese Prinzessin sein sollte», fügte sie vorsichtig hinzu.

«Natürlich Sie, sonst wäre ich ja nicht plötzlich nach Moorburg gefahren», murmelte er und zog Jutta an sich. Sie schlang die Arme um seinen Hals und bog den Kopf zurück. Hell waren jetzt ihre Gesichter im Mondschein. Doktor Stauffenbiel neigte den Kopf und flüsterte Jutta ins Ohr:

«Märchenprinzessinnen soll man nicht aufwecken, denn wenn man das tut, werden sie Erdenfrauen, und das Märchen ist zu Ende.»

Er ließ Jutta aus seinen Armen. Etwas benommen stand sie vor ihm.

«Sie verstehen nicht, was ich meine.»

Sie atmete tief.

«Doch. Sicher haben Sie recht. Im Märchen geht die Erzählung auch immer nur bis zur Entzauberung durch eine gute Tat.»

«Im Leben ist das Verzaubertsein aber besser als ...»

«Da sind sie!» rief Barbaras Stimme aus der Dunkelheit. Die Spannung zwischen dem Pastor und Babse schien gewichen zu sein, als sie nun unbefangen auf den Rasen heraustraten.

«Ich muß um fünf aufstehen», sagte Babs, «wenn ich dich nach Hause fahren soll, Jutta, müssen wir starten. Es ist schon nach Mitternacht.»

«Sind Sie auch nicht zu müde zum Fahren?» erkundigte sich Stauffenbiel bei Babs.

«Oh, Sie wollen sich opfern, Jutta in meinem Wagen nach Haus zu bringen, wie? Ich möchte aber selber noch ein wenig mit ihr plaudern.»

Sie gingen zusammen an die Dorfstraße, wo der Flitzer stand. Als die Mädchen in einer Staubwolke verschwunden waren, wandte sich der Pfarrer lächelnd an seinen Vetter.

«Nun, Ulrich?»

«Was, nun, Ulrich?» fragte Stauffenbiel und stopfte seine Pfeife. «Sag mal, kann ich heute nacht bei dir schlafen? Ich bin nämlich zu faul, zum Malvenhaus zu wandern und hundemüde.»

«Wie immer, wenn du nach deinen Streifzügen durch das Sündenbabel hier wieder auftauchst.»

«Hm.»

Gemeinsam trugen die Vettern Tisch und Stühle ins Haus zurück und setzten sich noch für ein Weilchen in das Studierzimmer.

«Wie hat denn die taktvolle Barbara von Pogwisch sich aus der Affäre gezogen, Detlev?» erkundigte sich Ulrich.

«Ach, laß das, sie ist so übel nicht. Sie hat einen guten, anständigen Charakter, leider ist sie recht impulsiv und unbedacht. Ich kenne das schon bei ihr. Und wie gefällt dir Fräulein Dewitz? Ich fürchte, zu gut!»

«Was heißt, ich fürchte?» Stauffenbiel zog die Augenbrauen zusammen.

«Ulrich, das Mädchen ist für einen Flirt zu schade, soweit ich es beurteilen kann.»

Nachdenklich blickte der Doktor in des Pfarrers stille, graue Augen. Weiter glitt sein Blick über das schlichte, dunkelblonde Haar und die schmale Gestalt des Vetters.

«Wer sagt dir denn, daß ich mit Fräulein Dewitz flirten will, hm?»

Der Pfarrer lächelte nachsichtig.

«Na, das ist wohl nicht zu übersehen, und da ich deine Einstellung zu Frauen im allgemeinen kenne, fürchte ich, daß du in diesem Fall auch keine Ausnahme machen wirst. Wenn ja, sollte es mich freuen, sehr freuen sogar, gerade bei diesem Mädchen, Ulrich! Ich denke noch an Lilys Geburtstag, als Fräulein Dewitz tanzte, und du wie fasziniert am

Flügel ... ja, ja ich bin ja schon still. Aber es wäre ein Segen für dich, wenn du endlich wüßtest, wohin du gehörst!»

«Weiß ich ja: Arbeit und mitunter eine kleine Entspannung. Was will man mehr? Ich fühle mich sehr wohl dabei.»

«Mach dir doch nichts vor, Ulrich. Sieh mal, wir kennen uns von Kindesbeinen an. Ich weiß, daß du mehr vom Leben erwartest, daß du anspruchsvoll und sensibel bist und eine starke künstlerische Veranlagung hast. Du kannst mir doch nicht erzählen, daß dich dieses unruhige Leben, das, wie du eben sagst, aus Arbeit und gewissen Vergnügungen besteht, befriedigt. Jedenfalls auf die Dauer nicht.»

Pastor Bolten erhob sich und ging vor seinem schweigenden Vetter auf und ab.

«Du hast dich seit der Enttäuschung mit Vera sehr verändert, auch mir gegenüber, leider. Diese leidige Angelegenheit damals als Student hat dich irgendwie umgekrempelt. Bist du denn immer noch nicht darüber hinweg?»

Ulrich machte eine abwehrende Bewegung.

«Ach, was! Das war es nicht allein. Es war da noch einiges mehr, und man ist schließlich kein Stein, Detlev. Gebranntes Kind scheut das Feuer, weißt du.»

Betrübt betrachtete der Pfarrer den Vetter: Er sah den bitteren Zug um den Mund, die Falte zwischen den Augenbrauen und die nervös mit der Pfeife spielenden Finger. Er dachte an die Zeit, als sie beide als Studenten an das Mittelmeer gereist waren und die dunkeläugigen Mädchen und Frauen sich auf der Straße nach dem Vetter umgesehen hatten. Oh, alte Burschenherrlichkeit, wohin bist du entschwunden? Es war etwas Wahres an dem alten Studentenlied. Das Leben hatte Ulrich Stauffenbiel gebeutelt. Sein Verhängnis war und blieb die Anziehungskraft, die er auf Frauen ausübte.

Auch Stauffenbiel stand auf und trat an seinen Vetter heran.

«Laß nur, Detlev. Man muß sich damit abfinden, was man im Leben vorgefunden hat. Und das ist eine ganze Menge; außer der Arbeit, die noch das Beste dabei ist, ist nicht viel los damit. Alle wollen irgendwas von einem. Geben wollen die wenigsten. Selbstlosigkeit kannst du wie eine Stecknadel suchen.»

«Doch», sagte der Pfarrer leise, «doch Ulrich, die gibt es auch.»

«Aber Vollkommenheit? Vielleicht wird es sie einmal für dich geben. Du darfst die Hoffnung nicht verlieren.»

«Laß uns schlafen gehen», antwortete der Pfarrer nur.

5

Der Himmel flammte rot bis fast zum Zenit empor. Der Reiher zog über das Moor dahin, als wollte er sich in die Glut stürzen. Das Moor schien zu brennen, und in den Lachen spiegelte sich die Lohe des Himmels. Die schwachen Nebel lagen als roter Dunst über dem Grund.

Die Silhouette des einsamen Reiters, die sich langsam auf dem niedrigen Damm fortbewegte, hob sich schwarz und scharf von der Röte ab.

Major Otto von Pogwisch ritt barhäuptig dem erwachenden Tag entgegen. Er sah ihn wieder vor sich: Den Brand damals nach der großen Schlacht, als am Horizont die Ortschaften in Flammen standen. Er sah, wie sich die Siegesfreude in den Gesichtern seiner Kameraden spiegelte. Wie weit lag das alles hinter ihm. Damals war er zum letztenmal dem Ruf seines obersten Kriegsherrn gefolgt, der Not der Zeit gehorchend. Die Verwaltung des Gutes hatte er seinem gewissenhaften Inspektor überlassen.

Noch einmal führte er sein Bataillon in die Schlacht. Er sah die blanken, kampfesmutigen Augen seiner Jungens wieder vor sich, die unter den Helmen voll Vertrauen auf ihn gerichtet waren. Dann wurde er verwundet, und eine große Ruhe kam über ihn. Er war nach Moorburg zurückgekehrt, und es war am Anfang schwer gewesen, sich nach den Kämpfen wieder an das Leben eines Landwirts zu gewöhnen. Doch im Laufe der Jahre hatte die Landschaft und die Pflicht aus dem Soldaten einen ruhigen, gewissenhaften Landwirt gemacht, der sich nur in seinen Mußestunden mitunter in die alten Bücher des Kriegshandwerks vertiefte.

Der Major ließ die lange Kette der verflossenen Jahre an sich vorüberziehen: Es waren viele geruhsame, in denen nichts Besonderes geschehen war, aber auch einige böse, düstere Jahre, in denen der Kummer sein Haar mit Reif überzogen hatte, Jahre, in denen das widrige Zeitgeschehen auch in die Abgeschiedenheit Moorburgs eingebrochen war und die Verantwortung für Land und Leute schwer auf seinen Schultern lastete. In diesen Jahren hatte ihm die unbekümmerte Jugend seiner kleinen Töchter über manche sorgenvolle Stunde hinweggeholfen. Auch war, trotz aller Reibereien, der Rat der alten Tante Tove, besonders im Umgang mit den Gutsarbeitern, für ihn sehr von Nutzen gewesen. Dann war die Krankheit Lilys über sie alle wie ein Unwetter hereingebrochen. Beate, dachte er, in diesen letzten Jahren ist dein fröhliches Lachen, das dich so anziehend machte und das auf Moorburg schon seltener geworden war, ganz von dir gewichen. Er sah sie wieder vor sich, die schöne, junge Frau von damals, zwischen den Ulanen in blauen Uniformen auf die Jagd reiten, die schlanke Gestalt in schwarzer Schneiderjacke und langem Reitrock, das rosig überhauchte Gesichtchen über der weißen Halsbinde, und ihr frohes Lachen wehte hinter ihr her wie der Schleier an dem kleinen Zylinder.

Er hätte besser ein paar hundert Jahre früher auf die Welt kommen sollen wie sein Ahn Melchior Pogwisch, der im Gartensaal in Federhut und Stulpenstiefeln an der Wand hing. Er war ein tüchtiger Offizier gewesen, der alte Haudegen, und gleichzeitig Herr auf Grevenslund.

Der Major klopfte seinem Fuchswallach den Hals.

«Ja, ja, Roland, wir beiden Veteranen werden den Rest unseres Weges auch noch mit Anstand bewältigen, was?»

Und August, fügte er im stillen hinzu, die treue Seele. August Prange mit dem Kindergemüt war sein Bursche gewesen, und als er nach Moorburg zurückgekehrt war, hatte August etwas später seinen Abschied genommen und war seinem Major gefolgt. Er gedachte des Protests der Tante, als August aufgetaucht war, um weiter seinem Herrn und dessen Familie zu dienen. Die Tante hatte eine unüberwindliche Abneigung Bedienten gegenüber – möglich, daß sie in ihrem Elternhaus schlechte Erfahrungen mit ihnen gemacht hatte –, jedenfalls duldete sie auf Moorburg keine Diener. Sie wollte den «standhaften Zinnsoldaten», wie sie ihn bezeichnete, nicht im Haus haben; er könne von ihr aus als Gutsarbeiter bleiben und im Torhaus wohnen. Schließlich auf das Drängen, besonders der Kinder, hatte sie ihn doch, wenn auch murrend, geduldet; nur durfte er ihre Zimmer nicht betreten.

Der Kriegszustand mit Tante Tove war trotz der vielen Jahre noch immer nicht beendet. Sie, die sonst in ihrer ruppigen Art mit den Leuten erstaunlich gut umgehen konnte, schob dem armen Kerl oft «Untaten» in die Schuhe, die er gar nicht begangen hatte. Immerhin duldete sie stillschweigend, daß August Lilys treuer Hüter war; denn er umsorgte die Kranke mit zarter Ergebenheit.

Herr von Pogwisch wandte seinen Kopf mit der stark ausgeprägten, vorspringenden Nase seitwärts. Dort drüben endete das Moor in sumpfige Wiesen. Barbaras Plan, dieser Seite des Moors Nutzland abzugewinnen, erschien ihm zu kostspielig in Anbetracht des späteren Gewinns aus dem Kartoffelanbau. Eine weitverzweigte Dränage wäre nötig gewesen. Tante Tove war für solche «Utopien» nicht zu haben. Ein Jammer, daß Babs kein Junge geworden war. Seine tüchtige, immer tätige Barbara, der Hansdampf in allen Gassen. Sie nahm ihm jetzt schon viel Arbeit ab; vielleicht sollte man sie doch, wie sie es wünschte, in eine landwirtschaftliche Schule schicken? Aber die Damen waren entschieden dagegen. Sie meinten, Babs solle einen tüchtigen Landwirt heiraten und Moorburg den Erben schenken. Das Mädchen wurde immer böse, wenn Tante und Mutter dahingehende Andeutungen machten. Er konnte es ihr nicht verdenken, ihm selber war es peinlich; andererseits hatten die Damen ohne Zweifel recht. Babs würde sich doch eines Tages mit dem Gedanken abfinden, zu heiraten. Der Major lächelte vor sich hin bei der Vorstellung, wie ein künftiger Schwiegersohn beschaffen sein sollte, um mit Babs fertig zu werden. Bei Lily wäre es einfacher gewesen, wäre sie gesund geblieben. Er glaubte nicht mehr an eine Heilung, und die Ärzte wohl auch nicht. Das arme Kind!

Roland stolperte in einem Morastloch, und der Major fuhr aus seinen Gedanken auf.

Die Kiebitze flogen schreiend von den Grasbüscheln hoch, und über einer Birkengruppe kreiste die Gabelweihe. Die Sonne stand über dem Horizont. Der Major sah der Morgenröte nach in der Hoffnung, sie könnte die Vorbotin des ersehnten Regens sein. Das Moor war an den höher gelegenen Stellen so ausgetrocknet, daß es rissig war. Im leichten Trab ritt Otto von Pogwisch zu den Torfstechern hinüber.

«Wohin des Wegs?» rief der Karlshöher seiner Schwägerin zu, die vor dem Pferdestall in den Sattel stieg.

«Ein bißchen spazieren!» Jutta winkte Joachim, nahm die Zügel und trabte auf Fatme vom Hof.

«Viel Spaß!»

Herr von Trappen wandte sich wieder seinen Mähmaschinen zu. Er vertraute Jutta jetzt gern die Stute an. Fatme hatte sich an Jutta gewöhnt und ging willig unter ihr. Er freute sich, daß das Pferd regelmäßig bewegt wurde.

Jutta nahm den Weg zum Nordufer des Schwarzsees. Sie war wieder einmal einer quälenden Melancholie verfallen. Irgend etwas mußte sie tun, dieser inneren Unruhe zu entgehen, die sie dorthin zog, wo sie glücklich und geborgen war. Andererseits hielt eine mädchenhafte Scheu sie zurück. Gestern war ein Brief von Erich gekommen, der ihr wieder einmal zeigte, daß ihr Lebensweg eigentlich klar und einfach vor ihr liegen sollte.

Sollte sie dieses Fleckchen Erde, das ihr lieb und vertraut geworden war, schnellstens verlassen, um nach Hause zu reisen und den Dingen dort ihren Lauf zu lassen? Vielleicht wäre es das beste. Aber einmal noch wollte sie diesen Ritt auf Fatme durch Feld und Wald genießen. Einmal wollte sie zum Malvenhaus und seinem Bewohner reiten. Hatte er sie nicht eingeladen? Sie kam jetzt aus dem Wald und auf den Weg nach Moorburg. Nach der Brücke zweigte die Straße über den Lachsenbach zur Wassermühle ab.

Jutta zog die Zügel an; Fatmes Schweif peitschte die Fliegen von der Kruppe. Einige Minuten verharrte das Mädchen regungslos auf dem Pferd: Wenn sie jetzt zum Malvenhaus reiten würde und diesen sonderbaren Mann anträfe, könnten noch mehr Verwirrung und Schwierigkeiten auftauchen. Ingeborg, die überaus korrekte Schwester, hätte sie eingesperrt, wenn sie geahnt hätte, wohin Juttas Spazierritt ging.

Jutta fand eine Zwischenlösung. Sie trieb Fatme mit den Schenkeln an und beschloß, Christoph zu besuchen.

Unter dem Nußbaum band sie das Pferd an und fand den Müller schließlich unten in der Mühle, wo er die Zahnräder des Getriebes schmierte.

«Das ist aber nett von dir, mich alten Mann zu besuchen», sagte Christoph, freudig überrascht. «Geh schon ins Zimmer hinauf, dort ist es schön kühl. Ich komme gleich nach, will mir nur die Hände waschen.»

Sie bekam wieder ein Glas Met vorgesetzt. Inzwischen hatte sie sich in dem altväterlich eingerichteten Raum umgesehen. Staunend betrachtete sie den offenen Herd, die Zinn- und Kupfergeräte und vor allem die vielen Bücher auf den Regalen ringsum an den Wänden. Dicke, in Schweinsleder gebundene Bände waren darunter.

«Wenn es dir Spaß macht, kannst du gerne darin schmökern», meinte Christoph. «Es sind alte, oftmals recht interessante Schriften.»

Er betrachtete sie, wie sie da am Fenster in seinem Lehnstuhl saß und an dem Met nippte.

«Ist die Mühle eigentlich noch in Betrieb?» fragte Jutta.

«Ja, es naht die Zeit, wo das große Rad sich wieder dreht. Dann kommen die kleinen Bauern aus der Gegend mit ihrem Getreide her. Und mein Knecht Anton auch. Die Güter lassen jetzt in den großen, elektrischen Mühlen in der Stadt mahlen.»

«Sie ist gewiß schon sehr alt, die Mühle?»

«Ja, sie ist gebaut worden, als die Herren weiße Perücken auf den Köpfen und Silberschnallen an den Schuhen trugen. Aber davor gab es auch schon eine Wassermühle. Das war die Zeit, als die alte Moorburg noch auf dem Hügel stand und ihre wilden Herren sich selten um Gott und den Teufel scherten und noch seltener vor Altersschwäche in ihren Betten starben.» Er deutete auf die Bücherreihe. «Das ist alles in diesen Büchern aufgeschrieben, von Menschen über Menschen. Willst du noch ein Glas Met haben?»

Jutta stand auf und schüttelte den Kopf.

«Vielen Dank, Christoph, aber ich muß nun weiter.»

«Weiter?» sagte der Rotäugige und sah sie prüfend an. Dann ging er mit ihr hinaus zum Pferd, band es los und half ihr hinauf. Sie reichte ihm die Hand, und der alte Mann hielt sie einen Augenblick fest.

«Wenn du nicht weiter weißt, komm wieder her.» Dann deutete er nach Osten in Richtung Moorburg.

«Geh jetzt lieber nicht dahin. Reite zurück!»

Sein Daumen wies über die Schulter nach Westen. Er sah ihr nach, als sie zur Landstraße hinauftrabte. Kopfschüttelnd ging er in seine Mühle zurück.

Woher wußte der Müller, daß sie nach Moorburg wollte, überlegte Jutta, als sie an der Weggabelung ankam, dabei zog sie den rechten Zügel leicht an, und Fatme wandte sich nach Osten.

Das Malvenhaus lag, von zwei hohen Silberpappeln bewacht, über dem See gleich hinter der Gutsgärtnerei. Sein Reetdach war altersgrau und umfaßte nach Osten und Westen zwei Giebel. Rings um das Gebäude standen an der Hauswand Malven, deren Spitzen auf das Dach hinaufreichten. Ihre Blumen waren weiß und dunkelrot. Im Garten wucherten Kapuzinerkresse, Reseda und Goldlack. Es war ein Garten wie zu Großmutters Zeiten, sogar Lilien, Nelken und gelbe Königskerzen leuchteten darin.

Die Tür an der nördlichen Landseite des Hauses stand mit beiden Flügeln weit offen. Dahinter erstreckte sich über die ganze Breite des Hauses der Wohnraum. Zwei Fenster gingen zum See hinaus. Vor dem einen Fenster saß Doktor Stauffenbiel an seiner Schreibmaschine, von einem Wust Papier und Büchern umgeben. Wegen der drückenden Schwüle trug er kein Jackett, hatte das Hemd am Hals geöffnet und die Ärmel hochgekrempelt.

Als er das Getrappel vor dem Hause hörte, hob er den Kopf. Da stand Jutta mit dem Pferd am Zügel vor der Tür, etwas erhitzt und verlegen. Langsam ging Stauffenbiel ihr entgegen.

«Ich störe Sie bei der Arbeit», sagte Jutta.

«Sie bereiten mir eine freudige Überraschung.» Er ließ ihre Hand los und wandte sich an Fatme. «Leider kann ich Sie, schwarze Schönheit, nicht in mein bescheidenes Heim bitten, da meine Sessel für Riesendamen nicht berechnet sind. So muß ich Ihre Hoheit bitten, sich mit dem Garten zu begnügen. Gesetzt den Fall, Sie benehmen sich gesittet, rupfen keine Blumen und trampeln nicht unnötig umher, bin ich bereit, Ihnen später die Zuckerdose anzubieten.»

Fatme hatte mit aufmerksam nach vorn gerichteten Ohren gelauscht, jetzt neigte sie das edle Haupt und ließ sich an eine Pappel binden.

Jutta war in den freundlichen Raum eingetreten und sah sich um. Hier lebte er also. Sie ließ sich in einem mit silbergrauem Rips bezogenen Sessel am Kamin nieder.

«Was für ein merkwürdiger kleiner Flügel.» Sie deutete auf das Instrument, das in der Ecke beim zweiten Fenster stand.

«Ein Cembalo, ein Vorgänger des Klaviers. Seine Saiten werden angerissen und geben darum einen feineren Ton als das Piano», erklärte Doktor Stauffenbiel.

Dieses Haus ist überhaupt voller Antiquitäten, nur die Ripssessel um den Kamin hatte Frau von Pogwisch herüberbringen lassen, da die kleinen Rokokostühle zum Ausruhen wenig geeignet waren. Jutta sah zum Fenster hinaus.

«Sie haben es hier wie auf einem Schiff mit dem Blick direkt aufs Wasser. Sehr hübsch!»

«Ich fühle mich hier auch sehr wohl», sagte er, neben sie tretend.

«Darf ich Sie um ein Viertelstündchen Zeit bitten, da ich eben an einer Abhandlung arbeite, die ich schnell fertig machen muß; dann aber kann ich mich Ihnen unbegrenzt widmen. Wollen Sie sich inzwischen etwas ansehen? Ein Buch vielleicht?»

«Vielen Dank. Aber ich möchte lieber eine Tasse Kaffee oder Tee kochen. Kann man das bei Ihnen? Ich habe entsetzlichen Durst», bekannte Jutta.

Er entschuldigte sich.

«So ein Junggeselle vergißt völlig seine Gastgeberpflichten, weil ihn selten jemand besucht. Tee ist da, aber meine kleine Küche ist, glaub ich, ziemlich durcheinander.»

Das fand Jutta auch und räumte ein wenig auf, während das Wasser auf dem Spirituskocher heiß wurde. Sie fand die Teebüchse und auch eine Dose mit Keksen, Zucker und geblümtes Porzellan vor. Liebevoll deckte sie den kleinen Tisch am Kamin. Dann pflückte sie in den Beeten des Gartens einen kleinen Sommerstrauß, der das Arrangement vervollkommnete. Doktor Stauffenbiel war inzwischen fertig und sah ihr von der Tür aus zu.

«Wie kann doch eine Frau einen Raum freundlich verändern!» sagte er etwas später und umfing den hübsch gedeckten Tisch und das lächelnde Mädchen mit seinem Blick.

«Sie wissen doch, was Schiller in der Glocke sagt? ‹Und füget zum Guten den Glanz und den Schimmer›.»

Nach dem Tee – sie hatten die ganze Zeit über mit keinem Wort ihre gemeinsamen Erlebnisse berührt – brachten sie Fatme den Zucker. Doktor Stauffenbiel ging mit einem Eimer zur Pumpe, das Pferd zu tränken.

Danach setzten sie sich auf die Bank an der Seeseite des Hauses und beobachteten die Enten auf ihrer Jagd nach Fischen. Auf der Lehne hing eine Badehose zum Trocknen.

«Barbara von Pogwisch sagte mir, es wäre nicht angenehm, im See zu baden», bemerkte Jutta.

«Man kann schwimmen. Nur kommt man leicht gebräunt heraus und muß sich nachher unter der Pumpe abspülen, besonders die Beine. Wenn ich im nächsten Sommer wieder herkommen sollte, will ich einen Steg bauen.»

«Es gefällt Ihnen also so gut hier, daß Sie nächstes Jahr wieder herkommen wollen?» fragte Jutta gespannt.

«Das Gefallen allein ist nicht ausschlaggebend, aber ich vermute, daß sich hier noch allerhand Interessantes ans Tageslicht holen läßt. Die Gegend scheint in vorgeschichtlicher Zeit schon dicht besiedelt gewesen zu sein. Doch weiß ich noch nicht, was man mit mir in einem Jahr vorhat. Das Arbeiten in Moorburg ist geradezu ideal. Und dann die Landschaft!»

«Ich mag mich auch nicht von ihr trennen», seufzte Jutta.

Er legte den Arm hinter sie auf die Lehne. «Sie haben ja Zeit und Muße! Wenn ich ein anständiges Boot hätte, würde ich Sie zu einer Kahnpartie einladen. Leider bekomme ich nur manchmal den brüchigen Nachen vom Wassermüller geliehen. Damit ist kein Staat zu machen.»

«Oh, Sie kennen Christoph?»

«Aber sicher. Wir sind sozusagen Nachbarn, und er hat mir schon manch nützlichen Hinweis für Grabungen gegeben.»

Jutta wandte sich ihm zu.

«Er ist ein bißchen unheimlich, finden Sie nicht?»

Stauffenbiel zog ein wenig die Mundwinkel hoch.

«Ich kann mir denken, daß Sie sich vor dem sonderbaren Alten fürchten, wenn Sie schon vor mir davonlaufen.»

Seine Hand umschloß ihre Schulter. Jutta hatte nicht das Bedürfnis wegzurücken, sie fühlte sich geborgen.

«Diese Augen», murmelte sie.

«Nun, was ist damit?»

Verwirrt richtete sie sich unter seinem Blick auf.

«Diese roten Augen von Christoph sind schrecklich!»

«Ja, diese Albinos sind merkwürdig. In Büchern treten sie mitunter als Bösewichte auf. Aber das ist ebenso ein Märchen wie die Ansicht mancher Leute, Rothaarige seien falsch.»

«Vielleicht werden solche Dinge behauptet, weil man auffällige Menschen als nicht normal empfindet», meinte Jutta.

Über dem Moor zog es sich grau zusammen, und die Mücken wurden aufdringlich.

«Ich glaube, wir gehen besser hinein», sagte Stauffenbiel.

Drinnen zeigte er ihr einige Stücke der hiesigen Ausgrabungen. Jutta strich über eine glatte Steinaxt.

«Wie haben die Steinzeitmenschen diese nur so schön schleifen können?»

«Mit dem primitivsten Werkzeug. Aber sie hatten etwas, was heute die meisten Menschen nicht mehr haben, nämlich Zeit und Geduld.»

In einer Kammer zeigte er ihr in diesem Zusammenhang einen alten handgeschliffenen venezianischen Spiegel, dessen Facetten in allen Regenbogenfarben spiegelten. Das Glas gab Juttas Gesicht in einem samtigen Ton zurück. Sie war betroffen darüber, wie schön sie darin aussah. Es mußte wohl an dem Glas liegen? Neben ihr erschien nun das Gesicht des Mannes, und sie lächelten sich im Spiegel zu.

«Der Spiegel ist ein Schmeichler», sagte sie und wandte sich ab.

«Aber nein», er musterte ihr Gesicht. «Es ist nicht nur die Kunst des venezianischen Meisters.»

«Ich würde sehr gern hören, wie das Cembalo klingt. Ist es unbescheiden, wenn ich Sie bitte, ein Stück darauf zu spielen?» fragte sie und ging in die Diele zurück.

«Aber gern.»

Er schlug das Instrument auf und setzte sich auf den Hocker.

«Was möchten Sie denn hören?»

«Haydn. Seine Musik stelle ich mir auf dem Cembalo eindrucksvoller als auf dem Klavier vor. Ich habe noch nie ein Cembalo gehört.»

Stauffenbiel spielte auswendig, und Jutta, behaglich in den Ripssessel zurückgelehnt, genoß das kleine Konzert.

Nach Haydn leitete er zu einem anderen Thema über. Es waren lebhafte Weisen, und Jutta, die sie nicht kannte, richtete sich interessiert auf. Welch ein Schwung war darin! Welch ein Temperament! Sie trat ans Cembalo. Da ließ er die Hände sinken.

«Das gefällt Ihnen, nicht wahr? Ich wußte es.»

«Herrlich! Was ist das?»

«Zigeunerweisen. Von wem, weiß ich nicht. Ich hörte sie von einer Zigeunerkapelle und bin dann einige Male wieder in das Lokal gegangen, wo sie spielte, um sie mir einzuprägen», gab er Auskunft. «Nun aber habe ich eine Bitte, wenn das nicht zu unbescheiden ist?»

«Ach ja, das *muß* ich tanzen», rief Jutta voller Begeisterung, sah dann aber an sich herab.

«Natürlich passen dazu keine Reithosen. Aber dem ist abzuhelfen. In der Kammer, wo der Spiegel hängt, ist eine Truhe voll alter Kleider. Ich habe sie mir zwar noch gar nicht angesehen, könnte mir aber denken, daß Sie darunter etwas Passendes finden.»

Es waren brüchige Gardinen, eine Brokatportiere, Schals und vergilbte Bettvorhänge. Jutta warf alles heraus und grub weiter nach unten. Ein zerfledderter Federfächer, eine schwarze Samtmantille kamen zum Vorschein, und schließlich fand sie einen dünnen, rotseidenen Rock und einen schwarzen Spitzenschal. Der Rock paßte einigermaßen, mit dem Schal umwickelte sie ihren Oberkörper. Derart gewandet ging sie mit wiegenden Schritten durch die Diele auf Doktor Stauffenbiel zu, der am Kamin stand, machte einen kleinen, spöttischen Hofknicks und meldete, daß sie bereit sei.

«Einen Augenblick», sagte er, öffnete die Tür, ging in den Garten und kam mit einer roten Nelke zurück. Als er sie in Juttas Haar steckte, merkte sie, daß seine Hände zitterten. Sie sah durch die offene Tür hinaus in den Garten, wo die Sonne die Blumen aufleuchten ließ, ehe sie sich hinter den heranziehenden Wolken verbarg. In der Ferne hörte Jutta dumpfes Grollen. Ihr war mit einem Male beklommen zumute, müßte sie doch jetzt schleunigst nach Karlshöhe zurückreiten, ehe das Unwetter losbrach. Sie atmete tief.

Da perlte die lockende Zigeunerweise auf. Sie dachte an nichts mehr und schmiegte ihren Körper in die Melodie.

Schwerelos wie im Traum glitten ihre bloßen Füße über den Teppich. Manchmal im schnellen Drehen jauchzten die Farben des Gartens wie ein Kaleidoskop an ihren halb geschlossenen Augen vorüber. Jutta nahm es kaum wahr, sie erlebte nur diese unbekannte Musik, die sie mitriß, mit der sie eins wurde, die sie alles andere vergessen ließ. Der Mann am Cembalo aber sah nur das tanzende Mädchen mit dem entrückten Gesicht. Er sah durch den dünnen Rock das Spiel ihrer wirbelnden Beine, die Geschmeidigkeit ihres Leibes beim Drehen und Biegen. Seine Hände sandten den wilden Rhythmus, der in ihm selber war, in den Raum. Er steigerte das Tempo, und der Körper vor ihm nahm es auf. Hin und her zuckte die rote Flamme.

Es war bei Jutta nicht wie sonst die Freude, durch den Tanz etwas zum Ausdruck zu bringen, es war einfach das Entzücken, selbst Musik zu sein. Weiter, immer weiter ... noch schneller.

Erst die mitten im Takt einsetzende Stille und der Knall des rasch zugeworfenen Deckels weckten sie aus ihrem Taumel. Sie stand gerade noch mit erhobenen Armen der offenen Tür zugewandt, und ehe sie sich in den plötzlichen Übergang finden konnte, hatten die Männerarme sie schon umschlossen.

Bestürzt sah sie in ein fremdes, verzerrtes Gesicht, das sich dem ihren näherte. Sie drehte den Kopf zur Seite und spürte einen leichten Schmerz auf ihrer nackten Schulter. Entsetzen packte sie. Mit Händen und Knien stemmte sie sich gegen ihn. Da suchte er sie hochzuheben, aber es gelang ihr, zu entschlüpfen. Mit drei Sätzen war sie durch die offene Kammertür, schlug sie zu und schob den Riegel vor.

Ermattet warf sie sich in den Haufen alten Stoffes auf das Sofa. Ihr Herz pochte, als wollte es zerspringen, und der Atem ging rasch. Jutta weinte in den alten Federfächer, bis ihr Atem ruhiger wurde. Dann blickte sie auf und entdeckte, daß Fatme sie durch das Fenster ansah.

Hastig riß sie sich die fremden Kleider vom Leib und schlüpfte in ihre Reithosen.

Ernüchtert stand Ulrich Stauffenbiel am Fenster und starrte auf den See, der dunkel unter ihm lag. Seine Nägel gruben sich in die Handflächen, und zwischen den mahlenden Zähnen biß er auf seine kalte Pfeife, bis deren Kopf polternd auf das Fensterbrett fiel. Er öffnete das Fenster und spie das Mundstück wie etwas Ekles in den Garten hinaus. Langsam ging er durch den Raum zur Kammertür. Da hörte er den Hufschlag vor dem Haus und wandte sich der Gartentür zu. Er sah die Reiterin nicht mehr, die zum Seeufer hinuntergeritten war. Etwas anderes sah er. Auf dem Teppich lag die rote Nelke, die er Jutta ins Haar gesteckt hatte. Sie war zertreten. Er hob sie auf und betrachtete sie wehmütig. Dann legte er sie in ein schmales Buch, das er ganz hinten in der Schreibtischschublade unterbrachte.

Jutta wollte in ihrer trostlosen Verfassung keinem Menschen begegnen und jagte deshalb über die Weiden am Seeufer entlang, im Wettlauf mit dem aufkommenden Gewitter. Sich umwendend, sah sie es, pechschwarz über Moorburg heraufziehend, immer näher kommen. Die Bäume wurden vom Sturm gepeitscht, und der Schwarzsee trug Schaumkronen. Jutta sah alles verschwommen, so, als ob sie hinter einer regennassen Fensterscheibe säße.

«Lauf, Fatme, lauf!» rief sie dem Pferd zu und trieb es noch mehr an.

Sie waren aber noch auf Moorburger Gelände, als der Regen wie ein Wasserfall auf sie niederprasselte. In wenigen Augenblicken war Jutta völlig durchnäßt. Ein greller Blitz zerriß die Dämmerung, das Pferd scheute, bäumte sich auf und jagte unter dem nachfolgenden Donner querfeldein auf die Landstraße zu. Jutta hatte Mühe, bei den Sprüngen über Hecken und Gräben im Sattel zu bleiben. Gottlob war das hohe Tor zur Straße offen. Fatme raste weiter, nur von dem Trieb beseelt, den schützenden Stall zu erreichen.

Mittlerweile war Jutta so erschöpft von all den Ereignissen des Nachmittags, daß sie spürte: Es geht nicht mehr. Gleich lasse ich mich einfach herunterfallen, und was dann kommt, ist egal. Immer noch liefen ihr die Tränen übers Gesicht.

Da kam die Mühle in Sicht. Wieder ein Blitz, dann ein Donnerschlag. Das Pferd zuckte zusammen und blieb, ebenfalls erschöpft – Jutta hatte diesmal kräftig von der Kandare Gebrauch gemacht –, unter einer Eiche an der Hecke stehen. Jutta klopfte ihm beruhigend den Hals. Rauschend bogen sich über ihr die Zweige. «Von den Eichen sollst du weichen», fiel ihr ein. Zu Christoph, dem sonderbaren Alten, war ihr einziger Gedanke. Bei Christoph, den sie noch vor kurzem unheimlich gefunden hatte, konnte sie Schutz finden. So wollte sie ihrer Schwester ohnehin nicht unter die Augen treten, und bis Karlshöhe würde sie es nicht mehr schaffen. Vor Christoph brauchte sie sich nicht zu fürchten.

«Wenn du nicht weiter weißt ...»

Der Wassermüller stand schon in der offenen Küchentür, als sie unter dem Nußbaum anlangte. Er trat in den Regen hinaus und nahm ihr wortlos das Pferd ab, um es in den Schuppen zu führen, wo er dem Tier einige Säcke überwarf. Dann gab er Fatme zwei Hände voll Mohrrüben und eilte ins Haus.

Den Kopf auf die verschränkten Arme gelegt, saß Jutta vor dem Küchentisch und weinte. Sie konnte nicht aufhören.

Christoph legte ihr die Hand auf die Schulter.

«So, so ... Nun mußt du erst mal in trockenes Zeug kommen, sonst wirst du krank. Schau mal, wie naß du meine Küche gemacht hast!»

Jutta hob ihre verweinten Augen.

«Ja, entschuldigen Sie bitte, Herr Christoph.»

«Das mit der Siezerei und Herr laß man, Kind. Hier hast du ein Handtuch und eine warme Wolldecke. In die wickelst du dich ein, bis dein Zeug vorm Herd getrocknet ist. Geh dort hinein. Ich mach inzwischen Fliederbeersaft heiß.»

Nach einer Viertelstunde saßen der Müller und Jutta vor dem offenen Feuer im Wohnzimmer. Jutta nippte an dem wärmenden Getränk. Allmählich verebbte ihr Schluchzen. Christoph fragte nichts und sprach nur das Nötigste. Der große Kater saß auf seinem Schoß, und Christoph streichelte das blanke, schwarze Fell. Dieses Bild hatte für Jutta etwas Beruhigendes.

«Stopf lieber deine Schuhe mit Zeitungspapier aus», meinte Christoph, «da auf dem Bord liegen Zeitungen.»

Jutta ging in Wollsocken des Müllers zum Bord und machte sich ans Ausstopfen. Dann stellte sie die Schuhe wieder auf die beiden Holzblökke neben das Feuer.

«In Karlshöhe werden sie sich aufregen», sagte Jutta, «hoffentlich sind die Sachen schnell trocken.»

«Du kannst denen ruhig sagen, wo du warst.»

Jutta sah ihn erschrocken an.

Er lächelte.

«In der Wassermühle natürlich. Daß du nicht bei Babs in Moorburg warst, werden sie schon per Telefon erfahren haben. Und das andere erzähle ihnen lieber nicht.»

Jutta sah zu Boden.

«Nein, Christoph. Und du wirst es auch niemandem sagen?»

Er schüttelte nur den Kopf, und die Flammen spiegelten sich in seinen roten Augen.

«Wie hast du es eigentlich wissen können?» fragte Jutta nach einer Weile.

Er wiegte den Kopf und sah auf den schnurrenden Kater.

«Einmal, als ich mir oben am Bach Holunderblüten aus dem Knick holte, sah ich euch zusammen im Gras sitzen. Dann kam dein Schwager, und ihr gingt alle drei zum Hünengrab hinüber.»

Das Schluchzen stieg wieder in Jutta auf, aber sie schluckte es mit dem letzten Fliedersaft tapfer hinunter.

«Es ist so schlimm, Christoph!»

«Nun, du bist ja am Leben und jung. Alles liegt noch vor dir, Kind. Paß nur ja auf, daß du nicht in eine Form gepreßt wirst, die nicht zu dir paßt. Ihr jungen Mädchen habt es nicht ganz leicht.

Barbara von Pogwisch ist auch so ein Fall, um den ich mir mitunter Sorgen mache. Sie wird zwar leichter mit solchen Geschichten, wie du sie erlebt hast, fertig, da keilt sie einfach aus. Aber sonst wird sie es noch mal schwer haben. Du aber hast keine so kräftigen Schultern wie sie und darin ...» Er scheuchte die Gedanken mit der Hand fort.

«Na ja. Man muß eben durch vieles hindurch.»

Mit einem tiefen Seufzer hob Jutta die Schultern und sagte nach einigem Nachdenken:

«Aber ich will doch morgen nach Hause fahren. Zu meinem Vater.»

6

In der Adventszeit hatte Herr Dewitz in Berlin zu tun, und Jutta durfte mitfahren. Sie wollte Weihnachtseinkäufe machen. Das erledigte sie in zwei Tagen. Da ihr Vater tagsüber beschäftigt war und Jutta sich die Zeit vertreiben mußte, besuchte sie am letzten Morgen ihres Aufenthaltes in der Reichshauptstadt ihre ehemalige Tanzschule.

Freudig wurde sie dort begrüßt, und die Damen bedauerten es sehr, daß die ehemalige sehr begabte Schülerin nicht öffentlich auftreten durfte. Sie würden ihr gern Empfehlungen mitgeben, wenn Jutta sich hier bewerben wolle, und sie meinten, wenn Jutta mit einem vorteilhaften Vertrag an ihren Vater herantreten würde, hätte er gewiß nichts gegen ein Engagement an einer hiesigen Bühne einzuwenden. Das hätten sie schon öfter bei ehemaligen Schülerinnen erlebt.

Jutta kam in arge Versuchung, hinter dem Rücken ihres Vaters den Versuch zu wagen. Sie kämpfte einen Augenblick mit sich, während die Damen auf sie einredeten. Doch sie wollte ihren Vater nicht wieder betrüben. Er war sowieso ungehalten, daß sie sich nicht endlich mit Erich verlobte.

Als sie nach dem Besuch der Tanzschule in ein Restaurant ging, war sie sehr bedrückt. Sie stocherte unlustig in den Speisen herum und ließ sich ein Glas Portwein bringen.

Draußen fiel Schnee in dichten Flocken auf das nasse Pflaster. Menschen strömten an den Fenstern vorbei, in feuchten Pelzen und mit Schirmen. Ein ungemütliches Wetter. Wie sollte sie den Nachmittag verbringen? In ihrem Hotelzimmer? Draußen umherlaufen, etwa auf dem Weihnachtsmarkt am Dom? Nein, in der Nässe nicht.

Wenn sie doch tanzen dürfte! Aber da war Erich, der sie verwöhnte und immer noch treu darauf wartete, daß sie ihn heiratete. Alle warteten darauf! Es war so maßlos peinlich. Ihr Vater war herzleidend. Sie konnte diese Entscheidung nicht ewig in die Länge ziehen. So wurde sie ihres Lebens nicht mehr froh. So nicht. Wenn sie tatsächlich in Berlin ein Engagement bekommen würde, wäre der Bruch da. Das wollte sie nicht.

Und dann stieg ein brennender Wunsch in ihr auf, der sie eigentlich auch nach Berlin getrieben hatte.

Sie rief den Kellner, zahlte und bat ihn, ein Taxi zu rufen.

«Prähistorisches Museum!» rief sie dem Chauffeur zu.

Sie wußte, daß Doktor Stauffenbiel dort zu tun hatte und auch die Moorburger Funde ausgestellt waren. Nun wollte sie das Schicksal herausfordern. Bisher hatte sie nicht den Mut gehabt. Damals im Malvenhaus hatte sie sich wie ein hysterischer Backfisch benommen. Er war ein Mann, ein verliebter Mann. Wahrscheinlich waren leidenschaftliche Männer so. Von Erich war sie so etwas nicht gewohnt. Er behandelte sie immer so, als sei sie noch das kleine Mädchen, das Kind, das er von klein auf gekannt und verwöhnt hatte. Zwölf Jahre älter war er als sie! Seit sie von Moorburg zurück war, hatte sie, so gut es ging, verhindert, mit ihm allein zu sein. Sie schauerte in ihrem Pelz zusammen.

Da hielt das Taxi vor einem großen Gebäude.

Jutta wanderte durch die Räume des Museums. Schließlich fand sie im ersten Stock die Ausstellungsvitrine mit den Moorburger Funden, die Ulrich Stauffenbiel ausgegraben hatte. Da war auch das Steinbeil, das sie an jenem Gewitternachmittag in der Hand gehalten hatte. Ein besonders schönes Stück. Sie erkannte es sofort wieder. Moorburg! – Babs! Es befiel sie mitunter eine Art wehmütiges Heimweh nach der Schwarzsee-Landschaft. Sie und Babs hatten sich inzwischen einige Male geschrieben.

Viele Menschen waren im Museum, wie es oft bei schlechtem Wetter der Fall ist. Jutta musterte alle. Aber der, den sie suchte, war nicht darunter. Sie wollte es dem Zufall überlassen. Nachlaufen wollte sie ihm um nichts in der Welt!

Des Umherwanderns müde ruhte sich Jutta auf einer Bank aus. Menschen gingen an ihr vorüber. Als ein junger Mann sich neben sie setzte und ein Gespräch mit ihr beginnen wollte, erhob sie sich und stieg langsam die Treppe hinunter. Es hatte keinen Zweck mehr. Sie sah auf die Uhr. Zweieinhalb Stunden war sie schon hier. Unten in der Halle besah sie sich die Karten, die zum Verkauf auslagen.

Ein livrierter alter Mann kam hinter dem Verkaufstisch vor und fragte, welche Karte sie wünsche. Sie nahm eine mit einem verwitterten Bronzeschwert. Als sie zahlte, hörte sie seine Stimme, seine unverkennbare Stimme. Sie kam aus einer geöffneten Tür seitlich des Verkaufsstandes. Jutta stand wie erstarrt da. Dann trat sie einen Schritt zurück und wandte sich der Tür zu.

«Frollein, Ihre Karte», rief der Livrierte, «und der Ausgang ist auf der anderen Seite!»

Jutta hörte nicht hin und schritt auf jene Tür zu.

«Frollein, da können Sie nicht rein!»

Aber Jutta stand schon in der offenen Tür und sah Ulrich Stauffenbiel mit einem kleinen alten Herrn an einem Schreibtisch stehen.

Der alte Herr sah Jutta in der Tür stehen und rief aufgebracht:

«Hier ist der Zutritt verboten.»

Da drehte Stauffenbiel sich um.

Sein Blick wurde starr, dann rief er aus:

«Nein! So etwas!»

Er wandte sich dem kleinen Mann zu.

«Entschuldigen Sie mich einen Augenblick, Herr Professor! Ich stehe gleich wieder zur Verfügung», und eilte auf Jutta zu.

Ihr Herz klopfte so schnell, daß sie tief atmen mußte, als Ulrich Stauffenbiel nun ihre beiden Hände ergriff.

«Wie kommen Sie denn hierher, Fräulein Dewitz?»

Ihre Wangen wurden rot und heiß.

«Ich bin mit meinem Vater in Berlin. Und da das Wetter so schlecht war, wußte ich nicht recht, was ich anfangen sollte. Da geht man dann am besten in ein Museum, nicht wahr?»

Er sah lächelnd in ihre aufgeregten Augen.

«Natürlich, wo sollte man in Berlin auch sonst hingehen? Und die Moorburger Funde muß man natürlich ansehen, nicht wahr?»

Jutta nickte und schluckte.

«Und da hörte ich Ihre Stimme und wollte mal sehen, ob Sie es wirklich sind.»

Ich habe jetzt keine Zeit. Aber können wir uns um sechs Uhr bei Kranzler Unter den Linden treffen, unten?»

«Ja, um sieben bin ich mit meinem Vater zum Abendessen verabredet.»

Noch ein kurzer Händedruck, dann eilte Doktor Stauffenbiel ins Zimmer zurück.

Völlig abwesend nahm Jutta die ihr hingehaltene Karte und stand kurz darauf im Schneegestöber auf der Straße. Es störte sie nicht. Beschwingt eilte sie zur nächsten Straßenbahnhaltestelle und war glücklich, ihre Hemmungen überwunden zu haben. Ihr war zumute, als habe sie mehrere Gläser Sekt getrunken. Jetzt erst wußte sie, wie sehr sie sich nach ihm gesehnt hatte.

In der Straßenbahn sah sie auf die Uhr. Sie hatte genug Zeit, ins Hotel zu fahren und sich hübsch zu machen. Sie würde die neue elegante Bluse anziehen. Trotz der winterlichen Dämmerung lag die Welt im Sonnenglanz vor ihr.

Doktor Stauffenbiel war noch in seine Arbeit vertieft, als auf seinem Schreibtisch das Telefon klingelte. Eine ihm gut bekannte Dame überflutete ihn mit einem Wortschwall. Aus Höflichkeit hörte Ulrich eine ganze Weile zu, brach dann aber ab und beendete hastig seine Arbeit. Bei dem herrschenden Schneegestöber dauerte es ziemlich lang, bis Ulrich ein Taxi erwischte. Dazu passierte noch ein Unfall. Der Verkehr staute sich, und der Taxifahrer mußte einen Umweg fahren.

Es war bereits sechs Uhr vierzig, als Stauffenbiel bei Kranzler eintraf. Er suchte Jutta dort vergebens.

Der Winter hatte voll eingesetzt: Der eisige Nord-Ost ließ an den Küsten selbst das Meerwasser erstarren. Dunkle Wolken schütteten Schneemassen herab, die alles in wirbelnde Schleier hüllten. Der Wind frischte auf. An den Küsten standen die Fischer im Windschatten, die Hände in den Taschen, die Mützen ins Gesicht gezogen, und sahen zu ihren Ringwaden hinüber, die verschneit im Eis festlagen. Sie schimpften und schoben den Kautabakpriem von einer Backe in die andere. Schließlich trotteten sie frierend nach Haus, um sich bei «Modders Arvensupp» aufzuwärmen.

Der Winter brachte Not. Unzufriedenheit wuchs, Unruhen brachen aus. Die Menschen hatten zwar ihr Portemonnaie zum Bersten voll mit Papiergeld, aber das war nichts mehr wert.

Wie unter einem weißen Tuch liegt die Schwarzsee-Landschaft in der frühen Dämmerung des Nachmittags. Nur an den Stellen, wo warme Moorquellen das Eis nicht gefrieren lassen, kann man den See ahnen.

Krähen fliegen krächzend über die weiße Fläche und lassen sich auf den kahlen Bäumen des Moorburger Parks nieder.

Die Glocke unter dem verschneiten Dach des Glockenturms läutet dumpf, schwarze Gestalten heben sich vom Weiß der Gräber auf dem Friedhof ab. Ein Kindersarg wird in die dunkel klaffende Grube gesenkt.

Der Kamin in der Bibliothek des Schlosses wird mit großen Buchenscheiten geheizt. Die Funken stieben hoch, und Rex, der Hund, fährt aus dem Schlaf. Die Exzellenz sieht in die Flammen und denkt an Barbara. Vielleicht saust sie gerade jetzt auf ihren Skiern einen Berg hinab. Heute war ein Brief von Frau Beate und Barbara eingetroffen. Sie berichten über ihre Erlebnisse in den Bergen.

Lily sitzt noch am Fenster und sieht mit blassem Gesicht den Meisen zu, die emsig das auf dem Brett vor dem Fenster ausgestreute Futter aufpicken. Über den See sieht sie den Jäger und August angestapft kommen. Sie haben dem Wild Heu in die Schutzhütten des Waldes gebracht. Die Not der Tiere ist groß, und schon oft in dieser harten Zeit haben die Menschen verendetes Wild im Schnee gefunden.

Der Major legt in seinem Zimmer ein Buch über die Siegeszüge des großen Mazedoniers Alexander aus der Hand, als es klopft und der Inspektor mit einer Abrechnung eintritt.

Im Pastorat steigt der Rauch kerzengerade aus dem Schornstein in die klare Winterluft. Pastor Bolten, von draußen kommend, reinigt seine Schuhe auf der Fußmatte vor der Haustür vom Schnee und reibt sich die erstarrten Hände. Dann legt er Barett, Talar, Beffchen und Mantel ab und nimmt vor dem Kachelofen seines Studierzimmers den Kaffee aus Fräulein Schulzes fürsorglichen Händen entgegen.

Draußen hat die Nacht alles in ihren dunklen Mantel gehüllt. Kein Mond, kein Stern ist zu sehen. Bei den Katen heult ein Hund.

Der Rotäugige sitzt am Tisch in seinem Zimmer und macht Eintragungen in ein schwarzes Heft. Von Zeit zu Zeit sieht er in ein Buch mit alten Schriftzeichen und murmelt vor sich hin, die Stirn in Falten gelegt. Überm offenen Herdfeuer summt der Wasserkessel. Auf den warmen Herdsteinen liegt schnurrend sein großer schwarzer Kater.

In ihrem Schlafzimmer des Karlshöher Hauses liegt Ingeborg von Trappen noch etwas blaß, aber mit strahlenden Augen im Bett und hält ihren kleinen Sohn an der Brust, indes der stolze Vater im Nebenzimmer durch die geöffnete Tür fragt, wem von Ingeborgs Bekannten er die frohe Neuigkeit noch mitzuteilen habe.

Es kratzt an der Tür, und Joachim läßt Inges kleinen Terrier ein. Der schnüffelt eine Weile umher, trippelt freudig wedelnd ins Schlafzimmer bis an Ingeborgs Bett, denn er hat die Herrin viele Tage nicht gesehen.

Sie beugt sich herüber, den Hund zu streicheln. Da fängt der Säugling kräftig an zu schreien, und der kleine Hund jagt mit eingekniffenem Schwanz erschrocken zur Tür hinaus.

Im Pferdestall mahlen die Mäuler die abendliche Futterration. Fatme schnaubt gesättigt in die Krippe, daß die Spreu hochfliegt. Ihre jetzt prallen Flanken heben und senken sich beim Atmen. Auch Fatme sieht künftigen Mutterfreuden entgegen.

Liebe Jutta!

Obgleich Deine Schwester einmal bei einem Besuch in Moorburg eine Andeutung, Deine Zukunft betreffend, machte, kam Deine Verlobungsanzeige, die Papa uns hierher nachgeschickt hat, doch etwas überraschend für Mama und mich. Bist Du auch wirklich glücklich, Du empfindsames Seelchen? Ich wünsche es Dir von ganzem Herzen! Möge Dein zukünftiges Leben so verlaufen, wie Du es Dir erträumt hast! Kleine Frauen wie Du brauchen wohl einen Beschützer gegen die äußeren Widerwärtigkeiten des Lebens. Mama schließt sich aufs herzlichste meinen Glückwünschen an. Hier ist wintersportlicher Hochbetrieb, und ich tummle mich in den dick verschneiten Bergen auf den Brettern, derweil Mama recht ausgiebig das gesellschaftliche Leben genießt. Sie hat schon sehr viele Bekannte (zum Teil natürlich mit ledigen Söhnen, die mich nicht im geringsten interessieren). Meistens verdrücke ich mich mit einem Studenten namens Müller, der vorzüglich Ski läuft und mir schon viel beigebracht hat.

Bekannte haben wir auch getroffen. Eine Schulkameradin aus dem Internat, welche einen Grafen S. geheiratet hat, ist mit Mann und einer entzückenden kleinen Tochter hier. Sie war in der Schule so ein ängstliches Häschen und ist es noch immer. Weißt Du, mit so großen, erschrockenen Augen. Leider hat sie eine schwache Lunge und muß viel in Decken gehüllt auf der Terrasse liegen, während ihr Göttergatte in eleganter Gesellschaft Ski läuft. Man kann hier so allerlei Beobachtungen machen, und manches Mal muß ich an meinen Freund Christoph denken.

Auf der Herfahrt waren wir ein paar Tage in Berlin bei Tante Elsabe, einer Schwester Mamas. Mir schwirrte der Kopf von all den vielen Menschen, die wir dort kennenlernten. Ach, und das wollte ich Dir noch erzählen: Einmal waren wir in der Oper, es wurde Lohengrin gespielt, und weißt Du, wen ich da im Foyer lustwandeln sah? Den Maulwurf von Moorburg. Ich muß schon sagen, er sah tadellos aus, elegant und männlich. Und ihm zur Seite eine ebenso schöne wie elegante Dame, etwas ausländisch anmutend mit ihrem pechschwarzen, glatten Haar und der großen Kriegsbemalung. Er grüßte sehr höflich und etwas erstaunt, gewiß hat er uns Bauern vom Schwarzsee nicht in dieser weltstädtischen Umgebung vermutet. Mama fragte, als die beiden an uns vorbei waren, den Onkel, ob er die Dame kenne, und er erzählte, sie sei die Tochter eines reichen Bankiers. Tante zog ein wenig mokant Augenbrauen und Schultern hoch. Vielleicht wegen der Kriegsbemalung?

In vierzehn Tagen sind wir wieder zu Hause, und wenn Du schreiben willst, bitte dahin; denn Mama möchte auf dem Heimweg noch einen kleinen Abstecher machen.

Nun ist der Brief doch sehr lang geworden, und ich hoffe, daß Du Dich entsprechend revanchieren wirst.

Kleine Jutta, ich wünsche Dir vorläufig eine glückliche Brautzeit, wie Du es verdient hast.

Immer Deine Barbara

Mein lieber Ulrich!

Wie sehr habe ich mich Deines und Deiner Mutter Gedenken zum Christfest gefreut, desgleichen der Herrlichkeiten, die sich in dem umfangreichen Paket befanden. Niemand kann so wie Deine Mutter das Weihnachtsgebäck anfertigen, außer natürlich unsere gemeinsame Großmutter, die ja Tantes Lehrmeisterin gewesen ist. Der würzige Duft des Gebäcks rief in mir wieder die Erinnerung an die Weihnachtsabende der Kindheit wach. Besonders des zweiten Weihnachtsfeiertages mußte ich gedenken, wenn wir uns alle bei den Großeltern versammelten und Onkel Ludwig noch einmal als Weihnachtsmann auftrat. Großmutters entgeistertes Gesicht sehe ich noch deutlich vor mir, als Du wilder Knabe mit Deinem neuen Luftgewehr die Prismen ihres Kronleuchters im Wohnzimmer herunterknalltest.

Es freut mich sehr für Tante, daß Du das Weihnachtsfest gemeinsam mit ihr verleben konntest. Sie ist seit der Verheiratung Vetter Herberts doch etwas einsam, scheint mir. Menschen mit so einem schweren Gemüt wie Deine Mutter sollten nicht so viel allein sein. Leider haben wir ja alle ein wenig davon mitbekommen, und ein jeder muß sehen, wie er damit fertig wird.

Hier herrscht augenblicklich ein dichtes Schneetreiben, schon seit Tagen muß man sich buchstäblich durch Schneemassen vorwärts kämpfen, wenn man das Haus verläßt. Die Kinder können die Schule nicht besuchen; jedoch am schlimmsten dran sind die Tiere draußen in Wald und Feld. Herr von Pogwisch und auch die Bauern, vor allem aber Herr von Trappen lassen ständig Futter in die Schutzhütten tragen, aber was nützt es, wenn nach wenigen Stunden die offenen Hütten voll Schnee geweht sind? Das Rehwild paßt schon die Zeit ab, wenn die Retter in der Not an die Hütten kommen, doch die kleineren Tiere sind viel zu scheu. Gott gebe, daß bald Tauwetter einsetzt.

Frau Beate und Barbara von Pogwisch sind in die Berge verreist, und ich halte mich, so oft ich abkömmlich bin, im Schloß auf, um den daheimgebliebenen Damen Gesellschaft zu leisten. Die alte Dame wird sehr von der Gicht geplagt, Lily leidet, ohne zu klagen. Man kann nichts tun, als ihr durch kleine Freuden das schwere Dasein etwas zu erleichtern. Hilflos daneben stehen, Ulrich ... es ist nicht jedem gegeben, immer still und ergeben zu sein.

Gestern kam eine Anzeige in Moorburg an, die Dich sicher interessieren wird, eingedenk des vergangenen Sommers.

Fräulein Jutta Dewitz hat sich verlobt, soweit Lily von Frau von Trappen weiß, mit einem Jugendfreund, der in sehr guten Verhältnissen leben soll. Seltsamerweise sagte Lily zu mir, sie hätte sich Fräulein Dewitz' Glück anders vorgestellt. Wie, erläuterte sie nicht weiter.

Auf Karlshöhe ist ein prächtiger kleiner Junge geboren worden. Es ist eine Freude, das wolkenlose Gedeihen dieses gesegneten Hauses zu sehen!

Wie sind Deine Pläne für den nächsten Sommer? Dein Malvenhaus ist ein einziger Schneeberg, aber unter Schnee und Torfmull werden die Pflanzen schon nicht erfrieren. Ich hoffe doch, daß Du Dich zumindest einige Tage bei mir blicken lassen wirst?

In alter Freundschaft
Dein dankbarer Vetter Detlev

Mit vom Frühlingswind gerötetem Gesicht trat Joachim von Trappen in das Zimmer, in dem seine Frau mit einer Strickerei neben dem Körbchen des Kindes saß. Mit galanter Verbeugung überreichte er Ingeborg einen frisch gepflückten Veilchenstrauß. Sie legte die Nadeln aus der Hand und nahm mit mädchenhaftem Lächeln die Blumen entgegen.

«Wie köstlich sie duften!»

Sie erhob sich, eine Vase zu holen, und deutete auf den Tisch, auf dem ein dicht beschriebener Briefbogen lag.

«Von Jutta. Das arme Kind wird direkt vom Pech verfolgt. Erst ihre Erkältung, und nun hat Vater schwere Herzanfälle gehabt. Du weißt ja, das Frühjahr ist für alte Leute am gefährlichsten. An die Hochzeit ist vorerst nicht zu denken. Erst muß Vater sich erholen; der künftige Schwager kann die große Reise, auf die er Jutta mitnehmen wollte, allein antreten. Der tut mir leid. Hoffentlich ist es mit Vater nichts Ernstes. Mit der Taufe müssen wir wahrscheinlich auch warten, bis Vater reisefähig ist.»

Jochen nahm den Brief, und während des Lesens sah er gedankenvoll ein paarmal durch das Fenster auf die noch kahlen Büsche. Als seine Frau mit der Blumenvase wieder ins Zimmer kam, meinte er:

«Du, mir scheint, Jutta hat keine große Lust, zur Taufe zu kommen. Warum erkundigt sie sich sonst so eingehend danach, ob sie nicht in Abwesenheit die Patenschaft unseres Jungen antreten könne? Wenn Vater nicht kommt, könnte doch wenigstens sie herfahren. Ihr habt doch im vorigen Jahr keine Differenzen miteinander gehabt?»

«Aber nicht im geringsten! Oder denkst du wegen ihrer plötzlichen Abreise? Nein, mein Lieber, daran bin ich unschuldig. Sie ist oft schwer zu verstehen, ich bin das bei ihr gewohnt. Außerdem möchte ich gern, daß Vater uns besucht; hier könnte er sich gut erholen. Dir macht es doch nichts aus, wenn wir die Taufe verschieben, bis Vater gesund ist? Na also, und dem kleinen Kerl da ist es bestimmt einerlei, wann er in die christliche Gemeinschaft aufgenommen wird!»

Der Kleine begann in seinem Körbchen zu maunzen. Vorsichtig nahm Joachim seinen Sohn aus den Kissen, und sogleich wurde er ruhig.

«Er will nur beachtet werden, der junge Herr», lachte Jochen und setzte sich mit dem Kind aufs Sofa. «Jutta wirft da eine Frage auf, über die ich noch gar nicht nachgedacht habe; nämlich, ob die Taufe hier im Haus oder in der Kirche stattfinden soll. Komisch, an was das Mädchen alles denkt!»

«Ich habe auch schon daran gedacht und meine, im Haus ist es praktischer, und es läßt sich auch hübsch und feierlich gestalten», erwiderte Ingeborg.

Tage und Nächte gingen über das Land. Zigeuner zogen über die Landstraßen, Bettler und Heimatlose.

Wolken zogen vorüber und frühe Schauer fielen auf die keimende Frucht. In den Nächten schossen Sternschnuppen über die riesige Kuppel, oder der Mond spiegelte sich in den Gewässern. Die Fische wanderten in Schwärmen unter der stillen Wasseroberfläche, und die Vögel flogen von Süden kommend über die Wälder ihren Brutplätzen zu. Die warmen Südwinde ließen die Knospen aufspringen. Blütendolden öffneten sich duftend der wärmenden Sonne, welkten und vergingen. An den Wegen wucherte das Unkraut, auf den Weiden verwandelten sich die gelbleuchtenden Sterne des Löwenzahn in «Pusteblumen», und das junge Laub an den Bäumen wurde dunkler, je länger die Tage wurden. Heuduft waberte über der Landschaft, die bunten Kopftücher der Mädchen leuchteten von den Wiesen, der Kuckuck rief wieder in den Wäldern. In den Nächten stand das Glockengeläut der Unken über dem träumenden See. Nebel und Tau feuchteten die Gräser.

Über das Moor schob sich die Regenwand herüber. An einem Tag, als der steil herunterfallende Regen den Staub von den Blättern wusch, fuhr Joachim von Trappen mit dem geschlossenen Wagen zum Bahnhof, den Schwiegervater und die Schwägerin abzuholen.

Jutta sah zum Fenster hinaus. Hinter grauen Regenschleiern standen die Birken regungslos mit schwer hängenden, dunkel belaubten Zweigen. Jutta wandte sich ab, der Anblick stimmte sie traurig.

Bei der Taufe sah sie Herrn und Frau von Pogwisch, Barbara und Pastor Bolten wieder, auch Doktor Sähn und seine Frau waren gekommen sowie einige Verwandte und Bekannte Joachims und Ingeborgs, die sie nicht kannte.

Die Moorburger schienen ihr bedrückt. Als sie nach dem festlichen Taufakt, bei dem das Kind die Namen Joachim und Ludwig erhalten hatte, mit Barbara auf ihrem Zimmer allein war, schüttete ihr diese ihr Herz aus.

Lily ging es sehr schlecht. Die linke Hand war neuerdings auch gelähmt, neben anderen inneren Störungen. Geistig war die Kranke überwach, so daß ihre Nächte meist schlaflos waren; und immer war sie darauf bedacht, ihrer Umgebung ja nicht zuviel zuzumuten. Tantchen war durch die Sorge um ihren Liebling reizbar geworden. Meist diente ihr dann August als Blitzableiter, was zu unerfreulichen Szenen führte.

«Ich bin ja so glücklich, daß du mal wieder hier bist», schloß Babs. «Du mußt möglichst oft zu mir herüberkommen; wir brauchen uns ja nicht in den Familiengemächern aufzuhalten, ich habe ja mein eigenes Reich im Turm.»

Jutta erwiderte leise, ihr wäre es lieber, wenn Babs nach Karlshöhe käme. Babs stimmte zu.

«Ich kann verstehen, daß du wenig Lust hast, schon wieder Krankenatmosphäre zu ertragen. Wie ich hörte, ist dein Vater ziemlich krank gewesen. Du Ärmste hast deine Hochzeit deswegen verschieben müssen, und ich rede dauernd von unserer Misere in Moorburg.»

Später, beim Abendessen, fragte Frau Beate Jutta, wann ihre Hochzeit nun stattfinden solle.

«Sobald mein Verlobter von seiner Reise zurück ist, was wohl in einem Monat sein wird.»

Und Herr Dewitz fügte hinzu, seine Krankheit sei bedauerlicherweise dazwischengekommen. Er habe vorgeschlagen, in aller Stille zu heiraten, aber Jutta habe ihn in seinem Zustand nicht allein lassen wollen, und ihr Bräutigam habe gemeint, wenn er so lange auf Jutta gewartet habe, käme es auf ein wenig mehr nicht an, und reisen könnten sie später noch genug miteinander.

Einige Male fühlte Jutta Pastor Boltens Blick auf sich ruhen. Sie wich ihm beharrlich aus. Erst, als sie nach dem Essen einen Augenblick abseits der Gesellschaft allein am Fenster stand und dem Gluckern der Dachtraufe lauschte, trat er zu ihr und fragte, ob sie ihn nicht einmal besuchen wolle? Jutta schüttelte den Kopf.

«Das Malvenhaus ist unbewohnt», sagte er mit einem schwachen Lächeln.

Er sah für eine Sekunde ein Aufblitzen in Juttas traurigen Augen. Jochen und Babs kamen durch den Raum und fragten Jutta, ob sie mit in den Stall möchte, Fatmes Fohlen ansehen?

«Aber gern! Eine Schande, daß ich Fatme noch nicht begrüßt habe!»

Im Stall deutete Joachim auf Fatmes Box.

«Seht euch dieses Prachtstück an, aber nehmt euch in acht, Mama Fatme ist eifersüchtig wie Othello.»

Auf Juttas schmeichelnden Zuruf wandte Fatme den Kopf, beschnupperte ihr Haar, ließ sich über die Nüstern streicheln und gab ihr willig die Sicht auf das Fohlen frei.

Das junge Tier stand vor der Mutter auf langen, staksigen Beinen, das schwarze Fell nur noch an einigen Stellen ruppig.

Es sah Jutta mit abgrundtiefen Augen an und zuckte erschreckt zusammen, als sie mit der Hand sacht über die kurze Mähne fuhr. Barbara äußerte sich anerkennend und unterhielt sich mit Joachim über Abstammung und sonstige Zuchtergebnisse. Traurig erzählte sie auch, daß der alte Roland, Major von Pogwischs treuer Wallach, erblindet sei und vor zwei Monaten den Gnadenschuß erhalten habe. August hätte es für den Major tun müssen, und Babs habe wohl gesehen, wie sich der gute Mensch hernach heimlich die Augen gewischt hätte.

Sie verließen den Pferdestall, um, wie Joachim sagte, seine Ferkelei anzusehen, die er in diesem Jahr gehörig ausgebaut habe. Babs war begeistert von der Anlage und meinte:

«Na ja, bei eurem leichten Boden hier ist der damit verbundene Kartoffelanbau das Gegebene.»

Jutta störte der Geruch in den Ställen ein wenig, aber das neckische Spiel der Ferkel belustigte sie.

«Sagen Sie, was ist eigentlich mit der Frau von eurem Gastwirt passiert?» fragte Joachim Barbara. «Man hört ja die wildesten Gerüchte.»

«Ein trauriges Kapitel», erwiderte Babs und setzte sich auf eine Futterkiste.

«Sie hat es einfach satt gehabt, die Arme, und da ist sie anscheinend in den See gegangen. Gefunden hat man sie zwar nicht, aber unser Inspektor hat sie spätabends an seinem Haus vorbei nach dem See hinuntergehen sehen, seitdem ist sie verschwunden. Die Leute behaupten, ihr Mann habe sie erschlagen und irgendwo verscharrt, dieser verdammte Kerl, man hätte ihn schon längst unter Aufsicht stellen sollen.»

«Ist das die Frau, von der du und der Pastor schon im vorigen Sommer gesprochen habt, die von ihrem Mann mißhandelt wurde?» erkundigte sich Jutta.

«Ja, das ist sie. Der Pastor hat sich den Gastwirt auch zweimal vorgeknöpft, und der Kerl hat die Stirn gehabt, in Christi Namen Besserung zu geloben, dieser Pharisäer.»

Joachim schüttelte den Kopf.

«Merkwürdig, äußerlich sah man es dem Wirt gar nicht an, daß er so brutal war. Mir war er in seiner höflichen Art nicht unsympathisch, obwohl er etwas Kriecherisches an sich hatte. Aber wer kennt schon das wahre Wesen seines Nächsten?»

«Nun hat der Gendarm den Wirt erst mal mit in die Stadt genommen zum Verhör. Wir hoffen alle, daß er bestraft wird wegen seiner Gemeinheiten. Und wenn nicht, haben die Gutsarbeiter ihm, wenn er zurückkommen wird, eine ordentliche Tracht Prügel zugedacht.»

Jutta fragte, warum die Frau nicht einfach ausgerissen sei. Babs meinte, daß sie wohl einfach keine Kraft zum Leben mehr gehabt habe.

Jochen bemerkte, nicht alle Frauen nehmen die Mißhandlungen ihrer Männer tragisch, er hätte das des öfteren bei den Kätnern erlebt.

«Einmal sagte eine Melkerin zu mir: ‹Ich weiß gar nicht, Herr, mein Mann muß krank sein.› Und auf meine Frage, was ihm denn fehle, meinte sie nur: ‹Tja, Herr, ich hab die ganze Woche keine Prügels gekriegt!›»

An einem der nächsten Nachmittage – der Regen hatte gerade aufgehört – machte Jutta allein ihren ersten längeren Spaziergang. Sie gelangte an eine Bucht des Schwarzsees.

Da lag er wieder vor ihr, der düstere See, umgeben von dunklen Wäldern, mit seinen Schilfbuchten und mit seinem unsichtbaren Reich unter der leicht gekräuselten, schieferfarbenen Oberfläche. Hinter dem Schilf entdeckte Jutta den Bug eines Bootes und zwei ausgelegte Angeln; sie umrundete die Schilfwand und sah den Wassermüller auf der Ruderbank sitzen.

Langsam drehte er sich dem Ufer zu, als sie ihn anrief. Er erkannte sie, nahm die Riemen auf, und gleich darauf knirschte der Kiel vor Juttas Schuhen auf dem Sand. Der Rotäugige bat sie, sich auf der Bank im Heck niederzulassen. Zum erstenmal war Jutta auf dem See.

Im Boot stand ein Eimer mit zwei kleinen Fischen.

«Sie sind in diesem Jahr etwas kümmerlich, die Fische. Es war ein harter Winter, das Edelwild ist vielfach verendet. Nur das Ungeziefer überdauert solche Zeiten besser.»

Er wiegte den Kopf.

«Bei den zweibeinigen ‹Säugetieren› kommt das bisweilen auch vor.»

Er ruderte ein wenig aus der Bucht heraus und fragte Jutta, ob sie sich wohl eine Weile still verhalten könne, er wolle die Angel noch einmal auslegen.

Jutta sah seinen gekrümmten Rücken vor sich, sie fand, daß er seit dem letzten Sommer sehr gealtert war. Die Stille ringsumher tat ihr wohl. Sie gedachte all der Aufregungen des letzten Jahres. Man müßte jeden Tag einige Stunden auf dem See zubringen können, allein oder auch mit Christoph.

Hier könnte niemand kommen mit Forderungen oder Erwartungen. Es tat gut, hier zu sitzen, über das stille Wasser zu sehen, aus dem mitunter ein Fisch hochschnellte, die ziehenden Wolken über sich, nichts planen zu müssen, die rastlosen Gedanken auszuschalten und nur das stumme Geschehen ringsumher zu beobachten.

Ein schwach aufkommender Wind sang in den Fichtenwipfeln am Ufer. Die letzten Regenwolken verschwanden hinter den Wäldern, und die Sonne tauchte den See in Golddunst.

Mit langgestrecktem Hals kam ein Reiher vom Moor her gezogen und ließ sich auf einem Baum am Ufer nieder.

Der Müller zog die Angel hoch; ein größerer Fisch zappelte daran. Da Jutta ihm Glück gebracht hatte, sollte sie nun auch etwas Hübsches zu sehen bekommen.

Er ruderte quer über den See zu einer teichartigen Einbuchtung, deren Zugang von Schilf und Erlengestrüpp begrenzt war. Dort war das Wasser mit kleinen, gelben Blüten bedeckt, an den Rändern leuchteten blaue Schwertlilien in der einfallenden Sonne.

Mit ungläubigen Augen sah Jutta auf die Pracht, und als Christoph lächelnd erklärte: «Hier ist das Paradies der Wasserjungfrauen!» hätte sie sich nicht gewundert, wenn unter den Lilien eine nackte Nixe mit

Teichrosen im Haar und einem Fischschwanz aufgetaucht wäre. Der Müller zeigte jedoch mit dem Riemen auf zwei außergewöhnlich große Libellen, die am Boot vorübertänzelten. Im Wald flötete eine Amsel, und von weither antwortete eine zweite. Christoph stopfte seine Pfeife neu. Sacht dümpelte der Kahn. Der alte Mann beobachtete das junge Mädchen, das ganz versunken schien in den Anblick der aus dem Wasser ragenden gelben Köpfe der Mummeln. Doch plötzlich hob Jutta den Kopf und blickte zum Nordufer hinüber. Christoph lächelte wehmütig, als er Juttas Blickrichtung folgte.

«Der Maulwurf, wie Babs ihn getauft hat, war im letzten Sommer nach deiner Abreise noch einmal bei mir, um sich nach dir zu erkundigen.»

«Ach», erschrocken fuhr Jutta herum. Eine leichte Röte stieg ihr in die Wangen.

Der Müller schüttelte den Kopf, Stauffenbiel habe sich nur seinen Kahn ausgeliehen. Nach einer Weile fuhr er fort:

«Es scheint, daß dein Gemüt unruhig ist, kleine Tänzerin, Kummer frißt am Leben. Suche zu vergessen.»

«Wenn ich nur könnte!» brach es aus Jutta hervor. «Und dabei bin ich verlobt. Ach, Christoph! Wenn sie mich nur endlich in Ruhe ließen!»

«Es ist schlimm, was Menschen ihren Verwandten oft antun. Schließlich hat man nur ein Leben!» sagte Christoph voll Anteilnahme.

Er nahm die Riemen auf und ruderte am Südufer entlang nach Osten. Dort bog er in eine halbrunde, kleine Bucht ein, die von hohen Fichten umsäumt war, und zog die Ruder ein. Der Steven bohrte sich leicht in den Grund. Sie lagen still.

«Die Welt ist schön», sagte Christoph, «was gibst du dich trüben Gedanken hin?»

«Ja, es ist unklug, ich weiß.» Jutta blickte nach Moorburg hinüber. «Sag mal, Christoph, wohnt im Malvenhaus eigentlich keiner, ich meine, im Winter?»

«Nein. Es steht leer. Einst war es ein Kavaliershaus, dann ein Fischerhaus und dann ...»

Rauch stand vor seinem Gesicht, er schwieg.

«Und dann?» fragte Jutta.

«Die Schwägerin der alten Frau von Pogwisch wohnte dort.»

«Erzähl mir doch etwas von Moorburg. Magst du?»

Der Müller nickte und berichtete ihr nun von dem Sagenkranz, der sich um Gut und See rankte. Alle diese Geschichten hatten eine wahre Grundlage, die sich beim Erzählen über viele Generationen, beeinflußt durch den Aberglauben, ins Märchenhafte verwandelt hatte.

Da gab es die Geschichte vom Wassermann im Schwarzsee, dem Nöck, und von den Nixen, die einst im Sonnenlicht als Frauen und Mädchen gelebt und die der Nöck in den See geholt hatte.

Jutta beeindruckte diese Geschichte besonders.

Aber der Wassermüller wußte auch Konkretes über Moorburg zu berichten, Ereignisse, die von seinen Besitzern aufgezeichnet worden waren.

Da war z. B. vor etwa zweihundert Jahren eine Frau auf Moorburg gewesen, die Frau eines Grafen, die hatten die Schwarzröcke eine Heilige genannt. Unter ihren Händen hatte sich alles in Segen verwandelt. Fromm war sie gewesen und hatte viele Menschen und auch Tiere von Krankheiten geheilt. Und als sie im hohen Alter starb, sind die Leute von weit hergekommen, so daß Kirche und Friedhof überfüllt waren von Trauernden. Und die Legende erzählt, sogar die Tiere des Waldes seien bis an den Friedhof herangekommen, und auf dem Dach der Kirche hätten in dichten Scharen die gefiederten Trauergäste gesessen. Ihre Grabplatte war unter dem Teppich des Altarraumes der Kirche noch zu sehen.

Aber auch Bösewichte hatten am Schwarzsee gelebt. Vor einem Ritter, der Rauhgraf genannt, sei kein junges Mädchen der Gegend sicher gewesen. Mit Verführungskünsten oder Gewalt habe er sie auf die Moorburg gebracht. Selten kehrte eine von ihnen zurück – mit verstörtem Gemüt und schweigsam wie ein Grab. Die meisten von ihnen gingen wohl zum Wassermann in die Tiefe. Doch wird erzählt, der Rauhgraf selber habe die Mädchen ins Moor gebracht, aus dem sie dann nicht wieder herausgefunden hätten. Der Bösewicht selbst sei eines Tages, als er auf dem See Enten jagte, vom Wassermann oder vom Teufel, wie die Schwarzröcke behaupten, geholt worden.

Der Wassermüller nahm die Riemen wieder auf, und schweigend fuhren sie über den See zurück bis zu jener Stelle, wo für Jutta der nächste Weg nach Karlshöhe lag. Die Sonne stand schon tief über dem Wald, als sie sich von Christoph verabschiedete.

«Sei geduldig, Kind», rief er ihr noch zu, «dann wird das Herz am ehesten gesunden!»

Sie stand am Ufer und sah zu, wie er das Boot wendete.

Herr Dewitz erhielt am nächsten Morgen einen Brief, der ihn an die Heimkehr gemahnte. Es wurde beschlossen, in der kommenden Woche zu reisen. Jutta zählte die Tage. Es blieben ihr noch fünf.

«Wie gern würde ich die Kleine noch ein wenig hier behalten», sagte Ingeborg, «aber ich sehe ein, daß sie, bis Erich zurück ist, noch viel mit ihrer Aussteuer und der neuen Wohnung zu tun hat. Es macht dir doch gewiß Freude, dein Heim einzurichten, Jutta?»

«Gewiß, sehr», versicherte Jutta, wobei zu ihrem Schrecken undeutlich die Erkenntnis in ihr aufstieg, daß man nahestehende Menschen hassen konnte.

Die Mähmaschinen klapperten durch die Felder, und das reife Winterkorn sank schwadenweise. Der Major und seine Tochter begutachteten die Arbeit des neuen Selbstbinders, der in regelmäßigen Abständen die mit Garn gebundenen Garben ausspie.

Barbara strahlte. Nach endlosen Vorträgen hatte Tantchen ihre Einwilligung gegeben.

«Aber nur einen zur Probe!» hatte sie mit erhobenem Zeigefinger gesagt.

In ihrem Zimmer blickte Tante Tove mit grämlichem Gesicht von ihrer Patience auf. Sie sah August auf der Veranda die Geranien gießen, dann wanderten ihre Blicke durch die Tür in den Gartensaal auf die schmale alte Standuhr, deren Pendel stillstand. Mißbilligend schüttelte sie ihr weißes Haupt.

«Komm Er mal her, Er nachgemachter Mensch!» rief sie mit heiserer Stimme. Und als der Diener mit unglücklichem Gesicht in der Tür erschien: «Hat Er denn keine Augen im Kopf, daß Er nicht sehen kann, daß die Uhr steht?»

August stotterte, der Herr Major habe es sich ausbedungen, die Uhr selber wöchentlich aufzuziehen.

«Was!» schrie die alte Dame. «Er will seinen Herrn beschuldigen, Er Faulpelz? Nichts kann Er als herumlungern. Hinaus, damit ich Ihn nicht mehr sehen muß!»

Lily lag mit geschlossenen Augen in ihrem Bett. Pastor Bolten las ihr vor, ihre schmale, noch lebendige Hand in der seinen haltend. Niemand in Moorburg hatte etwas dagegen, daß der junge Pfarrer der Kranken das Leiden erleichterte.

Als sie spürte, daß sich ein Anfall näherte, öffnete sie die großen, von tiefen Schatten umlagerten Augen und bat ihn, sie allein zu lassen, denn sie wußte, wie ihn der Anblick ihres Leidens quälte. Schweren Herzens ging er. Sie klingelte nach August. Aber diesesmal nützten auch Augusts kleine Hilfsmittel nichts, die inneren Störungen waren zu weit fortgeschritten. Lily klammerte sich schweratmend an ihn, und August holte trotz Lilys Protest Frau Beate.

Am Nachmittag holte Barbara Doktor Sähn nach Moorburg, der Lily vorübergehend Erleichterung verschaffte. Doch bat er den Spezialisten in der Stadt telegrafisch um sein Kommen.

Am nächsten Tag traf der Professor der Neurologie mit dem Auto auf Moorburg ein. Doktor Sähn teilte ihm seine Beobachtungen mit, und gemeinsam untersuchten sie eingehend die Kranke. Darauf zogen sich die Herren in das Nebenzimmer zur Beratung zurück. Nach einer Weile baten sie Herrn von Pogwisch zu sich.

Lily, die gefaßt in ihrem Bett saß, rief August, als sich die Tür hinter ihrem Vater geschlossen hatte. Sie waren allein im Zimmer.

«August», sagte die Kranke ruhig, «du hast mich doch lieb, nicht wahr?»

Nachdem August genickt hatte, fuhr sie fort: «Dann geh an jene Tür, und hör gut zu, was die Ärzte Vater sagen, und teile es mir genau mit.»

Der Diener sah sich hilflos um, doch weil Lily ihn flehend ansah, ging er und legte das Ohr an die Tür. Gespannt beobachtete ihn die Kranke, und als er wieder zu ihr zurückkam, sah sie, wie er sich bemühte, die Tränen zu unterdrücken, die in seinen blauen Kinderaugen standen.

«August, du darfst mich nicht belügen. Ich werde bald sterben müssen?»

«Nein, nein Fräulein Lily! Sie sagen, Sie könnten noch lange leben. Nur wäre es besser, wenn Sie in ein Sanatorium kämen.»

«Und was sagten sie noch? Sag es mir doch, bitte! Ich meine, über die Krankheit?» forschte sie weiter.

August trat ans Fenster, um sich heimlich die Tränen abzuwischen.

«Nichts, darüber nichts ...» sagte er leise. Aber er konnte schlecht lügen.

Lily schloß einen Moment die Augen. «Es ist gut, August, du kannst gehen», kam es leise von ihren Lippen.

Die Herren traten wieder an ihr Bett. Der Vater war sehr ernst und sehr blaß. Sie erklärten Lily, es sei besser für sie, unter fachmännischer Aufsicht zu sein als hier in Moorburg hilflos den Anfällen preisgegeben. Auch eine Pflegerin sei nicht das Richtige, da es an den nötigen Apparaten fehle, ihr Leiden zu bekämpfen. Frau Beate würde mit in die Stadt ziehen, um der Tochter nahe zu sein.

Doktor Sähn hielt die Hand des Mädchens.

«Natürlich nur, wenn du es wünschst, Lily.» Und der Major nickte dazu.

Lily richtete sich auf, und ein Lächeln verzauberte ihre abgezehrten Züge. Sie blickte ihren Vater fest an.

«Ja, ich will. Aber wann?»

Der Professor gab Bescheid, daß er morgen den Krankenwagen nach Moorburg schicken werde; sie möge am Nachmittag mit ihrer Mutter bereit sein.

Es fiel wie ein grauer Schleier über Lilys Augen.

«Morgen schon», sagte sie versonnen.

Am Abend, als der Pfarrer zu ihr ins Zimmer kam, saß sie in Decken gehüllt vor dem flackernden Kaminfeuer, das rotgoldene Lichter in ihr über die Schultern gebreitetes Haar streute. Am Ausschnitt ihres weißen Wollkleides steckte die Bernsteinnadel Ulrich Stauffenbiels.

Der rötliche Widerschein des Feuers überhauchte das weiße Antlitz mit dem Schimmer der Lebensfrische, und Babs, die am Sims lehnte, fand die Schwester an diesem Abend fast überirdisch schön.

Sie hatten, ehe der Pfarrer eintrat, von Jutta gesprochen, wohl um von der bevorstehenden eigenen Trennung abzulenken. Babs hatte geäußert, sie könne sich nicht helfen, aber eine glückliche Braut habe sie sich anders vorgestellt. Lily hatte dazu gelächelt, wobei sie den Kopf des Dobermanns streichelte, der sie aufmerksam mit seinen klugen Augen betrachtete. Sie dachte an einen Tag der vorigen Woche, als Jutta nach Moorburg geritten war, um Lily zu besuchen. Sie hatte Jutta verändert gefunden, nicht mehr so unbeschwert wie im Vorjahr, still und schmaler im Gesicht geworden. Sie war Lilys Blicken ausgewichen, und diese hatte ihr nur die Hand streicheln können.

Der Pastor setzte sich zu Lily an das Feuer, und Babs verschwand unter dem Vorwand, noch mit dem Inspektor sprechen zu müssen. Der Major hatte Pastor Bolten über die morgige Abreise Lilys verständigt, aber sosehr er sich auch beherrschte, die Traurigkeit in seinen Augen blieb der Freundin nicht verborgen. Sie sprachen an diesem letzten Abend nicht viel miteinander. Einmal fragte Lily, ob sein Vetter in diesem Sommer wieder in das Malvenhaus käme. Der Pfarrer hob die Schultern.

«Möglicherweise bald. Er überwacht augenblicklich die Ausgrabung eines Wikingerschiffs im Norden.»

Tantchen Tove kam, gestützt vom Major, hereingehumpelt und strich Lily immer wieder übers Haar.

«Kind, wenn sie dort nicht gut zu dir sind, kommst du gleich wieder her!» Erbarmen war im Blick der alten Dame.

«Ja, Tantchen, sie werden dort schon gut zu mir sein, hab keine Sorge.»

Im ersten Stock hörten sie Frau Beate hin und her gehen, mit Reisevorbereitungen beschäftigt.

Dann waren der Pastor und Lily wieder allein. Lily nestelte die Bernsteinnadel vom Kleid und gab sie Detlev Bolten mit den Worten:

«Die ist für Jutta. Ich glaube, du weißt, warum. Ich werde dort, wo ich hingehe, keine Verwendung für Schmuck haben.»

Um die Qual zu beenden, die sie umfangen hielt, sagte sie, sie sei sehr müde und brauche nun Ruhe.

Pfarrer Bolten erhob sich und machte das Zeichen des Kreuzes über sie. «Der Herr sei mit dir!»

Als er sich dann über sie beugte, zog sie mit ihrer gesunden Hand seinen Kopf zu sich herab und küßte ihn sanft. In der Tür blickte er noch einmal zurück, doch sie hatte den Kopf abgewandt, und er sah nur ihr golden schimmerndes Haar.

Bald darauf läutete sie August.

«Du wirst mich morgen früh, ehe jemand im Haus wach ist, wecken, ankleiden und im Stuhl durch den Park fahren. Ich möchte, bevor ich Moorburg verlasse, noch einmal meine Lieblingsplätze aufsuchen.»

Und als der Diener sie verwirrt ansah, fügte sie lächelnd hinzu: «Es soll niemand wissen, hörst du, darum will ich ja so früh hinaus. Wenn die anderen aufwachen, ist schon alles vorüber.»

Einen Augenblick stand August wie erstarrt, dann fiel er vor ihr auf die Knie und barg seinen Kopf an der Sessellehne. Sie strich ihm sacht über das borstige, blond-weiße Haar.

«Und», sagte sie noch, «den Rex mußt du einsperren.»

Früh am Morgen, es dämmerte noch, erwachte die alte Frau von Pogwisch durch ein Geräusch. Es klang, als ob Glas splitterte. Sie war noch schlaftrunken, und so drang es ihr nicht ganz ins Bewußtsein. Gleich darauf vernahm sie wütendes Hundegebell, das in bösem Knurren erstarb. Sie richtete sich auf und spähte durch das Fenster in den Park hinaus. Hinter einem der Büsche sah sie einen Mann mit dem Hund ringen. Mühsam kroch die alte Dame aus dem Bett. Nachdem sie zum Fenster gehumpelt war und dieses ganz geöffnet hatte, sah sie den Hund dem See zujagen. Von dem Mann sah sie nichts mehr.

Sie rief den Hund, dieser war jedoch schon hinter dem Abhang der Philosopheninsel verschwunden. Wird wohl ein Dieb gewesen sein, den Rex aufgestöbert hat, überlegte sie; aber was macht Lilys Hund so früh draußen? Sie beschloß, der Sache später auf den Grund zu gehen.

Im Park verkündeten die Vogelstimmen jubilierend den neuen Tag, unbekümmert darum, daß das Leid sich mit düsteren Schwingen auf dem Schloß niedergelassen hatte. Still lag der See, und der Nebel zog in Schwaden darüber hin.

Tove von Pogwisch ließ sich gerade von Mimi das weiße Haar aufstecken, als nach kurzem Klopfen ihr Neffe in das Zimmer stürzte. «Tante, es ist etwas Entsetzliches passiert. Lily ist verschwunden! Ich suchte August, und als ich ihn nicht in seinem Zimmer fand, ging ich zu Lilys Zimmer, ihn dort vermutend. Die Tür war verschlossen; auf mein Klopfen kam keine Antwort. Auch der Hund, der dort immer liegt, meldete sich nicht. Nun, kurzum: Als wir die Tür aufbrachen, fanden wir beide Zimmer leer. Weder Lily noch August, noch der Hund waren dort. Das Wohnzimmerfenster ist zerbrochen, und das Tischchen und die Blumentöpfe davor lagen am Boden. Um Gotteswillen, was ist mit Lily passiert, ihr Rollstuhl ist auch fort!»

Der Major hatte hastig gesprochen. Die alte Dame sah ihn fassungslos an, wobei sich ihre Gedanken überstürzten, kombinierend, vermutend und verwerfend. Eben wollte sie etwas sagen, da hörten sie im Treppenhaus den Gärtner nach Herrn von Pogwisch rufen. Der Major riß die Tür auf, und der Gärtner sprudelte hervor, daß man soeben den Diener August Prange im Park tot aufgefunden habe. Anscheinend sei er totgebissen worden, denn seine Kleidung sei zerfetzt und sein Hals ganz zerrissen; er habe in einer großen Blutlache gelegen.

Schnell verbreitete sich die Kunde vom Unglück in Moorburg. Frau Beate war völlig zusammengebrochen. Barbara, selber von Weinkrämpfen geschüttelt, saß am Bett der Mutter und legte ihr kalte Kompressen auf die Stirn. Der Major suchte mit den Leuten Park und Seeufer ab.

Später meldete sich ein Jägerbursche bei der alten Exzellenz, welche gefaßt in ihrem schwarzen Kleid im Gartensaal saß, und berichtete ihr:

«Ich bin in der Morgenfrühe auf die Pirsch gegangen, und als ich hinter der Hecke, die den Park nach der Moorseite begrenzt, vorbeikam, habe ich Fräulein Lily im Rollstuhl auf dem Hügel der Philosopheninsel gesehen. Ich habe mich zwar gewundert, daß die Kranke schon so früh draußen war, aber schließlich geht es mich ja nichts an, was die Herrschaften tun. Außerdem ist August bei ihr gewesen. Im Weitergehen habe ich ganz deutlich gehört, wie Fräulein Lily gerufen hat ‹August, geh in mein Zimmer, und hol mir mein Tuch, es ist doch noch etwas kühl draußen›, und dann ungeduldig: ‹Na, nun geh schon!›. Etwas später habe ich den Rex heftig bellen hören, mir aber nichts weiter dabei gedacht. Nun habe ich eben von dem Unglück gehört und würde raten, das Wasser bei der Philosopheninsel abzusuchen, denn es ist wohl so gewesen, daß Fräulein Lilys Stuhl ins Rollen geraten und in den See gestürzt ist. Warum aber der Hund den August totgebissen hat, verstehe ich nicht. Die sind doch, soviel ich weiß, immer gut Freund miteinander gewesen.»

«Es ist auch nicht nötig, daß Er das versteht!» erwiderte Tove von Pogwisch mit starrem Gesicht. «Ich danke Ihm für die Nachricht. Geh Er nun gleich zum Herrn Major in den Park und sage ihm, was Er gesehen, damit sie mit Booten den See absuchen, aber nach der Moorseite zu, denn dahin steht die Strömung.»

Sie suchten mit Schleppnetzen und Stangen, doch der See gab nichts heraus, was er einmal hatte. Weder die Herrin noch ihr Hund wurden gefunden. Die Strömung an der Philosopheninsel hatte schon manches in die Tiefe gerissen. Einzig den Rollstuhl fanden sie, dessen Räder sich an einem im Wasser liegenden toten Ast verklemmt hatten.

In der weiten Halle des Schlosses aber war der Diener August Prange auf Geheiß der alten Exzellenz aufgebahrt. Und als die Leute scheu am Sarg vorbeigingen, sprach sie, vom Neffen gestützt, zwischen den hohen, flackernden Kerzen stehend:

«Kinder, seht euch diesen an, das war ein braver Mann.»

Die alte Dame bewahrte, was sie wußte, in ihrem Herzen, und alle wunderten sich über die Ehren, die sie dem Manne zuteil werden ließ, dessen Anwesenheit sie stets geärgert hatte. Sie mutmaßten, daß der Kummer über Lilys Tod ihren Verstand verwirrt habe, denn auf ihren Befehl wurde der Diener in der Familiengruft der Pogwisch beigesetzt.

Jutta war gerade beim Kofferpacken, als sie von Ingeborg ans Telefon gerufen wurde. Während sie die Treppe hinunterlief, rief Ingeborg ihr zu:

«Du, es ist etwas Entsetzliches in Moorburg geschehen. Lily ist im See ertrunken!»

Jutta mußte sich erst an die Wand lehnen, bevor sie den Hörer nahm und sich mit schwacher Stimme meldete.

Die alte Frau von Pogwisch teilte ihr kurz das Nötigste mit und fragte sie, ob es kein zu großes Opfer für sie wäre, ein wenig nach Moorburg zu kommen. Sie wüßte sich keinen anderen Rat, denn die beiden Damen seien vor Schmerz mit den Nerven so herunter, daß ihnen guter Zuspruch nottäte. Barbara habe selber den Wunsch geäußert, Jutta zu sehen. Sie alte Frau, behindert durch ihr Hüftleiden, könne wenig helfen, und Herr von Pogwisch habe jetzt mitten in der Ernte, ohne Barbaras Hilfe, draußen viel zu tun.

«Ja», sagte Jutta, «ja, ich werde gleich herüberkommen, das ist selbstverständlich.»

Herr Dewitz jedoch fand es gar nicht so selbstverständlich, daß Jutta sich zu den fremden Leuten begab, anstatt mit ihm heimzureisen. Joachim legte sich ins Zeug und meinte, der Bräutigam sei ja noch nicht in Sicht, und so könne Jutta den Ärmsten in Moorburg vorerst zur Seite stehen. Mit ein paar Tagen, wie Inge meinte, sei es auch nicht getan, sie solle sich mit ihrem Gepäck lieber auf länger einrichten.

«Aber ihre neue Wohnung», bemerkte Ingeborg.

«Ach was, Wohnung! Sag mal, Vater, gibt es bei euch nicht so was wie Dekorateure, die alles fertig abliefern?» fragte Jochen.

«Natürlich gibt es das, aber ich denke, daß eine Braut mehr Freude daran hat, all die vielen hübschen Dinge selbst zusammenzustellen.»

Jutta hatte gar nicht hingehört, sie dachte nur immer: Die arme Babs! Sie hatte ihre Lily so lieb!

Joachim legte ihr die Hand auf die Schulter und fragte sie, ob ihr ihre neue Wohnung wichtiger sei, als die Freundin zu trösten. Jutta schüttelte heftig den Kopf. Und so kam es, daß Herr Dewitz am nächsten Tage allein nach Hause reiste.

Die ersten Tage auf Moorburg waren schwer gewesen für Jutta. Frau Beate hielt sich meist in den Zimmern nach der Hofseite auf, um den Anblick des Schwarzsees nicht ertragen zu müssen. Sie litt ständig unter heftigen Kopfschmerzen und nervösen Angstzuständen. Doktor Sähn, der öfter nach ihr sah, schlug Herrn von Pogwisch vor, sie in ein Sanatorium in einen ruhigen Ort des Mittelgebirges zu schicken, da er sich viel von der veränderten Umgebung und der Höhenlage versprach.

August hatte eine Lücke hinterlassen, und man merkte erst jetzt, wieviel Arbeit er stillschweigend übernommen hatte. So war es eine Entlastung, als Frau Beate in Begleitung ihres Mannes in den Kurort abreiste.

Jutta hatte nach ihrer Ankunft die Freundin, die in ihrem verdunkelten Turmzimmer auf dem Bett lag, in die Arme genommen und schweigend gestreichelt. Barbara war in diesen Tagen sehr abgemagert, ihre frischen Wangen waren eingefallen und blaß geworden. Nur mit Mühe konnte ihr Jutta den Gedanken, Lily sei freiwillig in den Tod gegangen, ausreden.

«Vermutlich hat Lily noch einmal, bevor sie Moorburg verlassen sollte, alle jene Plätze aufsuchen wollen, die ihr lieb waren.»

«Ja, das ist sogar sicher», gab Babs zu, «sie hat an dem letzten Abend so etwas mir gegenüber geäußert. Aber ich riet ihr damals ab, weil ich meinte, der Abschied würde ihr dann um so schwerer fallen.»

«Na, siehst du!»

«Aber warum ist sie dann in aller Herrgottsfrühe heimlich, nur von August begleitet, hinausgefahren?»

«Wahrscheinlich weil sie fürchtete, ihr würdet sie aus den Gründen, die du eben anführtest, daran hindern. Oder sie wollte einfach nur allein sein.»

«Wie ist das aber mit August und dem Hund zu verstehen? Ich kann das nicht begreifen. Gewiß, Rex war bissig, doch nicht gegen August. Und warum war die Tür verschlossen? Der Hund ist doch durch das Fenster gesprungen. Warum haben sie ihn eingesperrt?»

«Du darfst nicht immerfort darüber nachgrübeln, Babs! Du machst dich damit selber kaputt, und mir scheint, daß draußen die Ernte in vollem Gang ist, du hast doch Pflichten!»

Doch es gelang Jutta erst, nachdem die Eltern abgereist waren, Barbara aus ihrer Lethargie aufzurütteln und sie zu bewegen, nach dem Rechten in der Wirtschaft zu sehen.

«Bitte, komm mit heraus. Ich fühle mich so schlapp», bat Babs.

Alsbald ritt Jutta in einer alten Reithose von Lily auf Herrn von Pogwischs Braunem neben Barbara über die Felder und sah mit Freude, wie das Interesse an der Arbeit wieder in der Freundin erwachte.

Roggen und Hafer waren schon gemäht und standen wie die Soldaten aufgereiht in Hocken auf den Koppeln. Sie ritten zum Gerstenfeld hinüber, wo die Leute mit dem Aufsetzen der Garben beschäftigt waren. Das Gelände war hügelig, und Waldstücke, welche hineinragten, gaben ihm eine unregelmäßige Form. Prüfend sah Babs die aufgestellten Reihen entlang, dann rief sie den Vorarbeiter zu sich.

«Menschenskind, wie sollen da hinten an der Hecke die Wagen wenden? Und dann noch am Hügel! Die kippen ja um. Diese zwei Reihen noch mal aufsetzen, und zwar so!» und sie zeigte mit den Reitstock die Richtung an.

Beim Abendessen aß Babs zum erstenmal nach Lilys Tod mit richtigem Appetit. Tantchen klopfte hernach Jutta auf die Schulter. «Kind, wenn du nicht gekommen wärst, ich glaube, sie läge noch in ihrem Turm und heulte.»

Pastor Bolten hatte Jutta nur auf der Beerdigung August Pranges gesehen. Er hatte eine kurze und, wie ihr schien, unpersönliche Rede am Sarg des Verstorbenen gehalten. Als sie mit Tantchen Tove darüber sprach, meinte diese:

«Er gibt August die Schuld am Tod Lilys, weil er sie am See allein gelassen hat.»

Zwei Briefe von Erich hatte sie an ihrem Schreibtisch im unteren Turmzimmer beantwortet. Erich riet ihr, noch in Moorburg bei der Freundin zu bleiben, da seine Verhandlungen sich ohnehin in die Länge zögen; und was Hochzeit und Wohnung betreffe, würden sie die Vorbereitungen dafür gemeinsam erledigen, sobald er zurück sei. Jutta fand, daß sie einen verständnisvollen Mann bekommen würde.

Einen Tag vor der Rückkehr des Majors besprach Jutta mit der Mamsell die Speisenfolge des nächsten Tages, die festlicher als üblich sein sollte. Babs war den ganzen Tag draußen. Am Nachmittag ging Jutta in die Gärtnerei, um dem Gärtner Aufträge für die Küche zu geben.

«Wer hält eigentlich drüben den Garten in Ordnung?» fragte sie den Gärtner.

«Ja nun, der Herr Doktor hat dem Richard», und er deutete auf den Lehrling, «im vorigen Jahr ein ordentliches Trinkgeld gegeben, und die gnädige Frau hat mir auch eingeschärft, den Garten in Ordnung zu halten.»

«Die Exzellenz?»

«Nein, die junge Frau Baronin», erklärte er. «Aber vielleicht kommt der Herr Doktor auch in diesem Sommer wieder her, dann muß doch alles in Ordnung sein. Die Mimi hat erst neulich alles wieder gelüftet im Haus.»

Juttas Herz schlug heftig, als sie zurück zum Schloß ging.

Am Nachmittag holte Joachim von Trappen mit Fatme Jutta zu einem Ritt durch die blühende Heide ab. Das Dahinstürmen auf dem leichtfüßigen Pferd tat Jutta gut.

Als sie sich später in der Moorburger Allee von Joachim und den Pferden verabschiedete, nicht ohne sich bei ihm zu bedanken, daß er ihr mitten in der Ernte ein paar Stunden geopfert hatte, sah sie ihm lange nach, wie er auf seinem hohen Roß, Fatme neben sich, in einer Staubwolke davontrabte. Sie wußte, daß sie in ihm immer einen Freund haben würde.

Nach diesem Ritt durch Moor und Heide fühlte sie sich wie von einem Druck befreit, der lange auf ihr gelastet hatte, so daß sie beschloß, nach dem Abendessen den Pastor zu besuchen.

Sie fand ihn lesend an seinem Schreibtisch. Als er aufsah, entdeckte Jutta tiefe Furchen in seinem Gesicht. Er war gezeichnet von den Kämpfen, die in ihm getobt haben mußten.

«Ich habe Sie schon zu mir herbitten wollen», sagte er, «aber es fällt mir schwer, hinüberzugehen.»

Seine Augen blickten in Richtung Schloß.

Aus der Lade nahm er einen in Seidenpapier gewickelten Gegenstand und überreichte ihn Jutta. Vorsichtig entfernte sie das Papier. Zum Vorschein kam die Nadel mit der Bernsteinträne.

«Wie das?» fragte sie verwirrt.

Da erzählte ihr der Pfarrer von Lilys Wunsch am letzten Abend. «Sie hat es gewußt. Behalten Sie das Schmuckstück, bitte, und sei es auch nur zum Andenken an einige glückliche Stunden und an die Tote, die Sie liebhatte.»

Jutta konnte nur nicken und steckte die Nadel an der Innenseite ihres Kleides fest. Sie fühlte sich auf einmal seltsam beengt und fragte den Pfarrer, ob es ihm recht sei, ein wenig in den Garten hinauszugehen.

Der Phlox duftete stark, und über ihnen in den Zweigen sangen die Vögel. In der Laube war es schon dämmrig. Pastor Bolten sah vor sich hin und fragte Jutta, wie lange sie noch in Moorburg zu bleiben gedenke. Sie saß ihm gegenüber und zeichnete mit dem Zeigefinger die Figuren auf dem bunten Tischtuch nach.

«Ich weiß noch nicht genau, jedenfalls nicht mehr lange.»

Wir müssen uns dem Gesetz beugen, ungeachtet dessen, ob es uns paßt oder alle Erwartungen über den Haufen wirft», sagte Pastor Bolten.

Sie legte ihm die Hand auf den Arm.

«Vielleicht ist es nicht immer leicht, ein Diener Gottes zu sein, der so etwas zugelassen hat.»

«Wenn man den Glauben an das Gesetz Gottes verloren hat, das ist schwerer, als mit bloßen Händen einen Berg abzutragen.»

«Kann es nicht sein, daß wir uns selber viel zu wichtig nehmen, und leiden wir darum so sehr, weil wir mit unserem Willen nicht dahin kommen, wohin wir möchten.»

«Als Beispiel hierzu fällt mir der Junge ein, der auf dem Steg steht und ein Papierschiffchen schwimmen läßt», ergänzte der Pastor. «Das Schiffchen aber bleibt an einem Zweig hängen. Der Junge stochert es los, doch es ist undicht geworden und wird bald untergehen. Aber es war ja nur ein Papierschiffchen.»

Jutta nickte, sie hatte den Kopf in die eine Hand gestützt und sah dem Pastor in das ruhiger gewordene Gesicht.

«Es passiert ständig so viel Schlimmes in der Welt, daß die guten Taten dazwischen fast verschwinden. Vielleicht wird um sie nicht so viel Aufhebens gemacht, aber wenn man die Zeitung liest, gewinnt man fast den Eindruck, daß das Böse in der Welt überwiegt. Auch darum, denke ich, muß es für einen Seelsorger schwer sein, den Menschen von der allumfassenden Liebe Gottes zu predigen.»

«Um ihnen den Glauben zu erhalten», bemerkte der Pastor.

Nach einer Weile sagte sie, daß es gut sei, Menschen wie Lily von Pogwisch gekannt zu haben, und Detlev Bolten erwiderte, es sei eine Gnade, solchen Menschen begegnen zu dürfen.

Sie gingen an den Bach hinunter, blickten schweigend in das plätschernde Wasser und sahen den tanzenden Mücken zu. Der Pfarrer zog ein Blatt Papier aus der Tasche und reichte es Jutta.

«Bitte, lesen Sie, ich habe vorhin lange über diesen Satz der Heiligen Schrift nachgedacht.»

> «Der verborgene Mensch des Herzens,
> unverrückbar, mit sanftem und stillem Geiste,
> das ist köstlich vor Gott.»

«Lily», sagte Jutta leise und gab ihm das Blatt zurück.

«Bei Lily war er nicht so verborgen», entgegnete der Pastor. «Man brauchte ihn nicht suchen, er war gegenwärtig. Für Frauen ist dieses Wort geprägt worden; jedoch habe ich gefunden, daß es für jeden Menschen gilt. Den verborgenen Menschen des Herzens besitzt wohl ein jeder, sein Antlitz aber ist verschieden: Es mag unter ihnen erhabene, makellos reine und einfältig-schlichte geben. Manche vielleicht mit sanftem und stillem Geist. Aber unverrückbar werden sicher nicht viele in den Härten des Lebens diesen sanften und stillen Geist bewahren. Darum heißt es wohl: Das ist köstlich vor Gott. Aber bei wem ist dieser verborgene Mensch des Herzens sichtbar? Wie viele haben ihn vergessen, und wenn er sich meldet, empfinden sie Scham. Wie oft habe ich das bei meinen Amtshandlungen erfahren müssen. Sie lassen ihn nicht leuchten, weil sie sich seiner schämen. Sie verbergen ihre Tränen und versagen sich ein inniges Wort aus Furcht, fremde Augen könnten ihr Inneres entdecken.»

«Wie recht Sie haben, Herr Pastor», rief Jutta aus. «Warum nur tun wir das, es geht so viel Wertvolles dadurch verloren.»

«Es ist wohl so, daß wir Angst vor diesem verborgenen Menschen des Herzens haben. Warum lassen wir ihn nicht mehr sprechen und weniger unseren Verstand?»

Sie gingen dem Haus zu. Jutta hatte gedankenlos ihre Hand auf die Stelle ihres Kleides gelegt, wo sie die Bernsteinnadel unter dem Stoff fühlte, und der Pastor sah sie von der Seite an.

«Ich kenne jemanden, bei dem der Mensch des Herzens hinter lauter Gestrüpp verborgen ist. Jedoch ist er unverrückbar da, trotz allem, dessen bin ich gewiß. Was würden Sie tun, Jutta Dewitz, wenn Ihnen eines Tages dieser verborgene Mensch des Herzens sichtbar würde?»

Ohne Zögern antwortete Jutta, den Pastor fest anblickend:

«Ich würde alles Gestrüpp beseitigen.»

Sie waren an der Gartenpforte angelangt, der Pfarrer reichte ihr die Hand.

«Ich habe gewußt, daß Sie die innere Kraft haben werden.»

8

Barbara holte am Nachmittag den Vater von der Station ab. Auf dem Heimweg mußte sie ihm ausführlich von den wirtschaftlichen Ereignissen auf dem Gut berichten. Er freute sich, seine alte, eifrige Babs wieder vorzufinden, und sah auf die braunen, sehnigen Hände, die das Lenkrad umspannten. Sie erklärte, es sei einzig Juttas Verdienst, daß sie so rasch auf die Beine gekommen sei.

Herr von Pogwisch erzählte, die Mutter sei gut untergebracht und habe sich in der neuen Umgebung gut eingelebt und auch schon erholt.

Auch nette, anregende Gesellschaft habe die Mutter gefunden, die imstande sei, sie von ihrer Trauer ein wenig abzulenken.

Nach einer kurzen Ruhepause ritt er mit der Tochter auf die Felder hinaus. In den Hecken der Feldwege hingen Strohhalme, ein Zeichen dafür, daß das Einfahren schon begonnen hatte.

Als Jutta mit einem Korb halberblühter Rosen, die sie auf Geheiß der alten Frau von Pogwisch im Garten geschnitten hatte, auf der Terrasse erschien, sagte Tantchen Exzellenz:

«Meinst du nicht auch, die ‹Skatten› hier im Haus müßten mal ‹verswinden›?»

So machten der Major und seine Tochter erstaunte Augen, als sie den mit Rosen geschmückten Tisch und die hohen Vasen mit Gladiolen, Rittersporn und anderen Sommerblumen sahen.

«Was ist denn heute los?» erkundigte sich Babs.

«Och», erwiderte Tantchen, «ich hatte so Lust auf Blumen, weil ich doch draußen nicht mehr spazierengehen kann.»

Die Mamsell hatte sich große Mühe mit dem Mahl gegeben. Babs meinte, es sei ein richtiges Diner, und Männe bekam ein saftiges Hühnerbein.

«Er ‹sweint› ja den Teppich voll!» tadelte Tantchen, aber schmunzelnd setzte sie hinzu: «Heute darf er mal.»

Barbaras Augen wanderten von einem zum anderen.

«Hast du heute etwa Geburtstag, Jutta?»

«Nein, aber ich denke, wir freuen uns darüber, daß dein Vater wieder unter uns weilt.» Sie hob ihr Glas und prostete dem Major zu, der ihr entgegnete, er sei ihr sehr zu Dank verpflichtet und hoffe, daß sie sich auf Moorburg wie zu Hause fühle und in Zukunft recht oft den Weg zu ihnen finden werde.

Der Kaffee wurde serviert, und Herr von Pogwisch berichtete Tantchen, er habe sich heute nachmittag davon überzeugt, daß die Ernte, vorausgesetzt kein Dauerregen trete ein, in diesem Jahr ungewöhnlich ertragreich ausfallen werde.

«Nun», verkündete Tantchen mit verschmitztem Gesicht, «dann wollen wir bald die elektrischen Fritzen herbestellen, damit Beate, wenn sie heimkommt, ein helles Haus vorfindet!»

«Tantchen!» jubelte Babs, stieß ihren Stuhl zurück, der Männe auf die Pfoten fiel, aber sie achtete nicht seines Wehgeschreis, eilte zu der alten Dame, hob die kleine, leichte Gestalt auf ihre Arme und tanzte mit ihr im Zimmer umher. Mimi, die auf den Lärm hin aus der Anrichte herbeigeeilt war, staunte mit offenem Mund und schloß dann kopfschüttelnd die Tür hinter sich.

«Aber Kind ... der Respekt!» stöhnte Tantchen.

Die Nacht war schon heraufgezogen, und noch immer saßen die beiden Mädchen am weit offenen Fenster vor Barbaras Zimmer. Barbara schmiedete Pläne.

«Herzchen, im nächsten Jahr können wir schon elektrisch dreschen, ach, und eine Pumpanlage!»

Jutta meinte lachend, daß, wenn sie später Moorburg mit ihrem Mann besuchen würde, das Gut ein Musterbetrieb und Babs dann sicherlich Landwirtschaftsminister und die junge Exzellenz sei.

«Später? Du liebe Zeit, ich vergaß ganz, daß du einmal fort mußt! Ich kann mir überhaupt nicht vorstellen, ohne dich zu sein. Wir nageln dich hier einfach fest und denken überhaupt nicht dran, daß du in Kürze heiraten mußt. ‹Mußt› ist übrigens gut, es rutschte mir nur so heraus. Sag mal, freust du dich auch wirklich auf die Ehe? Sei nicht böse, Jutta, aber die Frage mußte heraus.»

«Ich bekomme einen sehr gütigen Mann, Babs. Ist das nicht die Hauptsache? Seit meinem vierzehnten Lebensjahr kenne ich ihn, er war damals gerade mit seinem Studium fertig und kam viel in unser Haus, da unsere Väter miteinander befreundet waren. Sehr jung mußte er die Leitung der Bank seines Vaters übernehmen, da dieser an einem schweren inneren Leiden starb. Ich kenne niemanden so gut wie Erich und weiß, daß ich gut bei ihm aufgehoben bin.»

«Bah! ... Gut aufgehoben, gütig! Ich weiß nicht, ob das genügt. Habe ja keine Erfahrung darin. Weißt du, Jutta, es ist ein Jammer, daß ich nicht als Junge auf die Welt gekommen bin. Dann wäre es ganz einfach: Ich würde dich heiraten. Und du würdest immer auf Moorburg bleiben, Erben in die Welt setzen, mir das Leben verschönen, so wie heute mit den Blumen und dem prächtigen Essen. Ich könnte den Betrieb in aller Ruhe ausbauen. Im Winter würden wir die Gören Mama überlassen und zum Skilaufen fahren. Mit einem Wort, wie die Götter auf dem Olymp leben! Aber Schiet! Entschuldige, ich bin zuviel unter den Gutsarbeitern. Statt dessen ist der Irrtum passiert, daß wir beide Mädchen sind. Du mußt irgend so einen fremden Onkel ehelichen, um gut aufgehoben zu sein. Kannst du ihn nicht einfach sausen lassen und hierbleiben? Bei mir bist du doch bestimmt ebenso gut aufgehoben und kannst tun und lassen, was du willst! Tantchen und Papa lassen dich auch ungern ziehen. Überleg es dir gut, bevor du dich unter die Haube begibst!»

Jutta streichelte der Freundin die heiße Wange.

«Du weißt nicht, wie schwer mir der Abschied von hier wird. Niemand weiß es! Aber ich bin ja nicht aus der Welt und werde euch oft besuchen kommen. Und du wirst eines Tages auch heiraten und glücklich sein, daß du als Mädchen auf die Welt gekommen bist.»

Seufzend erwiderte Babs:

«Eines Tages muß ich in den sauren Apfel beißen, das sehe ich ein. BWäre Lily nicht krank geworden und gestorben, wäre sie als Älteste Erbin von Moorburg geworden und hätte diese Verpflichtung erfüllen müssen. Nun muß ich alles übernehmen. Manchmal während Lilys Krankheit habe ich mir eingebildet, sie würde wieder ganz gesund werden, und ich habe Pläne gemacht, wie ich mein Leben später einrichten würde. Nun weiß ich durch Doktor Sähn, daß ihr Leiden hoffnungslos war, sie wäre nie wieder gesund geworden ... ach, Jutta!»

«Komm, Babs, denk nicht immer daran! Wir wollen schlafen gehen, du mußt morgen wieder früh aufstehen. Denk mal, bald wirst du ein Nachttischlämpchen haben und brauchst nicht mehr fluchend nach Zündhölzern zu suchen!»

Lily zum Gedenken war in der Gruft der Familie von Pogwisch eine Tafel angebracht worden. Morgens waren der Major, Barbara und sogar die alte Exzellenz auf dem Friedhof gewesen. Jutta hatte als Fremde nicht stören wollen und ging erst am Nachmittag, als Tantchen Tove schlief und der Major und Babs fortgeritten waren, mit einem Strauß weißer Rosen hinüber. Die Gruft war an der Nordseite des Chores angebaut worden. Als Jutta mit dem Schlüssel die Tür öffnete und vom heißen sonnendurchfluteten Friedhof in das Grabgewölbe trat, schlug es ihr kalt und modrig entgegen. Unwillkürlich mußte sie an den kristallenen Palast des Wassermannes und an den lautlosen Tanz der Nixen im grün einfallenden Licht denken. Sie ließ die Tür weit offen und trat an den Sarg August Pranges, auf dem außer den welken Kränzen ein frischer Strauß Rittersporn leuchtete. Sie hatte ihn am Morgen für die alte Dame gepflückt.

Über dem Sarg hing eine weiße Marmortafel an der Wand, geschmückt mit Blumen. Golden schimmerte Jutta die Inschrift entgegen:

ZUM GEDENKEN
AN LILY DOROTHEA FREIIN VON POGWISCH-RENTORFF

Darunter stand das Geburts- und Sterbedatum.

Direkt unter die Tafel legte Jutta die Rosen auf den Sarg des Dieners. Während sie in Gedanken versunken dastand, stieg es kalt vom Steinboden zu ihr auf, so, als ob etwas Feuchtkaltes nach ihr griff. Sie blickte auf die Särge an den Wänden. Hier werden sie alle einmal modern, durchfuhr es sie: Zuerst wahrscheinlich Tantchen, dann der Major und seine Gattin. Und Barbara, die lebensvolle, energische Babs auch. Jutta wurde die Kehle eng. Sie griff sich an den Hals und fühlte die Bernsteinnadel, die sie ständig unter dem Kleid trug. Im selben Augenblick begannen die Mauern zu tönen. Tief brummend zuerst, dann heller und lauter, in aufschwingender Tonfolge. Jutta lauschte mit angehaltenem

Atem, ungläubig erst, dann mit leuchtenden Augen. Gedämpft durch die dicken Mauern drang der Schall zu ihr. Sie sah die schmale Tür, die von der Gruft in das Kirchenschiff führte. Langsam ging sie darauf zu, bewegte die Klinke, die Tür war unverschlossen. Sie kehrte zurück und verschloß die große Friedhofstür der Gruft von innen. Dann erst schritt sie durch die kleine Tür in den Chor der Kirche hinein.

Mächtig durchbrausten die Orgelklänge das Kirchenschiff, das leer vor ihr lag. Zwischen den silbernen Leuchtern des Altars stand ein Strauß weißer Gladiolen. Zum erstenmal sah Jutta das kunstvolle, dunkel gebeizte Schnitzwerk des Altars aus der Nähe. Wie im Traum ging sie die Stufen zum Kirchenschiff hinunter.

Unter der Kanzel blieb sie stehen. Da war es ihr, als ob der Erzengel sie ansehe, den Mund halb geöffnet, selig lauschend auf etwas Fernes, Beglückendes. Der Erzengel Gabriel mit dem Flammenschwert und den Gesichtszügen des Mannes, um dessentwillen sie litt. Ohne die Augen von dem Engel zu lösen, ließ sich Jutta auf der Bank vor der Kanzel nieder. Andächtig lauschte sie den frommen Weisen Dietrich Buxtehudes. Jutta erkannte sie an der Schlichtheit, die die Werke dieses Meisters, Lehrer von Johann Sebastian Bach, kennzeichnen. Schauer der Ehrfurcht vor der Größe der Schöpfung überrieselten sie. Während das klare Thema einer Fuge durch das Kirchenschiff schwang, wanderten ihre Augen von der Kanzel zu den Epitaphien alter Geschlechter. Sie trugen die Namen längst Verstorbener. Jutta sah sie durch die Kirche kommen, begleitet von den Orgelklängen, in Samtgewändern mit gepufften Ärmeln, in Pluderhosen und Brokatschleppen. Bauern in einfachem Wams und Herren mit dem Federhut in der Hand, Damen in weißem Lockenaufbau und Reifröcken, Bäuerinnen in schwarzseidener Tracht mit hohen, silberverzierten Hauben und Kinder in steifen Festgewändern mit Spitzenkragen und Manschetten. Lautlos bewegten sie sich durch den Mittelgang. Jutta drehte sich zur Seite, mit halbgeschlossenen Augen in die einfallenden Sonnenstrahlen blinzelnd. Sie sah Geschmeide blitzen und lebhaft getönten Samt hier und dort im Licht aufleuchten; nur die Gesichter waren gleich Wachsfiguren leblos. Und über allem schwebte, von der Orgel kommend, der Lobgesang zu Ehren Gottes. Als der letzte Ton ausklang, in sanften Schwingungen verstummend, verschwand der Spuk, und Jutta erwachte wie aus einer Erstarrung. Sie meinte, geträumt zu haben. Langsam wandte sie den Kopf und sah den Engel an.

Die Sonne war weitergerückt, und jetzt erschien der Engel rot überhaucht, lebendiger. Als die Orgel aufbrauste, fiel Jutta ein, daß Barbara ihr erzählt hatte, dieses Instrument sei von einer Schwester des Kammerherrn von Pogwisch gestiftet worden.

Jutta kannte die Melodie nicht, die in breiten Akkorden dahinflutete, doch das, woran zu denken sie sich die ganze Zeit gescheut hatte, die Erkenntnis nämlich, wer der meisterhafte Spieler an der Orgel war, wurde ihr zur Gewißheit, als sie sich nun ganz auf die Musik konzentrierte. Wer in diesem abgelegenen Winkel sollte wohl fähig sein, in sein geniales Spiel einen derart innigen Ausdruck zu legen?

Sie sah den Engel lächeln, das gerötete Antlitz lauschend empor gewandt.

Ganz leise setzte die Orgel ein: Es ist so still geworden, verrauscht des Abends Wehn. Und Jutta sprach am Schluß der Melodie die Worte leise vor sich hin.

«Wirf ab, Herz, was dich kränkt und was dich bange macht!»

Ihr Herz wurde ruhig, sie spürte, daß eine Wende bevorstand.

«Jetzt will ich ihn sehen, den verborgenen Menschen des Herzens!»

Der Teppich dämpfte ihre Schritte, als sie unter den sanft perlenden Klängen eines neuen Themas die Treppe zur Empore hinaufstieg. Oben war es dämmrig. Im Schein zweier Kerzen saß er da, ganz versunken in sein Spiel. Den Rock hatte er abgeworfen, und das helle Seidenhemd stand am Hals offen. Die schmale Silhouette seines Kopfes mit den zerzausten Locken hob sich scharf gegen den Kerzenschein ab.

Katzenhaft leise schlich Jutta zu einer Seitenbank ins Dunkle. Mit glänzenden Augen betrachtete sie sein Gesicht. Lauschend hatte er den Kopf etwas erhoben, um den halb geöffneten Mund spielte ein seliges Lächeln. Jutta sog das Bild in sich ein und wagte kaum zu atmen, aus Furcht, ihn zu stören. Eine Weile verharrte er so, dann wurde sein Gesichtsausdruck gesammelter. Als er der dem Baß zueilenden Hand mit den Augen folgte, bemerkte er Jutta. Lächelnd blickte er sie an, die Orgel sang weiter.

«Komm näher», bat er. Sie trat hinter ihn und legte ihre Hände auf die breiten Schultern. Jutta blickte auf die schlanken, kräftigen Hände, die in die Tasten griffen. Sie fühlte unter der Seide das geschmeidige Spiel der Schultermuskeln. Er war kein Fremder mehr für sie; in dieser Stunde war er ihr vertraut geworden. Umrauscht von den mächtigen Klängen, fühlte sie, wie alle Zweifel, alle Ungewißheit fortgeschwemmt wurden. Und während Ulrich die Melodie langsam ausklingen ließ, liebte sie ihn so sehr, daß es fast schmerzte.

Mit einem langen Schlußakkord beendete Ulrich sein Spiel. Jutta legte ihre Wange auf sein Haar, da drehte er sich auf der Bank um, zog sie an sich.

«Daß du gekommen bist!»

«Daß du gekommen bist», flüsterte sie, «gerade noch zur rechten Zeit!»

«Ja, ich weiß alles. Wenn es nicht so gekommen wäre, würde ich mich wahrscheinlich zeit meines Lebens als wirklich blinder Maulwurf auf dieser Erde bewegt haben. Entschuldige mich eine Minute, ich will nur den Jungen fortschicken, der die Bälge getreten hat.»

Er entnahm seinem Jackett die Brieftasche und eilte die Bodentreppe hinauf. Jutta mußte sich setzen, ein Gefühl der Schwäche überkam sie. Später, unten im Kirchenschiff, führte Jutta Ulrich vor den Erzengel Gabriel an die Kanzel.

«Sieh ihn dir an! Hast du dafür Modell gestanden?»

«Du meine Güte», erwiderte er, «da müßte ich etwa vierhundert Jahre alt sein. Übrigens hat noch jemand eine Ähnlichkeit zwischen ihm und mir entdeckt, Fräulein Lily nämlich. Sie sagte an einem Sonntag, als ich zum Nachmittagskaffee drüben war, sie habe in der Kirche einen Bruder von mir getroffen, nur sähe er nicht so griesgrämig aus wie ich und hätte langwallende Locken und ein Hemd getragen. Detlev erbarmte sich und wies auf diesen Engel hin. Aber der sieht doch wohl anders aus?»

«Vorhin vor der Orgel hast du ihm aufs Haar geglichen», behauptete Jutta. «Wir wollen ihn bitten, daß er mit dem Flammenschwert unser Paradies bewacht, anstatt uns daraus zu vertreiben.»

«Das wird er nicht können, ich meine, uns vertreiben.»

Unten im Turm vor dem Portal blieb Ulrich stehen und zog sie sanft an sich.

«Kannst du mir verzeihen, Jutta? Ich habe mich dir gegenüber abscheulich benommen. Es war so viel Ungutes in mir. Damals, dieser Auftritt im Malvenhaus ...»

Sie legte ihm die Hand auf den Mund.

«Wir wollen davon nicht reden, das ist vorüber.»

«Und dann in Berlin! Du machst dir keinen Begriff davon, in welcher Verfassung ich mich befand, als ich zu spät bei Kranzler ankam! Und anstatt mich bei dir zu entschuldigen – ich hätte deine Anschrift leicht über Barbara von Pogwisch bekommen können – betäubte ich meinen Kummer.» Er zog sie noch enger an sich. «Ich wußte doch, daß du mich in Berlin gesucht hattest, und war so glücklich darüber. Wie mußt du gelitten haben!»

Sie legte ihren Kopf an seine Schulter. Schweigend verharrten sie so eine Weile. Dann trat Jutta zurück und breitete die Arme nach ihm aus, wobei sie an das Glockenseil geriet. Ein leiser Glockenton erklang, als Ulrich sie in die Arme schloß und küßte. Doch ließ er sie gleich wieder los und meinte lächelnd, das müsse er sich erst einmal verdienen als «arger Sünder». Im selben Augenblick öffnete sich hinter ihnen die Tür, und die Frau des Totengräbers erschien, die Betglocke zu läuten.

«Na, auch mal wieder hier, Herr Doktor? Ich habe gleich zu meinem Mann gesagt, das ist nicht der Kantor, der da spielt, das ist der Doktor aus Berlin.»

Langsam schlenderten Jutta und Ulrich über den Friedhof, und er gestand, daß er erst durch den Brief seines Vetters mit der Nachricht von Juttas Verlobung zur Besinnung gekommen sei. Er habe aber so viel Arbeit um die Ohren gehabt, daß ihm keine Zeit für private Unternehmungen geblieben sei.

«Gerade komme ich von einer Ausgrabung im Norden. Sofort, nachdem Detlev mir mitgeteilt hatte, daß du jetzt in Karlshöhe bist, bin ich aufgebrochen und spornstreichs hierhergeeilt, dich ja noch anzutreffen. Ich war noch gar nicht im Pastorat, nur kurz im Malvenhaus. Von dort sah ich dich im Garten Blumen schneiden. Ich habe alles auf eine Karte gesetzt. Wenn du in der Kirche nicht meinem sehnsüchtigen Ruf gefolgt wärst, hätte ich mich ohne Verzug in meinen Wagen gesetzt und wäre endgültig aus deinem Leben verschwunden.»

«Wenn Lily nicht gestorben wäre, hätten wir uns auch nie wiedergesehen. Übrigens, sie hat es gewußt, Ulrich. Sie hat es wohl damals an ihrem Geburtstag gemerkt, als wir die Morgenstimmung vorführten.» Jutta erzählte ihm von der Bernsteinnadel, die Lily ihr vermacht hatte.

Betroffen schwieg er einen Augenblick, dann meinte er, es sei doch haarsträubend, daß andere Leute die Harmonie zwischen ihnen beiden eher bemerkt hätten als er selbst.

Inzwischen waren sie an der Dorfstraße angelangt.

«Es wäre schön, wenn du einige Tage hierbleiben würdest und wir zusammensein könnten. Ach, Ulrich, mir steht noch allerlei bevor. Auf Karlshöhe und in Moorburg weiß man, daß ich verlobt bin und meine Hochzeit bevorsteht. Keiner soll um unser Glück wissen, das wollen wir allein genießen.»

«Ganz meine Meinung. Ich werde gleich in Berlin anrufen und mich irgendwie entschuldigen. Ja, Jutta, wenn du mich haben willst, wie ich bin, dann mußt du möglichst bald den Schlußstrich unter deine Verlobung ziehen, damit wir heiraten können.»

Am Abend betrat Pastor Bolten zum erstenmal nach Lilys Tod wieder das Schloß. Ulrich, sein Vetter, hatte ihn dazu überredet. Es fiel ihm sehr schwer. Harmlos plaudernd saß man auf der Terrasse. Nachdem die Vettern sich verabschiedet hatten, gingen die beiden Mädchen in Juttas Zimmer. Sie saßen am Fenster und sahen eine Weile schweigend in die Nacht hinaus.

«Warum sagst du es mir nicht?» Barbara wandte Jutta ihr trauriges

Gesicht zu. Flüsternd, als könne ein lautes Wort die Verzauberung, in der sie sich befand, auflösen, berichtete Jutta nun von ihrem und Ulrichs Geheimnis. Erst als ein warmer Tropfen auf ihre Hand fiel, sah sie die Freundin an.

«Babs, du bist traurig, wenn ich glücklich bin?»

«Es ist mitunter schwer, daneben zu stehen und zuzusehen, Jutta. Ich gönne dir dein Glück. Mit Erich wärst du sicher unglücklich geworden. Deine bevorstehende Hochzeit machte mir Sorgen. Aber du warst mir näher. Jetzt ist dein Herz mit dem Schaufelstiel ausgefüllt. Menschenskind, ein ganzer Schaufelstiel … ach, du lachst! Da ist doch kein Platz mehr für mich?»

Jutta wischte mit dem Taschentuch der Freundin die Tränen ab und versicherte ihr, sie werde immer den zweitbesten Platz in ihrem Herzen einnehmen. Dann erklärte sie Barbara, daß sie und Ulrich einige Tage ungestört miteinander verleben möchten – die Schwierigkeiten ihrer verqueren Lage würden noch früh genug an sie herantreten – und ob Babs ihr wohl helfen würde, sich hier gelegentlich unauffällig zu verdrücken?

«Ihr habt ja recht, was geht es andere an? Überhaupt, du als doppelte Braut! Aber für dich schwindle ich sogar meine beiden Alten an.»

Als Babs sich von Jutta verabschiedete, sagte sie, schon in der Tür: «Du bist die einzige, der ich den Maulwurf gönne!»

Verwundert starrte Jutta auf die sich schließende Tür. Draußen rief der Kauz in den Parkbäumen, und Fledermäuse jagten um den Turm.

Früh beginnt der Tag um diese Jahreszeit. Die Knechte öffnen die Stalltüren und streuen Futter in die Krippen. Wenig später fahren die Leiterwagen, mit Mädchen und Frauen besetzt, vom Hof, um den goldenen Segen von den Feldern zu holen.

Nach dem Frühstück begab sich Ulrich Stauffenbiel in die Gärtnerei, um gemeinsam mit dem Gärtner das alte Segelboot, das dort aufgebockt in einem Schuppen lag, zu Wasser zu bringen. Major von Pogwisch hatte ihm am Abend zuvor gern die Erlaubnis dazu erteilt. Früher waren Lily und Barbara damit gesegelt.

Im Schuppen mußte der Gärtner mancherlei Geräte forträumen, dann erst konnten sie die Plane vom Boot entfernen.

«Wieviel Segelfläche hat es?» fragte Ulrich.

«Ich glaube, zwölf Quadratmeter.»

Der Gärtner rief den Lehrling, und mit vereinten Kräften hoben sie das Boot ins Freie. Nachdem Ulrich es eingehend untersucht hatte, nickte er zufrieden.

«Soweit ist es in Ordnung, dann soll es erst mal ordentlich Wasser schlucken.»

Vom Park her kam Jutta angeschlendert.

«Nanu, Herr Doktor, wollen sie den See unsicher machen?»

«Jawohl, meine Dame, ich suche nur noch einen Moses, dann kann die Reise losgehen.»

«Einen was?» wunderte sie sich.

«Nun, einen Moses. Das ist ein Junge, der an Bord all die unangenehmen Arbeiten übernimmt, zu denen der Kapitän keine Lust hat. Dafür lernt er aber segeln. In diesem Falle müßte der Moses das Boot reinigen. Wäre das nicht verlockend für Sie?»

Jutta entgegnete, sie wüßte nicht, was sie lieber täte, und bat den Gärtner um einen Spinnenbesen.

Der meinte kopfschüttelnd, der Herr Doktor scherze doch nur, das sei doch nichts für so feine Damen.

«Leider bin ich im Augenblick nicht abkömmlich, aber auf den Segelunterricht werde ich gelegentlich noch zurückkommen, wenn es Ihnen recht ist.»

Dann ging sie, amüsiert über diese kleine Komödie, durch den Park zum Haus zurück.

Als Jutta abends ins Malvenhaus kam und sich ängstlich umsah, lächelte ihr Ulrich ermunternd zu.

«Das Haus ist dasselbe geblieben, aber der Mann darin ist ein anderer. Ich danke dir, daß du gekommen bist. Oder wäre es dir lieber gewesen, wenn ich dir mit einer Gitarre unter deinem Turmfenster ein Ständchen gebracht hätte?»

Sie schüttelte den Kopf und setzte sich in einen Sessel vor den Kamin, in dem ein behagliches Feuer knisterte. Die Flammen tauchten den Raum in ein warmes Licht, das besonders die Gladiolen in den großen Vasen vorteilhaft zur Geltung brachte.

Ulrich schenkte zwei Gläser voll Wein, und sie ließen sie aneinanderklingen.

«Eine Verlobung wird nicht stattfinden, die feiern wir hier unter uns.»

Er stellte sein Glas auf das Tischchen.

«Ich bin gar nicht stolz darauf, gleichzeitig mit zwei Männern verlobt zu sein», äußerte Jutta kläglich.

«Du bist eben einmalig, Jutta, und das kommt davon, daß du so viel unbewußten Charme besitzt, von dem du anderen Mädchen noch etwas abgeben könntest.»

Arm in Arm saßen sie vor dem Feuer und plauderten. Jutta meinte, Pastor Bolten sei es gestern abend anzumerken gewesen, wie schwer es ihm gefallen war, das Moorburger Herrenhaus zum erstenmal nach Lilys Tod wieder zu betreten.

«Mein Vetter wird bald in Urlaub fahren, das ist wohl das beste für ihn.»

«Hast du mit ihm über uns gesprochen?»

«Natürlich. Er hat sich sehr gefreut und hofft ...»

Jutta stand auf und stocherte im niedergebrannten Feuer, daß die Funken stoben.

«Er wird doch schweigen?»

«Doch, das liegt ja schon in seinem Metier.»

Jutta warf einen Birkenscheit nach, dann drehte sie sich um, lehnte sich an den Sims und sprach den Vers:

«Der verborgene Mensch des Herzens,
unverrückbar, mit sanftem und stillem Geiste,
das ist köstlich vor Gott.»

Ulrich sah sie betroffen an.

«Wie kommst du auf diesen Spruch?»

Da erzählte sie ihm von dem Abend mit Detlev im Pastoratsgarten.

«Ich fand diesen Bibelvers so schön, daß ich ihn behalten habe. Und er ist auch wahr.»

An diesem Abend erfuhr Jutta, daß Ulrich aus einer alten Kaufmannsfamilie stammte, und er erzählte ihr von seinen Verwandten in Hamburg, von seiner stillen, klugen Mutter und seinem älteren Bruder Herbert und dessen Familie.

Die Stunden flogen dahin, das Feuer brannte nieder, es war fast dunkel im Raum. Sehr spät begleitete Ulrich Jutta zu ihrem Turm. Durch einen direkten Zugang vom Park aus gelangte sie in ihr Zimmer.

Die Sonne stand schon hoch, als sie erwachte. Auf dem Fensterbrett lag ein Strauß bunter Sommerblumen, wie sie in dem Gärtchen des Malvenhauses wuchsen.

Sie sputete sich, zum Frühstück zurechtzukommen, das für sie das erste, für Barbara und Herrn von Pogwisch bereits das zweite war.

«Alte Schlafmütze!» rief Barbara und blinzelte Jutta zu.

Der Major, der die Post durchsah, meinte, man sehe Fräulein Jutta nur noch bei den Mahlzeiten, Tantchen habe ihr doch nicht zuviel Pflichten aufgeladen? Schließlich solle sie sich auf Moorburg erholen, nicht arbeiten.

«Das ist es ja. Ich möchte das Landleben noch richtig auskosten und bin den ganzen Tag draußen. Mit meinen Pflichten ist es nicht weit her; ich bin ein rechter Faulpelz geworden.»

«Das macht nix, Kind.» Tantchen schob Jutta noch ein Ei in den Eierbecher. «Muffel man fix, damit du dicker wirst, ehe du heiratest; dann kommen Pflichten genug, du Stakkel!»

Barbara zog grinsend die Augenbrauen hoch.

«Du, hör mal, ich muß nachher zu den Elektro-Fritzen in die Stadt fahren. Es soll ja alles fertig sein, wenn Mama heimkommt. Auch die Lampen will ich schon aussuchen, obwohl Tantchen behauptet, ich hätte einen Kuhgeschmack. Deshalb möchte ich dich dringend bitten, mir beim Aussuchen zu helfen. Du kommst doch gewiß gern mit, vor Abend werden wir nicht zurück sein!» sagte sie verschmitzt, und da sie Juttas betroffenes Gesicht gewahrte, trat sie ihr unter dem Tisch ziemlich heftig gegen das Schienbein.

«Natürlich fahre ich gern mit», versicherte Jutta nun eifrig.

«Ich wußte es ja. Wenn du mit aussuchst, bist du wenigstens mitschuldig, wenn Mama die Lampen nachher nicht gefallen. Papa, du kannst mich heute doch entbehren, ich habe sehr viel in der Stadt zu erledigen.»

«Ja, selbstverständlich», antwortete der Major, von einem Brief seiner Frau aufsehend. «Kauf dir in der Stadt etwas Hübsches auf meine Rechnung, du hast es verdient.»

Barbara bedankte sich, dann erhoben sich die beiden Mädchen.

«Dein Gesicht vorhin war köstlich», lachte Babs, während sie zum Turm gingen. «Du hattest sicher eine stille Wut auf mich, was?»

«Aber mußtest du mir derart ans Bein treten, daß ich blaue Flecke bekomme? Ich will einen Besen schlucken, wenn du nicht etwas im Schild führst.»

«Daß du das auch schon merkst!» Babs zog sich mit dem Stiefelknecht die Stiefel aus und erzählte, während sie sich in eine städtisch gekleidete Dame verwandelte:

«Heute früh traf ich den Maulwurf in seinem protzigen Auto. Er sagte, er musse ins Dorf, Schoten für das Boot besorgen, weil die alten zum Teil brüchig seien, und er heute gern alles am Boot fertig machen will. Kurz und gut, wir haben nun folgenden Plan ausgeheckt: Du fährst mit mir bis Gnissen, besser gesagt, ich fahre dich von dort an jene Seite des Sees. Dort wartet der Traum deiner schlaflosen Nächte, dich in sein Piratenschiff umzuladen. Sodann begebe ich mich in die Stadt, die Lampen auszusuchen. Später treffe ich euch am Seeufer, denn der Maulwurf hat mich – wie es seine unverschämte Art ist – eingeladen, in meinem eigenen Boot mitzusegeln. Vielleicht will er mich nur als Steuermann, damit er die Hände frei hat, mit seinem Moses zu schmusen.»

Vorerst aber mußte der «Moses» tüchtig mit anpacken. Dann folgte der Segelunterricht. Backbord und Steuerbord begriff Jutta schnell, links und rechts vom Heck aus gesehen. Aber, daß Luv und Lee immerfort wechselten, war schon schwieriger.

«Paß auf!» Ulrich belegte die Schot. «Wenn du seekrank wirst, dann mußt du immer nach Lee reihern.»

«Was ist reihern?»

«Das ist, wenn dein Magen sich lieber von dem heute verspeisten Frühstück trennen möchte. Merke also, immer nach Lee. Luv ist die Seite, woher der Wind kommt. Woher kommt jetzt der Wind, und wo ist Lee?»

Jutta blickte hilflos umher und hob die Schultern. Ulrich deutete nach oben.

«Du mußt dich an dem kleinen Wimpel orientieren, dem Stander, dann weißt du, woher der Wind kommt.»

«Von links?» fragte sie. Links gebe es nicht, war seine Antwort.

«Von Backbord, Ulrich, nicht wahr?» sagte sie nun eifrig, überlegte und rief dann: «Und jetzt ist Lee in Steuerbord?»

Ulrich sah sie lachend an.

«Brav, Moses!»

Sie sah entzückend aus mit ihren vor Eifer geröteten Wangen und den wehenden Locken.

Dann tauchte Babs am Ufer auf. In einer halbrunden Bucht legte er an, und zu dritt verzehrten sie den Inhalt von Fräulein Schulzes Freßkorb.

«Hast du dir in Alberg was Hübsches gekauft, Babs?» erkundigte sich Jutta, die sich nun in einem roten Badeanzug, den Babs mitgebracht hatte, neben Ulrich räkelte.

«Ja, was sehr Hübsches! Stellt euch vor, hinter Gnissen bekam ich achtern mal wieder einen Plattfuß. Also habe ich mir einen bildschönen, neuen Reifen gekauft.»

Jutta konnte nicht gut schwimmen. Sie paddelte am Ufer ein bißchen umher, während Babs und Ulrich weit hinausschwammen. Später im Boot warf Babs ein Tau ins Wasser, und Jutta ließ sich, bewacht von Ulrich, der nebenher schwamm, ziehen. Babs war eine umsichtige Seglerin, und Jutta fand es bald herrlich, sich so schnell durchs Wasser gleiten zu lassen.

«Was habe ich dir gesagt?» grinste Barbara, als Jutta wieder an Bord kroch. «Ich muß Bootsmann spielen.»

Sie war jedoch im Irrtum. Ulrich nahm ihr die Pinne aus der Hand, und sie rauschten bei auffrischendem Wind zur Karlshöher Seite hinüber. Barbara lehnte in ihrem schwarzen Badetrikot am Mast und horchte. Eine Wolkenwand zog hinter den Baumwipfeln hoch. Der Wind trug das Klappern des Selbstbinders herüber. Streng waren die Züge des Mädchens; sie sieht wieder aus, als trüge sie eine Rüstung, dachte Jutta.

«Babs, was ist?» rief sie der Freundin zu.

«Nun mähen sie den Weizen weiter, anstatt ihn auf dem Halm zu lassen und die letzte Gerste mit allen Leuten einzufahren, bevor das Gewitter kommt. Und ich Faulpelz lasse mich hier wie eine Prinzessin spazierenfahren.»

Beim Abendessen teilte Tante Tove Jutta mit, Frau von Trappen habe am Nachmittag angerufen und bitte Jutta, auf Karlshöhe anzuläuten, sobald sie aus Alberg zurück sei.

Ingeborg hatte einen Brief von ihrem Vater erhalten, in dem er äußerte, es sei nun wirklich an der Zeit, daß Jutta ihre Zelte am Schwarzsee abbreche. Auch Inge schien ungehalten zu sein. Es geht los, dachte Jutta und fühlte, wie ihr Magen sich zusammenkrampfte.

«In der nächsten Woche werde ich zu euch zurückkehren», sagte sie.

Kein Lüftchen regte sich, als Jutta auf der Bank der Philosopheninsel auf Ulrich wartete. Über der Wetterwand stand ein schwefliger Schein, der die ganze Gegend in fahles Licht tauchte.

Während sie nun mit Ulrich in Richtung Heide wanderte, besprachen sie, was zu geschehen habe. Ulrich Stauffenbiel war dafür, morgen schon mit Jutta nach Karlshöhe zu fahren und offen mit den Trappens zu reden. Aber Jutta wehrte ab. Sie wollte es allein regeln, denn sie ahnte, was passieren würde, wenn sie plötzlich mit dem zweiten Bräutigam auftauchte. Inge konnte recht unangenehm werden, wenn ihr etwas gegen den Strich ging.

«Solange ich hier bin, kann ich dir zur Seite stehen, Jutta. Nachher mußt du allein damit fertig werden. Zur Not kann ich dich rauben. Wie alt bist du eigentlich?»

«Ich werde bald zwanzig.»

Ulrich fuhr sich durch die Haare und meinte, dann sei es mit dem Rauben wohl nichts.

Sie einigten sich darauf, daß Jutta Anfang der nächsten Woche nach Karlshöhe fahren und mit Schwester und Schwager alles besprechen solle. Am darauffolgenden Sonnabend würde Ulrich sie mit dem Wagen abholen, dann könnten sie gemeinsam zu Juttas Vater fahren.

«Wenn du aber Schwierigkeiten hast, Jutta, versprich mir, daß du mich sofort anrufst. Ich werde dir morgen meine Telefonnummer geben.»

Inzwischen war es finster geworden, das Moor lag schwarz vor ihnen. Bisweilen geisterte ein matter Schein über den Wäldern und erlosch wieder. Es war höchste Zeit, umzukehren. Die Luft war schwer und schwül, und im Moor zuckten hier und dort bläuliche Flämmchen. Jutta, die noch nie Irrlichter gesehen hatte, war fasziniert.

«Sie sehen aus wie arme, irrende Seelen», sagte sie leise zu Ulrich.

Er lachte. «Vielleicht sind es welche.»

Jetzt zog das Unwetter herauf. Der Gewitterwind schlug ihnen entgegen. Sie waren noch mitten in der Heide, als die ersten Tropfen fielen und der Donner grollte. Blitze spiegelten sich in den Moorbänken. Ulrich hakte Jutta unter und eilte mit so großen Schritten voran, daß sie ihm kaum folgen konnte.

Wo Moor und See zusammenstoßen, bog sich das Schilf rauschend im Gewittersturm. Endlich hatten sie die Bäume des Parks erreicht. Keuchend hielt Jutta unter einer Linde an, deren Krone vom Sturm gepeitscht wurde. Ulrich betrachtete, an den Stamm gelehnt, über Juttas Kopf hinweg das wilde Spiel der aufgewühlten Elemente. Jutta rief etwas, aber der grollende Donner verschlang ihre Stimme.

Da, plötzlich, erhellte ein grellweißer Blitz die Nacht. Ulrich sah, wie Jutta die Arme hob. Im selben Augenblick folgte ein ohrenbetäubender Knall. Ulrich fing das sich herumwerfende Mädchen in seinen Armen auf. Im fahlen Schein eines erneuten Blitzes sah er in das blasse, vor Schrecken starre Gesicht mit den geschlossenen Augen. Und jetzt brach sein Begehren die Schranken, die er sich bisher selbst auferlegt hatte.

Der harte Donnerschlag schien die Macht des Unwetters gebrochen zu haben. Noch flackerte und grollte es, aber das Gewitter wurde schwächer, und der Regen rauschte nun in schweren Kaskaden herab. Die Liebenden merkten nichts davon, sie erwachten erst aus ihrem Taumel, als der Regen, der das Blätterdach inzwischen durchweicht hatte, ihnen über Gesicht und Kleidung rann. Ulrich nahm Jutta auf seine Arme und lief mit ihr auf den Turm zu. Dort setzte er sie ab. Jutta öffnete die Tür und wollte ihn ins Trockene ziehen. Er aber schüttelte den Kopf, küßte sie flüchtig auf die Stirn, dann war sie allein.

In ihrem Zimmer entzündete Jutta die Kerzen des Leuchters mit zitternden Fingern. Dann stellte sie sich vor den Spiegel. Sie wollte sehen, wie ein Mädchen aussah, in dem eben etwas erwacht war, was bisher geschlummert hatte.

Am anderen Morgen stellte Barbara den triefenden Schirm in den Schirmständer der Halle. Mit vor Nässe quietschenden Schuhen eilte sie in ihr Zimmer, sich umzuziehen. Am Frühstückstisch traf sie Tante Tove, den Vater und Jutta an.

«Verflixtes Sauwetter!» schimpfte sie und köpfte mit einem wohlgezielten Hieb ihr Ei. «Daß uns das jetzt zum Schluß noch in die Quere kommen muß. Wie steht das Barometer, Papa?»

«Es ist etwas gestiegen. Wenn heute noch die Sonne durchkommt, können wir morgen weitermähen.»

«Wenn sich das nur nicht zu einem Landregen auswächst! Vorhin habe ich gehört, daß der Blitz heute nach in den Kuhstall von Schrader in Gnissen eingeschlagen hat. Aber der Regen hat den Brand bald gelöscht, und die Kühe sind ja draußen. Das war vielleicht ein Gewitter. Bist du auch davon geweckt worden, Jutta?»

«Doch», erwiderte Jutta und fühlte eine leichte Röte in ihre Wangen steigen. «Von dem einen Donnerschlag bin ich geweckt worden.»

Als ihr die Doppelsinnigkeit bewußt wurde, sah sie erschrocken in Babs' lachendes Gesicht.

Nach dem Frühstück gingen der Major, Barbara und Jutta durch das ganze Schloß, um zu bestimmen, wo in der nächsten Woche die Lichtleitungen gelegt, wo Schalter und Lampen angebracht werden sollten. Sie sahen in jeden Raum, und der Major machte Notizen. Babs stellte beunruhigt fest, daß sie zuwenig Lampen bestellt hatte, und beschloß, heimlich anzurufen und die fehlenden nachzubestellen.

«Wie gut, daß Doktor Stauffenbiel noch in die Stadt muß, da kann Jutta mitfahren und die Sache regeln, vorausgesetzt, daß er dich überhaupt mitnehmen will. Man kann ja nicht wissen, vielleicht hat er in der Stadt eine Freundin, und du störst ihn nur», sagte sie laut und blinzelte Jutta dabei an.

«Oh, er braucht mich ja nur beim Lampenladen abzusetzen und später wieder abzuholen.»

Im linken Schloßflügel war Jutta noch nie gewesen. Seine Räume sahen ziemlich verwahrlost aus, da sie jahrzehntelang nicht mehr benutzt worden waren. Nur das große Turmgemach im Obergeschoß war gut instand gehalten. Babs nannte es die Folterkammer. Es war eine Art Museum mit altertümlichen Waffen und Folterwerkzeugen, die der Kammerherr von Pogwisch hier hatte zusammentragen lassen.

«Alle Dinge, die du hier siehst, hat man im Verlies, in den Grundmauern der alten Moorburg, gefunden, zum Teil mit Rost und Grünspan überzogen.»

Jutta stand staunend vor der Eisernen Jungfrau, ein Gerät in der Form eines menschlichen Körpers. Die Scharniere quietschten, als der Major die Tür an der Figur öffnete. Die Innenseite der Tür wies Nägel auf, die dem in der Jungfrau eingesperrten Opfer bei zugepreßter Tür ins Fleisch drangen. Dicke Ketten waren zu sehen, Lanzen und Schwerter. Major von Pogwisch hatte die Sammlung gepflegt und sie um eine

Schußwaffensammlung erweitert. Es gab Gewehre mit hölzernem und solche mit eisernem Ladestock, Zündnadelgewehre und welche mit dreikantigen Bajonetten. Jutta schauderte. Der Major erklärte, in welchen Kriegen sie Verwendung gefunden hatten, und nannte die Namen aller Gewehre. Barbara zeigte Jutta ein langes, zinnoberrotes Gewehr, das der Major als Löwentöter bezeichnete.

«Schau mal in das Rohr!» forderte Babs sie auf. «Die haben früher anscheinend mit Kugeln so groß wie Pflaumen geschossen.»

In einer Ecke stand eine Rüstung, vollständig erhalten, mit Visier und Beinschienen.

«Ist die Rüstung auch in Moorburg gefunden worden?» fragte Jutta den Major.

«Nein, die haben die Pogwischs, als sie nach Moorburg kamen, von ihrem Stammsitz Rentorff mitgebracht, wie manches andere auch, was Sie hier sehen. Zum Beispiel die Kettenhemden an der Wand dort und die beiden Eisenhauben gehören zum Rentorffschen Familienbesitz.»

«Babs, tu mir doch den Gefallen, und kriech mal in die Rüstung. Ich möchte sehen, wie sie funktioniert», sagte Jutta.

«Die paßt mir doch gar nicht.»

Der Major lachte.

«Wer weiß, Doktor Stauffenbiel hat einmal auf meine Bitte hin eine Anprobe versucht; er war aber zu groß und in der Brust zu breit. Die Ritter von damals sind im Durchschnitt schmächtiger gewesen als die Männer heute. Ich bin auch zu groß für den Eisenkerl. Aber spaßeshalber, steig schon hinein, Babs.»

Sie holten die Rüstung aus der Ecke, und dann vollzog Babs mit Juttas Hilfe unter Stöhnen und Ächzen die Verwandlung. Alles paßte wie angegossen.

«Hab ich mir's doch gedacht», sagte Jutta.

«Was meinst du?» fragte Babs hinter halboffenem Visier, und ihre Stimme klang tief und fremd aus dem Metallpanzer.

Als die Gestalt mit klirrenden Schritten durch das Zimmer schritt, dachte Jutta daran, daß sie Barbara schon mehrmals in einer Rüstung gesehen hatte.

«Erstaunlich», murmelte der Major, «einfach erstaunlich!»

Eine Stunde später stand Jutta am Fenster ihres Zimmers und sah durch den grauen Vorhang des Regens auf den See hinaus. Sie hatte angefangen, in einem Buch zu lesen, aber die Gedanken an Ulrich ließen sie den Sinn der Sätze nicht erfassen. Sie sehnte sich nach ihm. Einem plötzlichen Entschluß folgend zog sie den Regenmantel an, nahm den Schirm und ging zum Malvenhaus. Die Tür war unverschlossen, der große

Wohnraum leer. Sie fand Ulrich schlafend auf dem Bett in der Kammer. Da fiel ihr Blick auf die über einen Stuhl geworfene Kleidung, die noch klatschnaß war. Auf dem Boden hatten sich kleine Pfützen gebildet. Die Schuhe waren völlig durchweicht. Der kurze Weg vom Schloß bis zum Malvenhaus hätte sie niemals so durchnässen können. Wer weiß, wie lange Ulrich durch den Regen gelaufen war und wann er sich schlafen gelegt hatte. Leise verließ sie Kammer und Haus.

Im Garten sah sie auf der Rabatte eine ihr fremde Blume mit samtigen Blättern, in denen silberne Tropfen perlten. Die pflückte sie, schüttelte das Wasser ab und ging noch einmal ins Haus zurück. Auf Zehenspitzen schlich sie an das Lager des Schläfers und legte vorsichtig die rote Blume auf seine Decke. Sein nasses Zeug hängte sie über Stuhllehnen zum Trocknen, dann begab sie sich auf den Rückweg.

Nach dem Mittagessen – Tantchen hatte sich schon zum Mittagsschläfchen zurückgezogen – meldete das Mädchen Doktor Stauffenbiel.

Ulrich betrat den Raum.

«Was, bei dem scheußlichen Wetter wollen Sie in die Stadt fahren?» sagte der Major, nachdem Ulrich den Grund seines Kommens genannt hatte.

«Warum nicht? Mein Wagen hat ein wasserdichtes Verdeck. Oder fürchten Sie sich, mit mir zu fahren?» wandte er sich lächelnd an Jutta.

Sie schüttelte den Kopf und eilte hinaus, sich umzukleiden.

Der Feldweg von Moorburg zur Landstraße nach der Stadt war bei diesem Wetter eine Katastrophe. Schmal und von den Ackerwagen ausgefahren und an beiden Seiten von Gräben begrenzt, stellte er hohe Anforderungen an die Fahrkünste des Autofahrers.

«Dank dir, Liebste, für die rote Blume! Aber warum hast du mich nicht geweckt? Ist nicht jede Stunde kostbar, die wir beieinander sein dürfen?»

«Du schliefst so fest, Ulrich. Vielleicht hattest du den Schlaf sehr nötig?»

«Schon. Aber das läßt sich nachholen.»

Der Regen klatschte auf das Verdeck. Die Schlaglöcher, die oft von einer Straßenseite zur anderen reichten, standen voll Wasser. Der schwere Wagen verspritzte die schmutzig-graue Flut nach beiden Seiten. Zwei Frauen sprangen kreischend über den Graben und schimpften laut hinter ihnen her.

«Diese Wege sind ja auch nicht für den Autoverkehr angelegt worden», sagte Jutta. Ulrich stimmte ihr zu, daß Pferde hier das geeignetere Fortbewegungsmittel seien.

Auf der Landstraße, als der Wagen ruhig über das Pflaster glitt, erkundigte sich Jutta, wohin die Fahrt gehe.

«In die Stadt, Lampen kaufen», lachte Ulrich.

Wenig später fuhr er in einen Seitenweg, der zu einer ländlichen Gaststätte führte. Dort gab es Pflaumenkuchen mit Sahne.

«Oh, Ulrich! Das ist meine Lieblingsspeise, die gibt es immer an meinem Geburtstag!»

Dabei wurde ihr bewußt, daß sie den beiden Menschen, die ihre Kindheit behütet hatten, der älteren Schwester und dem Vater, bald Kummer bereiten würde. Sie legte den Löffel aus der Hand und sah traurig aus dem Fenster.

«Was ist mit dir?» fragte Ulrich.

«Ach, ich dachte nur an meine Kindergesellschaften, und daran, wie mein Vater und Inge mich immer verwöhnt haben. Und nun. Nein, ich will jetzt nicht daran denken, Ulrich. Gib mir bitte die Sahne herüber.»

Sie legte sich noch ein großes Stück Kuchen auf den Teller und kleckste Schlagsahne darauf. Ulrich betrachtete sie besorgt. Er bangte um die nächste Stunde.

Sie sah sein ernstes Gesicht und versuchte zu scherzen.

«Ich glaube fast, du trauerst deiner Märchenprinzessin nach. Erinnerst du dich noch an den Abend im Pastoratsgarten, als du mich nicht küssen wolltest und mir erklärtest, Märchenprinzessinnen dürften nicht entzaubert werden? Ich nehme an, die leben nur von Blütenstaub und ähnlichem. Und da sitze ich nun und stopfe Berge von Kuchen in mich hinein.»

«Laß es dir nur schmecken, vorläufig habe ich noch nichts dagegen. Vielleicht in 20 Jahren einmal. Und was das andere betrifft, so bist du inzwischen erwachsener geworden. Trotzdem wäre es gut für mich, wenn etwas von der Märchenprinzessin zurückbliebe, Jutta, ich brauche das», schloß er, ernst werdend.

Der Regen hatte aufgehört und sogar die Sonne lugte hinter den Wolken hervor. Das Paar spazierte einen Waldpfad entlang. Ulrich teilte Jutta mit, daß er noch am Nachmittag nach Berlin reisen müsse. Sein Chef habe ihn telefonisch gebeten, an einer wichtigen Besprechung morgen früh teilzunehmen. Er werde anschließend ins Pastorat fahren, den Vetter abzuholen, da er ihm versprochen habe, ihn in seinen Ferienort zu bringen.

Die Fahrt zurück nach Moorburg war bedrückend. Jutta konnte den Abbruch dieser glücklichen Tage nicht fassen. Sie lehnte an Ulrichs Schulter und drängte krampfhaft die Tränen zurück. Auf dem Feldweg vor dem Dorf nahmen sie zärtlich Abschied voneinander. Ulrich schrieb ihr seine Telefonnummer auf und ermahnte sie, ihn ja, falls nötig, zu verständigen.

Als sein Wagen auf dem Hof wendete und schließlich hinter dem Torhaus verschwand, lief sie weinend ums Haus, um ungesehen ihr Zimmer zu erreichen.

9

Christoph, der den Zaun an der Auffahrt zur Mühle ausbesserte, hatte das Paar beobachtet. Eine Stunde später sah er den Berliner Wagen mit Stauffenbiel und dem Pastor fortfahren. Als er mit seiner Arbeit fertig war, nahm er seinen Werkzeugkasten und ein paar morsche Latten auf und ging langsam und gebeugt zur Mühle. Frau Vokuhl, eine Urenkelin des früheren Moorburger Kutschers Heinrich Buhmann, die für ihn sorgte und täglich einige Stunden vom Dorf herüberkam, nahm eben die Wäsche von der Leine. Der Kaffeekessel hing über dem Feuer.

Auf dem Hof stand ein großer Kastenwagen mit zwei Pferden davor. Der Müllerknecht und ein Bauer luden die Kornsäcke ab. Frau Vokuhl trug die Wäsche ins Haus und sprengte sie mit Wasser ein. Dann stellte sie die Pfanne mit dem eisernen Bügeleisen auf die Glut des geschlossenen Küchenherdes. In der Stube holte sie den Wasserkessel vom offenen Feuer und machte Kaffee. Vor dem Stubenfenster deckte sie den Kaffeetisch und rief dann Christoph, der sich die Hände wusch, zu:

«Meister, Kaffee trinken!»

Auf dem Hof, wo eben der leere Wagen abfuhr, hörte der Müllergeselle ihr «Anton, dat givt Kaffee!»

Der große, kräftige junge Mann erschien alsbald gebückt unter der Küchentür und setzte sich zu der Frau an den Tisch.

Müllermeister Christoph nahm an seinem kleinen Tisch am Fenster Platz und strich sich Honig auf das Schwarzbrot. Er hatte, nachdem er die Mühle übernommen hatte, eine Ausbildung als Müller begonnen, es in verhältnismäßig kurzer Zeit zur Meisterprüfung gebracht.

Nach dem Kaffee zündete Christoph seine Pfeife an und dachte an die kleine Tänzerin, die nun wohl doch ihr Glück gefunden hatte. Ob dieser Archäologe aber auch der richtige Mann für dieses zarte, übersensible und, wie ihm schien, ziemlich labile Geschöpf war? Und dann die Braut irgendeines anderen? Was würden die Karlshöher zu dieser Entwicklung sagen? Frau von Trappen soll ja eine energische Person sein. Joachim, den er schon als Kind gekannt hatte, war ein herzensguter und tüchtiger Mann. Was hatte Jutta gesagt? Wenn sie mich nur in Ruhe ließen! Anscheinend wurde sie bedrängt. Sie war ihm vertraut, die kleine Tänzerin, denn auch sie konnte mehr sehen als andere.

Die Gedanken an Jutta verdrängten die Trauer, die Christoph immer noch wegen Lilys Tod empfand. Sie war sein Liebling gewesen, denn sie war die letzte, deren Gesichtszüge ihn an Hinrich Pogwisch erinnerten. Nicht nur äußerlich, auch im Wesen hatte sie sehr viel mit ihrem Urgroßvater gemeinsam.

Christoph lächelte vor sich hin, als er daran dachte, daß er den Namen Lily in die Familie Pogwisch gebracht hatte. Er hatte Hinrichs Tochter so genannt, und Paul und Otto hatten jeweils eine ihrer Töchter ebenfalls auf den Namen Lily taufen lassen. Bald würde Otto der letzte männliche Pogwisch sein, und Barbara die allerletzte, wenn sie nicht heiratete. Danach sah es vorläufig nicht aus. Aber sie war ja noch jung. Trotzdem würde sie es nicht leicht haben, impulsiv, wie sie war, die Enkelin von Paul Pogwisch. Paul mit nur einem Sohn und so vielen Töchtern, die meist mittellose, wenn auch adlige Offiziere geheiratet hatten, war durch die diversen standesgemäßen Aussteuern in finanzielle Schwierigkeiten geraten. So hatte er das Gut Remplin, das er von Wulf Pogwisch geerbt hatte, verkaufen müssen. Alt war er nicht geworden, der Oberstleutnant Paul Pogwisch.

Jedesmal wenn Paul auf Moorburg weilte, um nach seinem Meierhof zu sehen, hatte er Christoph besucht. Das waren heitere Stunden gewesen! Paul ließ sich das Leben nicht vermiesen, am wenigsten von seinem Bruder Jürgen. Wenn er im Sommer kam, wohnte er, zum Ärger Jürgens, immer bei Lily im Malvenhaus oder auch auf dem Dabelstein-Hof. Was hatte Jürgen eigentlich davon gehabt, alle aus dem Moorburger Haus hinauszuekeln? Tove, seine liebe, kleine Frau, hatte immer wieder zu vermitteln versucht. Und nun hatte er allein die Jugendgefährten überlebt. Christoph wußte, daß seine inneren Organe ihm bald zu schaffen machen würden. Der Kater rieb sich maunzend an seinem Bein. «Ja, mein Hans, das Alter ist kein angenehmer Zustand! Wir beide müssen wohl bald abtreten. Mit uns ist nicht mehr viel Staat zu machen.»

Er streichelte den Kater und blickte auf, als Frau Vokuhl in der Tür erschien.

«Ich gehe jetzt, Meister. Bis morgen!»

Der Abend verdunkelte schon das Zimmer.

Auf Juttas Anruf holte Herr von Trappen seine Schwägerin in Moorburg ab. Von der Bibliothek aus sah sie ihn über den Hof reiten, Fatme am Zügel neben sich.

Der Abschied von Moorburg und der Familie Pogwisch fiel Jutta sehr schwer, und sie mußte versprechen, noch einmal herüberzukommen, bevor sie den Schwarzsee verließ. Sie standen alle auf der Treppe, sogar die alte Frau Tove, auf Barbara gestützt. Der Major half Jutta in den Sattel. Babs sagte, sie wolle in den nächsten Tagen ihren Koffer nach Karlshöhe bringen.

Auf Karlshöhe redete Ingeborg fortwährend von Juttas bevorstehender Hochzeit. Der Vater habe angerufen und mitgeteilt, er habe für Juttas Brautkleid eine wunderschöne Brokatseide ausgesucht. In Erichs Wohnung seien die Handwerker beim Tapezieren. Sie müsse nun unbedingt kommen, um Anweisungen zu geben, wie sie alles haben wolle. Und so ging es weiter, von Ingeborgs Festkleid zur Hochzeit bis zur Anschaffung neuer Wäsche für die Wohnung des jungen Paares. Jutta schwirrte der Kopf. Sie schwieg.

«Aber freust du dich denn gar nicht, Jutta?» erkundigte sich die Schwester. «Was schreibt Erich denn? Wann kommt er zurück?»

«Er ist noch in London. Nächste Woche wird er zurück sein.»

«Das Aufgebot hängt schon im Kasten, sagte der Vater. Dann kann das große Fest wohl in 14 Tagen stattfinden!»

Das traf Jutta wie ein Schlag. Um Gottes willen, soweit waren die Dinge schon gediehen. Ihr wurde schwindelig; sie stützte sich auf die Fensterbank und sah aus dem Fenster, um Ingeborg ja nicht ihre Verfassung merken zu lassen. Frühzeitig ging sie zu Bett. Wie sollte sie es Inge und Jochen beibringen? Und ihrem Vater und Erich! Diese Auseinandersetzung erforderte ihre ganze Kraft, und sie fühlte sich wie ausgehöhlt.

Am nächsten Morgen ritt sie nach unruhig verbrachter Nacht in Joachims Begleitung aus.

«Es ist so schön, mit dir im Sonnenschein zu reiten, Joachim. Ich glaube fast, daß ich ein richtiges Landkind geworden bin.»

«Du kannst uns so oft besuchen, wie du willst, Jutta. Wenn dein Mann auf Reisen ist und du ihn nicht begleiten magst, kommst du einfach an den Schwarzsee, wir freuen uns immer, dich bei uns zu haben.»

Fauchend hielt am Nachmittag der Flitzer vor dem Haus. Barbara stellte den Motor ab, stieg aus und eilte zum Portal hinauf.

Wenig später standen die Freundinnen am Fenster von Juttas Zimmer. Das Hausmädchen schleppte Juttas Koffer herein.

«Menschenskind», sagte Babs, als sie allein waren, «wie siehst du denn aus? Geben sie dir hier nicht genug zu essen, oder hast du einen Mordskrach mit deinen Leuten gehabt?»

«Weder das eine noch das andere. Babs, ich bin todunglücklich. Wie gut, daß du gekommen bist!»

Schmunzelnd kramte Barbara aus ihrer Jackentasche einen zerknitterten Brief hervor.

«Das Trostpflaster!»

Jutta riß ihn fast aus ihrer Hand und preßte ihn an die Brust.

«Tausend Dank! Darf ich ihn gleich lesen?»

Babs nickte und sah in den Garten hinunter; erst als das Rascheln hinter ihr verstummt war, wandte sie sich um.

«Nun?»

«Er kommt Sonnabend nachmittag und will dann am Sonntag morgen mit mir zu Vater fahren. Es wird mit der Zeit ein wenig knapp, denn am Montag früh muß er mit den Herren aus Berlin im Norden beim Wikingerschiff sein. Aber er meint, wir schaffen es schon. Er wird, wenn er in Moorburg eintrifft, erst zu euch kommen und bittet dich, mich dann telefonisch zu verständigen, da er nicht weiß, wie meine Unterredung mit Inge und Joachim ausgefallen ist, und mich erst selber hören will, ehe er nach Karlshöhe kommt.»

«Nun erzähle aber schnell, was Trappens zu dem Maulwurf als Schwager gesagt haben. Ich platze vor Neugier.»

«Nichts ... Ich Feigling habe noch nichts verlauten lassen. Schimpfe mich aus, Babs, ich habe es verdient!»

«Waaas? Das schlägt nun wirklich dem Faß die Krone ins Gesicht! Sag nur noch, du willst Erich doch heiraten, dann erkläre ich dich für verrückt. Oder hast du mit dem Maulwurf bloß gespielt?»

«Nein, nein, Babs! Nicht gespielt. Stell dir vor, Ulrich hat seinem Chef von mir erzählt, sonst hätte er gar nicht herkommen können. Aber das Aufgebot für Erich und mich hängt bereits im Kasten.»

«Ich habe es ja gleich gesagt, du kommst dran wegen Bigamie.»

«Was soll ich denn nur tun?» Jutta sah ratlos umher, als ob irgendwo an den Wänden eine Lösung stünde.

«Sofort mit den Trappens sprechen, heute noch! Oder soll ich dir dabei auch noch helfen? Für dich tu ich ja alles.»

Als Jutta eine abwehrende Geste machte, fuhr sie fort:

«Dann aber rasch. Wenn sie eklig sind, knallst du die Faust auf den Tisch, und dann nichts wie ab nach Moorburg zu Babs!»

«Wenn ich du wäre! Babs, es ist so schwer, Menschen, die immer gut zu einem waren, Kummer zu bereiten.»

«Was heißt hier Kummer? Es kann ihnen doch egal sein, wen du heiratest!»

«Es ist wegen Vater. Ingeborg und ich hängen sehr an ihm. Ich weiß, daß er schwer herzleidend ist.»

Babs meinte, schließlich handle es sich um Juttas Lebensglück. Dann verabschiedeten sie sich, da Barbara noch nach Gnissen fahren mußte, und Jutta versprach, gleich mit Inge zu sprechen.

Der liebevolle Brief Ulrichs hatte sie gestärkt, ebenso der Besuch Barbaras und ihr Zuspruch. Jutta sah Ingeborg mit einem Korb Bohnen über die Terrasse kommen und das Haus betreten. Sie würde wohl in die Küche gehen. Langsam schritt Jutta die Treppe ins Erdgeschoß hinunter, noch langsamer die Stufen der Kellertreppe. In der geräumigen Küche bereiteten die Mädchen die Bohnen zum Einmachen vor. Als Jutta eintrat, brachen sie das Lied, das sie gerade sangen, ab. Die gnädige Frau sei wieder hinaufgegangen, erfuhr Jutta. Sie hätte viel darum gegeben, hier bei den Mädchen sitzen zu können und Bohnen zu schnippeln. Die Tätigkeit schien so beruhigend, und in ihr war alles aufgewühlt.

Im Kinderzimmer fand sie die Schwester, die Achim frisch wickelte. Er krähte vergnügt und strampelte mit seinen kräftigen Beinen.

«Ich hörte, daß Fräulein von Pogwisch eben hier war», sagte Ingeborg, «warum hast du sie nicht zu einer Tasse Kaffee eingeladen; ich habe sie lange nicht gesehen. Der kleine Racker läßt mir wenig Zeit zum Ausfahren, sonst hätte ich in Moorburg längst einmal einen Besuch gemacht.»

«Sie hatte leider wenig Zeit, wollte nur meinen Koffer abliefern.»

Ingeborg war mit dem Wickeln fertig und legte das Kind wieder in sein Bettchen. Dann wusch sie sich die Hände, wobei sie Jutta ansah.

«Was hast du denn, Jutta, bedrückt dich etwas?»

«Ja, Inge, kann ich dich einen Augenblick allein sprechen?»

«Natürlich, komm nur mit ins Wohnzimmer, da sind wir ungestört.»

Sie saßen sich am Tisch gegenüber. Nervös spielte Jutta mit den Troddeln der Tischdecke, sie fühlte, daß ihre Hände feucht und kalt waren.

«Nun, Jutta, was hast du auf dem Herzen? Hat Fräulein Babs dir etwas Unangenehmes mitgeteilt?»

Jutta schüttelte den Kopf, dann sagte sie mit rauher und dunkler Stimme:

«Ich kann und will Erich nicht heiraten.»

Eine Fliege summte am Fenster. Einen Augenblick verschlug es Ingeborg die Sprache.

«Ja, bist du denn verrückt geworden? Das ist doch nicht dein Ernst? Sag, daß es nicht wahr ist, was du eben behauptest!»

Jutta atmete tief, um sich von dem Druck in ihrer Brust zu befreien.

«Es ist wahr», sagte sie mühsam, «so wahr, wie ich hier sitze.»

«Aber um Gottes willen, was ist denn plötzlich in dich gefahren?» Ingeborg erhob sich und ging erregt im Zimmer hin und her.

«Warum willst du Erich nicht heiraten? Du mußt doch einen Grund haben! Jutta, besinne dich!»

«Weil ich einen anderen Mann liebe.»

Da war es heraus! Jutta überkam ein leichter Schwindel.

«Einen anderen ... wieso ... einen anderen Mann liebst du, so mir nichts, dir nichts, ganz plötzlich?»

Inge lachte nervös auf.

«Köstlich!»

«Nicht so ganz plötzlich, schon seit dem vorigen Jahr lieben wir uns», erwiderte Jutta leise vom Tisch her.

Inge setzte sich wieder und sah die Schwester prüfend an. Jutta sah in Inges Augen, die in ihrer frostigen Bläue kalt wie Gletscher wirkten.

«Das wird ja immer heiterer. Und trotzdem hast du dich mit Erich verlobt und ihn, wie es scheint, die ganze Zeit an der Nase herumgeführt? Ja, schämst du dich nicht?»

«Nein, ich schäme mich nicht. Jeder kann sich irren. Auch ich habe geglaubt, Erich zu lieben, aber es war ein Irrtum; die Liebe ist mir erst später begegnet.»

«Darf man denn wissen, wer dein Liebhaber ist?»

«Einen Liebhaber habe ich nicht. Mein zukünftiger Mann heißt Doktor Ulrich Stauffenbiel, dir kein Unbekannter.»

Frau von Trappen rang die Hände, ihr Mund war hart.

«Vielleicht hast du dich mit diesem Menschen gar schon verlobt?»

«So ist es. Ich weiß, es ist nicht recht, was ich Erich und Vater antun muß. Aber willst du, daß ich unglücklich werde? Ihr habt mich in diese Ehe mit Erich hineingetrieben», brach es aus ihr hervor.

Ingeborg stand auf, kam um den Tisch herum und schüttelte Jutta an der Schulter.

«Das ist ja alles verrückt, was du vorbringst. Niemand hat dich gezwungen, dich mit Erich zu verloben. Jetzt hängt das Aufgebot zu Hause am Rathaus, alle Welt liest es. Vater bereitet die Hochzeit vor und deine neue Wohnung, und dann kommt das Fräulein Tochter und erklärt, sie habe sich mit einem anderen verlobt... Bei dir piept es ja! Oder bist du krank? Denkst du denn nicht an Vater?»

«Ja, es ist entsetzlich, ich sehe es ein. Aber ich kann ohne Ulrich nicht mehr leben, Inge!»

«Oh, das gibt sich mit der Zeit. Manches Mädchen hat das schon behauptet und ist nachher mit einem anderen sehr glücklich geworden. Du kennst Erich doch viel besser als diesen Menschen, der meiner Meinung nach ein unordentliches Leben führt. Ich fand es damals empörend, daß er an Lilys Geburtstag einfach die Zeit verschlief. Ein Mann schläft am Tag nicht, der arbeitet. Nein, Jutta, du bist verblendet. Zugegeben, er sieht gut aus, aber dieser Typ Männer ist selten treu. Schlag ihn dir aus dem Kopf. Sieh, Erich ist ...»

«Hör auf, hör bloß auf!»

Jutta wollte aus dem Zimmer laufen, Inge hielt sie jedoch fest.

«Sei doch vernünftig! Ich will doch nur dein Bestes. Geh jetzt auf dein Zimmer! Zu Joachim nichts davon. Denn das steht fest: Du mußt Erich heiraten, du kannst nicht mehr zurücktreten. Ich lasse dir das Abendbrot hinaufbringen und entschuldige dich mit Kopfschmerzen. Später komme ich noch einmal zu dir herauf.»

Juttas erster Gedanke, als sie in der Halle stand und Ingeborg zur Kellertreppe eilen sah, war Flucht, Flucht nach Moorburg, wie Babs ihr geraten hatte. Die Faust auf den Tisch! Sie lächelte wehmütig. Sie war schlapp, so ausgehöhlt von der Anstrengung der vergangenen Stunde. Ulrich anrufen, war ihr zweiter Gedanke, aber sie hörte Joachim in seinem Zimmer sprechen, in dem das Telefon stand. Sollte sie doch mit Joachim sprechen? Nein, er war Inges Mann. Der Vater? Der würde unter diesen Umständen am wenigsten Verständnis haben.

Mechanisch stieg sie die Treppe hoch und warf sich in ihrem Zimmer auf das Bett. Sie starrte auf den Strauß roter Astern, den sie am Morgen gepflückt hatte. Herbstblumen! Der Sommer mit seinen beglückenden Stunden war vorbei, vorbei ... vorbei ..., wie ein Echo, immer leiser werdend, vernahm sie das Wort, dann wußte sie nichts mehr. Erst durch ein Kratzen an der Tür erwachte sie wieder. Verwirrt richtete sie sich auf.

Hatte sie geschlafen, oder war sie ohne Besinnung gewesen? Ihr Kopf war dumpf und schwer. Das Kratzen verstärkte sich, begleitet von einem leisen Winseln. Sie ließ den Terrier ein. Dann streckte sie sich wieder auf dem Bett aus und nahm den Hund in den Arm. Er sah sie mit traurigen Augen unverwandt an, sie streichelte ihn. Seine Nähe tat ihr gut, und sie überlegte, was zu tun sei.

Bis Ulrich kam, mußte alles geklärt sein, das stand fest, denn sie wollte vermeiden, daß er mit Gewalt einschritt. Vielleicht war es doch am besten, wenn sie einfach mit ihm zu Vater führe. Mit Inge würde sie sich sicher überwerfen; aber sei's drum ... Ulrich stand ihr näher. Peinlich wäre es nur, weil sie später im Malvenhaus ... Ach, und des Vaters Herzleiden und dann Erich! Sie überlegte hin und her. Ihre Gedanken überschlugen sich. Sie sah auf das schnörkelige Tapetenmuster. Greuliche Tapeten, dachte sie flüchtig. Flecke von Fliegen waren darauf, Punkte, viele Punkte ...

Das Mädchen brachte das Abendessen. Der Geruch der gebräunten Zwiebeln verursachte ihr Übelkeit. Sie trank nur etwas Tee und stellte das Tablett auf den Flur hinaus.

Es war inzwischen dunkel geworden. Sie entkleidete sich und legte sich zu Bett, den Hund am Fußende.

Sie hatte wohl schon eine ganze Weile geschlummert, als die Tür knarrte und Ingeborg ins Zimmer trat. Der Hund sprang der Herrin entgegen. Jutta knipste die Nachttischlampe an. Im wattierten Morgenrock stand Inge vor ihrem Bett, die Haare hingen in dicken, blonden Flechten über die Brust herab. So erschien sie Jutta vertrauter, jünger, wie zu der Zeit, als sie noch Ingeborg Dewitz war.

«Hast du schon geschlafen, Jutta? Ich wollte warten, bis Joachim eingeschlafen ist, denn er darf von dieser verfahrenen Angelegenheit nichts wissen. Ich würde mich vor ihm schämen.»

Sie ließ sich auf die Bettkante nieder und nahm Juttas Hand.

«Verzeih, kleine Schwester, wenn ich vorhin ein bißchen heftig wurde; es kam mir zu plötzlich, und ich hoffe, daß du dich inzwischen besonnen hast!»

«Nein, Inge, so leid es mir tut, ich gehöre zu Ulrich.»

«Kind, überlege, was du anrichtest! Denk an Erich. Hat er nicht all die Jahre treu auf dich gewartet? Wie hat er dich verwöhnt, und wie freut er sich darauf, daß du in Kürze seine Frau sein wirst! Und denk an unseren guten Vater. Jutta, es kann ihn töten, wenn du auf deinem Entschluß beharrst.»

Ingeborg sah sie beschwörend an, doch Jutta schüttelte den Kopf. Frau von Trappen drang weiter in sie, Jutta blieb bei ihrem Nein. Es war ein zäher, erbitterter Kampf zwischen den beiden. Jutta beharrte auf ihrem Entschluß, Ulrich Stauffenbiel zu heiraten; sie zitterte vor Erregung. Schließlich sagte Ingeborg:

«Komm, ich leg mich ein wenig zu dir wie früher. Du frierst ja.» Sie schlüpfte zu Jutta ins Bett und nahm sie in die Arme.

«Ich sehe ein, daß es schwer für dich ist, Jutta. Aber man darf aus Egoismus andere nicht elend machen.»

«Und Ulrich?» fragte Jutta.

«In solch kurzer Zeit kann die Bindung zwischen zwei Menschen nicht so stark werden. Er wird darüber hinweg kommen, bestimmt. Er ist ja kein Jüngling mehr. Nun, Jutta, willst du nicht doch den rechten Weg gehen?»

«Den rechten Weg? Ist nicht der einzig rechte Weg der, den zwei Menschen gemeinsam gehen, die füreinander bestimmt sind? Der einzig moralische auch?»

«Das denkt man, wenn man verliebt ist, immer: füreinander bestimmt! Nachher in der Ehe führen bei solchen Paaren die Wege oft weit auseinander. Also, du bist fest entschlossen, diesen Mann, den du erst kurze Zeit kennst, zu heiraten?»

«Ja, das will ich, Inge», entgegnete Jutta.

Eine Weile schwiegen beide. Jutta hörte Inges schnellen Atem. Nachdem Jutta das Licht gelöscht hatte, sagte ihre Schwester:

«Ich habe nun alles versucht, dich umzustimmen. Ich sehe aber, daß du Mutters Charakter hast; darum muß ich dir nun etwas sagen, was eigentlich nie gesagt werden sollte, doch tue ich es Vaters wegen. Jutta, mein Vater ist nicht dein Vater, wir haben eine gemeinsame Mutter und sind somit Halbschwestern.»

Jutta war, als habe sie einen Schlag bekommen. Sie war nicht fähig, ein Wort zu sagen, und so lag sie steif da und starrte in die Dunkelheit. Eine Welt brach für sie zusammen, eine Welt, aus der sie noch vor wenigen Minuten zu ihrem Geliebten fliehen wollte. Jetzt erst merkte sie, was sie ihr bedeutet hatte.

Weich legte Inge den Arm um ihren starren Körper.

«Ist es sehr schlimm, Kleines? Du solltest es nie erfahren, aber jetzt mußt du es wissen, um ermessen zu können, was du einem Mann antun willst, dessen Güte du alles verdankst, was du bisher für selbstverständlich gehalten hast. Nur eins versprich mir, niemals etwas von dem, was ich dir jetzt mitteilen werde, zu erzählen. Joachim weiß es auch nicht und darf es nie erfahren.»

Sie nahm Juttas Hände in die ihren.

«Versprichst du es mir? Kann ich sicher sein, daß du dein Versprechen nie brechen wirst?»

Jutta räusperte sich.

«Ich verspreche es, denn ich will wissen, wer mein Vater ist.»

«Gut denn», sagte Ingeborg. «Durch einen Zufall habe ich kurz vor meiner Hochzeit dieses Geheimnis erfahren. Ich benötigte für das Standesamt einige Papiere, die Vater in einem Panzerschrank in seinem Kontor aufbewahrte. Als ich bei ihm eintrat, stand die Tür des Panzerschranks offen. Ehe ich ihm meine Wünsche sagen konnte, klingelte im Nebenzimmer das Telefon. Vater führte ein langes Gespräch, und während dieser Zeit suchte ich nach den nötigen Papieren. Da fand ich eine Urkunde, die besagte, daß Vater dich adoptiert hatte. Du kannst dir denken, daß ich völlig verwirrt war. Als Vater in das Kontor zurückkam, fand er mich mit der Urkunde in der Hand. Er war zuerst sehr böse, schalt sich dann aber selber, weil er mich vor dem offenen Safe allein gelassen hatte. Auf mein Drängen hin erzählte er mir am Abend, was vor Jahren passiert war. Er nahm mir jedoch das Versprechen ab, dir nie etwas davon zu sagen. Leider zwingt mich die augenblickliche Lage, dies Versprechen zu brechen, denn deine Hartnäckigkeit könnte Vaters Tod verursachen, und ich wäre daran mitschuld.»

Es war die alte und doch ewig neue Geschichte einer noch jugendlich schönen Frau, die sich in einen berühmten Geigenvirtuosen verliebt hatte und in blinder Leidenschaft ihren Gatten und ihr dreijähriges Töchterchen verlassen hatte, um das unstete Leben des Künstlers zu teilen, doch hatte sie dieses Leben körperlich und seelisch zermürbt. Als sie ihrer schweren Stunde entgegensah, hatte der Geliebte, gebunden an seine Tournee, sie in einem ausländischen Ort allein zurücklassen müssen. Dort war Jutta zur Welt gekommen. Die Frau, die ihr Ende nahen fühlte, hatte in ihrer Not keinen anderen Ausweg gewußt, als dem verlassenen Gatten ihr Kind anzuvertrauen. So hatte sich eine der barmherzigen Schwestern des Hospitals mit dem Säugling auf den Weg gemacht, und der Mann, dem die Verstorbene so viel Leid zugefügt hatte, war der Adoptivvater des Kindes geworden. Er hatte Jutta seinen Namen gegeben, und sie war mit der Halbschwester zusammen aufgewachsen.

Ingeborg von Trappen hatte ihren Bericht beendet. Sie machte Licht und sah, wie aus Juttas Augen Tränen hervorquollen und über die Wangen liefen.

Jutta schlang die Arme um den Hals der Schwester und barg das Gesicht an ihrer Schulter.

«Der arme Vater!» schluchzte sie, und leiser: «Die arme Mutter, auch sie muß sehr gelitten haben!»

Ingeborg nickte und streichelte die Schwester beruhigend.

«Du siehst Jutta, auch Mutter hat geglaubt, zu jenem Mann zu gehören, der sie nachher allein gelassen hat. Auch sie hat geglaubt, nicht ohne ihn leben zu können, und hat einen gütigen Mann und ein gesundes Kind von sich gestoßen um einer Leidenschaft willen. Sie ist hart genug dafür gestraft worden.

Wir, ihre Töchter, haben unter ihrem unbedachten Handeln leiden müssen. Auch ich bin ohne Mutter herangewachsen. Als sie uns verließ, war ich drei Jahre alt. Ich kann mich nicht mehr an sie erinnern.

Warum mußte sie auch sterben? Vater sagte mir, er hätte sie wieder aufgenommen, um uns die Mutter zu erhalten. Du darfst nicht vergessen, daß auch du das leichte Blut jenes Künstlers in dir hast. Verstehst du jetzt, warum Vater nicht wollte, daß du zur Bühne gehst? Du bist hochmusikalisch, vielleicht wärst du eine berühmte Tänzerin geworden. Es ist aber zweifelhaft, ob es dich glücklich gemacht hätte. Deine Mutter zerbrach an dem unsteten, abenteuerlichen Leben.»

«Du hast recht, Inge», sagte Jutta. Sie bereute, daß sie damals in Berlin erwogen hatte, den Vater zu hintergehen.

«Siehst du nun ein, daß wir es gut mit dir meinen? Denk nur, wenn Vater dich damals nicht aufgenommen hätte! Du hättest das traurige Los anderer Waisenkinder in einem dieser Häuser teilen müssen. Wer weiß, was aus dir geworden wäre? Denn dein eigener Vater hätte sich gewiß nicht um dich gekümmert; der ist verschollen, wie Vater sagt. Wahrscheinlich ist er tot.»

«Wer war er?»

«Soviel ich weiß, kam er aus der Puszta, aus dem Land, aus dem viele Geigenvirtuosen kommen.»

«Ein Zigeuner?»

«Nein, ich glaube nicht. Sein bürgerlicher Name war der einer dort beheimateten, angesehenen Familie.»

«Bitte, sage ihn mir.»

«Laß das», sagte Inge scharf, «du sollst dich nicht damit belasten, das bringt nichts.»

«Sieh mich an!» sagte Inge schließlich, sich aufrichtend.

«Weißt du, warum ich dir dieses alles mitgeteilt habe?»

«Ja, Inge.»

«Vater baut so felsenfest auf dich. Er hat mir, als er zur Taufe hier war, noch gesagt, daß er es noch nie bereut habe, dich damals aufgenommen zu haben. Es sei, als wärest du sein eigen Fleisch und Blut. Du hättest ihm immer nur Freude bereitet; daß du Erich heiraten würdest, wäre für ihn die größte Freude seines Alters. Jutta, du weißt wohl, daß Erich unserem Vater, als die Fabrik vor dem Ruin stand, unter großen Opfern herausgeholfen hat. Du weißt auch, daß er Hauptaktionär ist? Allein, das ist nicht ausschlaggebend; denn ich bin überzeugt, daß Erich dir zuliebe Vater geholfen hat. Vater ist es eine Beruhigung, dich als Erichs Frau zu wissen, wenn er nicht mehr ist. Und ich selbst hänge so sehr an Vater. Es ist mir ein unerträglicher Gedanke, daß durch deinen Starrsinn sein Leben möglicherweise verkürzt wird! Ich frage dich noch einmal, Jutta: Willst du nach allem, was du gehört hast, in deiner Verblendung beharren und jenen Mann heiraten?»

Juttas Augen waren unnatürlich groß, so, als sehe sie Unfaßliches auf sich zukommen, dann sagte sie langsam:

«Nein, Ingeborg, jetzt nicht mehr. Ich werde Erich heiraten.»

Am Morgen, der wie ein gleißendes, funkelndes Gebilde heraufgezogen war, rief Barbara von Pogwisch an und verlangte Jutta zu sprechen. Frau von Trappen bedauerte sehr, die Schwester sei unpäßlich, liege noch zu Bett und wolle nicht gestört werden. Was ihr denn fehle, erkundigte sich Babs. Oh, eine Art Migräne, Kopfschmerz und so weiter. Sie bat, Jutta Grüße auszurichten, vielleicht komme sie morgen früh vorbei, nach der Freundin zu sehen.

In Juttas Zimmer war es still, so still, als sei niemand darin. Die Stunden vergingen, ohne daß das Mädchen sich bewegte. In ihrem Kopf herrschte völlige Leere. Nur manchmal fiel ihr ein, daß Ulrich übermorgen kommen würde. Gelegentlich kam Ingeborg ins Zimmer, brachte einen Imbiß und redete Jutta zu, etwas zu sich zu nehmen, während sie Bängstlich im Gesicht der Schwester forschte. Aber Jutta war froh, enn sie wieder allein war. Einmal sah auch Joachim herein und fragte, ob sie etwas brauche oder ob er nicht Doktor Sähn holen solle. Jutta wehrte heftig ab. Morgen würde sie schon wieder in Ordnung sein.

Tatsächlich erschien sie am nächsten Morgen am Frühstückstisch. Sie war blaß, tat aber, als sei nichts gewesen. Sie aß und trank und spielte anschließend mit dem kleinen Achim. Später fragte sie Joachim, ob sie auf Fatme ausreiten könne. Joachim hatte keine Einwände, nur solle sie sich nicht überanstrengen.

Als Jutta vom Hof ritt, wußte sie nicht recht, welche Richtung sie einschlagen sollte. Schließlich entschloß sie sich, Christoph zu besuchen. Sie hatte ihn lange nicht gesehen, sicher würde seine Gegenwart ihr Trost spenden.

Das Mühlrad klapperte. Jutta hatte es noch nie gehört. Es war ein gemütliches, gleichmäßige Geräusch. Eine Weile verharrte sie am Ufer des Baches, von wo aus sie das Mühlrad sehen konnte. Es sah hübsch aus, wie das Wasser so von den einzelnen Stufen des Rades herunterschoß.

«Und sah dem Räderspiele und sah dem Wasser zu», fiel ihr ein. Das Lied hatten sie in der Schule gesungen, zweistimmig. Damals hätte sie sich nicht träumen lassen, daß sie wirklich einmal in einer Mühle sitzen würde, und dann in solcher Verfassung!

Der Wassermüller kam mehlverstaubt aus dem Keller.

«Na, da bist du ja!» sagte er, als habe er sie erwartet. «Geh in den Garten, ich habe noch zu tun. Nachher kommt Anton allein zurecht. Sieh dir meine schönen Herbstblumen an! Zwetschen magst du doch auch?» Dann verschwand er wieder in der Mühle.

Der Garten flammte in Spätsommerfarben. Noch immer flogen die Bienen eifrig von Blüte zu Blüte. Einladend hing das reife Obst an den Bäumen: hellblau beschlagene Zwetschgen, rote Äpfel und grüngelbe, dicke Butterbirnen. Jutta dachte, daß es ihr wohl Spaß machen würde, dem Müller bei der Obsternte zu helfen, in den Bäumen herumzuturnen, in der Hand einen Obstpflücker mit einem Säckchen daran. Christoph würde unten mit einem Korb stehen und den vollen Pflücker ausleeren, während sie weiter nach den saftigen Früchten angelte.

Doch die Bedrückung kehrte zurück und verleidete ihr den Genuß der Zwetsche, die sie essen wollte; sie warf die angebissene Frucht den Wespen hin.

Inmitten von roten und gelben Dahlien setzte sie sich auf die Bank und malte mit der Schuhspitze unzusammenhängende Linien in den Sand, bis ein Schatten darüber fiel und der Wassermüller vor ihr stand. Er setzte sich neben sie. Jutta sah die tiefen Furchen in seinem nun vom Mehlstaub gereinigten Gesicht. Die Lider waren vom Staub rot entzündet und so rot wie die Iris. Wie alt er wohl sein mochte? Er wandte den Kopf und sah sie forschend an.

«Glücklich siehst du nicht gerade aus, kleine Tänzerin. Hast du Schwierigkeiten?» Er nahm ihr Handgelenk zwischen seine Finger. «Hm ... Sie scheinen mehr seelischer Art zu sein? Lassen sie dich noch immer nicht in Ruhe?»

Jutta schüttelte den Kopf. Es sei alles noch viel schlimmer, sie müsse nun doch einen Mann heiraten, den sie nicht liebe.

Mitleidig sah der alte Mann sie an.

«Kind, daran wirst du zerbrechen. Was sagt der, den du liebst, dazu?»

«Er weiß es noch nicht, Christoph. Er kommt am Sonnabend her, dann muß ich es ihm sagen. Und das ist so entsetzlich ...»

«Gibt es denn gar keinen Ausweg?»

«Nein, keinen.»

«Schlimm, schlimm.»

Christoph musterte sie, wie sie da mit niedergeschlagenen Augen saß. Nein, schwanger war sie nicht. Was mochte nur der Grund sein, daß sie den ungeliebten Mann heiraten mußte? Er wollte sie nicht mit Fragen bedrängen, wenn sie es ihm nicht selbst sagen wollte.

Einen Augenblick saßen sie schweigend nebeneinander, dann sagte Christoph:

«Die Melodie des Lebens macht ein jeder sich selbst. Er hat es in der Hand, ob sie fröhlich oder traurig klingt. Sieh dir nur die Menschen in der Großstadt an, was die aus ihrem Leben machen. Das ist oft eine recht monotone Weise, nur manchmal mit einem kleinen, lustigen Triller darin. Und dann gibt es Menschen, deren Lebensmelodie ausgesprochen harmonisch ist. Wenn sich Disharmonien einschleichen, dann durch äußere Einflüsse, Krankheit und dergleichen.

«Denkst du an Lily von Pogwisch, Christoph?»

«Ja, an sie auch. Sie war ein in sich ruhender, ausgeglichener Mensch. Ich kannte sie von kleinauf, und ihre Lebensmelodie war lieblich und klar, bis die Krankheit über sie hereinbrach. Da kam ein Mißton hinein, und die Melodie klang in Moll weiter.»

«Meinst du, daß Lily ihrem Leben selbst ein Ende gesetzt hat?»

«Ich meine es nicht, ich weiß es. Sie hat gewußt, daß ihre Lebensmelodie immer mißtönender werden würde, so hat sie sie abbrechen lassen. Nun ist sie verstummt für immer.»

Er sah einem Schwarm Vögel nach, die über die Krone des Nußbaums hinweg flogen.

«Und Barbara, Christoph, wie ist ihre Melodie?»

«Sie ist jetzt noch in den Jahren, wo junge Mädchen sehr empfindsam sind. Da kann sich leicht ein falscher Ton einschleichen. Aber die Grundmelodie ist frisch und harmonisch. Sie kann sich aufgrund ihrer Unbekümmertheit gegen äußere Einflüsse, die ungünstig sein könnten, durchsetzen. Sie ist fähig, wenn sie es für richtig findet, Böses zu bekämpfen und dafür einzustehen.»

«Wie ein Ritter ohne Furcht und Tadel.»

«Richtig, du hast sie wohl so gesehen. Nun, und deine eigene Lebensmelodie? Ist sie nun zaghaft und nicht mehr rein im Klang?»

«Mir gefällt sie nicht mehr; sie widert mich an.»

«Läßt sich das denn nicht ändern?»

«Nein, ich habe keine Hoffnung.»

Sie hatten sich erhoben und gingen zur Mühle zurück. Als sie unter dem Nußbaum standen, sagte Christoph:

«Sag Stauffenbiel die Wahrheit, restlos. Und laß dir von ihm helfen!»

«Ja, Christoph», erwiderte sie, und ihr wurde mit einem Mal leicht ums Herz. Sie reichte ihm die Hand. Als sie schon zu Pferde saß, ging der Müller noch einmal ins Haus zurück und kam mit einem Fläschchen wieder.

«Trink das, wenn das Schwere kommt, es nimmt die Unruhe von dir. Wenn du Barbara siehst, grüße sie von mir.»

Er hob grüßend die Hand. Jutta ritt davon. An der Brücke drehte sie sich noch einmal um. Er stand noch auf demselben Fleck und sah ihr nach.

Ritsch-ratsch. Ingeborg von Trappen riß das Kalenderblatt ab. Jutta stand daneben. In großen, schwarzen Buchstaben war es zu lesen: Sonnabend. Heute, dachte Jutta, heute kommt Ulrich! Ihr Herz schlug heftiger.

«Kommst du mit in den Garten, Blumen pflücken, Jutta?» Sie ging mit, es war ihr gleichgültig, was sie tat.

«Du mußt nachher deine Koffer packen. Joachim hat nachgesehen; dein Zug geht schon morgen früh um acht Uhr dreißig. Da müssen wir um sieben Uhr losfahren.»

«Ja, Inge.»

Beim Blumenpflücken zitterten ihre Hände, aber Inge merkte es nicht. Gehorsam packte sie später ihre Koffer. Ingeborg brachte ihr noch drei Dosen Leberwurst, die der Vater so gerne aß.

«Na, Jutta, bist du nicht doch zufrieden, daß du dich zu dieser Lösung durchgerungen hast?»

«Ja, Inge.»

«Ich freue mich schon sehr auf deine Hochzeit, sie wird sicher schön werden! Hast du gemerkt, wie Vater sich gestern abend am Telefon gefreut hat? Ich glaube, er hat allerhand hübsche Überraschungen vor, was meinst du?»

«Ja, Inge, sicher.» Sie brachte sogar ein kleines Lächeln zustande. Ingeborg verließ das Zimmer. Auf dem Bett vor dem offenen, halbgepackten Koffer sitzend, lauschte Jutta. Alles in ihr vibrierte. Das Hausmädchen kam, ihr mitzuteilen, daß Fräulein von Pogwisch unten sei und sie erwarte.

«Ich komme sofort.»

Ihr fiel Christophs Flasche ein. Sie goß den Inhalt in ein Glas. Die Flüssigkeit war klar und lichtbraun, sie trank das Glas in einem Zug leer. Er schmeckte wie Met. Dann eilte sie hinunter.

Barbara plauderte mit Frau von Trappen. Als sie Jutta gewahrte, schaute sie sie fragend an.

Frau von Trappen fand es nett von Fräulein Babs, die Freundin zu einem Abschiedsbesuch nach Moorburg mitzunehmen.

«Komm aber nicht so spät zurück, Jutta, du mußt morgen früh heraus. Und viel Vergnügen!» winkte sie hinter dem anfahrenden Flitzer her.

«Vielen Dank, Inge», rief Jutta zurück.

In der Allee fuhr Babs sie an: «Sag mal, du bist wohl von allen guten Geistern verlassen! Ich bin einfach fassungslos. Ich hätte mich bald verplappert in der Meinung, daß du morgen mit dem Maulwurf verduften würdest und inzwischen alles in Ordnung ist. Es ist mir unbegreiflich, daß du so gemein sein kannst, den anderen zu heiraten, wie ich gerade von deiner Schwester erfuhr.»

Jutta spürte die Wirkung von Christophs Trank, das innere Vibrieren hatte nachgelassen.

«Aber Babs, kennst du deine Jutta so wenig?» fragte sie.

«Erlaube mal! Willst du mir dann bitte erklären, was das alles zu bedeuten hat? Es könnte mir bitter leid tun, in dieser Sache den Postillon d'amour gespielt zu haben.»

«Warte noch ein wenig, dann wirst du schon erfahren, was ich vorhabe. Du mußt nicht danach urteilen, was meine Schwester dir erzählt hat. Sag mir schnell, wo Ulrich ist.»

«Ulrich? Ach ja, der ist da unten, wirst schon sehen. Der tut mir am meisten leid. Er freut sich so auf dich. Na, mich geht es schließlich nichts an. Seht zu, wie ihr miteinander fertig werdet. Eine faule Sache ist es auf jeden Fall! Entweder für den Maulwurf oder für deine Verwandten inklusive Bräutigam.»

«Für mich wohl gar nicht, wie?»

Babs bog nun in einen Waldweg ein, der rechter Hand zum See führte.

«Klar, für dich auch. Nee, man lasse mich mit Liebe in Frieden.» Sie schüttelte den Kopf und erzählte dann, daß Ulrich sie direkt vom Feld geholt habe, im Flitzer.

«Stell dir diese Unverschämtheit vor: Holt sich meinen Wagen aus dem Stall und lädt mich ein, darin Platz zu nehmen und dich schleunigst abzuholen!»

«Das ist echt Ulrich! Kommt er mit dem Segelboot hier ans Ufer?»

«Ja.»

«Ich ahnte es, weil wir auf dem Wasser am ungestörtesten sind.»

Jutta merkte, daß Babs ihr immer noch zürnte, es tat ihr weh.

«Ach, Babs, sei doch wieder gut!»

«Erst mal muß ich sehen, was an dir dran ist, Jutta. Diese Geschichte hat mir einen Schlag versetzt; das paßt doch gar nicht zu dir. Wo warst du gestern?»

«Inge sagte mir, du seist dagewesen. Unsere Wege müssen sich gekreuzt haben, du warst auf der Landstraße und ich im Wald. Bei Christoph war ich. Er hat mir seltsamerweise einen Gruß an dich aufgetragen.»

«Wieso?» fragte Babs erstaunt, aber da waren sie schon am See angelangt, und über das Wasser sahen sie ein weißes Segel auf sie zukommen.

Wie gut von Christoph, mir den Trank zu geben, dachte Jutta, ich käme sonst um vor Aufregung.

«Mach's gut! Ich will nicht weiter stören, Hals- und Beinbruch!» Babs sprang in den Wagen und fuhr davon.

Bei den wenigen Schritten zum Seeufer schien es Jutta, als ginge sie auf Watte. Lautlos trieb das Boot heran, und als der Steven vor ihr auf dem Sand knirschte, fuhr sie zusammen. Sie sah Ulrichs hochragende Gestalt vor dem Segel stehen.

Er zog sie zu sich hinauf. Es dauerte eine Weile, bis ihre Füße das Deck berührten. Mit dem Bootshaken stakte Ulrich das Boot frei, ließ das Segel vom Wind füllen, und bald glitten sie über die glatte Fläche. Voraus flogen zwei Enten auf, mit den Flügeln das Wasser peitschend.

Jutta lag in Ulrichs Schoß und barg den Kopf an seiner Brust. Er hatte den einen Arm um das Mädchen geschlungen, mit dem anderen bediente er das Ruder.

Er rückte ein bißchen zur Seite, um der Pinne einen größeren Spielraum zu geben. Sie fest an sich drückend, sagte er:

«Mein Herz ist krank vor Sehnsucht nach dir gewesen, jetzt ist es wieder gesund. Wie oft habe ich an dich gedacht; eigentlich immer, weißt du, tief innen. Es war mir bange um dich, aber da du nicht anriefst, war ich beruhigt. Erzähl, wie haben es deine Verwandten aufgenommen?»

Statt einer Antwort drückte sie sich noch fester an ihn.

«War es schlimm, Jutta, sag doch!»

Er versuchte, in ihr Gesicht zu sehen.

«Können wir morgen früh fahren?»

Sie hob den Kopf. Ihr Gesicht war weiß, ihre Augen glitzerten wie feuchte, gläserne Kugeln.

«Nein, Ulrich, wir können nicht fahren; wir können nie fahren, weil ich dich nicht heiraten kann.»

Er starrte sie unverwandt an, bis ihm ihre Worte ins Bewußtsein drangen.

«Du kannst mich nicht ... Bitte, sag das noch mal!»

Sie hatte sich aufgerichtet und sah auf den Schwertkasten.

«Ulrich, wir können nicht heiraten, niemals!»

Seine Augenbrauen zogen sich zusammen; kopfschüttelnd zog er sie wieder zu sich heran, so daß sein Gesicht dicht über ihr war. «Sieh mich an!»

Sie tat es und erschrak vor dem harten Glanz seiner blauen Augen.

«Jetzt sagst du mir, was sie mit dir in Karlshöhe angestellt haben, du siehst ja ganz verändert aus. Sie haben dich gequält. Sprich doch!»

«Quäle du mich wenigstens nicht, bitte, Ulrich. Ich kann nicht mehr.»

Er beugte sich vor und zog die Großschot fester.

«Ich will Gewißheit haben. Was magst du ausgestanden haben! Ich hätte dich nicht allein lassen sollen. Sag mir eines: Liebst du mich, Jutta?»

«Ja, mehr als irgend jemanden sonst in der Welt.»

«Wirklich? Und du hast nicht mit mir gespielt! Prüfe dich genau, ehe du antwortest!»

Sie schlang beide Arme um seinen Nacken.

«Wie kannst du zweifeln, Liebster? Du wenigstens solltest es nicht.»

Er ließ die Pinne los. Das Boot schlingerte, Jutta spürte den Beweis seines Vertrauens auf ihren Lippen.

Als das Segel flatterte, richtete sich Ulrich auf, nahm die Pinne wieder und ließ das Segel ausscheren. Er lachte.

«Willst du mich noch immer nicht heiraten?»

«Nein, Ulrich, es geht nicht, absolut nicht!» Sie zitterte ein wenig.

«So? Aber ich will! Wir gehören zusammen. Ich lasse dich nicht! Teufel, wer soll uns daran hindern?»

Sie sagte ihm, daß das Aufgebot bereits bestellt und alles zur Hochzeit vorbereitet sei.

«Wir hätten sofort, nachdem wir uns gefunden hatten, nach Karlshöhe, oder besser zu deinem Vater fahren sollen, Jutta. Jedoch die ungestörten Tage, die wir gemeinsam verlebten, waren ein Göttergeschenk, das schon einige Schwierigkeiten, die wir nun ausbaden müssen, wert war.»

«Es wäre vielleicht Vaters Tod gewesen, schwer herzleidend, wie er ist.»

«Ach, so leicht stirbt man nicht an so was, Jutta. Ist das der einzige Grund, weswegen du mich nicht heiraten willst?»

Sie spürte das innere Vibrieren wieder, biß die Zähne zusammen und schwieg. Doch Ulrich sah ihr verstörtes Gesicht und streichelte leicht ihr Haar.

«Sei ruhig. Laß mich einen Augenblick nachdenken!»

An ihn gelehnt, blickte Jutta zu dem flatternden Stander hoch, über dem gerade eine große, weiße Wolke segelte. Sehnsucht überkam sie, dort oben weich gebettet zu ruhen, den Gestirnen nahe und allen Quälereien entronnen, von allem erlöst.

Sie waren mitten auf dem See. Frisch blies der Wind. Blau-golden umgab sie der späte Sommertag. Scharen von Vögeln zogen wie flüchtige Schatten unter dem Himmel nach Süden, der nahenden Kälte zu entgehen. Von den Wäldern trug der Wind einen herben Duft von vergehendem Laub und Kastanien herüber. Jutta schloß die Augen.

Der Wind drehte. Ulrich mußte wenden. Als sich das Boot auf den anderen Bug legte, rutschte Jutta ein wenig von ihm fort nach der Leeseite. Sie erhob sich und sah von weitem das Malvenhaus durch das Grün schimmern, sein hohes Reetdach und das rote Fachwerk, sogar die großen gelben Sonnenblumen konnte sie erkennen.

«Unsere zukünftige Sommerresidenz», sagte Ulrich.

Sie zuckte hilflos mit den Schultern.

Ein heißes Gefühl stieg in ihr auf; Tränen traten ihr in die Augen. Nein, nein, nein! ermahnte sie sich.

«Ach, Ulrich!» bemerkte sie nur.

Ulrich erklärte ihr seinen Plan.

«Es ist anzunehmen, daß deine Schwester diejenige ist, die dich gequält hat. Darum werde ich nachher mit dir nach Karlshöhe fahren und mit ihr reden. Sie kann uns ja nicht anbinden. Und nach dem Krach bringe ich dich nach Moorburg, du übernachtest bei Barbara von Pogwisch, und morgen früh werden wir zu deinem Vater fahren.»

Jutta fühlte ein Sausen in den Ohren, und nur verschwommen sah sie Ulrichs entschlossenes Gesicht. Alles schwankte. Auf einmal starrte sie wie gebannt zum Ufer hinüber und winkte mit erhobenem Arm.

«Wer ist denn dort?» erkundigte sich Ulrich.

«Der Wassermüller», sagte sie wie träumend. «Siehst du ihn nicht? Er steht im Wasser und winkt!»

«Da ist kein Christoph, Jutta, du träumst!»

«Ja, nun ist er fort; und doch habe ich ihn bestimmt gesehen.»

«Komm, wie siehst du denn aus?»

Er zog sie an der Hand zu sich heran.

«Was sagst du zu meinem Plan? Wach auf, Liebste, wir müssen zu einem Entschluß kommen!»

Sie konnte die Hände nicht stillhalten und fingerte an den Taschenklappen ihres weißen Kleides.

«Entschluß, ja. Es ist aber so, daß ich dich nicht heiraten will..., nicht will, Ulrich!»

«Herrgott, warum denn nicht? Das ist doch paradox! Du sagst, daß du mich über alles liebst, und ich glaube dir. Bist du krank?» Und da sie den Kopf schüttelte: «Ja, aber was dann? Bin ich dir fremd?»

«Nein.»

Sie sah zum Wald hinüber, um seinem traurigen Blick auszuweichen.

«Du kannst doch mit der Liebe zu mir im Herzen nicht jenen anderen heiraten; daran würdest du doch zerbrechen.»

«Ja, Ulrich.»

«Na also!»

Seine Augen forschten in ihrem Gesicht.

«Ich könnte mir denken, daß du im Vorjahr an jenem Nachmittag im Malvenhaus, durch meine Heftigkeit erschreckt, einen Ekel vor mir bekommen hast.»

Sie machte eine verneinende Geste.

«Damals hast du das Vertrauen zu mir verloren.»

«Nein.»

«Doch!»

«Ich habe Vertrauen zu dir, Ulrich.»

«Nein, darum willst du mich nicht heiraten. Ich bin überzeugt, daß das der Grund ist! Einen anderen gibt es doch nicht.»

Er erinnerte sich an ihre Angst vor acht Tagen, das Malvenhaus wieder zu betreten.

Jutta sah einen Augenblick über ihn hinweg in die Ferne. Dann riß sie sich die Kleider vom Leib.

«Was tust du?» rief Ulrich erschrocken.

«Ich will dir beweisen, daß ich Vertrauen zu dir habe.»

Hochaufgerichtet stand das Mädchen vor ihm, hüllenlos mit wehenden Locken. Wie mattes Elfenbein leuchtete der schlanke Körper vor dem Blau des Himmels. Bewundernd blickte der Mann auf ihre herrliche Erscheinung. Er führte ihre beiden Hände an seine Lippen, und als er zu ihr aufsah, schaute sie in seine ruhigen, klaren Augen. Sie drehte sich um und schwang die Beine über den Rand des Bootes. Als ihre Beine das Wasser berührten, schauerte sie zusammen.

«Willst du baden? Das Wasser ist doch schon reichlich kühl.»

«Es ist wohltuend, mir ist warm», entgegnete Jutta.

«Aber du hast keine Kappe, deine Schwester wird sich wundern, wenn du nachher mit nassen Haaren mit mir zusammen bei ihr erscheinst, und dann noch ohne Badezeug», gab er zu bedenken.

Eine Bö fegte über das Wasser, das Boot legte sich über. Da ließ sich Jutta los und rief statt einer Antwort. «Wirf die Leine aus, ich will mich von dir ziehen lassen.»

Eine zweite Bö fegte von achtern heran, und Ulrich warf die Schot los, das Segel scherte weit aus. Dann sprang er nach vorn, die Leine zu holen. Einen Augenblick drehte sich das Boot steuerlos. Als er mit der Leine in der Hand nach achtern wollte, versperrte ihm der herumschlagende Baum den Weg, und das Segel nahm ihm die Sicht.

Knarrend bog sich der Mast. Ulrich kroch unter dem Großbaum durch, und seine Augen suchten das Wasser ab. Weit ab sah er Juttas Haare in der Strömung treiben, ihr Gesicht sah er nicht.

«Jutta!» Er rief es gellend. Keine Antwort. Nur das Flattern des Segels, das Klappern der Blöcke und das ‹Waak-Waak› einer Ente waren zu hören. Fieberhaft drehte er das Boot. Einen Moment überlegte er, ob er nicht ins Wasser springen sollte, sie schwimmend zu erreichen. Aber er verwarf den Gedanken; wie sollte er sie ins Boot bringen, wenn sie inzwischen bewußtlos geworden war.

Leer dehnte sich der See vor ihm. Schweiß stand ihm auf der Stirn. Seine Augen starrten wie irr auf die glitzernde Fläche. Sie mußte einfach wieder auftauchen. Die Gedanken schossen durch seinen Kopf. Er zog den Bootshaken durch das Wasser. Hier hatte er sie zuletzt gesehen, aber die Strömung war stark und das Wasser trübe. Als er sich aufrichtete, sah er an der Luvseite eine weiße Schulter auftauchen. Er hatte Glück, da er auf die Stelle zu in den Wind schießen konnte. Die Schulter war fort, als er dort die Fahrt gestoppt hatte. Rund um das Boot suchte er das Wasser ab, am Heck fand er sie.

Der Körper Juttas mußte wohl unter dem Boot durchgetrieben sein; die langen Locken hatten sich im Ruderblatt verfangen.

Ulrich glaubte, sein Herz müßte aussetzen, als er Jutta so schräg hinten am Boot hängen sah, leicht in der Strömung hin und her pendelnd.

Kopf, Schultern und Brust schimmerten bronzefarben durch das moorige Wasser, der Unterkörper verlor sich im trüben Dunkel ins Ungewisse.

Hastig und doch vorsichtig schaffte er den schlaffen Körper ins Boot. Jedes Schrammen am Holz der Bootswand tat ihm weh. Vor Anstrengung keuchend kniete er sich auf den Boden und legte das Ohr auf ihre Brust. Zuerst vernahm er in der Erregung nur sein eigenes, rauschendes Blut. Doch endlich hörte er ihr Herz schlagen, leise und matt.

Mit einem Griff riß er das Segel herunter und breitete es über das Boot, damit die Bewußtlose im Schatten liege. Hinter ihrem Haupt kniend, faßte er ihre kalten Arme und begann mit der künstlichen Atmung, wie er es einst als junger Mann beim Steuermann auf seines Vaters Schiff gesehen hatte, als sie einen über Bord gefallenen Schiffsjungen aus dem Wasser gezogen hatten. Regelmäßig führte er die Arme über ihren Kopf zurück, dann wieder nach vorn und drückte sie fest auf ihre Rippen. Hin und zurück ... hin und zurück, immerfort dieselbe Bewegung. Er hatte alles Zeitmaß verloren. Waren es nur Minuten oder Stunden gewesen?

Angst befiel ihn, daß der Tod dem Herzschlag inzwischen Einhalt geboten habe. Jedoch wagte er nicht, seine Tätigkeit einzustellen, um zu horchen. Der reglose Körper kam ihm fremd vor, kalt wehte es ihn an. Hin und zurück, hin und zurück. Auf einmal sah er, daß sich über dem Rippenbogen die Haut rötete, dort wo er ihre Unterarme auf die Lungenflügel gepreßt hatte. Nun war er sicher, daß er Jutta dem Tode entrissen hatte. Weiter bewegte er ihre Arme und nahm wahr, daß sich ihre Wimpern bewegten. Schnell drehte er ihren blassen Kopf auf die Seite. Ihre Brust hob sich in einem tiefen Atemzug, und das Moorwasser quoll aus ihrem Mund. Um es ihr zu erleichtern, nahm er sie, auf der Bank sitzend, auf seine Knie, drückte ihren Leib fest darauf und ließ den Oberkörper nach unten hängen.

Langsam kehrte ihr Bewußtsein zurück. Ihr war, als ob sie aus unendlicher Meerestiefe mit offenen Augen in die Welt des Lichts hinaufgezogen würde. Sie hörte ein tiefes, summendes Rauschen, dunkles, grünblaues Dämmern umgab sie. Seltsame, fahle Gebilde geisterten darin an ihr vorüber, manche glotzäugig und bizarr. Heller wurde das Licht und höher das Tönen um sie. Die eigentümlichen Wesen verschwanden, und zuletzt war nur ein lichtes Blau da und ein feiner, sirrender Klang. Dann sah sie in Ulrichts Augen und über ihm in den Himmel.

Er hatte sie in das Persenning gewickelt und ihr Gesicht mit seinem Taschentuch gereinigt. Über ihre Stirn zog sich eine blutige Schramme, die wohl vom Ruderblatt stammte oder vom Boden des Bootes. Ulrich fand sie noch nie so lieblich wie eben jetzt, da sie mit einem erstauntverlegenen Lächeln ins Leben zurückkehrte. Nachdem er sie auf die Bank gebettet hatte, zog er das Segel hoch, und das Boot glitt mitten in das Schilf des Ufers, wo es still und sonnig war.

Jutta war noch sehr schwach, daher war er ihr beim Ankleiden behilflich.

Ihre Zähne schlugen aufeinander. Ihre Worte ‹Ritter wider Tod und Teufel› hörten sich daher fremd und abgehackt an.

«Wie konntest du so leichtsinnig sein! Du hättest dich am Boot festhalten müssen, bis ich die Leine herausgeworfen hatte. O Jutta, wenn du kurzes Haar hättest, dann wäre deine Baderei wohl schlecht ausgegangen!»

Er rieb kräftig ihre Arme und Beine, und die Sonne tat ein Übriges. Als er auf seine Uhr sah, merkte er, daß sie stehengeblieben war. Auch Juttas Armbanduhr hatte das Ticken eingestellt.

«Das ist wohl das kleinste Übel», meinte er und stellte fest, daß seine Uhr zehn Minuten länger gearbeitet hatte als die Juttas.

«Nur zehn Minuten», sagte er gedankenvoll, «welch kleine Zeitspanne!»

Immer wenn sein Blick sie traf, schlug sie die Augen nieder, und das «Was nun?» bedrängte sie von neuem. Noch hörte sie das sirrende Geräusch, und ein leichter Schwindel befiel sie auch jetzt, wo das Boot still lag.

Ulrich machte den Vorschlag, erst zum Malvenhaus zu segeln, er habe dort noch einen alten Portwein, der ihr gewiß guttun würde. Aber sie wehrte ab. Die Sonne stand schon tief, sie müsse unverzüglich nach Hause, da Ingeborg sonst gewiß auf Moorburg anrufen würde.

«Nach Hause?» fragte Ulrich betont. «Ist dort dein Zuhause?»

Als Antwort schmiegte sie sich fest an ihn, und er küßte ihre verschrammte Stirn.

Dann segelten sie so nahe wie möglich an die Karlshöher Seite des Sees. Dort ließen sie das Boot liegen und nahmen den Weg durch den Wald nach Karlshöhe.

Jutta ging es schlechter. Ein paarmal mußten sie rasten, und als Ulrich bei einer solchen Gelegenheit andeutete, sie müsse sofort ins Bett, er würde mit ihrer Schwester alles regeln, befiel ihren ganzen Körper ein Beben. Mit flehenden Augen bat sie ihn, davon abzusehen. Sie wollte auf jeden Fall allein in Karlshöhe ankommen und versuchen, ungesehen auf ihr Zimmer zu gelangen.

Ulrich sah an sich herunter. Sein Hemd war übersät mit Flecken vom Moorwasser, die Ärmel noch feucht und der eine aufgeschlitzt. Er sah ein, daß er wohl nicht in der richtigen Verfassung war, den Freier zu spielen.

«Beruhige dich, ich werde heute nicht kommen. Alles wird gut werden. Vertraue mir.»

Das letzte Stück trug er sie. Eine seltsame Lethargie überkam sie, und sie dachte nichts mehr. Am rückwärtigen Teil des Karlshöher Hauses angelangt, umarmte Ulrich sie noch einmal, dann verließ sie ihn. Von Büschen verdeckt, beobachtete er besorgt, wie sie langsam und wankend dem Kellereingang zuschritt. Von der Terrasse des Hauses hörte er lebhafte Unterhaltung und vermutete, daß Gäste da waren und Jutta ungehindert auf ihr Zimmer gelangt sei. Dann trat er den Rückweg an.

10

Es kostete Jutta eine ungeheure Willensanstrengung, leise die Treppe empor zu schleichen. Ihr Zimmer sah sie wie durch einen Schleier, alle Gegenstände schwankten. Nachdem sie sich entkleidet hatte und ins Nachthemd geschlüpft war, nahm sie aus der Lade ein Seidentuch, das sie um ihr feuchtes Haar wand. Die Spannung ließ nach, und sie spürte, wie ihr Bewußtsein zu schwinden drohte. Mit großer Mühe gelang es ihr, sich ins Bett zu legen, und ihr letzter Gedanke war: Ich bin krank und kann morgen nicht reisen.

Auf der Terrasse saßen Doktor Sähn und seine Frau bei dem Ehepaar von Trappen im Abendsonnenschein.

«Herrlich, diese Spätsommertage, welche Farbenpracht! Ich liebe diese Zeit am meisten im Ablauf des Jahres», sagte Doktor Sähn, zufrieden in den leuchtenden Blumengarten hinunter blickend.

«Ja», erwiderte Joachim von Trappen, «mir gefallen sie auch besonders gut. Man hat die Ernte eingebracht und kann in Ruhe die letzten sonnigen Tage genießen, bevor das herbstliche Matschwetter einsetzt.

Nach dem Essen bemerkte Frau von Trappen besorgt:

«Wo Jutta nur bleibt? Sie muß doch morgen reisen und wollte nicht spät nach Hause kommen. Willst du nicht lieber in Moorburg anrufen, Jochen? Es kann ja sein, daß Fräulein Barbaras Auto wieder kaputt ist und wir sie holen müssen.»

«Sieh doch erst mal in ihrem Zimmer nach! Vielleicht ist sie schon zurück und hat sich schlafen gelegt.»

«Dann hätten wir doch das Auto gehört, und sie hätte bestimmt noch hereingesehen.»

In Juttas Zimmer war es dunkel. Als Inge die Tür wieder schließen wollte, hörte sie das Bett knarren.

«Jutta», rief sie, «bist du schon zurück?»

Ein undeutliches Murmeln antwortete ihr.

Im aufstrahlenden Licht sah Ingeborg die Schwester im zerwühlten Bett liegen. Gläsern blickten ihre Augen sie an. Sie trat ans Bett und ergriff Juttas Hand.

«Aber, Jutta, was ist denn mit dir? Du bist ja ganz heiß. Um Gottes willen, du bist hoffentlich nicht krank? Du mußt doch morgen zu Vater fahren!»

Unverwandt hatten Juttas trübe Augen sie angestarrt. Jetzt riß sie ihre Hand los und drehte sich zur Wand.

«Geh fort! Oh, geh fort!» flüsterte sie, als Inge sich über sie beugte.

Ratlos legte Inge ihre Hand auf Juttas Stirn, die Schramme und die Hitze wahrnehmend.

«Aber, Kleine, was ist denn geschehen? Wie schaust du denn aus?»

Jutta antwortete nicht, sondern wühlte den Kopf noch mehr in das Kissen. Inge hob das am Boden liegende Zeug auf und eilte hinunter.

Doktor Sähn hatte Mühe, die Kranke zu untersuchen. Sie hielt sich krampfhaft an den Decken fest und sah zu ihrer Schwester hin, die am Fußende des Bettes stand.

«Nicht, bitte nicht! Laß mich. Ich kann nicht», murmelte sie.

Der Doktor blickte Ingeborg erstaunt an, sie hob die Schultern. Da bat er sie, ihn mit Jutta allein zu lassen.

«Es tut mir außerordentlich leid, daß ich Ihnen eine traurige Nachricht bringen muß. Fräulein Jutta ist sehr krank», sagte der Arzt wenig später unten zu Herrn und Frau von Trappen. «Sie werden mich entschuldigen, ich muß sofort nach Hause fahren, um das Nötigste für die Kranke zu holen. Willst du gleich mitfahren?» wandte er sich an seine Frau. «Ich weiß noch nicht, wie lange ich heute nacht bei Fräulein Jutta bleiben muß.»

«Auch das noch!» rief Inge aus. «Was fehlt ihr denn?»

«Das kann ich Ihnen vorerst noch nicht sagen; hoffen wir, daß es nichts Böses wird! Jedenfalls hat sie hohes Fieber.»

«Und morgen sollte sie nach Hause reisen.»

«Daraus kann natürlich nichts werden. Wahrscheinlich wird es, soweit ich es feststellen kann, einige Wochen dauern, bis sie wieder ganz hergestellt sein wird. Übrigens hat sie eine Schramme im Gesicht, hatte sie die schon heute mittag?»

«Nein, ich habe auch keine Ahnung, wo sie sich die geholt haben mag. Sie sagt ja nichts.»

«Das arme Kind», sagte Joachim von Trappen, «sie ist geradezu vom Pech verfolgt. Erst ihre Erkältung im Frühjahr, dann Vaters Krankheit, und jetzt liegt sie selbst wieder.»

Das kleine, hochrädrige Auto des Doktors kam bald zurück, und der alte Herr stieg mit seinem Medikamentenköfferchen die Treppe hinauf, in Juttas Zimmer. Joachim wartete auf das Telefongespräch mit dem Schwiegervater.

Ingeborg, die den Doktor hinaufbegleitete, fragte, ob sie ihm behilflich sein könne. Aber er schüttelte den Kopf und erkundigte sich, ob sie mit der Schwester vielleicht einen Streit gehabt habe. Anscheinend sei die Kranke bei ihrem Anblick beunruhigt. Sie verneinte, unterließ es dann aber doch, das Zimmer Juttas zu betreten. Erst später, beunruhigt durch das lange Bleiben des Arztes, öffnete sie die Tür und sah den Doktor fragend an. Er käme gleich herunter, bedeutete er ihr.

Jutta warf den Kopf herum.

«Geh! So geh doch. Sonst muß ich wieder weinen», seufzte sie. Unten klingelte das Telefon, und Ingeborg eilte die Treppe hinab. Als Doktor Sähn das Herrenzimmer betrat, saß Ingeborg zusammengesunken in ihrem Sessel und sah verstört vor sich hin.

Joachim fragte, wie es Jutta ginge.

«Sie wird gleich schlafen», erwiderte der Arzt. «Sie scheint Erschütterndes erlebt zu haben, was einen Nervenzusammenbruch nach sich gezogen hat. Wissen Sie nicht, was es sein könnte?»

Joachim schüttelte den Kopf, erzählte aber dem Arzt, daß sie vor einigen Tagen schon unpäßlich gewesen sei und zu Bett gelegen habe.

«Der arme Vater!» sagte Ingeborg von ihrem Sessel her. «Er war ganz verzweifelt, als wir ihm mitteilten, daß Jutta ihre Reise nun wieder verschieben muß. Er ist so besorgt, und ich konnte ihm nicht einmal erklären, was ihr fehlt. Hoffentlich hat ihm die Nachricht nicht geschadet. Und nächste Woche kommt der Bräutigam Juttas zurück. Der wird auch entzückt sein!»

Niemand sagte etwas hierzu.

Beim Abschied bat der alte Arzt darum, Hilde, das Hausmädchen, im Zimmer neben Jutta übernachten zu lassen, damit jemand da sei, wenn die Kranke unruhig würde.

Ob sie nicht lieber selber ... fragte Ingeborg.

Nein, er würde das nicht empfehlen, da Jutta gleichzeitig eine starke Erkältung habe und Ansteckungsgefahr bestehe. Frau von Trappen möge es vermeiden, das Krankenzimmer zu betreten des kleinen Achims wegen. Er gab der herbeigerufenen Hilde einige Verhaltensmaßregeln und schied mit dem Versprechen, morgen wiederzukommen.

Sobald es möglich war, fuhr Ulrich am Sonntagmorgen nach Karlshöhe. In der Nacht hatte ihn eine bohrende Unruhe geplagt und ihn wenig Schlaf finden lassen. Dann waren böse Träume gefolgt:

Immer wieder hielt er den nassen, leblosen Körper Juttas im Arm. Knirschend bremste der graue Wagen vor dem großen weißen Haus.

Auf Ulrichs Klingeln erschien Hilde in der Haustür.

Die Herrschaften seien leider nicht zu sprechen, gab sie Bescheid.

«Es ist aber dringend! Ist Herr von Trappen nicht zu Hause?»

«Nein, er ist gleich nach dem Frühstück fortgeritten.»

Schließlich verschwand sie mit Ulrichs Karte im ersten Stock. Zurückkehrend berichtete sie, Frau von Trappen sei unpäßlich und leider nicht imstande, den Herrn Doktor zu empfangen.

Ulrich fragte nach Fräulein Dewitz.

«Ach, das arme Fräulein», sagte Hilde, «sie ist sehr krank. Doktor Sähn hat mir eingeschärft, niemanden zu ihr zu lassen. Sie muß Ruhe haben.»

Ulrich zwang sich, ruhig zu bleiben, und erkundigte sich, was der jungen Dame denn fehle. Hilde zuckte die Achseln. Genau wüßte sie es auch nicht. Fieber und mit dem Hals habe sie es.

«Kann ich hier ein paar Zeilen aufschreiben, um Fräulein Dewitz meine Anteilnahme auszudrücken?»

Hilde geleitete ihn in Herrn von Trappens Zimmer, auf dessen Schreibtisch er schnell einige Trostworte schrieb und das Papier dann in einen von den Umschlägen des Hausherrn steckte. Dann händigte er Hilde den Brief aus.

Schweren Herzens fuhr er nach Moorburg. Im Schloß erfuhr er zu seinem Leidwesen, daß die Herrschaften alle zum Geburtstag Herrn von Schwoons nach Polzin gefahren waren und nicht vor Abend zurück erwartet würden. Ulrich schrieb einige Zeilen an Barbara und gab Anweisung, sie ihr nach ihrer Rückkehr sofort zu überreichen.

Dann fuhr er zu Doktor Sähn, um ihn über Juttas Zustand zu befragen.

Aber auch hier hatte er kein Glück. Der Doktor war zu einer Geburt gerufen worden. Nur Frau Sähn war zu Hause. Sie ließ Ulrich zu sich bitten.

O ja, sie erinnerte sich seiner recht gut von Moorburg her. Ihr Mann habe sich sehr für seine Ausgrabungen interessiert, ob er diesen Sommer auch wieder graben wolle?

«Nein, vorläufig nicht.»

Ulrich saß der alten Dame wie auf Kohlen gegenüber. Freundlich schien die Sonne in die mit blütenweißen Gardinen gesäumten Fenster und malte Schnörkel auf den Teppich. Der Kanarienvogel im Messingkäfig piepste leise, und darunter leuchteten rote Geranien.

Sie hoffe doch, daß er nicht krank sei und ihren Mann konsultieren wolle, sagte Frau Sähn hinter ihrem Nähtisch.

Ulrich nahm seine ledernen Fahrhandschuhe von einer Hand in die andere.

«Mir fehlt nichts. Ich wollte mich nur bei dem Herrn Doktor nach dem Befinden von Fräulein Dewitz erkundigen. Aber vielleicht können Sie, gnädige Frau, mir darüber Auskunft geben?»

Er spürte den Blick der flinken, dunklen Augen über den Brillenrand auf sich gerichtet und verschloß sich.

«Das ist eine dumme Sache», hörte er die Dame sagen. «Fräulein Dewitz sollte heute nach Hause fahren, da ihre Hochzeit bevorsteht. Sie ist wohl ein wenig zart; und nun hat sie sich eine schwere Erkältung geholt mit hohem Fieber, wie mein Mann mir berichtete. Mehr kann ich darüber nicht sagen. Woher wissen Sie denn von ihrer Erkrankung?»

«Ich war vorhin in Karlshöhe, um von Trappens einen Besuch zu machen, und erfuhr es vom Hausmädchen.»

«Ach so! Das arme Ding! Mein Mann meint, es würde wohl einige Wochen dauern, bis Fräulein Dewitz nach Hause reisen kann. Sie kennen sie? Natürlich, jetzt entsinne ich mich! Sie haben sie ja damals auf der Geburtstagsfeier von Lily bei ihrem entzückenden Tanz am Flügel begleitet. Wir waren gestern abend gerade in Karlshöhe, und mein Mann hat Fräulein Dewitz gleich untersucht. Frau von Trappen war ganz erledigt vor Kummer. Sie sagte mir, sie möchte es ihrem Vater gar nicht mitteilen, daß ihre Schwester nun wieder nicht kommen kann; er ist wohl sehr herzleidend, und sie befürchtet, daß ihm die Enttäuschung schaden könne. Aber Herr von Trappen hat dann das Telefongespräch angemeldet. Wie es nun geworden ist, weiß ich nicht. Mein Mann fährt nachher gleich wieder nach Karlshöhe, um nach der Kranken zu sehen.»

Ulrich erhob sich mit der Begründung, nicht länger stören zu wollen. Im Vorbeigehen warf er einen Blick auf die Dielenuhr und stellte fest, daß er sich beeilen mußte, wenn er sein Ziel, wie mit dem Professor verabredet, vor dem Abend erreichen wollte.

Nun mußte er Moorburg doch ohne Jutta verlassen.

Mit Schrecken dachte er an die Mitteilung Frau Sähns, daß Jutta, wenn die Krankheit nicht gekommen wäre, womöglich heute ohne ihn nach Hause gereist wäre. Wenn er ihr sonderbares gestriges Verhalten bedachte, erschien ihm diese Annahme nicht unmöglich. Man hätte sie schließlich dazu gezwungen. Hol's der Geier! Er mußte sie aus diesem Karlshöhe baldmöglichst herausholen, das war ihm klar.

Der Wagen raste auf der Landstraße dahin, vorbei an Stoppelfeldern und frisch gepflügtem Land.

Rote Fieberrosen blühten auf Juttas Wangen, schnell ging ihr Atem.

Die Hände tasteten unruhig auf der Decke umher, als suchten sie etwas, und hinter den geschlossenen Lidern trieben die Fiebergeister ihr Unwesen. Manchmal waren es nur Punkte, denen auf der Tapete ähnlich; aber sie wurden größer, verwandelten sich in kreisende, grelle Sonnen oder in glühenden Funkenregen. Mitunter sah sie auch Hände, groß und schwer, Zyklopenhände mit Fischhaut zwischen den Fingern, deren Spitzen Bleikugeln waren, und die Kranke glaubte zu wissen, daß es ihre eigenen Hände waren. Fratzen waren da, fahl, bizarr und glotzend, und ihr doch nicht unbekannt. Dann wieder umflatterten Wesen mit Fledermausflügeln und gehörnten Köpfen ihr Bett.

Am häufigsten tauchte der Wassermann auf; bleich und farblos, mit einer goldenen Krone und verschwommenen Umrissen, Wasserpflanzen in den Händen, so bedrängte er sie. Sie warf sich hin und her; und Hilde, die am Fenster mit einer Handarbeit beschäftigt war, sprang auf und netzte die Lippen der Kranken mit Zitronensaft.

Hilde hatte ein schlechtes Gewissen. Sie mußte viel über die Begegnung mit Doktor Stauffenbiel nachdenken. Was mochte es wohl mit ihm auf sich haben? Sie war mit dem Brief in der Hand die Treppe hinaufgestiegen. Da hatte Frau von Trappen im Morgenrock oben im Flur gestanden und gefragt, ob der Herr fort sei. Als Hilde nickte, hatte die Frau ihr den Brief abgenommen mit dem Bescheid, das Fräulein dürfe jetzt keine Aufregung haben, sie würde ihr den Brief später selber aushändigen. Dabei hatte sie so eigentümlich an Hilde vorbeigestarrt. Hilde zweifelte daran, daß das Fräulein den Brief auch wirklich erhalten würde. Warum ihr dieser Gedanke kam, wußte sie selbst nicht. Was mochte Fräulein Dewitz dem Herrn in dem großen Auto wohl bedeuten? Ihr Bräutigam war er gewiß nicht. Dessen Namen und Schrift hatte sie oft auf den Liebesbriefen an das Fräulein gesehen.

Der fremde Herr war so traurig gewesen, als er von des Fräuleins Erkrankung erfuhr. Vielleicht ... ja, man konnte nicht wissen ... die Herrschaften waren schließlich auch nur Menschen! Romantische Vorstellungen stiegen in Hilde auf.

Einmal sah Herr von Trappen zur Tür herein. Jutta lag mit geschlossenen Augen da und sah und hörte nicht, was um sie her geschah. Hilde ging an die Tür und flüsterte mit ihm.

«Wer? Doktor Stauffenbiel? Mich wollte er sprechen?»

Hilde überlegte einen Augenblick. Nein, es war wohl besser, sie sagte nichts von dem Brief an das Fräulein; wenn es notwendig war, würde er es sicher von der Gnädigen erfahren.

Wie kommt denn der hierher? überlegte Joachim, als er die Treppe hinabstieg. Merkwürdig!

Am Nachmittag war Doktor Sähn wieder da. Nachdem er Jutta untersucht hatte, wiegte er bedenklich den Kopf. Hilde half ihm geschickt und errötete über sein Lob. Dann schickte er sie zu Bett. «Wahrscheinlich werden Sie in der kommenden Nacht wenig Schlaf finden, so schlafen Sie jetzt. Ich schätze, das Fieber wird heute nacht seinen Höhepunkt erreichen», sagte er, während er Jutta den Hals pinselte.

Er beobachtete die Kranke, deren Hände fortwährend auf der Decke umhersuchten. Sie stieß mit den Füßen die Decke fort und wälzte sich von einer Seite auf die andere. Mitunter mußte der Arzt sie festhalten, damit sie nicht aus dem Bett stürzte. Ungestüm warf sie den Kopf herum, undeutlich vor sich hin murmelnd. Armes Kind, was mochte geschehen sein? überlegte Doktor Sähn. Wie sie sich quält. Dann fiel ihm wieder der Besuch ein, von dem seine Frau berichtet hatte.

Doktor Stauffenbiel! Er hatte sich im vorigen Sommer oft mit ihm unterhalten. Ein kluger, wenn auch etwas finsterer Mensch. Aber besucht hatte der junge Mann ihn nie! Wie kam er jetzt dazu? Und dann das offenkundige Interesse an Fräulein Jutta. Na, Frauen übertreiben manchmal! Sollte aber möglicherweise doch ein Zusammenhang bestehen? Schade, daß Pastor Bolten in Urlaub war, er hätte vielleicht Auskunft geben können. Merkwürdig auch die Angst der Kranken, wenn die Schwester im Zimmer war. Irgend etwas stimmte da nicht. Jedenfalls war das arme Ding mit den Nerven völlig herunter. Da nützte nur eins: das Übel, das sie quälte, zu beseitigen, sonst konnte wohl kaum eine wirkliche Besserung eintreten. Das würde der alte Sähn doch noch fertigbringen! Die Kranke bäumte sich plötzlich auf.

«Ulrich, ach, Ulrich hilf mir doch! Da ist er wieder. Da ... da ... er hat grüne Haare ... siehst du ihn nicht?» Das Übrige erstarb in undeutlichem Murmeln.

Ulrich? Heißt Stauffenbiel Ulrich? Möglich! Der Doktor wußte es nicht genau. Er beugte sich über die Fiebernde. Eine Zeitlang lag sie heftig atmend da. Er flößte ihr eine Flüssigkeit ein. Sie schluckte gierig und mühsam.

Später begann sie, wieder vor sich hin zu murmeln, und der Arzt vernahm einzelne Worte klar und deutlich: «Kalt ... gesehen ... das Gesicht ... warum?»

Leise fragte er an ihrem Ohr, was sie gesehen habe.

Sie öffnete kurz die Augen, schloß sie aber gleich wieder, dann flüsterte sie hastig:

«Der Wassermann, er hat ... da sieh ... Krone ... Seerosen ... Babs, deine Seerosen! Huh ... hat kalte Hände ... Christophs Gesicht ... winkt ... im Wasser ... winkt immer ...»

Doktor Sähn streichelte ihre glühende Wange.

«Sei ruhig, Kind, er kann dir ja nichts tun, der Wassermann. Dein Ulrich ist ja bei dir», sagte er auf gut Glück in ihr Ohr. Sie lag ruhig, nur die Augenlider bebten.

«Watte ... viel Watte, weiß und blau ... glaube nicht ... ich muß ... Ulrich ... Uhr ist tot ... tot ...» Danach verstummte sie.

Der Arzt betrachtete die Uhr an ihrem Arm. Sie zeigte eine frühere Stunde an, und als er horchte, vernahm er kein Ticken. Er band sie los und zog sie auf, aber sie ging nicht. Mit seinem Taschenmesser öffnete er das Gehäuse und was er sah, bestätigte den Verdacht, den er gehegt hatte. Das feuchte Haar gestern abend unter dem hastig umgeschlungenen Tuch und die frische Schramme auf der Stirn, nun diese Redensarten und die Uhr ...

Dem alten Menschenkenner und Arzt dämmerte in diesem Moment so manches. Mitleid erfüllte ihn und Zorn auf diejenigen, die es hatten dazu kommen lassen. Wartet, dachte er grimmig, das soll nicht ein zweites Mal geschehen.

Die Medikamente zeigten langsam Wirkung. Jutta war ruhiger geworden. Draußen dämmerte es bereits, die Blätter der Ulme rauschten, und die Sperlinge begaben sich im Efeu schilpend zur Ruhe.

Leise öffnete Frau Ingeborg die Tür. Sie bat den Doktor zu Tisch. Verwundert gewahrte sie sein finsteres Gesicht.

«Steht es so schlecht, Doktor?» fragte sie auf der Treppe.

«Schlimm genug!»

Wortkarg verzehrte er sein Mahl, immer mit den Gedanken bei der kranken Jutta. Vorläufig sah er keineswegs klar. So war es ihm ein Fingerzeig, als Barbara von Pogwisch anrief, um sich bei Herrn von Trappen nach Juttas Befinden zu erkundigen. Er wunderte sich, daß Barbara schon Bescheid wußte.

Oh, das spreche sich am Schwarzsee schnell herum. Jochen meinte, sie könne am besten von Doktor Sähn Auskunft erhalten, er sei gerade hier.

«Lassen Sie mich einen Augenblick allein, lieber Trappen?» bat der Arzt. Verwundert verließ Joachim den Raum.

«Ja, Babs, das ist eine traurige Angelegenheit! Fräulein Jutta ist sehr krank. Eine böse Nervengeschichte, verbunden mit Angina.»

«Nervensache? Ach, das arme Kind!»

«Sag mal, Babs, heißt dieser Doktor Stauffenbiel Ulrich mit Vornamen?»

Einen Augenblick war Stille in der Leitung, dann hörte er Babs entschlossene Stimme:

«Jawohl, er heißt Ulrich. Was wissen Sie, Herr Doktor?»

«Sehr viel, aber leider nicht alles. Willst du mir helfen?»

«Natürlich, gern! Ich fand, als ich eben nach Hause kam, Stauffenbiels verzweifelten Brief vor und habe mich gleich an die Strippe gehängt, um Näheres zu erfahren. Die arme Jutta! Kann ich sie besuchen?»

«In den nächsten Tagen. Erst möchte ich mit dir sprechen. Kannst du morgen früh zu mir kommen? Ich nehme an, daß du als ihre Freundin mehr über diesen Fall weißt als ich.»

«Ja, ich komme morgen zu Ihnen. Noch eins: Wissen sie schon, daß Christoph verschwunden ist?»

«Nein, das wird ja immer mysteriöser! Wann ist denn das passiert?»

«Gestern nachmittag anscheinend. Anton, sein Knecht, hat es unserem Kutscher erzählt. Mittags ist Christoph noch in der Mühle gewesen; Anton war fortgegangen, und heute morgen war Christoph nicht da. Da haben sie ihn gesucht, jedoch nicht gefunden. Sein Boot lag am Ufer, war aber seltsamerweise nicht am Pfahl angebunden.»

«Haben sie den See abgesucht?»

«Ich glaube schon, aber Sie wissen ja, der Wassermann gibt nichts her, was er einmal hat.»

«Manchmal doch, Babs.»

«Wieso?»

«Dann bis morgen», brach Doktor Sähn das Gespräch ab.

Barbara von Pogwisch saß in dieser Nacht noch lange wach in ihrem Zimmer. Die Arme auf den Tisch gestützt, sah sie stumm in die flakkernden Kerzen. Vor ihr lag ein Papier mit großen, flüchtig hingeworfenen Buchstaben.

Seine Handschrift! Die Buchstaben groß und herrisch ... Ulrich Stauffenbiel ... Sie sah ihn deutlich vor sich. In ihre Hand war es nun gelegt, ihn glücklich zu machen, gemeinsam mit dem guten, alten Doktor. Die Hindernisse, die zwischen ihm und Jutta lagen, waren schwerwiegend. Die Kranke war zu schwach, sie zu beseitigen; und er als Fremder, würde er es ohne Gewalt schaffen, gebunden an seine Pflicht? Wie mochte die Unterredung zwischen Jutta und ihrer Schwester verlaufen sein? Sie hatte ja das empörende Ergebnis von Frau von Trappen erfahren. Nein, sie mußte helfen, so ungern sie sich sonst in die Angelegenheiten anderer Leute mischte. Sie mußte es um der Freundin willen tun und auch Ulrich zuliebe.

Doktor Sähn entledigte sich seines weißen Kittels, als Barbara am Morgen bei ihm eintrat.

«Wollen mal den Physikus ausziehen, denn hier handelt es sich wohl eher um Psychisches.»

Er bot ihr in einem Sandelholzkästchen Zigaretten an. Er selbst nahm sich eine Havanna. Als der Rauch in die Luft stieg, forderte er Babs auf, ihm zu erzählen, was sie über die Beziehungen Juttas zu Ulrich Stauffenbiel wußte.

Zögernd und stockend berichtete Babs, was sie von Jutta erfahren hatte. Der alte Herr warf ab und zu Fragen dazwischen und ermunterte sie, denn er spürte, daß es ihr nicht leichtfiel, die Herzensgeheimnisse der Freundin preiszugeben.

«Es erschien mir unglaublich grausam von Jutta, daß sie, laut Aussage ihrer Schwester, nun doch den anderen Mann heiraten wollte», schloß Babs. «Ich habe ihr auch bittere Vorwürfe gemacht, als ich sie zum Stelldichein mit Doktor Stauffenbiel fuhr. Sie war sehr traurig und sagte, ich solle ein wenig warten, dann würde ich schon sehen, was sie vorhabe, und ich solle nicht danach urteilen, was Frau von Trappen mir gesagt hätte. Ich bin nicht recht schlau daraus geworden, was sie eigentlich tun wollte, um sich aus dieser mißlichen Lage zu befreien.»

«Das will ich dir sagen: Das arme Kind hat in seiner doppelten Bedrängnis keinen anderen Ausweg gewußt, als seinem Leben im See ein Ende zu setzen. Daß es ihr nicht glückte, ist wohl nur Doktor Stauffenbiel zu verdanken.»

«Mein Gott! Meinen Sie wirklich?» Barbaras Hand, die die Zigarette hielt, zitterte merklich.

«Ja, ich habe sichere Beweise dafür. Sie ist mit den Nerven wohl schon so weit herunter gewesen, daß ihr die Kraft gefehlt hat, ihrer Verwandtschaft Widerstand zu leisten. Was sich zwischen ihr und ihrer Schwester und was sich im Boot zwischen ihr und dem jungen Mann abgespielt haben mag, weiß ich nicht. Fest steht, daß die Ärmste keinen anderen Ausweg mehr gesehen hat, als auf diese Art allem zu entgehen.»

«Aber Doktor Stauffenbiel hat nichts davon geschrieben, daß sie im Wasser war», meinte Barbara bedrückt und reichte ihm den Zettel Ulrichs.

«Ein Beweis dafür, daß er ihre Absicht, sich zu töten, nicht erkannt hat, wahrscheinlich hat sie sie geschickt getarnt.» Darauf erzählte er Babs, wie er auf diesen Verdacht gekommen war.

«Arme Jutta», sagte sie erschüttert. «Wie merkwürdig auch, daß sie im Fieber Christoph erwähnt hat, der wohl am Sonnabend ertrunken ist.»

«Sie ist sehr sensibel, da kann es sein, daß sie eine Erscheinung dieser Art gehabt hat. So etwas kommt vor.»

Er erhob sich und holte aus dem Wandschrank eine Flasche und zwei Gläser.

«Da, stärke dich erst mal, du siehst ja ganz blaß aus.»

Sie besprachen, was zu tun sei.

«Diese Frau von Trappen», sagte Barbara, «ist mir nie besonders sympathisch gewesen. Sie schien mir immer zu vollkommen, zu selbstsicher in ihrer Art. Bei ihr ging alles wie am Schnürchen, alles klappte, alles war in Ordnung. Mir ist so was unheimlich. Keine Schwierigkeiten, keine Konflikte, gibt es das überhaupt?»

«Warum denn nicht? Die Schwierigkeiten treten erst dann auf, wenn solche Menschen mit anderen zusammenstoßen, die nicht so ordentlich und korrekt sind. Aber verlaß dich darauf, die Vollkommenen bleiben obenauf, meist haben sie Nerven wie Ankertaue. Ob Frau von Trappen zu diesem Menschenschlag zu rechnen ist, kann ich nicht beurteilen. Mir ist dieses Ehepaar eigentlich sehr lieb gewesen, eben weil ihr Leben so ausgefüllt schien. Doch ich kenne nur das äußere Erscheinungsbild der Trappens.»

«Auf jeden Fall müssen wir die arme Jutta schützen, damit sie nicht wieder mit dieser verflixten Heirat behelligt wird, sonst kann sie sich nie erholen. Könnte ich sie nicht einfach mit nach Moorburg nehmen, Doktor?»

«Nein, vorläufig nicht. Sie ist viel zu schwach; erst muß sie über den Berg. Außerdem ist Hilde in der Krankenpflege sehr geschickt; Frau von Trappen habe ich mit der Begründung, es bestehe Ansteckungsgefahr, abgewimmelt. Auch ist die Sache nicht aus der Welt, wenn Fräulein Jutta aus Karlshöhe verschwindet. Du wirst ihr in den nächsten Tagen, wenn das Fieber herunter ist, unser Komplott aufdecken, damit sie weiß, daß sie mit ihrer Not nicht allein ist. Und der junge Mann, dieser Ulrich, muß her, das wäre das beste Heilmittel.»

Babs versprach, noch am selben Tag an Ulrich zu schreiben. Nachdem sie noch einige Abmachungen bezüglich ihres Verhaltens Trappens gegenüber getroffen hatten, schieden sie voneinander mit festem Händedruck.

«Prachtmädel!» murmelte Doktor Sähn vor sich hin, als er Barbara vom Fenster aus mit ihrem Flitzer davonfahren sah.

Barbara von Pogwisch stand im Scheunentor, sah von der fauchenden Lokomobile auf die neuen, blinkenden Kupferdrähte, die die Leute eben zur Scheune legten, und freute sich, daß die alte Dampfmaschine bald ausgedient hatte.

Im Schloß verursachte das Anbringen der elektrischen Leitungen viel Unruhe, überall wimmelten Männer in blauen Leinenanzügen herum. Tantchen Exzellenz hatte sich an das Fenster ihres Wohnzimmers geflüchtet und kehrte dem Ganzen einfach den Rücken. Lieber sah sie

Männe und Emilie zu, die im Garten hinter einer Katze herjagten, daß die Dackelohren flogen. Müßig ruhten die Hände der Greisin im Schoß. Der Rücken unter dem wollenen Stricktuch war gebeugt.

Im Zimmer Joachim von Trappens hatte Doktor Sähn eben seinen Bericht beendet.

Er blickte zu dem erregt auf und ab gehenden Mann hinüber.

Joachim blieb am Fenster stehen, und als der alte Herr zu ihm trat und ihm die Hand auf die Schulter legte, wandte er sich um.

«Doktor, ich werde dafür Sorge tragen, daß Jutta in dieser Sache nicht wieder beunruhigt wird! Wenn Sie es nicht wären, der mich über dieses tragische Geschehen aufgeklärt hätte, dann hielte ich es nicht für möglich.»

«Es ist mir schwer genug gefallen, lieber Trappen, Sie mit dieser Sache zu belasten; es ist aber nun einmal in Ihrem Haus geschehen, vielmehr ist Fräulein Jutta Ihr Gast, und da ist es wohl meine Pflicht als behandelnder Arzt, daß ich Sie als Hausherr bitte, für einen ungehinderten Genesungsablauf zu sorgen. Mit derartigen Nervenzuständen ist nicht zu spaßen. Wir können froh sein, daß das Fieber etwas gesunken ist. Also, auf keinen Fall Besuch vom Vater oder Bräutigam, das könnte einen Rückschlag bewirken oder noch Schlimmeres.»

«Sie können sich auf mich verlassen», sagte Jochen.

«Wenn trotzdem Gefahr von dieser Seite drohen sollte, rufen Sie mich bitte sofort an. Und falls ich nicht zu erreichen sein sollte, benachrichtigen Sie Fräulein Babs in Moorburg, sie ist informiert.»

Herr von Trappen begleitete den Arzt zu seinem Auto. Unschlüssig stand er danach einen Moment in der Halle, dann stieg er langsam die Treppe hinauf und klopfte bei Jutta an. Niemand antwortete. Leise öffnete er die Tür und sah Jutta mit geschlossenen Augen, hastig atmend, in den Kissen liegen. Unruhig zupften die Hände an der Decke; die roten Fieberrosen waren jetzt zartrosa, nur auf der Stirn flammte rot die Schramme.

Er trat ans Bett und betrachtete Jutta mitleidig. Sie schien zu schlafen, und so ging er leise wieder hinaus. Er sah sie wieder vor sich, die schlanke Reiterin, die ihm im Vorjahr unter dem Holunderbusch ihr Herz ausgeschüttet, und, wie er jetzt wußte, den anderen schon geliebt hatte. Sie war in Not gewesen, und er hatte ihr noch zugeredet, weil Ingeborg diese Verbindung Juttas mit Erich um des Vaters willen wünschte. Ihm wurde jetzt, da er es wußte, im Zusammenhang mit Doktor Stauffenbiel verschiedenes klar. So ist das nun; da passiert allerlei neben einem, und man nimmt sich nicht die Mühe, weiter darüber nachzudenken. Anstatt den Mund aufzumachen, zuckt man mit den Schultern. Na, hoffentlich war es noch nicht zu spät!

Telefonisch hatte Barbara von Pogwisch von Doktor Sähn die Erlaubnis erhalten, die Freundin zu besuchen. Sie beabsichtigte, am Morgen hinüberzufahren, es kam jedoch anders. Mit der Post erhielt sie ein Schreiben aus der Stadt von der Kanzlei eines Advokaten. Darin wurde sie gebeten, sich dort umgehend in Erbschaftsangelegenheiten des Wassermüllers von Moorburg einzufinden. Nachdem Babs voll Staunen diese Aufforderung vorgelesen hatte, ließ sie den Briefbogen sinken und sah zu ihren beiden «Alten» hinüber.

Ihr Vater und Tove von Pogwisch tauschten einen ernsten Blick. Dann senkte Tantchen den Kopf und faltete die Hände vor ihrem Frühstücksteller. Sie blieb auch regungslos und ernst so sitzen, als Otto von Pogwisch sich seiner Tochter zuwandte und ihr lächelnd als Erbin gratulierte.

«Du wirst eine prächtige Wassermüllerin abgeben, Babs», schloß er, lehnte sich in seinem Stuhl zurück und lachte schallend. Aber es war keine von Herzen kommende Fröhlichkeit.

«Aber, Papa!» Babs war verwirrt, «du lachst ... und ich bin sehr traurig, daß mein guter alter Christoph ertrunken ist. Nun kann ich meinen Freund nicht mehr besuchen. Wassermüllerin! Ich nehme an, daß er mir einige von den schönen alten Sachen, die ich oft bewundert habe, vererbt hat.»

Da der Major diesen Morgen sowieso nach Alberg fahren mußte, fuhr Babs mit ihm gemeinsam zum Rechtsanwalt.

Dort erfuhren sie, daß der Wassermüller wohl um seinen Tod gewußt hatte, denn vor einigen Wochen hatte er beim Advokaten in der Stadt sein Testament hinterlegt. Seine Wohnung war nach seinem Verschwinden in ordentlichem Zustand vorgefunden worden, und auf seinem Schreibtisch hatte ein Blatt Papier gelegen mit der Nachricht, man solle nicht nach seinem Verbleib fahnden, da er nicht mehr unter den Lebenden weile, wenn man diese Zeilen fände. Seine sterblichen Überreste würden keine Mühe machen.

Christoph hatte Barbara von Pogwisch als Alleinerbin seines Besitzes eingesetzt; außer der Mühle und dem dazugehörigen Land waren ein kleines Barvermögen vorhanden und etliche wertvolle Gegenstände, alle säuberlich im Testament verzeichnet. Merkwürdig an dem Testament des Müllers war, daß er nur mit Christoph unterzeichnet und auf Befragen des Advokaten geantwortet hatte, einen Nachnamen habe er nicht. Auch könne er sein Alter nicht angeben und Papiere besitze er keine. Ordnungshalber hatte der Advokat darauf beim Gemeindevorsteher in Gnissen angefragt, und man hatte ihm mitgeteilt, daß der Wassermüller nur unter dem Namen Christoph, gebürtig in Moorburg, in einem 87 Jahre zurückliegenden Jahrgang der Gemeindelisten verzeichnet sei, ob es sich dabei um sein Geburtsjahr handle, sei nicht gewiß.

So wurde es Nachmittag, ehe Barbara, die stolze Erbin, nach Karlshöhe fahren konnte.

Frau von Trappen empfing sie liebenswürdig wie immer, jedoch hatte Babs es eilig, die Freundin zu sehen. Hilde verließ das Zimmer, als Barbara bei Jutta eintrat, eine Vase für die mitgebrachten Astern zu holen.

Nun erschrak Babs doch, als sie das schmale Gesicht, von wirren Locken umrahmt, auf dem Kissen sah. Doch Juttas Augen strahlten, als sie die Freundin erkannte.

«Wie lieb, Babs, daß du mich besuchen kommst!»

Babs neigte sich und küßte sie vorsichtig neben die Schramme auf die Stirn.

«Du Armes! Kannst du mir verzeihen, daß ich so häßlich und mißtrauisch war, als wir uns das letzte Mal sahen?»

Hilde brachte die Vase mit den Blumen zurück und verließ das Zimmer sofort wieder. Jutta wandte sich an die Freundin.

«Du konntest es ja nicht wissen; was soll ich dir denn verzeihen? Babs, ich bin so froh, daß du mir wieder gut bist. Mir ist der Kopf so wirr, und ich weiß gar nicht, wie alles werden soll!» Sie warf sich unruhig herum.

Babs nahm ihre Hand.

«So, nun aber Schluß mit der Quälerei! Wie es werden soll? Gut natürlich! Du bekommst deinen Ulrich, wie es sich für Liebende gehört. Wenn du mir versprichst, dich nicht mehr mit schlimmen Gedanken zu plagen, habe ich auch einen kleinen Liebesbrief für dich. Na?»

«O Babs, von Ulrich?»

«Ja, von wem denn sonst? Willst du dir also Mühe geben, nur an deinen Ulrich zu denken, und das andere getrost mir überlassen?»

«Dir?»

«Na ja, und dem Onkel Doktor und deinem netten Schwager. Wir werden schon aufpassen, daß dir niemand den Kopf abbeißt, da kannst du sicher sein.»

«Aber Vater?»

«O, das wird sich mit der Zeit schon festtreten, und Erich wird sich mit seinen Geldgeschäften trösten! So, nun lies mal deinen Brief!»

Beim Lesen röteten sich Juttas Wangen, und Babs schaute sie besorgt an. War es auch nicht zuviel für die Kranke? Doktor Sähn hatte ihr ans Herz gelegt, Jutta ja nicht aufzuregen.

«Es ist ja nur die Freude», erwiderte Jutta auf Barbaras besorgte Frage. «Er bemüht sich sehr, sich loszureißen, um bald herkommen zu können; anscheinend hat er viel zu tun.»

«Nun habe ich wenigstens die Telefonnummer seines nördlichen Hauptquartiers», bemerkte Babs. «Sein Brief kam heute morgen.»

«Bitte, ruf Hilde herein, Babs! Ulrich fragt, ob ich seinen Zettel erhalten habe, den er hier am Sonntag geschrieben hat. Er war hier, und ich wußte es nicht! Einen Zettel habe ich nicht erhalten.»

Hilde war sehr verlegen, als sie nach dem Verbleib des Zettels gefragt wurde. Die gnädige Frau habe gemeint, daß er das Fräulein zu sehr aufregen würde, und ...

«Es ist gut, Hilde, dann werde ich ihn wohl noch bekommen», erwiderte Jutta.

Du Unschuldslamm! dachte Barbara, man sollte diese Frau mal für fünf Minuten in die Eiserne Jungfrau klemmen ...

Jutta bat, die Astern auf den Nachttisch zu stellen, damit sie den Strauß immer sehen könne.

«Du, die habe ich im Malvenhausgarten für dich stibitzt; der leuchtet jetzt in den schönsten Farben. Bemüh dich, möglichst bald wieder auf die Beine zu kommen, damit du noch etwas von der Pracht zu sehen bekommst, es lohnt sich.»

Dann berichtete Babs von den umwälzenden Neuerungen in Moorburg, dem Durcheinander mit den Elektrikern, und es gelang ihr, Jutta ein wenig aufzuheitern. Doch plötzlich sprach Jutta von Lilys Tod und erkundigte sich, ob Barbara auch mitunter Blumen an die Gedenktafel stecke.

Babs lenkte von dem verfänglichen Thema ab. Doktor Sähn und sie waren sich einig, sich nichts von ihrem Wissen um Juttas Vorhaben anmerken zu lassen, weder ihr noch Ulrich gegenüber. Nur Joachim wußte darum, denn Doktor Sähn hatte es für richtig gehalten, den Hausherrn auf die Gefahr aufmerksam zu machen, in der Jutta immer noch schwebte.

Barbaras Geplauder hatte der Kranken sichtlich wohlgetan, und der Arzt war sehr zufrieden mit seiner «Komplizin», als er abends einen kurzen Besuch bei Jutta machte. Sie nahm an diesem Abend einige leichte Speisen zu sich. Meist war ihr träumerischer Blick auf die Astern aus dem Garten des Malvenhauses gerichtet. Nur wenn sie unten Ingeborgs Stimme hörte, zuckte sie zusammen. Wenn die Schwester durch den Türspalt zu ihr hereinschaute, stellte sie sich meist schlafend oder schüttelte auf Inges Fragen nach ihren Wünschen den Kopf. Sie fühlte sich einfach zu schlapp, um zu irgend etwas Stellung zu nehmen.

Im Jagdgalopp stürmte Barbara über die Stoppeln. Pluto schnaubte weiße Dampfwolken aus den Nüstern, denn der Morgen war herbstlich kühl. «Hopp!» rief sie und nahm eine niedrige Hecke. Im Schritt ritt sie das Kartoffelfeld entlang, wo die Tagelöhner, auf Säcken kniend, die ausgepuddelten Erdäpfel in Körbe sammelten. «Wo bleibt den Karl mit dem Wagen?» fragte sie einen älteren Mann.

Der zuckte die Achseln.

«Müßte eigentlich längst hiersein, unsere Körbe sind bald alle voll, Fräulein.»

Der Weg zum Gut führte am Moor entlang. Dort fand Babs den Kartoffelwagen ohne Karl. Die Pferde knabberten gelangweilt an der dürren Graskante des Weges. In einiger Entfernung sah sie eine Gruppe Männer zusammen im Torfstich stehen und auf den Boden starren. Im leichten Trab ritt Barbara durch das trockene Heidekraut auf die Gruppe zu. Karl sah ihr erschrocken entgegen, auch die anderen Köpfe fuhren herum.

«Fahren Sie!» rief sie Karl zu und deutete auf den leeren Wagen. «Die Leute draußen können die Kartoffeln nicht loswerden, und Sie stehen hier und schwatzen. Das hab ich gern!»

«Fräulein, es ist man ... da liegt wer drinnen.»

Und Karl trottete bekümmert von dannen.

Babs sprang vom Pferd.

«Was ist denn hier los?»

«Entschuldigen Sie, Fräulein, aber wir wußten nicht, ob wir da weitergraben sollen. Man gut, daß sie kommen; wir haben da nämlich was gefunden.»

Sie warf einem der Torfarbeiter die Zügel zu und sprang in die Grube hinab, in der einer der Leute auf dem Boden hockte und ratlos zu ihr aufsah.

Babs bückte sich.

«Mensch, das ist ja Haar!» rief sie aus und faßte vorsichtig das ihr aus dem Torfboden golden-rötlich entgegenschimmernde, etwas verfilzte Gespinst menschlichen Haupthaares an.

«Und auf der anderen Seite liegt ein Schuh, und ein Stück Zeug ist auch zu sehen», sagte der Mann in der Grube. Oben redeten die Leute aufgeregt durcheinander.

Mit klopfendem Herzen nahm Babs den Schuh in die Hand. Er war mit Torf verklebt, aber sie konnte erkennen, daß er eine altertümliche Form hatte; anscheinend primitiv aus dünnem Leder geschnitten, wurde er kreuzweise mit Riemen geschnürt. Außerdem entdeckte sie in der Torfmasse ein Stück braunes, grobgewebtes Wolltuch. Sie zupfte daran, doch der Torf hielt es fest; vielleicht war es ein ganzes Gewand? Dann entsann sie sich, einmal in der Zeitung von einem Fund im Moor gelesen zu haben. Man hatte einen menschlichen Körper gefunden, der Hunderte von Jahren darin gelegen hatte.

Der Maulwurf, durchfuhr es sie. Das war etwas für ihn! Ein triftiger

Grund, herzukommen. Die Arbeiter wunderten sich, daß ihre Herrin vergnügt mit der Rechten in den linken Handteller schlug. «Hier wird nicht mehr gegraben, Leute», rief sie, «arbeitet an der anderen Seite weiter. Das hier ist ein wichtiger Fund. Und daß mir niemand etwas anrührt! Kobalski, Sie haften mir dafür», wandte sie sich an den Vorarbeiter.

«Jawoll, Fräulein, wer' schon aufpassen!»

Na, der Maulwurf wird sich freuen, überlegte Babs, während sie auf dem Heideweg dahingaloppierte. Hoffentlich war es ein gut erhaltener Fund. Ob es ein Mann war, der da im Moor umgekommen war, oder eine Frau? Die Farbe des Haares erinnerte sie an Lily. Es durchschauerte sie. Wenn man Lily auch einmal so finden würde? Sie verdrängte den Gedanken, aber er kam zurück. Auch Jutta wäre fast im Moor ertrunken. Ob man ihr von dem Fund erzählen konnte? Vorläufig lieber nicht. Ulrich, der Nichtsahnende, würde es ihr vielleicht sagen. Mama und Tante Tove wollte sie mit der Neuigkeit verschonen. Papa mußte es wohl wissen, er würde bei seinen Ritten ohnehin darauf stoßen.

Sie waren bei Tisch, als Ulrich anrief.

«Wer ist am Telefon?» wollte Tantchen wissen.

«Ich weiß nicht!» rief Babs im Hinauslaufen.

Ulrich verstand nicht sofort, um was es sich handelte.

«Sie müssen lauter sprechen», schrie er.

Als er den Sachverhalt begriffen hatte, rief er:

«Das ist ja großartig! Irren Sie sich auch wirklich nicht? Sie machen doch keine Witze? Einen Moment mal, hier kommt gerade mein Chef.»

Einen Augenblick hörte Babs nichts, dann war Ulrichs tiefe Stimme wieder da.

«Noch mal, was haben Sie gefunden?»

«Haare, einen vorsintflutlichen Schuh und ein Stück Wollstoff steckt im Torf, rotblonde Haare, lange vermutlich», schrie Babs.

«Gut, das genügt. Achten Sie darauf, daß nichts verändert wird. Ich bin morgen da. Das haben Sie großartig gedeichselt, Fräulein Babs! Wie geht es Jutta?»

«Viel besser. Die wird sich freuen! Bringen Sie nur viel Zeit mit.»

«Werde mir Mühe geben. Bis morgen!»

Barbara legte erleichtert den Hörer auf. Der Major stand im Raum.

«Was schreist du denn, Babs?»

Sie klärte ihren Vater über das Nötigste auf. Er machte ein bedenkliches Gesicht.

«Du, das gefällt mir gar nicht.»

«Ja, Papa, ich weiß. Mama und Tante Tove dürfen nichts davon erfahren.»

«Daran dachte ich eben. Wir müssen Mama, besonders am Anfang, alles fernhalten, was sie an das Unglück erinnern könnte. Außerdem bin ich immer dafür gewesen, den Toten ihre Ruhe zu lassen. War es denn nötig, daß du Doktor Stauffenbiel gleich alarmiertest?»

«Ich habe meine Gründe dafür, Papa.»

«Geheimnisse, mein Mädel?»

«Nein, ich nicht, aber andere.»

«Dann will ich nicht weiter fragen; Geheimnisse anderer Leute soll man respektieren. Und schließlich ist dem jungen Forscher ein Erfolg zu gönnen. Laß Mimi im Malvenhaus gleich nach dem Rechten sehen!»

Aus dem kleinen Handspiegel, den Hilde ihr gebracht hatte, blickte Jutta ihr eigenes Antlitz fremd entgegen. Was so ein paar Tage Fieber ausmachten! Die Augen waren übergroß und beherrschten das bleiche Gesicht. Der Mund schwachrosa, wie die vom Morgenrot matt beleuchteten Schwingen der Möwe. Und das Haar war glanzlos und strähnig. Traurig ließ sie den Spiegel sinken ... Das Moorwasser des Sees! ... Einen Augenblick wollte der Schrecken wieder in ihr hochsteigen, doch unterdrückte sie ihn tapfer.

«Hilde, reiben Sie mir bitte das Haar mit Kölnisch Wasser ab. Waschen ist wohl noch verfrüht?»

«Gewiß, Fräulein Dewitz.» Hilde nahm die kleine provisorische Kopfwäsche vor. Dann half sie Jutta auf den Stuhl, um das Bett zu ordnen. Wie schwach und kraftlos Jutta war! Immer noch zeigte das Thermometer Fieber an, und ihre Hände zitterten. Unangenehm war auch jener sirrende Ton in ihren Ohren, der sie besonders nachts, wenn alles ruhig war, störte.

Der frische Duft des Kölnisch Wassers hatte ihr gut getan. Als es an die Tür klopfte und Joachim hereinkam, fühlte sie sich besser.

«Nun, Jutta, wie geht es dir?»

«Danke, Jochen, ich gebe mir Mühe, schnell wieder gesund zu werden. Es ist mir so peinlich, euch Kummer gemacht zu haben.»

«Pst! Fängst du schon wieder an? Hör mal, ich habe da einen Brief für dich, aber ich will dich lieber erst fragen, ob du ihn lesen magst. Ob du den schon vertragen kannst? ... Du brauchst nicht! Von Erich ist er. Ich wollte ihn nicht einfach unterschlagen.»

Da er aber ihren ängstlichen Blick gewahrte, ließ er den Brief schnell wieder in die Tasche gleiten. Bekümmert strich er ihr über das Haar.

«Na, na, hättest wohl lieber einen von dem richtigen Schatz gehabt, was? Aber vielleicht taucht er selber bald in ganzer Größe auf! Was meinst du dazu?»

«Ach, Joachim, das wäre zu schön! Darf er denn zu mir kommen?» fragte Jutta verwundert.

«Wenn der Doktor es erlaubt? Ihr wollt euch ja unbedingt heiraten, nicht? Dann sehe ich keinen Grund, weswegen du den Herrn nicht an deinem Bett empfangen kannst.»

«Aber Inge wird es gewiß nicht recht sein!»

«Das laß nur meine Sorge sein.»

«Ich weiß gar nicht, wie ich dir danken soll, daß du uns aus der Patsche hilfst!»

«Wieso ich? Wenn schon jemand Dank gebührt, dann unserem guten alten Sähn und deiner famosen Freundin Barbara.»

«Das weiß ich wohl, aber auch du, es ist doch ...»

«Quatsch! Du sollst dich nicht wieder aufregen», unterbrach Joachim sie, «das kommt schon alles in Ordnung. Wart's nur ab.»

«Wann kommt Ulrich?» wollte Jutta wissen.

«Vielleicht Weihnachten», lachte Joachim und verließ das Zimmer.

Übermorgen hatte sie Geburtstag. Ulrich wußte das nicht, aber es wäre die schönste Überraschung, käme er gerade an diesem Tag.

Joachim fand seine Frau im Wohnzimmer vor dem Fenster. Sie wikkelte die Gardinenschnur um ihren Zeigefinger, ließ sie wieder abrollen und sah dabei in die rosigen Wölkchen des Abendhimmels. Als sie die Schritte ihres Mannes hörte, wandte sie sich um. «Vater hat vorhin angerufen, sich nach Juttas Befinden erkundigt und mir mitgeteilt, daß er und Erich, der gestern zurückgekommen und sehr besorgt um seine Braut ist, übermorgen, also zu Juttas Geburtstag, mittags mit dem Auto hier eintreffen werden.»

Ach, du Donnerwetter! fluchte Jochen im stillen und war froh, daß er Jutta den Eilbrief nicht ausgehändigt hatte.

«Das kommt überhaupt nicht in Frage, Inge. Doktor Sähn hat mir ans Herz gelegt, jede Aufregung von Jutta fernzuhalten.»

«Aufregung, wenn ihr Vater sie besuchen kommt?»

«Liebe Inge, ich habe bisher zu all diesem geschwiegen, aber zwinge mich nicht, deutlicher zu werden. Es könnte dir sehr unangenehm sein. Mir liegt es keineswegs, mich in eure Familienangelegenheiten einzumischen. Doch ich dulde nicht, daß man in meinem Hause ein junges Menschenkind zur Verzweiflung treibt, auch von meiner Frau nicht. Jutta steht unter meinem Schutz.»

Ingeborg starrte ihren Mann fassungslos an, so hatte sie ihn noch nie erlebt.

«Aber Joachim, wie kommst du denn auf solche Ideen? Zur Verzweiflung treiben, ich bitte dich! Wer treibt Jutta ...»

«Soll ich es dir genau erklären? Ich glaube, es ist besser, wenn wir eine

Depesche aufgeben, die erklärt, daß der Arzt es für gefährlich hält, wenn Jutta jetzt Besuch bekommt, nun?»

«Tu, was du für richtig hältst! Vater wird sich aufregen.»

Damit ging sie raschen Schrittes zur Tür.

11

Anderntags schien es, als seien in der Nacht die großen weißen Haufenwolken auf die Landschaft heruntergesegelt; lautlos, von niemandem bemerkt, hatten sie ihr lockeres Gespinst zwischen die an den Rändern schon welken Blätter von Baum und Strauch gedrängt. Bleiern, von keinem Lüftchen bewegt, verharrte der Nebel, eine zähe, träge Masse.

Die Hofuhr auf dem Karlshöher Pferdestall sandte elf gedämpfte Glockenschläge durch das lastende Grau-Weiß. Durch die Allee fuhr der graue Wagen Ulrich Stauffenbiels langsam mit aufgeblendeten Scheinwerfern. Federvieh stob gackernd zur Seite.

Vor dem weißen Haus erloschen die Scheinwerfer, die Autotüren flogen auf, Barbara und Ulrich stiegen steifbeinig aus dem Wagen. «Hals- und Beinbruch!» murmelte Barbara. Dann steigen sie die Treppe zum Haus hinauf.

Hilde, die erstaunt und fragend dreinschaute, bat die Besucher ins Zimmer des Hausherrn.

«Ich sage der gnädigen Frau Bescheid, der Herr ist nach Gnissen gefahren.»

«Am besten gehe ich einstweilen dort hinein», sagte Babs und deutete auf die offene Tür zum Nebenzimmer. Ulrich nickte.

Die Standuhr mit bunt bemaltem Zifferblatt tickte langsam und bedächtig; unentwegt schwang das Pendel hin und her, die Zeit messend. Ulrich wandte den Blick von der Uhr ab und betrachtete die Geweihe von Rot- und Rehwild an der Wand.

In die Stille des Wartens hinein schrillte das Telefon auf dem Schreibtisch, und gleich darauf eilte Hilde herbei.

«Die gnädige Frau wird gleich kommen», sagte sie, dann nahm sie den Hörer ab und meldete sich:

«Herrenhaus Karlshöhe ... Ein Telegramm? Einen Moment.»

Sie nahm Schreibblock und Bleistift.

«Ja? Diktieren Sie, bitte! Ich wiederhole: Telegramm erhalten ... ankommen trotzdem morgen mittag ... Vater. Stimmt das? ... Gut, danke ...»

In der Tür zur Halle stand Frau von Trappen. «Was ist, Hilde?»

«Ein Telegramm für Sie, gnädige Frau. Sie meinten auf dem postamt, es käme schneller per Telefon an, als wenn sie den Boten im Nebel mit dem Rad herschicken würden.»

Sie reichte Ingeborg den Zettel und verließ den Raum.

Ihre Hand zitterte, als sie das Papier auf den Schreibtisch zurücklegte; dann sah sie Ulrich an.

«Herr Doktor Stauffenbiel, was wünschen Sie?»

«Ich möchte Ihrem Fräulein Schwester meine Aufwartung machen, um mich persönlich von ihrem Befinden zu überzeugen.»

«Es dürfte Ihnen bekannt sein, daß meine Schwester krank ist und keinerlei Besuch empfangen darf.»

Ulrich stand mitten im Zimmer und sah der Frau unentwegt in die gletscherblauen Augen. Er war zuvor von Babs und telefonisch von Doktor Sähn über das Nötigste informiert worden.

«Zufällig hörte ich eben, wie Ihr Mädchen das eingegangene Telegramm aufnahm. Sie wissen genau, gnädige Frau, daß der angekündigte Besuch Jutta mehr schaden würde als meine Gegenwart», sagte er mit unbewegtem Gesicht.

«Mit welchem Recht erlauben Sie sich, in das Geschick meiner Schwester einzugreifen, sie nach dieser Erkrankung von neuem zu beunruhigen; mit welchem Recht?» fragte Inge hochaufgerichtet.

«Mit dem Recht des Mannes, der in Kürze Ihre Schwester zu seiner rechtmäßigen Frau machen will. Genügt Ihnen das?»

Ingeborg verzog das Gesicht:

«Das ist einfach absurd, da meine Schwester den Bankdirektor ...»

Ulrich unterbrach sie, nun doch heftig werdend.

«Wollen Sie Ihre Schwester mit Gewalt unglücklich machen? Das ist ja geradezu mittelalterlich, was Sie Jutta antun wollen. Wenn Sie nicht verhindern, daß Jutta morgen jenen Besuch erhält, zwingen Sie mich, Maßnahmen zu ergreifen, die verhindern werden, daß die Kranke völlig zusammenbricht.»

«Herr Doktor Stauffenbiel, es gibt Gesetze! Jutta ist unmündig, das sollten Sie wissen.»

«Ah, daher weht der Wind. Ja, meine Gnädigste, es gibt Gesetze, aber es gibt auch Gesetze der Menschlichkeit, so etwas wie inneren Anstand. Sie aber treten all diese ungeschriebenen Gesetze mit Füßen. Ich glaube, wir haben uns nichts mehr zu sagen.»

Ein Geräusch ließ ihn herumfahren. Barbara von Pogwisch trat gelassen herein. Dicht vor Ingeborg von Trappen blieb sie stehen, von Kopf bis Fuß in Schwarz gekleidet, schlank und ebenso groß wie die blonde Frau vor ihr. Mit zusammengezogenen Brauen sah sie in die blauen Augen, so lange, bis jene die Lider senkte.

«Daß Sie sich nicht schämen, daß fremde Menschen sich schützend vor das arme, kranke Kind stellen müssen, das Ihre leibliche Schwester ist! Pfui!»

Wie ein Peitschenschlag knallte das «Pfui» direkt in das bleiche Gesicht Frau von Trappens. Darauf schloß sich die Tür hinter Barbara und Ulrich.

Zwei Minuten später hielt Ulrich Stauffenbiel das leichte Figürchen Juttas an sein Herz gepreßt.

Babs rief nach Hilde, worauf im Krankenzimmer eine fieberhafte Tätigkeit begann. Koffer wurden vom Schrank geholt, Schubladen aufgerissen, Wäsche und Kleider, Schuhe und Toilettengegenstände kunterbunt in die Koffer gestopft. Am Fenster saß Ulrich und hielt seine Liebste, in eine Wolldecke gehüllt, auf dem Schoß. Sie hatte ihren Kopf an seinen Hals geschmiegt, und Ulrich spürte die heißen Tränen der Freude.

«Hilde, Sie müssen mitkommen», ordnete Barbara an, «Fräulein Dewitz hat Ihre Pflege nötig.»

«Ich würde ja gern ganz bei dem Fräulein bleiben, aber die gnädige Frau ...»

«Sie sind doch nicht mit Frau von Trappen verheiratet? Na also! Ihre Sachen holen wir morgen ab, dazu haben wir jetzt keine Zeit.»

Barbara und Hilde schafften die Koffer hinunter, und Ulrich trug Jutta auf den Armen aus dem Haus.

«Setzen Sie sich mit Jutta nach hinten, ich fahre!» bestimmte Barbara. Ulrich hatte Bedenken, ob sie mit dem großen Wagen auch fertig würde, aber Babs behauptete, sie habe auf der Herfahrt gut aufgepaßt, sie könne es bestimmt.

Schwach umrissen und geisterhaft huschten Baumstämme an den Fenstern vorbei, und Ulrich fragte, warum sie um alles in der Welt diesen schwierigen Waldweg wähle, die Landstraße sei doch entschieden günstiger.

«Passen Sie nur auf Jutta auf, sonst wird sie Ihnen doch noch geklaut», gab Babs zurück, und der Wagen hüpfte über ein niedriges Hindernis. Zweige rauschten über das Verdeck, dann stand er still.

«Ach du liebe Zeit», rief Hilde, «jetzt sitzen wir fest!»

«Richtig! Holen Sie mal die Koffer heraus; denn jetzt wird marschiert», grinste Babs und stellte den Motor ab.

«Man soll sich eben der Führung einer Frau nie anvertrauen», brummte Ulrich; dann hob er Jutta aus dem Wagen.

«Kommt nur, wir sind schon richtig», ermunterte Babs die Zögernden. Nach wenigen Schritten hoben sich die Umrisse der Wassermühle aus dem Nebel ab.

«Aber, Babs, was bedeutet das?» erkundigte sich Jutta.

«Das bedeutet, daß du hier eine Zeitlang residieren wirst, bis sich die Gemüter beruhigt haben. Nun schnell ins Haus mit dir!»

Antons Gestalt wurde im Nebel sichtbar; er nahm die Koffer wie ein Kinderspielzeug unter den Arm.

In Christophs Wohnzimmer knisterte ein gemütliches Feuer in dem offenen Herd. Ulrich und Jutta fragten fast wie aus einem Munde, wo denn Christoph stecke.

«Gleich», sagte Babs kurz und verschwand mit Anton und Hilde im oberen Stockwerk. Vor dem Feuer saßen Ulrich und Jutta und sahen sich stumm und glücklich in die Augen. Juttas Stirn war mit Schweißtropfen bedeckt, ein Zeichen der Schwäche, und Ulrich, der es bemerkte, legte sie auf das alte Roßhaarsofa und wickelte sie fürsorglich in die Bettdecke ein.

Als Barbara zurückkam, sahen sie zwei Augenpaare fragend an.

«Meine Lieben, ich muß euch jetzt die traurige Mitteilung machen, daß Christoph nicht mehr lebt.»

«Ich habe es geahnt, er ist ertrunken», sagte Jutta mit schwacher Stimme. Ihre Augen blickten in die Ferne, in jenes Reich, das sie eine kurze Zeitspanne lang erlebt hatte und dessen Wesen sie zuweilen noch bedrängten. Sie glaubte, diese Alpträume seien die Strafe dafür, daß sie ihrem Leben hatte ein Ende setzen wollen. Sie sah ihren vor Glück strahlenden Liebsten an, und die Reue über ihr Vorhaben packte sie. Sie wandte sich Babs zu und sagte:

«Christoph hat es gewußt. Du entsinnst dich, daß ich dir einen Gruß von ihm ausrichten sollte? Er war so sonderbar, als ich das letzte Mal bei ihm war. Ist es am Sonnabend geschehen?»

«Wie merkwürdig, daß du das so genau weißt.»

Jetzt entsann sich auch Ulrich des Zwischenfalls, und er erzählte, wie Jutta dem Wassermüller, kurz bevor sie sich ins Wasser fallen ließ, gewinkt hatte, und er selbst hatte nichts als die krummen Uferweiden bemerkt. Aber er meinte, sie sollten doch lieber von freundlicheren Dingen reden.

«Wer aber hat all das viele schöne Obst geerntet?» wollte Jutta wissen.

«Ich», sagte Babs, «stellt euch vor, Christoph hat mich als Alleinerbin seines ganzen Besitzes eingesetzt. Du bist also mein Gast, Jutta.»

Zuerst waren die beiden sprachlos, dann gratulierten sie Babs zu ihrer neuen Würde als Wassermüllerin, und Ulrich konnte es nicht lassen, Barbara drollige Vorschläge für zusätzliche Nebeneinkünfte zu machen. Die Idee, eine Schnapsbrennerei zu eröffnen, gefiel ihr am besten.

«Übrigens, Jutta», sagte Babs, «du wirst dich während deiner Genesungszeit in der Mühle nicht langweilen. Du findet hier sehr viele interessante und seltene Bücher. Ich hatte noch keine Zeit, alles durchzusehen. Gestern bin ich nur kurz mit Mimi hiergewesen, um zu sehen, ob sich die Mühle als Krankenhaus eignet, da ich mir über das Verhalten der Gnädigen in Karlshöhe keinerlei Illusionen gemacht habe. Du mußtest Karlshöhe so rasch wie möglich verlassen, denn du konntest in dieser Atmosphäre nicht gesund werden.»

Bei diesen Worten warf Babs Ulrich einen Blick des Einverständnisses zu; sie hatten Jutta den morgen bevorstehenden Besuch in Karlshöhe verschwiegen.

«Hier in der Wassermühle wird dich niemand finden, Moorburg ist für eine Kranke im Augenblick nicht der richtige Aufenthalt, weil wegen der Installation der elektrischen Anlage ein riesiges Durcheinander herrscht. Und bei dem junggeselligen Maulwurf ist wohl auch nicht der passende Aufenthalt für dich. Dies erschien mir als einzig richtige Lösung. Gestern habe ich Anton schon informiert, und nun bereiten die beiden da oben ein molliges Nest für dich.»

«Liebe Babs, du bist wie die gute Fee im Märchen», sagte Jutta gerührt, «wie sollen wir dir das nur vergelten?»

Mit der Teedose in der Hand vor dem kochenden Wasserkessel stehend, erwiderte Babs: «Indem ihr künftig recht oft an den Schwarzsee kommt. Es war nur Egoismus von mir, euch zu helfen; was dachtet ihr denn? Sag mal, Jutta, wieviel Tee nimmt man für einen Topf Wasser? Ich habe wenig Ahnung vom Kochen.»

«Nimm mal eine Kanne, gib fünf Teelöffel Tee hinein, und schütte das kochende Wasser darüber.»

Während Babs den Tee zubereitete und Tassen aus dem Schrank holte, sagte Ulrich zu Jutta:

«Sie hat noch mehr fertiggebracht, als du weißt, aber das erzähle ich dir später.»

«Damit wäre der Beweis erbracht, daß ein Wiesenfrosch auch ein nützliches Tier ist, mindestens ebenso nützlich wie ein Maulwurf, nur weniger Anstoß erregend ...» erwiderte Babs lachend.

Über ihnen war Geschiebe und Gestampfe zu vernehmen, und die Petroleumlampe schwankte leicht. Barbara setzte sich mit ihrer Teetasse zu Jutta aufs Sofa.

«So, Herzchen, das hätten wir geschafft! Hoffentlich entbrennt nun deinetwegen nicht ein zweiter Trojanischer Krieg! Was meinen Sie, Herr Paris?»

«Ich meine, wenn ich schon Paris sein soll, so geben Sie mit Ihrer Unkerei eine vorzügliche Kassandra ab.»

«Nee, das ist nun das Allerletzte; dieses Tränentier Kassandra will ich nicht sein; dann schon lieber Hektor. Wir geben unsere Helena nicht wieder her, was? Laß den... na, wie hieß er doch noch, der eingebildete Adonis?»B

«Achilles?»

«Ja, der! Laß den nur kommen! Dem will ich schon mit dem Kartoffelschälmesser in die Hacken pieken, beziehungsweise in die Autoreifen.»

Jutta und Ulrich lachten.

Später meinte Ulrich, daß Barbaras Wunsch, sie häufig zu sehen, wohl in Erfüllung gehen könne. Wenn alles erst einmal geregelt sei, habe er vor, sich mit ihrer Tante in Verbindung zu setzen und mit ihr über den Kauf des Malvenhauses zu sprechen, damit Jutta und er den Sommer am Schwarzsee verbringen könnten.

Barbara sprang vor Freude auf und umarmte Jutta.

«Das wäre mehr, als ich erhofft habe. Aber es ist nicht sicher, daß Tantchen das Haus verkaufen wird, verpachten ja.»

Er würde es lieber kaufen, erklärte Ulrich, da er einige bauliche Veränderungen daran vornehmen möchte, und er sprach mit ihnen darüber, wie er es sich gedacht hatte.

«Auf Moorburg aber noch nichts verraten», schloß er, «erst mal muß Jutta auch offiziell frei sein. Und was die Dankbarkeit Ihnen gegenüber betrifft, so wird sich schon einmal eine Gelegenheit bieten, diese in die Tat umzusetzen.»

Dann kam Hilde herunter und meldete, das Nest für die Kranke sei bereitet. Bald lag Jutta etwas erschöpft und fiebrig in dem großen, einem Kahn ähnlichen Bett.

Nachdem sie die Kranke versorgt hatten, setzten sich Barbara und Hilde zusammen, um Haushaltsangelegenheiten zu besprechen. Ulrich, der Doktor Sähn am nächsten Tag in Gnissen aufsuchen wollte, bekam eine lange Einkaufsliste für den Krämer ausgehändigt.

Spät am anderen Morgen weckte Jutta ein regelmäßig klapperndes Geräusch. Sie konnte sich nicht erinnern, wo sie sich befand. Über die blau-weiß gewürfelte Zudecke blickte sie zur Wand. Ihre Augen wanderten zu den schwarzen Deckenbalken. Da war das Geräusch wieder! Das Mühlrad! Plötzlich fiel ihr alles wieder ein. Wohlig reckte sie sich, sie hatte das erste Mal nach langer Zeit durchgeschlafen. Auch das Sirren in ihren Ohren war fort. Sie fühlte, daß sie hier, in der Obhut von Hilde und Anton, schnell genesen würde.

Und so war es auch. Ihren Geburtstag konnte sie schon unten in Christophs Stube feiern. Um den großen, runden Tisch saßen Ulrich, Doktor

Sähn, Barbara und Jutta auf dem Sofa. Und dann kam die große Überraschung: Joachim von Trappen trat ein und küßte die verwirrte Jutta auf beide Wangen. Dann stellte er eine große Zwetschgentorte auf den Tisch.

«Mit einem schönen Gruß von Inge.»

Auf Juttas drängende Fragen berichtete er, daß seine Frau gestern abend zu ihrem Vater gefahren sei, um ihn über die veränderte Lage aufzuklären und ihn zu trösten. An Erich müsse Jutta selber schreiben.

«Jochen, wie ist es möglich, daß Inge ...»

«Nimm an», unterbrach Joachim sie, «ich hätte ihr vorgehalten, daß sie aus einer Mücke einen Elefanten gemacht hätte, und sie gebeten, diesen Elefanten in eine Mücke zurückzuverwandeln.»

«Ich will doch nicht hoffen, Joachim, daß meinetwegen Streit zwischen euch gewesen ist?»

«Mach dir darüber keine Gedanken. Aber nun kommt mein Geburtstagsgeschenk!»

Er zog eine Fotografie aus der Tasche und gab sie Jutta.

«Dein Liebster war gestern abend bei mir und erzählte, ihr wolltet die Sommerferien im Malvenhaus verbringen. Da dachte ich mir, du könntest ein Pferd brauchen. Vorerst kann die kleine Farida bei ihrer Mutter Fatme im Karlshöher Stall bleiben. Später, wenn ihr hier seid, wird Fräulein Babs wohl einen Stand freihaben.»

«Klar!» rief Barbara. «Mensch, Jutta, du sagst ja gar nichts zu diesem fürstlichen Geschenk!»

Jutta war sprachlos und betrachtete entzückt das Foto, dann erhob sie sich und fiel ihrem Schwager um den Hals.

Nachdem die Gratulanten gegangen waren, nahm Ulrich Jutta auf den Schoß. Sie saßen in Christophs Sessel vor dem flackernden Feuer. Der Flammenschein spiegelte sich, wenn er über die dunklen Wände geisterte, in den blanken Geräten: die Kante des Messingmörsers, die Tülle einer Zinnkanne oder der Rand eines Kupfertellers. Manchmal blinkten auch der Goldschnitt eines Buches und die Schließe eines Folianten auf. Der Wasserkessel auf den heißen Herdsteinen summte leise, und dazu zirpte das Heimchen hinter dem Rauchfang.

Jutta genoß das Glück der Geborgenheit im Arm ihres Verlobten. Plötzlich richtete sie sich auf.

«Wieso konntest du eigentlich herkommen, mitten in der Woche?»

«Das hat Barbara von Pogwisch zustande gebracht. Sie hat nämlich im Torf eine Moorleiche entdeckt und mich alarmiert. Daraufhin hat mein Chef mich sofort hergeschickt.»

Erschrocken ließ Jutta ihren Kopf an Ulrichs Schulter sinken ...

Moorleiche! An Lily dachte sie und daran, daß sie selbst beinahe in die unheimliche Welt des Nöck hinabgetaucht wäre.

«Wann ist denn dieser unglückliche Mensch ins Moor ... », flüsterte sie.

Ulrich streichelte beruhigend ihr Haar und erzählte von dieser Frau, welche der Kleidung nach etwa 1600 Jahre im Moor gelegen haben mochte. Ein großartig erhaltener Fund. Diese Frau, die einst hier am Schwarzsee gelebt hatte, würde nun in einem Glassarg im Museum ausgestellt werden. In einigen Tagen seien er und seine Helfer mit den Vorbereitungen fertig.

«Aber nun wollen wir uns erfreulicheren Dingen zuwenden», schloß er.

Sie schmiedeten Zukunftspläne. An einem Wochenende wollte Ulrich sie abholen, um nach einem gemeinsamen Besuch bei Juttas Vater zu seiner Mutter zu fahren, bei der sie bis zur Hochzeit bleiben sollte.

Anderntags setzte sich Jutta an Christophs Schreibtisch und schrieb einen Abschiedsbrief an Erich. Es fiel ihr jetzt leichter, an ihn zu schreiben, als in der Zeit, da sie offiziell noch seine Braut war, in Wirklichkeit aber schon einem andern gehörte. Und doch tat es ihr leid, wenn sie bedachte, daß sie ihr Glück auf dem Kummer dieses gütigen Mannes aufbaute, der jetzt einsam zurückblieb.

In den letzten gemeinsamen Tagen in der Wassermühle forschten sie gemeinsam mit Barbara in Christophs Bücherbestand. Doktor Stauffenbiel war fasziniert, was sich in der alten Mühle an Schätzen fand.

«Sagenhaft», rief er, «so etwas liegt hier herum und gehört von Rechts wegen in ein Museum!»

«Das könnte Ihnen so passen», fuhr Babs hoch, «die kommen in die Moorburger Bibliothek, wo sie hingehören.»

Und damit sagte sie unbewußt die Wahrheit.

«Sehen Sie her!» Sie hob die alte Moorburger Chronik hoch. «Drei Bände sind das! Wir haben nur einen, den mein Urgroßvater Hinrich von Pogwisch angelegt hat ... Aber wie kommt Christoph nur zu den Büchern? Und dann diese Topographien schleswig-holsteinischer Güter! Was sollen die in Berlin, bitte. Oder hier die dänisch geschriebenen uralten Werke, die in Kopenhagen verlegt wurden. Nein, Doktorchen, die gehören Barbara Pogwisch!»

Tags darauf brachte sie die Bücher wieder auf den Moorburger Hof, ihrem ehemaligen Standort. Aber Stauffenbiel hatte auch noch andere Bücher gefunden, deren Vorhandensein ihn bei einem Müller verwunderte. Und als er Doktor Sähn unterwegs auf dem Wege zu einem Kranken traf, hielt er ihn an und fragte den alten Herrn, ob er Christoph früher schon gekannt habe, da er doch hier in der Gegend ansässig sei.

Der alte Arzt nickte. «Natürlich. Warum fragen Sie?»

Ulrich berichtete von jenen Büchern.

«Das ist mir bekannt. Ich habe sogar mitunter in diesen Büchern in der Wassermühle gelesen.»

Auf Stauffenbiels Frage, wer Christoph gewesen sei, antwortete er, er habe kein Recht, darüber zu sprechen. Der verstorbene Müller habe seine Vergangenheit sozusagen begraben und ihn seinerzeit gebeten, sie nicht wieder hervorzuholen. Darauf sagte Ulrich dem alten Arzt, Christoph sei Akademiker gewesen.

«Gute Reise!» rief Doktor Sähn nur.

Abends sprachen Ulrich und Jutta über Christoph. Sie saßen vor den Flammen des offenen Herdes in der Stube. Der Kater lag nicht mehr auf dem Herd, am Tage nach Christophs Verschwinden hatte ihn Anton tot auf dem Sofa gefunden.

Ulrich erzählte Jutta von dem Gespräch mit dem alten Arzt.

«Er ist nicht nur Akademiker gewesen, Ulrich. Er war auch noch etwas anderes. Weißt du, was ich meine?»

Ulrich nickte.

«Wann hat sich dir dieser Schleier gelüftet, den der Müller über seine Persönlichkeit gebreitet hatte?»

«Als ich hörte, daß er Babs als alleinige Erbin eingesetzt hat. Seltsam ist nur, daß die Pogwischs nicht selber auf den Gedanken kommen, finde ich.»

«Wer sagt dir, daß er ihnen nicht doch gekommen ist? Sicher werden sie ihn beiseite schieben.»

«Meinst du das? Beiseite schieben? Ich bin dessen nicht so sicher. Sie werden ihn nur nicht laut werden lassen. Nicht einmal voreinander.»

Zur selben Zeit saß Tove von Pogwisch im Gartensaal und betrachtete eine vergilbte Fotografie, die Barbara in Christophs Kommode gefunden und der Großtante gebracht hatte.

«Ich finde, dieser freundliche Mann sieht Urgroßvater ähnlich, ist er das?» hatte Barbara gesagt, als sie ihr das Bild überreichte.

«Ja, das war er.»

Und als Barbara fragte, wie Christoph dazu käme, zuckte sie nur mit den Schultern.

Jetzt, allein, sah sie das Bild wieder an.

«Far!»* murmelte die alte Frau und dachte plötzlich wieder dänisch.

Ihre runzlige Hand strich über das Bild ... Hinrich Pogwisch, ja, er war ihr ein Vater gewesen. Sie ließ das Bild sinken und blickte aus dem

* Vater

Fenster über den abenddunklen Garten hin. Dort war sie einst am Arm des eleganten jungen Diplomaten Jürgen Pogwisch klopfenden Herzens zum Moorburger Haus hinausgeschritten. Und Hinrich Freiherr von Pogwisch-Rentorff hatte sie mit eisiger Miene als Schwiegertochter abgelehnt, sie, eine Dänin … aber nur zwei Tage lang. Oder war es nur ein Tag gewesen? …

Und Christoph war nun auch tot, der ihr einmal das Leben gerettet hatte. Sie war ihm nie wieder begegnet, diesem vornehmen und seltsamen Menschen. Ihr Jürgen hatte ihn verabscheut … Christoph mit der Pogwischnase … aber Otto von Pogwisch hatte seinen Töchtern erlaubt, ihn zu besuchen.

Nach Ulrichs Abreise fühlte sich Jutta mitunter doch noch recht schwach. An einem blau-goldenen Herbsttag hatte Hilde sie auf einem alten Liegestuhl warm eingepackt. Sie sah Anton zu, der das Land umgrub, und hörte das Klacken der herunterfallenden Walnüsse. Darüber schlief sie ein.

Eine Wiesenlandschaft tauchte aus dem Nebel ihres Bewußtseins. Sie sah sich selbst in dieser Landschaft stehen, ihr zur Seite zwei Ritter, und hinter ihr überragte der Erzengel mit dem Flammenschwert die Gruppe! Die beiden Ritter aber waren Barbara und Ulrich.

Die Moorburger hatten keine Ahnung von den Vorfällen in Karlshöhe. Babs hatte nur erwähnt, daß Jutta krank geworden sei. Als Ulrich zurückkam, Jutta endgültig zu sich zu holen, traf auch Barbara in der Wassermühle ein. Während Jutta ihre Habseligkeiten zusammenpackte, erschien die Mühlenbesitzerin unten in der Küche, wo Anton und Hilde beim Nachmittagskaffee saßen.

«Ich bin mit Ihnen sehr zufrieden, Anton», wandte sich Barbara an den Müllergesellen. «Sie müssen sich aber jetzt entscheiden, ob Sie Ihr altes Wanderleben wieder aufnehmen oder lieber hier in der Mühle bleiben wollen.»

Antons Stimme war rauh, als er nach einer Weile des Nachdenkens sagte:

«Wohl, ich will schon hierbleiben … aber nur, wenn die da bei mir bleiben will.» Er deutete mit einer Wendung des Kopfes nach der errötenden Hilde hinüber.

Als die Freiin von Pogwisch die Küche verließ, blieb ein glückstrahlendes Paar zurück – soweit man bei Anton von Strahlen reden konnte.

«Pächter, Anton, wir werden Pächter sein und keine Dienstboten mehr!»

Hilde fiel Anton um den Hals.

Im Moorburger Herrenhaus wurde Jutta wie einem vom Tod Auferstandene begrüßt. Tantchen Exzellenz fragte besorgt, ob sie nun auch ganz gesund sei. Dann zeigte die alte Dame Jutta stolz die Stehlampe hinter ihrem Sessel am Kamin, und Frau Beate berichtete von der großartig gelungenen Überraschung, als sie von der Reise abends zurückgekommen sei und ein hellerleuchtetes Haus vorgefunden habe. Sodann fragte sie, unkundig der neuen Verhältnisse, wann Juttas Hochzeit nun stattfinden solle.

«So bald wie möglich», Jutta blinzelte der Freundin zu.

Gleich darauf meldete Mimi Doktor Stauffenbiel. Tantchen und Frau Beate sahen sich erstaunt an, und Babs verschluckte sich an ihrem Kuchen vor Lachen über ihre entsetzten Gesichter, als Jutta ihrem Verlobten in die ausgebreiteten Arme lief.

Nachdem Otto von Pogwisch die Situation geklärt hatte, hob Tantchen ihren Stock gegen Jutta.

«Du bist doch eine hinterlistige Pige*, davon hab ich ja gar nichts gewußt!»

Über die Weiden trabte Pluto mit seiner schlanken, schwarz gekleideten Herrin. Sie spähte zur Landstraße hinüber, die von Moorburg nach der Chaussee führte. Dort tauchte an der Wegbiegung ein grauer Wagen auf. Barbara setzte das Pferd in Galopp, um den Insassen noch einen letzten Gruß zuzuwinken, aber der Wagen war schneller als Pluto. Als Barbara am Hecktor zu Boden sprang, war das Auto schon vorbei, und sie sah es in einer Staubwolke entschwinden.

Traurigkeit überschattete das frische Gesicht des Mädchens, als sie, regungslos am Gatter lehnend, hinterdrein blickte, bis ihr die Augen brannten und Plutos Maul sanft ihre Schulter berührte. «Ja, ja, mein Pluto, du bist auch noch da», murmelte Babs und legte einen Augenblick die Stirn an den Hals des Wallachs, der leise schnaubte. Dann richtete sie sich mit einem Ruck auf, sprang in den Sattel und jagte auf eine Haselhecke zu. Das Pferd brach mit zwei Sätzen durch die schütteren Ruten. Rauschend schlossen sie sich hinter Roß und Reiterin.

* dänisch: Mädchen

Zweiter Teil

Barbara

I

Die Erscheinung der jungen Sängerin wirkte sympathisch, wie sie, von der Stehlampe matt beleuchtet, am Flügel lehnte. Doch merkte man ihr die Anstrengung an, die ihr die hohen Töne bereiteten, und dadurch erhielt das zarte Schubertsche Lied etwas Verkrampftes. Der Applaus fiel entsprechend bescheiden aus, und der Hausherr fühlte sich verpflichtet, der jungen Dame sein Kompliment zu machen.

Ein grauhaariger Herr mit Adlernase ließ sich in der einen Ecke des großen Raumes auf einem Sessel nieder. «Hoffentlich haben Sie heute nicht noch mehr derartige Kunstgenüsse für uns in petto, Frau Geheimrat», wandte er sich an die Hausfrau.

«Ich höre das junge Mädchen heute auch zum erstenmal; sie wurde mir von ihrer Tante als großes Talent empfohlen.» Sie hob beide Hände. «Ja, ja, ich weiß, was Sie jetzt sagen wollen, nämlich daß Ihr Kater daheim in Teutendorf das im Frühjahr besser könne. Die Luft, das Trinkwasser, das Essen, die Menschen, die Betten, alles ist in Teutendorf besser. Stimmt's? Euch arme Landwirte, die ihr von der landwirtschaftlichen Ausstellung nach Berlin gelockt worden seid, bedauere ich aufrichtig. Anscheinend gibt es aber auch Ausnahmen, zum Beispiel meinen Schwager und meine Schwester aus Moorburg.»

Die alte Dame deutete auf das Ehepaar von Pogwisch, das gerade auf den Teetisch zukam; dann fragte sie ihren Teutendorfer Gast, ob er noch ein Täßchen Tee wünsche.

«Sehen Sie, Ihr Tee, der ist erstklassig, das ist das erste, was mir hier gefallen hat, außer der Ausstellung natürlich.»

«Nun, wie war denn das Turnier, Otto?» wandte sich die Dame des Hauses an ihren Schwager.

«Hervorragende Leistungen, gute Pferde und darauf wirkliche Könner, besonders die jungen Offiziere der Kavallerie-Schule taten sich hervor, internationale Klasse.»

Alsbald waren Herr von Pogwisch und der Herr von Teutendorf in ein Gespräch über Pferde vertieft, und Frau von Pogwisch und ihre Schwester Elsabe unterhielten sich über Verwandte und Bekannte.

«Kommt Barbara eigentlich nicht zur Ausstellung her; das ist doch etwas für sie?»

«Nein, sie schrieb uns, sie säße jetzt mitten in der Arbeit, und da sich die weite Reise unter einer Woche nicht lohne, möchte sie ihr Studium nicht so lange unterbrechen. Wir wollten sie eigentlich nur einen Winter auf die Schule schicken, doch meine Tante Tove: wenn schon ... denn schon; die alte Dame ist ja sehr für Gründlichkeit. Und so wird Babs so lange bleiben, bis sie ihr Staatsexamen bestanden hat. Mich wundert nur, daß sie es so lange ohne ihr geliebtes Moorburg aushält, und ich bin überzeugt, das Kind leidet unter Heimweh; aber ihren Briefen ist nichts anzumerken. Nun, sie ist ja ein sehr verschlossener Mensch.»

«Aber mit Frau Stauffenbiel ist sie doch befreundet, nicht wahr? Die hält anscheinend große Stücke auf Barbara, wie ich ihrer Darstellung entnehmen konnte. Übrigens hat es hier sowohl bei Müttern als auch bei Töchtern einige bittere Enttäuschungen gegeben, als Doktor Stauffenbiel eines Tages mit einer in der Gesellschaft völlig unbekannten jungen Frau auftauchte, aber Frau Stauffenbiel ist ja ein bezauberndes Geschöpf und erobert alle Herzen im Flug. Nur schade, daß sie sich mit ihrer Kunst so rar macht. Seitdem sie auf dem Wohltätigkeitsfest diesen entzückenden Tanz zeigte, wird sie geradezu überschwemmt mit Einladungen und Bitten, ihren Schneeflockentanz zu wiederholen. Wir sind hier, weiß Gott, verwöhnt, was Kunstgenüsse anbetrifft, aber das, was das Ehepaar Stauffenbiel an jenem Abend brachte, war etwas ganz Besonderes, ein Kunstwerk aus einem Guß.»

Frau Beate meinte lächelnd, man könne direkt stolz darauf sein, daß diese beiden begabten Menschen sich in Moorburg gefunden hätten.

«Vielleicht kommen sie nachher noch», äußerte die Schwester, «Frau Stauffenbiel holt ihren Mann manchmal am Spätnachmittag ab, und dann kommen sie auf dem Heimweg noch auf eine Stippvisite herauf zu uns. Ist ihre Wohnung nicht reizend?»

«Ja, alles sehr liebevoll zusammengestellt, man merkt den Kunsthistoriker, und trotzdem wirkt es nicht wie ein Museum, sondern warm und gemütlich ... Ach, Elsabe, wenn doch Babs etwas von der fraulichen Anmut Jutta Stauffenbiels hätte, wieviel leichter würde sie es im Leben haben! Dieses Kind hat mir immer Sorge bereitet; wie oft habe ich versucht, sie zu verstehen. Sie ist so entsetzlich burschikos, und alles, was anderen jungen Mädchen gefällt, mag sie nicht. Sie fühlt sich am wohlsten in ihrer alten Reithose auf Pluto und dann in Wind und Wetter draußen auf den Feldern zwischen den Leuten, mit recht viel Arbeit belastet; wenn ich ihr abends ein gutes Buch zum Lesen gebe, schläft sie nach 3 Seiten vor dem Kamin ein, was ja kein Wunder ist. Sie vergißt immer, daß sie ein Mädchen ist.»

«Paß mal auf, Beate, Babs wird eines Tages ihr Herz entdecken, und dann kommt das Frauliche ganz von selbst. Laß nur erst den Richtigen kommen, laß ihr Zeit!»

Die Hausfrau erhob sich, um sich um ihre anderen Gäste zu kümmern.

«Haben Sie schon gehört, daß Géza von Bardossy in der nächsten Woche hier ein Gastspiel geben wird?» rief ihr eine ältliche Blondine entgegen.

«Nein, das ist mir neu», antwortete Frau Elsabe erstaunt. «Géza von Bardossy! Ich hörte ihn vor Jahren in Wien und lernte ihn anschließend bei der Cousine meines Mannes kennen; er war damals noch sehr jung und am Beginn seiner Laufbahn, aber sein Spiel war überaus eindrucksvoll.»

«Wie interessant, daß Sie ihn kennen! Man sagt von ihm, er sei der zweite Paganini.»

«Ich kann mich entsinnen», sagte die Hausfrau nachdenklich, «daß man seinerzeit in Wien herumrätselte, woher dieser junge Mensch komme. Als ihn eine Dame im Gespräch über Budapest aushorchen wollte, entgegnete er kurz: ‹Madame, ich bin nicht in der glücklichen Lage, Ihre Heimatstadt zu kennen.› Wie er es überhaupt verstand, allen neugierigen Fragen auszuweichen. Wir vermuteten damals, er täte es, um sich einen etwas mystischen Nimbus zu geben. Fraglos hatte er einflußreiche Persönlichkeiten hinter sich, nach seinem ganzen Lebensstil zu schließen.»

«Die Flügeltüren öffnen sich, und Aurora erscheint auf der Bildfläche!» rief in diesem Moment der Geheimrat aus, und alle Anwesenden drehten sich zur Tür.

Jutta Stauffenbiel trat über die Schwelle, elegant gekleidet, einen Blaufuchs um die zarten Schultern, ein kapriziöses Schleierhütchen überschattete das von der Winterkälte gerötete Gesicht. Die Haare trug sie jetzt in einen tiefen Nackenknoten gebändigt. Dr. Stauffenbiels dunkel gekleidete Gestalt erschien hinter ihr.

Nachdem dem üblichen gesellschaftlichen Frage- und Antwortspiel Genüge getan war, nahm die Hausfrau das unterbrochene Thema wieder auf.

«Wir sprachen vorhin von Géza von Bardossy, der in der nächsten Woche ein Gastspiel in unserer Stadt geben wird; das wird besonders genußreich für unsere beiden Künstler sein», wandte sie sich an das junge Paar, das sich mit den Moorburgern unterhielt.

«Wer ist denn das, ein Pianist?» fragte Jutta.

«Nein, ein Meister der Geige; haben Sie nie von dem berühmten Bardossy gehört?»

Die junge Frau schüttelte den Kopf und stellte ihre Teetasse auf den Tisch.

Der Geheimrat versprach, den Anwesenden Karten für die Premiere zu bestellen; nur der Teutendorfer Herr schüttelte seinen grauen Kopf.

«Geige ... nein, für mich bitte nicht. Ich bekomme immer Gänsehaut und stumpfe Zähne, wenn ich das anhören muß.»

Der Schnee fiel in dichten Flocken. Die nächtliche Straße wurde hell von Ulrich Stauffenbiels Wagen beleuchtet. Ab und zu kam ihnen ein anderes Scheinwerferpaar entgegen, dann tanzten die Schneeflocken wie auf gekreuzten Klingen. Jutta hatte den Spitzenschal von den Haaren genommen und ihren Kopf an Ulrichs Schulter gelehnt; mit halbgeschlossenen Augen sah sie in das Schneetreiben hinaus.

«Schläfst du, Liebling?» erkundigte sich Ulrich. «Ich fragte dich eben, ob du das Programm noch hast, ich möchte etwas nachsehen. Die Serenade mit den vier Sätzen, die Bardossy nach der Pause als erstes spielte, kann ich nicht recht unterbringen. Schau doch bitte mal nach.»

Jutta war wie aus einem Traum aufgefahren; sie öffnete ihr Täschchen, leerte Taschentuch, Kamm, Puderdose und andere Utensilien auf ihren Schoß, suchte in ihren Manteltaschen, räumte alles wieder ein, schaute in den Manteltaschen ihres Mannes nach und hob dann hilflos die Schultern.

«Leider habe ich es nicht mehr, es ist wohl unter den Sessel gefallen, als wir aufstanden.»

Er lachte.

«Du bist ja noch ganz verwirrt und benommen, ich möchte wetten, daß du noch einmal zu einem Bardossy-Abend gehen möchtest, stimmt's?»

«Nein», sagte Jutta zögernd, «nein, Ulrich, lieber nicht ...»

Er legte den rechten Arm um ihre Schulter und drückte sie an sich. «Hat es dich so stark erschüttert, Kleines? Deiner Tränen brauchst du dich doch nicht zu schämen. Ich verstehe dich ja gut! ... Dieser Bardossy ist wirklich ein großer Künstler, außerdem hat er eine vollendete Technik. Was hat dir denn am besten gefallen?»

Jutta zog fröstelnd ihren Pelzmantel über den Knien zusammen. «Ach, ich weiß nicht, alles war wunderschön. Er ist ein Zauberer, der den Zuhörern eine ganz andere, fremdartige Welt nahebringt, sie aus der gewohnten Umgebung wegführt und ihnen traurige oder auch frohe Bilder zeigt, je nach dem, aber auf jeden Fall seltsam fremd und doch nicht unbekannt; so wie es manchmal in Träumen ist, wenn man Gegenden sieht oder Erlebnisse hat, die im gewohnten Leben nicht vorkommen; und man doch im Unterbewußtsein empfindet, man habe alles schon irgendwo, irgendwann einmal erlebt, weit, weit zurückliegend.»

«Vielleicht liegt manches gar nicht so weit zurück, wie wir annehmen, sondern sind diese Bilder, die uns der Traum beschert, sichtbar gewordene unbewußte Wünsche. Auch die durch einen großen Künstler lebendig gemachte Musik versetzt uns in einen Traumzustand, weckt in uns Schlummerndes, seien es nun eigene Wünsche und Phantasien oder solche, die uns unsere Vorfahren vererbt haben, ja, oftmals sind es nur einige ineinanderklingende Töne, oder auch Gerüche, die plötzlich diese seltsam fremden Gedankengänge und Erscheinungen auszulösen vermögen.»

«Schön müßte es sein, diese Bilder auch anderen Menschen sichtbar zu machen, Liebster.»

«Du hast ja diese Ausdrucksmöglichkeiten. Es fragt sich nur, ob die anderen Menschen auch die Fähigkeit haben, zu sehen, was du empfindest, es so zu erleben, wie du es erlebst... Ich bin etwas skeptisch. Gerade wenn eine junge, schöne Frau ihren Körper als Ausdrucksmittel für derart komplizierte, seelische Erlebnisse einsetzt, liegt die Gefahr nahe, daß besonders die männlichen Zuschauer mehr das Ausdrucksmittel als das eigentliche Erleben wahrnehmen und darüber den ideellen Zweck des Ganzen vergessen ... Mit Beschämung denke ich an mein eigenes ungestümes Verhalten. Ja, Jutta, und für solch einen Mißbrauch steht mir deine Kunst zu hoch, und ... ist mir meine Frau zu schade.»

«Ich weiß, du hast recht. Und mehr wert als alles andere ist mir unsere Liebe, Ulrich.»

Sie fuhren in das offene Tor der Garage. Es war ihnen eine liebe Angewohnheit geworden, sich, wenn sie am Abend nach Hause kamen, zu küssen, bevor sie den Wagen verließen, gleichsam als Besiegelung, daß der soeben verbrachte Abend ihre vollste Zufriedenheit gefunden hatte.

Jutta stand am Fenster ihres Zimmers und sah in das Vorgärtchen hinab, wo der dicke Rauhreif die Zweige der Sträucher in gläserner Schwere nach unten bog; funkelnd lag die matte Morgensonne darauf.

Sie beobachtete zwei Kohlmeisen, die eifrig die vom Frühstückstisch hinausgestreuten Brotkrumen aufpickten. Sie überlegte, welche Garderobe sie für den morgigen Nachmittag wählen sollte. Das weinrote Moirékleid oder das sandfarbene Georgettekleid?... Das Weinrote war wohl zu elegant für eine Teegesellschaft. Ja, wenn es eine Abendveranstaltung wäre! Aber abends war Herr von Bardossy leider nicht frei.

Sie ging durch das Zimmer auf den Kleiderschrank zu und nahm das

Sandfarbene heraus, drehte es nach allen Seiten prüfend hin und her. Doch, das war das Richtige, dezent und schlicht gearbeitet, und die Farbe stand ihr gut. Dazu die dunkelbraunen Wildlederpumps.

Vor dem großen, ovalen Spiegel begann sie, ihr Haar zu bürsten. Sie beugte sich vor, ließ die Bürste sinken und besah aufmerksam ihr Gesicht, dann nahm sie eine Pinzette und zupfte einige Härchen unter den geschwungenen, schmalen Augenbrauen aus. Jutta, du bist in der Ehe entsetzlich eitel geworden, dachte sie dabei. Wenn Babs dich jetzt sehen würde, sie würde dich verspotten und einen ihrer handfesten Witze machen. Auf jeden Fall mußt du morgen nachmittag nicht nur die charmante Hausfrau sein, sondern gleichzeitig auch sehr anziehend wirken ... Anziehend? Und für wen, Jutta? Sei ehrlich! Du möchtest dem berühmten Mann noch mehr gefallen, als du es schon tust. Nun, er fährt in ein paar Tagen weiter, und du wirst ihn vielleicht nie wiedersehen, diesen Mann mit den seltsamen Augen. Merkwürdig war sein Blick, wenn er sie ansah, wie an dem Abend im Konzert, als sie ihn durch den Schleier ihrer Tränen wahrnahm. Es war ihr entsetzlich peinlich gewesen, daß sie geweint hatte. Sie hatte gegen die aufsteigenden Tränen angekämpft, doch vergebens. Die slawische Schwermut, die sein Bogen aus dem Instrument zauberte, hatte sie in Bann geschlagen. Das weite flache Land, die Verlassenheit darin, die Traurigkeit des niedrigen Himmels, das Drückende, Schwere ... es klang noch heute in ihr nach wie etwas alt Vertrautes. Sie fühlte, daß seine Musik für sie gefährlich werden könnte ... Wie recht hatte Ulrich mit seiner Vermutung, daß solche traumartigen Erscheinungen aus dem Unterbewußtsein aufsteigen können, weil sie durch unsere Vorfahren in uns sind. War nicht ihr verschollener Vater aus jener Landschaft gekommen, hatten nicht auch in ihm, dem großen Künstler, jene Melodien geklungen, wie in diesem jungen Bardossy?

Ulrich hatte, ohne um ihre Herkunft zu wissen, das Richtige getroffen. Hatte er, wie so oft, ihre Gedanken erspürt? Aber er konnte nichts wissen von dem Geheimnis, das nur ihre Schwester und sie und natürlich ihr Adoptivvater kannten. Es bedrückte sie manchmal, ein Geheimnis vor ihm zu haben, dann war die Versuchung groß, ihm alles zu sagen. Doch Inge hatte ihr Wort!

Der gestrige Nachmittag im Haus des Geheimrats: Wie die Gäste alle den berühmten Geiger umschmeichelt hatten, besonders die Damen! Es war doch ein kleiner Triumph für sie gewesen, daß er ihnen allen den Rücken gewandt hatte, als sie und Ulrich eintraten. Und wieder war es jener eigentümliche Blick gewesen, der sie verwirrt hatte. Diese bernsteinhellen Augen mit den langen, geraden Wimpern, die wie ein Vorhang waren. Sie hatte unwillkürlich die beiden Männer verglichen, als sie sich miteinander unterhielten: Ulrich mit seiner großen, kräftigen Gestalt, dem schmalen, schön geformten Kopf, der gesunden Hautfarbe und den blauen Augen und der Fremde mit der zierlichen Figur, dem schwarzen, glänzendem Haar, der ein wenig gelblichen Hauttönung und dem Bärtchen auf der Oberlippe. Und sie war wie immer stolz auf ihren Mann gewesen. Morgen würde die ganze Gesellschaft bei ihnen sein; Géza von Bardossy hatte versprochen, seine Geige mitzubringen, unter der Bedingung, daß Jutta und Ulrich auch ihren Beitrag leisten würden; auf allgemeinen Wunsch hatte Ulrich sich bereit erklärt.

Ulrich und sie mußten unbedingt heute abend üben, sie war ein wenig eingerostet. Sie freute sich darauf. Welchen Tanz sollte sie wählen? Etwas ganz Neues? Welches Kostüm? Wollte sie eigentlich für die Gäste tanzen oder für sich selbst oder nur für Bardossy? Sie legte die Hände an die Schläfen, Ulrich mußte raten. Sie war überhaupt ohne ihren Mann nichts. Und wenn Bardossy sie nun begleiten wollte? Ihr Herz schlug heftig. Konnte sie ihm folgen? Ach, es müßte großartig sein! Und wenn sie sich einfach von des Geigers Musik tragen ließe und nur das tanzen würde, wozu sie die Eingebung zwang? Nicht auszudenken wäre das! Etwa die slawischen Weisen? Sie wußte, daß sie dem Künstler gefiel, er hatte es in dezenter, doch unmißverständlicher Weise angedeutet; vielleicht täte er ihr den Gefallen?

Sie mußte an den Morgenstimmungstanz denken, ihr erstes gemeinsames künstlerisches Erlebnis mit Ulrich, damals im Moorburger Schloß an Lilys Geburtstag. Wie unendlich viele herrliche Stunden gemeinsamen Gestaltens hatten sie seither genossen; nicht daß sie ehrgeizig waren, nicht daß es Mittel zum Zweck war, ein Ziel zu erreichen; es war lediglich die Freude am harmonischen Zusammenklang ihrer Stimmungen, die bei Ulrich in der Musik und bei ihr in der Bewegung zum Ausdruck kam. Sie brauchten kein Publikum, und sie wollten keine klingende Münze. Und doch war sie manchmal besorgt, sich in ihrer Auffassung zu sehr von ihrem Mann abhängig zu machen, und dann wünschte sie sich etwas Komplizierteres, etwas ihr Fremdes, das sie über sich selber hinaushob. Dieser Wunsch, der eine gewisse Neugier in sich barg, hatte sie bisweilen flüchtig gestreift; doch nun, nachdem sie Géza von Bardossy gehört hatte, hatte er konkretere Formen angenommen. Es lockte sie, nicht wie bisher in ihren Tänzen Jutta zu sein, die ihre eigene Stimmung zum Ausdruck brachte, es lockte sie vielmehr, in die Gestalt anderer Menschen oder auch lebendiger Elemente zu schlüpfen, eine Verwandlung ihres Selbst herbeizuführen und am Mitgehen des Publikums zu ermessen, ob es ihr gelungen war.

Mit einer ruckartigen Bewegung des Kopfes schüttelte Jutta ihr langes, lockiges Haar hinter die schmalen Schultern zurück. Sich gleichzeitig von jenen Gedanken losreißend, die sie seit einigen Tagen bedrängten, ging sie an den Telefonapparat und wählte Ulrichs Nummer; sie wollte nur seine Stimme hören ...

Géza von Bardossy stand mit verschränkten Armen im Dämmer des dem Licht abgekehrten Raumes, und seine hellen Augen folgten konzentriert den Bewegungen Juttas, deren schwarz gekleidete Gestalt sich vor der hellen, grauen Wand zu den feierlichen Rhythmen, die Ulrichs Hände dem Flügel entlockten, in sparsamen Gesten bewegte. Mit zwei lautlosen Schritten war er am Flügel, nahm seine Geige auf, hob den Bogen und nahm das majestätische Schlußthema mit vollen Klängen auf. Jutta hob wie im Triumph ihr Gesicht einem Licht entgegen, das über sie hereinzubrechen schien.

Wie betäubt verharrte sie einen Augenblick, nachdem die Saiten schon verstummt waren; erst der frenetische Beifall ihrer Gäste weckte sie. Sie stand zwischen den beiden Männern am Flügel; ihre Linke lag auf ihres Mannes Schulter, die Rechte hatte sie Bardossy gereicht; strahlend verneigte sie sich vor der immer noch applaudierenden Gesellschaft. Ihr Blick wandte sich Bardossy zu. Dieser sah abwesend auf den Flügel.

«Schwarz müßte der Hintergrund sein», hörte sie ihn murmeln, «schwarze Marmortreppen ...»

Er sah sie an, machte ihr Vorschläge für einen Tanz.

«Madame, Sie müßten schwarze Marmortreppen herabsteigen in das Finale ... in Weiß ... leuchtend ... Silber, ihre Hände müßten Kostbarkeiten verteilen an Unsichtbare ... Sie können das ... ich sah es ... oh, den Glanz ... la victoire ... dazu vielleicht Liszt, les Préludes ...»

Die Anwesenden hatten sich indes um die kleine Gruppe am Flügel geschart und hörten andächtig den Ausführungen des Künstlers zu.

«Etwas ganz Neues, klassische Musik, Orchester, darin Ihr Gatte als Solist ... wundervoll dieses Zusammenspiel von Ihnen beiden, in der Tat einmalig. Sie werden die Welt erobern.»

Ulrich, der mit unbeweglichem Gesicht zugehört hatte, unterbrach ihn jetzt.

«Wir freuen uns über Ihr Lob, Herr von Bardossy, besonders da es von einem so hervorragenden Künstler kommt, wie Sie es sind; doch sind wir Dilettanten, erfreuen gern einen kleinen Kreis verständnisvoller Freunde, aber die Sache professionell aufzuziehen, sind wir nicht geneigt ... jedenfalls nicht ich. Was meinst du, Jutta?»

Die junge Frau hob die schmalen Schultern.

«Nein, ich glaube, ich würde mich nicht dazu eignen ... das unstete Leben ...»

«Oh, daran gewöhnt man sich. Bedenken Sie doch, gnädige Frau, Sie können Tausende beglücken und ... wenn ich so sagen darf, ein Vermögen verdienen. Sie würden die Welt kennenlernen in ihrer bunten Vielfalt, Sie würden berühmt werden, und nirgendwo werden zwei so stark künstlerisch veranlagte Menschen, wie Sie und Ihr Gatte es sind, die Befriedigung finden, die Ihnen die Ausführung Ihrer Kunst in dem ihr zukommenden Rahmen bieten wird.»

Ulrich erhob sich.

«Was mich anbetrifft, so muß ich Ihnen widersprechen, ich habe einen Beruf, der mich voll ausfüllt.»

«Sie haben eine Berufung, Herr Doktor; und dies trifft im gesteigerten Maße auf Ihre Frau Gemahlin zu mit ihrer ausgesprochen schöpferischen Begabung, die sehr selten ist.»

Nun mischten sich auch die Gäste ein, einige meinten, es sei doch schade, wenn ein solches Talent nur in der Stille blühen dürfe. Hin und her ging die Debatte. Nur Herr von Pogwisch sagte zu Ulrich, als dieser ihm einen Cognac einschenkte:

«Ich kann Sie verstehen, bester Stauffenbiel, manche Damen verändern sich sehr zu ihrem Nachteil, wenn sie berühmt werden, und was Sie selber betrifft ... na, nur abends ein wenig Klavier spielen, kann einen Mann wie Sie wohl auf die Dauer nicht befriedigen?»

Ulrich stellte sein Glas auf den Tisch.

«Ach, das ist überhaupt alles Humbug. Mich bekommen keine zehn Pferde in einen Konzertsaal oder in ein Theater. Ich lege gar keinen Wert darauf, in Existenz und Laune von der Meinung des Publikums abhängig zu sein, dafür bin ich zu sehr Kaufmannssohn. Meine Frau dagegen scheint diesem Gedanken nicht ganz abhold zu sein ...»

Lächelnd deutete er in die Ecke, in der Jutta sich mit Frau von Pogwisch und Herrn von Bardossy unterhielt. Der Geheimrat und seine Frau sowie ein jüngeres Ehepaar gesellten sich dazu. Man sprach vom Kunsttanz und Musik.

Frau von Pogwisch fragte den Künstler, ob sie sich noch auf seine Darbietungen heute nachmittag freuen dürften. Er lächelte melancholisch, fast gelangweilt.

«Doch», sagte er, «wer beschenkt wird, der soll auch geben, wenn er kann.»

Dabei sah er Jutta an.

Man scheute sich, in Gegenwart Bardossys über seine Kunst zu sprechen, es schien, als prallten alle Versuche, ihm Schmeicheleien zu sagen, an seiner Verschlossenheit, die er auch bei Fragen über sein Privatleben zeigte, ab. Außer der Hausfrau waren wohl sämtliche anwesenden Damen bemüht, mit dem berühmten Mann ins Gespräch zu kommen, von ihm bemerkt zu werden. Weniger die Herren. Ja, der Herr aus Teutendorf, welcher trotz seiner Abneigung dem Violinspiel gegenüber gekommen war, um die junge Gastgeberin tanzen zu sehen, sagte leise zu Herrn von Pogwisch:

«Einst sah ich mich auf der Jagd im Hochgebirge einem Gamsbock gegenüber ... an dessen Visage muß ich heute nachmittag immerfort denken, er hatte nämlich dieselben Augen wie dieser Geiger.»

Das Gespräch wurde langweiliger, man sprach über moderne Malerei. Eine junge Dame verteidigte den Kubismus und andere moderne Richtungen, die sich bemühten, das eigentliche menschliche Leben darzustellen.

«Müssen sich diese Künstler ausgerechnet die oftmals häßlichen Themen für ihre Gemälde aussuchen?» bemerkte der Geheimrat.

Géza von Bardossy strich sich mit einer müden Geste über die Stirn.

«Gewiß, Sie haben recht, doch es kommt nicht so sehr auf das Was an, sondern auf das Wie ... In jeder Häßlichkeit kann Anziehendes, ja Beglückendes liegen. Denken wir nur an die Gemälde der flämischen Maler, denken wir an manche Porträts Rembrandts oder an Frans Hals' dem Volk entnommene Typen; viele davon sind ausgesprochen häßlich ... aber welch eine Größe spricht aus diesen Werken zu uns, wieviel vermögen sie uns zu sagen. Das hat nichts zu tun mit der Freude am Darstellen abstoßender Dinge, die aus den Bildern moderner Realisten oftmals spricht, an der Freude des Herabziehens ...»

Er hatte sich bei dem letzten Satz erhoben, und indem er seine Geige ergriff, sagte er langsam:

«Vielleicht kann ich Ihnen an Hand eines Musikstücks, das Ihnen sicher unbekannt ist, da es dem allgemeinen Geschmack widerspricht, zeigen, daß auch eine unschöne Musik Anziehungskraft haben kann, aber nicht eigentlich im häßlichen Sinn. Es ist ein altes Werk, wahrscheinlich keltischen Ursprungs, das ein negatives Thema behandelt ... Ich möchte annehmen, daß unsere verehrte Gastgeberin die Art dieses Themas begreifen wird ... und vielleicht kann sie mich ein wenig in meinen Bemühungen unterstützen.»

Lächelnd verneigte er sich vor Jutta, die ihn verwirrt ansah. Mit einer fast zärtlichen Geste schmiegte er sein Kinn an die Geige, und dann war der Raum erfüllt von seltsam bizarren Tonfolgen, hüpfend, holpernd, mitunter kichernd, hämisch, spöttisch. Jutta starrte gebannt vor sich hin. Plötzlich erhob sie sich, ergriff einen auf dem Sessel liegenden roten Schal, wand ihn sich in losem Knoten um die Taille ihres schwarzen Gewandes und sagte so leise, daß nur die Nächstsitzenden es hören konnten:

«Das ist die Hexe.»

Ulrich ließ den kleinen Scheinwerfer aufstrahlen und verfolgte nun mit wachsender Spannung, in welche sich Besorgnis mischte, wie seine sanfte junge Frau, seine Märchenprinzessin, sich unter der faszinierenden Musik Géza von Bardossys in ein anderes Wesen verwandelte, wie sie in Mimik und Gesten das Böse verkörperte, die abgrundtiefe Schlechtigkeit, die in ihrer hemmungslosen Wildheit Schönheit besaß. Doch in keiner einzigen Phase wirkten Musik und Tanz gemein oder niedrig.

Vierundzwanzig Stunden später betraten Ulrich und Jutta denselben Raum. Er ließ sich in das Ecksofa fallen und zündete sich mit hastigen Bewegungen eine Zigarette an. Sie kamen aus der Stadt, und Jutta nahm den großen, flachen Filzhut ab und legte ihn achtlos auf irgendeine Sessellehne. Langsam ging sie dann auf ihren Mann zu. Er legte die Zigarette in den Aschbecher, nahm ihre beiden Hände und sah mit einem bitteren Lächeln an der schlanken Gestalt im taubenblauen Kostüm empor.

«Also, meine kleine Märchenprinzessin möchte ein großer Star werden!»

Juttas Gesicht war von durchscheinender Blässe, sie hatte in der vergangenen Nacht kaum geschlafen.

«Nein, Ulrich, du mißverstehst mich ... ich sagte es dir vorhin schon ... das würde eine Trennung von dir bedeuten, und dann hätte das Leben keinen Sinn mehr für mich. Daß dir ein Leben auf Reisen nicht liegen würde und eine künstlerische Tätigkeit dir das nicht geben kann, was dir dein Beruf gibt, sehe ich vollkommen ein. Mir aber würde eine kleine Tournee, wie Herr Sabransky es vorschlug, das Leben bereichern. Mehr will ich gar nicht. Du bist und bleibst der Mittelpunkt in meinem Leben, Liebster», sagte sie leise, indem sie sich neben ihm niederließ und ihr Gesicht an seine Schulter lehnte.

«Erst mal werde ich genaue Erkundigungen über diesen Herrn Sabransky einholen. Kam er nicht aus Wien? Er machte einen recht sympathischen Eindruck, der alte Herr ...»

«Ich finde ihn reizend in seiner etwas altmodischen Ritterlichkeit ... Herr von Bardossy und er scheinen befreundet zu sein.»

«Weißt du, Jutta, dem Bardossy hätte ich dich nicht anvertraut, das sage ich dir ganz offen. Irgend etwas ist an ihm, was mir nicht gefällt, so charmant er sich auch geben mag. Warum nicht? Diese Art Männer haben keinen guten Einfluß auf so junge, sensible Frauen, wie du es bist.»

Jutta blickte auf ihre Hände.

«Es ist nur gut, daß seine Tournee auf einer anderen Route verläuft als die dir von Herrn Sabransky vorgeschlagene», fuhr Ulrich fort.

«Ulrich, es schmerzt mich sehr, daß du betrübt darüber bist, weil ich mich einige Monate von dir trennen muß. Du brauchst mir nur zu sagen, daß dir die ganze Sache gegen den Strich geht ... und ich bleibe bei dir!»

«Davon bin ich überzeugt; aber der Groll, diese großartige Chance vertan zu haben, wird in dir nagen. Dieser Bardossy mit seiner Geigerei hat dich ganz verrückt gemacht. Liebste, ich kann das verstehen; ich meine deinen Wunsch, mit deiner Kunst auch einmal vor die Öffentlichkeit zu treten, gefeiert zu werden, meinetwegen auch etwas total Neues, Überraschendes zu bringen, überhaupt dem schöpferischen Drang in dir zu genügen. Und dann bist du jung, schön ... wir Männer vergessen so leicht, daß wir all diese Freuden in ihrer Vielfältigkeit schon vor der Ehe erlebten; und wenn unsere jungen Frauen auch mal den Wunsch haben, die Nase ein wenig hinauszustrecken in die bunte Welt, werden wir gleich grämlich und spielen den Tyrannen, wie deine Freundin Barbara von Pogwisch es auszudrücken beliebt. Du hast aber keinen Tyrannen als Ehemann, Jutta, er möchte nur, daß seine Frau so glücklich wie möglich sein möge ...»

«Du hast also nichts dagegen, Ulrich?» fragte Jutta schnell.

Sie sah aber den ironischen Zug in seinem Gesicht, der vor ihrer Verlobung dagewesen war, sich aber in der Ehe verwischt hatte. Unwillkürlich strich sie mit dem Handrücken darüber.

«Nein», sagte Ulrich fest, «außerdem bist du mündig und kannst tun, was dir beliebt ... Auch handelt es sich ja um eine einmalige Tournee, wie du den beiden Herren selbst erklärtest, nicht wahr?»

«Ja, in einigen Monaten bin ich wieder bei dir, Liebster.»

«Aber um eines möchte ich dich bitten; tanze nie wieder diesen Hexentanz, weder vor mir noch in der Öffentlichkeit. Schauspielerisch war er eine große Leistung, ich weiß, aber er ist grauenhaft, jedenfalls von meiner Frau getanzt. Willst du es mir versprechen, Jutta?»

«Ja, Ulrich, ich habe auch gar kein Verlangen danach, das noch einmal durchzumachen ... ach, es war fürchterlich, und ich mußte es einfach ... ich war es wohl gar nicht selber ... ich war ...» Schluchzend schmiegte sich Jutta an ihren Mann.

Ulrich nahm sie in die Arme.

«Ich vertraue dir, Liebste!»

2

Zarter Frühlingsduft ging von der flachen, mit Veilchen gefüllten Schale aus, die Frau von Pogwisch auf den Frühstückstisch stellte. Am Ostermorgen pflegte sie den Tisch selbst zu decken. Nachdem sie noch einen großen, mit einem wollenen Deckel versehenen Korb hingestellt hatte, betrachtete sie zufrieden ihr Werk.

«Babs, wo bleibst du mit den Hasen?» rief sie durch die offene Tür ins Nebenzimmer.

«Gleich, Mama», mit ausholenden Schritten kam Barbara auf sie zu. Sie trug in der einen Hand einen Pappkarton, und unter den Arm geklemmt eine illustrierte Zeitschrift. Männe und Emilie, die beiden Dakkel, folgten ihr.

«Sag mal, könntest du dich an einem Feiertag nicht ein bißchen netter kleiden?»

Frau von Pogwisch musterte den alten, karierten Rock, die grüne Wollbluse und die ärmellose Lederweste ihrer Tochter mißbilligend.

«Ach, laß mich doch mal wieder so herumlaufen, wie ich es gern habe, nur diese drei Tage! In Anbetracht unseres Gastes habe ich ja schon auf die alten Hosen verzichtet, das mußt du doch anerkennen, Mama.»

Kopfschüttelnd entnahm Frau Beate dem Karton die bunt bemalten Osterhäschen aus Pappe. Einst hatte eine Erzieherin der beiden Pogwisch-Töchter sie gebastelt, und seitdem zierten sie jedes Jahr den Ostertisch. Hinter jedem Hasen stand ein Name, und derjenige mit dem Namen Tove Freifrau von Pogwisch war einmal in den Kaffee gefallen, wobei seine Farben durcheinandergelaufen waren, nur die Kiepe mit den bunten Eiern, die er auf dem Rücken trug, war verschont geblieben.

Barbara sah zu, wie ihre Mutter die Hasen auf ihre Plätze verteilte.

«Nein, Mama, bitte nicht Lilys Hasen einer Fremden, soll der Besuch lieber meinen haben, und ich nehme den von Lily», und sie stellte Lilys Hasen auf ihren Platz.

Am Arm ihres Neffen betrat Tantchen Exzellenz das Zimmer. Ihr altes, runzeliges Gesicht, das noch kleiner geworden war, lächelte Barbara zu.

«Das war die schönste Osterfreude, Kleine, daß du uns überrascht hast!» sagte die alte Dame.

«Ich hatte es schon geahnt», meinte der Major schmunzelnd, «sie hatte keine Ruhe in der Stadt wegen der Schnepfen, was, Babs?»

«Getroffen, Papa! Ich habe sogar nachts vom Schnepfenstrich geträumt. War das ein Genuß gestern, mal wieder ein Gewehr in der Hand zu haben und mit den Gummistiefeln durch den Matsch zu stapfen, und dann so unglaublich viele Schnepfen!»

«Wo bleibt denn unser Gast?» fragte Frau Beate, als sie sich alle am Kaffeetisch niedergelassen hatten.

«Planscht im Badezimmer», bemerkte Tantchen, «kommt wohl gleich.»

Barbara hatte die Zeitschrift auseinandergefaltet. Während sie Männe abwehrte, der auf ihren Schoß springen wollte, sagte sie: «Ich kann es gar nicht fassen, daß unsere Jutta eine große Künstlerin geworden ist; daß die kleine Person den Mut hat, vor Hunderten von Menschen zu tanzen!»

Sie betrachtete eingehend die Aufnahme, die Juttas lachendes Gesicht über einem großen Blumenstrauß im Rahmen eines D-Zugfensters zeigte, davor waren viele winkende Hände zu sehen.

«Lies noch mal die Unterschrift vor», bat Tantchen.

«Abschied von Rom: Die junge Tänzerin Jutta Stauffenbiel, die mit ihrer neuartigen, eigenwilligen Kunst in Italiens Hauptstadt einen bemerkenswerten Erfolg erzielte, auf dem Weg zu ihrem nächsten Gastspiel in Mailand. Die Künstlerin trat erst in diesem Winter an die Öffentlichkeit, doch sagt man ihr in Fachkreisen schon jetzt eine glänzende Karriere voraus.»

«Die kleine, bescheidene Jutta!» sagte Tantchen Tove versonnen. «Wer hätte das gedacht!»

Und Babs bat ihre Eltern, von ihrem Zusammentreffen mit Jutta im Winter zu erzählen und wie es gekommen war, daß Jutta plötzlich in der Öffentlichkeit auftrat. Frau Beate lobte Jutta, schwärmte von den Kunstgenüssen in der Hauptstadt, insbesondere von der Kunst Herrn von Bardossys.

«Hat Jutta dir denn nichts von all dem geschrieben, Babs?» schloß sie.

«Doch einiges, aber nur kurz, anscheinend hat sie nicht viel Zeit zum Schreiben; und ich kann ihr nicht antworten, da ich ihre jeweilige Anschrift nicht weiß», antwortete Barbara traurig. «Hätte ich nicht hier bei euch diese Zeitschrift zu sehen bekommen, hätte ich gar nicht gewußt, daß sie in Rom aufgetreten ist ... Und was sagt Ulrich Stauffenbiel dazu?»

Frau Beate sah überrascht auf: Es war das erste Mal, daß ihre Tochter den Namen Stauffenbiels richtig nannte.

«Nanu, gar nicht mehr der Maulwurf oder Schaufelstiel?»

Babs beugte sich zu Emilie hinunter und kraulte sie hinter den Ohren.

«Na ja, das ist er nur in Moorburg mit seiner Wühltätigkeit ... Aber es würde mich interessieren, wie er sich damit ... abfindet.»

«Er hat doch allen Grund, stolz auf seine Frau zu sein. Außerdem hat sie ja versprochen, nur diese eine Tournee zu machen.»

«Ich weiß nicht, Beate», meinte Tove von Pogwisch, «richtig ist das nicht. Wenn junge Leute kurz verheiratet sind, sollten sie sich nicht trennen, das ist immer schlecht.»

«Meines Erachtens ist Stauffenbiel nicht sehr begeistert von dieser Wendung», warf Otto von Pogwisch ein.

«Das möchte ich auch annehmen», entgegnete Barbara leise.

«Aber immerhin beneidenswert, was Jutta alles zu sehen bekommt», bemerkte Frau Beate abschließend.

Da öffnete sich die Tür, und eine Dame mit vollem kupferfarbenem Haar trat ein.

Sie entschuldigte sich wegen der Verspätung im gleichen fremdländischen Tonfall, wie Tantchen Tove sprach; sie war eine Nichte der alten Dame, die sie auch in ihrer heimatlichen Sprache begrüßte. Tantchen strahlte, hatte sie doch selten Gelegenheit, sich in ihrer Muttersprache zu unterhalten.

Während des Frühstücks musterte die fremde Dame Barbara unauffällig, die ziemlich wortkarg ihre bunten Eier auslöffelte. Dann versuchte sie, mit Barbara ins Gespräch zu kommen.

Höflich antwortete Babs, doch als die Rede auf Harald, den Sohn der Dame kam, verstummte sie wieder.

Ihr Vater bemerkte, daß sie gewaltsam ein Gähnen unterdrückte. Mit einem Blick auf seine Uhr bemerkte er, die Leute warteten wohl schon, aber es sei reichlich spät, da in einer Viertelstunde der Gottesdienst beginne.

«Da ich doch nicht zur Kirche gehe, kann ich ja zu den Leuten gehen», sagte Barbara zu ihrem Vater.

«Findest du das nicht etwas unpassend, Otto?» Frau Beate zog die Augenbrauen hoch.

«Nein, wieso? Eines Tages wird sie ja doch anfangen müssen. Komm mit, ich will dir die Flasche Kümmel geben.»

Als Vater und Tochter den Raum verlassen hatten, setzten die drei Damen ihr Gespräch fort. Die Fremde fragte Frau Beate, ob wohl ein Bild von Barbara vorhanden wäre. Ja, meinte diese, es gebe ein Amateurbild von Babs, allerdings zu Pferd, sie wolle mal nachsehen.

Die Glocken läuteten, als Barbara mit der Flasche unter dem Arm zum Torhaus ging. Durch den dicken, bläulichen Tabaksqualm, der die Leutestube vernebelte, sahen die Knechte erstaunt dem jungen Mädchen entgegen, als es zu ihnen an den mit leeren Eierschalen und Kaffeegeschirr bedeckten Tisch trat.

«Guten Morgen», rief Barbara, «ich wünsche euch allen im Namen der Familie von Pogwisch ein fröhliches Osterfest!»

Matthias, der älteste Knecht, erhob sich.

«Wir danken Ihnen, gnädiges Fräulein, und wünschen der Herrschaft gleichfalls frohe Ostern!»

Die dickwandigen Schnapsgläser standen schon bereit, und Babs schenkte ein; sich selbst dabei nicht vergessend. Alle erhoben sich mit den Gläsern in der Hand, und das junge Mädchen sprach einen kurzen Trinkspruch, in dem die Hoffnung auf weitere gute Zusammenarbeit zum Ausdruck kam. Sodann leerten alle ihr Glas in einem Zug. Die Gläser wurden neu gefüllt, und Mathias bat, das nächste Glas auf eine kommende segensreiche Ernte zu leeren.

«Wer von euch hat heute die meisten Eier verzehrt?» erkundigte sich Barbara hernach.

Paul hatte mit 17 hartgekochten Eiern den Rekord aufgestellt und bekam von Babs ein extra Glas eingeschenkt. Als sie sich anschickte zu gehen, brachten die Knechte ein vielstimmiges Hoch speziell auf «unser junges Fräulein» aus.

Das Südufer des Schwarzsees war von Wäldern umsäumt; doch dort, wo die letzten Stämme standen, fiel der Boden steil zum See ab, und nur das Wurzelwerk der Nadelbäume hielt die überhängende Kante zusammen. Hier und dort ragten die Wurzeln so mancher Fichte bereits in die Luft, denn die Witterung fraß Jahr um Jahr an der bröckelnden Kante. Regen und Wind, Frost und Hitze setzten ihr Zerstörungswerk beharrlich fort.

Auf dem schmalen Jägerpfad, dicht an der Abkante entlang, ritt Barbara von Pogwisch. Mit Besorgnis sah sie die im vergangenen Jahr abgestürzten Erdmassen und überlegte, wie dem entgegenzuwirken wäre. Es war ja Moorburger Grund, der hier verlorenging. Sie beschloß, den Förster aufzusuchen, und lenkte das Pferd, nachdem sie noch einen Blick auf die schiefergraue Fläche des Sees geworfen hatte, tiefer in den Wald hinein. Mischwald wechselte allmählich in Laubwald über. In den noch kahlen Zweigen sang der Frühlingswind anders als im immergrünen Tannenwald. Plutos Hufe trabten unbekümmert über die weiße Blumenfläche der Anemonen.

Der Ostersonntag war trübe und grau; aber es hätte auch regnen können, nichts konnte die Freude Barbaras beeinträchtigen, endlich einmal wieder durch die einsame Schwarzseelandschaft zu streifen. Wie oft hatte sie sich in der Stadt danach gesehnt!

Sie blickte auf ihre Armbanduhr. Jetzt waren von Trappens wohl schon in Moorburg angekommen, und man saß plaudernd um den Kaffeetisch. Wieder hatte die Mutter Babs gefragt, was sie eigentlich gegen Frau von Trappen hätte. Was sollte sie dazu sagen? Sie würden es ja doch nicht verstehen, daß diese selbstsichere Frau ihr unsympathisch war. Was in jenem Sommer passiert war, Juttas Selbstmordversuch, darüber hatten alle Eingeweihten geschwiegen. Barbara hatte seit dem Tag, da Ulrich Stauffenbiel und sie Jutta aus dem Haus ihrer Verwandten entführten, Karlshöhe nicht wieder betreten. Zweimal hatte sie Joachim von Trappen zufällig getroffen, die damaligen Vorgänge aber mit keinem Wort erwähnt, sondern nur von landwirtschaftlichen Dingen gesprochen. Es kam ihr vor, als suche besonders er es zu vermeiden, von Jutta zu reden, so als sei ihm in diesem Zusammenhang die Schuld seiner Frau bewußt. Wie unglaublich verschieden die beiden Schwestern doch waren! Joachim von Trappen hatte sich in dieser Angelegenheit wirklich anständig benommen ... eigentlich war er ein recht sympathischer Mensch. Merkwürdig, daß sie sich im Grunde genommen ziemlich fremd waren, so als Gutsnachbarn. Nun, als sie nach Moorburg kam, war sie ein kleines Mädchen gewesen und Herr von Trappen in der Stadt auf dem Gymnasium; dann waren sie und Lily ins Internat gekommen, und als sie nach ihrer Internatszeit wieder in Moorburg war, hatte der Älteste von Karlshöhe, bevor er das Gut seines verstorbenen Vaters übernahm, seine land- und forstwirtschaftliche Ausbildung abgeschlossen, die Militärzeit absolviert und einige Semester Jura studiert. Dabei fiel ihr etwas ein. Hatte er nicht eine Narbe auf der einen Wange?

Als Barbara zwei Stunden später auf den Moorburger Hofplatz ritt, brachen die Karlshöher gerade auf. Sie hatte es also gut abgepaßt. Der Wagen war vorgefahren, Ingeborg von Trappen saß mit dem kleinen Achim bereits drin, Jochen stand noch bei dem Major auf der Treppe. Babs ritt bis an die Treppe heran. So brauchte sie Frau von Trappen nur kurz zuzunicken; Jochen reichte sie die Hand.

«Frohe Ostereier, Herr von Trappen, was macht Ihre Ferkelei?»

«Prächtig, prächtig», lachte Jochen, «habe dieses Jahr 98 Ferkel; ich könnte ja 100 sagen, das macht sich besser, aber ich lüge nur ungeschickt ... Aber was macht Ihr Studium? Sicher kann man später was von Ihnen lernen!»

Barbara strich sich eine Locke aus der Stirn.

«Ach, Theorie! Interessant ist es schon ... Aber ich wollte Sie etwas fragen: Sie haben einen Schmiß ... waren Sie in einer schlagenden Verbindung?»

«Ja natürlich, was wäre ein Student ohne Mensur? Warum fragen Sie, wollen Sie etwa auch auf den Fechtboden gehen?»

«Das bin ich schon seit einigen Monaten», sagte Babs trocken.

«Aber Kind», fiel Herr von Pogwisch ein, «davon hast du ja gar nichts erwähnt.»

«Man muß ja nicht alles erzählen, Papa. Es ist jedenfalls ein großartiger Ausgleich zu der Stubenhockerei. Reiten könnte ich zwar im Tattersall, aber diese abgeklapperten Pferde! Wir haben einen vorzüglichen Fechtmeister, der einige junge Mädchen unterrichtet. Es macht mir viel Freude ... Ich möchte es hier gern weiter betreiben, und da ... werde ich mir vielleicht erlauben, Ihnen, Herr von Trappen, eine Forderung zu schicken. Wie wäre das?»

«Mit dem größten Vergnügen, Gnädigste; jedoch, ich fürchte, meine alten Knochen sind nicht mehr so behende wie Ihre jungen, jüngst geübten; außerdem ist das Florett nicht mein Geschmack, zu leicht ...»

«Bis dahin wird mir die kombinierte Waffe auch geläufig sein. Aber ich halte Sie auf ... Auf Wiedersehn.»

Sie hob grüßend die Hand, verbeugte sich gegen den Wagen hin und trabte den Ställen zu.

Joachim von Trappen sah der schlanken, schwarzen Gestalt mit sonderbarem Gesichtsausdruck nach.

Der Abend brach schon herein. Ein schmaler Streifen Purpur, der durch die Wolkendecke schimmerte, spiegelte sich im See. Jochen sah in Gedanken versunken über die Landschaft. Erst als sie hinter dem Weg zur Wassermühle in den Wald einbogen, wandte er sich seiner Frau zu. Sie saß in der Ecke, das schlummernde Kind auf dem Schoß. Den Blick ihres Mannes erwidernd, bekam ihr Gesicht einen strengen und verschlossenen Ausdruck, der früher nicht so ausgeprägt war. Jochen hatte ihn zu seinem Mißfallen schon öfter bemerkt.

«Bist du verstimmt, Inge?»

Sie hob die Schultern.

«Warum sollte ich verstimmt sein? Übrigens, wenn du morgen in die Stadt fährst, denk doch bitte daran, die restlichen Sämereien von Kords mitzubringen; ich werde dir gleich aufschreiben, was wir noch alles für den Garten benötigen.»

Jochen nickte zerstreut. Schweigend fuhren sie bis vor das Karlshöher Herrenhaus.

Erst nachdem Ingeborg das Kind ins Bett gebracht und sich das Ehepaar in Jochens Zimmer zusammengesetzt hatte, bemerkte Ingeborg:

«Ich finde das Benehmen Barbara von Pogwischs geradezu empörend.»

Joachim sah von seiner Zeitung auf.

«Inwiefern?»

«Erstmal, daß sie den ganzen Nachmittag durch Abwesenheit glänzte, und zweitens die absolute Nichtachtung meiner Person, als sie dann schließlich auftauchte.»

«Du liebe Zeit», entgegnete ihr Mann, «daß sie sich in der kurzen

Zeit ihres Urlaubs auf dem ganzen Gut umsehen will, kann ich verstehen. Was das andere betrifft, gebe ich zu, daß es nicht ganz korrekt war.»

«Ich habe dem Mädel doch persönlich nichts getan ... die einfachsten, gesellschaftlichen Formen könnte sie doch wahren ... Hätte ich geahnt, daß Barbara zu Hause ist, wäre ich nicht hingefahren.»

«Na siehst du, Inge, Barbara hat dir wahrscheinlich nur ein peinliches Zusammentreffen ersparen wollen. Reg dich doch nicht über solche Bagatellen auf ...»

«Für mich sind das keine Bagatellen; man hat hier auf dem Land weiß Gott keine große Auswahl an Gastlichkeit, aber du mußt zugeben, daß es mir unmöglich ist, die Verbindung mit den Moorburgern aufrechtzuerhalten, jedenfalls dann, wenn Barbara wieder zu Hause sein wird.»

Herr von Trappen legte die Zeitung auf den Tisch, erhob sich und setzte sich zu seiner Frau auf das Sofa.

«Denk doch nicht immer über die alten Geschichten nach, Inge, du hast doch mich und unseren Kleinen, was kümmert dich da die Meinung oder Haltung anderer Leute? Sind wir drei einander nicht genug? Sei doch wieder meine liebe alte Inge!»

Er legte den Arm um sie und strich ihr über das Haar. Fragend sahen seine Augen sie an.

Einen Augenblick legte die Frau den Kopf an seine Wange, doch als er sie küssen wollte, machte sie sich hastig frei.

«Aber Jochen, du zerdrückst ja meine Frisur!»

In diesem Moment läutete das Telefon im Nebenzimmer. «Na, wenn schon», sagte Joachim und stand auf.

Nach Beendigung des Telefongesprächs blieb Joachim von Trappen eine Weile in dem halbdunklen Zimmer stehen, seine Hünengestalt an den kalten Kachelofen neben dem Telefonapparat gelehnt. Plötzlich überkam ihn eine Empfindung, wie er sie noch nie verspürt hatte in seinem Leben, in dem alles seinen geregelten Gang ging. Doch, einmal, damals – er mochte wohl siebzehn Jahre gewesen sein – war sie noch stärker und schmerzlicher. Das war, als er erfuhr, daß seine Mutter hoffnungslos krank war. Er hatte Ferien gehabt und fassungslos am Bett seiner kranken Mutter gestanden, die ihm so fremd geworden war, wie sie ihren Ältesten mit ängstlichen, groß gewordenen Augen ansah. Es war erschütternd, seine Mutter, die niemals krank war, die Heitere, stets zu einem Scherz Aufgelegte, nun plötzlich so verfallen, von Kissen gestützt, vor sich zu sehen, hilflos der zersetzenden Krankheit preisgegeben. Ohne Hoffnung, ohne Rettung sollte ihr Leben zu Ende gehen. Und jetzt packte ihn wieder eine ähnliche Trostlosigkeit, dem Lauf der

Geschehnisse ohnmächtig gegenüberzustehen. Nicht handeln können, nichts ändern können! Dieser Zustand dauerte seit der Zeit, als Inge von ihrem Vater zurückgekommen war. Nein, es war schon vorher gewesen ... eigentlich seit der Geburt Achims. Schon damals war Inge in einem Maß in ihrer Mutterschaft aufgegangen, die für den Gatten nur noch wenig Liebe übrigließ. Er hatte sich damit abgefunden in der Hoffnung, die Zukunft und das Heranwachsen Achims würden diesem langsamen Erkalten ihrer Liebe Einhalt bieten. Das Schicksal hatte es anders gewollt. Inges angeborener Stolz war von ihm anscheinend zu stark verletzt worden in dieser Affäre mit Jutta. Abgesehen von dem strengen Zug in ihrem Gesicht und ihrer Verschlossenheit, war ihr äußerlich nichts anzumerken, doch zeigten Szenen, Kleinigkeiten ihm immer wieder, wie weit sie in manchen Augenblicken von ihm entfernt war. Schmerzlich wurde ihm bewußt, daß er im letzten Jahr seine Frau mitunter kritisch beobachtet hatte, ihre Art, zu handeln, zu sprechen oder sich auch nur zu bewegen, innerlich abgelehnt hatte. Ihre Genauigkeit, ihre immer geschäftigen Hände hatten ein Gefühl des Unbehagens in ihm hervorgerufen. Sie war in den ersten Ehejahren gewiß auch nicht anders gewesen; hatte er es da nicht bemerkt? War er ungerecht? War das der normale Verlauf jeder Ehe, daß, nachdem die erste große Verliebtheit verflogen ist, die Kritik am Partner erwacht? Sah auch seine Frau seine Fehler und Schwächen? Einige Male hatte er versucht, der Sache durch ein offenes Gespräch auf den Grund zu gehen. Bei Inges verschlossener Art ein unnützes Unterfangen. Wahrscheinlich litt sie wie er. Herrgott, gab es denn keine Möglichkeit, die alte Harmonie wiederherzustellen?

Wie schon oft in dieser unerfreulichen Zeit erinnerte er sich an die Auseinandersetzung mit seiner Frau, als Jutta das Haus verlassen hatte. Zum erstenmal hatte er einen Wesenszug Ingeborgs wahrgenommen, der ihm bis dahin verborgen geblieben war. Da war auch er hart geworden, vielleicht zu hart. War dieses quälende, langsame Versickern einer einst großen Liebe die Folge davon, oder wäre sie auch ohne diesen Auftritt erloschen? Er war nicht der Mann, der sich immer wieder vor seiner Frau demütigte.

Mit einem Ruck richtete sich Joachim auf, verließ den Raum, nahm seinen Hut vom Haken und verließ das Haus. Scharf blies ihm der Wind entgegen; es war ihm gerade recht. Als er über den Taubenberg zur Seeseite hinabstieg, brach der Mond mit opalenem Schimmer durch das dünne Gewölk. Fern nach der Moorseite zu hoben sich die Moorburger Schloßtürme dunkel gegen den hellen Himmel ab. Lange sah Joachim in diese Richtung.

Heller und länger wurden nun wieder die Tage. Sämaschinen rillten die feuchtglänzende Erde, und aus den Röhren rann das Saatkorn für das Sommergetreide. Lerchen erhoben sich jubelnd gegen die blaßblaue Kuppel; Duft stieg von knospenden Büschen auf. In den Gärten gruben die Tagelöhner nach Feierabend das Erdreich um; zwischen den Hekken stand Dunggeruch. Barfüßige Kinder spielten bis zum Dunkelwerden Tauspringen auf der Straße.

An einem dieser ersten warmen Frühlingsabende scheuchte der große, graue Wagen einen Schwarm Federvieh vor den Moorburger Katen auseinander. Vor dem Garten des Pastorates hielt er, und Ulrich Stauffenbiel sprang heraus. Pastor Bolten war mit seiner Haushälterin im Garten hinter dem Haus. Freudig überrascht begrüßte er den Vetter, der mit raschen Schritten auf ihn zukam. Kurze Zeit später saßen sie sich in der Studierstube des Pfarrers bei einer Flasche Wein gegenüber.

«Wie lange gedenkst du zu bleiben?» fragte der Pastor.

«Leider habe ich nur zwei Tage Zeit, Montag muß ich zurück sein. Aber in gut vier Wochen kommen Jutta und ich nach Moorburg; ich werde mir einige Wochen freinehmen.»

«Wie geht es der kleinen Ausreißerin?»

«Ich fürchte nicht besonders, Detlev ... leider. Sie schreibt zwar nichts Genaues, aber Jutta ist ein empfindsamer Mensch, und dieses Reiseleben ist, abgesehen von den körperlichen und seelischen Anstrengungen des Tanzens und Übens, viel zu hart für sie. Gottlob ist die Zeit bald um!»

Der Pfarrer musterte den Vetter und sah, daß sich dessen Züge wieder verhärtet hatten wie in seiner Junggesellenzeit.

«War es schlimm, Ulrich?»

«Was meinst du? Die Trennung? ... Ja, die Zeit ohne Jutta war furchtbar, aber etwas anderes war viel quälender; eine Erkenntnis, die ich schon überwunden zu haben glaubte und in der Ehe vergessen hatte, hat sich leider wieder eingeschlichen. Doch hoffe ich, sie in Juttas Gegenwart wieder loszuwerden. Du hast miterlebt, Detlev, daß ich durch sie ein ganz anderer Mensch geworden bin, und erst jetzt weiß ich, was mir früher gefehlt hat.»

«Ich verstehe dich. Du darfst aber deine Ansicht über Frauen, die ich sehr wohl kenne, nicht auf deine Frau übertragen. Jutta ist kein egoistisches Weibchen, das nur nehmen will. Ich denke noch an den Tag, als sie in ihrer Not zu mir kam und ich einen Einblick in ihr Gemütsleben nehmen konnte und sich ihre große Liebe zu dir mir offenbarte. Ulrich, du weißt, deine Frau wollte sich lieber das Leben nehmen als ohne dich sein ... entschuldige, daß ich diese Sache erwähne ... warum zweifelst du an ihrer Lauterkeit?»

Ulrich fuhr auf.B

«Was für eine Idee! Ich zweifle keineswegs an Jutta, aber ich zweifle an der Redlichkeit der Leute, die ihr zu ihren Erfolgen verholfen haben. Und Jutta ist beeinflußbar, sie hat nicht die innere Sicherheit wie zum Beispiel Barbara von Pogwisch. Ich bin entsetzt gewesen, als ich merkte, in welchem Maß sie fähig ist, sich dem Willen eines anderen Menschen unterzuordnen, und sei es auch nur in künstlerischer Hinsicht. Wie weit sie das auch als Frau ist ...»

«Du hast sie bald wieder bei dir», unterbrach ihn der Pastor, «sie hat ihren Willen gehabt, Erfolg, Geld, und kann sich nun getrost auf ihren Lorbeeren ausruhn.»

«Hoffentlich!» sagte Ulrich betont. «Aber nun etwas anderes: Ich bin hergekommen, das Malvenhaus für unseren Aufenthalt vorzubereiten. Ich habe einige Veränderungen vor: Eine ordentliche Küche, Bad und elektrisches Licht müssen installiert werden, andere Möbel brauche ich auch, und eine kleine Veranda nach der Seeseite möchte ich anbauen lassen. Gibt es hier in der Nähe entsprechende Handwerker?»

«Doch, in Gnissen. Einen Tischler haben wir in Moorburg.»

«Und dann noch etwas. Jutta soll sich nicht mit dem Haushalt belasten müssen, weißt du ein ordentliches Mädchen, das diese Arbeiten übernehmen könnte?»

«Wie wäre es mit der Gärtnerstochter?»

«Aber natürlich! Die Meta; an die habe ich gar nicht gedacht, die hat mich damals ja auch betreut.»

Die Unterredung mit Tantchen Exzellenz am nächsten Morgen verlief, wie Ulrich vermutet hatte. Verkaufen wollte sie das Malvenhaus nicht; aber schließlich erklärte sie sich bereit, ihm Haus und Garten für die Sommermonate zu verpachten. Auch gab sie ohne weiteres ihre Genehmigung zu den baulichen Veränderungen und fand seine Vorschläge praktisch und gut.

«Sie sind ja fast schon ein Moorburger Einwohner und ihre Jutta auch», meinte Tove von Pogwisch lächelnd.

Und Frau Beate fügte hinzu, sie hoffe, daß das Ehepaar Stauffenbiel ein recht häufiger Gast bei ihnen sein werde. Ulrich versprach dies gern; hielt sich aber nicht lange im Schloß auf, da er die Handwerker noch alle vor Abend aufsuchen wollte.

Der Garten des Malvenhauses sah noch winterlich zerzaust aus, nur hier und da blühten einige bescheidene Frühlingsblumen. Der Gärtner versprach, alles schön herzurichten. Seit Ulrichs letztem Aufenthalt in Moorburg war das Malvenhaus unbewohnt. Ulrich setzte sich vor den leeren, verrußten Kamin und erinnerte sich an die früheren Sommermonate. Es kam ihm vor, als sei es in einem anderen Leben gewesen, und doch erschien ihm die Zeit, in der er Jutta noch nicht gekannt hatte, plötzlich wieder vertraut. Es mochte wohl daran liegen, daß er wieder so lange allein gewesen war, allein in einer Weltstadt!

Bald würde sie wieder hier mit ihm vor dem Kamin sitzen, und die glücklichen Tage jenes Sommers würden sich wiederholen. Wie lautet jenes Bibelwort, das sie ihm an dieser Stelle gesagt hatte? ... «Der verborgene Mensch des Herzens, unverrückbar mit sanftem und stillem Geiste, das ist köstlich vor Gott ...» Der verborgene Mensch des Herzens ... auch aus Jutta würde er wieder zu ihm sprechen ... Bald.

3

Die Tage, in denen der Mai in allen Farben und Düften prangen sollte, waren wieder gekommen, doch trübe und gedämpft. Der See machte seinem Namen alle Ehre; finster und ohne Glanz, das Wasser leicht geriffelt, strahlte er keinen Lichtreflex aus. Leichter Regenschleier wehte über ihn. Die Blätter tropften vor Nässe, und die Farben waren dunkel.

Schnell brach die Dämmerung herein. Die Fenster des Malvenhauses waren beschlagen, aus der Esse quälte sich der Rauch des Kaminfeuers hinaus in die Feuchtigkeit. Doktor Stauffenbiel saß vor dem Kamin; den Kopf in die Hand gestützt, starrte er in die zuckenden Flammen. In der neuen, geräumigen Küche räumte Meta das Geschirr in den Schrank, und in der kleinen Badestube stieg Jutta aus der Wanne.

«Wollen Sie auch noch baden?» fragte Meta. «Ich werde dann noch Holz im Herd nachlegen.»

Doktor Stauffenbiel verneinte und schickte Meta nach Hause.

Nach einer Weile ließ sich Jutta, in ihren Bademantel gehüllt, in einen Sessel neben Ulrich fallen. Ihr Gesicht war schmal, die Augen umschattet.

«Dieser Besuch heut nachmittag in Karlshöhe hat mich richtig angestrengt, Ulrich», sagte sie. «Obwohl Inge freundlich war, strömt von ihr eine Kälte aus, die ich noch fühle ... Und Jochen ist auch verändert, so schweigsam; früher war er viel fröhlicher, findest du nicht auch?»

«Ja, du hast recht. Aber ich habe den Eindruck, als ob er nur in Gegenwart seiner Frau so ist. Als wir nämlich draußen in den Ställen waren, taute er sofort auf. Ich mag ihn gern, er ist so ein gerader, offener Charakter.»

«Mich bedrückt der Gedanke, daß vielleicht durch uns ein Mißton in ihre Ehe gekommen sein könnte. Als wir kurz nach unserer Hochzeit Vater im Sanatorium besuchten und Inge bei ihm trafen, fand ich sie nicht so frostig.»

«Da hatte sie wohl noch ein schlechtes Gewissen», meinte Ulrich.

«Das glaube ich nicht. Ich bin vielmehr überzeugt, daß sie jetzt noch meint, damals richtig gehandelt zu haben. Ich kenne sie, sie ist ebenso starrköpfig wie Vater ... Ach, ich finde das alles so bedrückend ... Karlshöhe, das Regenwetter, und Babs ist auch nicht da.»

Ulrich sah sie ernst an.

«Du sollst dich hier erholen. Wir haben nun unserer Pflicht Genüge getan und einen Besuch gemacht; du brauchst ja nicht wieder hinzufahren.»

Jutta lehnte sich im Sessel zurück und sah zur Decke.

«Es ist für mich eine große Umstellung, jetzt plötzlich diese Stille nach all dem Trubel, dieses Abgeschlossensein. Wenn ich bedenke, vor einem Monat steckte ich noch mittendrin ... es war doch schön!» Sie strich sich mit der Hand über die Stirn. «Wenn nur diese Kopfschmerzen mal aufhören wollten!»

«Hätte ich geahnt, daß du mit solch kaputten Nerven zurückkommen würdest, ich hätte dich nicht fortgelassen. Warum hast du mir nicht geschrieben, daß du überanstrengt bist? Ich hätte dich sofort geholt.»

«Und ich hätte eine Konventionalstrafe zahlen können.»

«Und wenn alles Geld verloren gewesen wäre, so wäre das immer noch das kleinere Übel gewesen. Du hast es wahrhaftig nicht nötig, zu verdienen, Jutta.»

Er lehnte am Kamin und sah sie traurig an. Wie hatte sie sich verändert, seine Märchenprinzessin. Da saß sie nun, wippte ihren Pantoffel auf und ab und drehte die Schnur des Bademantels um ihren Zeigefinger.

«Ach, so schlimm war es gar nicht, ich werde mich bald erholen ... Dieses Wetter ist aber auch deprimierend ... Liebster, ich habe manchmal schrecklich Heimweh nach dir gehabt, besonders nachts, wenn ich nicht schlafen konnte. Richtig gefroren habe ich dann innerlich vor Einsamkeit ... tagsüber hatte ich ja keine Zeit; es war manchmal eine tolle Hetze ... Das Proben mit dem Orchester ... ist das wunderbar, Ulrich, nach einem großen Orchester zu tanzen ... ich vergaß die Menschen, die da im dunklen Zuschauerraum saßen, völlig; dann die Blumenmenge in der Garderobe, ich bekam mitunter Kopfweh davon ... ja, damals fing es an, ich glaube, in Mailand ... manchmal.»

«Hast du Herrn von Bardossy eigentlich wiedergesehen?»

Sie sah rasch zu ihm auf. «Doch ... erzählte ich es dir nicht schon?»

«Nein.»

Ja, in der Schweiz ... nein, in Norditalien. Er machte mir fabelhafte Vorschläge für Kostüme, mit ein paar Strichen zeichnet er so was auf ... Weißt du, es passieren einem die komischsten Sachen: Nicht alle schickten mir Blumen, einige hatten Gedichte auf mich verfaßt ... Wir haben Tränen gelacht. Einer hatte ein Bild von mir gemalt, ein ganz modernes Kunstwerk, es war eigentlich nur ein grauer Schleier mit ein paar Augen. Ich habe es im Schrank des Hotelzimmers gelassen. Und dann im D-Zug der alte Herr, der mir Vorträge über gesunde Lebensführung und Selbstkontrolle hielt. Er schreibt sich immer die Uhrzeit auf, wenn er nachts aufwacht. Ich fragte ihn, ob er sich auch aufschreibt, wann er wieder einschläft.»

Sie lachte.

Ulrich setzte sich zu ihr auf die Sessellehne und legte den Arm um ihre Schultern.

«Jetzt wird geschlafen! Du hast schon ganz heiße Wangen.»

«Wenn ich nur könnte!»

Später sah Ulrich, daß seine Frau ein Glas milchigweiße Flüssigkeit trank. «Das hört jetzt auf, damit ruinierst du dich.»

Er griff in die Tasche ihres Bademantels und holte die Glasröhre mit den Schlaftabletten hervor. Es knackte einige Male im Feuer, das die Tabletten gierig verzehrte.

Pastor Bolten hatte den Segen gesprochen, und die Gemeinde sang das Pfingstlied «O heil'ger Geist kehr bei uns ein.»

Da der Kantor erkrankt war, hatte Ulrich sich bereit erklärt, die Orgel zu spielen; nun ließ er sie beim Ausgangslied aufbrausen. Jutta saß zwischen Herrn und Frau von Pogwisch im Moorburger Kirchenstuhl. Der Karlshöher Stuhl, von dem aus sie seinerzeit zum erstenmal den Engel Gabriel wahrgenommen hatte, war diesmal leer. Sie hatte von der Predigt des Pfarrers nur wenig in sich aufnehmen können, da sie immerfort den Engel ansehen mußte, und es war ihr, als sei allmählich ein Schleier fortgezogen worden: Der verborgene Mensch des Herzens ... es ist so still geworden, verrauscht des Abends Wehn ... sah Ulrich noch wie jener Engel aus? Sie schauerte zusammen ... was hatte sie bewogen, ihn so lange allein zu lassen? Was war es nur ...?

«Kleine Frau, Sie träumen ja», sagte Herr von Pogwisch, der sich mit seiner Frau anschickte, die Bank zu verlassen.

«Ich muß zu meinem Mann hinauf», erwiderte sie leise. Frau von Pogwisch erinnerte sie noch daran, daß sie und ihr Mann zum Abendessen im Schloß erwartet würden. Jutta nickte abwesend. Während die Kirche sich leerte, ließ Ulrich die Orgel weiter singen. Jutta ließ sich auf der Bank neben der Orgel nieder und winkte ihm, weiterzuspielen. ER wiederholte dasselbe Thema in verschiedenen Variationen. Als Ulrich mit einem vollen Akkord schließen wollte, flüsterte Jutta:

«Spiel weiter!»

Er spielte weiter, und plötzlich bemerkte er Tränen in Juttas Augen; erschüttert wollte er zu ihr eilen, doch sie wehrte ab.

«Spiel weiter, es tut so gut.»

Da verstand er sie. Ganz leise setzte er ein: «Es ist so still geworden, verrauscht des Abends Wehn–» schluchzend bedeckte sie das Gesicht mit den Händen – «wirf ab, Herz, was dich kränket und was dich bange macht!»

Langsam nahm er die Hände von den Tasten, sie kam zu ihm, setzte sich neben ihn und lehnte ihren Kopf an seine Brust.

Am Abend schickten sie Meta zum Schloß hinüber mit einer Entschuldigung für ihr Fernbleiben.

Über Nacht waren die Wolken verschwunden, ein strahlender Pfingstmontagmorgen brach an. Die Sonne drang durch die Ritzen der Fensterläden des Malvenhauses und kitzelte die Schläfer wach. Jutta blinzelte die goldenen Sonnenstäubchen entlang, dann drehte sie sich zu Ulrich um, der noch fest schlief, den Arm um ihre Körpermitte gelegt. Vorsichtig machte sie sich frei und ging die Fensterläden öffnen. Das Sonnenlicht flutete ins Zimmer. Jutta stieß die Fenster auf und atmete genüßlich den Duft des Gartens ein. Ein tiefes Gefühl der Dankbarkeit erfüllte sie, Zufriedenheit, Glück, alles in einem Atemzug.

Allmählich neigte sich Ulrichs Urlaub dem Ende zu, und der Abschied fiel den beiden glücklichen Menschen unsagbar schwer. Ulrich versprach, nach Möglichkeit alle vierzehn Tage zum Wochenende nach Moorburg zu kommen. Jutta sollte bis in den Herbst am Schwarzsee bleiben. Am letzten Tag vor Ulrichs Abreise hatten sie noch einen langen Ritt durch Moor und Heide unternommen; Jutta auf Farida, die trotz ihrer Jugend unter Juttas leichtem Gewicht schon gut am Zügel ging, und Ulrich auf Barbaras Pluto. Vor der Heuernte ritt Jutta noch einmal durch die blühenden Wiesen am Seeufer entlang; sanft strich der Sommerwind über die grün-bunte Fläche. Das Wetter war günstig. Farida trabte geschmeidig, und die junge Frau fühlte sich glücklich inmitten der blühenden Landschaft. Sie wollte Anton und Hilde in der Wassermühle besuchen.

Als sie sich, den Lachsenbach aufwärts reitend, der Mühle näherte, hörte sie das kräftige Geschrei von Hildes Baby und sah das Korbwägelchen unter einem abgeblühten Fliederstrauch stehen. Hilde war hinter dem Haus im geräumigen Hühnerstall, sie sammelte die frisch gelegten Eier in einen Korb. Freudig begrüßte sie Jutta, und auf deren besorgte Frage, was dem Kleinen fehle, sagte sie lachend:

«Der Bengel hat ewig Hunger; wenn's nach ihm ginge, könnte ich ihn fortwährend stillen. Aber wie geht es Ihnen, Frau Doktor?»

Die beiden jungen Frauen setzten sich unter den Nußbaum, Hilde mit einer Handarbeit, und Jutta bemerkte, daß Hildes Hände ganz schwielig waren.

«Ja», sagte Hilde, «Arbeit gibt es viel, aber wir kommen gut voran. Anton arbeitet für zwei.»

Und sie deutete mit einer Kopfbewegung nach dem Bach hinüber, wo das Mühlrad klapperte.

«Wir haben uns auf die Sägerei umgestellt. Das bringt das ganze Jahr was ein. Die alte Moorburger Lokomobile haben wir billig bekommen. Sie unterstützt das Mühlrad, und Anton heizt sie mit Holzabfällen. Bald haben wir auch die Säge-Anlage abbezahlt.» Sie seufzte erleichtert. «Ich weiß nicht, ob ich es Ihnen sagen darf, aber ich tu es doch: Wir würden nicht so schnell vorangekommen sein, wenn nicht Fräulein von Pogwisch uns geholfen hätte. Sie hat uns, als unser Junge getauft wurde, die Pacht für ein ganzes Jahr erlassen; ja, sie ist so gut und immer freundlich. Und Herr von Trappen hat uns zur Taufe eine tragende Sau geschenkt. Zehn Ferkel hat sie geworfen, sieben Sauen und drei kleine Eber, davon mästen wir zwei, und den dritten wollen wir als Eber behalten. Wollen Sie sie mal sehen, Frau Doktor?»

Voll Stolz führte Hilde ihren Gast herum. In der Mühle war eine Wand zum Hofplatz durchbrochen worden und mit einem großen Tor versehen; das stand jetzt offen; dadurch wirkte der ehemals dunkle Mühlenraum freundlicher. Überall lagen Bretterstapel und glatte Baumstämme, und ein angenehmer Holzgeruch erfüllte die Luft. Ein junger, rotbackiger Mann war Anton behilflich. «Das ist mein Bruder Johann», schrie Hilde Jutta ins Ohr, «den haben wir nach seiner Einsegnung zu uns genommen, und er ist Anton eine große Hilfe.»

Der Müller sah nicht mehr ganz so finster aus wie früher, aber wortkarg war er noch immer. Er wischte sich die Hand erst an der blauen Leinenschürze ab, ehe er sie Jutta reichte, und Johann machte eine linkische Verbeugung.

Ob die Frau Doktor nicht zum Essen bleiben wolle?

Nein, das wollte Jutta nicht, aber ein Glas Met vielleicht? Sie hatte die ganze Zeit an Christoph, den einstigen Herrn der Wassermühle, denken müssen.

Bevor Jutta mit Farida den Hof verließ, blickte sie noch einmal zurück. Nein, da stand kein alter, verfallener Mann und winkte ihr nach: Da saß eine junge, gesunde Frau auf der Bank unter dem Nußbaum, stillte ihr Kind und liebkoste sein seidenweiches Köpfchen.

Pluto drehte den Kopf, als Jutta seine neue Stallgefährtin und Nachbarin hereinführte. Zärtlich beschnupperte er das weiche Maul der jungen Stute. Jutta stellte vorsichtig ihr Honigglas in die Krippe und begann, Farida abzusatteln. Gerade als sie den in der grellen Mittagssonne liegenden Hofplatz überquerte, klirrte ein Fenster, und der Major rief ihr zu, es sei Post für sie gekommen. Er reichte ihr zwei Briefe; der eine trug Ulrichs Handschrift, der andere, dickere, Maschinenschrift und ausländische Marken.

«Aus den Vereinigten Staaten!» sagte der Major lachend.

«Danke», erwiderte Jutta verwirrt und eilte schnellen Schrittes davon. Eben hatte sie noch daran gedacht, am Nachmittag zu baden, und sich auf dieses Vergnügen gefreut, jetzt beherrschte sie nur noch ein Gedanke: Er hat sein Versprechen gehalten! Was mochte der Brief enthalten?

Meta servierte ihr das Essen. Sie las Ulrichs Brief: Er bedauerte, dieses Wochenende nicht an den Schwarzsee kommen zu können, eine dringende Arbeit hielt ihn ab. Wenn eine Frau ihren Mann allein läßt, ist das anders, als wenn ein Mann seine Frau allein läßt? überlegte sie flüchtig, doch waren ihre Gedanken schon bei dem ausländischen Brief, den sie in der Hosentasche trug.

In ihrem Schlafzimmer öffnete sie ihn. Sie sah seine Handschrift nicht zum erstenmal. Wo immer sie aufgetreten war, hatte sie eine Nachricht von ihm vorgefunden, oder er war selbst gekommen, bis ihn ein Vertrag nach Nordamerika entführte.

Das war es, wovon er damals in der Schweiz geredet hatte, ihr Gastspiel in den USA! Er hatte es gemeinsam mit Herrn Sabransky geschafft! Sie sollte unverzüglich herüberkommen. Immer wieder las sie den Satz: «Jutta, es ist die Chance Ihres Lebens, nie wieder wird Ihnen ein solch glänzender Kontrakt geboten werden. Wir bereiten alles vor.»

Zitternd vor Aufregung warf sie sich auf ihr Bett. Träge summte eine Fliege an der Decke. In der Küche klapperte Meta mit dem Geschirr. Bilder zogen an Juttas geistigem Auge vorüber, Bilder, erfüllt vom Rausch des Erfolges, den sie gekostet hatte, und Bilder einer Idylle zwischen Mailand und Bern, in der zwei seltsam bernsteinhelle Augen vorherrschten. Wer verstand so großzügig zu leben wie Bardossy, dieser Meister der Lebenskunst? Jutta gab sich gefährlichen Träumereien hin. Erst als die Sonne voll auf ihr Bett schien, wurde sie sich der Wirklichkeit bewußt. Was sollte sie tun? Niemand konnte ihr raten. Ulrich? Ach, Ulrich! War man bei wichtigen Entschlüssen nicht immer allein? Ulrich würde das nie zulassen, niemals. Sie sprang auf: Wollte sie es denn? Sie konnte mit einem Schlag weltberühmt werden. Das interessante Leben ... gemeinsam mit Bardossy. Géza von Bardossy!

Und wenn es nur eine Zeitlang war. Plötzlich fiel ihr das Schicksal ihrer Mutter ein. Nun, das war anders gewesen, ihre Mutter war von jenem Künstler abhängig gewesen. Sie, Jutta, würde vielleicht ebenso berühmt wie Géza von Bardossy werden.

Dann war es ihr, als sähen Ulrichs ernste Augen sie an; ihre zarte Gesundheit, er war immer so besorgt. Jetzt war sie gesund, würde sie sich an das anstrengende Leben gewöhnen?

Sie schloß die Fensterläden, die grelle Sonne tat ihr in den Augen weh. Regungslos verharrte sie, bis Meta anklopfte, um zu fragen, ob sie den Kaffee draußen auf der Veranda trinken wolle.

«Ja, bitte», antwortete sie.

Ich sollte ihm postwendend antworten, dachte sie, während sie über den glitzernden See blickte und mechanisch die Tasse zum Mund führte. Nein, ich kann das jetzt nicht entscheiden. Chance meines Lebens! Und meine Liebe zu Ulrich?

Ihre Gedanken liefen im Kreis. Sie legte sich früh schlafen, doch schlafen konnte sie nicht. Als die Hähne anfingen zu krähen und das Dengeln der Sensen den Beginn der Heuernte ankündigte, war sie noch immer zu keinem Entschluß gekommen. Einige Stunden später, als sie ihr weichgekochtes Ei ausgelöffelt hatte, wurde ihr übel; im Badezimmer erbrach sie sich.

Sie kam auch in den nächsten Tagen zu keinem Entschluß, doch wiederholte sich die morgendliche Übelkeit. Am vierten Morgen war Beate von Pogwisch gerade gekommen, als Jutta hastig im Badezimmer verschwand.

Wachsbleich im Gesicht erschien sie nach kurzer Zeit wieder.

«Ich glaube, der Gnissener Doktor muß mal zu mir kommen, mir wird seit einigen Tagen jeden Morgen schlecht.»

«Gewiß, ich kann ihn anrufen ... aber, bei Ihnen ist gewiß ein Baby unterwegs. Als ich Lily erwartete, ging es mir ebenso.»

Später stand Jutta fassungslos vor ihrem Toilettenspiegel. Ein Baby! Nun war es aus mit der Tanzerei, aus mit allen Plänen, aus mit dem Berühmtwerden. Vorbei, Herr von Bardossy! Sie ließ sich auf den Stuhl sinken und schlug die Hände vors Gesicht. O, sie war nur eine Frau wie alle anderen auch. Der Mann bestimmte ihr Schicksal, ihr Mann, Ulrich Stauffenbiel. Er hatte es bestimmt, sie war sich jetzt sicher, klug, wie er war. Eine Minute stieg Ärger in ihr hoch, danach durchströmte sie eine befreiende Erleichterung: Sie brauchte keine Entscheidung zu fällen, ihr Liebster hatte entschieden, ohne zu wissen, welch schweren Entschluß sie fassen sollte. Oder hatte er es doch geahnt?

Am Nachmittag jenes Tages stand sie gedankenverloren auf dem kleinen Bootssteg über dem See, umfächelt vom warmen Sommerwind; dunkel schwappte das Wasser an den Balken entlang; da sah sie im Spiegel des Wassers deutlich das Bild der jungen Wassermüllerin mit dem Kind unter dem Nußbaum. Sie fühlte eine tiefe Vorfreude auf ihr Kind.

Am selben Abend noch schrieb sie eine Absage an Géza von Bardossy.

Nach einem regenreichen Juli folgten im August heiße Hochsommertage. Der Moorburger Selbstbinder mähte in breiten Schwaden den reifen Hafer, und Männer und Frauen setzten die Hocken auf. Schwerfällig stapfte der alte Inspektor über die Stoppeln, bei einer jungen Frau blieb er stehen; sie war damit beschäftigt, sich die Disteldornen aus der Hand zu ziehen. In diesem Jahr waren die Garben voll grüner Disteln.

«Na, na», brummte er, «man nicht so empfindlich, junge Frau!»

Sie war erst in diesem Frühjahr mit ihrem Mann nach Moorburg gekommen, wo eine Tagelöhnerwohnung frei geworden war; vorher war er Knecht und sie Magd auf einem anderen Gut gewesen. Schüchtern sah sie zum Inspektor auf.

«In Wesendorf bekamen wir in der Ernte immer Ladehandschuhe, da kann man besser zupacken.»

In diesem Moment kam Herr von Pogwisch auf seinem Braunen angetrabt.

«Was gibt es, Inspektor?»

Der alte Mann nahm seinen Hut ab und wischte sich den Schweiß von Stirn und Glatze.

«Ach, die erzählt da was von Ladehandschuhen, die sie in der Ernte in Wesendorf bekommen hätten. Nie von gehört. Ladehandschuhe!»

Der Major wandte sich an die junge Frau.

«Erzählen Sie mal, wie die Dinger beschaffen sind.»

«Die sind aus Lederflicken gemacht», sagte sie errötend, «wie Fausthandschuhe, und damit arbeitet es sich viel schneller, schon wegen der Disteln. Sie gehörten der Gutsverwaltung, und wenn die Ernte vorbei war, gaben wir sie wieder ab.»

Major von Pogwisch sah, daß selbst die Männer die Garben vorsichtig anfaßten. Babs würde das sofort einführen, dachte er. Werde doch mal mit dem Gnissener Sattler darüber sprechen. Er wandte sein Pferd. Der Inspektor entfernte sich nach der anderen Seite etwas schwankend und laut prustend. «Ladehandschuhe! Immer diese neumodischen Sachen!»

Auf der Mitte des Schwarzsees trieben Ulrich und Jutta vor der leichten Brise in Barbaras kleiner Jolle. Er hatte Decken und Kissen auf den Boden gebreitet, damit Jutta es bequem habe.

«Nächstes Jahr um diese Zeit sind wir zu dritt!» sagte sie. «Ob es dann schon mitsegeln darf?»

«Warum nicht?» lachte er. «Nur mußt du dem Kind einen Tropenhelm aufsetzen, sonst bekommt es einen Sonnenstich.»

Sie nahm seine Hand und legte sie an ihre Wange.

«Darf ich eigentlich noch baden? Erkältet es sich nicht dabei?»

«Uff», stöhnte Ulrich, «du mußt mal den Arzt fragen; ich habe ja noch nie ein Kind bekommen.»

Im stillen machte er sich Vorwürfe, daß er hier auf dem See faulenzte, während im Malvenhaus ein Wust schriftlicher Arbeiten lag, die er sich für die acht Tage Schwarzseeaufenthalt mitgenommen hatte. Vor lauter Freude hatte er es nicht mehr allein in der großen Stadt ausgehalten und war für eine Woche zu seiner Frau gefahren.

Rein zufällig fanden sie an diesem Nachmittag die Bucht der Wasserjungfrauen, die bläulich schimmernd über dem stillen Wasserspiegel schwirrten. Leise raunte es im Schilf, und nach der Landseite zu standen Schwertlilien in dichten Reihen hochaufgerichtet im sattgelben Licht. Ulrich ließ das Segel fallen. Jutta blickte erstaunt umher; sie war wieder Märchenprinzessin.

Um den Frieden dieses Platzes nicht zu stören, unterhielten sie sich nur flüsternd. Es war eine Stunde voll des geheimnisvollen Zaubers eines leuchtenden Sommertages.

Am Abend saßen sie vor dem gedeckten Tisch in Detlev Boltens Gartenlaube, die vom Duft des Jelängerjeliebers erfüllt war. Es war noch immer recht heiß.

«Wo nur Fräulein Schulze mit dem Essen bleibt?» sagte Pastor Bolten. «Sie ist doch sonst nie so säumig!»

«Na, bei dieser Hitze vor dem Herd; da ist es kein Wunder, wenn es langsamer geht als sonst», meinte Jutta.

Als der Pfarrer nachsehen wollte, ob der Haushälterin etwas zugestoßen sei, kam sie mit hochrotem Kopf den Gartenweg herunter. «Entschuldigen Sie bitte, daß es länger dauerte ... es ist was Schreckliches passiert ... Der Inspektor ist gestorben!»

Atemlos setzte sie das Tablett auf den Tisch, zog ihr Taschentuch aus der Schürzentasche und wischte sich das Gesicht ab.

«Aber ich habe ihn doch noch vor etwa zwei Stunden vorbeigehen sehen», rief Pastor Bolten.

«Ja, es kam ganz plötzlich. Der Schlag hat ihn getroffen ... Ich wollte eben das Tablett heraustragen, da sah ich die Leute alle nach dem Inspektorhaus laufen, und da rief ich Frau Kasubke, die zurückkam, weil sie die Milchsuppe auf dem Feuer hatte. Die hat es mir dann erzählt ... Der Inspektor ist die steile Treppe auf den Speicher hochgeklettert; Mathias war gerade unten in der Gerätekammer, um sich Bindegarn für die Mähmaschine zu holen; er hat wohl oben auf dem Speicher etwas poltern hören, sich aber nichts dabei gedacht. Erst als Herr von Pogwisch nach dem Inspektor fragte, ist er, nachdem er vergebens gerufen hatte, hinaufgestiegen ... und da hat er ihn gefunden. Er war schon tot. Es war nicht leicht, den schweren, toten Mann die Treppe herunterzubringen.»

«Wie alt war er eigentlich?» fragte Ulrich.

«Über siebzig auf jeden Fall», entgegnete Detlev Bolten, «er hätte sich schon längst zur Ruhe setzen müssen. Aber er wollte nicht abtreten, meinte auch, daß er unentbehrlich sei. Mir gegenüber äußerte er einmal, als ich auf sein hohes Alter hinwies, ‹ich darf Exzellenz nicht im Stich lassen, ich habe es dem sterbenden Kammerherrn versprochen, Major von Pogwisch ist ja kein Landwirt›. Eine treue Seele ... ein schöner Tod, so mitten in der Pflichterfüllung!»

«Wollen Sie nichts essen? Die Kartoffeln werden ja kalt», mahnte Fräulein Schulze, «ich will mal hören, was der Arzt gesagt hat, er war gerade im Inspektorhaus ...»

«Tun Sie das», sagte der Pfarrer lächelnd.

«Und das mitten in der Ernte», meinte Ulrich und nahm sich von den Bratkartoffeln und dem Schinken.

«Wie wird der Major allein fertig werden, wo Babs nicht da ist?»

Jutta sah ganz verstört aus, ihr war in diesem Moment das Werden und Vergehen in der Natur, im Menschendasein, zum erstenmal ganz zum Bewußtsein gekommen. Da saß sie, in ihr keimte neues Leben, und der alte Mann war eben ganz allein auf dem Speicher gestorben, allein, wie er vielleicht immer gewesen war.

«Hat es dich sehr aufgeregt?» fragte Detlev Bolten besorgt und schenkte ihr Buttermilch ein. Ulrich strich ihr beruhigend übers Haar.

Auf Anraten des Arztes fand die Beerdigung schon am übernächsten Tag statt. Herr von Pogwisch ließ die Erntearbeiten für diesen Nachmittag unterbrechen, den Toten zu ehren. Die Kirche war dicht besetzt, da nicht nur ganz Moorburg an der Beerdigung teilnahm, sondern auch ein Teil der Karlshöher Belegschaft, soweit sie in der Ernte entbehrt werden konnte. Aus den umliegenden Ortschaften waren meist ältere Leute gekommen. Angehörige hatte der Tote nicht. Frau Tove von Pogwisch, gestützt auf ihren Neffen und Ulrich Stauffenbiel, war mühsam zur Kirche hinübergeschritten. Wehmütig äußerte sie, daß mit dem Inspektor nun der letzte Gefährte aus der guten alten Zeit hinübergegangen sei. Es sei leider das Schicksal alter Leute, allein zurückzubleiben.

Barbara hatte telegrafiert, es sei ihr leider unmöglich, zur Beerdigung zu kommen, da sie mitten im Examen sei. Ingeborg von Trappen war in Vertretung ihres Mannes gekommen, da Joachim jetzt auf dem Feld nicht abkömmlich war. Ulrich, der sie auf dem Kirchhof begrüßte, fand, sie sei ziemlich füllig geworden. Auf ihre Frage, warum Jutta nicht mit zur Feier gekommen sei, verriet er ihr den Zustand seiner Frau.

«Ach, das freut mich aber für Sie beide!» rief Inge aus und sah ihn strahlend an. «Ist Jutta zu Hause? Da muß ich doch gleich zu ihr, ich kann ihr doch allerlei Ratschläge geben.»

«Da wird sich Jutta gewiß freuen; ich muß die alte Dame wieder zum Schloß bringen und werde wohl noch ein wenig beim Major bleiben», erwiderte Ulrich.

Er wollte die beiden Frauen allein lassen, wußte er doch, daß Inges Frostigkeit Jutta zuweilen bedrückte. Dies war die beste Gelegenheit. Wie eigenartig sind doch Mütter, überlegte er, sobald sie etwas von kleinen Kindern hören, ist die zurückhaltendste Frau aufgeschlossen und interessiert, und es herrscht Eintracht unter ihnen.

Und so war es auch. Als Ulrich am Abend nach Hause kam, war Frau von Trappen zwar schon nach Karlshöhe zurückgefahren, aber Jutta rief glücklich:

«Nun habe ich wieder eine Schwester!»

Drei Erntewochen leitete Herr von Pogwisch allein den Betrieb. Doch hatte er Glück, schon nach einer Woche bekam er durch Empfehlung eines Gutsnachbarn einen jungen Mann für die schriftlichen Arbeiten, so daß er sich ganz den Arbeiten draußen widmen konnte. Trotzdem fehlte ihm die starke Hand des Inspektors, besonders bei den fremden Erntearbeitern, unter denen sich einige vor der Arbeit drückten, wo es nur ging. Auf Ermahnungen des Vorarbeiters gaben sie freche Antworten. Und an einem Tag, als der Major in die Kreisstadt zur Bank gefahren war, kam die Leuteköchin schluchzend ins Schloß gelaufen und klagte der alten Frau von Pogwisch ihr Leid. «Ich kann mit diesen unverschämten Kerlen nicht fertig werden; sie haben mir die Suppe vor die Füße geschüttet und gesagt, es seien Fliegen drin, und Salzheringe könnten sie nicht essen, davon bekämen sie nur Durst und würden nicht satt davon.»

«Schicken Sie mir mal Kobalski her», sagte Tantchen Exzellenz. Der Vorarbeiter kam, und sie fragte ihn, ob es stimme, daß Fliegen im Essen gewesen seien.

«Nein, ich habe keine gesehen.»

«Was sind das für Leute, die so aufsässig sind?»

«Das sind welche von denen, die das Arbeitsamt auf Anforderung des Inspektors für die Ernte geschickt hat. Sie führen zuweilen üble Reden und versuchen, die hiesigen Tagelöhner und Knechte aufzuhetzen.»

«Es ist gut, Kobalski. Die jungen Leute sollen sofort ins Kontor kommen, ich erwarte sie dort.»

Der junge Sekretär war erstaunt, als die alte Dame, gestützt von Frau Beate, im Kontor erschien.

«Soll ich nicht lieber hierbleiben, Tantchen?» fragte Frau Beate besorgt. «Du sollst dich doch nicht aufregen.»

«Das hat nix mit Aufregung zu tun, nur mit der Ordnung.»

Forsch traten vier Männer ein, doch als sie hinter dem Schreibtisch des Majors die aufrecht sitzende alte Dame gewahr wurden, die sie unter weißen, buschigen Brauen mit ihren hellblauen Augen scharf ansah, traten sie unwillkürlich leiser auf.

«Will mir doch mal die Arbeiter ansehen, die sich auf Moorburg aufrührerisch betätigen. Was wollt ihr damit erreichen?»

«Besseres Essen und mehr Lohn!» platzte einer heraus.

«So, so, arbeitet ihr denn auch fleißig?»

Keiner antwortete. Der erste Sprecher sah gelangweilt umher, die drei anderen blickten auf die Schreibtischplatte.

«Also nicht! Wenn das Essen für fleißige Leute ausreichend ist, dann wird es für euch auch genug sein, und was den Lohn anbetrifft, so gibt es in meinem Betrieb keinen Pfennig mehr oder weniger als auf den anderen Gütern auch. Wenn ich nun noch einmal höre, daß ihr euch unverschämt aufführt oder Hetzreden haltet, seid ihr entlassen ... und das Arbeitsamt bekommt einen entsprechenden Wink von uns. Vielleicht schicken sie euch dann an eine Stelle, wo ihr froh sein werdet, Salzheringe zu bekommen.»

«Ha, wenn wir gehen, gehen noch mehr mit», lachte der Wortführer höhnisch, «dann können Sie sehen, wie Sie Ihre Ernte hereinbekommen. Anderswo können wir mehr verdienen.»

Frau von Pogwisch drehte sich auf ihrem Sessel zum Sekretär um. «Herr Reher, machen Sie doch gleich die Papiere für den Mann fertig, er will in eine Stellung, wo er mehr verdient ... Wollen die anderen drei auch gleich mitgehen?»

Sie schüttelten die Köpfe, und ein junger Blonder meinte, es sei doch überall dasselbe.

Endlich kam der Tag, an dem Barbara nach bestandem Examen wieder in Moorburg wirtschaftete. Ihr Arbeitseifer war fast unheimlich; den ganzen Tag war sie unterwegs, und jede ihrer Anweisungen hatte «Hand und Fuß», wie die Leute sagten. Sie war entschieden dagegen, einen neuen Inspektor einzustellen, als Tantchen, die meinte, es sei für Babs reichlich viel Arbeit, diesen Vorschlag machte.

«Aber das ist doch ganz überflüssig», erwiderte Barbara. «Tantchen ist als Besitzerin die oberste Instanz, Papa der Geschäftsführer, ich Chef des Außendienstes, und der Reiher macht den Schriftkram.»

«Reher heißt der junge Mann», verbesserte sie Frau Beate.

«Wenn er aber doch so einen langen Hals hat! ... Und Mama untersteht sozusagen der Innendienst. Was brauchen wir da noch eine fremde Kraft mehr? Für das Geld, was solch ein Mann im Jahr verdient, könnte man schon ...» Und nun ging es los.

Tantchen Exzellenz hob abwehrend die Hände.

«Glaubst du denn, wir sind Millionäre? Ja, ja, das kommt davon, wenn man so eine Pige* studieren läßt, Otto!»

«Kommt alles zehnfach wieder rein, Tantchen; wer nichts wagt, der nichts gewinnt. Außerdem sind das gar keine Experimente, denn alles, was ich vorschlage, ist längst erprobt und hat sich bewährt, nur hier kennt man es noch nicht.»

«Wie war das mit der Grassaat, Babs?» fragte der Major. «Das ist ja fast unglaublich, daß verschiedene Sorten so hoch bezahlt werden!»

«Man muß aber, um sie anzubauen, eine Konzession dafür haben.»

Abends saßen die Freundinnen meist im Malvenhaus auf der Holzveranda beisammen. Barbara hatte bei der Nachricht, daß Jutta ein Kind erwarte, ein leichtes Befremden empfunden und konnte die Vorfreude Juttas nicht mitfühlen. Es war ihr mitunter, als sei Jutta nun in drei Teile gespalten und nur einer davon sei ihr zugekehrt. Jutta dagegen fand die Freundin unverändert und freute sich über die gemeinsamen Stunden.

«Wie lange wirst du noch bleiben?» fragte Babs an einem Abend.

«Bis zum Erntefest. Dann holt Ulrich mich ab.»

«Das ist fein, da könnt ihr mitfeiern. Im übrigen beneide ich dich nicht, in die Stadt zurückkehren zu müssen ... Ich habe mich dort kreuzunglücklich gefühlt. Aber du wolltest mir noch von der Reise durch Norditalien erzählen.»

Und Jutta erzählte, was sie erzählen wollte. Mehr nicht.

«Sag mal», sagte Barbara schließlich, «dieser Herr von Bardossy – Mama schwärmt ja auch von ihm – verehrt dich wohl sehr?»

Jutta hob die Schultern. «Er hat sehr viel für mich getan, aber ich glaube, daß er in mir nur die Künstlerin sieht.»

«Und du?»

«Gott, ich!» Jutta reckte die Arme. «Wenn man mit Ulrich Stauffenbiel verheiratet ist, was können einem da schon andere Männer sein!»

«Das meine ich auch», sagte Barbara leise.

An einem Nachmittag, der nahende Herbst machte sich schon bemerkbar, waren die Freundinnen nach dem Kaffee auf dem Kirchhof. Jutta

* dänisch: Mädchen

hatte einen dicken lila Asternkranz für Lilys Gedenktafel angefertigt, und auch auf August Pranges Sarg hatten sie einen Herbstblumenstrauß gelegt. Jetzt standen sie am frischen Grabhügel des Inspektors und nahmen die welken Kränze fort, Jutta stellte rotgelbe Dahlien in ein leeres Weckglas.

«Er war eine treue Seele», sagte Barbara schließlich, «aber ich kann dir gar nicht sagen, wie viel leichter mir das Arbeiten ohne ihn wird; er war für mich ein ständiger Hemmschuh ... und mißtrauisch war der alte Mann. Er hat manchmal, wenn ich eine Anordnung traf, diese gleich darauf widerrufen; die Leute wußten manches Mal nicht, was sie nun eigentlich sollten; ich glaube, daß er Angst hatte, ich würde ihn an die Wand drücken. Na, man soll über Tote nicht schlecht reden, das gehört sich nicht, aber ich habe immer einen Zorn auf ihn gehabt, wenn ich merkte, daß er meine Anordnungen nur deshalb widerrief, weil er nicht übergangen werden wollte, während ich nur im Interesse des Gutes gehandelt hatte.»

«Wie lange hat er eigentlich auf Moorburg gearbeitet?»

«Zweiundfünfzig Jahre. Das ist eine Leistung, die wir ihm alle hoch anrechnen, besonders Tantchen.»

Als sie am Wirtshaus vorbeigingen, stand der Wirt in der Tür und verbeugte sich tief.

«Ist das immer noch der, dessen Frau sich ertränkt hat?» fragte Jutta.

«Ja, das ist er. Wir hätten ihn damals hinausgesetzt, wenn die Wirtschaft uns gehört hätte, aber sie gehört ihm, er hat sie von seinem Vater geerbt. Ihm ist damals nichts passiert. Es ist ja leider keine strafbare Handlung, wenn ein Mann seine Frau schlägt. Aber die Hiebe von den Moorburger Knechten hat er einstecken müssen; sie haben ihn vor die Wahl gestellt: entweder Hiebe, oder sie kämen nicht mehr zu ihm. Da hat er die Hiebe vorgezogen. Wir haben es bis drüben gehört.» Babs grinste. «Und stell dir vor, er hat vor einem halben Jahr wieder geheiratet!»

«Was? Prügelt er die neue Frau auch?»

«Ach, wo denn. Die hat Haare auf den Zähnen und Fäuste wie ein Schlachter. Endlich hat er die Richtige erwischt!»

An einem Sonnabendnachmittag wurde das letzte Fuder eingefahren. Oben in den knisternden Weizengarben saßen singend die Frauen mit der buntbebänderten Erntekrone. Barbara galoppierte die abgeernteten Koppeln herunter, um ihrer Großtante Bescheid zu sagen, damit sie sich bereithalte. Da sah sie unten auf dem Landweg Ulrich Stauffenbiels Wagen in den Weg nach der Gärtnerei einbiegen. Nein, sie wollte die beiden heute abend allein lassen, Jutta hatte alles so nett für ihren Mann vorbereitet.

Der Saal in der Gastwirtschaft war mit bunten Papiergirlanden und Ährensträußen geschmückt; an der Schmalseite war auf Bierfässern das Podium für die Musiker aufgebaut.

«Sieh mal», sagte Jutta zu Ulrich, «ich glaube es sind noch dieselben Musikanten, die damals in Gnissen spielten. Der mit der Posaune, der Dicke mit der Glatze, den erkannte ich gleich wieder, auch der Geiger mit dem Schnauzbart war damals dabei.»

«Ich entsinne mich nicht mehr, meine Augen sahen nur ein entzükkendes Mädchengesicht», lachte Ulrich.

Das Ehepaar von Pogwisch eröffnete den Tanz, der Major mit der Frau des Vorarbeiters und Frau Beate mit Mathias, dem ältesten Knecht. Beim nächsten Walzer tanzte Barbara mit Kobalski, der Major forderte Jutta auf, und Frau Beate strahlte den sich vor ihr verneigenden Doktor Stauffenbiel an. Nun füllte sich die Fläche mit tanzenden Paaren. Onkel Eduard, der von Polzin herübergekommen war, sagte zu Doktor Sähn:

«Na, wir beiden Alten sind ja wohl vom Tanzen dispensiert. Wie schmeckt Ihnen übrigens der Ruhestand?»

«Teils, teils», erwiderte der alte Arzt, «das Umherkutschieren fehlt mir doch. Der Tag zieht sich oft sehr in die Länge.»

Als Jutta mit hochroten Wangen mit dem Major an den Tisch zurückkam, drohte er scherzhaft:

«Na, na, junge Frau, nur nicht zu viel tanzen!»

Er hatte ihren Zustand gleich erraten und freute sich mit dem glücklichen Paar.

Pastor Bolten unterhielt sich mit Tante Malchen, und Barbara wollte gerade eine neue Anekdote vom «Sauertopf» zum Besten geben, als Herr Reher sie aufforderte. Jutta, die mit ihrem Mann hinter den beiden hertanzte, zwickte Ulrich in den Arm und deutete auf Babs, die mit starren Augen den langen Hals des Herrn Rehers ansah, in dessen Mitte der Adamsapfel auf und ab tanzte. Als sie später ihrem Platz zustrebten, brach sich Juttas aufgestaute Heiterkeit unweigerlich Bahn.

«Sieh doch den Dicken, das tat er damals in Gnissen auch!» prustete sie los und deutete auf den Musiker, der seine Trompete gerade umstülpte.

Auch Babs sah es, und lachend ließen sich die beiden auf ihre Stühle fallen. Mit ihrem Frohsinn steckten sie ihre Umgebung an, und da die Musiker gerade eine kleine Pause machten, wurde eifrig dem Bier zugesprochen, wobei Frau Beate mit Entsetzen bemerkte, wie ihre Tochter ein ganzes Glas Bier in einem Zug austrank.

Barbara blickte zu dem ihr schräg gegegenüber sitzenden Ulrich. Sein

Kopf war von der untergehenden Sonne rötlich beleuchtet. Wieder kam ihr die Szene vor Augen, die sie am Morgen, als sie einen Besuch im Malvenhaus machen wollte, noch verborgen durch die Hecke der Gärtnerei zufällig beobachtet hatte. Prustend war Ulrich Stauffenbiel im See aufgetaucht und hatte sich auf den Steg geschwungen. Mit Bewunderung hatte Barbara den kräftigen Männerkörper betrachtet und war, nachdem Ulrich zum Haus hinaufgeeilt war, umgekehrt und langsam zum Schloß zurückgegangen. Warum eigentlich? fragte sie sich im stillen, als die Musikanten einen neuen Tanz anstimmten.

«Darf ich bitten?» Barbara sah Ulrichs lächelndes Gesicht über sich.

Es war das erste Mal, daß die beiden miteinander tanzten, denn während Lilys Krankheit war im Schloß nie getanzt worden. Während sie schweigend mit Ulrich über die Fläche glitt, wurde ihr bewußt, daß sie noch nie bei einem Tanz ein so berauschendes Gefühl empfunden hatte. Das Gefühl war so stark, daß sie fast erschrak und dabei doch wünschte, dieser Tanz möge recht lange dauern.

Und Ulrich dachte: Sie ist nicht so federleicht im Arm wie Jutta, aber sie paßt sich vorzüglich an, wer hätte das gedacht! Man fühlt sie. Einen Augenblick zog er sie etwas enger an sich, dann ging der Rheinländer in einen Volkstanz über, den Ulrich nicht kannte.

«Es ist ganz einfach», sagte Babs, «sehen Sie, so!»

Sie löste sich von ihm, und er war, als er sah, wie die anderen Paare es machten, bald mittendrin. Barbara drehte sich an seiner Hand um ihre eigene Achse, ihr Rock stand wie eine Glocke um sie, und er sah mit Staunen die hübsch geformten Beine des Fräulein von Pogwisch. Hatte er eigentlich nie darauf geachtet? Na ja, sie trug meist Reitstiefel. Lachend flog Barbara wieder in seine Arme, und aneinandergeschmiegt hopsten sie, wie es der Tanz vorschrieb.

Die Leute sangen dazu. Bei der nächsten Strophe folgte wieder der Rheinländer. Barbara vergaß alles um sich her, ihre Wangen glühten, und Ulrich hätte kein Mann sein müssen, wenn ihm dieser wilde Tanz nicht gefallen hätte. Himmel, hat das Mädchen Temperament, dachte er staunend. Und hübsch ist sie, eine vor Lebenslust sprühende junge Frau.

«Es ist schön, mit Ihnen zu tanzen, Barbara», flüsterte er ihr ins Ohr.

Sie sah ihn strahlend an.

«Ja, das Leben ist schön!»

Der Tanz war zu Ende. Die Moorburger und ihre Gäste brachen auf, um im Schloß zu Abend zu essen und dort noch ein wenig zu plaudern. Als Stauffenbiels sich kurze Zeit später verabschiedeten – sie wollten Moorburg am kommenden Morgen verlassen –, sagte Ulrich zu Barbara:

«Bewahren Sie uns Ihre Freundschaft, Barbara von Pogwisch.» Sie konnte nicht antworten, drückte ihm aber fest die Hand.

Spät am Abend stand Barbara noch lange am Fenster ihres Zimmers und sah in die Nacht hinaus. Düster lag der See, den bewölkten Himmel spiegelnd. Nur manchmal, wenn der Wind die Wolken auseinandertrieb, zeigte eine helle Stelle, wo der Mond stand. Barbara wartete darauf, daß der Mond klar hervortrat. Sie hatte die Erfüllung eines Wunsches davon abhängig gemacht. Doch immer neue Schatten huschten am Mond vorbei ...Da, jetzt wird er herauskommen! Nein, schon wieder schob sich ein Wolkenfetzen davor. Warum nur kam er nicht zum Vorschein?

Von Westen her näherten sich schwarze, tiefhängende Wolkenberge. Barbara starrte zu der Stelle empor, wo der helle Schein endgültig verschwunden war. Ganz finster wurde es um sie. Zusammenschauernd schloß sie das Fenster. Dann ging sie zum westlichen Fenster und spähte zum Malvenhaus hinüber. Aus dem Schlafzimmer fiel ein Lichtstreifen durch die Holzläden.

Barbara wandte sich ab und ließ das elektrische Licht aufflammen. An ihrem Schreibtisch steckte noch der Schlüsselbund; richtig, sie hatte gestern ihre schriftlichen Examensarbeiten ganz hinten in der Lade verstaut, um sie wahrscheinlich nie wieder anzusehen. Sie atmete tief: Es wäre gut, mancherlei Empfindungen ebenso in einen Winkel zu verschließen und sie nie wieder hervorzuholen. Sie sah zu den zwei Bildern auf, die über dem Schreibtisch hingen; das eine zeigte ein blasses, feinmodelliertes Mädchengesicht, das andere war ein vergilbter Kupferstich, eine Wasserburg. Lily und Moorburg. Lily hatte ihr die Verpflichtungen überlassen, die eigentlich ihr als Ältester zugefallen wären. Barbaras Lebensinhalt würde Moorburg heißen.

4

Der Herbst war mild und feucht, Regenschauer wechselten mit Nebel und Landregen ab. An einem grauen, unfreundlichen Tag – der Nebel lastete schwer auf der Landschaft – ritt Barbara um das ganze Moor herum nach Hause, da sie befürchtete, den schmalen Pfad, der Moor und See trennte, zu verfehlen. Sie überließ es dem Tier, den Weg zu finden, bemerkte aber, daß auch Pluto Mühe hatte, am Rand des Moors zu bleiben. Seine Flanken waren von Barbaras Stiefeln verschmiert, war sie doch mit dem Förster an der lehmigen Abkante am Südufer des Sees umhergestiegen, um das jetzt schon vergilbte starke Gras zu besichtigen, das der Förster im Frühjahr als Schutz gegen den Verfall des Ufers ausgesät hatte. Es war gut angewachsen, und seine Wurzeln begannen, den Hang wie ein Netz zu durchziehen.

Naß und müde trotteten Pferd und Reiterin auf den Hofplatz. Nachdem Babs das Pferd in den Stall gebracht hatte, bemerkte sie ein kleines Auto vor der Treppe. Neugierig beäugte sie das Gefährt. Was für ein ulkiger, kleiner Flitzer! Es war eine Art Rennwagen; früher vielleicht ganz schnittig, wies er jetzt nur noch Farbreste von Rot und Silber auf. Die Kotflügel waren verbeult und das schwarze Verdeck geflickt. Wem mochte er gehören? In der Halle hingen ein abgeschabter Ledermantel und eine Kappe. In Moorburg waren Gäste selten, und so war Barbara neugierig, zu erfahren, wer da hereingeschneit war. Hastig öffnete sie die Tür zur Bibliothek, wo sie Stimmen hörte, die bei ihrem Eintritt verstummten.

Aus einem Sessel, nahe dem Feuer, erhob sich eine lange, dünne Gestalt.

«Komm her, Kind», sagte Tantchen, «dies ist Harald Torsten.»

Der junge Mann stand gegen den Feuerschein, so daß Babs seine Züge nicht erkennen konnte, sie sah nur rotblonde Haare, als er sich über ihre Hand neigte.

«Guten Tag», sagte Babs, «ich nehme an, das Auto draußen gehört Ihnen. Aber wie bringen Sie Ihre langen Beine darin unter, die müßten eigentlich vorne am Kühler herausschauen.»

«Nein, es ist anders, meine Knie ragen über das Lenkrad.»

Er sprach in einem langsam schleppenden Tonfall und mit demselben Akzent wie Tantchen.

Sie lachten beide, auch Tove von Pogwisch und der Major stimmten ein.

«Barbara, deine Stiefel!» rief Frau Beate.

«Ich geh ja schon», erwiderte das Mädchen und verließ den Raum. Sie erschien erst zum Abendessen wieder, der Gast war ihr Tischnachbar. Natürlich! dachte sie amüsiert.

«Was machen Sie eigentlich?» erkundigte sie sich im Verlauf der Mahlzeit.

«Ich esse Eier mit Speck», gab er zurück.

Barbara runzelte die Stirn.

«Zu Hause, meine ich … sind Sie immer so geistreich?»

«Manchmal. Zu Hause helfe ich meinem Onkel.»

Anscheinend ließ er sich nicht beim Essen stören.

«Sind Sie bei diesem Schmutzwetter eigens hergefahren, uns zu besuchen?»

Babs fing einen unwilligen Blick ihrer Mutter auf und wartete, bis der junge Mann den Bissen heruntergeschluckt hatte.

«Nein, ich war beim Autorennen.»

Babs lachte schallend.

«Mit der Nuckelpinne?»

Er sah sie verständnislos an.

«Na, mit Ihrem Rennwagen?»

«Natürlich!»

«Haben Sie denn einen Preis bekommen?»

Jetzt hellte sich sein Gesicht auf.

«Nein, ich hab nur zugesehen.»

«Nein», sagte Harald Torsten langsam, «ich lasse mich nicht gern von einer Dame fahren.»

«Und ich steige nicht in die Nuckelpinne», erwiderte Barbara.

Sie standen vor dem Stall, in dem die Autos nebeneinander standen. Schließlich fuhren beide im Flitzer nach Gnissen, der junge Graf Torsten saß am Steuer; er wollte sich beim Dorffriseur die Haare schneiden lassen, und Babs hatte einiges zu besorgen. Sie betrachtete mit einem Seitenblick das lange, herbe Gesicht neben sich, das auf dem Nasenrükken und den Wangen mit Sommersprossen übersät war. Harald Torsten sah jünger aus, als er in Wirklichkeit war. Er war schnell mit dem Wagen vertraut, und auf Babs' anerkennende Bemerkung meinte er, es fiele ihm nie schwer, fremde Wagen zu fahren, da er die Technik beherrsche, und die sei im Grunde genommen in jedem Auto dieselbe.

«Interessieren Sie sich sehr für die Technik?» fragte sie.

«Ja, das ist mein Steckenpferd, Landwirtschaft langweilt mich, aber leider hat man mir nicht erlaubt, Ingenieur zu werden oder gar Rennfahrer oder Testpilot.»

«Wer ist ‹man›?» wollte Barbara wissen.

«Nun, mein Onkel und meine Mutter», erwiderte er ein wenig widerwillig.

«Aber Sie sind doch schon mündig?» bemerkte sie lächelnd.

«Gewiß, aber mir fehlt das Geld zur Verwirklichung meiner Pläne», antwortete Harald Torsten.

Darauf schwieg Babs betreten.

Am Nachmittag, als Harald Tantchen Gesellschaft leistete und Barbara mit ihrem Vater über die Weiden ritt, erfuhr sie, daß die Gräfin Torsten und ihr einziger Sohn durch den Leichtsinn des verstorbenen Grafen alles verloren hatten. Sie mußten das Gut verkaufen und waren auf den Besitz eines Bruders der Gräfin gezogen, wo Harald sich als Gutsbeamter betätigte, bis der noch auf dem Gymnasium in der Residenz weilende Sohn soweit sein würde, seine Aufgabe zu übernehmen. Die Gräfin selbst führte das Hauswesen, da ihre Schwägerin seit langem kränkelte. Es sei ja naheliegend, daß die Mutter für den Sohn eine entsprechende Einheirat anstrebe, schloß der Major.

«Und ich soll also das Opfer sein», entgegnete Barbara ironisch.

«Du sollst gar nichts, mein Kind; du sollst nichts als deine Wahl selber treffen. Mir ist die ganze Geschichte peinlich ...»

«Mir auch», bemerkte Babs hart, «mehr als unangenehm!»

Sie parierten die Pferde an einer Mergelkuhle, an deren Rändern die hellblau beschlagenen Schlehen des Schwarzdorn aus dem kahlen Gestrüpp leuchteten. Herr von Pogwisch legte seiner Tochter die Hand auf die Schulter.

«Sieh mal, Babs, Mütter können es nie erwarten, bis ihre Kinder, besonders die Töchter, verheiratet sind. Deine Mutter ist eine kluge Frau, die auf dem Standpunkt steht: Jung gefreit – hat nie gereut. Sie selbst und auch Tante Tove haben sehr jung geheiratet; und die Erfahrung hat gelehrt, daß ganz junge Mädchen weitaus anpassungsfähiger sind als ...»

«Papa, entschuldige, du sprichst vom Standpunkt des Mannes aus!»

«Wohl nicht nur, Babs; denn je älter ein Mädchen wird, um so wählerischer wird es und kritischer. Denk an das Märchen von König Drosselbart.»

«In dem die arme Prinzessin unter dem Druck ihres Vaters den Bettler schließlich heiraten mußte! So was paßt wohl nicht mehr in die heutige Zeit.»

Barbara hatte kampfesmutige Augen.

Major von Pogwisch lächelte nachsichtig.

«Warum wehrst du dich eigentlich so gegen die Ehe, mein Mädchen? Es ist die Bestimmung der Frau, zu heiraten. Gibt es denn jemand, den du gern hast?»

Babs sah mit verschlossenem Gesicht zu einigen Krähen hinüber, die in den kahlen Ästen einer Ulme lärmten. Langsam strich ihre Hand über Plutos Mähne.

«Doch, aber Harald Torsten ist es nicht. Wollen wir nicht weiterreiten, Papa?»

Darauf wandte sie ihr Pferd und galoppierte auf den Hünenhügel am Lachsenbach zu.

Herr von Pogwisch rief, seinen Braunen in Galopp setzend, hinter ihr her:

«Warum gefällt dir denn Graf Torsten nicht?»

«Hat zu viel Sommersprossen!» rief sie zurück. «Und ist zu jung für mich.»

Der Major hatte seine Tochter erreicht.

«Immerhin ist er, soviel ich weiß, siebenundzwanzig.»

«Nicht möglich», staunte Babs, «magst du ihn denn?»

«Doch, er ist ganz sympathisch; was er sonst an Qualitäten aufzuweisen hat, kann ich natürlich nicht beurteilen.»

Sie sah ihren Vater kurz an.

«Für Moorburg eignet er sich auf keinen Fall, das weiß ich, Papa. Ich kann keinen Mann brauchen, der mehr Interesse für Autorennen als für Landwirtschaft hat.»

In diesem Moment hörten sie von jenseits des Lachsenbaches jemanden rufen, und hinter einem Weißdorngebusch tauchte Joachim von Trappens große Gestalt auf Hektor, dem trojanischen Pferd, auf.

Barbara grüßte zurück. «Kommen Sie rüber!»

Hektor platschte durch den Bach, und die drei trabten zum Seeufer hinüber.

«Ich warte immer noch auf Ihre Forderung, Fräulein von Pogwisch», sagte Jochen.

«Oh», gab Babs zurück, «und ich habe allen Grund dazu! Ihre Leute holen sich für Ihre Wegebauten Moorburger Kies. Sie wissen schon, um den Feldweg am Lärchengehölz auszubessern. Ist das vielleicht kein Raub?»

«Aber Babs, der Weg ist doch Grenzweg, und ich bin Herrn von Trappen sehr dankbar, daß er diese leidige Angelegenheit mal in die Hand genommen hat; der Förster klagte schon lange über den ausgefahrenen Weg.»

«Gut», meinte Jochen ernsthaft, «schicken Sie mir für den gestohlenen Kies eine Forderung, ich komme dann später mit der Rechnung über Arbeitslöhne; denn, da der Weg zur Hälfte Moorburger Gebiet ist, müßten Sie auch die Hälfte der Arbeiter stellen.»

«Gemacht», rief Babs und reichte ihm die Hand. Sie hatte ihre gute Laune wiedergefunden.

«Haben Sie denn ein Rapier?»

Jochen erklärte, alles Erforderliche sei vorhanden. Herr von Pogwisch fragte kopfschüttelnd:

«Wollt ihr denn wirklich?»

Fröhlich lachend trennte man sich vor der Wassermühle. Und sowohl Vater als auch Tochter vermieden es, das unterbrochene Thema wieder aufzunehmen.

Die «Mensur» fand an einem Nachmittag der folgenden Woche in der Folterkammer statt. Herr von Pogwisch und Harald Torsten fungierten als Sekundanten. Frau Beate war entsetzt über die neueste Marotte ihrer

Tochter, und Tantchen Exzellenz schlug die Hände über dem Kopf zusammen.

«Ich möchte mal wissen, was dieses Gör noch alles anstellt!»

Sie trugen Drahtmasken, da Herr von Trappen meinte, es sei wohl nicht der Zweck der Sache, daß das Fräulein von Pogwisch ihr hübsches Gesicht durch Schmisse entstellen ließe.

«So, ist es hübsch? Sie sind der erste, der das behauptet», erwiderte Barbara grinsend.

Nach dem ersten Gang, in dem Babs hart von Herrn von Trappen bedrängt wurde, riß sie sich die gepolsterte Weste herunter und holte aus einer der Ecken einen alten Lederkoller. Harald half ihr ein wenig ungeschickt hinein.

«Nun müssen Sie nur noch einen Helm mit Visier aufsetzen», meinte er, «dann ist Jeanne d'Arc fertig!»

In ihrem Lederkoller war Barbara im zweiten Gang entschieden gewandter und machte somit die Überlegenheit Jochens an Größe und Schlagkraft wett. Als sie später bemerkte, daß er sie schonte, protestierte sie energisch.

«Sie sind eine ganz gefährliche Gegnerin», sagte Jochen, als sie die Masken abnahmen und sich die erhitzten Gesichter trockenwischten, «Frauen mit so guten Nerven sind eine Rarität heutzutage. Das war herzerfrischend, ich fühle mich um zehn Jahre jünger», wandte er sich an den Major.

Babs, die sich aus ihren Schutzhüllen geschält hatte und nun ihren Degen an seinen Platz brachte, meinte, sie könnten sich diesen Spaß ja öfter leisten.

«Wie ist es mit Ihnen, meine Herren?» forderte Jochen die Sekundanten auf. Nein, er sei zu alt dafür, meinte der Major. Und Harald Torsten schüttelte den Kopf.

«Ihr Deutschen seid doch eigentümliche Menschen!»

«Und dabei merken wir es nicht einmal», Herr von Trappen lachte.

Nach dem Tee präsentierte der Karlshöher, wie besprochen, den Moorburgern die Rechnung, den ausgebesserten Weg betreffend, indem er Barbara eine große Schachtel Konfekt überreichte. Sie freute sich wie ein Kind darüber.

Am Katharinentag wanderten Barbara und Graf Torsten am Moor entlang. Ein kalter Wind pfiff über die große, öde Fläche; tief hingen schwere, finstere Wolken, über dem See von einem schwefligen Schein angestrahlt. Den Wind im Rücken, schritten die beiden durch das trokkene Heidekraut. Sie sprachen über die neuesten politischen Ereignisse, denen Harald Torsten skeptisch gegenüberstand, über Nationalempfinden und Pazifismus und merkten im Eifer des Gesprächs gar nicht, daß es immer finsterer und stürmischer wurde. Erst als sie am Ende des Moores kehrtmachten und ihnen der Wind entgegenblies, meinte Babs, es röche nach Schnee. Und zehn Minuten später wirbelten weiße Flokken auf sie herab. In einer verlassenen Schäferhütte fanden sie Schutz. Harald stopfte nasses Stroh in die undichte Bretterwand, und sie hockten sich nebeneinander auf einen morschen Balken. Der heftige Sturm ließ die Hütte beben, Schnee drang durch die Ritzen, und Harald Torstens Feuerzeugflämmchen erlosch dreimal, ehe es ihm gelang, eine Zigarette in Brand zu setzen.

«Darf ich Ihnen auch eine anbieten?» fragte er Barbara.

Sie nickte. Ihre Augen waren auf seinen Siegelring gerichtet. Auf ihre Frage erklärte er ihr die Bedeutung des Wappens, das in den blauen Stein geschnitten war. Dann nahm er ihre linke Hand und betrachtete den zierlichen Wappenring an ihrem kleinen Finger. Lily hatte ihn zuerst getragen, ihn aber abgelegt, nachdem ihre Hand gelähmt war, und nach ihrem Tod hatte Herr von Pogwisch ihn Barbara gegeben als Zeichen, daß nun sie die künftige Erbin Moorburgs war.

«Wie kalt Ihre Hand ist!» murmelte Harald und umschloß mit seiner großen Hand langsam die ihre.

Wohlig empfand Barbara die Wärme, die von ihm ausging. Schweigend rauchten sie ihre Zigaretten zu Ende, lauschten auf den Sturm. Barbara mokierte sich im stillen: Idylle im Schneesturm, wie im Kino. Nun fehlte nur noch … Ja, was eigentlich? Das lange Schweigen wurde ihr ungemütlich; sie empfand, daß die ganze Hütte von ihren und Haralds Gedanken angefüllt war, so als könnten diese Gedanken sich wegen des rüttelnden Sturmes nicht ausbreiten; sie waren eingeschlossen, abgeschlossen von der Außenwelt, beschränkt auf diesen kleinen Raum.

Harald Torsten knipste den Rest seiner Zigarette in einen Schneehaufen, wo er leise zischend erlosch. Er wandte sich dem Mädchen zu; Barbara war in dem fahlen Licht blasser als sonst.

«Es ist schlimm, daß ich aus Ihnen nicht schlau werden kann, Barbara von Pogwisch. Sie erscheinen mir immer wieder in einem anderen Licht … und je länger ich hier bin, um so peinlicher wird die ganze … Angelegenheit. Sie wissen wahrscheinlich ebensogut wie ich, was unsere Eltern wünschen?»

Babs nickte beklommen.

«Lassen Sie uns offen darüber reden», sagte Harald, «Sie sind, so viel ist mir klargeworden, ein prächtiger Kamerad, mit dem man Pferde stehlen könnte; und darum brauche ich wohl keine ‹passenden› Redensarten anzuwenden?»

«Nein, mir ist es nur recht, wenn diese Dinge mal zur Sprache kommen», erwiderte Barbara.

«Nach den Schilderungen meiner Mutter hatte ich angenommen, daß Sie ein ziemlich schüchternes, in Naturschwärmereien befangenes, junges Mädchen sind, und was ich vorfand, war eine Persönlichkeit, die genau weiß, was sie will, ein Kamerad, und doch in Momenten wie eben anziehend weiblich.»

Der Sturm riß ein Loch in das verfallene Dach, und eine Ladung Schnee wehte auf Barbaras Schulter. Graf Torsten zog sie näher an sich heran und legte seinen Mantel um sie.

«Hoffentlich erkälten Sie sich nicht!»

«Keine Bange», sagte Babs, «aber ohne Mantel wird Ihnen kalt werden. Ich werde mal hinausschauen, ob es nicht bald zu schneien aufhört.»

Aber der Wind riß ihr die Tür aus der Hand, sie hatten Mühe, sie wieder zu schließen. Graf Torsten hob die Schultern.

«Wir müssen warten, bis es aufhört, es sei denn, Sie kennen den Weg durchs Moor ganz genau.»

Aber Babs traute sich bei diesem Wetter nicht, den Weg zu finden. Als sie wieder dicht beieinander unter Haralds Mantel saßen, betrachtete der junge Mann aufmerksam Barbaras Gesicht.

«An Ihrer Stelle würde ich überhaupt nicht heiraten, Barbara von Pogwisch», sagte er schließlich in seiner langsamen, trockenen Art.

Sie sah überrascht auf.

«Das sagen *Sie* mir?»

«Warum nicht? Haben Sie wirklich geglaubt, ich sei mit der Absicht hergekommen, mich hier in Moorburg für den Rest meines Lebens einzunisten?»

Sie strich sich das Haar aus der Stirn; ein Gemisch von Erleichterung und Enttäuschung erfüllte sie, und der Ärger über diese typisch weibliche Enttäuschung verwirrte sie. Ihre darauf folgende Selbstverspottung löste sich in ein etwas verkrampftes Lachen auf.

«Verzeihen Sie, Barbara, ich bin ein Tölpel und habe Ihnen weh getan!»

Er nahm wieder ihre Hand, aber sie entzog sie ihm.

«Nicht im geringsten! Aber sagen Sie mir, warum Sie dann überhaupt herkamen?»

«Ja, warum eigentlich? Soll ich Ihnen etwas vorlügen? Dafür sind Sie mir zu schade. Sie sind überhaupt zu schade für mich – und die meisten Männer. Überlegen Sie es sich tausendmal, bevor Sie sich einem Mann fürs Leben anvertrauen, bevor Sie einem Mann das Recht geben, Herr auf Moorburg zu werden.»

«Das weiß ich alles selber, Graf Torsten», sagte Babs kalt, «ich will jetzt wissen, weshalb Sie nach Moorburg kamen!»

Harald Torsten lehnte sich an die feuchte Wand und reckte sich. «Für mich war es eine Zeit des Ausspannens, des Besinnens, wenn Sie wollen. Jetzt sehe ich meinen Weg klar vor mir, und Sie haben mir mit Ihrer unkomplizierten Art geholfen. Ich habe hier viel gelernt, gerade von Ihnen ... Sie wissen ja nicht, in welch einem Milieu ich aufgewachsen bin. Ich will niemandem die Schuld an meinen unüberlegten Leichtfertigkeiten geben. Doch das gehört nicht hierher ... Ich will Ihnen die Wahrheit sagen; das Autorennen lockte mich, ich wollte es unbedingt sehen, und mein Onkel beurlaubte mich nur unter der Bedingung, daß ich Moorburg besuchen würde; natürlich von meiner Mutter angestiftet, auch schenkten sie mir das Geld für die Reise ...»

«So, so», brummte Barbara, «Sie sollten mich wohl gleich im Koffer mitbringen als Beweis Ihrer erfolgreichen Tätigkeit?»

Sie sahen sich an und brachen in schallendes Gelächter aus. Babs lachte hemmungslos, Tränen traten ihr in die Augen, und Harald reichte ihr, selbst immer noch lachend, sein Taschentuch. Als sie sich endlich beruhigt hatten, sagte er:

«Barbara, Sie sind die zweitbeste Frau, die mir begegnet ist.»

«Und wer ist die beste?» fragte Babs.

Er verzog sein Gesicht zu einer spöttischen Grimasse.

«Meine Großmama.»

Bei einer zweiten Zigarette unterhielten sie sich darüber, wohin es führen kann, würde man sich dem Willen anderer Menschen immer unterordnen.

«Wenn ich mir vorstelle, daß ich nach dem Willen meiner Verwandten hier als Landwirt mein Leben verbringen sollte, ich würde ein unausstehlicher Patron werden, unter dem Frau und Kinder zu leiden hätten», sagte Harald.

«Und ich», entgegnete Babs, «würde mir den unausstehlichen Patron bestimmt nicht gefallen lassen. Jene selbstlosen Frauen, die sich alles von ihren Männern bieten lassen, sind mir immer unsympathisch gewesen. Wahrscheinlich bin ich ein zu großer Egoist dafür ...»

«Wer ist kein Egoist?» fragte Graf Torsten. «Jene Frauen – es gibt auch solche zahmen Männer – sind vielleicht zu schwach, sich zu wehren, vielleicht auch zu phlegmatisch, vielleicht sind sie auch damit zufrieden, sich unterzuordnen, oder sie empfinden das Beherrschtwerden als gar nicht unangenehm. Es gibt ja auch in der Tierwelt Leittiere, welche die anderen beherrschen, und die Herde findet es ganz in Ordnung ... Meines Erachtens müssen in der Gemeinschaft zweier Menschen sowohl natürlicher Egoismus als auch Selbstlosigkeit vorhanden sein, bei beiden gleichermaßen. Doch das ist wohl sehr selten der Fall ... Im übrigen bin ich gar nicht davon überzeugt, daß Sie ein großer Egoist sind, ich habe so einiges beobachtet.»

Es war schon fast dunkel, als sie den Heimweg antreten konnten. Es schneite zwar kaum noch, aber der Wind blies ihnen heftig entgegen. Sie stolperten durch Schneewehen und mußten manchmal mühsam den Weg suchen. Erst als die Wacholderbüsche der Heide den Weg säumten, konnten sie rascher ausschreiten. Als sie den Weidenweg kurz vor dem Moorburger Park erreicht hatten, blieb Graf Torsten stehen. Sie hatten die meiste Zeit schweigend gegen den Wind angekämpft.

«Barbara, ich muß Ihnen doch noch etwas sagen», er umfaßte ihre Ellenbogen und stellte sich so vor sie hin, daß sie in seinem Windschutz stand.

«Sie sollen wissen, daß ich mich in den zwei Wochen hier in Moorburg ein wenig in Sie verliebt habe. Noch nie zuvor in meinem Leben hatte ich eine so gute, besinnliche Zeit, und dann ... an Ihrer Seite. Darf ich Ihnen dafür danken? Sie gaben mir viel. Ist es da ein Wunder, wenn ich Sie verehre? Aber ich weiß, es darf nicht mehr werden als das. Sie würden Moorburg nie aufgeben.»

«Sagen Sie das nicht nur, weil Sie glauben, mich vorhin verletzt zu haben?»

Harald Torsten zog sie schweigend an sich und drückte ihren Kopf an seine Brust; sie hörte sein Herz wie im Fieber schlagen. Hastig machte sie sich frei.

«Glauben Sie mir nun?»

«Ja, Harald», sagte sie leise, aber der Sturm verwehte ihre Worte.

Am nächsten Morgen reiste Harald Torsten in aller Frühe ab.

Vierzehn Tage später bekam Tantchen Tove einen Brief von der Mutter Haralds. Der junge Graf Torsten sei – ohne zurückzukehren – nach Nordamerika gefahren. Nachdem er alles zu Geld gemacht, was er bei sich hatte, habe er sich in Hamburg eingeschifft. Seiner Mutter schrieb er eine Stunde vor dem Auslaufen des Schiffes, er habe die Absicht, sich drüben eine Existenz aufzubauen. Nun bat die Gräfin in wehleidigem Ton um Auskunft, was ihrem Sohn in Moorburg widerfahren war. Er habe zwar schon früher von Amerika geschwärmt, aber so plötzlich ...?

Sie saßen um den Teetisch in der Bibliothek, als Tantchen den Brief vorlas. Drei Augenpaare sahen Barbara an, teils amüsiert, teils unwillig, teils neugierig. Barbara fühlte, wie ihr die Kehle eng wurde und das Blut ins Gesicht stieg. Mit einem Ruck schob sie ihren Sessel zurück und verließ schweigend den Raum.

Am Fenster des kleinen Cafés, in welchem die «Honoratioren» der Kreisstadt verkehrten, saß Barbara von Pogwisch auf dem roten Plüschsofa, einen Stapel Zeitschriften neben sich. Sie verzehrte die letzte Cremeschnitte, trank ihren Kaffee aus und vertiefte sich von neuem in die Bildberichte. Erst als eine tiefe, leise Stimme sie anrief, blickte sie auf.

«Ich habe Sie im ersten Moment gar nicht erkannt, Fräulein Babs», sagte Ulrich Stauffenbiel und gab ihr die Hand, «mit dem hübschen, großen Hut. Ich bin schon zweimal durch das Lokal gegangen.»

Babs raffte ihre Sachen zusammen und erhob sich lachend.

«Sie haben wohl nach einer Dame in kariertem Hemd und Reithosen Ausschau gehalten? Wo ist Jutta?»

Jutta erwartete die Freundin im Wagen auf dem Parkplatz. Neben ihr lag, warm eingepackt, ihr kleines Mädchen.

«Hier bringe ich dir das Fräulein von Pogwisch aus Moorburg, Jutta, falls du sie nicht gleich erkennen solltest, wie es mir ging», scherzte Ulrich.

Jutta reichte der Freundin beide Hände und zog sie in den Wagen. «Setz dich nicht auf mein Kind!»

Das Kind! Barbara hatte ganz vergessen, daß Jutta ja ein Kind mitbringen würde. Staunend betrachtete sie es.

«Du darfst es ruhig auf den Arm nehmen, Babs», sagte Jutta.

«Lieber nicht. Nachher geht was kaputt», meinte sie, «aber es ist entzückend! Diese winzigen Händchen! Und es hat die Augen deines Mannes ...» setzte sie mit gedämpfter Stimme hinzu und sah nach vorn. Da trafen sich ihre Augen mit denen Ulrichs im Rückspiegel.

Sie hatten sich auf der Fahrt nach Moorburg viel zu erzählen. Ulrich und Jutta waren bei Juttas Vater zu Besuch gewesen, und Jutta hatte von dort aus auf Moorburg angerufen mit der Bitte, Meta zu beauftragen, alles für ihre Ankunft vorzubereiten. Dabei hatten sie vereinbart, da Babs am nächsten Tag sowieso in die Kreisstadt fahren mußte, sich dort zu treffen, zumal der Flitzer schon wieder einmal in Reparatur war.

Detlev Bolten sollte das Kind in der Moorburger Kirche taufen. Als Gäste erwarteten Stauffenbiels Ulrichs Mutter und seinen Bruder Herbert mit Frau.

Babs schlug vor, Ulrichs Verwandte ins Herrenhaus einzuquartieren, doch Jutta meinte, sie wolle in diesen zwei Tagen möglichst viel von ihren Gästen haben, sie könne sie in den beiden Giebelzimmern des Malvenhauses unterbringen.

Die Taufe fand bei strahlendem Juniwetter statt. Neben der alten Frau Stauffenbiel übernahmen Barbara und Joachim von Trappen die Patenschaft, und sie nannten sich seit der Zeit Gevatter und Gevatterin, wenn sie sich trafen. Das Kind wurde nach seiner Großmutter Stauffenbiel auf den Namen Elisabeth getauft.

Im Schatten des Apfelbaumes saßen die Geladenen in bunter Reihe mit ihren Gastgebern fröhlich an der schön geschmückten Kaffeetafel im Malvenhausgarten. Ingeborg von Trappen war an diesem Tage heiter wie seit Jahren nicht. In ihrem leuchtend blauen Kleid erschien sie jung und frisch. Ihr Tischnachbar war Herbert Stauffenbiel, ein glänzender Gesellschafter voll origineller Einfälle. Er meinte später, als er gemeinsam mit seinem Bruder die Bowle für den Abend zubereitete:

«Ich weiß gar nicht, was du gegen Juttas Schwester gehabt hast; sie ist doch eine famose Frau, außerdem recht hübsch, wie ich sehe. Ich habe sie mir mit einer Brille und einem kleinen, strammen ‹Dutt› vorgestellt, so à la ‹Kneifzange›, weißt du ...»

Auch Ulrich hatte jetzt nichts mehr gegen seine Schwägerin einzuwenden; er war auf dem Gipfel seines Glücks. Ein Schwarm weißer Tauben kam vom Moorburger Hof herübergeflogen und ließ sich auf den Beeten in der Gärtnerei nieder. Richard, der Gärtnerjunge, warf eine Harke zwischen sie, so daß sie eilig von dannen stoben.

Tantchen Exzellenz hatte rote Wangen unter dem großen Strohhut, und ihre alten verblichenen Vergißmeinnicht-Augen strahlten. Zum erstenmal war sie, etwas widerwillig zwar, in den Flitzer gestiegen, mit dem Babs sie die kurze Strecke zum Malvenhaus gefahren hatte. Jetzt unterhielt sie sich mit der «Senatorin» über ihr Heimatland, das Frau Stauffenbiel von früheren Reisen her kannte. Pastor Bolten scherzte mit der munteren Frau Herbert Stauffenbiels, die ihn «Vetter über eine Ekke» nannte. Der Major und Joachim von Trappen unterhielten sich über die Heuernte und freuten sich über das anhaltende, trockene Wetter. Am anderen Ende des Tisches besprachen Frau Beate, Barbara und das Ehepaar Stauffenbiel ein Sommerfest, das am kommenden Abend im Schloß stattfinden sollte.

«Natürlich müssen Sie auch kommen», wandte sich Frau von Pogwisch an das alte Ehepaar Sähn.

«Ja, was meinst du, Therese», wandte sich der alte Arzt schmunzelnd an seine Frau, «wenn das Nötigen gar nicht aufhört, dann müssen wir wohl?»

Am folgenden Abend strahlte das Moorburger Schloß im Festglanz. Außer den Taufgästen des vergangenen Tages waren noch einige Bekannte der Pogwischs geladen. Tantchen Tove hatte das schöne Silber und Kristall herausgegeben. Sie wollte noch einmal ein Fest sehen wie zu den Zeiten, als sie noch eine junge Frau war und die Moorburger Gastlichkeit von den zahlreichen Bekannten ihres weitgereisten Gemahls gerühmt wurde.

Noch einmal wurden die großen Räume von unzähligen Kerzen erhellt. Die Tafel, mit erlesenem Geschmack gedeckt, war das Werk Beate von Pogwischs, die heute in ihrem Element war. In der Küche walteten die Mamsell und die resolute Frau des Moorburger Gastwirts. Lohndiener aus der Kreisstadt servierten, und zum anschließenden Tanz spielte ein kleines Orchester im Gartensaal neue und alte Tänze.

Frohes Lachen schallte zu beschwingten Weisen durch die sonst so stillen Gemächer. Kerzenschein und die hellen langen Festgewänder spiegelten sich im blank gebohnerten Parkett.

Außer dem Major, der seine alte kaiserliche Uniform trug, war noch ein junger Offizier anwesend, der Sohn eines Gutsbesitzers aus der Umgegend, der gerade auf Urlaub war. Er war Barbaras Tischherr. Alle Herren waren im Smoking, nur Onkel Eduard von Polzin und Doktor Sähn trugen Gehröcke.

Es wurde eifrig getanzt. Barbara und die beiden jungen Frauen der Brüder Stauffenbiel waren die begehrtesten Tänzerinnen. Jutta war nach der Geburt ihres Kindes noch schöner geworden, aber auf die Bitte, doch durch einen Solotanz den Anwesenden eine Freude zu bereiten, sagte sie ohne Zögern ab.

Auf der Terrasse standen Getränke bereit. Barbara, die sich erhitzt vom Tanzen in einen der Korbsessel neben Tantchen fallen ließ, griff gierig nach einem Glas Bowle. Tantchen, in feierlicher schwarzer Seide, wehrte ihr.

«Nicht doch, Kind, nicht so hastig trinken. Amüsierst du dich gut?»

«Ach, es ist großartig! Tantchen, können wir nicht öfter so ein Fest geben?»

«Na, vielleicht, wenn es dir Spaß macht.»

Sie musterte wohlgefällig die schlanke Gestalt in dem weißen Kreppkleid mit den am Rock aufgestickten violetten Blumen, das einen guten Kontrast zur sonnengebräunten Haut Barbaras bildete. Dann kam Joachim von Trappen heraus und walzte mit der «Gevatterin» davon.

Es hatte wieder einen jener von ihm so verabscheuten Auftritte zwischen ihm und seiner Frau gegeben, als sie die Einladung der Moorburger erhielten. Ingeborg hatte sich geweigert, ihr Folge zu leisten, sie wollte nicht mit Barbara zusammentreffen. Doch hatte sie es nicht über sich gebracht, der Taufe fernzubleiben. Babs verstand es, mit einer harmlosen Miene die Begegnung wohltuend zu überbrücken. Sie hatten sogar ein paar nichtssagende Sätze miteinander gewechselt, und Jochen hatte bemerkt, daß seine Frau irgendwie erleichtert war. Er war es auch. Nun sah er Inge mit Herbert Stauffenbiel über das Parkett gleiten. Die beiden unterhielten sich eifrig, und Jochen dachte, daß es seiner Frau vielleicht guttäte, würde er sie manchmal in die Stadt mitnehmen. Die Geselligkeit schien sie sichtlich zu entspannen.

«Nun, Gevatterin», sagte er zu seiner Tänzerin, «wann findet die nächste Mensur statt?»

«Meinetwegen heute nacht», sagte Babs, «ich bin heute zu allen Schandtaten bereit.»

Sie hatte einen kleinen Schwips, und Jochen fand sie im stillen entzükkend.

«Wie wäre es, wenn wir meinen Schwager auch dazu aufforderten; er war auch in einer schlagenden Verbindung.»

Babs blieb vor Überraschung stehen.

«Daß ich daran noch gar nicht gedacht habe! Das ist eine Idee.» Sie wollte gleich zu Ulrich hingehen, der sich mit einem jungen Ehepaar aus der Nachbarschaft unterhielt.

«Hiergeblieben!» sagte Jochen. «Erst wird zu Ende getanzt. Oder tanzen Sie nicht gern mit mir?»

«Doch, sehr gern, Sie tanzen vorzüglich, Gevatter.»

Sie hatte sich schon darüber gewundert, daß Herr von Trappen bei seiner Riesenstatur so beweglich war, schon beim Fechten war es ihr aufgefallen. Wahrscheinlich wirkt er durch seine äußere Erscheinung älter, als er in Wirklichkeit ist, überlegte sie.

Auf den Gedanken, in der Folterkammer ein Fechtturnier zu veranstalten, ging Ulrich heiter ein.

«Sie sind ein erstaunliches Mädchen, Fräulein Babs», sagte er.

«Aber wo haben Sie denn Ihre Schmisse?» wollte Babs wissen.

«Die anderen waren noch schlechter als ich», lächelte Ulrich, «doch einmal habe ich was abbekommen, irgendwo auf dem Kopf, aber darüber ist dann Gras beziehungsweise mein Schopf gewachsen. Jetzt spielen sie einen Tango für uns, nicht?»

Er nahm Barbaras Arm mit der Selbstverständlichkeit, wie es seine Art war. Schweigend tanzten sie zweimal um den Saal. Barbara wehrte sich gegen die beglückende Verzauberung, die sie jedesmal ergreifen wollte, wenn sie mit ihm tanzte. Dieses Gefühl hatte sie durch die ungezwungene Unterhaltung den Abend über bannen können. Doch jetzt ergriff es wieder von ihr Besitz. Sie hob den Kopf; ernst sahen Ulrichs meerblaue Augen sie an, und sie konnte die ihren nicht mehr abwenden.

«Wie lange fechten Sie schon?» fragte Ulrich Stauffenbiel schließlich.

«Ich denke jetzt nicht ans Fechten», murmelte sie.

«Ich auch nicht», entgegnete der Mann leise. So tanzten sie den letzten Tanz zu Ende. Niemand hatte auf sie geachtet, denn draußen schien sich etwas vorzubereiten; nur Detlev Bolten, der in der Saaltür lehnte und sich traurigen Erinnerungen hingegeben hatte, sah wie gebannt auf das Paar.

Langsam ließ Ulrich Barbara aus seinen Armen, und schweigend verließen sie mit den anderen den Saal, gingen hinaus in den Park. Es war dunkle Nacht, Neumond. Plötzlich flammte auf dem See ein hohes Feuer auf.

Ahs und Ohs wurden laut.

Der Major hatte mitten auf dem See eine Teertonne in Brand setzen lassen. Verdoppelt durch die Spiegelung auf dem dunklen Gewässer, flackerte der helle Schein lange und erleuchtete die Menschen am Ufer gespenstisch.

Barbara löste sich aus der Schar der Gäste und eilte den Hügel zur Philosopheninsel hinauf; dort fand sie Jutta allein auf der Bank sitzen. Sie saß da wie erstarrt und blickte mit großen Augen in die Flammen.

«Jutta, was ist dir?» rief Babs erschrocken, sie setzte sich neben die Freundin auf die Bank und nahm ihre Hände. Sie waren eiskalt. Erst als Barbara die Arme um die reglose Gestalt legte, wandte sie langsam den Kopf.

«Ach, Babs, du kommst wie immer gerade im rechten Augenblick. Ich habe wohl geträumt», sie strich sich über die Augen, «einen gräßlichen Traum.»

«Herzchen», stammelte Barbara nur und streichelte Juttas Haar. Da erzählte ihr Jutta einen anderen Traum, jenen Traum, den sie im Garten der Wassermühle geträumt hatte.

«Der Engel», schloß sie, «du und Ulrich in goldenen Rüstungen mir zur Seite, und da wußte ich, daß mir nie etwas Schlimmes passieren kann, solange ich unter eurem Schutz stehe», sie deutete nach dem See hinüber, «der da nicht und ... niemand. Niemand», sie schüttelte den Kopf, «kann mir etwas anhaben.»

Barbara hatte sich wieder gefaßt.

«Nein, Jutta, du brauchst keine Angst zu haben. War es der Wassermann?»

«Jutta!» hörten sie in diesem Moment Ulrichs Stimme vom Park her rufen. Die junge Frau gab Antwort und lief den Hügel hinab. Das Feuer auf dem See zuckte nur noch leicht. Barbara sah, wie Ulrich seine Frau unten am Fuß des Hügels in seinen Armen auffing; dann erloschen die Flammen, nur ein trüber rötlicher Schein gloste über der Stelle, gleichsam als schwelte das Feuer unter der Oberfläche des Sees fort, kurze Zeit nur, dann verschlang die Nacht auch diesen schwachen Schimmer.

Barbara saß allein im Dunklen, reglos wie zuvor Jutta, und horchte in sich hinein mit der Gründlichkeit, die ihr eigen war. Erst als Stimmen in der Nähe laut wurden und näher kamen, erhob sie sich und lenkte ihre Schritte dem Moor zu. Nebliger Dunst verhüllte den Himmel, durch den nur hin und wieder das blasse Licht eines Sternes drang; kein Windhauch belebte die laue Luft. Barbara ging so lange, bis sie die Stimmen aus dem Park nicht mehr vernehmen konnte, dann ließ sie sich auf einen der Findlingsblöcke unter dem Wacholderbusch nieder. Das weite, weiße Festgewand bauschte sich über das trockne Heidekraut.

Lange, sehr lange, verweilte Barbara von Pogwisch in dieser Sommernacht in der Einsamkeit der weiten Heide: erst als der matte Schimmer des Morgens über dem Moor emporstieg, verließ sie ihren Platz, um sich zum Schlafen niederzulegen.

Um dieselbe Zeit warf sich Jutta auf ihrem Lager stöhnend hin und her, bis Ulrich sie besorgt aufweckte.

«Der Nöck», murmelte sie und sah verwirrt in die Dämmerung.

«Du hast einen Alpdruck gehabt, Liebste», erwiderte Ulrich, «das Abendessen war reichlich schwer ... Und der Wassermann existiert nicht mehr.»

«Doch, er ist noch da», flüsterte sie, indes sie seine Hand umklammerte, «ich habe ihn deutlich in den Flammen gesehen ... es war gerade die Stelle, an der ich damals fast ertrunken wäre, Ulrich. Ich weiß es ganz genau ... Und es war Christoph, der mir da winkte, genau wie damals auch ...»

Ulrich beugte sich über sie und legte seine Hand auf ihre Stirn. «Du bist doch nicht krank?»

Aber ihre Haut fühlte sich kühl und feucht an.

«Und eben sah ich ihn wieder. Er war alt, uralt ... Ich habe solche Angst, Ulrich, du darfst mich nicht allein lassen!»

«Wie bist du nur sensibel!» entgegnete Ulrich und sah ernst auf sie herab. Dann richtete er sich auf und blickte in den rosigen Schein des jungen Tages hinaus. «Sei dessen gewiß, der Nöck wird dich nicht wieder belästigen, Jutta, nie wieder.»

«Ja, du wirst auf mich achtgeben ... und Barbara auch!»

Er wandte sich rasch zu ihr um: «Barbara?»

«Ihr seid doch meine beiden Ritter in goldenen Rüstungen, und der Engel steht hinter mir ...»

«Liebste», sagte Ulrich, «du sollst nie wieder Furcht haben.»

In den nächsten Wochen war Barbara den ganzen Tag mit Pluto auf dem Gut unterwegs; die Heuernte war in vollem Gang. Ihre Angehörigen sahen sie nur bei den Mahlzeiten, denn selbst nach dem Abendessen arbeitete sie noch Pläne für Verbesserungen oder den Arbeitsplan des nächsten Tages aus. Den Nachmittagskaffee nahm sie meist auf dem Feld ein, wohin eins der Küchenmädchen die Vesper für die Ledigen hinausbrachte.

Als sie am Sonntag nach einem ausgiebigen Mittagsschlaf auf die Terrasse kam, saßen Jutta und Ulrich am Kaffeetisch.

«Du machst dich ja ganz rar», sagte Jutta und zupfte sie am Ohr, «hast du deine alten Freunde ganz vergessen?»

Babs machte sich über den Napfkuchen her.

«Du vergißt, daß wir mitten in der Heuernte stehen und daß kein Inspektor mehr da ist. Wo hast du denn Elisabeth?»

Jutta deutete in den Garten, in dem der Kinderwagen unter einer Linde stand.

«Aber heute abend kannst du uns wohl ein Stündchen opfern? Es ist schön, auf der Veranda über dem See zu sitzen, nur müßt ihr ordentlich qualmen, die Mücken sind entsetzlich.»

«Das Kind arbeitet viel zuviel. Nun will sie auch noch eine ‹Sweinezucht› anfangen», mischte sich Tantchen Tove ins Gespräch, «und dann so eine eklige Sorte von ‹swarzen›, mageren ‹Sweinen› in Naturställen.»

«Und in der Heide will sie Kartoffeln anbauen», fiel Frau Beate ein und richtete den Blick auf die schmiedeeiserne Hängelampe.

«Warum wollen Sie denn gerade eine magere, schwarze Sorte züchten? Warum nicht so nette, pralle Schweinchen wie auf Karlshöhe?» fragte Ulrich.

«Weil die dünnen Schwarzen mir besser gefallen als die runden Blonden», erwiderte Babs, und ihr Blick, der Ulrich kurz gestreift hatte, glitt zu Jutta hinüber; in altem Einverständnis grinsten sie sich an.

Als Stauffenbiels sich später verabschiedeten, versprach Barbara, am Abend auf einen Sprung ins Malvenhaus zu kommen.

«Wie gut, daß junge Väter», Ulrich hob sein Glas, «nicht auch auf dieses köstliche Naß zu verzichten brauchen. Vermutlich gebe es dann nicht so viel Kinder in der Welt. Auf eine gute, ausgiebige Ernte, Fräulein Babs, als Belohnung Ihres Fleißes!»

Sie saßen auf der Veranda über dem See, in dem sich die schmale Sichel des zunehmenden Mondes spiegelte.

Jutta, die statt Weißwein Apfelsaft trank, meinte:

«Ich möchte, daß ihr euch duzt. Das förmliche Sie stört mich bei euch, die ihr mir am nächsten steht.»

«Wenn es unserem Gast recht ist ...» sagte Ulrich.

Barbara bewegte sich auf ihrem Stuhl.

«Von mir aus ... wenn es dir Freude macht, Jutta. Ulrich ist ja wohl so was wie ein Schwager von mir.»

«Nun müßt ihr euch einen Kuß geben, das gehört dazu», forderte Jutta auf.

Brüsk schob Barbara ihren Stuhl zurück, ihr Gesicht war abweisend.

«Nein!»

Und Jutta sah die Freundin wieder in der Rüstung stecken.

Da hörten sie das Weinen der kleinen Elisabeth, und Jutta eilte ins Haus. Langsam erhob sich Barbara und trat an die Balustrade, sie stützte die Ellenbogen auf das Holz und blickte auf den See. Ulrich drückte seine Zigarette im Aschenbecher aus und ging zu ihr.

«Jutta hat es ja nur gut gemeint ... Wenn es Ihnen zuwider ist, brauchen Sie mich ja nicht duzen. Ich glaube, daß Sie alles viel zu schwer nehmen, Barbara.»

«Wäre Ihnen und Jutta damit gedient, wenn ich es leichtnehmen würde?»

Sie sah zu ihm auf; einige Sekunden blickten sie sich in dem fahlen Licht in die Augen. In diesem Moment fand Ulrich das bestätigt, was ihm sein Vetter Detlev Bolten mahnend angedeutet hatte. Er wollte es nicht wahrhaben, doch jetzt sah er es deutlich in den Augen des Mädchens. Hatte sie in der vergangenen Woche das Malvenhaus nicht offensichtlich gemieden? Er verstand.

«Barbara, Sie sind die Vernünftigste von uns, bleiben Sie so, wie Sie sind. Und nun möchte ich Sie trotzdem bitten ... mit den Worten des Dionys: Ich sei, gewährt mir die Bitte, in eurem Bunde der dritte! Schenken Sie auch mir jene treue Freundschaft, die Sie mit Jutta verbindet.»

Barbara von Pogwisch richtete sich auf und reichte ihm beide Hände.

«Da hast du sie, Ulrich, auch mit ‹Du›, aber ohne Küsserei, das ist Firlefanz.»

«Und nun will ich gehen, ich bin todmüde. Grüße Jutta. Gute Nacht.»

Ehe Ulrich ihr noch seine Begleitung anbieten konnte, war Babs die Treppe hinuntergelaufen und in der Dunkelheit verschwunden.

Schnell eilten die Sommerwochen dahin. Zwischen Heu- und Kornernte nahm Barbara sich etwas mehr Zeit, den Sommer zu genießen. An sonnigen, warmen Nachmittagen segelte sie mit Jutta und Ulrich in der Jolle. Sogar der Major war manchmal mit von der Partie. Wenn Pastor Bolten mitsegelte, war der Picknickkorb des tüchtigen Fräulein Schulze eine Fundgrube lukullischer Genüsse. Und noch jemand war ein leidenschaftlicher Segler: der Dackel Männe. Wenn Babs das Malvenhaus aufsuchte, rannte er mit wehenden Ohren auf den Steg und stand schwanzwedelnd vor dem Boot.

An trüben, regnerischen Tagen lud Ulrich alles, was mitfahren wollte, in sein Auto. Man machte Einkäufe in der Kreisstadt, ging in die Konditorei oder ins Kino. Besonders Ingeborg von Trappen schätzte diese kleinen Ausflüge sehr und kam danach frisch und angeregt nach Hause. Trotzdem blieb die Beziehung des Karlshöher Ehepaares zueinander mehr ein Neben- als ein Miteinander. Jochen grübelte häufig über die Ursache, konnte aber zu keinem einleuchtenden Ergebnis kommen. Manchmal gab er sich selbst die Schuld.

Auch «Mensuren» fanden ab und zu in der Folterkammer statt; Jochen und Babs lernten durch Ulrich eine Menge hinzu, da dieser als körperlichen Ausgleich für die viele Büroarbeit jeden Winter Fechtstunden nahm. Er behauptete, Barbara habe ein ausgesprochenes Talent für diesen Sport, denn ihm wäre kaum je eine Dame begegnet, die außer dem Florett auch den Degen zu handhaben wüßte.

Es waren heitere Wochen auf Moorburg bis zu dem Tag, da Ulrichs Urlaub abgelaufen war. Blumenreiche Gärten sandten schwere Duftwellen ins Land, Schwalben schossen über die leise raschelnden Rohrwände an den Ufern hin und her, und Frohsinn und Lebensfreude erfüllte die Gemüter der Menschen.

Von den Katen schallte Harmonika-Musik herüber, und Mädchenstimmen sangen ein Abendlied. Ulrich und Jutta saßen auf der Bank unter dem Apfelbaum. Das Kind lag mit offenen Augen in Juttas Schoß.

«Wie sich die Menschen in dieser Zeit doch gleichen», sagte Jutta versonnen, «als verwischten sich alle Gegensätze und Schroffheiten, die sie sonst zuweilen voneinander trennen.»

«Es ist wohl das Glück, zu leben, das der Sommer uns nahebringt; und wer glücklich ist, ist duldsam.»

Über dem See rief der Brachvogel.

An einem der nächsten Tage brachte der Postbote einen Brief aus Berlin; er war von der Schwester Frau Beates. Lebhaft sah Frau von Pogwisch von ihrer Lektüre auf.

«Vielleicht bekommen wir einen berühmten Gast ... Géza von Bardossy!»

Der Löffel, mit dem Barbara gerade die Erdbeermarmelade auf das Brot streichen wollte, klirrte auf den Teller.

«Das ist doch dieser Geiger, der Jutta damals ...»

«Ganz recht», fiel Frau Beate ein, «Tante Elsabe schreibt, daß Herr von Bardossy sie auf der Durchreise besucht hätte. Er macht nach der anstrengenden Auslandstournee gerade eine Erholungsreise durch Deutschland, und da er die Absicht äußerte, einige Wochen an der Ostsee zu verbringen, hat Tante Elsabe ihm vorgeschlagen, doch uns in Moorburg zu besuchen, es liege ja am Weg. Außerdem würde er auch Stauffenbiels hier antreffen. Herr von Bardossy war diesem Plan nicht abgeneigt, hat aber keine feste Zusage gegeben. Das wäre mal eine anregende Abwechslung, wenn der Künstler uns wirklich besuchen würde!»

«Gewiß», meinte Herr von Pogwisch, «doch wird er wohl interessantere Reisepläne haben, als ausgerechnet diesen verlassenen Winkel aufzusuchen.»

Barbara aß schweigend ihr Marmeladenbrot.

Am Abend ging sie zum Malvenhaus hinüber. Meta, die das Kind versorgte, deutete auf den See; dort kamen Jutta und Ulrich auf den Steg zugeschwommen. Juttas rote Badekappe leuchtete in der Abendsonne. Sie schüttelten sich auf dem Steg die Tropfen von der Haut und kamen scherzend Hand in Hand die Treppe herauf.

«Willst du nicht auch noch baden, Babs? Es ist einfach himmlisch im Wasser, nicht zu warm und nicht zu kalt.»

«Nein, ich warte lieber auf der Veranda, bis ihr euch umgezogen habt.»

Sie hörte Ulrich im Haus mit der kleinen Elisabeth schäkern. Sollte sie nun wirklich das vorhin Vernommene mitteilen? Vielleicht traf der angekündigte Besuch gar nicht ein? Doch würden sie es ohnehin von der Mutter erfahren, die ja ganz in Vorfreude war. Jutta kam mit dem Kind auf dem Arm heraus.

«Sag der Tante schön Gute Nacht!»

Babs drückte einen Augenblick die seidenweiche Wange der Kleinen an die ihre.

Tante! Kamerad, mit dem man Pferde stehlen kann! Freundin! ging es ihr durch den Sinn; ob das immer so bleiben würde? Warum? Es mochte an ihrem Wesen liegen. Ein kalter Hauch, vom See herübergeweht, berührte sie; erschauernd zog sie die aufgerollten Ärmel ihrer Bluse herunter.

Ulrich, in kurzer Hose und buntem Hemd, setzte sich neben sie.

«Wie sagte mein Vater immer? Die schönen Tage von ‹Orang-Utan› sind nun bald vorüber! Dir ist wahrscheinlich gar nicht bewußt, in welch einem Paradies du hier ständig leben darfst. Hier gibt es alles, was sich ein Naturfreund wünschen kann: Wasser, Wald, Heide und Moor. Ich habe wirklich viel gesehen im Leben, aber noch nie ein so vielseitiges Fleckchen Erde wie dieses hier, besonders in bezug auf die Fauna.»

«Es liegt wohl daran, daß die Tiere hier weniger gestört werden als anderswo, wo die Industrie sich ausbreitet.»

«Möglich, aber das ist es nicht allein. Sieh mal, in der Marschgegend, wo es nur Weiden, wenig Hecken und Wald gibt, dafür aber die See mit ihrem rauhen Klima, dort ist die Fauna viel einseitiger. Und auch dort werden die Tiere nicht gestört. Der Reiz der Schwarzseelandschaft liegt wohl in der ständig wechselnden Szenerie.»

«Demnach müßten hier alle Menschen recht zufrieden sein. Sagt man doch, daß das Bild der Landschaft auch das Wesen der Menschen beeinflußt. Und wenn dies hier ein Paradies sein soll ...»

«Du bist so ernst heute abend, bedrückt dich etwas?»

Sie drehte den Kopf zu ihm um, ihre Augen wirkten in der Dämmerung groß und dunkel.

«Ich muß gerade darüber nachdenken, daß mancherorts die Tiere durch den Lärm der Menschen verscheucht beziehungsweise rücksichtslos von ihnen ausgerottet werden. Denk nur an das ehemalige Büffelparadies in Nordamerika; diese prächtigen Riesen waren die Nahrung der Indianer, aber die Gewinnsucht des Weißen hat sie ausgerottet. Und mit ihnen die Indianer. Nordamerika ist kein Paradies mehr. Es gab wohl viele paradiesische Plätze auf der Erde, was ist aus ihnen geworden? Christoph gab in vielen Fällen den Missionaren die Schuld. Aber ich glaube, daß es immer und überall Störenfriede geben wird, die, selber voll Unrast, anderen ihren paradiesischen Frieden neiden.»

«Macht- und Geldgier, Eroberungssucht und Geltungsbedürfnis sind, glaube ich, die Haupttriebkräfte solcher Leute», meinte Ulrich, «aber das dürfte für unser Paradies hier kaum zutreffen. Hier wenigstens ist man verschont von Störenfrieden!»

Barbara warf ihre Zigarette im hohen Bogen an den Saum des Wassers hinunter, ein glühender Funke, der sekundenlang die Dämmerung zerschnitt.

«Und wenn Herr von Bardossy uns mit seinem Besuch beehren würde?»

Ulrich beugte sich vor.

«Wie kommst du darauf, Babs?»

Sie erzählte ihm, was sie von ihrer Mutter erfahren hatte. Er schlug mit der flachen Hand auf die Lehne.

«Der hat uns hier gerade noch gefehlt! Ausgerechnet jetzt!»

In dem erleuchteten Viereck der Tür erschien Jutta.

«Was ist, Ulrich?»

«Dein Mäzen wird hier auftauchen. Her Géza von Bardossy!» sagte Ulrich hart.

«Mein Gott», sagte Jutta nur und lehnte sich an die Mauer neben der Tür. Es war nun völlig dunkel, nur ihr Kleid hob sich hell von der roten Mauer ab.

Über die frischen Roggenstoppeln kam Ulrich Stauffenbiel quer über das Feld eilig auf Barbara zu, die gerade beobachtete, wie der zweite Selbstbinder, den sie ihrer Großtante «abgerungen» hatte, funktionierte. Erst als er ihren Namen rief, drehte sie sich um.

«Kann ich dich einen Augenblick ungestört sprechen, Babs?»

«Ist etwas geschehen?»

«Nein; ich möchte nur etwas mit dir besprechen.»

Sie deutete nach dem Waldrand hinüber.

«Geh schon voraus zum Graben, ich komme gleich nach.»

Sie gab dem Fahrer der Maschine Anweisungen und ging langsam hinüber. Ulrich saß an der Böschung im Gras, und Barbara ließ sich neben ihm nieder.

«Nun, Ulrich?»

«Eigentlich wollte ich erst am Nachmittag fahren; aber Jutta will mich ein Stück begleiten, und darum wollen wir in einer Stunde aufbrechen. Jutta fährt bis W. mit, wo wir übernachten, und kommt morgen mit der Bahn hierher zurück. Jochen holt sie in Alberg ab. So haben wir noch fast vierundzwanzig Stunden für uns. Ich würde sie gern nach ihrem Wunsch ganz mitnehmen, aber das läßt sich schwer machen. In einem recht primitiven Lager, nur unter Männern und dann mit einem Baby ... das ist nichts für Jutta ... außerdem ist ihr Paß nicht in Ordnung.»

«Mußt du denn unbedingt zu diesen alttestamentarischen Gräbern?» fragte Babs.

«Ich könnte dich genausogut fragen, ob du in der Ernte unbedingt auf den Feldern sein mußt», erwiderte er, «ich soll ja eine Abhandlung darüber schreiben, also muß ich wohl dabeisein.»

«Ja, das mußt du wohl.»

«Jutta könnte ja mit dem Kind woanders hinfahren, aber ich möchte, daß sie hierbleibt. Sie ist unsicher, ich weiß es. Ihr Wunsch, mich zu begleiten, beweist das. Doch halte ich es für richtig, daß sie diese Unsicherheit überwindet ... es gibt immer Situationen, in denen wir uns bewähren müssen, Babs, in denen man zeigen kann, wer man ist ... Ich brauche dir das nicht näher zu erläutern. Jutta ist noch jung, viel jünger als du, nicht an Jahren, ich meine, sie ist noch nicht ganz ausgereift. Der eine ist schon als Kind eine Persönlichkeit, der andere ist es noch nicht geworden, wenn er das Zeitliche segnet, und sei es mit achtzig Jahren; mitunter nur, weil sein Leben wie dieses Bächlein munter und ohne Störungen dahinplätschert, ohne Konflikte und Nöte, ohne wesentliche Anstrengungen. Wenn Jutta ihren hochherzigen Entschluß, mir und Elisabeth zuliebe ihrer Kunst zu entsagen, durchhält und trotz aller Lokkungen einmal ernsthaft widersteht, wird sie späteren Versuchungen, und daran ist in der Hauptstadt wahrlich viel Gelegenheit, gegenüber gefeit sein; davon bin ich überzeugt. Sollte also dieser Bardossy hier auftauchen, und ich möchte es annehmen, dann hat sie die beste Gelegenheit, sich zu bewähren.»

Er sah Barbara fragend an, als erwarte er eine Bestätigung.

«Auch ich bin überzeugt davon, daß Herr von Bardossy hier erscheinen wird und nicht, um meine Eltern zu besuchen. Sein Besuch gilt Jutta. Aber ich sehe nicht ein, weshalb sie vor einem fahrenden Künstler», sie zog die Mundwinkel verächtlich herab, «auskneifen soll. Soll er nur kommen ... ich bin ja auch noch da!»

Er nahm ihre Hand, die mit einer Margerite spielte, in die seine. «Siehst du, deswegen bin ich auch ganz beruhigt, weil ich Jutta in deinem Schutz weiß. Du hast dich schon einmal für Jutta eingesetzt ...»

Sie wehrte ab.

«Ach, es ist nur, weil ich sie hierbehalten will den Sommer über. Es ist ohne euch sehr öde für mich.»

«Du mußt mich recht verstehen; ich habe volles Vertrauen zu meiner Frau, und ich weiß, daß sie Bardossy diesmal abwehren kann, jedenfalls behauptet sie es; aber es ist doch eine Beruhigung für mich, daß du auf dem Posten sein wirst. Du ahnst vielleicht noch nicht, was für einen Einfluß als Künstler dieser Mensch auf Jutta hat. Er kann nämlich wirklich was, das muß man ihm lassen ... Ich kam her, dich zu bitten, Jutta – wenn nötig – zur Seite zu stehen. Leicht wird sie es nicht haben, aber einmal muß sie es durchstehen. Versprichst du es mir?»

«Ich verspreche dir, daß Jutta nicht fahnenflüchtig wird, Ulrich», sagte sie langsam.

«Und ich weiß, daß du der anständigste Mensch bist, der mir im Leben über den Weg lief, Barbara», sagte Ulrich, und seine Augen ließen sie nicht los, «mein bester Freund, dem ich alles sagen kann.»

Sie entzog ihm ihre Hand, die er in der seinen hielt, damit er nicht merkte, wie sie bebte, und schlang sie um ihre Knie.

«Jetzt reise ich unbesorgt. Mach's gut, Babs!»

Er erhob sich. Auf sie herabsehend, sagte er noch:

«Ich weiß bei Gott nicht, was ich täte, wenn Jutta mich enttäuscht. Aber irgend etwas Ungutes würde geschehen; denn ich liebe sie mehr als mein Leben. Ein großartiges Wort, aber anders kann man das nicht ausdrücken, was ich für Jutta empfinde. Im Herbst sehen wir uns wieder, Babs ... Auf Wiedersehen!»

Er reichte ihr die Hand, dann sprang er über den Bach, erklomm den anderen Grabenrand und ging in Richtung Wald davon. Bevor er die Schneise betrat, drehte er sich um und winkte. Barbara hockte noch immer in derselben Stellung mit hochgezogenen Knien an der Böschung und sah ihm mit brennenden Augen nach, bis er hinter den Erlen verschwunden war. Dann streckte sie die Beine aus und ließ wie erschöpft den Oberkörper zurückfallen.

5

Unmerklich erst, doch mit fortschreitender Jahreszeit wurden die Tage kürzer, die Nächte waren blau und samten, und manchmal schossen Sternschnuppen durch den Augusthimmel, leuchteten auf und erstarben, ehe sie den Horizont erreichten. Am Morgen war die Luft mit Dunst erfüllt, bis die Sonne über das Moor emporstieg und ihn auflöste. Die Tage waren voll betriebsamen Lebens: Erntezeit.

Und wiederum zog die Nacht über den See herauf, ihr dunkelblauer Samtmantel dämpfte alle Laute. Die müden Lider schlossen sich.

Jutta war jetzt immer tätig. Während sie sonst mit Ulrich die Tage oft nachdenklich oder träumend verbracht hatte auf dem See oder im Garten, war es ihr nun ein Bedürfnis, etwas zu tun. Sie merkte selbst nicht, daß sie die Zeit damit totschlagen wollte. Es war weniger Langeweile, denn sie hatte ja das Kind, mit dem sie sich gern beschäftigte; doch wenn die Kleine in ihrem Körbchen unter dem Apfelbaum schlief, saß Jutta unten im Boot und angelte, oder sie schwamm, immer noch mit einem Gefühl der Beklemmung, in den See hinaus. Sie tat vielfach etwas, was ihr im Grunde genommen Furcht einflößte und was sie sonst nur unter Ulrichs Obhut fertiggebracht hatte. Mitunter saß sie abends lange auf der Holzveranda mit einer Näharbeit oder einer Schüssel Erbsen zum Auspalen. Sie ging sogar abends allein ins Moor – anfangs zwar mit Herzklopfen – und freute sich ihrer «Erfolge». Und dann begann sie das Orgelspiel.

Eines Abends, sie kam von einem Spaziergang aus dem Wald zurück, besuchte sie Pastor Bolten.

«Komm nur immer zu mir, wenn du dich allein fühlst», meinte er und fragte, ob Fräulein Babs ihr nicht Gesellschaft leiste.

«Babs ist in der Ernte abends immer todmüde, das kenne ich schon von früher. Nein, ich will nur mal fragen, ob ich in der Kirche die Orgel benutzen darf. Der Kantor hat sich bereit erklärt, mir die Anfangsgründe beizubringen. Klavierspielen kann ich leidlich.»

«Natürlich, wenn es dir Freude macht, kannst du gern auf ihr üben, nur nicht spätabends, da sonst die Kätnersleute in ihrem wohlverdienten Schlaf gestört werden. Da wird Ulrich aber staunen, wenn er hört ...»

«Bitte, nichts verraten», bat Jutta, «es soll eine Überraschung für Ulrich werden.»

Nun saß sie oft neben dem Kantor auf der Orgelbank. Zuerst war sie ein wenig ungeschickt, aber der alte Mann hatte seine Freude an der eifrigen Schülerin, und bald konnte sie schon leichte Stücke fließend spielen. Ihr Spiel war ein wenig zaghaft, als fürchte sie sich, die volle Lautstärke des Instruments herauszufordern und die heilige Stille des Gotteshauses mit einem eventuellen Mißton zu stören. Mit zunehmender Sicherheit überwand sie diese Scheu und spielte manchmal ganz allein, und das war ihr am liebsten. Dabei überraschte sie Barbara. Sie erschrak heftig, als die Freundin plötzlich hinter ihr stand.

«Das geht ja schon ganz gut. Was spielst du denn für einen Choral? ... Aus tiefer Not schrei ich zu dir ... hast du das nötig?» fragte Babs lächelnd.

«Du darfst nicht lästern», Jutta drehte das Blatt um, blätterte weiter, «ich kann ja auch was anderes spielen ... hier, das kann ich auch schon: Lobt froh den Herrn.»

Und jetzt spielte sie zum erstenmal laut und fließend und ließ die Orgel sich in ihrer Klangfülle entfalten.

«Bravo», rief Babs, «wenn unser Kantor mal stirbt, kannst du hier gleich die Stelle übernehmen. Aber ich wollte dich fragen, ob du heute gegen Abend mit mir segeln willst?»

Während sie bei schwacher Abendbrise am Südufer entlangtrieben, schnitt Babs das Thema an, das sie bis dahin gemieden hatten. «Hör mal, Jutta, ich glaube, dieser Bardossy kommt gar nicht mehr, der Sommer geht langsam zu Ende. Machst du dir eigentlich Sorgen deswegen? Ich finde, du bist etwas verändert, seit Ulrich fort ist, und ich bin im Zweifel, ob es das Heimweh nach Ulrich ist oder die Angst vor der Unruhe, die dieser Herr hierherbringen könnte?»

«Fang bloß nicht davon an», sagte Jutta und spielte mit dem Ende der Großschot, «der kommt hierher, verlaß dich darauf, der kommt noch früh genug ...»

«Hat er dir etwa geschrieben?»

«Geschrieben ... mir? Jetzt? Nein! Aber er kommt, Babs, er kommt, der findet mich», Jutta warf das Tauende hin, «und ich weiß, was er will.»

«Weißt du denn auch, was du willst?» fragte Barbara rasch.

«Natürlich weiß ich das», erwiderte Jutta, sah aber an der Freundin vorbei aufs Wasser.

«Na, denn ist ja alles im Lot ... denn mal klar zur Wende ... Ree!»

Und Babs warf das Steuer herum.

Am folgenden Sonntagnachmittag fuhr ein eleganter, weinroter Wagen durch die Dorfstraße und ließ große Staubwolken hinter sich. Die Leute, die vor der Wirtschaft ihr Bier tranken, reckten die Hälse, aber da war das Auto schon im Torhaus verschwunden.

«Habt ihr gesehen, was da für eine Menge Silber an dem Dings war?» sagte der Schäfer.

Der Schmied tippte mit dem Zeigefinger an die Stirn.

«Silber! Chrom ist das.»

Was das wohl für eine Marke gewesen sei, fragten ihn die anderen, er verstünde doch was von Autos. Der Schmied steckte eine neue Zigarre in Brand; genau könnte er das auch nicht sagen, aber gewiß sei es ein amerikanisches Auto gewesen, meinte er bedächtig. «Ja, der Mann, der hinten drin saß, sah auch so indianisch aus», bemerkte der alte Mathias, «der hatte so was Weißes auf dem Kopf.»

«Das war wohl eine Autokappe», erwiderte der Schmied.

«Aber der Chauffeur könnte ein Neger gewesen sein.»

Auf jeden Fall war man sich einig, daß ein schwerreicher Mann soeben seinen Einzug in Moorburg gehalten hatte, und die Wirtin meinte, daß er gewiß Heiratsabsichten auf das Fräulein hätte. Mathias sah sie entsetzt an.

«Das fehlte uns gerade noch, daß unser junges Fräulein einen amerikanischen Indianer heiratet. Ne, ne!»

«Sieh doch mal nach dem Nummernschild und was für Buchstaben daneben stehen, dann wissen wir, woher der Herr kommt», wandte sich der Wirt an einen der jüngeren Gespannknechte.

Und während der zum Gutshof hinüberlief, suchte der Wirt einen Taschenkalender hervor, in dem die internationalen Kennzeichen für Kraftfahrzeuge aufgeführt waren.

«Den werden wir schon kriegen», meinte er überlegen.

«Drinnen alles rotes Leder», berichtete der Knecht; nein, die lange Nummer hätte er nicht behalten, aber ein großes «F» wäre auf dem Schild gewesen.

«Moment mal!» der Finger des Wirtes fuhr das Verzeichnis entlang. «B – Belgien ... D – Deutschland ... da, F – Frankreich!» Er sah sich triumphierend um.

«Ein Franzos!» riefen alle drei gleichzeitig.

«Das ist immerhin noch besser als ein Indianer», murmelte der alte Mathias, «wenngleich sie auch Anno Siebzig meinen Onkel mütterlicherseits totgeschossen haben.»

Frau Beate bot alles auf, es dem berühmten Gast angenehm zu machen; sie ließ für ihn die «Fürstenzimmer» herrichten, in denen einst eine Königliche Hoheit als Gast des Kammerherrn von Pogwisch logiert hatte. Der Major freute sich über das Interesse, das Herr von Bardossy für die alten Familiengemälde bekundete, und erklärte sie ihm gern. Nur Tantchen Exzellenz war, obgleich sie den Künstler freundlich willkommen geheißen und der Hoffnung Ausdruck gegeben hatte, der Gast möge sich auf Moorburg gut erholen, ein wenig verstimmt, der Grund war der «Neger», der ein Südfranzose mit dunkler Hautfarbe war und Maurice hieß. Er möge im Torhaus wohnen. Frau von Pogwisch hielt dagegen, daß Herr von Bardossy gewohnt sei, von Maurice bedient zu werden; nur widerwillig erlaubte die alte Dame, daß der Diener in einem Zimmer des Oberstocks Quartier nahm, dieser «Moritz».

«Ich sage Moritz, denn auf meine alten Tage brauche ich wohl kein Französisch mehr lernen!» äußerte sie und stieß ihren Stock betont auf den Boden.

Barbara hatte Jutta an diesem Sonntagnachmittag nach Karlshöhe hinübergesegelt, wo Jutta bis zum Abend bei den Geschwistern blieb. Ingeborg, die am nächsten Tag zu ihrem Vater reisen wollte, versuchte Jutta zu überreden, sie wenigstens für einige Tage zu begleiten. Doch Jutta lehnte mit der Begründung ab, die anstrengende Bahnfahrt würde Elisabeth nicht guttun; sie wolle am Schwarzsee bleiben, bis Ulrich sie abholen würde. Sie hatte das Kind unter Metas Obhut im Malvenhaus gelassen, um Farida nach Moorburg zu holen; das Pferd war nun schon so groß wie seine Mutter Fatme.

Langsam ritt Jutta durch die Allee und durch das Torhaus auf den Hofplatz. Einer der Knechte kam herunter und fragte, ob er der Frau Doktor das Pferd abnehmen dürfe. Als sie, des Pferdes ledig, in Richtung Garten ging, sah sie in dem offenen Scheunentor ein großes, dunkelrotes Auto stehen, das sie nicht kannte. Den Mann in der sandfarbenen Livree aber erkannte Jutta wohl.

Heißer Schrecken durchfuhr sie und hemmte sekundenlang ihren Schritt. «Maurice!» murmelte sie und ging langsam weiter. Nun war es also da, das Schicksal! Als sie den Turm hinter sich gelassen hatte, hörte sie deutlich Stimmen auf der Terrasse, Beate von Pogwischs helles Lachen und die Stimme Géza von Bardossys. Am besten wäre es wohl, jetzt gleich so, wie sie war, ganz unbefangen auf der Terrasse zu erscheinen. Entgehen konnte sie ihm nicht; doch war es schon besser, ihm das erste Mal nicht allein zu begegnen. Sie tat einige Schritte in Richtung Terrasse, fühlte ihr Blut im Hals klopfen und blieb wieder stehen. Sie mußte erst ins Malvenhaus und Elisabeth ins Bett bringen; sie konnte ja später noch hingehen.

Als sie die Diele betrat, rief Meta erschreckt aus:

«Herrjeh, Frau Doktor, Sie sind aber blaß, fehlt Ihnen was?»

«Nein, nein, es ist nur etwas heiß gewesen heute. Ist das Kind schon zu Bett?»

«Ja, es schläft schon.»

«Gut, dann können Sie nach Hause gehen.»

Im matten Licht der Nacht sah sie auf ihr schlafendes Kind herab, und in einer jähen Bewegung nahm sie es auf und preßte es heftig an ihre Brust. Der Säugling, plötzlich aus dem Schlaf gerissen, begann zu schreien, erst weinerlich, dann immer heftiger. Jutta schaukelte ihn auf den Armen, sprach ihm zu, doch das Kind wollte sich nicht beruhigen. Es dauerte fast eine Stunde, bis es wieder einschlief.

Nun hat es keinen Zweck mehr, hinüberzugehen, dachte Jutta, entkleidete sich und legte sich ins Bett. Doch der Schlaf wollte nicht kommen; schließlich griff sie hinüber nach Ulrichs Bett und zog sein Kopfkissen an sich. Obgleich Meta den Bezug entfernt hatte, haftete noch etwas von seinem Geruch an dem Inlett. Das Kissen in beiden Armen haltend, das Gesicht in den vertrauten Geruch gebettet, schlief sie allmählich beruhigt ein.

Am Morgen erschien Mimi mit einer Einladung zum Mittagessen im Schloß. Jutta atmete erleichtert auf und sagte zu. So war sie wenigstens nicht allein mit ihm! Als sie jedoch vom Seeufer aus über den großen Rasen auf die Terrasse zuschritt, stand sie plötzlich vor dem Künstler, der hinter einem Gebüsch in einem Liegestuhl ruhte. Er sprang auf und nahm ihre beiden Hände.

«Sie sind ja inzwischen noch schöner geworden!» sagte er leise.

«Ich bin erstaunt, Sie hier zu sehen, Herr von Bardossy», erwiderte Jutta mit Haltung und sah zur Terrasse hinüber.

«Darüber bin ich selbst erstaunt», entgegnete er, «was man im Leben doch alles kennenlernt: Waschschüsseln, einen Badeofen, der mit Torf oder wie das Zeugs heißt geheizt wird, und ein Bett aus der Epoche Karls des Großen. Wissen Sie eigentlich diese Opfer meinerseits zu würdigen, Madame?»

«Wieso?» fragte Jutta und machte ein paar Schritte in Richtung Terrasse. «Es hat Sie ja niemand geheißen, herzukommen.»

Er hielt sie mit sanftem Druck am Ellenbogen zurück.

«Sie irren. Frau von Pogwisch hat mich seinerzeit, wenn auch wohl scherzhaft, nach Moorburg eingeladen, falls ich mal Ruhe nötig hätte. Nun, meine Gesundheit ist sehr angegriffen, sehr!» Er seufzte.

Jutta sah ihn an. In der Tat, seine Sonnenbräune hatte einen ungesunden, gelben Ton, und sein feingeschnittenes Gesicht war noch schmaler geworden.

«Dann wünsche ich Ihnen gute Erholung», sagte sie kühl.

Sie gingen jetzt langsam über den Rasen.

«Warum sind Sie nicht mit Herrn Stauffenbiel in die Türkei gefahren?»

Sie blieb überrascht stehen. «Sie wußten, daß mein Mann ...?»

«Natürlich ... ich weiß alles über Sie und Ihr Leben, Madame; ich war so frei. Oder haben Sie im Ernst geglaubt, ich hätte Sie vergessen?»

Wenn er sie so anlächelte wie eben, fühlte Jutta sich hilflos wie ein Backfisch.

«Und da habe ich in aller Ruhe am schönen Ostseestrand gewartet, bis ich Gelegenheit haben würde, ungestört mit Madame konferieren zu können. Voilà!»

«Sie, Sie ...» stammelte Jutta voll Bestürzung.

«Ich heiße Géza», sagte er ruhig, nahm seine Sonnenbrille ab und sah sie schweigend mit seinen hellen Bernsteinaugen an.

Jutta stieg die Röte ins Gesicht, mühsam wandte sie sich ab.

Da ertönte der Gong.

Die Mamsell hatte sich Mühe gegeben. Mimi wurde von Maurice beim Servieren unterstützt und kam gar nicht so schnell mit, wie der gewandte Diener die Teller wechselte. Ein Blick Frau Beates verbannte sie schließlich an die Anrichte.

Das Mahl verlief heiter, gewürzt durch amüsante Schilderungen vom Leben und Treiben jenseits des Ozeans. Jutta bemühte sich tapfer, mitzuhalten, doch Barbara, die sich den Anschein gab, interessiert zuzuhören, warf ab und zu einen besorgten Blick auf sie, da sie sehr wohl den künstlichen Ton im Lachen der Freundin wahrnahm.

«Ich hörte, Sie seien Landwirt, gnädiges Fräulein?» wandte sich Herr von Bardossy beim Nachtisch lächelnd an Babs.

«Sie hörten richtig», sagte sie sanft, «und ich freue mich, daß es Sie erheitert.»

Er betrachtete sie aufmerksam.

«Originell, sehr originell! Betreiben Sie Ihre Tätigkeit nun richtig als Beruf oder mehr als Zerstreuung?»

«Es ist mein richtiger Beruf, Herr von Bardossy. So wie Sie Geige und Bogen handhaben, so halte ich die Zügel in den Händen», sagte Barbara von Pogwisch langsam.

Zwei Tage gelang es Jutta, einem Alleinsein mit Herrn von Bardossy auszuweichen. Am dritten Tage traf sie ihn auf dem Hofplatz, als sie mit Farida von einem Ritt in die noch blühende Heide zurückkam. Er folgte ihr in den Pferdestall und erbot sich abzusatteln.

«Spielen wir doch kein Verstecken miteinander», sagte er und hob den Sattel auf einen Holzpflock, «belieben Madame, mich um die Teestunde zu empfangen; es wäre da einiges zu besprechen.»

«Gut, kommen Sie nur, damit Sie endlich klar sehen», erwiderte sie entschlossen.

«Danke! Ist vier Uhr dreißig angenehm? Au revoir, Madame!» rief er der Davoneilenden nach.

Um einigermaßen die Form zu wahren, oder sei es auch, um etwas tun zu können, hatte Jutta den Teetisch gedeckt.

«Charmant», rief Herr von Bardossy aus, als er bei ihr eintrat, «wie entzückend Sie hier wohnen, geradezu idyllisch! Darf man das Kind auch sehen?»

«Es wird spazierengefahren», sagte Jutta zurückhaltend. Er hob lächelnd die Augenbrauen und ließ sich auf die einladende Gebärde der Hausfrau auf einem der silbergrauen Ripssessel nieder.

«Sie sind verstimmt, daß ich in diese Idylle einbrach?» Er nahm aus ihrer Hand die dampfende Tasse entgegen.

«Es ist mir sehr unangenehm, Herr von Bardossy. Was wollen Sie eigentlich?»

«Sie wieder dem Lebenskreis zuführen, in den Sie, eine begnadete Künstlerin, gehören.»

Sie reichte ihm die Schale mit Teegebäck.

«Ich glaube, ich habe Ihnen seinerzeit deutlich genug geschrieben, wo mein Platz sein wird ... für immer ... ohne Kompromisse; nämlich bei meinem Mann und meinem Kind.»

«Zu klein, Madame, viel zu klein für Sie; überlassen Sie doch diese Rolle jenen Frauen, die dafür geboren sind, das Menschengeschlecht nicht aussterben zu lassen. Sagen wir den fünfundachtzig Prozent weiblichen Wesen, die zu nichts anderem taugen, als einen Haushalt zu führen, Kinder zu bekommen und neben einem Mann einherzugehen ... Sie aber sind für ein Betätigungsfeld bestimmt, das die Erde umspannt. Wo würde die Menschheit hinkommen, gäbe es nicht Menschen wie Sie, die fähig sind, sie für einige Stunden den grauen Alltag vergessen zu lassen, um dadurch wieder neue Lebenskraft zu schöpfen. Wie traurig wäre das Dasein ohne die Kunst ... Wir sind keine Tiere, Madame. Mensch sein heißt, neben den Geistesgaben, die uns vor dem Tier befähigen, Neues zu schaffen und unser Leben nach unserer Veranlagung zu gestalten, es heißt, eine schönheitsdurstige Seele zu besitzen, die es uns ermöglicht, Freude zu haben an der Schönheit, die die Schöpfung aus ihrem Füllhorn über uns ausschüttet. Klang, Farbe, Bewegung, Formen und Düfte, die der Mensch wahrnimmt und genießt ... und gestaltet, so daß sie sich voll entfalten können, ihm zur Lebenslust. Sollten wir nicht dankbar dafür sein, daß dieser Sinn, dieser Genußsinn, uns geschenkt wurde? Und dürfen wir ihn verkümmern lassen? Es gibt viele arme Menschen, oft reich an Geld, bei denen er sich nicht hat entfalten dürfen: Arbeitstiere oder solche mit kranker Seele, die man schon nicht mehr als Menschen bezeichnen kann. Ein Mensch aber wie Sie, Madame, hat nicht das Recht, die reichen Gaben, die in Sie gelegt wurden, verkümmern zu lassen ... zwei oder drei oder auch vier Menschen zuliebe; sie gehören Millionen Menschen.»

Mit weitgeöffneten Augen hatte Jutta zugehört, der Tee in ihrer Tasse stand noch unberührt. Jetzt lehnte sie sich in ihrem Sessel zurück.

«Vielleicht haben Sie recht. Sie selbst sind ein großer Künstler, der es vermag, die Menschheit zu beglücken, und ich kann verstehen, daß dies Ihr Lebenswerk ist ... Sie übersehen aber, daß das Geschick mir das größte Glück in der Gestalt meines Mannes und meines Kindes beschert hat.»

«Sie kommen mir vor wie jener König, der alle Schätze seines Landes in ein geheimes Gemach sammelte, um sich allein daran zu weiden, und der das Volk darben ließ. Wer hat, soll geben, und nicht nur wenigen Auserwählten, sondern er soll seinen Glanz strahlen lassen, so weit es eben möglich ist. Alles andere ist ... Geiz, Madame.»

Vorgebeugt blickte er sie schweigend an. Sie konnte den Blick nicht mehr ertragen und schloß sekundenlang die Augen. Lächelnd richtete er sich auf.

«Wäre Ihnen Doktor Stauffenbiel nicht begegnet, Sie hätten ein weitaus größeres Glück kennengelernt, ein Glück, das nicht begrenzt ist wie das im kleinen Kreis des bürgerlichen Lebens. Es wird der Tag kommen, an dem es Ihnen nicht mehr genügen wird, dieses kleine häusliche Glück. Sie werden immer häufiger an den Glanz denken, von dem Sie einmal kosteten, der Sie berauschte. Sie werden sehr unglücklich werden, Jutta, und dann ist es wahrscheinlich zu spät», schloß er leise.

«Nein, nein!» Jutta war erregt aufgesprungen und ging im Zimmer auf und ab. «Ich habe das alles längst vergessen, ich will nicht mehr! Es hat mich krank gemacht! Gehen Sie, Géza von Bardossy. Ich bitte Sie, reisen Sie heute noch! Es hat keinen Zweck; ich kenne meinen Weg.»

Er war hinter sie getreten, sanft umschlossen seine Hände ihre Schultern.

«Endlich haben Sie die Maske fallen lassen! Sie kennen Ihren Weg absolut nicht. Aber ich kenne ihn genau, wenn Sie mit mir gehen. Meinen Sie, ich wüßte nicht, was in Ihnen vorgeht, Jutta? Aber die Verpflichtung, die Sie zu haben glauben, ist nicht so groß und tiefgehend wie die andere, die Ihrem innersten Wesen viel mehr entspricht, glauben Sie mir doch. Auch mir hat man als Kind verboten, eine Violine in die Hand zu nehmen, und doch hat die innere Stimme, die mich rief, den Sieg über alle Hindernisse, und deren waren viele, davongetragen ... Hören Sie sie nicht rufen? Manchmal in der Nacht, wenn alles ringsumher still ist?»

Nun hatte er Jutta behutsam zu sich umgedreht, in ihren Augen standen Angst und Ratlosigkeit.

«Ach, Bardossy», sagte sie nur, und nach einem Augenblick, sich von ihm losreißend, laut. «Ich will aber nicht, niemals!»

Erschöpft lehnte sie am Kamin, er setzte sich auf die Sessellehne ihr gegenüber.

«Sehen Sie die Sache doch mal nüchtern. Die Ihnen vorgezeichnete Bahn ist durch das Dazwischentreten Doktor Stauffenbiels unterbrochen worden. Sie waren gerade in den Jahren, in denen man sich nach Zärtlichkeit und Liebe sehnt, das ist nun mal Naturgesetz. Ich weiß durch die Frau Geheimrat, daß Sie sich in Moorburg kennenlernten, und die liebliche Gegend hier ist dazu angetan, auch weniger romantisch veranlagte Menschen wie Sie zu Schwärmereien zu verleiten. Zufällig begegneten Sie Ihrem jetzigen Mann, der – zugegeben – alle Vorzüge besitzt, die einen Mann begehrenswert machen. Hinzu kommt noch seine musikalische Begabung. So ist es nicht verwunderlich, daß Sie ihm verfielen und Ihre innere Berufung unterdrückten, Ihren Schöpfungsdrang verleugneten ... Es hätte auch ein anderer Mann sein können, Jutta, der dies in der Zeit Ihres weiblichen Liebesbedürfnisses fertiggebracht hätte ... Lassen Sie mich bitte weitersprechen! Und eines Tages war es wieder da, so stark, daß Sie nicht mehr widerstehen konnten und nun zum erstenmal in Ihrem Leben Sie selber sein konnten, und ich weiß doch, daß Sie glücklich waren. Sie schöpften aus sich heraus. Sie verschenkten Reichtümer, unbedenklich, und ich ... ja, ich war wie geblendet von dem Überfluß, der in Ihnen war. Diese Gaben dürfen Sie nicht brachliegen lassen, Jutta, Sie dürfen nicht! Es wäre geradezu ein Vergewaltigen der Natur.»

Er fuhr sich mit dem Taschentuch über die Stirn.

«Sie kämpfen dauernd dagegen an, aber die Natur läßt sich nicht vergewaltigen. Ihr Gatte ist begabt, aber er ist kein Künstler und wird das, was in Ihnen vorgeht, nie verstehen können. So müssen Sie alles in sich verschließen und allein durchkämpfen, eine kleine, zarte Frau! Warum wollen Sie sich weiter quälen, warum lassen Sie sich nicht von mir helfen?»

Sie hob die Hände und ließ sie wieder sinken.

«Es ist genug. Lassen Sie mich jetzt allein; ich bitte Sie!»

Schlaff und kalt war die Hand, die er an seine Lippen zog. Dann verließ Herr von Bardossy schweigend das Haus.

Gegen Abend drehte der Wind nach Südwesten. Auf den Feldern waren alle im Einsatz, den letzten Hafer einzufahren. Besorgt blickte Barbara zu dem sich zusehends verdunkelnden Dunst über den Wäldern jenseits des Sees. Die Rohrdommeln lärmten im Schilf. Als das letzte Fuder Hafer zum Gutshof schwankte, begann es zu tröpfeln; es war fast dunkel.

Müßig, die Hände im Schoß gefaltet, saß Jutta auf der Holzveranda über dem See. Sie hatte das Kind zu Bett gebracht, wenig von den Speisen zu sich genommen und lauschte nun auf das Pladdern des Regens auf dem Dach. Gedankenverloren sah sie in die vom Licht aus der Diele beleuchteten Silberschnüre, die den See verhüllten.

Erinnerungen kamen und gingen: War dies nicht das Rauschen des Beifalls, den Hunderte Hände zu ihr heraufschickten, stand sie da nicht im grellen Scheinwerferlicht, und der Vorhang öffnete sich schon wieder? Stieg nicht der Duft der Blumen zu ihr auf, die sie im Arm hielt, während sie sich verneigte? Und dann begann die Musik wieder; zart setzten die Geigen ein, anschwellend. Wie die Klänge sie umrauschten, wie sie emporgetragen wurde ... sie war losgelöst von aller Schwere! Da, das geliebte Thema! Nur eine Geige ... und wieder das Rauschen, Vorhang, Blumenduft. Schon wieder umschmeichelte sie die zärtliche Melodie, jetzt glasklar, deutlich reihten sich die Töne aneinander, verführerisch lockend. Dong, dong, dong, das paßte doch nicht dazu? Nur noch matt, verschwommen, vernahm sie das Thema. Dong, dong, dong ... Perlen stiegen auf, und zwei helle Augen leuchteten ihr entgegen. Bewegliche, schmale Finger liefen über die Saiten, da, Zigeunerweisen!

Jutta sprang auf und sah sich um. Hatte sie geträumt? Regen sprühte ihr ins Gesicht. Nein, da war es noch immer, h-Moll, der mittlere Satz! Mit langsamen, schleppenden Bewegungen ging Jutta ins Haus, nahm den Regenschirm aus der Ecke, stieg die Treppe hinab und ging den Klängen entgegen. Und je deutlicher die Musik wurde, um so mehr beeilte sie sich. Wasser quietschte in ihren Schuhen, rann an Rocksaum und Beinen herunter, sie fühlte es nicht. Jetzt würde gleich der Schlußsatz kommen! Gierig, mit halbgeschlossenen Augen lauschte sie. Nun stand sie mitten auf dem Rasen vor dem Schloß, sah Géza von Bardossy, durch den Regen verschwommen, am Fenster des Musikzimmers stehen, das weit geöffnet war, sah die leichten Bewegungen des Armes, der den Bogen führte, und hörte, hörte. Und erlebte!

Selbst als die Musik verstummt war und die hellen Fenster sich verdunkelt hatten, stand sie noch immer dort, allein im Regen, die Klänge im Ohr. Erst ein Windstoß, der ihr den Regen gegen die bloßen Arme peitschte, weckte sie aus ihrer Versunkenheit. Sie schauerte zusammen. Jetzt zurück ins Haus mit all den Bildern, die sie bedrängten? Ulrich! durchfuhr es sie heiß; wenn er sie eben gesehen hätte! Sie schritt mit dem aufgespannten Schirm auf und ab. Schließlich sah sie zu den Turmfenstern hinauf; sie waren erleuchtet. Erleichtert atmete sie auf. Zu Babs!

Über einen Preiskatalog für landwirtschaftliche Geräte gebeugt, saß Barbara an ihrem Schreibtisch und kreuzte hier und dort etwas an.

Mit der Frage, ob sie auch nicht störe, trat Jutta zaghaft ein.

«Aber Herzchen, wo kommst denn du mitten in der Nacht her?» staunte Babs. «Und wie siehst du aus!»

«Ich habe einen kleinen Spaziergang gemacht», entgegnete Jutta. Sie schämte sich unsäglich vor den forschenden Augen der Freundin.

Kurze Zeit später lag sie trocken und in einen Morgenrock von Babs gehüllt auf dem Sofa.

«Erzähl mir ein wenig von deiner Arbeit und was du sonst noch vorhast», bat sie die Freundin.

«Das ist doch völlig uninteressant», war Barbaras Antwort. «Der Hafer ist gottlob drinnen, denn es sieht so aus, als müßten wir mit einer langen Regenperiode rechnen, mindestens acht Tage. Aber ich will kein Pessimist sein, vielleicht hat Petrus ein Einsehen mit den armen Landwirten. Viel interessanter fände ich jedoch, wenn du mal erzählen würdest, was für Märchen dir die Viper heute nachmittag aufgetischt hat», sagte Babs.

Jutta richtete sich auf.

«Meinst du damit etwa Herrn von Bardossy?»

Barbara nickte.

«Ein Mensch mit solchen Augen kann nur eine Viper oder ein Kater sein, Viper ist aber besser, meine ich, weil er glatt und geschmeidig ist wie eine Schlange. Verzeih, wenn ich dir offen meinen Eindruck von diesem Herrn sage, doch tu ich es in der Annahme, daß er dein Freund nicht ist. Ich traue dir eine derartige Geschmacksverirrung einfach nicht zu.»

In Jutta zog sich irgend etwas zusammen.

«Du urteilst ein wenig zu schnell, Babs. Auf jeden Fall ist er ein großer Künstler.»

«Könner! Davon habe ich mich vorhin überzeugt. Ich verstehe zwar nicht viel davon, aber immerhin war ich stark beeindruckt von der Musik, die er macht. Übrigens war man hier der Ansicht, er sei ein Heiratskandidat für mich. War, denn seit heute, nachdem der Gärtner erzählt hat, daß der ‹Franzos›, wie sie ihn hier nennen, im Malvenhaus bei dir war, erzählt man sich, daß er ein Filmmensch ist, der dich nach Amerika zum Film holen will.» Sie lachte. «Aber nun bin ich gespannt, auf welche Art er dir den Mund wässerig gemacht hat.»

«Wir haben ein wenig über Kunst und Künstler philosophiert», sagte Jutta verschlossen, und Babs merkte zu ihrem Ärger, daß sie es mal wieder falsch angefangen hatte. Mußte sie denn auch immer gleich mit der Tür ins Haus fallen?

«Hör mal», begann sie wieder, «es gibt Dinge in deinem Leben, die du nicht aussprichst, nicht mal vor mir, der du doch früher alles erzählt hast. Es macht mich traurig, daß ich dich nicht mehr so klar sehe wie damals, als es noch keine Viper gab.»

«So, meinst du?» entgegnete Jutta und richtete sich auf den Ellbogen auf. «Sagst du mir denn immer alles, was dich bewegt. Babs? Wirklich alles?»

«Nein, du hast recht, es gibt Angelegenheiten, über die man besser nicht spricht, wenn man allein mit ihnen fertig werden kann. Ich kann es ... ja, denn ich habe meine Arbeit ...»

«Und ich habe mein Kind und meinen Mann.»

«Das höre ich gern, haben sie aber auch dich, wirklich und ganz?»

«Ja, Babs, ich gehöre nur ihnen.»

«Dann ist ja alles gut!» rief Babs aus.

Eine Weile schwiegen sie. Der Regen rauschte, und die Wetterfahne auf dem Turm knarrte.

In trockenen Kleidern von Barbara, ihr nasses Zeug über dem Arm, trat Jutta bald darauf den Heimweg an. Als sie unten in der Turmtür stand und Babs die Hand reichte, sagte sie leise:

«Aber es ist nicht immer leicht, weißt du.»

«Ich weiß, aber denke an Ulrich, der dir vertraut. Wem viel auferlegt wird, der kann auch viel tragen, und wenn es dir zu schwer wird ... du weißt, daß ich dir dann tragen helfe, Jutta.»

«Ja, du und Ulrich und der Engel ...» Dann verschwand sie in der Dunkelheit.

«Wollen Sie uns nicht doch einmal wieder die Freude machen, Sie tanzen zu sehen?» Frau von Pogwisch neigte sich über den Sessel, in dem Jutta zusammengekauert saß. Auch Onkel Eduard aus Polzin redete ihr zu. Aber Jutta schüttelte den Kopf, sie möchte nicht, sie sei auch ganz aus der Übung.

«Laßt sie doch in Ruhe», rief Barbara herüber, die sich mit Joachim von Trappen über die Schweinezucht unterhielt, Jutta jedoch unauffällig beobachtete. Wie hatten ihre Augen fieberhaft geglänzt, während Géza von Bardossy spielte, und wie war sie bemüht, ihre Erregung zu verbergen! Arme Jutta! Es mußte irgendwas geschehen. Wütend streiften Barbaras Augen Herrn von Bardossy, der in der Schar der ihm zu Ehren geladenen Gäste gewandt Konversation machte. Sie gab sich zum Verdruß ihrer Mutter redliche Mühe, diesen Herrn wegzuekeln, aber alles glitt an dieser Viper ab.

«Nehmen Sie Jutta doch einige Tage mit nach Karlshöhe, Herr von Trappen; so wären Sie beide nicht allein.»

«Eine gute Idee! Mir ist auch schon aufgefallen, daß Jutta schlecht aussieht. Was fehlt ihr denn?»

Babs lächelte.

«Vielleicht Heimweh nach ihrem Mann?»

«Ja, so was soll es geben», sagte Jochen leise, und Barbara sah ihn erstaunt an. «Ja, Gevatterin, diese beiden sind das ideale Paar. Einer ist ohne den anderen nichts, sie sind füreinander geschaffen, und nichts kann sie trennen, nur der Tod.»

Er war so ernst, wie Barbara ihn gar nicht kannte, aber sie fühlte die Melancholie in diesem von Natur aus fröhlichen und lebenslustigen Menschen und schwieg betroffen.

Um Juttas Sessel hatte sich eine Gruppe gebildet, zu der sich auch Herr von Bardossy gesellte.

«Natürlich, solange das Kind noch klein ist, ist es wohl nicht möglich ...» hörte Babs eine Dame sagen.

«Nun, es gibt eine ganze Reihe großer Künstlerinnen, die kleine Kinder haben und trotzdem auftreten. Es würde wohl um die Kunst schlecht bestellt sein, wenn die Künstlerinnen ihrer Kinder wegen zu Hause blieben, und andererseits würde es genauso schlecht um den Nachwuchs bestellt sein; denn wie viele Berühmtheiten gibt es, die Kinder großer Künstlerinnen sind!»

Géza von Bardossy nannte einige bekannte Namen.

«Dann hat die kleine Elisabeth gewiß Aussichten, später einmal in die Fußstapfen ihrer talentierten Mutter zu treten», meinte Frau Beate.

Barbara legte Joachim die Hand auf den Arm.

«Gevatter, ich habe den Eindruck, daß wir da einschreiten müssen.»

Er nickte und hielt ihre Hand einen Augenblick fest.

«Mein Gott, die Leute sehen immer nur eine Seite der Medaille!»

Juttas Gesicht wirkte noch blasser, flehend sah sie Schwager und Freundin entgegen.

«Erlauben Sie», Jochen schob Herrn von Bardossy einfach zur Seite, «komm, Jutta, du mußt mal an die frische Luft. Wir wollen mit Babs ein wenig durch den Park gehen.»

«Ich bin ganz erledigt», flüsterte Jutta, als sie zwischen Barbara und Joachim hinausging.

«Wir kneifen einfach aus», lächelte Jutta, «ihr kommt mit zu mir, und wir machen ein Feuerchen im Kamin.»

«Nein, du gehörst ins Bett», entgegnete Babs, und sie begleiteten Jutta ins Malvenhaus.

«Was hielten Sie eigentlich davon, wenn Jutta eines Tages doch wieder auftreten würde?» fragte Barbara plötzlich, als sie und Joachim von Trappen zusammen zum Schloß zurückgingen.

«Gar nichts», antwortete Jochen, «sie ist viel zu zart, sie würde dabei kaputtgehen ... und Ulrich auch. Das ist ein Unding, ganz abgesehen davon, daß unser Patenkind sie braucht. Warum fragen Sie überhaupt? Jutta hat doch nicht etwa die Absicht?»

«Nein, natürlich nicht, das liegt wohl hinter ihr; ich frage nur so im allgemeinen, wie Sie über solche Dinge denken.»

«Ich bin in dieser Hinsicht altmodisch: Eine verheiratete Frau sollte im Haus bleiben, da hat sie Aufgaben genug; sonst kommt das eine zu kurz und das andere auch. Aber es gibt auch Ausnahmen, zum Beispiel, wenn sich der Interessenkreis des Mannes mit dem seiner Frau völlig deckt und beide Hand in Hand arbeiten.»

Sie waren unter einem der großen Parkbäume stehengeblieben.

«Und der Kochtopf und die Kinder?» fragte Babs ironisch.

«Die Gevatterin könnte ich mir zum Beispiel nicht vor dem Kochherd oder mit einem Strickstrumpf in der Hand als Ehefrau vorstellen.»

Babs lachte.

«Das kann ich mir allerdings auch nicht vorstellen, möglicherweise noch dem lieben Mann die Pantoffeln heranschleppend.»

«Andererseits», sagte Joachim von Trappen nachdenklich, «würden Sie, wenn Sie einen Mann wirklich lieben, um seinetwillen auf vieles verzichten können, dessen bin ich gewiß ... Sie sind ein Vollblut-Mensch, wenn ich so sagen darf, Barbara von Pogwisch.»

«So? Was Sie nicht sagen! Aber auf meine Arbeit hier in Moorburg würde ich nie verzichten, nie! Da könnte ruhig ein in Gold gefaßter, mit allen männlichen Vorzügen ausgestatteter Adonis auftauchen, ich würde nicht mit ihm von dannen ziehen.»

«Hm», meinte Jochen und lächelte. «Übrigens, Sie sagten ‹Arbeit› ... Ich mußte vorhin, als wir da oben in dieser Gesellschaft Kunstbegeisterter saßen, daran denken, daß die meisten der Anwesenden, die, teils hier seßhaft, teils vorübergehend in der Gegend sind, eigentlich wenig Bindung zu der Landwirtschaft haben, ich meine, richtig hier verankert sind. Manche leben zwar auf ihren Gütern, überlassen aber deren Verwaltung Beamten und sind froh, wenn sie einen Grund haben, verreisen zu können.»

«Wie zum Beispiel meine Mama», warf Barbara ein.

«Ja, Ihre Frau Mama sagt es ja ganz offen. Und die anderen zieht die Schönheit der Landschaft an wie Stauffenbiels beispielsweise. Sie lieben sie um des Genusses willen, den sie ihnen verschafft, diesen Sommergästen. Sie aber und ich sind wohl die einzigen, die diese Erde lieben um der Arbeit willen, die sie uns macht.»

Barbara sah an seiner mächtigen Gestalt empor, die sich gegen den Schein der erleuchteten Fenster abhob.

«Und um der Frucht willen, die sie uns immer wieder beschert.» Sie reichte ihm die Hand. «Gute Nacht, Gevatter, ich möchte nicht mehr in Mamas Salon gehen.»

Auch Joachim von Trappen umging das Schloß, holte sich sein Pferd und ritt in Gedanken versunken gen Karlshöhe.

Das Wetterglas stieg, und Barbara beobachtete mit Spannung, wie sich der graue Dunst langsam auflöste, wie die letzten Tropfen fielen. Es war höchste Zeit. Der kostbare Weizen lag schon am Boden, herabgezogen von dem nun schon tagelang strömenden Regen, dessen Werk ein einsetzender Gewittersturm vollendet hatte. Sie ging mit ihrem Vater durch die Weizenfelder.

«Hier schafft es nur noch der Flügelmäher», meinte der Major. Barbara bückte sich nach den Ähren und schüttelte traurig den Kopf.

«Unterpflügen, Papa, es lohnt nicht; hundert Morgen Weizen unterpflügen!»

Das große Feld war stellenweise wie plattgewalzt.

«Hoffentlich ist es am Erlengehölz besser», sagte der Major bedrückt, «seien wir dankbar, daß wir schon so viel eingefahren hatten, als der Regen einsetzte!»

Als sie den Hügel zum Wald herabstiegen, blieb Babs betroffen stehen. Aus dem Wald ritten zwei Reiter den Feldweg entlang.

«Nanu!» sagte Barbara und sah den Vater an.

«Er wollte gern mit Frau Stauffenbiel ausreiten, da habe ich ihm natürlich den Fuchs zur Verfügung gestellt. Ist es dir nicht recht, Babs?»

«Natürlich, warum sollte Herr von Bardossy nicht Frau Stauffenbiel begleiten?»

Sie sah dem Paar nach; er saß gut zu Pferd, Husarenfigur, schätzte sie.

«War es Jutta denn recht, daß er sie begleitete?»

«Das kann ich nicht genau sagen», meinte Herr von Pogwisch, «sie ist im Pferdestall gewesen, um Farida zu satteln, und da sind wir, Herr von Bardossy und ich, dazugekommen, und der Künstler hat den Wunsch geäußert, mitzureiten. Aber warum denkst du, daß es Frau Stauffenbiel nicht recht ist?»

«Papa», sagte sie entschlossen, «ich habe das bestimmte Gefühl, daß dieser Bardossy nicht wegen unserer reizenden Gesichter hergekommen ist, sondern um Jutta zu überreden, wieder aufzutreten.»

Der Major blieb stehen.

«Meinst du? Ich habe mir auch schon Gedanken gemacht, wieso ein Mann, dem doch die Welt offensteht, seine Ferien ausgerechnet hier verbringt. Aber er schwärmt ja von der herrlichen Ruhe und Naturschönheit hier ... man kann zur Not verstehen, daß es ihm gefällt, sich nach einem so turbulenten Leben einmal richtig zu entspannen.»

«So, er schwärmt? Erlaube mir, daß ich lächle!»

«Was hast du eigentlich gegen den Herrn? Du bist geradezu ungezogen zu ihm; deine Mutter mißbilligt das sehr, Babs. Ich finde ihn jedenfalls sehr interessant und unterhaltend ... Und was Frau Stauffenbiel anbetrifft, so bringt sie ja klar genug zum Ausdruck, daß sie vom Tanzen nichts mehr wissen will, du hast es ja neulich selbst gehört, und Herr von Bardossy weiß das auch.»

«So, weiß er das? Dann ist es ja gut ... Ich jedenfalls würde sehr gern sein Schlußlicht hinter dem Torhaus verschwinden sehen.»

Sie seufzte, und Herr von Pogwisch meinte kopfschüttelnd:

«Mir scheint fast, du entwickelst dich zu einer Männerfeindin, Babs.»

Armer, alter Papa, dachte Barbara und sah den beiden Reitern nach, die jetzt nebeneinanderher galoppierten.

Blutigrot leuchtete der Himmel. Der See brannte im letzten Aufflammen des Tages. Barbara stand in ihrem Zimmer am Fenster und nahm es mit Befriedigung wahr. Abendröte, gutes Wetter, morgen konnten sie den Rest mähen. Langsam erlosch die Glut. Sie begab sich an den Schreibtisch, um noch zu arbeiten.

Allein, ihre Gedanken schweiften immer zu Jutta ab. Was mochte in ihr vorgehen? Heute war sie schon wieder mit diesem Menschen unterwegs gewesen, diesmal in seinem Auto nach der Kreisstadt, angeblich um Einkäufe zu machen. Lachend war sie aus dem Wagen gestiegen. Barbara, die im Scheunentor stand, hatte sie nicht bemerkt. Und dieser Maurice hatte eine Anzahl Flaschen aus dem Kofferraum herausgeholt. Es stimmte doch, was Mimi behauptete, daß nämlich Herr von Bardossy auf seinem Zimmer Gläser mit Cognacresten stehen habe.

Es war ihr mit einemmal, als sehen die Augen Ulrich Stauffenbiels sie an wie damals am Bach, als sie ihm ihr Wort gegeben hatte. Wie Zentnerlast drückte sie die Verantwortung, die sie übernommen hatte. Hatte sie selbst nicht zu Jutta gesagt: Wem viel auferlegt wird, der kann auch viel tragen? Sie würde nicht wortbrüchig werden! Ihre Augen wandten sich den Bildern über dem Schreibtisch zu: Lily und Moorburg.

Da drangen Klänge zu ihr herüber. War das nicht das Cembalo im Malvenhaus? Hastig trat sie ans Fenster und lauschte. Das war nicht Jutta, die da so geläufig spielte, oder doch? Jetzt war es still. Sie wollte sich schon wieder an den Schreibtisch setzen, da begann es wieder. Etwas anderes; nein, so routiniert konnte Jutta nicht spielen ... Die Viper! Sie ballte die Hände. Mit seiner verdammten Musik! Sie lauschte noch eine Weile, dann war es wieder still. Jetzt war es Zeit für sie, sie mußte Klarheit haben!

Sie wählte den Weg vom Garten aus, schritt leise über den Rasen auf das Haus zu. Es war dunkel. Hinter den Malven, die sich im Nachtwind leise am tiefhängenden Strohdach rieben, blieb sie stehen.

Wie widerlich das alles ist, dachte sie, aber es muß sein!

«Aber ich bin doch völlig aus der Übung», hörte sie Juttas Stimme durch die halboffene Tür.

«Ach was, das ist nur Technik, einige Wochen Training genügen. Die Phantasie braucht man nicht zu trainieren, die ist immer da. Und ich werde Sie unterstützen, wenn nötig. Denn ich habe mich fest entschlossen, mit Ihnen zusammenzuarbeiten, Jutta!»

«Wirklich, ach, ist das wirklich wahr?» rief Jutta aus. «Sie wollen mit mir zusammen auftreten, Sie, ein großer Künstler?»

«Ja, ich gestehe, daß mir, einem Solisten, der Entschluß nicht leicht wurde, doch sehe ich keine andere Möglichkeit, Sie der Welt wiederzuschenken ... Doch, es gäbe noch eine Möglichkeit, Sie nämlich zu zwingen.»

Seine Stimme war voller Zynismus.

«Jedoch, ich denke, es ist nicht nötig; Sie sind schon in Gedanken wieder auf der Bühne, nicht wahr?»

Schweigen. Barbara zitterte vor Empörung; jetzt mußte sie alles hören, nicht nur die Hälfte.

«In Amerika erwartet man Sie schon ... ich will ganz offen sein. Ich versprach, Sie mitzubringen. Natürlich weiß man noch nicht, daß wir gemeinsam das Programm eines Abends gestalten werden. Es wird eine Sensation! Das Orchester, mit dem ich arbeitete, war ausgezeichnet. Jutta, ich werde zu Ihren Tänzen spielen; ich weiß jetzt, daß ich es muß ... Denn wir gehören zusammen. Einige Soloeinlagen von mir, einige von Ihnen, und den Schluß gemeinsam, und wir werden uns gegenseitig inspirieren zu immer neuen Schöpfungen; Sie werden die ‹göttliche› Stauffenbiel oder wie Sie sich nennen wollen, genannt werden. Die Welt wird Ihnen zu Füßen liegen ... und mit ihr Géza von Bardossy!»

Das letzte war so leise gesprochen, daß Barbara nicht mehr verstand, was da weiter geflüstert wurde.

Schon wollte sie ins Haus gehen, um all dem ein Ende zu bereiten. Ihr Herz pochte heftig. Nein, nicht so! Nicht immer mit der Tür ins Haus. Solche Leute konnte man nur mit gleichen Waffen schlagen. Von Jutta hörte sie keinen Laut, was war mit Jutta?

«Natürlich weißt du es schon lange, eine Frau fühlt das. Schon damals in Mailand wußtest du es. Ich habe heute nachmittag gespürt, wie die Erinnerung an jene Reise dich packte. Sei nicht grausam, Liebste! Der Wechsel in deinen Stimmungen hat mich schon damals toll gemacht. Du weißt gar nicht, glaube ich, wie betörend du sein kannst, und gerade weil du es nicht weißt, bist du für einen anspruchsvollen Mann so anziehend. Wir werden leben wie die Götter, Jutta.»

Barbara hielt es nicht mehr aus. Sie holte tief Luft, dann ging sie über den knirschenden Kies und öffnete die Tür.

Mit halbgeschlossenen Augen in einen Sessel gelehnt, gewahrte sie Jutta, und Herr von Bardossy saß auf der Lehne und hatte den Arm um die Schultern der jungen Frau gelegt. Er erhob sich sofort.

«Oh, Pardon», sagte Barbara eisig, «wie es scheint, habe ich gestört.»

Jutta stieß in diesem Moment einen leisen Klagelaut aus, dann fiel ihr Kopf schlaff zurück über die Lehne; sie war ohnmüchtig geworden.

Barbara trat an den Sessel und strich der leblos Daliegenden über die kalte, feuchte Stirn. Dann sah sie zu dem ratlos dastehenden Bardossy auf.

«Ihre Gesellschaft scheint Frau Stauffenbiel schlecht bekommen zu sein. Wir können Sie jetzt entbehren!»

«Mir tut das außerordentlich leid, kann ich nicht behilflich sein, ich habe eine Essenz, die der gnädigen Frau guttäte ...»

Barbara beugte sich über die Ohnmächtige, schob den einen Arm unter ihre Achseln, den anderen unter ihre Knie, hob sie auf und bettete sie auf das Sofa.

«Soll ich nicht doch lieber einen Arzt ...»

Bardossy war näher getreten. Babs drehte sich um.

«War ich nicht deutlich genug? Was Frau Stauffenbiel braucht, ist, in Ruhe gelassen zu werden! Darum möchte ich dringend bitten.»

Bardossy zog sich mit einer eleganten Verbeugung zurück.

Nach wenigen Minuten schlug Jutta die Augen auf. Verwirrt sah sie um sich.

«Babs, du bist bei mir! Das ist gut ... dann kann mir niemand was tun. Mir ist so elend.»

«Trink das!»

Barbara reichte ihr ein Glas Portwein, aber Juttas zitternde Hand konnte es nicht halten; vorsichtig flößte ihr Barbara das Getränk ein.

«Bleib ruhig liegen, Jutta, ich bleibe bei dir.»

Eine Weile lag sie mit geschlossenen Augen, dann flüsterte sie: «Ich hatte einen schlimmen Traum ...»

«War es wieder der Wassermann?»

«Ja, aber er hatte nicht Christophs Gesicht.»

«Er hatte wohl diesmal statt roter gelbe Augen, was?» fragte Babs grimmig.

Jutta nickte.

«Und die Musik war wie das Rauschen des Meeres, und ein feiner Geigenton war darin. Aber die Nixen, die sie spielten, hatten schwarze

Jacketts über ihren Fischschwänzen und große schwarze Hornbrillen. Ich fürchtete mich so, mußte aber tanzen. Und immer sah er mich an, und ich wußte, was ich tanzen mußte. Aber es war alles unter Wasser, und ich konnte nicht springen, nur so lose und verschwommen gleiten, so wie Wasserpflanzen in der Strömung ... Und dann merkte ich, wie meine Kleider von der Strömung zerrissen wurden und forttrieben. Und immer sah er mich an. Ich wollte fortlaufen, konnte aber nicht, auch nicht schwimmen. Die Pflanzen hatten sich um meine Beine gewickelt, und ich konnte nur Arme und Oberkörper bewegen. Und immer sah er mich an und kam immer näher ...»

Sie richtete sich auf und sah Barbara mit unruhig forschenden Augen an.

«Wann bist du hier hereingekommen? War er nicht hier?»

«Wer? Der Wassermann? Nein, der war nicht zu Besuch bei dir. Hier saß nur der ‹große Künstler› Géza von Bardossy in traulichem Tête-à-tête mit der Frau Ulrich Stauffenbiels beisammen.» Sie sah Jutta streng an. «Sag mal, was denkst du dir eigentlich dabei? Habe die Güte, und erkläre mir das mal.»

Jutta ließ sich zurückfallen.

«Laß mich nachdenken! In meinem Kopf ist alles durcheinandergeraten ... Was war das vorhin?»

«Ich kann deinem Gedächtnis nachhelfen, Herr von Bardossy machte dir das großartige Angebot, mit ihm nach Amerika zu fahren, um dort ‹die göttliche Stauffenbiel› – welch eine Unverfrorenheit! – zu werden, sodann erging er sich in platten Liebesgeständnissen und schlug dir vor, mit ihm ein gemeinsames Götterleben zu führen ...»

Heftig packte Jutta die Freundin am Arm.

«Woher weißt du das alles so genau, genauer, als ich mich selbst erinnere?»

«Auf Moorburg gibt es leider keine Kriminalpolizei», entgegnete Babs, «so muß ich dieses Amt selber versehen, wenn unordentliche Dinge auf Moorburg vorkommen, und das hier ist ja wohl mehr als unordentlich! Du kannst dich darauf verlassen, daß in meinem Bereich ein Gast, und das bist du ja wohl, nicht von einem anderen belästigt wird. Dafür werde ich sorgen, koste es, was es wolle ... Tantchen ist zu alt dafür, und mein Vater viel zu harmlos, eine Viper zu durchschauen. Ich bin jetzt dankbar, daß ich bei Christoph so viel erkennen gelernt habe. Denn er hat mir nicht nur die guten Seiten der Menschen gezeigt, wie es sonst üblich ist, sondern auch die schlechten nahegebracht, und wie man sie erkennen kann. Und dieser Bardossy ist meiner Ansicht nach verworfen ...»

Jutta, die immer noch sehr bleich war, widersprach:

«Er hat wohl einen weiteren Gesichtskreis als wir beide, und als Künstler kann ich ihn gut verstehen, man muß Künstlern eben manches verzeihen, sie leben in einer ganz anderen Welt.»

«Was ist denn das für eine Welt», erboste sich Barbara, «in der Egoismus und Skrupellosigkeit herrschen, in der man sich gegenseitig die Ehegatten ausspannt, in der Verführung und Entführung üblich sind?»

Sie ging mit großen Schritten im Raum auf und ab.

«Fändest du denn eine solche Welt ideal? Bildest du dir etwa ein, daß Géza von Bardossy zum erstenmal in seinem Leben einer Frau derartige Märchen erzählt? Denk lieber an dein Kind und an Ulrich!» Sie trat rasch an den Diwan heran. «Hast du Ulrich geschrieben, daß Herr von Bardossy hier eingetroffen ist?»

«Nein», antwortete Jutta, schlug plötzlich die Hände vors Gesicht und brach in Tränen aus. «Ich kann ihm ja nicht schreiben, ich kann nicht, er ist so weit fort von mir», schluchzte sie.

Erschüttert setzte sich Babs zu ihr und zog ihr die Hände vom nassen Gesicht.

«Warum kannst du denn nicht schreiben?»

«Das weiß ich selber nicht», flüsterte Jutta, «immer wenn ich an Ulrich denken will, ist es wie Nebel zwischen mir und ihm, und dann kommt wieder die Musik und das andere dazwischen; ich kann das nun bald nicht mehr aushalten.»

«Wann hast du denn zuletzt geschrieben?»

Es stellte sich heraus, daß Jutta, seit Herr von Bardossy aufgetaucht war, nicht an Ulrich geschrieben hatte; sie stand auf, ging an den Schreibtisch und zeigte Babs zwei Briefe von Ulrich. Sie waren noch nicht geöffnet.

Dann legte sie Arme und Kopf auf die Schreibtischplatte und weinte haltlos. Mit einem Papiermesser öffnete Babs die Briefe. «So, jetzt liest du auf der Stelle die Briefe; ich sehe inzwischen nach deinem Kind; das scheinst du auch vergessen zu haben, du Rabenmutter», setzte sie mit einem Lächeln hinzu.

Oben stand sie lange am Bett der kleinen Elisabeth, die ruhig schlief, mit roten Bäckchen und geballten Händchen. Was sollte mit der Kleinen werden, wenn es der Viper wirklich gelingen sollte? Nein, nein! Sein Kind! Und es sollte die Mutter behalten ... und den Vater.

Sie fand Jutta noch vor dem Schreibtisch, sie hielt eine kleine Amateuraufnahme in der Hand, die Ulrich und noch einen Herrn in tropischer Kleidung auf Liegestühlen zeigte.

«Ich kann ihn jetzt wieder sehen», sagte Jutta, blickte Babs mit noch feuchten Augen an und reichte ihr das Bild. «Schon als ich seine Schrift sah, verschwand der Nebel.»

«Darf man wissen, was er schreibt?» Das Bild zitterte ein wenig in der sonst festen Hand Barbaras.

Sie saßen in dieser Nacht lange zusammen und redeten von Ulrich. Juttas Gesicht bekam wieder Farbe.

«Gleich morgen werde ich ihm einen langen Brief schreiben, damit er sich keine Sorgen mehr macht. Ja, auch das von Bardossy werde ich beichten.»

«Was hast du denn zu beichten?» wollte Babs wissen.

«Diesen eigenartigen Zustand, in dem ich mich befand, bis eben, bis ich ihn wieder vor mir sah, Babs. Diese Unruhe und diese Bilder, die durch Bardossys Gegenwart vor mir aufstiegen.»

«Willst du etwa auch berichten, daß du fast den Verlockungen der Viper erlegen wärst?»

«Nein, das natürlich nicht!»

«Nun, dann laß auch das andere fort, sonst ist Ulrich doch nur in Sorge um dich. Eine Freude würdest du ihm damit sicher nicht machen, aber gewiß Unruhe.»

Jutta sah nachdenklich vor sich hin.

«Es ist vielleicht am besten, ich erwähne Bardossy überhaupt nicht.»

«Das mußt du selber wissen, Jutta, wenn du deiner ganz sicher bist, kannst du es ja lassen und es ihm später mündlich berichten.»

«Wenn er nur erst fort wäre!» rief Jutta aus. «Ich habe regelrecht Angst vor ihm. Babs, du kannst das nicht verstehen; aber er ist mir oftmals so ungeheuer nahe, wenn er so von seinen Plänen spricht. Ich sehe dann alles klar und schön vor mir, und ich gestehe dir, daß der Wunsch, wieder zu tanzen, in mir nie ganz tot war. Und durch ihn ...»

«Ja, ja, ich weiß! Und seine Liebeserklärungen und so weiter, das alles schmeichelt deiner Eitelkeit, aber paß auf, wir spielen der Viper einen Streich. Du verschwindest nach Karlshöhe, wie es dir dein Schwager vorschlug.»

«Nein, nach Karlshöhe möchte ich nicht, womöglich wieder in mein altes Zimmer, in dem ich damals so gelitten habe.»

«Gut, dann in die Wassermühle zu Anton und Hilde.»

Ernst sah Jutta die Freundin an.

«Glaubst du, daß er mich da nicht findet? Er wird mich überall aufspüren; ich muß das durchstehen, bis Ulrich zurück ist. Und was auch kommen mag, du wirst mir dabei helfen, Babs?»

«Du bist doch ein Häufchen Unglück, Herzchen! Aber verlaß dich auf mich. Nur mußt du vermeiden, mit ihm allein zu sein; denn wie ich gesehen habe, ist er imstande, dich zu verhexen. Wenn ich auf Moorburg was zu sagen hätte, wäre er schon längst rausgeflogen ... auch gegen deinen Willen.»

6

Wieder zog ein drückendheißer Sommertag herauf. Pastor Bolten schritt durch den Garten, in dem schon Astern und Georginen blühten, auf das Malvenhaus zu. Er fand Jutta mit dem Kind auf der schattigen Veranda. Ein wenig verwirrt wandte sie ihm das blasse Gesicht zu.

«Ich habe am Morgen Fräulein Barbara getroffen», sagte er, «sie hat mich gebeten, mal nach dir zu sehen, es ginge dir nicht gut. Sie selbst hat jetzt in den letzten Erntetagen so wenig Zeit.»

Er setzte sich zu ihr und fragte, was denn sei.

Jutta wich seinem Blick aus und meinte, es sei wohl die schwüle Gewitterluft, die sie bedrücke. Dann brachte sie das Kind ins Haus und kam mit einer Erfrischung wieder.

«Wie weit bist du denn mit deiner Arbeit?»

«Ich bin gerade beim Thema ‹Schuld ohne Sühne›; es ist nicht einfach, sich mit diesem heiklen Gebiet schriftlich auseinanderzusetzen. Es rührt an Menschliches, Allzumenschliches, manchmal sind es nur Kleinigkeiten im Alltag, aus einer bösen Regung heraus geboren, aber von unabsehbaren Folgen. Es gibt viele solcher Fälle in den verschiedensten Nuancen, und die wenigsten werden gesühnt. Die Wurzel all dieses Übels liegt wohl darin, daß diese Menschen, in denen sich Böses eingenistet hat, Gott vergessen haben, daß sie – im Gegensatz zu seinem schöpferischen Prinzip – den Willen zur Vernichtung haben, also auf der negativen Seite des Daseins leben.»

Sie saßen bis in die Dämmerung hinein auf der Veranda und sprachen über viele Dinge des Lebens. Als Detlev Bolten sich schließlich erhob, reichte Jutta ihm beide Hände und dankte ihm für diese Stunden. Sie hatten zwar nichts Persönliches berührt, trotzdem sagte der Pastor zum Abschied:

«Wenn du in Not kommen solltest, Jutta, du weißt, wo ich wohne.»

Am nächsten Tag hatte sich der Dunst über dem Moor zu einer dunklen Wetterwand verdichtet. Barbara verzehrte hastig ihr Essen und erhob sich noch vor der Nachspeise mit einer Entschuldigung. Die Leute waren schon wieder draußen, bemüht, die letzten Hocken, die die Hälfte des Feldes bedeckten, noch vor dem Unwetter einzufahren. Sie hätten noch gar nicht die Erntekrone fertig, teilten die Frauen Barbara mit.

«Das könnt ihr ja morgen nachholen», meinte Barbara, «jetzt brauche ich alle Hände.»

Der Himmel war zwar dunkel, aber es regnete noch nicht, als sie das letzte Fuder einbrachten. Erleichtert ritt Barbara hinterher.

«Na, das hätten wir wieder mal geschafft, Babs!» sagte der Major, den sie im Pferdestall antraf. «Sag bitte Mama, ich ginge noch zum Pastorat hinüber; heute abend ist im Krug ein Wohltätigkeitsfest, da müssen wir wohl ein wenig beisteuern, denke ich. Mama und ich werden abends hinübergehen, willst du auch mitkommen?»

«Nein, ich will lieber zu Hause bleiben, auch wenn allerhand nette Leute anwesend sind, wie ich gehört habe. Ich will früh schlafen gehen.»

Als sie auf das Haus zuging, hörte sie das Telefon im Zimmer ihres Vaters durch das geöffnete Fenster schrillen, und gleich darauf vernahm sie die Stimme Géza von Bardossys. Anstatt auf das Portal zuzugehen, schritt sie seitlich auf die Gartenseite zu, bog hinter den Rhododendronbüschen ein und schlich an der Hausmauer entlang unter jenes Fenster.

«Ja, es hat länger gedauert, als wir dachten, Sabransky, ein hartes Stück Arbeit, die Bilder haben ihr den Rest gegeben ... natürlich dreißig Prozent, wie wir ausmachten ... Telegrafiere gleich nach drüben ... nein, absolut sicher ... das ist ja vorzüglich – Paßbild? Wenn's sein muß, ohne Papiere! ... Telegrafiere Mister Morrison, daß er größenwahnsinnig sei ... wir brauchen ihn, sobald wir alle drüben sind, sowieso nicht mehr ... nein, ich denke nicht daran, ihm so viel in den Rachen zu werfen! ... diesen Pressemann, wie hieß er noch? ... ja viel wichtiger ... diable! was will denn die noch?» darauf sprach er französisch weiter. Barbara hatte genug gehört, ihr war heiß geworden.

Fünf Minuten später betrat sie das Malvenhaus. Der eben aufkommende Sturm riß ihr die Tür aus der Hand, mit lautem Knall fiel sie ins Schloß. Die vor dem Kamin sitzende Jutta fuhr zusammen, drehte sich aber nicht um; sie starrte in die Flammen, die sich unter dem Windstoß duckten. Angekohlte Papierfetzen wirbelten auf.

«Was tust du da?» rief Babs und trat näher. Jutta beugte sich vor und rakte mühsam mit dem Schüreisen die letzten Papierfetzen in die Glut.

«Jutta, was verbrennst du da?»

Jutta richtete sich auf, ihr Gesicht war gerötet und aufgeschwemmt.

«Die Vergangenheit.»

Ihre Stimme war fremd und heiser. In den Flammen krümmte sich das Foto, das Ulrich geschickt hatte, loderte auf und zerfiel in Asche. Barbara sah es entsetzt. Sie packte die Freundin am Arm, das Schüreisen fiel polternd zu Boden.

«Du bist nicht bei Sinnen!»

Glanzlose Augen blickten sie an.

«Sieh hin, da verbrennt Jutta Dewitz mitsamt der verheirateten Stauffenbiel, und aus der Asche wird der Phönix aufsteigen, der die Welt bezaubern soll!»

Sie lachte glucksend, und als Barbara sich über sie neigte, schlug ihr Alkoholdunst entgegen.

Jutta war betrunken! Nun bemerkte Babs einen Aschenbecher voll Zigarettenkippen, daneben zwei Cognac-Schwenker und eine leere Flasche.

«Wo ist Meta?» fragte sie.

«Die hat er weggeschickt», kicherte Jutta.

Babs ging in die Küche und kam mit einer Tasse Milch zurück. Zuerst wollte Jutta nichts trinken, schließlich tat sie es doch.

«Besinne dich, Jutta», befahl Barbara und setzte sich neben sie, «wie war das, als Bardossy vorhin bei dir war?»

«Ja, Bardossy, er war hier ... oh, wie er mich ansah!»

«Was waren das für Bilder, die er dir zeigte. Er hatte doch Bilder?»

Jutta neigte sich vor, ihr Gesicht nahm einen angestrengten Ausdruck an, dann flüsterte sie:

«Diese Fotos ... Oh, sie sind schlimm. Er, er schickt sie Ulrich, aber jetzt nicht ... er darf ihm nicht schreiben, nun nicht mehr», und plötzlich laut und hastig, als hätte sie Angst, den Faden wieder zu verlieren, «ich habe ja unterschrieben mit seinem goldenen Federhalter.»

«Was hast du unterschrieben?»

Jutta faßte sich an den Kopf.

«Ich weiß es nicht, es war wohl ein Kontrakt für Amerika.»

«Sag mir jetzt sofort, was auf diesen Fotografien zu sehen ist, Jutta! Ich muß das wissen.»

Aber Jutta sackte in sich zusammen, sie konnte nicht mehr denken.

Erst nachdem ihr Barbara auf dem Sofa kalte Kompressen auf die Stirn gelegt hatte, gelang es Babs allmählich, aus Jutta herauszubringen, was es mit diesen Aufnahmen auf sich hatte.

Anscheinend waren sie bei einer Premierenfeier in der Schweiz gemacht worden, ohne daß Jutta es bemerkt hatte. Sie und Bardossy Arm in Arm mit Champagnerkelchen in den Händen. Auf dem einen Bild, als Bardossy ihr etwas ins Ohr geflüstert hatte, war Jutta der Träger ihres Abendkleides heruntergerutscht, und es sah aus, als sei sie nicht bekleidet. Auch sehe es aus, als habe Géza von Bardossy sie geküßt, aber das habe er nie getan, nur die Hand, gab sie auf Barbaras diesbezügliche Frage Auskunft. Und nun bliebe ihr wohl nichts anderes übrig, als auf die Reise zu gehen, weit, weit fort. Es gäbe keinen anderen Ausweg mehr, sie könne ihm doch nicht entgehen, und er habe ja die entsetzlichen Bilder.

«So hast du also wirklich die Absicht, mit dieser Viper auf und davon zu gehen!»

Juttas Augen blickten sie jetzt etwas klarer an.

«Absicht? Nein, kann ich Ulrich das antun? Weder das eine noch das andere; denn wenn ich nicht mit ihm gehe, er hat es geschworen, erfährt Ulrich alles ... und dann die Bilder!

Aber ich kenne den letzten Ausweg ... eine kleine, große Reise ...»

«Jutta!» rief Babs. «Jetzt wird mir deine Absicht klar; darum hast du dich betrunken!»

«Ich hatte ja Christophs Zaubertrank nicht», sagte sie mit schwerer Zunge.

Barbara nahm sie in die Arme.

«Ach, du Arme, das hat dieser Teufel fertiggebracht! Man hat dir wieder einmal zuviel zu tragen gegeben ...»

Und sie war dem Cognac dankbar, vermutlich hätte Jutta sich sonst nicht verraten.

«Auch du kannst mir nicht mehr helfen, Babs. Nimm meine kleine Elisabeth zu dir. Du und Jochen ...»

Dann fiel ihr Haupt zurück in die Kissen, sie war eingeschlafen. Leise erhob sich Barbara, sah nach der kleinen Elisabeth, die wach in ihrem Bettchen lag; darauf ging sie zur Gärtnerei hinüber. Der Regen peitschte ihr ins Gesicht, draußen war es finster geworden. Sie beschloß, Jutta ins Pastorat zu bringen in die Obhut Fräulein Schulzes.

Als sie zum Malvenhaus zurückkam, war die Tür zur Veranda offen, der Wind hatte Blumenvasen und Tischtücher heruntergeweht, die Gardinen flatterten, auf dem Sofa lagen nur die zerdrückten Kissen.

Mit einem Schreckensruf rannte Barbara auf die Veranda. Da war Jutta schon auf dem Steg; sie ging mit kleinen, zögernden Schritten, und der Wind zerrte an ihrem Kleid. Schwarz, von schmutzig-braunen Schaumköpfen gekrönt, lag der Schwarzsee vor ihr. Mit einem Sprung war Barbara am Ufer, eilte auf den Steg und packte Jutta mit festem Griff um die Leibesmitte.

«Laß doch, laß mich», rief diese, «der Wassermann hat gerufen, ich muß hin!»

Barbara schüttelte sie.

«Wach auf, das Leben ruft dich, nicht der Tod! Sieh doch in dieses häßliche Grab!»

Juttas Augen öffneten sich, sie schauerte zusammen und klammerte sich an Babs. Dann ließ sie sich willig ins Haus führen. Etwas später holte Barbara sie mit dem Flitzer ab und brachte sie ins Pastorat. Fräulein Schulze war allein, denn der Pastor war bei dem Wohltätigkeitsfest in der Wirtschaft. Die Haushälterin versprach, Jutta nicht aus den Augen zu lassen.

«Sie hatte einen Nervenzusammenbruch», erklärte ihr Babs.

Meta hatte sie gebeten, Stillschweigen zu wahren, sie möge einstweilen im Malvenhause wohnen und gut auf das Kind achten.

In der Scheune traf sie Maurice, der einige Koffer im Wagen Bardossys verstaute. Ob denn die Reise schon morgen losgehen solle, erkundigte sie sich. Ja, morgen, ganz früh schon, gab der Diener Auskunft.

Auf dem Abendbrottisch standen nur noch die Platten, die man für Barbara stehengelassen hatte. Die Eltern waren schon in der Wirtschaft, und erst jetzt bemerkte Babs, wie spät es schon war. Die Aufregungen hatten ihr jeglichen Appetit genommen. Die Hände an den Schläfen saß sie mit zusammengezogenen Augenbrauen an der leeren Tafel, ihre Gedanken arbeiteten fieberhaft.

Dann begab sie sich in die Bibliothek, in der sie Tantchen in Gesellschaft Herrn von Bardossys antraf. Wo sie denn so lange gewesen sei, erkundigte sich Tantchen. Nun, sie habe Jutta Gesellschaft geleistet, erklärte sie harmlos, und da hätten sie beim Plaudern die Zeit vergessen. Sie bemerkte, wie Bardossy sie aus schmalen Augen musterte.

«Na, Kind, nun hast du ja die Ernte glücklich hereingebracht!» sagte Tantchen und faßte sie bei der Hand. «Du bist ja ganz kalt, und deine Hose ist auch feucht.»

«Das ist unbedeutend, das Schilfleinen läßt kein Wasser durch.»

Babs sah an ihren langen Hosen herunter, die sie an heißen Tagen zu tragen pflegte.

«Gegen Kälte gibt es ein gutes Mittel. Wollen Sie nicht einen Cognac mit mir trinken?» fragte Herr von Bardossy.

Sie nickte, und er goß ihr aus der auf dem Tisch stehenden Flasche ein.

«Sie reisen morgen?» fragte sie und überhörte sein «Prost».

Ja, zunächst würde er ans Mittelmeer fahren. Dann erkundigte er sich, wie es Frau Stauffenbiel ginge.

«Ausgezeichnet», erwiderte Babs, und ihre Blicke kreuzten sich glitzernd. Sie sah, daß das Weiß seiner Augen mit roten Äderchen durchzogen war. Nachdem sie noch einen Cognac getrunken hatten, fragte Babs unvermittelt:

«Haben Sie eigentlich schon unsere Waffensammlung gesehen?»

«Der Herr Baron hat mir zwar davon erzählt, aber es ist wohl etwas dazwischengekommen, was Ihren Herrn Vater wohl davon abgehalten hat, sie mir zu zeigen.»

«Die müßten Sie sich aber noch ansehen», sagte Tove von Pogwisch, «sie ist wirklich sehenswert. Du kannst sie ja Herrn von Bardossy zeigen, Babs, wenn sie ihn interessiert.»

«Gewiß, wenn es dem gnädigen Fräulein keine zu große Mühe macht», meinte er und erhob sich gleich.

Sie würde sich inzwischen zur Ruhe begeben, sagte Tantchen, irgendwie erleichtert, ihr sei kalt, und man könne nun bald ein Feuerchen vertragen. Sie wünsche Herrn von Bardossy eine glückliche Reise und weiterhin viel Erfolg.

Er dankte für die in ihrem Hause genossene Gastfreundschaft, ja, er habe sich gut erholt in dieser herrlichen Gegend.

Und Tantchen meinte noch, Herr und Frau Pogwisch seien gewiß untröstlich, wenn sie erführen, daß sie ihren Gast am letzten Abend allein gelassen hätten.

«Ich habe es absichtlich nicht erwähnt, um sie nicht von dem Besuch des Wohltätigkeitsfestes abzuhalten. Ich werde nachher mal hinübergehen, mich zu verabschieden.»

Schweigend gingen sie durch die Gänge des unbewohnten Flügels. Barbara hörte ihr Herz klopfen. Bardossy ging mit zynischem Lächeln hinter ihr her. Langsam schloß sie die Tür zur Folterkammer auf, dumpfe Luft schlug ihnen entgegen; sie ließ dem Gast den Vortritt. Als sie im Dunkeln den Lichtschalter suchte, zog sie ihren Siegelring ab und steckte ihn auf den kleinen Finger der rechten Hand. Nun erst drehte sie den Schalter und erschrak vor dem Ausdruck im Gesicht Bardossys.

«Nun, Baronesse, Sie wollten mit mir allein sein, nicht wahr? Ein Schäferstündchen vielleicht? Wahrlich, sehr apart, der Ort dafür.» Er ließ den Blick über die mit Waffen aller Art bedeckten Wände gleiten, die im Lichtschein schimmerten.

«Und darin eine noch apartere Frau; in der Tat, selten begegnete mir eine Dame, die sich mit so viel Raffinesse zu kleiden weiß!» Sein Blick wanderte langsam über Barbaras ganze Gestalt. Zornesröte flammte in ihrem Gesicht auf.

«Sparen Sie sich ihre Geschmacklosigkeiten, Herr von Bardossy. Ich bin völlig immun dagegen.»

«Reizend, charmant, dieses zarte Erröten», er näherte sich ihr, «es verrät, daß unter der kühlen Fassade eine geheime Leidenschaft glüht. Superbe Frauen ihrer Art sind selten, sie waren von jeher mein Verhängnis ... Sie verdienen eine kleine Strafe dafür, daß Sie mich so schlecht behandelten.»

Mit einer raschen Bewegung hatte er die Arme Barbaras gepackt, sie wich nach der Wand zurück und machte sich mit einem Ruck frei. Entsetzen stand in ihrem Blick.

«Zurück!» rief sie und tastete hinter sich.

«Kleine Wildkatze!» flüsterte er. «Man muß Sie erst zähmen.»

Wieder griff er nach ihr, da hob Barbara ihren Degen und ließ die flache Klinge auf seine linke Hand niedersausen.

Mit einem Schmerzenslaut sprang er zurück und betrachtete, das Gesicht vor Wut entstellt, die Hand, auf der sich ein roter Streifen abzeichnete.

«Sie sind wohl wahnsinnig, mir die Hände zu verletzen, die mein kostbarster Besitz sind», knurrte er wie ein gereiztes Tier. «Legen Sie sofort die Waffe fort!»

«Ich denke nicht daran, Sie Bösewicht», entgegnete Barbara hoch aufgerichtet, «ich bin vielmehr dazu entschlossen, Ihre Hände völlig unbrauchbar zu machen, falls Sie nicht sofort den Vertrag, den Sie von Jutta erpreßt haben, mitsamt den infamen Bildern herausgeben.»

Mit zusammengezogenen Augenbrauen musterte er sie, während er langsam die Hände auf den Rücken nahm.

«Was heißt hier erpressen? Jutta will hinaus in die Welt. Was kümmert das Sie überhaupt? Sind Sie eifersüchtig? Kümmern Sie sich lieber um den verlassenen Mann, diesen Adonis, der so große Chancen in der Damenwelt haben soll. Warum nicht auch bei Ihnen? Uns beiden wäre damit geholfen.»

«Kanaille!» stieß Barbara hervor, ihr Blick verdunkelte sich. Mit einem Ruck hob sie den Degen gegen ihn und sprang gleichzeitig zur Seite, um zu vermeiden, daß er die Tür erreichte. Doch ehe sie es hindern konnte, war er an der Wand und riß den Degen Joachim von Trappens an sich. Hohnlachend schlug er ihre Waffe hoch, Haß glühte in seinen Augen.

«Nun, sie vorzügliche Amazone, wollen wir doch sehen, wer zuerst unbrauchbar ist, Sie oder ich; Hindernisse sind dazu da, sie beiseite zu räumen.»

Stumm und verbissen kämpften sie. In das Klingen der Waffen mischte sich das Heulen des Sturmes draußen. Hitzig drang Bardossy auf die sich tapfer verteidigende Barbara ein. Ihr linker Ärmel, rot von Blut, hing schon in Fetzen herunter. Es war ein Kampf ohne Regeln, ein Kampf auf Leben und Tod. Immer wieder sah Barbara den blitzenden Stahl nach ihrer Brust zucken, und immer wieder gelang es ihr, den Todesstreich zu parieren. Sie hörte den keuchenden Atem des Gegners und fühlte selber, daß sie erlahmte. Mit letzter Kraft drang sie vor. Er wich zurück. Da machte er einen Ausfall gegen sie, auf den sie nicht vorbereitet war, sie sah das blitzende Metall vor sich aufzucken. In diesem Moment durchdrang ein dumpfer, metallener Klang direkt hinter Bardossy den Raum. Durch die Erschütterung des Bodens war das Visier der Rüstung, die Barbaras Vorfahr einst getragen hatte, zugeschnappt. Bardossy, dadurch irritiert, zögerte eine Sekunde, und in dieser Sekunde stieß Barbaras Arm vor. Sogleich schloß sie die Augen. Metall polterte zu Boden, darauf ein dumpfer Fall. Barbaras Degen war frei. Sie hob die Waffe am Griff hoch und öffnete die Hand. Zitternd blieb der Stahl im Boden stecken.

Langsam wandte sie sich um, dann erst öffnete sie die Augen, durchmaß den Raum; bei der Tür blieb sie stehen, lauschte. Nichts! Totenstille, nur der Sturm brauste.

Barbara löschte das Licht und trat auf den Gang hinaus, leise schloß sie die Tür hinter sich. Draußen lehnte sie sich zitternd an die kalte Steinwand, dabei kam ihr das Stechen im linken Arm zum Bewußtsein. Blut tropfte noch immer aus der Wunde. Sie knotete ein Taschentuch fest um den Oberarm. Und plötzlich, während sie tiefatmend an der Wand lehnte, sah sie die meerblauen Augen Ulrichs so deutlich vor sich, als stünde er leiblich vor ihr. Die Gedanken stürmten auf sie ein. Die Bilder! Hatte er sie bei sich? Um nichts in der Welt betrat sie noch einmal den Raum. Sie zwang sich zur Ruhe, um alles zu bedenken. Dann stieg sie die Treppe hinab; sie hatte Mühe, die lange Zeit nicht benützte Turmtür zu öffnen. Als sie auf dem Rasen stand und das dunkel daliegende Schloß betrachtete, durchfuhr sie ein heißer Schmerz, und sie bedachte, was der morgige Tag den harmlosen Schläfern hinter jenen Fenstern an Aufregung bringen würde. Sie wandte sich ab und ging zum See hinunter, stieg den Hügel zur Philosopheninsel hinauf. Es regnete nicht mehr, aber der Sturm jagte die schwarzen Wolken über den See und pfiff in den Rohrwänden.

Welch ein Verhängnis lag über ihnen, den Pogwisch-Töchtern! Und sie, sie war die letzte! Hier hatte Lily zum letztenmal den Himmel gesehen. Könnte sie den Ihren die Schande nicht ersparen? Könnte sie nicht dem, der da oben im dunklen Turm lag, ein Grab im See bereiten? Der Nöck nahm Gut und Böse gleichermaßen an und gab nichts wieder her. Sie könnte die Spuren tilgen ... Nein! Eine Pogwisch drückte sich nicht vor der Strafe! Sie mußten es tragen. Warum waren sie auch taub und blind gewesen; es hätte nicht soweit kommen zu brauchen. Und Moorburg? Wieder sah sie hinüber. Geliebtes Moorburg!

Eine Stunde später schritt Barbara, in ein städtisches Kostüm gekleidet, unter dem langen Ärmel einen dicken Verband, leise durch den oberen Korridor auf die Fürstenzimmer zu. Einen Augenblick lauschte sie an der gegenüberliegenden Tür und vernahm das Schnarchen des Dieners. Vater und Mutter waren ebenfalls im Bett, denn vor ihren Türen standen die Schuhe. Leise betrat Barbara die Gastzimmer, machte Licht und sah sich um. Das Bett war aufgeschlagen. Toilettengegenstände lagen umher. Sie zog Schubladen auf, sah in einen halbgepackten Koffer und fand schließlich das Gesuchte in einer Ledertasche, die in dem Anzug steckte, den Bardossy mittags getragen hatte. Da lag er vor ihr, der in englischer Sprache abgefaßte Kontrakt mit Juttas zittrigem Namenszug. Da waren sie, die Bilder einer leichtsinnigen Feier. Eine strahlende, tiefdekolletierte Jutta. Barbara nahm sich nicht die Muße, sie genau zu betrachten; sie steckte sie in die Tasche und löschte das Licht, dann begab sie sich in das Kontor, wo sie das Gefundene im Ofen verbrannte.

Noch lange in dieser Nacht brannte im Kontor die Lampe. Es gab viel für Barbara zu erledigen. Die Ernte war zwar eingebracht, aber die Bestellzeit stand bevor. Sie schrieb genaue Anweisungen, arbeitete einen Plan aus. Zum Schluß stand ihr die schwerste Arbeit bevor, der Brief an den Vater. Mehrmals zerriß sie das Schreiben, Schweißtropfen bedeckten ihre Stirn. Schließlich standen nur wenige Zeilen auf dem Papier:

«Mein lieber Vater! In dieser Nacht mußte ich Dir und Mama und Tantchen Kummer bereiten. Es tut mir unendlich weh, aber es war eine Notwendigkeit. Oben in der Waffenkammer liegt Herr von Bardossy, im Zweikampf von meiner Hand gefallen. Wenn ihr könnt, verzeiht mir. Ich fahre in die Stadt, mich der Polizei zu stellen. Barbara.»

Grausam, dachte sie, oh, wie grausam muß ich sein! Dann zog sie den Siegelring vom Finger und legte alles zusammen nebenan auf den Schreibtisch ihres Vaters.

Nur mit einem Handköfferchen verließ Barbara von Pogwisch Moorburg in der Morgendämmerung. Hinter den Katen hielt sie noch einmal an und sah zurück zum Schloß. Ein großer, schwarzer Vogel stieg auf von jenem Turm, in dem der Tote lag, und glitt zum Haupthaus hinüber, auf dem er sich niederließ.

7

Den sich vergrößernden Ringen gleich, die ein ins Wasser geworfener Stein verursacht, verbreitete sich die Kunde vom gewaltsamen Tod des großen Künstlers Bardossy im Land; sie gelangte über das Meer und verebbte dort in der raschlebigen Neuen Welt. Moorburg? Was war das schon? Niemand kannte es. Irgendein Schloß im Herzen Europas. Eine Freiin von Pogwisch die Täterin. Irgend so eine überzüchtete Adelige. Wahrscheinlich Eifersuchtsdrama, Hysterie … Welch ein Verlust in der Welt der schönen Künste!

Auf Moorburg aber lastete der Stein wie die Riesenfaust eines Ungeheuers, das, in jener düsteren Sturmnacht dem Moor entstiegen, seinen unheimlichen Schatten über die Landschaft und ihre Menschen warf. Die alte Herrin von Moorburg war von dem Faustschlag getroffen worden; man hatte sie auf ihr Lager tragen müssen. Dort ruhte sie mit verzerrtem Antlitz, der Sprache beraubt, unfähig, die rechte Seite ihres müden Körpers zu bewegen. Leben schien nur in dem einen ihrer alten, verblichenen Vergißmeinnichtaugen zu sein.

Den Major hatte es gebeugt, er war ein alter Mann geworden; schneeweiß war sein Haar. Beate von Pogwisch aber war von dem Sturm des Geschehens hinweggefegt worden, sie hatte keinen Widerstand mehr leisten können. Schwester und Schwager hatten sie in ihrem Wagen abgeholt und an einen stillen Gebirgsort gebracht. Nach einer kurzen, bitteren Aussprache mit ihrem Mann war sie gegangen, um nie mehr nach dem verhaßten Moorburg zurückzukehren. Für sie war Barbara tot wie ihre Lieblingstochter Lily. Sie wollte sogar künftig unter ihrem Mädchennamen leben, schon um nicht mit dem Namen angeredet zu werden, den alle Zeitschriften hinausschrien. Es schien ihr unfaßlich, daß sie ein Kind geboren hatte, das zu einer Mörderin geworden war. Und sie glaubte jetzt, verschiedene Eigenheiten an Barbara als Vorzeichen dieser verhängnisvollen Entwicklung deuten zu können. Eigenschaften und Liebhabereien des Mädchens, die sie, die Mutter, nie hatte verstehen können, die sie befremdet, ja oftmals abgestoßen hatten. War nicht zuweilen eine Ahnung über sie gekommen, daß ihr Kind einmal abseitige Wege gehen könnte, einsam und rücksichtslos, wie es dem Wesen der Frau nicht entsprach? Mit einem von Haß erfüllten Gefühl der Befriedigung nahm Frau von Pogwisch jetzt die Bestätigung ihrer Befürchtungen hin, sie waren wahrlich mehr als berechtigt gewesen! Sie sehnte sich zurück in das sanfte, wohltemperierte und rücksichtsvolle Niveau ihres väterlichen Hauses.

Nun waren sie alle fortgefahren, die Beamten mit und ohne Uniform, die Journalisten, die allenthalben umhergeschnüffelt hatten, den Notizblock in den Händen, schußbereite Kameras vor den Augen. Wehrlos war Moorburg ihnen ausgeliefert gewesen. Wer sollte ihnen auch wehren? Das Unglück lag wie eine Lähmung über den Moorburgern. Niedergedrückt gingen sie ihrer Arbeit nach, und zu den neugierigen Fragen der Städter zuckten sie die Achseln. Während sie die erdigen Kartoffeln in Säcke sammelten, sahen sie sich bisweilen an, ließen die Hände sinken, nickten vor sich hin, sagten wohl auch: «Ja, ja», oder «wer hätte das gedacht!», um dann wieder die Arbeit fortzusetzen. Bei den Mahlzeiten im Torhaus sprachen sie mit gedämpfter Stimme darüber, und Mathias, der Barbara schon als Kind gekannt hatte, meinte, das ganze Malheur sei nur diesem amerikanischen Indianer oder Franzosen zuzuschreiben; der sei ihm gleich so spanisch vorgekommen, Gott mochte wissen, wie der dem Fräulein gekommen sei, daß sie ihn hätte totmachen müssen. Ein anderer meinte, Herr Reher habe gesagt, das Fräulein habe den Arbeitsplan für mehrere Monate fertiggemacht, sie werde wohl gewußt haben, daß sie nie wieder nach Moorburg zurückkehren würde. Ob sie sie wohl zum Tode verurteilen würden?

Erschrocken sahen sie ihn an: Unser junges Fräulein zum Tode ...? Niemals! Die wird den Herren am Gericht schon was erzählen, und dann lassen sie sie laufen. Aber hierher dürfe sie wohl auch nicht wieder kommen, sagte Paul, die Mimi habe ihm erzählt, sie habe auf Anordnung des Herrn Majors das große Bild von Fräulein Barbara auf den Boden gebracht und an dessen Stelle das Bild von Fräulein Lily aus dem Turm in den Salon gehängt. Es sei wohl so, daß Herr von Pogwisch nichts mehr von seiner Tochter wissen wolle ... Sie schwiegen betreten und sahen auf ihre leeren Teller.

Als spüre er die Trauer seines Herrn, schritt Herr von Pogwischs Brauner den Heideweg hinab. Lang hingen die Zügel, sacht nickend, mit hängenden Ohren trottete das Tier dahin. Major von Pogwisch sah zu dem großen Stück Heideland hinüber, das teilweise gepflügt war. Das Werk Barbaras; sie wollte dem Boden Kartoffelland abgewinnen. Wenig später tauchten die schon im Bau befindlichen Naturställe für Barbaras geplante Schweinezucht auf, die aus den im vorigen Winter gefällten Baumstämme ausgeführt werden sollten. Sie lagen dort auf der dicht beim Hof befindlichen Koppel umher.

Trotz aller Bemühungen, nicht an das entartete Kind zu denken, begegnete der Major doch dauernd dem Werk ihrer Hände und ihrer Unternehmungsfreude. Er war keineswegs gewillt, diese Unternehmungen weiterzuführen, vielmehr wollte er alles, was an Barbara erinnerte, ausmerzen. Dabei konnte ihm der neue Gutsverwalter behilflich sein, der demnächst seinen Dienst in Moorburg antreten würde. Im Pferdestall wieherte ihm Pluto entgegen; und der Knecht, der den Braunen entgegennahm, sagte, Pluto wolle nicht mehr recht fressen, seitdem das ... Erschreckt verstummte er unter dem finsteren Blick des Majors.

Während der Major auf das Haus zuschritt, überlegte er, ob es nicht besser sei, den Wallach an den Karlshöher zu verkaufen, der anscheinend Interesse an dem Tier hatte. In der Halle krochen Männe und Emilie an ihn heran; er hatte schon bemerkt, wie die Tiere dauernd umhersuchten und immer an das Portal stürzten, wenn sich Schritte dem Schloß näherten. Überall trat ihm Barbara entgegen, die nun in einer Zelle saß und ihrer Aburteilung harrte. Im Malvenhaus waren die Fensterläden geschlossen. Leise rieben sich die Stauden der Malven im Herbstwind am grauen Reetdach.

In jener Unglücksnacht war Jutta Stauffenbiel im Gastzimmer des Pastorats endlich in einen Erschöpfungsschlaf gesunken. Einmal war sie von ihrem eigenen Stöhnen erwacht; ihr Herz pochte heftig. Vor ihrem Fenster rauschten die Bäume des Gartens im Sturm. Lange saß sie aufrecht im Bett und horchte in das Dunkel. Dann sank ihr wirrer Kopf wieder in die Kissen, und der Schlaf schloß ihre brennenden Lider. In der Morgendämmerung fuhr sie von ihrem Lager hoch. Ein entferntes Motorengeräusch hatte sie geweckt. Noch halb im Schlaf tappte sie zum Fenster und öffnete es. Nichts, nur der Sturm heulte in dem Bäumen, und bei den Katen begannen die Hähne zu krähen. Sie blickte beklommen zum Schloß hinüber. Ihre Augen schmerzten. Und da sah sie in der ersten Morgendämmerung, vom Moor kommend, einen riesenhaften Schatten am Himmel; ein dunkler Riesenarm reckte sich steil auf, und aus seiner Faust löste sich ein großer, schwarzer Vogel, schwebte auf das Dach des Moorburger Herrenhauses nieder und faltete die mächtigen Schwingen.

Mit der Hellsichtigkeit, die sensiblen Naturen eigen ist, wußte Jutta in dieser Sekunde, daß sich Schlimmes ereignet haben mußte. Grauen überkam sie, Angst, besinnungslose Angst schnürte ihr die Brust ein. Sie sah zu der stetig wachsenden schwarzen Wolkenmasse am Himmel empor. Fort, nur fort, ehe es sie erreicht hatte, ehe es sie erdrückt hatte! Hastig warf sie ihr Zeug über. Rasch und leise schlich sie die Treppe hinab aus dem Haus. Sie nahm sich nicht die Zeit, die Haustür zu schließen. Gegen den Sturm rannte sie die Allee hinunter; die vordere Tür am Pferdestall war verschlossen, doch gelangte sie durch das Türchen, das zum Misthaufen hinausführte, in das Innere. Farida, noch schlaftrunken, nahm willig die Trense. Hastig schnallte Jutta den Sattel fest, schob den großen Hebel, der von drinnen das Tor verschloß, beiseite, saß draußen auf und stob durch den Garten davon, am See entlang zum Malvenhaus.

Wenig später galoppierte sie, das Kind sorglich eingewickelt und an sich gepreßt, über die Wiesen davon. Meta stand im Nachthemd kopfschüttelnd auf den Stufen der Verandatreppe und sah ihr nach.

Unterwegs kam es Jutta in den Sinn, daß sie schon einmal denselben Weg geflohen war, geflohen vor der drohenden Schwärze in ihrem Rükken und ihrem zerbrochenen Mädchentraum. Sie sah sich um: Das düstere Ungeheuer hatte sich noch höher aufgereckt, seine Arme reckten sich weit über den schwarz brodelnden See. Es verdeckte die Sonne, die um diese Zeit schon über dem Moor stehen mußte. Eine unheimliche, träge Bewegung war in dem Ungetüm. Jutta wandte die angstvollen Augen wieder auf den Weg. Das Kind begann zu weinen. Faridas Lungen keuchten. Doch erst auf Karlshöher Gemarkung erlaubte Jutta dem Tier, Schritt zu gehen. Sie hatte nur ein Bedürfnis: in Jochens sicherem Schutz zu sein. Als sie dann eine Viertelstunde später dem Schwager, der im Morgenrock bestürzt die Treppe herabkam, weinend in die Arme fiel, war es mit ihrem Auftrieb zu Ende. Sie war so erschöpft, daß es ihr nichts mehr ausmachte, daß Jochen sie in ihr altes Zimmer führte und sie dort auf das Bett legte, sie sorgfältig zudeckte und die Fensterläden schloß. Elisabeth legte er in Achim alten Kinderwagen, in dem sie bald einschlief.

Was mochte Jutta so erschreckt haben? Joachim von Trappen war aus ihrem wirren Gestammel nicht klug geworden. Was ging in Moorburg vor? War dieser Bardossy hinter Jutta her gewesen? Bald kam ein Anruf Pastor Boltens, der erleichtert aufatmete, als er erfuhr, daß Jutta in Karlshöhe war. Und auf Jochens Frage teilte er mit, er wisse nur, Fräulein von Pogwisch habe Jutta gestern abend ins Pastorat gebracht, wahrscheinlich mit einem Nervenzusammenbruch, weshalb, wisse er auch nicht, da er Jutta nicht mehr habe sprechen können. Ja, auch er meine, daß diese Geschehnisse mit Herrn von Bardossy zusammenhingen, es sei natürlich nur eine Vermutung.

Einige Stunden später kam der zweite Anruf des Pastors. Mit rauher, unruhiger Stimme teilte er Herrn von Trappen mit, was sich im Schloß ereignet hatte; kurz, fast schroff war seine Darstellung. Als Jochen kreidebleich den Hörer auf die Gabel legte, trat Jutta ins Zimmer. Leise kam sie auf ihn zu, ihre Augen waren starr und unnatürlich groß.

«Der Anruf kam von Moorburg, nicht wahr?» Er nickte verstört. «Du mußt mir sagen, Jochen, was dort geschehen ist!» flüsterte sie.

Während er noch überlegte, wie er es Jutta mitteilen sollte, dachte er, es sei gut, daß Ingeborg noch bei ihrem Vater weilte; wie würde sie jetzt schmähen, und er, er würde es nicht ertragen können. In diesem Augenblick wurde ihm klar, daß er auf der anderen Seite stand, trotz allem!

Behutsam zog er seine Schwägerin zu sich aufs Sofa.

«Herr von Bardossy ist ... tot, Jutta. Und Barbara von Pogwisch hat ihn getötet.»

Sie schloß die Augen und zog die Luft hörbar durch die Zähne ein. «Tot», flüsterte sie, «er ist tot ... und Barbara von Pogwisch hat es getan.»

Ihr Gesicht glich einer leblosen Maske. Besorgt nahm er ihre kalten Hände in die seinen.

«Jutta», sagte er eindringlich, «was hat Barbara bewogen, etwas so Entsetzliches zu tun? Du warst doch in den letzten Tagen mit ihr und ihm zusammen, wie ich annehme. Was ist da vorgefallen?»

Sie öffnete die Augen, die von weither zu kommen schienen, und richtete sie auf eine blutrote Phantasieblume im Teppichmuster, sie zog die Augenbrauen zusammen.

«Sie hatte das Visier in der Rüstung geschlossen; ich konnte nicht sehen, was sie vorhatte. Es war alles so verschwommen, so verwischt und verwirrt», murmelte sie, «und nun hat sie ihn getötet, sagst du? Einfach getötet? Wie tat sie es?»

Er berichtete ihr, und Jutta preßte stöhnend die Fäuste in die Augenhöhlen.

«Wie abscheulich! Oh, gräßlich! Das konnte Babs tun?»

Dann strömten Tränen über ihre Wangen.

«Babs, wie konntest du das tun! ... Was wird nun mit ihr geschehen?»

«Es kommt wohl darauf an, welchen Grund für ihre Tat Barbara angeben wird», meinte Joachin! «Ich bin überzeugt, daß sie einen triftigen Grund gehabt hat. Ahnst du denn nichts? Vielleicht kommt es sehr auf deine Zeugenaussage an.»

«Zeugenaussage?» Jutta sah ihn bestürzt an. «Muß ich denn vor Gericht ...?»

Ein heftiges Schluchzen schüttelte sie, und Joachim hatte Mühe, sie zu beruhigen. Sie wollten nun nicht mehr darüber reden, meinte er, erst dann, wenn sie wieder ruhiger würde.

Spinnweben verdeckten das Schlüsselloch des Malvenhauses. Zwei Tage nach Juttas Flucht aus Moorburg war Jochen noch einmal mit dem Wagen dagewesen, die von Meta gepackten Koffer abzuholen. Jutta wollte mit ihrem Kind zur Schwiegermutter fahren und dort auf die Rückkehr ihres Mannes warten. Der Gärtner war dabei, die Blumenrabatte mit Torfmull zuzudecken und die Knollen der Staudengewächse in den Keller zu bringen, denn frühe Nachtfröste breiteten Rauhreif schon über das Land. Morgens auf dem Schulweg traten die Kinder lachend in das splitternde, dünne Eis auf den Pfützen, und das braune Heidekraut war mit glitzerndem Rauhreif überzuckert.

Auf Moorburg wirtschaftete der neue Beamte, ein stämmiger Mann in mittleren Jahren, mit einem rötlichen Schnurrbärtchen und rötlicher Gesichtsfarbe. Er war kein Freund von Traurigkeit, scherzte gern mit den Mägden und schlug die Knechte derb auf die Schulter. Beim Wirt war er ein guter Kunde, und oft sah Pastor Bolten von seiner Schreibarbeit auf, wenn rauher Männergesang aus der geöffneten Tür der Gastwirtschaft über die Dorfstraße zu ihm herüberdrang.

An einem klaren, frostigen Morgen reiste Herr von Pogwisch nach der Stadt, in der das Gericht über das weitere Schicksal seiner Tochter bestimmen sollte.

Durch die neugotischen Fenster des Saales schien die matte Sonne auf das Holz des Fußbodens vor dem langen Tisch, der die Männer in den schwarzen Roben von den Geladenen und den Neugierigen trennte. Barbara von Pogwisch sah in die breiten Sonnenbahnen, in denen Staubpünktchen auf- und niedertanzten. Ihr Gesicht zeigte Verschlossenheit und Abweisung gegenüber der sie umbrandenden Neugier. Die Qual, die ihr dieses Sich-zur-Schau-Stellen bereitete, sah ihr niemand an; sie empfand das allein schon als Strafe. Ungeduld ergriff sie. Wie lange würde das Theater wohl dauern? Immer diese Fragen nach dem Warum! Auch Doktor Felsch, ihr Anwalt, hatte sie ausgiebig damit gequält. Jetzt saß er in ihrer Reichweite und machte sich Notizen, der alte Herr mit der grauen Bürstenfrisur über der Stirn. Sie war alles so leid.

Eben wurde Maurice vernommen. Er antwortete in recht lückenhaftem Deutsch: Er habe wohl bemerkt, daß das Fräulein von Pogwisch seinen Herrn bei Tisch oft unfreundlich behandle, sie habe offensichtlich eine Abneigung gegen ihn gehabt. Er antwortete auf die ihm gestellten Fragen nach langem Überlegen, was man seiner mangelnden Sprachkenntnis zugute halten konnte.

Barbara konnte sich nicht auf die Verhandlung konzentrieren. Ihre Gedanken schweiften zu den Stauffenbiels ab. Ulrich hatte sie gestern sprechen wollen, doch sie hatte sich geweigert. Was wollte er noch? Sie hatte ihr Wort gehalten, sollten sie doch zufrieden sein, er und Jutta. Hatte Jutta nicht gesagt, sie würde Ulrich nichts von Bardossy schreiben? Sie selber hatte es ihr geraten. So würde sie auch geschwiegen haben über die Ereignisse auf Moorburg, um ihren Mann zu schonen. Sollte sie, Barbara, da reden und der Freundin Schwäche hier vor all den gleichgültigen Menschen breittreten lassen? Was würde es ihr schon helfen: Sie hatte ja Bardossy getötet und nicht Jutta oder Ulrich. Gewiß, sie waren der äußere Anlaß gewesen. Der andere Anlaß, der sie getrieben hatte, mit Bardossy in die Waffenkammer zu gehen, war ein Impuls gewesen, den Barbara noch nicht klar bestimmen konnte. Sie wußte nur, daß es sie ganz persönlich anging, daß sie während des Kampfes mit Bardossy nicht an das Ehepaar Stauffenbiel gedacht hatte, sondern nur verzweifelt daran, was in ihr durch Bardossys zynische Worte erwacht war. Sie begriff es selbst nicht, aber es war dagewesen und seitdem vergangen wie eine Flüssigkeit, die in der Sonne verdampft. Doktor Felsch hatte sie auf die Gefährlichkeit ihrer Verschwiegenheit aufmerksam gemacht. Wie sie überlegen lächelten, wenn sie als Grund angab, es sei ein Duell gewesen, diese Akademiker, die mit solchen Dingen besser Bescheid wußten als sie. Und das Ergebnis dieses Duells? Hier saß es auf der Anklagebank als Mörderin; andernfalls läge sie in der Moorburger Kirche in einem Sarg als stumme Nachbarin von August Prange, dem Diener, unter der Gedenktafel ihrer Schwester. Und Bardossy wäre wohl schon in Amerika mit oder ohne Jutta ... und Ulrich Stauffenbiel ...?

Sie schrak zusammen, als der Name ihres Vaters aufgerufen wurde. Da kam er herein. Barbara sah voll Schmerz, wie der alte Herr sich bemühte, sein weißes Haupt aufrecht zu tragen. Wer konnte besser ermessen als sie, wie ihn dieser Weg angesichts der gaffenden Menge, die die Köpfe reckte, peinigte! Schneeweiß glänzte sein Haar in der breiten Sonnenbahn, als er nun vor dem langen Tisch die Fragen des Vorsitzenden beantwortete. Barbara hatte geglaubt, durch ihr Geständnis sei alles erledigt und ihre Familie würde nicht weiter behelligt werden. Sie wußten doch alle nichts von den vorangegangenen Ereignissen.

Mit fester Stimme schilderte Herr von Pogwisch den Verlauf jenes Abends in Moorburg, den er nicht im Schloß verbrachte. Er hatte nichts Außergewöhnliches bemerkt. Bei seiner Rückkehr vom Wohltätigkeitsfest sei er der Meinung gewesen, alle seien schon zu Bett gegangen. Sein Schlafzimmer liege nach der Hofseite, so daß er auch dann, wenn er rechtzeitig nach Hause gekommen wäre, das Licht in der Waffenkammer nicht hätte sehen können. Aber er müßte doch bemerkt haben, daß eine Unstimmigkeit zwischen seinem Gast und seiner Tochter bestanden habe, fragte der Vorsitzende. Oder sei dies etwa eine überdeckte Zuneigung Herrn von Bardossy gegenüber gewesen?

«Letzteres ist mir völlig unbekannt», antwortete Herr von Pogwisch, «ich habe lediglich beobachten können, daß Abneigung vorhanden war; was mir aber nichts Neues war im Hinblick darauf, daß ... die Angeklagte ... Fremden gegenüber oftmals eine schroffe Haltung einnahm.»

Die Angeklagte! Barbara bemühte sich, ihr Entsetzen zu verbergen. Er erkannte sie nicht mehr als seine Tochter an, ihr Vater! Daß Mama sich von ihr abwenden könnte, hatte sie befürchtet ... aber Papa, mit dem sie sich immer gut verstanden hatte? Heiß stieg es ihr ins Gesicht. Sie senkte die Augen und blickte auf ihre Hände. Da war noch auf dem kleinen Finger der helle, ovale Fleck zu sehen, den der Siegelring verursacht hatte. Wenn sie dies alles hinter sich haben würde, dann würden ihre Hände wohl so verblaßt sein wie jene Stelle. Oder würden sie noch blasser ... Barbara stemmte sich gegen diesen entsetzlichen Gedanken, der bisweilen in ihr aufstieg. Konnte sie nicht die ganze Szenerie mit Degen und Kampf nachträglich in der Folterkammer angeordnet haben, nachdem sie Bardossy in seinem Bett im Schlaf erstochen hatte? Diese Menschen von Polizei und Gericht hatten anscheinend die Aufgabe, immer das Schlimmste vorauszusetzen. Sie konnte ja nicht beweisen, daß es sich so verhielt, wie sie ausgesagt hatte. Nur Tantchen wußte, daß sie mit Bardossy in den Turm gegangen war, aber was besagte das schon?

Sie preßte die Handflächen an das kühle Holz. Wie sich ihre Hände danach sehnten, ein Paar Zügel zu packen, einen glatten Gewehrkolben zu umspannen, das Lenkrad des Flitzers zu drehen. Sie waren so unnütz geworden. Die Hände einer Mörderin! So entsetzlich überflüssig. Erschauernd blickte sie auf. Ihr Vater begab sich gerade zur Zeugenbank. Mit keinem Blick streifte er Barbara. Würde sie ihn jemals wiedersehen, wenn sie diesen Saal verlassen hatte? Wie er wohl litt, der arme, alte Papa! Sie sah auf sein scharfes Profil, das ihr zugewandt war, er beherrschte sich. Und unwillkürlich gab sie sich einen Ruck, richtete sich auf. Da betrat Jutta Stauffenbiel den Saal.

Vor sich niedersehend, mit kleinen, hastigen Schritten ging Jutta nach vorn, in der einen Hand zerknüllte sie ein Taschentuch. Ein dunkelblauer Schleier fiel von der schlichten Kappe über ihr Gesicht, so daß dessen Ausdruck nicht zu erkennen war. Barbara, die Juttas erbärmliche Verfassung bemerkte, sah ihr angstvoll nach. Wenn sie nur die Nerven behielt! Schamgefühl bemächtigte sich Barbaras, wenn sie an die von Sensationslust Angelockten im Saal dachte. Es würde schon heute in allen Zeitungen prangen, wenn Jutta jetzt redete! Und sie wußte, wenn Jutta erst die Fassung verlor, wurde sie hemmungslos.

Erst als der Vorsitzende das Wort an sie richtete, blickte Jutta auf. «Frau Stauffenbiel, Sie sind seinerzeit von Herrn von Bardossy als Tänzerin herausgebracht worden?»

«Ja», antwortete Jutta mit schwacher Stimme.

«Kannten Sie ihn nur als Manager, oder kannten Sie ihn auch als Menschen näher?»

Totenstille im Saal. Barbara hielt den Atem an. Waren sie nun auf der Spur?

«Ja», entgegnete Jutta Stauffenbiel mühsam.

Wieder der angenehme Bariton des Vorsitzenden.

«Sie waren zu der Zeit, als Herr von Bardossy bei Familie von Pogwisch zu Gast war, ebenfalls in Moorburg anwesend ... War das Zufall?»

«Nein, Géza von Bardossy war meinetwegen nach Moorburg gekommen.»

Eine Bewegung ging durch den Raum. Doktor Felsch wandte den Kopf zu Barbara und legte ihr schnell die Hand auf den Arm, denn es schien, als wollte die Angeklagte aufspringen. Die Augen des alten Herrn hinter den Brillengläsern funkelten vor Spannung, als er sich nun wieder auf die Gestalt der jungen Frau vor dem Richtertisch konzentrierte. Jutta stand kerzengerade da, ihre Stimme war laut und deutlich, als sie nun sagte: «Ich allein bin die Schuldige! Barbara von Pogwisch tat es meinetwegen.»

Sie griff um sich, schwankte, und ehe ein Gerichtsdiener herzuspringen konnte, fiel sie in sich zusammen wie ein Bündel leere Kleider. Dann wurde sie aus dem Saal getragen.

Barbara war wie betäubt. Ihr Anwalt redete auf sie ein. Sie hörte gar nicht hin. Nur ein Gedanke beherrschte sie. Nun wird alles breitgetreten werden. Ulrich würde alles erfahren ... Seine Jutta! Sie beachtete die Vorgänge um sich herum nicht.

Erst als sie Ulrichs Stimme hörte, kam sie wieder zur Besinnung. Mit deutlicher Stimme gab er eine sachliche Erklärung der Moorburger Ereignisse, die der Tat vorausgegangen waren. Ab und zu warf der Vorsitzende eine Frage dazwischen, und er beantwortete sie, so gut er konnte.

Eine Art Entspannung überkam Barbara. Warum hatte sie sich Sorgen um dieses Ehepaar gemacht? Hatte Joachim von Trappen nicht einst von ihnen gesagt: «Die beiden gehören zusammen, die kann nur der Tod trennen.» Wie ruhig und sicher Ulrich da vorne stand, als pralle alles Getuschel hinter seinem Rücken an ihm ab. Er hatte seine Jutta wieder. Beruhigt lehnte sich Barbara zurück. «Ich selber fühle mich auch schuldig», hörte sie Ulrich sagen, «wie ich schon berichtete, hatte ich mit eigenen Augen gesehen, welch verhängnisvollen Einfluß Herr von Bardossy mit seiner Musik auf meine Frau ausübte. Darum hätte ich, als der Besuch des Künstlers in Moorburg bevorstand, nicht zulassen dürfen, daß meine Frau aufs neue mit ihm zusammentraf. Doch glaubte ich sie sicher unter dem Schutz Barbara von Pogwischs, die ich als einen Menschen mit einem lauteren und anständigem Charakter kenne. Ich machte sie vor meiner Reise auf die Gefahr aufmerksam, die meiner Frau von seiten des Herrn von Bardossy drohe. Und Fräulein von Pogwisch gab mir ihr Wort, über sie zu wachen. Sie hat ihr Wort gehalten! Wir ahnten damals ja alle nicht, mit welch üblen Mitteln dieser Herr danach trachtete, sein Ziel, nämlich meine Frau zu einer Gastspielreise nach Amerika zu verlocken, zu erreichen. Wir haben inzwischen in Hamburg in Erfahrung gebracht, daß durch einen gewissen Herrn Sabransky bereits Kabinen für die Überfahrt nach den Vereinigten Staaten belegt worden waren. In der Nacht, bevor der Dampfer starten sollte, hat Fräulein von Pogwisch den Plänen Herrn von Bardossys ein gewaltsames Ende bereitet. Und ich bin überzeugt davon, daß sie darüber Bescheid wußte und es ihr schien, als gäbe es keinen anderen Ausweg mehr. Möglicherweise hat sie auch noch mehr gewußt, und vielleicht ist sie dort in der Waffenkammer von Herrn von Bardossy bedroht worden. Das entzieht sich meiner Kenntnis. Was ich Ihnen noch mitteilen kann, ist, daß meine Frau in ihrer Verzweiflung am Tag zuvor einen Selbstmordversuch unternahm, den Fräulein von Pogwisch verhinderte. Haben Sie sonst noch Fragen, Herr Vorsitzender?»

Doktor Felsch legte Barbara die Hand auf den Arm. «Jetzt sieht es schon ganz anders aus. Wollen Sie nun nicht doch schildern, was sich in der Waffenkammer zugetragen hat? Ist es nicht doch Notwehr gewesen?»

Barbara schüttelt den Kopf.

«Wißt ihr denn immer noch nicht genug?» fragte sie matt.

Was gingen sie all die vielen Menschen im Saal an? War sie es überhaupt, Barbara von Pogwisch aus Moorburg, die hier saß, angeklagt des Mordes? Ritt nicht die wirkliche Barbara auf Pluto über die Moorburger Fluren, das Haar vom Herbstwind zerzaust? War dies hier alles nicht nur ein böser Traum, und sie würde gleich in ihrem Turmzimmer erwachen, der Spuk weichen und die Sonne auf ihr Lager scheinen? Oft schon in der Stille ihrer Zelle hatte sie dieselbe Empfindung gehabt, als sei ihr Körper, der ihr in seiner Reglosigkeit fremd erschien, gemeinsam mit ihren Gedanken in Moorburg, wo er hingehörte, bis dann ihre ausgestreckten Hände gegen die kalten, rauhen Wände stießen, die, wenn sie sich ihrer bewußt wurde, sie zu erdrücken schienen.

Sie blickte auf und ballte die Fäuste. Leider war es Wirklichkeit: Die Menschenmenge und ihre neugierigen Augen, ihr alter Vater auf der Zeugenbank, die Männer mit den schwarzen Roben hinter der Barriere, und Jutta wurde da vorn schon wieder mit bohrenden Fragen gequält. Man hatte ihr einen Stuhl hingeschoben, aber sie lehnte ihn ab und stand frei, ja, ihre Haltung strahlte jetzt fast etwas Trotziges aus. Ihre Antworten waren knapp und klar.

Auch Barbara wurde noch einmal verhört und bestätigte resigniert die Angaben der Stauffenbiels. Nach dem Verbleib des Kontraktes und der Fotografien gefragt, erklärte sie, dieselben gefunden und verbrannt zu haben. Weitere Angaben, die Vorgänge in der Waffenkammer betreffend, machte sie nicht mit der Begründung, es seien keine Zeugen dabeigewesen und somit eine diesbezügliche Aussage ihrerseits nicht glaubwürdig.

Als endlich das Urteil verlesen wurde, ballte sie die Fäuste und bohrte die Fingernägel in die Handflächen.

Barbara Freiin von Pogwisch-Rentorff wurde wegen Totschlags zu sechs Jahren Zuchthaus verurteilt.

Als der Richterspruch in all seiner Grausamkeit ihr ins Bewußtsein drang, fühlte sie, wie ihr der Kopf heiß wurde. Sie hörte ein Brausen um sich, Übelkeit überkam sie. Sie blickte zu ihrem Vater hinüber. Major von Pogwisch saß gerade aufgerichtet. Seine Beherrschung gab der Tochter Kraft, die Schwäche zu überwinden.

In tadelloser Haltung verließ Barbara von Pogwisch zwischen ihren Bewachern den Saal.

Um dieselbe Stunde ritt Joachim von Trappen Barbaras Wallach Pluto nach Karlshöhe. Das Tier war abgemagert und fiel in einen müden Schritt, als habe es den ganzen Tag über schwere Lasten gezogen.

Pluto erhielt seinen Platz neben Fatme, und der Pferdeknecht wurde angewiesen, den Wallach besonders liebevoll zu pflegen. Es dauerte noch zwei Stunden, während der Jochen auf dem bunten Teppich unruhig auf und ab wanderte, bis Ulrich anrief und er das Urteil erfahren konnte. Auch über die Motive ihrer Tat gab Ulrich kurz Auskunft. Jochen würde es ja in den Zeitungen lesen können, wer die eigentlichen Schuldigen seien, für die eine Barbara von Pogwisch büßen müsse, schloß er bitter ... Zu alldem habe Jutta noch ein Telegramm von Ingeborg erhalten, das sie an das Sterbebett ihres Vaters rief. Sie würde heute mit dem Nachtzug abreisen.

Später stand Jochen im dunklen Pferdestall neben Pluto und kraulte ihn zwischen den Ohren. Nun war es doch ziemlich unwahrscheinlich, daß Pluto seine Herrin jemals wiedersehen würde, überlegte er, nahm sich aber vor, Barbaras Pferd so gut wie möglich zu pflegen. Es sollte nicht mehr in die Deichsel gezwungen werden oder unter der harten Hand des Verwalters leiden müssen. Er selber würde Pluto ab und zu reiten, und wenn Inge zurück sein würde, übernahm sie vielleicht das Tier; besser noch wäre Jutta mit ihrer leichten Hand, doch sie würde sich wohl vorerst nicht wieder am Schwarzsee blicken lassen!

Was war Jutta Stauffenbiel überhaupt für ein Mensch? Konnte man sich so in jemandem täuschen? Hatte sie nicht immer Unheil heraufbeschworen, wenn sie am Schwarzsee auftauchte? Gewiß war es nicht immer ihre Schuld gewesen, aber sie war der Anlaß! Und bitter dachte Jochen daran, daß nicht nur auf Moorburg, sondern auch auf Karlshöhe seit der Zeit das Leid lastete; es wäre besser gewesen, Jutta wäre nie in die Gegend gekommen. Doch war er gerecht genug, sich einzugestehen, daß das Glück seiner Ehe auch ohne Juttas Anwesenheit zerstört worden wäre, vielleicht nur nicht so abrupt. In einer jedoch hatte er sich nicht getäuscht, wenn er auch jetzt nach Ulrichs Erklärung noch nicht klar sah ... in der Pogwischtochter von Moorburg.

Einige Tage später sah er seine Schwägerin auf der Beerdigung seines Schwiegervaters wieder. Da Joachim von Trappen ein viel zu offener Charakter war, um heucheln zu können, verhielt er sich Jutta gegenüber zwar freundlich, aber zurückhaltend. Erst nach einer langen Aussprache mit Ulrich, durch die er in die näheren Zusammenhänge eingeweiht wurde, änderte er seine Haltung Jutta gegenüber. Natürlich konnte ein Joachim von Trappen nicht ermessen, welch eine Überwindung es einer Natur wie Jutta gekostet hatte, ihre Schuld freimütig vor der Öffentlichkeit zu bekennen, ihr, der dieses Bekenntnis schon vor ihrem Mann so schwer geworden war, daß Ulrich alles hatte stückweise aus ihr herausfragen müssen.

«Warum um alles in der Welt aber hat Fräulein von Pogwisch denn Jutta nicht zu mir gebracht?» fragte Joachim grimmig. «Ich hätte diesem sauberen Herrn schon heimgeleuchtet, darauf kannst du Gift nehmen!»

«Frag lieber Jutta, warum sie in ihrer Not nicht von selber zu dir kam», antwortete Ulrich mit ernstem Gesicht. «Zu mir sagte sie, der Bardossy hätte sie auch in Karlshöhe gefunden; es habe gar keinen Sinn gehabt, sich vor ihm zu verstecken. Während bei Barbara von Pogwisch die Widerstandskraft mit den Schwierigkeiten wächst, werfen sie Jutta völlig um, wie wir ja schon einmal gesehen haben. Sie ist eben einer von den Menschen, auf die alles viel stärker wirkt als auf den Durchschnittsmenschen.»

Doch wie sich bei jedem Lebewesen gegen Schädigung und allzu große Pein eine erhärtende Abwehr bildet, so hatte auch Juttas Sensibilität durch die vielen, in kurzer Folge auf sie einstürmenden Erschütterungen gelitten. Auch der Tod ihres Vaters verblaßte im Vergleich zu dem Schmerz um das Schicksal der Freundin, den sie mit Ulrich teilte. Wahrscheinlich auch deshalb, weil ihre kindliche Liebe beeinträchtigt war durch die Kenntnis, daß Herr Dewitz nicht ihr rechter Vater war. Bei gelegentlichen Zusammenkünften mit dem Vater hatte sie wohl bemerkt, daß er ihr die Enttäuschung, die sie ihm bereitete, nie ganz verziehen hatte. Abgesehen davon, daß sie all ihre Liebe ihrem Mann und ihrem Kind schenkte, war ihr für den Pflegevater nur noch Dankbarkeit geblieben. Anders ihre Halbschwester. Ingeborg von Trappen war, obgleich der Tod ihres Vaters schon seit Jahren im Bereich des Möglichen gelegen hatte, von wahrhafter Trauer erfüllt, doch lag es ihrer verschlossenen Natur nicht, sie ihrer Umgebung kundzutun. Sie lag nur wie eine Erstarrtheit über ihr und ließ ihre Züge noch härter erscheinen. Joachims warmherzige Art schreckte vor dieser in sich ruhenden Abgeschlossenheit zurück; um so mehr genoß er das Wiedersehen mit Achim, seinem inzwischen gewachsenen Söhnchen.

Nach der Beerdigung ergab sich für Jutta die Gelegenheit, Einblick in den Nachlaß ihres Pflegevaters zu nehmen. Sie war allein im Arbeitszimmer des Verstorbenen. Zufällig hatte sie beobachtet, wo Ingeborg den Schlüssel dazu verwahrte. Ordentlich aufgestapelt lagen auf dem Schreibtisch Stöße von Papieren, Urkunden, Aktien, Abrechnungen, Quittungen. Es war ersichtlich, daß Ingeborg durch einen notwendigen Gang im Ordnen der Papiere unterbrochen worden war. Und nach einigem Suchen, bei dem Jutta sehr darauf bedacht war, die durchgesehenen Stücke genau in der Reihenfolge wieder hinzulegen, fand sie die gesuchte Urkunde. Hastig ließ sie ihre Blicke über das Papier gleiten und blieb endlich starr an einem Namen haften, der, größer werdend, auf sie zuzukommen schien: Jutta von Bardossy! Das war es also! Und dort noch einmal der Name: Sandor von Bardossy, genannt Orlando: ihr leiblicher Vater.

Schlaff fiel ihre Hand, die das Papier hielt, in den Schoß. Es fror sie plötzlich. Sie sah zu dem gesunden, bärtigen Gesicht auf, das von der Wand herab auf sie zu blicken schien. Es waren gütige Lügen gewesen, wenn man dem kleinen Mädchen erzählt hatte, jener korrekt gescheitelte Herr sei ihr Großvater gewesen. Und jetzt war es irgendein Herr Dewitz, der eine Fabrik gegründet hatte ... Wie groß mußte die Liebe seines Sohnes zu ihrer Mutter gewesen sein, daß er die kleine Waise an Kindes Statt in sein Haus genommen hatte! Aber war nicht Ulrichs Liebe ebenso gütig und groß, indem er sie, nachdem er von ihr alles, was zwischen ihr und Géza von Bardossy gewesen war, erfahren hatte, wieder an sein Herz nahm? Was wäre mit ihr geschehen, wenn Babs nicht eingegriffen hätte? Jutta war sich darüber klar, daß sie sich dem Einfluß Bardossys auf die Dauer nicht hätte entziehen können. Das Gemeinsame, das sie mit ihm verband, war zu stark gewesen ... Sandor von Bardossy ... Géza von Bardossy ... Jutta von Bardossy ...! Sie erhob sich und legte das Dokument an den Platz, wo sie es gefunden hatte. Wer war Géza von Bardossy gewesen? Alles in ihr sträubte sich, diesen Gedanken zu Ende zu denken, Möglichkeiten zu erwägen. Und mit einemmal fiel ihr ein, daß Ingeborg es wissen mußte! Es war ihr aufgefallen, daß die Schwester sich zu dem Fall Barbara von Pogwisch nicht geäußert hatte, obgleich sie in ihrer Gegenwart davon gesprochen hatten. Jutta hatte es ihrer Trauer um den Vater zugute gehalten, auch war ihr bekannt, daß Inge mit Barbara nie harmonisiert hatte.

Draußen auf dem Flur hörte sie Ulrichs Stimme. Gleich würden sie davonfahren; sie würden wieder in ihrem behaglichen Heim in der Residenz leben, Ulrich, Jutta und Elisabeth Stauffenbiel. Die Zeit würde die Eindrücke verwischen, abschwächen ... vielleicht. Doch im selben Augenblick wußte Jutta, daß sie nicht wieder die heitere, lebensfrohe Jutta Stauffenbiel ihrer ersten Ehejahre werden konnte. Solange sie die schwere Last ihrer Schuld drücken würde, solange Barbara von Pogwisch ihrer Freiheit beraubt war, würde sie die Welt durch einen grauen Schleier sehen ... Bardossy! Wäre sie ihm doch niemals begegnet!

Mit müden Schritten ging Jutta zur Tür. Es wäre gut, viel Beschäftigung zu haben! Eine größere Familie ... Und während Jutta den Schlüssel wieder an seinen Platz hängte, lächelte sie vor sich hin: Ihre kleine Elisabeth sollte Spielgefährten haben.

8

Der Schwarzsee spiegelte unverändert düster die jagenden Frühlingswolken. Die Schilfwälder an der Moorburger Seite hatten sich weiter ausgedehnt. Mit heiserem Geschrei schossen die Kiebitze über das Moor, der Reiher hob sich mit seiner Beute majestätisch aus dem Wasser, und die Sumpfdotterblumen öffneten ihre goldenen Augen. Auf dem hölzernen Glockenturm flötete eine Drossel ihre Frühlingsbotschaft über die Gräber. Aus dem geöffneten Portal der Kirche strömten die Besucher des Sonntagsgottesdienstes. Joachim von Trappen, schlanker als früher, schritt neben der noch immer in Schwarz gekleideten Ingeborg die Stufen herab. Hinter ihnen bedeckte Achim sein widerspenstiges Blondhaar mit der Mütze.

«Sollten wir nicht einen Augenblick zu Herrn von Pogwisch hinübergehen?» fragte Joachim. Ingeborg nickte, doch Achim verzog das Gesicht.

«Muß ich auch mitgehen, Vater?»

«Natürlich, warum denn nicht?»

«Ach, es ist so traurig dort», entgegnete der Knabe, «darf ich nicht inzwischen die Pferde anspannen?»

«Na, lauf nur zu den Pferden, und sage Friedrich, ich habe dir erlaubt, allein zum Schloß zu kutschieren und uns abzuholen. Er soll derweil in der Schmiede nachfragen, ob der Kastenwagen fertig ist.»

Strahlend eilte Achim davon, Joachim und Ingeborg sahen sich lächelnd an. Auf dem Weg zum Schloß sah Joachim von Trappen sich kopfschüttelnd um. Verrostete Eggen, ein Traktor und Pflüge standen auf dem Hofplatz. Gras wuchs in dicken Büscheln zwischen den Pflastersteinen; Enten schnabelten in den Pfützen. In der schief in den Angeln hängenden Tür zum Pferdestall lümmelte ein junger Knecht mit einem Melkmädchen.

«Tolle Wirtschaft!» murmelte Jochen. «Man müßte den Major mal darauf hinweisen.»

«Was kümmert es dich?» sagte Ingeborg achselzuckend. «Gerade dies sollte dich daran erinnern, wohin es führt, wenn man sich in die Angelegenheiten anderer Leute einmischt.»

Der Blick, mit dem er sie streifte, ließ die große Kluft erkennen, die das Ehepaar trennte; sie hatte sich im Laufe der Jahre nur noch vertieft. Nur das Kind verband sie noch.

Sie fanden Herrn von Pogwisch in seinem Zimmer, in dem trotz der linden Frühlingsluft ein Feuer brannte. Die Jahre hatten sein hageres Gesicht gezeichnet, und sein weißes Haar war licht geworden. Vor ihm auf dem Schreibtisch lagen viele Bogen Papier, mit strategischen Zeichnungen bedeckt.

«Nun, Herr Major», sagte Jochen lächelnd, «gegen wen wird denn Krieg geführt?»

Der alte Herr rieb hüstelnd seine kalten Hände.

«Natürlich nichts Bestimmtes. Nur so im allgemeinen. Man muß in der Übung bleiben. Kann sein, sie brauchen mich noch einmal. Wir alten Leute mit Fronterfahrung... mehrere meiner ehemaligen Kameraden sollen sie schon geholt haben.»

«Aber es wird doch so bald keinen Krieg geben», bemerkte Inge.

«Wer weiß, wer weiß?» entgegnete Herr von Pogwisch; seine Stimme war um eine Lage höher geworden. «Warum ‹spielen› sie dann so viel Krieg?»

Ingeborg erkundigte sich, wie es der alten Dame gehe und ob sie ihr wohl ihre Aufwartung machen dürfe. Gewiß, antwortete der Major, Tante Tove sei ja geistig immer noch rege, nur leider habe sich körperlich, außer, daß sie wieder sprechen und lesen könne, nicht allzuviel geändert.

Die Greisin ruhte in einem mit Kissen gepolsterten Rollstuhl, eine karierte Reisedecke über die Beine gebreitet. Ihr Gesicht war sehr eingefallen. Sie bemühte sich, ein Lächeln zustande zu bringen, als Ingeborg sich über sie neigte. Doch konnte sie das rechte Augenlid nicht ganz heben.

«Ja, ja, meine Liebe», sagte sie, «nun ist es wieder Frühling geworden, und ich lebe noch immer. Ich glaube, der liebe Gott hat mich vergessen.»

Ingeborg hatte Mühe, sie zu verstehen; die Stimme Tove von Pogwischs klang brüchig.

Lautlos kam die barmherzige Schwester herein, die seit einem Jahr die Kranke betreute. Sie war eine füllige Erscheinung, deren rundes Gesicht stets ein mildes, selbstgefälliges Lächeln zierte. Auch hatte sie die Angewohnheit, wenn sie gerade nichts in den Händen hielt, dieselben über ihrer weißen Schürze zu falten und die Daumen umeinander zu drehen. Ob die Frau Baronin jetzt ihre Fleischbrühe wünsche, erkundigte sich die Schwester. Tantchen winkte ab; später. Es war ihr zur Gewohnheit geworden, dann und wann kleine Mahlzeiten zu sich zu nehmen. Im Speisesaal saß Herr von Pogwisch zweimal am Tag ganz allein am Tisch.

Während Frau von Trappen der alten Dame von Achims Fortschritten in der Schule erzählte, lenkte Joachim das Gespräch auf die Landwirtschaft, merkte aber, daß Herr von Pogwisch mit seinen Gedanken nicht bei der Sache war. Ja, gewiß, meinte er, der Winter sei außergewöhnlich hart gewesen und viel Korn sei in der Erde erfroren, aber die Sommersaat sei ja – soviel er gesehen habe – recht gut aufgelaufen.

«Wie sind Sie eigentlich mit Ihrem Verwalter zufrieden, diesem Herrn Völkers?» fragte Jochen.

«Er ist der Schlechteste nicht; nimmt mir alles ab. Nur soll er ein wenig trinken, wie ich hörte. Mit den Leuten wird er gut fertig und ist sehr beliebt.»

«Und bei Ihrer Gutssekretärin anscheinend auch», sagte Joachim ungehalten und erhob sich. «Ich traf die beiden einige Male abends auf seinem Motorrad auf der Landstraße.»

«Na, ja, junge Leute ...»

Herr von Pogwisch sah unruhig an der großen Gestalt empor. «Ich hätte Herrn Reher gern behalten, ein ruhiger, zuverlässiger Mann, aber er wollte nicht bleiben. Konnte sich wohl mit Herrn Völkers nicht vertragen.»

Am Fenster stehend gewahrte Jochen seinen Sohn, der die Pferde im scharfen Trab vor das Portal lenkte. Auch der Major sah es. «Tüchtiger Junge!» bemerkte er. «Wenn ich so einen Sohn gehabt hätte ...» Jochen wandte sich rasch zu ihm um.

«Ich wäre glücklich, wenn Achim einmal ein so tüchtiger, anständiger Mensch wie Ihre Tochter Barbara wird.»

Herr von Pogwisch hob abwehrend die Hände.

«Aber, lieber Trappen, ich bitte Sie! Wie können Sie ...»

«Ich kann», versetzte Jochen bestimmt, «aber ich will nicht wieder mit Ihnen darüber streiten ... Jedenfalls sähe es in Moorburg nicht so ... verzeihen Sie, verwahrlost aus, wenn Fräulein Barbara noch hier wäre. An Ihrer Stelle würde ich diesen Völkers sofort entlassen und einen anderen, älteren Beamten suchen. Ein Verwalter, der morgens seinen Rausch in irgendeinem Gebüsch ausschläft, taugt nichts. Entschuldigen Sie meine Offenheit; ich meine es gut. Und wenn ich Ihnen in irgendeiner Angelegenheit behilflich sein kann, stehe ich Ihnen jederzeit zur Verfügung ... doch da kommt meine Frau.»

Auf dem Heimweg antwortete Joachim auf die vielen Fragen seines Sohnes einsilbiger als sonst; er bedachte, was unter den gegenwärtigen Verhältnissen aus Moorburg werden sollte. Erst voriges Jahr waren sie auf Moorburg einen Monat nach allen anderen Gütern und Höfen mit der Ernte fertig geworden. Und in diesem Jahr waren große Lücken ausgefallener Wintersaat in den Moorburger Äckern. Nur der Waldbestand war gut, da noch der alte Förster im Amt war, dem der Verwalter nicht ins Handwerk pfuschen konnte. Die Fichtenschonungen, die zu Barbaras Zeiten gepflanzt worden waren, wiesen jetzt Bäume seiner Größe auf. Doch der Förster hatte Jochen erzählt, daß Herr von Pogwisch sie wahrscheinlich Weihnachten als Weihnachtsbäume verkaufen wolle.

Als Joachim kürzlich den Weg nach dem Moor entlanggeritten war, hatte er die Überreste von Barbaras geplanten Schweineställen entdeckt. Die begonnen Bauten waren weder weitergeführt noch abgerissen worden. Die frei stehenden Wände waren zum Teil eingebrochen und die am Boden liegenden Stämme morsch und schwammig geworden. Hemmungslos wucherte das Unkraut dazwischen. Sie hätten ja wenigstens die umherliegenden Stämme verkaufen oder anderweitig verwerten können. Auch von dem schon vorbereiteten Kartoffelland hatte die Heide wieder Besitz ergriffen. Es stand nicht gut um Moorburg. Der Major hatte nicht mehr die Energie, diesen Mißständen abzuhelfen, und die alte Dame sah und hörte nichts davon. Wenn wenigstens noch der alte Mathias da wäre, aber der lag nun auch auf dem Friedhof.

Später besuchte Herr von Trappen mit seinem Sohn den Pferdestall. Langsam gingen sie die Stände entlang: Da war sein Pferd und daneben Achims Pony, da waren Fatme und in Faridas ehemaliger Box Fatmes letzter, zweijähriger Sohn. Farida war eines Tages per Eisenbahn nach Berlin gefahren, wo sie in einem Tattersall untergebracht war und von ihrer Besitzerin, Jutta Stauffenbiel, und deren Gatten, dem Professor, gelegentlich geritten wurde.

Ganz am Ende der Reihe traten Vater und Sohn an die letzte Box. Darin stand Pluto. Langsam drehte er sein Haupt zu den Ankömmlingen. Jochen strich ihm sanft über das weiche Maul.

«Achim», sagte er ernst, «dein Pony ist nun zu klein für dich. Du hast schon lange gedrängt, ein großes Pferd reiten zu dürfen. Ich möchte, daß du Pluto reitest, und ich erwarte, daß du ihn gut behandelst ...»

«Oh, fein, Vater!» rief Achim und klopfte dem Tier den Hals. Jochen betrachtete die kleine, verschrammte Knabenhand nachdenklich.

«Ich vertraue ihn dir an, mein Junge, denn ich weiß, daß du eine leichte Hand hast. Sieh, er ist schon ein alter Herr und sehr empfindlich. Du mußt ihn reiten, als ob du ihn an einem Seidenfaden führst, der nicht reißen darf; dann wirst du deine Freude an ihm haben. Pluto ist ein edles Pferd, das einst vorzüglich sprang. Auch jetzt nimmt er noch gern kleine Hindernisse, nur darfst du seinem Alter nicht zuviel zumuten, Kind! Sorge, daß er unterwegs nicht zu stark in Schweiß kommt. Versprichst du es mir?» Er hielt dem Sohn seine Hand hin.

«Ja, Vater», sagte der Junge und drückte die ihm dargebotene Hand kräftig.

Eine halbe Stunde später ritt er auf dem jetzt gut gepflegten Tier über den Hof davon. Das Licht spiegelte sich in dem blanken Fell der Flanken, im leichten Trab klapperten die Hufe über den Kies, und der Knabe saß stolz und kerzengerade im Sattel. Joachim legte die Hand beschattend über die Augen und sah ihnen nach; zufrieden nickte er vor sich hin.

Im Pastoratsgarten lärmte wohl ein halbes Dutzend Kinder. Wo früher malerische Wildnis herrschte, waren jetzt lange, mit jungen Gemüsepflanzen bedeckte Beete und viel Kartoffelland, denn des Pfarrers Familie war zahlreich. Hinter den Küchenfenstern neben dem Hühnerstall hingen Höschen und Hemdchen an der Leine, und im Stall grunzten drei Schweine.

Die Kinder hatten ein Wildkaninchen im Gebüsch aufgestöbert, und nun ging die wilde Jagd mit Steinwürfen und Geschrei über Beete und Rasen, durch Busch und Dorn. Dann erschien eine dralle Magd im Garten und rief die erhitzte und zerraufte Schar zur Mittagsmahlzeit.

Wenig später standen sie neben der langen Tafel der Größe nach aufgereiht, und die Bezeichnung «wie die Orgelpfeifen» konnte nirgends besser zutreffen als bei der Kinderschar des Pastor Wolff. Würdig, im schwarzen Rock, trat der Pfarrer ein. Es war ein imposanter Herr, noch in den besten Jahren, doch schon zur Fülle neigend, mit frischer Gesichtsfarbe und einem dunklen Kinnbart.

«Sind eure Hände auch sauber?» fragte er mit sonorer Stimme. Wie auf Kommando streckten ihm die Kinder ihre Hände entgegen, die der Vater durch seine Brille eingehend musterte. Zwei der Kinder mit Namen Johannes und Esther mußten nochmals von Bürste und Seife Gebrauch machen, ehe man sich zur Tafel setzte. Der Pfarrer hatte seine Phantasie nie sonderlich belastet, wenn eins seiner Kinder getauft werden sollte; er hatte nur ein wenig in der Heiligen Schrift geblättert, und so kam es, daß alle Pfarrerskinder biblische Namen trugen. Sie waren zufrieden bis auf einen, den Zweitältesten, der den seltenen Namen Habakuk erhalten hatte. Er war ein verträglicher und ruhiger Junge. Wenn aber seine Klassenkameraden ihn mit seinem Namen hänselten und, unkundig der biblischen Geschichte, behaupteten, Habakuk sei ein Kasperle-Name, konnte er wild werden und um sich schlagen.

Die Frau des Pastors war eine blasse, fast dürre Erscheinung mit ängstlich hochgezogenen Augenbrauen. Sie sprach stets in klagendem Tonfall, und die Leute in Moorburg wunderten sich, daß dieses verschüchterte Wesen so viel blühendes Leben hervorbrachte. Den Pastor nannten sie unter sich Wolf im Schafspelz. Nicht, daß er sanft gewesen wäre, aber er gefiel sich in einer salbungsvollen Art zu sprechen. Herrn von Pogwisch gegenüber sowie im Zusammensein mit anderen «Herrschaften» zeigte er eine gewisse Unterwürfigkeit, die von niemandem erwartet wurde. Dagegen fühlte er sich auf der Kanzel in seinem Element. Hier konnte er mit seiner gewaltigen Stimme ungehindert über das sündige Treiben seiner Mitmenschen wettern, und wäre er nicht im Grunde genommen ein guter, gewissenhafter routinierter Prediger gewesen, so wäre die Moorburger Kirche an Sonn- und Feiertagen wohl spärlich besetzt. Im Gegensatz zu dem gütig-toleranten Wesen des Detlev Bolten legte Pfarrer Wolff eine fast alttestamentarisch anmutende Strenge an den Tag, die ihm zu seinem Spitznamen auch noch das Prädikat «schwarz» eintrug.

So weit das Kirchspiel Moorburg reichte, hatte man die Versetzung Pastor Boltens bedauert. Seine Schriften hatten Aufsehen erregt, und so war er zweiter Pfarrer an einer der Kirchen seiner Vaterstadt geworden. Er hatte Moorburg nach all dem traurigen Geschehen nicht ungern verlassen, wenngleich ihn das Schicksal der Familie Pogwisch stark bedrückte. Seine treue Haushälterin war ihm in die große Stadt gefolgt.

So sehr Herr von Pogwisch Pastor Bolten als Mensch und als Prediger geschätzt hatte, so wenig sagten ihm die jetzigen Bewohner des Pfarrhauses zu: Der Pastor war zu dogmatisch, die Frau zu still und die Kinder zu laut. Seine Besuche in der Kirche wurden immer seltener, woran gewiß nicht allein die donnernden Predigten des Pastors schuld waren, sondern vielmehr sein zunehmender Hader mit dem Schicksal. Nur noch selten kam ein Besucher durch das Torhaus gefahren; seitdem der schwarze Vogel sich beharrlich auf das Schloß niedergelassen hatte, mied man Moorburg.

Onkel Eduard von Polzin hatte aus Mitleid seinen Vetter mitunter besucht. Tante Malchen hingegen war nicht wieder in Moorburg gewesen, und Onkel Eduard verschwieg ihr seine Besuche. Nun war er alt und kränklich und verließ nur noch selten das Polziner Herrenhaus. Auch der alte Doktor Sähn kam nur selten mit seinem kleinen Auto angefahren, um nach den beiden einsamen Pogwischs zu sehen. Und so war Otto von Pogwisch allmählich zum Sonderling geworden, der sich auch scheute, auf Reisen zu gehen. Zweimal am Tag leistete er der alten Dame ein Stündchen Gesellschaft.

Pastor Wolff und Gattin hatten gleich nach ihrem Eintreffen in Moorburg der alten Dame ihren Besuch gemacht. Sichtlich unangenehm berührt lauschte Tantchen eine Weile den mit halber Stimme vorgebrachten, trostvollen Reden des Pfarrers. Dann gab sie zu verstehen, daß sie des geistlichen Zuspruches eigentlich nicht bedürfe, sondern eher der Ruhe.

Wie in stillem Einverständnis sprachen die beiden alten Leute nie über Barbara. Aber Tantchen dachte oft an sie. Manchmal, wenn Schwester Anna ihr vorlas, schweiften ihre Gedanken ab, und sie schickte die Schwester mit einem Auftrag hinaus, um besser nachdenken zu können. Tove von Pogwisch wußte nichts von den näheren Zusammenhängen oder von dem Ergebnis des Prozesses. Niemand hatte es ihr gesagt, und zu der Zeit, als es in den Zeitungen stand, war sie noch sehr krank gewesen. Nur einmal hatte sie Doktor Sähn gefragt:

«Lebt Barbara noch?» Und als er sich anschickte, ihr zu berichten, hatte sie die Hand gehoben. «Ich will nichts von ihr wissen, nur ob sie noch lebt.»

«Ja, sie lebt, aber in einer engen Zelle», hatte der alte Arzt traurig geantwortet.

Früher hatte Tantchen in ihrem Zimmer nie Hunde geduldet; aber jetzt lag Emilie meistens neben ihrem Stuhl, und zuweilen streichelte sie den kleinen Dackel. Emilie war seit dem Tod von Männe vereinsamt.

Der kleine Pavillon auf der Philosopheninsel machte einen kläglichen Eindruck. Ein Herbststurm hatte ihm eine bedenkliche Neigung versetzt. Die Reetwand war an vielen Stellen schadhaft, und es sah aus, als warte er auf den nächsten Sturm, der ihm den Gnadenstoß geben würde. Auch Frau Beates Rosengarten war verwildert, Unkraut wucherte überall, und die edlen Rosenstöcke trugen wilde Triebe. Zwar deckte der Gärtner sie im Herbst ab, doch war er der Ansicht, mit der nutzbringenden Gärtnerei und der Instandhaltung des Parkes sei sein Arbeitsbereich vollauf ausgefüllt. Am Malvenhaus sprang an Fensterrahmen und Türen die Farbe ab. Der sonst bunte Garten sah in diesem Frühjahr traurig aus. Der strenge, schneelose Winter hatte darin gewütet; so waren auch die Malven an der Hauswand erfroren.

Eines Tages trat Herr von Pogwisch ins Zimmer seiner Tante zu einer Stunde, zu der er sonst nicht zu kommen pflegte. Unter dem Arm trug er einen Packen Bücher.

«Tantchen», sagte er und legte die Bücher auf den Tisch neben den Stuhl der alten Dame, «wir müssen Handwerker kommen lassen; dir ist es doch recht?»

«Was ist denn?»

«Am rechten Turm ist das Dach schadhaft.»

«Du warst in Barbaras Zimmer, Otto?» sagte die alte Frau langsam.

«Ja ... ich suchte einen bestimmten Katalog, der dort sein mußte. Und da sah ich, daß der Raum in einem schlimmen Zustand ist: Der ganze Boden ist verschimmelt, teilweise auch die Möbel, die Gipsdecke ist braun, und große Stücke sind herabgefallen. Auch das Zimmer darunter hat gelitten.»

«Natürlich läßt du die Handwerker kommen. Ich will nicht, daß uns das Haus eines Tages über dem Kopf zusammenbricht! Laß überall nachsehen, Otto.»

«Aber es wird viel Geld kosten, und das ist knapp jetzt vor der Ernte», gab der Major zu bedenken.

Die Greisin wiegte den Kopf.

«Geld hin, Geld her! Haben wir denn nicht mehr genug für Reparaturen?»

Sie sah ihn aufmerksam an.

«Doch, doch», beeilte er sich zu versichern, «reg dich nur nicht auf, Tantchen, ich werde schon das Nötige veranlassen.»

Tantchen musterte den Stoß Bücher neben sich.

«Und hast du ihn denn gefunden ... den Katalog?»

Er nickte und zeigte auf das obenauf liegende Heft, dessen Einband wellig verzogen war. Sie ergriff es und hielt es an die Nase.

«Das ist ja richtiger Modergeruch. Was hast du denn noch gefunden?»

«Ich dachte, es sei schade um die Bücher, ich will sie trocknen und in die Bibliothek stellen.»

«Gedichte von Eduard Mörike ...» murmelte Tantchen und legte ein Buch nach dem anderen beiseite, «Hauffs Lichtenstein ... der Sülfmeister ... Till Eulenspiegel ... Balladenband ... Wilhelm Meisters Lehrjahre ... der Werwolf ... die Jagd ... Poesie ...»

Sie hielt ein in blauen Samt gebundenes Büchlein in der Hand, dessen Einband einen feuchten Fleck aufwies, und öffnete es. Auf der ersten Seite stand in steiler Schönschrift geschrieben:

«Barbara Freiin von Pogwisch-Rentorff zum Andenken an ihre Mitschülerinnen aus Schönwalde.»

«Laß mir dieses Buch da, Otto», sagte sie leise. Und als der Neffe mit den restlichen Büchern gegangen war, las sie aufmerksam, manchmal halblaut sprechend, Seite für Seite die Verse, die die jungen Mädchen der Schulfreundin hineingeschrieben hatten. Als sie die letzte Seite gelesen hatte, legte sie das Büchlein beiseite, lehnte sich in ihre Kissen zurück und schloß die Augen. Schwester Anna, die nach einer Weile hereinsah, entfernte sich leise wieder in der Annahme, die alte Dame schlafe. So war sie mit ihren Gedanken allein, die immer wieder um eine große, rätselhafte Frage kreisten.

Der Frühling war heiß gewesen, heiß und trocken, das Gras schon fast zu Heu verdorrt, ehe es gemäht wurde. Dann brach um Johanni der Sommer mit glühendem Atem über das Land herein. Immer wieder pochten die Landleute ans Barometer, aber anstatt zu fallen, blieb die Nadel konstant auf «beständig». Sorgenvoll blickten sie zum tiefblauen Himmel, an dem sich seit Wochen kein Wölkchen mehr zeigte.

Weißglühend, in stummer Grausamkeit stach die Sonne, und die Menschen, sonst ihrer froh, begannen, sie zu hassen, weil sie die mühevolle Bestellung der Felder zunichte zu machen drohte. Die ungepflasterten Landwege waren Staub, die Weiden wurden braun, und das Vieh stand mit hängenden Köpfen im Schatten von Bäumen und Hekken. Flüsse und Bäche wurden zu dünnen Rinnsalen, Gräben und Tüm-

Geld hin, Geld her!…

pel trockneten aus. Selbst der Schwarzsee zeigte breite, zähschlammige Uferstreifen, die einen widerlichen Geruch ausströmten.

Die Moorburger führten das Vieh abends an den See hinunter. Die Tiere scheuten vor dem Morast zurück, doch trieb sie die Not in das laue, braune Wasser.

Blutrot ging Abend für Abend die Sonne unter. Aber auch die Nächte brachten wenig Erfrischung, und durch die weit geöffneten Fenster schwärmte eine Flut von Mücken herein. Matt und unlustig taten die Leute nur das Nötigste, und wo Not herrscht, bricht leicht Zank und Streit aus.

Nur das Geschäft des Moorburger Gastwirts blühte. Wasser und Milch waren knapp, der Durst plagte, und so war der Schanktisch im Krug ständig von Durstigen umlagert. Kinderhände griffen nach den grellroten und gelben Brauseflaschen, und von den Erwachsenen wurde ein Faß Bier nach dem anderen geleert; die Wirtsleute konnten gar nicht so schnell neue Getränke aus der Stadt heranschaffen. Abends gab es manchmal Prügeleien, dann wetterte am Sonntag der Pastor über das unchristliche Treiben in der Gemeinde, und diejenigen, die gekommen waren, in ihrer Not vom Gotteswort getröstet zu werden, gingen enttäuscht und in sich gekehrt nach Hause. Die Sünder aber, die den Zorn des Pfarrers heraufbeschworen hatten, waren meist nicht unter den Kirchgängern zu finden. Draußen auf dem Friedhof sagten die Leute zueinander:

«Anstatt zu schelten, sollte er lieber Gott um Regen bitten, er kann das doch besser als wir einfachen Leute.»

«Der Pastor hat gut lachen», meinte ein anderer, «er hat ja den tiefsten Brunnen im Dorf, der hat Wasser, mehr, als er brauchen kann.»

«Ob wir ihn nicht bitten sollten, daß sich ein jeder Hausvater täglich einen Eimer Trinkwasser bei ihm holen darf?»

«Da kommt er heraus! Fragt ihn doch, den Wolf im Schafspelz!» sagte eine zahnlose Alte, die sich auf ihren Stock stützte.

Zwei Männer und eine junge Frau gingen auf den Pastor zu und brachten ihr Anliegen vor.

«Ja, ja, liebe Leute», entgegnete dieser und musterte sie nachdenklich, «erst wird Allotria getrieben und Völlerei, und wenn dann der Herr euch züchtigt, dann soll sein Knecht helfen ... Gehet heim, betet und gehet in euch, dann wird euch das segensreiche Naß zuteil werden.»

Damit drehte er sich um und verließ gemessenen Schrittes den Kirchhof.

«Der Teufel soll ihm sein Wasser vergiften», murmelte die alte Frau hinter ihm drein.

An diesem Morgen ging Otto von Pogwisch in Gedanken versunken in der Bibliothek auf und ab. Der Raum war verhältnismäßig kühl, denn die hohen Fenster waren geschlossen und die dicken Vorhänge zugezogen. Ein unvollendeter Satz kam dem Major nicht aus dem Sinn. Immer, wenn er an der Fensterseite angelangt war, murmelte er ihn vor sich hin.

«Wer den ersten Stein aufhebt ...» Wo hatte er das gelesen oder gehört? Und wie ging er zu Ende? Stand es in der Bibel? Ihm dämmerte nach und nach die Handlung einer Erzählung, die dieses Fragment barg, und dann wurde ihm klar, durch welche Ideenverbindung er darauf gekommen war.

Ein starkes Verlangen überkam ihn, diese Geschichte zu lesen. Ratlos blickte er die mit Büchern bedeckten Wände entlang. Schließlich hob er von einem der Regale eine schwere Bibel herunter und setzte sich in einen Sessel in der Nähe des Fensters. Aber sosehr er auch blätterte und suchte, er fand die Stelle nicht. Ärgerlich klappte er schließlich das Buch zu und brachte es an seinen Platz. Einen Augenblick stand er unschlüssig da und starrte in den verrußten Kamin, dann schritt er in eine Ecke zu einem hohen Schrank, schloß ihn auf und entnahm ihm ein dickes, altes Buch. Einen Augenblick hielt er es auf den Knien, dann öffnete er die Metallschließe. Da prangte mit Helmzier und vielen Schnörkeln das Wappen der Pogwischs auf dickem, gelblichem Papier. Seite um Seite blätterte der Major darin. Die Blätter zeigten verschiedene Handschriften, stets hatte der Erbherr auf Rentorff und Grevenslund, später auf Moorburg, die Familienereignisse eingetragen; auch zierliche Frauenhandschriften waren darunter. Als Jüngling, anläßlich eines Besuches in Moorburg, hatte Otto von Pogwisch einmal das ganze Buch durchgelesen. Jetzt suchte er etwas Bestimmtes, das ihm in nebelhafter Erinnerung war. Er fand es im ersten Viertel der Chronik verzeichnet.

«De Rider Jacobus Holl har Gertrude Pogwischen, Hinrik syn Dochter, överwelticht unde to syn Hus bröcht. Ehr Broder, Pawel Pogwisch, hett em böze footkregen unde de Holl dode slan. Dat was an Söndach Invokavit 1506.» («Der Ritter Jacobus Holl hatte Gertrude Pogwisch, Hinriks Tochter, überwältigt und in sein Haus gebracht. Ihr Bruder, Paul Pogwisch, hat ihn im Zorn erwischt und hat den Holl erschlagen. Das war am Sonntag Invokavit 1506.»)

Weiter nichts! Herr von Pogwisch ließ das Buch sinken: Paul Pogwisch! Er erinnerte sich an einen Tag, der Jahre zurücklag. An einem Regenmorgen oben in der Waffenkammer war Barbara, angetan mit der Rüstung, auf ihn zugeschritten, und diese Rüstung hatte einst Paul Pogwisch, sein Ahn, getragen ... Er blätterte weiter; da war der Tod von Hinrik Pogwisch, Pauls Vater, verzeichnet, die Eintragung hatte der neue Herr auf Rentorff, Paul Pogwisch, gemacht; die nächste Notiz war seine Eheschließung mit Agatha Alfeldt.

Otto von Pogwisch schlug die letzte Seite auf: Da stand von seiner Hand geschrieben die Eintragung von Lilys tödlichem Unfall, darunter eine leere dreiviertel Seite. Immer hatte er es aufgeschoben, den Namen der letzten Pogwisch im Zusammenhang mit ihrer Tat einzutragen. Er hatte es heute für unumgänglich gefunden, das zu tun. Denn darunter, so hatte er sich vorgenommen, wollte er einen dicken Strich ziehen, gleichermaßen das Ende der Familiengeschichte. Mochten irgendwelche Nachfolger auf Moorburg Tante Toves oder auch seinen Tod eintragen, das war unwichtig, es folgte ja nichts mehr nach. Die Rentorffer Linie war am Ende angelangt. Er stützte den Kopf in die Hände und dachte darüber nach, was mit dieser Linie geschehen wäre, wenn Pauls Vater, Hinrik Pogwisch, damals genau wie er gehandelt hätte. Er hatte nur zwei Kinder gehabt. Paul und Gertrud ...

Lange saß Otto Pogwisch in sich versunken da. Die Sonne stand hoch im Mittag und stach unbarmherzig auf das Dachfenster des Pferdestalls. Ausgestorben lag der Hofplatz in der Mittagsglut. Die Tagelöhnerfamilien saßen in der Küche um die dampfende Pfanne, und die Ledigen waren in der Wirtschaft, ihren Durst zu löschen. Niemand, außer dem großen, schwarzen Vogel auf dem Schloßdach, sah, wie der «rote Hahn» zu hüpfen begann, erst im Heu, von Minute zu Minute größer, protziger werdend. Niemand hörte das gierige Knistern und Knacken seiner Mahlzeit. Fauchend schoß er aus dem Dach, aber sein flammender Kamm gab in der Lichtflut des Mittags keinen Widerschein.

Das Buch in den Händen, erhob sich Herr von Pogwisch und ging zu dem großen Tisch in der Mitte des Raumes hinüber. Gerade wollte er seine Feder auf das Papier setzen, da hörte er den schrillen Schrei seines Pferdes. Beunruhigt hob er das Haupt, dann schrieb er in raschen Zügen einige Worte. Wieder schrie der Braune, gellend, wie ein Tier in Todesnot. Der Major ließ die Feder auf den Tisch fallen und sprang auf. So wie er war, eilte er durch die Halle die Treppe hinab in den Hof. Da liefen schon die Leute herbei.

«Feuer, Feuer im Pferdestall!»

Auch Tove von Pogwisch hatte das Pferd schreien gehört und Schwester Anna hinabgeschickt, den Grund zu erkunden. Mit wehender Schürze kam sie in den Hof gelaufen.

Alle Pferde waren auf der Weide, nur Herrn von Pogwischs Reitpferd stand allein im Stall; der Verwalter war mit ihm morgens nach Gnissen geritten, um die Post zu holen, und hatte, heimgekehrt, das Tier in seinen Stand gebracht.

Schon war das Stallgebäude eine glühende Hölle. Da sich kein Lüftchen regte, schossen die Flammen steil heraus, doch für die entfernter liegenden Gebäude schien keine Gefahr zu bestehen. An Löschen war nicht zu denken. Es gab zwar ein Spritzenhaus und eine Feuerspritze in Moorburg, aber der Teich war ausgetrocknet, der See zu weit entfernt und die Schläuche alt und brüchig.

Aber das Pferd! Es schrie noch immer, und die Frauen hielten sich die Ohren zu. Da war Herr von Pogwisch zwischen ihnen.

«Warum holt ihr nicht das Pferd heraus?» rief er den umherstehenden Knechten zu.

«Unmöglich, Herr Baron, die Decke ist ja schon halb eingebrochen», riefen sie dem auf den Pferdestall zustrebenden Major nach. Das hölzerne Tor war geöffnet, dahinter waberte roter Dunst, Flammen leckten an den hölzernen Pfeilern, und von oben fielen rotglühende Bündel herunter.

Gerade aufgerichtet, wie als junger Offizier, überschritt Otto von Pogwisch die Schwelle zu dieser Hölle. Tiefe Erstarrung lag über der Schar der draußen Stehenden, und es schien ihnen, als sei Herr von Pogwisch in dieser Minute gewachsen. Gedämpft durch das Knacken und Prasseln hörten sie seine Stimme im Stall. Sie hörten mit angehaltenem Atem eine Kette rasseln und eine erstickte Stimme.

«Lauf doch, lauf!» Sie hörten Hufe trappeln, dann raste das Tier, Mähne und Rücken mit Funken übersät, aus dem Tor auf sie zu. Paul erwischte es am Halfter, zog sich mit der anderen Hand die Jacke herunter, und schlug damit auf das glimmende Fell ein.

Schwester Anna lief dicht an die Tür heran.

«Herr von Pogwisch», rief sie laut, «antworten Sie doch!»

Auch die anderen drängten herzu, doch fuhren sie gleich darauf zurück. Im Mittelgang war die Decke eingebrochen, und Funkengarben stoben aus dem Tor heraus.

Plötzlich sahen sie ihn, eine scharf umrissene Silhouette vor der Flammenwand. Er tat noch einige wankende Schritte, noch einen Schritt über einen brennenden Balken ... noch einen, dann brach er in die Knie und fiel dicht am Ausgang vornüber. Der Verwalter und Kobalski sprangen hinein und rissen den Bewußtlosen an den Händen heraus. Seine Kleidung stand in hellen Flammen.

«Zum Sandhaufen», rief der Schmied und packte den Brennenden an den Beinen. Der Verwalter riß sich seine glimmende Jacke herunter. Viele Hände schöpften Sand auf die Flämmchen, und als sie ihm das

Zeug heruntergezogen, zerfiel es wie Zunder. Schwester Anna hielt die arme mit Brandblasen bedeckte Hand in der ihren, den Puls fühlend.

«Er lebt noch», rief sie leise.

In eine Decke eingewickelt, trugen sie Otto von Pogwisch ins Schloß. Hinter ihnen brachen die Überreste des Pferdestalls zusammen, hoch wurden die Funkengarben in die heiße Luft geschleudert.

Aber der Braune war gerettet. Zwar hatte er böse Brandstellen im Fell, und Schwanz und Mähne waren verbrannt, doch war sein Leben dadurch nicht bedroht.

Anders Herr von Pogwisch: Schwester Anna hatte alles getan, was sie mit den beschränkten Mitteln der Hausapotheke für den Kranken tun konnte, bis der Arzt kam. Der Verwalter hatte den jungen Gnissener Arzt nicht erreichen können. Doktor Sähn holte aus seinem kleinen Auto heraus, was möglich war. Als er den schrecklich zugerichteten Körper Otto von Pogwischs untersucht hatte, sagte er zu der Schwester.

«Hoffentlich wird er bald erlöst!»

Bewußtlosigkeit umfing den Leidenden.

«Welch ein Fluch ruht doch auf diesem Haus», murmelte kopfschüttelnd der alte Hausarzt, dann ließ er die Schwester bei dem Kranken und begab sich zu Tove von Pogwisch, um sie schonend auf das Unvermeidliche vorzubereiten.

Die Greisin schluckte ein paarmal, nachdem sie alles gehört hatte. Sie sah auf die alte Arzthand, die ihre Linke streichelte.

«Muß er sterben? ... Lügen Sie mir nichts vor ...» flüsterte sie.

Doktor Sähn sah sie prüfend an.

«Wenn er am Leben bliebe, müßte er zuviel leiden. Wollen wir ihm da nicht lieber ein sanftes Hinüberdämmern wünschen, liebe Freundin?»

Einige Zeit schwiegen beide, dann hob die alte Dame den Kopf, schaute über die stillen Wipfel des Parks und sagte klar:

«Ich bin stolz auf ihn ... er ist ein echter Pogwisch!»

Kurz vor Mitternacht öffnete Otto von Pogwisch noch einmal die Augen, die groß und tief unter den weißen Binden hervorsahen. «Barbara?» fragte er heiser. «War meine Tochter Barbara nicht eben bei mir?»

Doktor Sähn, der allein bei dem Kranken wachte, beugte sich über ihn.

«Ja, sie war eben hier, ist nur gerade hinausgegangen.»

Unruhig forschten die Augen umher.

«Wann kommt sie wieder? ... Ich kann nun nicht mehr lange warten. Babs, mein kleines Mädchen ...» murmelte er kaum hörbar.

«Haben Sie noch einen Wunsch, lieber Major?» fragte der Arzt über ihn geneigt.

Aber er wartete vergebens auf eine Antwort.

Sacht strichen seine Finger über die Augenlider des Toten.

Früh am Morgen rief Doktor Sähn auf Karlshöhe an und teilte Herrn von Trappen mit, was sich auf Moorburg ereignet hatte. Erschüttert schwieg Joachim einen Augenblick, dann sagte er:

«Vielen Dank für die Nachricht, Herr Doktor. Ich werde sofort hinüberfahren.»

«Ich dachte mir, daß Sie sich kümmern würden, und ich glaube, es gibt auf Moorburg vieles zu regeln, wovon ich alter Mann nichts verstehe, lieber Trappen. Frau von Pogwisch, auf der nun alles ruht, ist ja völlig hilflos an ihren Stuhl gebunden.»

Sie besprachen noch Einzelheiten, und als Jochen den Hörer auflegte, stand seine Frau neben ihm.

«Mein Gott», sagte Ingeborg, nachdem er es ihr erzählt hatte, «die arme alte Dame!»

Kurze Zeit später fuhr das Ehepaar im Einspänner nach Moorburg. Und als sie den Hofplatz erreichten, erhob sich über dem Schloß ein großer, schwarzer Vogel und segelte majestätisch über den See davon. Jochen und Ingeborg sahen ihn nicht, sie betrachteten die geschwärzte Ruine des Pferdestalls mit den noch rauchenden Trümmern. Auch die Pappeln an der Giebelseite waren angekohlt. Schweigend standen sie am Lager, auf dem Otto von Pogwisch, bis zum Gesicht mit einem Laken bedeckt, ruhte.

Schwester Anna hatte dort, wo sich die gefalteten Hände abzeichneten, einen Strauß weißer Rosen hingelegt. Jochen schickte seine Frau zu der alten Dame, er selbst ging auf den Hof hinaus. Er hatte den Vorarbeiter Kobalski an der Scheune gesehen.

Das Gesicht des Karlshöhers wurde immer finsterer, nachdem der Vorarbeiter auf seine Fragen geantwortet hatte.

«Warum haben Sie dies alles nicht Herrn von Pogwisch gemeldet?» fragte er zum Schluß.

Kobalski tupfte sich mit seinem rotkarierten Taschentuch die Stirn.

«Soll ich noch auf Stellensuche gehen? Herr Völkers hat schon mehrere entlassen, die den Mund aufmachten. Ich habe eine gute Stellung hier, meine Kinder sind hier geboren, ich möchte nicht von Moorburg weggehen, trotz allem nicht … Und ich denke immer, vielleicht kommt unser Fräulein doch wieder zu uns, Herr von Trappen?»

Er sah auf seine Stiefel und wartete. Als keine Antwort erfolgte, fügte er hinzu:

«Ja, und wenn dann lauter fremde Leute hier sind ... all diese Bengels, mit denen der Verwalter saufen geht ... ich weiß nicht recht ... ich glaube aber, das Fräulein würde sich dann freuen, wenn der alte Kobalski noch da ist ...»

«Ist schon recht», erwiderte Jochen, «bleiben Sie nur bei der Stange, und halten Sie die Augen auf, Kobalski.»

Frau von Pogwisch saß blaß, doch gefaßt in ihrem Stuhl, ein schwarzes Wolltuch lag statt der karierten Decke über ihren Beinen. Ihre geröteten Augenlider verrieten die schlaflose Nacht, die sie hinter sich hatte. Sie war den beiden Trappens sehr dankbar für die ihr angebotene Hilfe, die sie gern annahm.

«Nun bin ich wirklich ganz allein zurückgeblieben, aber der liebe Gott wird wohl wissen, warum er mich am Leben gelassen hat», sagte sie ernst.

Sie besprachen die Vorbereitungen für die Beerdigung und all die notwendigen Maßnahmen, die ein Todesfall mit sich bringt.

«Ich möchte nicht, daß Pastor Wolff redet», äußerte Tantchen, «mein Neffe mochte ihn nicht ... und ich auch nicht. Ob nicht unser guter Pastor Bolten herkommen könnte?»

Jochen versprach, Pastor Bolten telefonisch zu fragen. Dann erkundigte er sich nach den Adressen der zu Benachrichtigenden. Ihres Wissens seien sie in einem Schrank in der Bibliothek, meinte Tantchen.

Jochen begab sich hinunter. Der Schrank war weit geöffnet, und auf dem Tisch fand Joachim die aufgeschlagene Chronik liegen, daneben den Federhalter des Verstorbenen. Die letzte Eintragung trug das Datum des Vortags, und Jochen las die rätselhaften Worte: «Wer den ersten Stein aufhebt.»

Nichts weiter. Kopfschüttelnd sah er darauf nieder. Auf was mochten sich die Worte beziehen? Darüber sah er die Notiz von Lilys Tod. Sollte dieser halbe Satz irgendwie auf Barbara gemünzt sein? Wieder sah er auf das Datum. Oder hatte Herr von Pogwisch seinen Tod geahnt, als er das Datum seines Sterbetages eintrug? Wer den ersten Stein aufhebt! Seltsam! Jochen schloß behutsam die Chronik und brachte sie in den Schrank zurück. Nach langem Suchen fand er die Liste mit den gewünschten Anschriften.

Ingeborg besprach sich mit der Mamsell. Die Zimmer mußten instand gesetzt werden, denn es waren Gäste zu erwarten, die wohl bei der Abgelegenheit des Ortes im Schloß übernachten würden und bewirtet werden müßten. Mit Befremden nahm Ingeborg überall den Verfall wahr: Bett- und Tischwäsche waren schadhaft, Silber und Kristall schlecht gepflegt. Es fiel Inge nicht ein, zu rügen oder zu verbessern, sie gab lediglich Anweisungen in dem Bestreben, die alte Dame zu entlasten. Jochen dagegen nahm sich eine genaue Untersuchung der Moorburger Verhältnisse nach der Beisetzung vor.

Und die Trauergäste kamen, mehr, als Tove von Pogwisch erwartet hatte. Sie kamen von nah und fern, in Autos und mit Fuhrwerken. Sie kamen wegen der Witwe des Kammerherrn von Pogwisch und wegen des Majors Otto von Pogwisch, sie kamen wegen der Witwe Beate von Pogwisch, sie kamen als Nachbarn und Verwandte. Plötzlich waren alle wieder da. Sogar Tante Malchen aus Polzin am Arm ihres alten Eduard. Und es kamen etliche wegen Moorburg.

Beate von Pogwisch übernahm an diesem Tag noch einmal die Hausfrauenpflichten und drückte Frau von Trappen, die alles vorbereitet hatte, dankbar die Hände. Auch Pastor Bolten war gekommen. Nur Ulrich und Jutta Stauffenbiel fehlten, sie hatten sich in ihrem Beileidsbrief an Tantchen damit entschuldigt, daß eines ihrer Kinder schwer krank sei.

Bei der Trauerfeier, die Tante Tove wegen nicht in der Kirche stattfand, drängten sich die Trauergäste Kopf an Kopf in der Halle. Sogar auf der breiten Treppe in den Hof hatten sie sich versammelt. Durch die geöffneten Fenster und Türen drang die fast unerträgliche Hitze in die Räume. Der aufdringliche Duft welkender Kränze machte benommen.

Pastor Bolten sprach in warmen Worten über das Leben des Verstorbenen, von dem Verzicht, den es in sich barg, von seiner Treue und den schweren Schicksalsschlägen, die Otto von Pogwisch aufrecht getragen hatte, von seinem stillen, unauffälligen Wirken als Landwirt und Soldat und von seiner edelmütigen Tat, die ihm das Leben gekostet hatte.

Der Verwalter, Kobalski und sechs andere Moorburger Männer trugen den schweren Eichensarg zum Schloß hinaus, über den Hof, durch das Torhaus, durch die Allee, über die Straße auf den Friedhof. Denselben Weg, den Herr von Pogwisch unzählige Male gegangen war. Er fand seinen Platz neben seinem Großvater Hinrich in der kühlen Gruft.

Beate von Pogwisch, von all den Aufregungen, der Reise und der Hitze erschöpft, zog sich früh in ihr Zimmer zurück. In Tantchens Zimmer hatten sich die Verwandten, die nicht nach der Beerdigung davongefahren waren, versammelt. Sie saßen rings um die alte Dame und redeten auf sie ein. Sie solle das Gut verkaufen und sich lieber eine kleine, hübsche Villa irgendwo am Rand einer großen Stadt kaufen oder in ein gut gepflegtes Sanatorium gehen oder … Es waren der Vorschläge viele; alle waren bereit, etwas für die alte Dame zu tun. Verkaufen? Tantchen zog die buschigen Augenbrauen hoch. Verkaufen, nein, sie würde Moorburg nicht verkaufen.

Herr von Rödern, der Administrator einiger östlich gelegener Güter und der Sohn eines Vetters des Verstorbenen, legte Tantchen die Hand auf den Arm. Natürlich habe sie recht, warum denn das Gut verkaufen? Landbesitz ist immer das Sicherste. Aber soviel er als Landwirt gesehen habe, sei Moorburg in schlechtem Zustand. Der Verwalter scheine ihm nicht besonders tüchtig zu sein. Es müsse ein zuverlässiger, umsichtiger Beamter her, der auch mit geringen Summen alles wieder instand setzen könnte.

Frau von Pogwisch hob die Schultern.

«So, so, es sieht also nicht gut aus in Moorburg. Ich kann mich nicht entsinnen, daß Otto eine dahingehende Andeutung gemacht hat. Aber wo einen tüchtigen Mann herbekommen?»

«Wenn Sie mir die Vollmacht geben, mich hier zu orientieren, könnte ich die Angelegenheit regeln», entgegnete Herr von Rödern nach einer Pause des Nachdenkens.

Tove von Pogwisch musterte ihn schweigend.

«Es ist ja sehr liebenswürdig, daß Sie Ihre Hilfe anbieten, aber dafür brauchen Sie wohl mehr Zeit als einige Tage.»

«Das läßt sich schon machen», antwortete Herr von Rödern und sah seine Frau, die neben ihm saß, an. Diese meinte, die Kinder könnten so lange ohne sie auskommen.

Die anderen Anwesenden stimmten zu.

«Das ist doch die beste Lösung, wenn sich Herr von Rödern als Landwirt den Betrieb einmal gründlich ansieht und dann statt des bisherigen einen tüchtigen Beamten sucht.»

«Ja, versuchen können Sie es ja», sagte Tantchen. «Mir bleibt wohl nichts anderes übrig, behindert, wie ich nun mal bin.»

So kam es, daß Joachim von Trappen, als er nach einigen Tagen herüberkam, um nach dem Rechten zu sehen, statt Völkers, der bereits entlassen war, Herrn von Rödern vorfand.

Im Arbeitszimmer des Majors erklärte er den Grund seines Kommens.

Herr von Rödern war freundlich, aber kühl.

«Ich danke Ihnen für die gute Absicht, doch wie Sie sehen, habe ich schon alles, jedenfalls das Nötigste, veranlaßt. Ja, Sie haben recht vermutet, das Gut ist ziemlich heruntergewirtschaftet, der Verwalter war ein Trinker ohne Pflichtgefühl. Ich habe ihn mitsamt seiner Sekretärin, deren Buchführung bedenkliche Lücken aufweist, fristlos entlassen. Es wird wohl viel Geld und Arbeit kosten, den Schaden zu beheben. In Anbetracht der diesjährigen Mißernte, verursacht durch die Trockenheit und die schlechte Bestellung, sieht die Zukunft Moorburgs recht trüb aus.»

Jochen erkundigte sich, ob Herr von Rödern einen neuen Beamten einzustellen gedächte.

«Nein, vorerst nicht. Ich werde zunächst die Zügel selbst in die Hand nehmen, bis alles geklärt ist. Außerdem kann Kobalski erst mal als Hofvogt fungieren. Er ist mit den hiesigen Verhältnissen gut vertraut und anscheinend ein zuverlässiger Mann.»

Herr von Trappen bestätigte das, dann fragte er, ob Herr von Rödern die Absicht habe, ständig auf Moorburg zu bleiben, ob er sich so ohne weiteres aus seinem bisherigen Wirkungskreis freimachen könne.

«Mein lieber Herr ... ich kann unter diesen Umständen doch die alte Dame nicht gut allein lassen, das bin ich schon meinem verstorbenen Onkel schuldig», erwiderte Rödern herablassend.

Joachim musterte ihn mit schmalen Augen.

«Ich hatte nämlich die Absicht, Moorburg zu pachten und es von meinem Gut Karlshöhe aus mit zu bewirtschaften. Es schien mir, als ob ich es der jahrzehntelangen Freundschaft der Familie Pogwisch gegenüber schuldig wäre.»

«Sehr selbstlos gedacht bei dem gegenwärtigen Zustand Moorburgs», sagte Herr von Rödern mit einem Anflug von Ironie, «jedoch, wie Sie sehen, ist das nicht mehr nötig.»

«Ja, das sehe ich», erwiderte Jochen und verabschiedete sich.

Nachdem er die Tür nicht gerade sanft hinter sich geschlossen hatte, dachte er grimmig: Zu spät aufgestanden, Joachim von Trappen! Dann ließ er sich bei Tove von Pogwisch melden. Schwester Anna kam heraus und teilte ihm mit, der Frau Baronin ginge es nach all den Aufregungen nicht gut, Doktor Sähn habe ihr einige Tage absolute Ruhe verordnet, aber sie ließe Herrn von Trappen herzlich grüßen.

Unzufrieden mit sich, der immer noch sengenden Sonne und der ganzen Welt mit all ihren Unzulänglichkeiten, ritt Jochen zurück nach Karlshöhe.

9

Nichts war in diesem Sommer wichtiger als der Wetterbericht. Die Landwirte ließen alles liegen und stehen, wenn er im Rundfunk durchgesagt wurde. Doch immer wieder hieß es am Schluß: Wetterlage unveränderlich.

Die Menschen und Tiere ersehnten Regen, aber nach wie vor spannte sich der wolkenlose, blaue Himmel über das Land. Brände entstanden, und streckenweise waren Wiesen und kleine Waldstücke schwarz verkohlt. Baum und Strauch ließen die grau verstaubten Blätter schlaff hängen, Weiden und Heide waren braun, und im Moor hatten die wenigen schlammigen Lachen giftig-rosa Ränder, auf denen Millionen schillernder Fliegen saßen. Der Schwarzsee trat zurück bis dahin, wo er steil abfiel. Auf dem freigegebenen Schlick lagen unzählige, kleine Lebewesen. Auch in Wald und Feld fand man Kadaver. Die Not war groß.

Mancherorts lagen die Menschen in ihren Häusern und fieberten, und es wurden ihrer immer mehr. Etliche starben. Sie mußten die Toten schnell begraben. In den schon seit vielen Wochen geschlossenen Schulen waren Ärzte aus der Stadt am Werk, die Bevölkerung vor der Epidemie zu schützen. Aber nicht alle gingen hin, und so mußten Ärzte in die Häuser kommen, oft weit ab von den Straßen. Zu der Not kam die Panik. Auch in Moorburg erkrankten einige Leute. Eine junge Frau, ein Knabe und ein alter Mann starben kurz nacheinander. Die Dorfstraße lag wie ausgestorben, nur einige Hühner und hier und da eine Katze und ein Hund zeigten sich. Die Leute mieden den Umgang miteinander aus Angst vor Ansteckung. In die Kirche gingen am Sonntag nur einige Unentwegte, so daß Pastor Wolff vor fast leeren Bänken seine ermahnenden Predigten hielt. Eines Tages erkrankten zwei seiner eigenen Kinder, ein Knabe und ein kleines dreijähriges Mädchen. Sie wurden in einem abgelegenen Zimmer isoliert, und die ängstliche Pastorin pflegte sie unermüdlich, während ihre Mutter die anderen Kinder und das Hauswesen betreute. Die kleine Magdalena erlag dem Fieber, der Knabe Johannes genas langsam.

Am Sonntag, nachdem der Pfarrer seine Tochter beerdigt hatte, waren die wenigen Kirchgänger erstaunt, einen anderen Pastor vorzufinden.

«Er hat mit uns zusammen gebetet», riefen sie den Leuten zu, die ihnen begegneten, «er hat mit uns zusammen den lieben Gott um Regen gebeten.»

Auch ließ der Pfarrer bekanntgeben, jeder könne sich aus seinem Brunnen Wasser holen.

Aber niemand kam, sie hatten Furcht, in das «verseuchte Haus» zu gehen.

Die Seuche griff nicht weiter um sich, weil Herr von Rödern sämtliche Dorfbewohner gezwungen hatte, sich in der Wirtschaft, vor der eines Nachmittags ein Kraftwagen der Gesundheitsbehörde vorgefahren war, in vorbeugende ärztliche Behandlung zu begeben. Wohl erkrankte noch hin und wieder jemand an Fieber, doch war es nicht mehr bösartig. Das Schloß blieb verschont.

Dagegen erkrankte auf Karlshöhe Ingeborg von Trappen. Mit keinem Gedanken hatte Ingeborg in ihrer Selbstsicherheit an Ansteckungsgefahr gedacht, als sie zu einem hilflosen alten Ehepaar, das erkrankt war, in eine der Katen gegangen war, um alte Bettwäsche und Essen zu bringen. Jochen fand sie eines Abends, als er heimkam, bewußtlos auf dem Teppich liegen. Als sie in ihrem Bett wieder zu sich kam, beschwor sie ihren Mann, Achim sofort zu seinem Bruder Ludwig und dessen Frau zu schicken, die in einer weit entfernt liegenden Stadt wohnten.

«Es hat mich nun doch erwischt, Jochen», sagte sie matt lächelnd.

«Ach, Unsinn», erwiderte Jochen, «das ist nur diese verfluchte Hitze, ich fühle mich selber wie ausgelaugt.»

Allein der Arzt bestätigte die Befürchtung Frau von Trappens, und am nächsten Morgen hatte das Personal das Haus verlassen. Joachim von Trappen war mit seiner schwerkranken Frau allein. Das Krankenhaus der Kreisstadt war überfüllt. Der Arzt hatte Achim von Trappen mit seinem Koffer zur nahen Bahnstation mitgenommen. Von dort sollte er zu seinem Onkel Ludwig reisen. Der Knabe hatte sich zwar gesträubt, Karlshöhe und seine kranke Mutter zu verlassen, aber der Vater war unerbittlich.

Es gelang Jochen nicht, eine Pflegerin zu bekommen, und so mußte er allein für alles sorgen. Da läutete eines Abends Hilde, die Frau des Wassermüllers, an der Tür und erbot sich, behilflich zu sein. Jochen wollte sie zuerst nicht einlassen.

«Sie haben selbst einen Mann und zwei Kinder, und wenn Ihnen etwas zustoßen sollte ...»

Aber Hilde lachte und beteuerte, ihr würde schon nichts passieren, Herr von Trappen habe ihnen, dem Anton und ihr, seinerzeit geholfen, nun könnte sie einen kleinen Dank dafür abstatten.

Hilde half tatkräftig; denn ihr war das Karlshöher Hauswesen von der Zeit her geläufig, zu der sie dort im Dienst gestanden hatte. Einmal, als Hilde Frau von Trappen, die in wirren Fieberträumen lag, die Tasse an die aufgesprungenen Lippen setzte, erwachte Ingeborg, sah Hilde, dann ihren Mann, der daneben stand, an und sagte leise:

«Wie alt bin ich denn, Jochen? Hilde ist ja da. Bringen Sie mir das Baby, Hilde, aber die Milch nicht zu heiß, hören Sie!»

«Sofort, gnädige Frau», erwiderte die junge Frau mit erstickter Stimme, dann wandte sie sich ab und wischte sich die Augen.

Jeden zweiten Tag kam der vielbeschäftigte Arzt, doch Ingeborg verfiel zusehends. Und am Ende der zweiten Fieberwoche tat das erschöpfte Herz seinen letzten Schlag.

Wenn sie sich auch in den letzten Jahren sehr fremd geworden waren, so war Joachims Trauer ehrlich, hatte er doch über die Entfremdung nie die glücklichen Zeiten seiner ersten Ehejahre vergessen. Und Ingeborg hatte ihm seinen Sohn Achim geschenkt.

Winzig klein stand über dem Moor ein Wölkchen, blähte sich auf, schob sich höher mit weißem Rand, wie ein am Horizont auftauchendes Segel. Einer der Moorburger Knechte, die auf der hochgelegenen Koppel beschäftigt waren, sah es zuerst. Er warf die Sense hin und schrie, indem er mit beiden Armen nach dem Moor hinüberzeigte.

«Da, da eine Wolke!»

Mehr als die drei Moorburger Knechte auf ihrer verdorrten Haferkoppel hätten sich auch Schiffbrüchige, die ein Schiff am Horizont auftauchen sehen, nicht freuen können. Und wie Schiffbrüchige fürchten, das Schiff könne vorübersegeln, ohne sie zu beachten, so äugten auch die drei Männer ängstlich zum Himmel.

«Wenn sie nur nicht nach Süden abschwenkt», meinte einer.

«Was haben wir denn für Wind?» fragte der andere und hob den mit Spucke genäßten Finger hoch. «Gar keinen», sagte er schließlich entmutigt.

Der dritte hob einen der dünnen, von trocknen Rispen gekrönten Haferhalme hoch.

«Sieh mal, wir haben ein bißchen Ostwind.» Ja, dann wird es wohl hertreiben, nickten sie einander zu. Wenn es aber ein Gewitter werden wollte, müßte der Wind eigentlich von Westen kommen, gab einer zu bedenken und deutete mit dem Daumen über die Schulter nach der Karlshöher Seite des Schwarzsees.

Das kleine Segel wurde zur Wolkenwand, der Wind sprang nach Westen um, und ständig rückte die graue Wand höher. Nach dem Horizont zu zeigte sie eine einheitliche fahle Färbung, vor der dunklere Wolken gleich niederen Schiffchen schwammen.

Auf den Feldern, auf den Straßen standen die Leute und starrten in den Himmel.

«Oll-Mine hat es gestern abend im Kaffeesatz gesehen», rief einer.

«In meinem kaputten Bein fühl ich schon seit Tagen ein Ziehen», ein anderer.

«Häh», machte der Wirt, der in seiner blauen Schürze vor die Tür getreten war, «der Wetteronkel hat es schon gestern im Radio gesagt.»

«Und dann sagst du es uns nicht, du schräger Fürst», rief ein dritter.

«Ich habe es dem Laubfrosch in der Stadt nicht geglaubt, wie kann der denn, wo er doch 60 Kilometer entfernt ist, wissen, daß es hier in Moorburg Gewitter gibt!»

Als endlich der Regen niederprasselte, sprangen die Kinder mit offenem Mund umher, und die Erwachsenen ließen sich das ersehnte Naß über die Gesichter laufen, bis ihnen die Kleider am Leib klebten.

Trotzdem kam das segensreiche Naß für das Getreide zu spät, und die Ernte fiel so kläglich aus wie seit Jahrzehnten nicht.

Auf Moorburg richtete sich die Familie von Rödern häuslich ein. Nach und nach bewohnte sie den ganzen unteren Teil des Hauptgebäudes. Der Diplomlandwirt, Herr von Rödern, überzeugte Tove von Pogwisch davon, daß das Gut seiner längere Zeit bedürfe. Er redete viel von «Kulturen», die er anzulegen beabsichtigte, und richtete im unteren Turmzimmer unter der Waffenkammer ein «Laboratorium» ein. Die Greisin, die nur noch selten in ihrem Rollstuhl saß, hatte nicht mehr die Energie, der Vitalität dieser Familie zu wehren. Nur einmal noch widersetzte sie sich den Wünschen Herrn von Röderns: Das war, als dieser sie um ihre Unterschrift wegen einer Hypothek auf Moorburg ersuchte, die sie strikt verweigerte. Darauf kritzelte sie einige Zeilen auf ein Blatt Papier und wies Schwester Anna an, den Brief, in dem sie den Direktor ihrer Bank in der Stadt um seinen Besuch bat, zu besorgen. Einige Tage später erschien der alte Herr, und was Frau von Pogwisch erfahren mußte, war schlimmer als das, was sie befürchtet hatte. Sie mußte nun doch jenes Dokument unterschreiben, wenn sie nicht verkaufen wollte. Und das wollte sie nicht.

«Ich möchte damit noch warten», sagte sie verzagt. Der Bankdirektor tröstete sie; dieser Herr von Rödern scheine ja ein tüchtiger und unternehmender Herr zu sein, er würde die Krise mit Hilfe des aufgenommenen Geldes schon überwinden.

So verging die Zeit. Die alte, einsame Dame wurde immer hinfälliger, die Kulturen verschlangen viel Geld. Die Rödernschen Kinder gruben im Park gemeinsam mit den Pfarreskindern Höhlen für Indianerspiele, Schwester Anna mußte wegen des Lärms die Fenster schließen, und Frau von Rödern hatte manchmal Gäste, die sie durch ihren Gesang erfreute beziehungsweise langweilte. Auch Pfarrer Wolff und Gattin waren häufig Gäste im Schloß, man hatte sich als «gebildete Menschen» schnell einander angeschlossen. Der Pastor konnte es gar nicht oft genug betonen, welch ein Segen es sei, daß Röderns nach Moorburg gekommen seien, um endlich dem unchristlichen Treiben des Völkers und seiner Genossen ein Ende zu bereiten.

Es war ein dunstiger, hellblauer Frühlingstag. Die Kinder in der Stadt ließen ihre bunten, hölzernen Kreisel auf dem Pflaster vor einer hohen Mauer tanzen und trieben sie mit Eifer immer wieder an. Sie blickten einen Augenblick auf, als sich das schwere Tor, das die Mauer unterbrach, öffnete und eine hochgewachsene Dame heraustrat; dann spielten sie unbekümmert weiter.

Das einst so frische Gesicht war durchsichtig blaß, das zerdrückte Kostüm zu weit geworden, und ein breiter Streifen schneeweißen Haares durchzog ihre Frisur. Den Schritt verhaltend, blinzelte Barbara von Pogwisch in die Sonne, sah über die die Straße säumenden, noch kahlen

Bäume und wandte sich zur Seite den spielenden Kindern zu. Als ein Kreisel vor ihren Füßen umfiel, stellte sie ihr Köfferchen nieder und hob den rot und grün geringelten Kreisel auf, ihn zu betrachten.

«Willst du auch mal, Tante?» fragte die kleine Besitzerin des Spielzeuges und hob Barbara ihr Peitschenstöckchen entgegen.

Lächelnd schüttelte sie den Kopf und reichte dem knicksenden Kind sein Eigentum zurück. In diesem Moment kam ein alter Herr über die Fahrbahn auf sie zu.

«Willkommen in der Freiheit!» rief er ihr entgegen.

Überrascht sah Barbara auf.

«Doktor Felsch!» sagte sie mit leiser, etwas heiserer Stimme. «Das ist aber eine Überraschung!»

«Da ist noch jemand, der schon lange auf Sie wartet», erwiderte der Anwalt und deutete auf die gegenüberliegende Straßenseite. Da entdeckte sie ihren in neuem Glanz funkelnden Flitzer unter den Bäumen.

Wie liebkosend strich ihre Hand über das zurückgeschlagene Verdeck.

«Neue Polster», sagte sie staunend.

«Professor Stauffenbiel meinte, zu einem neuen Mantel passe keine schadhafte ‹Unterwäsche›», lächelte der alte Herr.

Professor Stauffenbiel! dachte Barbara ... Jutta ist nun eine Frau Professor.

Doktor Felsch hielt die Tür zum Führersitz auf und machte eine einladende Geste. Doch Barbara schüttelte den Kopf: Sie wolle lieber ihm das Fahren überlassen, sie sei ja gänzlich aus der Übung und außerdem ohne Führerschein ...

«Da ist er ja», rief der Anwalt und zog triumphierend Barbaras alten Führerschein aus einer Seitentasche hervor.

Eine Weile fuhren sie schweigend durch die belebten Straßen, Barbara schaute verwirrt um sich, dann schloß sie die Augen, hob ihr Gesicht der Sonne und dem Fahrtwind entgegen. Der alte Herr warf ihr einen Seitenblick zu, er störte sie nicht in ihrem Genuß. Schon manchen entlassenen Klienten hatte er in seiner langen Anwaltstätigkeit ins Leben zurückkehren sehen, nicht allen wurde es leicht, sich sofort wieder zurechtzufinden. Ja, es hatte einige unter ihnen gegeben, die sich nach der Stille ihrer Zelle zurückgesehnt hatten.

«Gute Führung, was ist das eigentlich?» fragte Barbara noch immer mit geschlossenen Augen. «Man führt dort niemanden, man wird geführt.»

«Sie selber haben sich gut geführt, könnte man sagen, haben keinen Fluchtversuch unternommen, sich still verhalten, das heißt es, wenn Sie zwei Jahre vor der festgesetzten Frist entlassen werden, Fräulein von

Pogwisch ... Und Professor Stauffenbiel und ich haben immer wieder gebohrt», setzte er lächelnd hinzu.

Vor einem großen Hotel hielt der Anwalt.

«Ich habe mir erlaubt, Ihnen ein Quartier zu besorgen.»

«Aber ich kann das doch nicht bezahlen», erwiderte Barbara erschrocken und sah zu dem Portier hinüber.

«Warten Sie ab», lachte Doktor Felsch, «Sie sind gar nicht so arm, wie Sie meinen.»

Dann saßen sie im Speisesaal, und Barbara fühlte voll Unbehagen die erstaunten Blicke der eleganten Gäste auf ihrem ungepflegten Haar und ihrem kampferduftenden, ungebügelten Kostüm mit dem aus der Mode gekommenen Schnitt. Abwesend verzehrte sie das Essen. Erst beim Mokka überreichte der Anwalt ihr den Brief Ulrich Stauffenbiels, in dem außer sehr herzlichen Zeilen von Jutta mit der Bitte, sofort zu Stauffenbiels nach Berlin zu fahren, ein Blanko-Scheck auf die hiesige Filiale einer Großbank enthalten war.

«Sehen Sie!» meinte der alte Herr. «Machen Sie nur kräftig Gebrauch davon, der Professor kann es vertragen, glaube ich ... Und schließlich fühlen Stauffenbiels sich sehr in Ihrer Schuld, das weiß ich, und sind froh, wenn Sie etwas für Sie tun können.»

Barbara nickte. «Es bleibt mir nichts anderes übrig, als die Hilfe der Freunde anzunehmen, so mit schadhafter Wäsche, Pardon, und dann noch nicht mal im Besitz eines Mantels oder einer Zahnbürste!»

Als sie noch einen Cognac getrunken hatten, sagte der Anwalt, er habe etwas für sie, vielleicht etwas sehr Überraschendes.

Barbara sah ihn unruhig an.

«Unangenehmes?»

«Nein, das glaube ich nicht. Sie kennen einen Grafen Torsten?»

«Jawohl, Harald Torsten.»

«Von dem habe ich einen Brief an Sie.»

Er überreichte ihr ein dickes Schreiben und berichtete, daß er schon kurz nach Ende des Prozesses einen Brief von Graf Torsten erhalten habe, den ihm der Gerichtsbote gebracht habe. Graf Torsten hatte in Nordamerika in einer europäischen Zeitung zufällig den Bericht über den Fall Barbara von Pogwisch gelesen und bat nun den Anwalt um nähere Auskünfte; er bezeichnete sich als entfernten Verwandten der Angeklagten, die er sehr geschätzt habe. Ausführlich berichtete Doktor Felsch dem Grafen alles Wissenswerte und erhielt darauf ein Dankschreiben mit der Bitte, beiliegenden Brief Fräulein Pogwisch persönlich auszuhändigen.

«Sie hätten ihn schon eher erhalten», sagte der alte Herr abschließend, «wenn Sie sich nicht geweigert hätten, Besucher zu empfangen...

Ich wollte aber nicht, daß Unberufene darin herumschnüffeln, da ich den Inhalt nicht kannte.»

Er erhob sich, um sich zu verabschieden.

«Ich kann mir denken, daß Sie den Brief lieber allein lesen möchten. Wenn es Ihnen recht ist, werde ich Sie am Nachmittag abholen, um Ihnen ein wenig bei den Geldangelegenheiten und auch sonst mit Rat und Tat zur Seite zu stehen.»

Barbara, die noch immer verwirrt den Brief in der Hand hielt, nickte zustimmend und dankte ihm für seine Hilfe. Beklommen sah sie dem Anwalt nach, bis er hinter der Glastür verschwunden war. Sie fühlte sich sehr allein zwischen all den plaudernden Fremden im Saal.

Oben in ihrem Zimmer öffnete sie den Brief: Er enthielt eine Fotografie, die ein hübsches, geräumiges weißes Haus zeigte, davor, in der geöffneten Tür eines Autos, saß Graf Torsten mit zwei Dackeln in jedem Arm. Und darunter stand: «Verfügen Sie bitte über dieses Haus und auch über alles andere, was auf dem Bild zu sehen ist.»

Der Brief berichtete in knappen Sätzen von dem schwierigen Anfang in den Staaten und dem schließlich eintreffenden Erfolg. Es schien ihm gutzugehen, dem langen Grafen aus dem Inselreich. Von dem Prozeß und Barbaras Tat erwähnte er keine Silbe, nur darauf hinweisend schrieb er:

«Sie wissen, Barbara, wie ich über Sie denke, und das kann sich niemals ändern, Umstände und Zeit spielen dabei keine Rolle, wichtig allein ist wohl nur, daß man das, was nicht sichtbar an der Oberfläche liegt, in einem Menschen erkannt hat und somit seine Handlungsweise, die anderen verwerflich erscheinen mag, erklären kann ...» Und weiter: «Da ich die rasche Verurteilung junger Leute, die ein wenig aus dem althergebrachten Trott abweichen, die nun mal in ‹jenen Kreisen drüben› üblich ist, leider selber recht gut kenne, so kann ich mir vorstellen, daß Moorburg Ihnen verschlossen ist. Und darum hege ich eine bescheidene Hoffnung, daß Sie sich vielleicht entschließen können, zu mir zu kommen. Obschon wir nicht blutsverwandt sind, sind wir doch in manchem recht ähnlich, wie mir scheint. Und da könnte ich mir vorstellen, daß auch Sie an einer kleinen Ironie des Schicksals Gefallen finden könnten, indem nämlich die damaligen Anstrengungen unserer Mütter einen verspäteten Erfolg zeitigten, an dessen Früchten sie, die Mütter, nun zwar keinen Anteil mehr haben werden; jedoch könnte ich mir wenigstens die Früchtchen zweier ‹Abtrünniger› sehr erfreulich, zum mindesten erheiternd, ausmalen. Auf jeden Fall befinde ich mich in der Lage, ohne fremde Hilfe eine Familie gründen zu können oder auch dem verehrten Fräulein von Pogwisch als Freund eine angenehme, ihren Wünschen entsprechende Existenz zu bieten. Die Entscheidung liegt in Ihrer Hand, besser noch, in Ihrem Herzen, Barbara. Bisher habe ich hier nur gearbeitet, jetzt möchte ich auch mal wieder leben, Reisen machen ... mit Ihnen gemeinsam. Und wäre es für Sie nicht die beste Art, ins Leben zurückzufinden nach langer, schwerer Zeit? Ein Telegramm genügt, und ich mache mich baldmöglichst frei, Sie abzuholen.»

Das Zimmermädchen klopfte, das Bad sei bereit! Und als Babs sich nach so langer Zeit in einer grüngekachelten Badewanne mit Genuß im warmen Wasser ausstrecken konnte, überdachte sie gründlich ihre Lage. Während sie ungeheuer viel duftende Hotelseife verbrauchte, war es ihr, als würde sie langsam wieder Mensch, und das fremde vegetierende Wesen aus der Strafanstalt floß mit dem gluckernden Wasser davon, löste sich in Dampf auf. In ein Badelaken gehüllt, nickte sie lächelnd der alten Babs im Spiegel zu. Sie war wieder da. Sie war nicht mehr allein und von allen vergessen, empfand sie mit Beglückung. Stauffenbiels, Harald Torsten, sie waren ihr wahre Freunde; es müßte herrlich sein, sie wiederzusehen, Ulrich und Jutta und auch Harald; ja vielleicht gerade Harald Torsten, da er gar nichts «damit» zu tun gehabt hatte. Bei ihm konnte sie am leichtesten die schlimmen Jahre vergessen. Reisen! Eine neue Welt, ein neues Leben, tausend bunte Eindrücke und der treue, lange Freund neben ihr. Es lockte, lockte sehr. Und dann? Sie sah auf ihre mageren weißen Hände. Und dann? Wäre es möglich, daß sie ihn liebgewinnen könnte? Sie glaubte, es zu wissen. Damals hatte sie aus Vorurteil eine Wand der Abwehr gegen ihn aufgerichtet. Er hatte sie gut erkannt; aus freiem Entschluß sollte sie zu ihm kommen; nicht getrieben von anderer Seite. Es lag ihrem Wesen nicht, und dem seinen auch nicht. Wenn sie seine Gefährtin würde, er könnte sie verwöhnen, für sie sorgen und auch für die «erfreulichen Früchtchen». Aber dann? Wieder sah sie ihre Hände an. Sie hatten so lange geruht, waren müßig gewesen. Würde es ihnen genügen, über einen blonden Schopf zu streicheln, ein Kinderhändchen zu leiten, hier und da das Lenkrad eines Wagens zu umspannen, Blumen zu gießen oder ein Buch zu halten? Aufblickend gewahrte sie Barbara von Pogwisch im Spiegel, erkannte sie wieder. Und Barbara von Pogwisch gehörte nach Moorburg! Wenn man ihr auch, wie sie zu wissen glaubte, ihre Rechte dort abgesprochen hatte; sie hatte Pflichten, trotzdem. War da nicht all die Jahre Sehnsucht gewesen, diese quälende Unruhe – was geschieht auf Moorburg? Am schlimmsten war es gewesen, als man ihr mitgeteilt hatte, daß ihr alter, guter Vater gestorben war, der sie doch schließlich vor Gericht als

Tochter verleugnet hatte. Es hatte sie aus dem Dahindämmern aufgerüttelt. Was nun? Tantchen war alt und hinfällig, ja vielleicht auch schon in der Gruft der Moorburger Kirche beigesetzt! Die vielen Jahre ... Was mochte geschehen sein mit Moorburg? Und immer, wenn ihre Gedanken bei dem geliebten Besitz waren, von dem sie nicht wußte, was mit ihm geschehen war, fanden sie einen festen Pol, und das war der «Gevatter» auf Karlshöhe. Sie sah ihn deutlich auf seinem riesigen Pferd den Schwarzsee entlangreiten, und seine Gestalt zeichnete sich gegen den grau bewölkten Himmel ab. Sie konnte sich nicht besinnen, wo sie ihn jemals so gesehen hatte, aber es war ein unauslöschliches Bild und gab ihr Trost. Sie war überzeugt, daß Joachim von Trappen noch immer so über seine Felder ritt und daß sich auf Karlshöhe in all den Jahren nichts geändert hatte. Er wurzelte fest im Boden, und also mußte dort – wie auch in der Natur – alles seinen geregelten Gang gehen.

Die Ankunft Doktor Felschs wurde ihr telefonisch gemeldet, und sie mußte sich beeilen, sich fertigzumachen.

Am Abend rief sie Jutta in Berlin an. Ulrich war auf Reisen. Juttas Stimme klang ihr fremd, und die Verständigung war nicht gut.

«Wann kommst du zu uns?» rief Jutta.

«Jetzt noch nicht», schrie Barbara zurück, «ich werde erst nach Moorburg fahren.»

«Aber Babs, du kannst doch unmöglich ins Schloß ...»

«Aber in die Wassermühle, Jutta, die gehört mir ja wohl.»

«Du hast aber Mut!» rief Jutta. «Mir ein Trost, daß du noch die alte bist. Bitte schreib bald Näheres, und komm bald zu uns, ja? Wir freuen uns alle sehr auf dich, Babs!»

Zarte Federwölkchen schwebten am hohen, lichtblauen Himmel, feuchtglänzende Knospen schwollen an den Bäumen, die die Straße säumten, auf der der Flitzer dahinfuhr. Barbara trug eine feste Kappe mit Schirm, die ihre lichtentwohnten Augen schützen sollte. Ihr Gesicht war noch «spargelfarben», wie sie es nannte. Aber sie begann allmählich, Freude an der Fahrt zu haben, lauschte auf das altbekannte Motorengeräusch und empfand den Flitzer als eine Brücke aus der glücklichen Vergangenheit in die ungewisse Zukunft, als einen vertrauten Freund, der sie nun der Heimat entgegentrug. Hinten im Wagen – auf dem Notsitz – lagen einige neue Koffer. Babs trug ein rehbraunes Kostüm «von der Stange», denn sie hatte keine Ruhe gehabt, tagelang bei Schneiderinnen die Zeit zu vertrödeln. Sie wollte endlich wieder auf Moorburger Grund stehen!

Ungeduldig erhöhte sie die Geschwindigkeit, doch steigerte sich in ihr gleichzeitig ein Gefühl der Beklemmung, wenn sie bedachte, was sie auf

Moorburg erfahren würde. In ihrer Jackentasche knisterte der Brief Harald Torstens. Sie wollte erst zur Ruhe kommen, ehe sie ihm antwortete. Er erwartete gewiß noch nicht so bald ein Zeichen von ihr, denn er kannte ja das Urteil. Vielleicht hoffte und wartete er auch früher schon auf eine Nachricht von ihr aus dem Zuchthaus. Noch zwei Jahre! Wahrscheinlich wäre sie bis dahin völlig stumpfsinnig oder seelisch krank geworden. Erst jetzt, wo sie frei wie ein Vogel durch die Frühlingslandschaft fuhr, wurde ihr bewußt, welch eine Gnade ihr zuteil geworden war. Sie atmete tief. Wie köstlich, diese reine Luft! Hatte sie je zuvor darauf geachtet, was frische Luft bedeuten konnte? Hatte sie früher einmal darüber nachgedacht, welch ein Glück es war, über eine im Sonnenschein liegende Gegend den Blick bis an den hügelig begrenzten Horizont schweifen zu lassen. Oft hatte sie Angst beschlichen, daß ihre Augen sich an den engen Mauern abstumpfen würden, daß sie nie mehr auf weite Entfernungen ein Stück Wild, einen Vogel am Himmel ausmachen könnte. Und jetzt stellte sie zu ihrer Freude fest, daß ihre Augen scharf waren wie ehemals. Je bekannter die Landschaft wurde, um so schneller fuhr Barbara. Da war rechter Hand schon der Wegweiser: Gnissen, 14 km. Ihr Herz schlug schnell, als liefe sie zu Fuß neben dem kleinen Auto her. Sie fuhr vorbei und bog erst in den nächsten Landweg ein in Richtung Schwarzsee. Da, hinter dem Kiefernwald lag schon Karlshöhe, und jetzt kam der sanftgewellte Feldweg, der zum Gut hinüberführte. Babs verlangsamte die Fahrt. Der schmale, verwitterte Wegweiser trug in schwarzer Schrift nur das Wort «Karlshöhe». Vorbei. Da kam eine junge Tannenpflanzung und dahinter ein großer Schlag Wintergetreide, ein Meer von kleinen, grünen Lanzen. Barbara hörte hinter einer Hecke den anfeuernden Zuruf eines Knechtes, dessen Gespann vor der Egge ging. Eine Lerche jubelte zum Himmel, und Babs hielt an, um sie hören zu können. Wie bei Menschen, die eine lange, schwere Krankheit endlich hinter sich hatten, waren auch bei ihr die Sinne der so lang entbehrten Natur viel intensiver zugewandt. Und sie fühlte, daß sie das Leben, das Dasein schlechthin, bewußter liebte als je zuvor. Wenn sie früher einen bestellten Acker auf seinen Nutzen beurteilt hatte, nahm sie heute seine Schönheit wahr. Wenn sie sich früher im stillen über den schlechten Zustand eines Feldweges geärgert hatte, empfand sie nun Freude über eine große Lache, in der sich eine kleine Wolke spiegelte. Selbst die vielen Biegungen erfreuten sie, die immer neue Ausblicke in die Landschaft bescherten. Die ersten Blättchen an den Hecken, ein schmetternder Buchfink, eine einsame Föhre, das alles weckte die Lebensgeister in ihr, die Jahre hindurch brachgelegen hatten.

Als sie an den Wegweiser mit der Aufschrift «Moorburg 4 km» kam, nahm sie den Fuß vom Gaspedal und trat auf die Bremse. Immer wieder sah sie zu dem großen Schild mit der gelben Farbe. Nun war sie daheim, wirklich daheim. Zwar befand sie sich noch auf Karlshöher Grund, aber dieser Weg würde in fünf Minuten Moorburger Gebiet sein. Ganz langsam fuhr sie weiter. Wie oft war sie in den letzten Jahren diesen Weg gegangen, nun war es Wirklichkeit geworden! Hier kannte sie jeden Zaunpfahl, jeden Baum. Der Weg war inzwischen ausgebessert worden. Sicher das Werk des Gevatters, des Karlshöhers. Da kam der letzte Hügel vor dem Lachsenbach, der die beiden Güter begrenzte. Barbara bog in einen schmalen Waldweg ein. Dort ließ sie den Flitzer stehen und stieg den mit Buchen bestandenen Hügel hinauf. Oben angekommen, lehnte sie sich schnell atmend an einen der silbergrauen Stämme, umschlang ihn mit einem Arm und drückte die Wange an seine glatte Rinde.

Da lag er wieder vor ihr, der Schwarzsee, hell gleißend in der Ferne, nach den Ufern zu dunkel beschattet, und dort ganz hinten auf der linken Seite sah sie durch die Bäume zwei feste Türme ragen. Sie standen also noch die beiden Riesen! Auch das helle Dach des Malvenhauses konnte sie erkennen und das rote Ziegeldach der Kirche. Es wurde Barbara plötzlich bewußt, daß sie die ganze Zeit gefürchtet hatte, es sei alles nicht mehr so wie früher. Eine unendliche Dankbarkeit überkam sie.

Dann blickte sie hügelabwärts, und nach einigem Suchen entdeckte sie noch die kahlen, mächtigen Äste des Nußbaums, der die Wassermühle behütete. In dem Dach leuchteten hier und da neue, hellrote Ziegel. Gedämpft klang das Rauschen zu ihr hinauf.

Das Mühlrad war in Betrieb! Ein leichter Schwindel überkam sie, sie lehnte sich fest an den Stamm der Buche und fühlte das leise Schwanken des Baumes im Frühlingswind. Da unten das kleine Stück Land mit der alten Wassermühle gehörte ihr, niemand konnte es ihr nehmen. Hatte ihr alter Freund Christoph, weit vorausgehend wie er war, geahnt, daß sie eines Tages eine Ausgestoßene sein würde, hatte er ihr dieses Stück Moorburger Boden bewahren wollen, als er ihr sein Eigentum vererbte?

Wie hatte ihr Vater gelacht, als er Kenntnis davon bekam.

«Ich sehe dich schon vor mir als Wassermüllerin, Babs!»

So ähnlich hatte er sich damals geäußert.

Wenig später fuhr Barbara über die Steinbrücke des Lachsenbaches und bog in den Weg zur Mühle ein. Hier war sie auf Moorburger Gebiet, auf ihrem Grund und Boden. Sie schaltete den Motor aus und ließ den kleinen Wagen zwischen einer Schar flüchtenden Geflügels auf den Hof rollen. Unter dem Nußbaum hielt sie an. Hilde kam aus der Tür gelaufen.

«Herrjeh, unser Fräulein!»

Und während sie auf die eben aussteigende Babs zulief, in der Hand noch den Kochlöffel, rief sie:

«Anton, Anton, Fräulein von Pogwisch ist heimgekommen!»

Heimgekommen, dachte Barbara, als sie nun schweigend Hildes rauhe Hände drückte. Da kam auch schon Anton um die Ecke eines Schuppens, groß und finster mit Sägespänen im graugesprenkelten Haar. Er wischte sich die Hand an der blauen Schürze ab, ehe er die ausgestreckte Rechte Barbaras ergriff.

«Willkommen in Moorburg», sagte er schlicht.

Dann saßen sie um den großen, runden Tisch in Christophs Wohnzimmer, über dem immer noch die Petroleumlampe hing, nun jedoch mit einer elektrischen Birne.

«Seht Kinder», sagte Hilde zu ihren beiden Buben, «das ist unser gutes Fräulein von Pogwisch, von dem ich euch erzählte. Sie war lange auf Reisen, nun wird sie wohl hierbleiben?»

Fragend sah sie Babs an, die einmal trocken schlucken mußte, ehe sie antwortete:

«Das werde ich wohl; richten Sie mir bitte das kleine Giebelzimmer, das nach dem Wald hinaus liegt.»

Während Hilde Kaffee kochte und selbstgebackenes Brot mit Butter und Honig bestrich, kramte Anton aus dem Schreibtisch einen dicken Briefumschlag, den er vor Babs auf den Tisch legte.

«Das ist die Pacht für die vergangenen Jahre. Zählen Sie nach, ob es stimmt.»

Überrascht, denn sie hatte gar nicht an die Pacht gedacht, zog Barbara einen dicken Packen Banknoten hervor.

«Aber Anton, ich bin ja direkt reich!» rief sie aus und eine zarte Röte stieg ihr ins Gesicht.

«Sie müssen nun ein wenig gepflegt werden», meinte Hilde, die mit der dampfenden Kanne hereinkam; und Babs ließ sich das aus Moorburger Roggen gebackene Brot schmecken. Doch brannte sie darauf, über die Verhältnisse im Schloß zu hören. Schließlich sagte Anton ganz von selber.

«Wir haben böse Zeiten hier gehabt ... Trockenheit und Seuche. Auf Karlshöhe ist ja alles wieder zurechtgekommen ... aber auf Moorburg ... da haben Sie sehr gefehlt, das sagen alle hier.»

Barbara bekam glänzende Augen.

«Sagen Sie mir nun eins, Anton: Lebt meine Großtante noch?»

«Ja, aber sie ist wohl sehr krank und kann sich um nichts mehr kümmern ... Daß der Herr Major ... gestorben ist, wissen Sie wohl?»

Barbara nickte. Tantchen lebte noch! Das war die Hauptsache. Und nun erfuhr sie nach und nach alles, was sie wissen wollte, auch von ihres Vaters hochherziger, letzter Tat, die sie gleichzeitig erschütterte und mit Stolz erfüllte.

«Von Rödern?» äußerte sie nachdenklich. «Wer mag das denn sein?»

«Sie sagen, ein Verwandter des Herrn Majors», meinte Hilde.

Rödern, Rödern, irgendwie kam ihr der Name bekannt vor. Dann forderte Barbara Hilde und Anton auf, ihr alles, was sie über die Wirtschaft auf dem Gut wüßten, offen zu erzählen.

«Armes Moorburg!» sagte sie schließlich nur, nachdem sie alles erfahren hatte.

Dann ging sie hinaus in den Garten, hinunter an den See, sah eine Weile über seine weite gleißende Fläche zum Schloß hinüber, und plötzlich ballte sie die Fäuste.

«Man müßte dazwischenfahren!» sagte sie laut, ließ aber darauf schlaff die Arme sinken. Sie hatte dort nichts mehr zu suchen, ihr Vater hatte es deutlich genug gezeigt, und Tantchen würde wohl ebenso denken; und ihre Mutter hatte Moorburg verlassen.

Letzteres hatte sie schon geahnt. Mama hatte Moorburg immer schon verabscheut und war ihrem Mann eher eine Belastung denn eine Stütze gewesen. Wo mochte sie hingezogen sein? Vielleicht würde sie ihre Mutter nie wiedersehen?

Langsam ging Barbara zurück, an der Mühle vorbei, zur Straße hinauf, weiter den Lachsenbach entlang über einen gepflügten Acker. Die Hochstimmung der vergangenen Stunden war verflogen. Die Sorge um Moorburg drückte sie nieder. Sie bückte sich und nahm eine Handvoll der braunen, feuchtglänzenden Erde auf, roch daran. Wie gut die Heimaterde duftete. Auf einem flachen Stein am Ufer kniete sie nieder und hielt die erdige Hand ins klare, strömende Wasser. Dann schöpfte sie mit beiden Händen Wasser, trank es in langen Zügen, badete das ganze Gesicht darin, schlürfte es wieder und fühlte sich danach erfrischt und gestärkt. Einen Augenblick beglückte sie die Vorstellung, mit dieser Erde, mit diesem lebendigen Wasser zu verschmelzen. Doch war sie ein Mensch, der sein Leben selbst meistern mußte, der für seine Handlungen verantwortlich war. Die Sorge sah sie, und daneben stand die Schuld, da sie nun wußte, wie unheilvoll sich ihre Tat ausgewirkt hatte, sowohl auf ihre Familie als auch auf Moorburg. Schon einmal hatte sie so an einem Bach gesessen wie eben und hatte ein Versprechen gegeben, und damit hatte das Verhängnis seinen Lauf genommen. Noch nie bedachte sie es so klar wie jetzt, da sie alles zu übersehen glaubte: Auch ohne das Versprechen hätte sie jene Tat vollbracht, wenn das Böse ihr vor die Klinge gekommen wäre. Sie wußte jetzt, daß Bardossy in jener Stunde im Turm für sie die Verkörperung des Bösen gewesen war, jenes

Bösen, das es wohl in jedem Menschen geben mochte. Auch in ihr war es aufgestanden, und sie hatte es in den gelbfunkelnden Augen vor sich erkannt, in den gierenden Händen, die nach ihr griffen. Es *war* Notwehr gewesen, nicht einem Menschen mit Namen Bardossy gegenüber; vielmehr war es das Böse schlechthin, mit dem sie gekämpft, dessen unreine Pfoten sie gezüchtigt, das sie erschlagen hatte ... auch in sich erschlagen hatte, soweit sie es erkennen konnte.

Sie war sehr ehrlich mit sich an diesem Frühlingsabend, das Fräulein von Pogwisch, wie sie da auf dem Stein am Bachrand hockte. Sie hatte einmal einige Wochen lang, und besonders in jener schlimmen Stunde in der Folterkammer, vergessen, daß es ein Gut namens Moorburg gab, das sie dringend brauchte, dem sie gehörte. Vergessen war eine gütige, alte Dame, die nun hilflos einem Abenteurer, oder was er sonst sein mochte, ausgeliefert war, mitsamt Gut und Dorf mit über hundert Seelen. Mochte die Waagschale auf der einen Seite hochgeschnellt sein, hier war sie tief unten. Meine Schuld, meine Schuld! hämmerte es in Barbara, und doch empfand sie ihrer Tat wegen keine Reue. Sie hätte sich nicht so lange einsperren lassen sollen! Das war ihre Schuld. Der gute Doktor Felsch hatte es ihr in den Mund gelegt. Sie hatte nur an sich gedacht, weil sie nicht lügen wollte, weil sie ehrlich vor sich blieb. Und Moorburg und die Verwandten waren darüber elend geworden. Ja, auch den Tod des Vaters schrieb sie auf ihr Schuldkonto. Wahrscheinlich wäre der Pferdestall nicht heruntergebrannt, wenn sie auf Moorburg gewesen wäre.

Golden stand die Sonne über den Wäldern, als sie sich endlich erhob. Sie ging weiter am Bach entlang den Acker hinauf. Schwer klebte die Erde an ihren Schuhen. Da streifte sie von jenseits des Baches ein Duft. Der Seidelbast blühte dort drüben am Waldrand. Weiter oberhalb lagen einige große Steine im Wasser. Barbara kletterte nach der Karlshöher Seite hinüber und ging dem Duft nach, der sich ihr in dieser traurigen Stunde als freundlicher Bote einer lebensfrohen Welt offenbarte. Zwischen den Bäumen dunkelte es schon, als sie das blühende Gesträuch fand. Sie kniete nieder und tauchte den Kopf in Wolken von Wohlgeruch.

Eisen klirrte auf Stein; Barbara blickte in Richtung des Geräusches: Eine mächtige Gestalt wuchs über den Hügel, der dem Wald vorgelagert war, empor, nun erschien auch der Leib des Riesenrosses über der Koppel.

Der Karlshöher! Barbaras Herz klopfte heftig; sie spähte gespannt zu der Erscheinung hinüber, die sich jetzt regungslos gegen den abendlichen Himmel abzeichnete. Barbara kniete in seiner Blickrichtung. Hatte er sie gesehen? Langsam erhob sie sich. Würde er sich von ihr abwenden, mit seinem Pferd in eine andere Richtung davontraben? Würde er sie auch verleugnen, wie ihr Vater? Sie krampfte die Hände ineinander. Nur er nicht, der für sie in den dunklen Jahren ein fester Pol in der Heimat gewesen war!

Dumpf polterten die Hufe des Pferdes, es lief direkt auf Barbara zu. Einen Meter vor dem hochaufgerichteten Mädchen hielt es an. Joachim von Trappen schwang sich aus dem Sattel, streifte den Zügel über den rechten Arm und trat ganz dicht an Barbara heran. «Barbara ... von Pogwisch! Sie sind es leibhaftig. Ich wollte meinen Augen nicht trauen, glaubte zunächst, es sei eine Waldfee, die hier kniete.»

Sie reichten sich die Hände, und Joachims gütiger Blick überflog die allzu schlanke Gestalt, das traurige, schmal gewordene Gesicht und den breiten silbernen Streifen in der braunen Haarfülle. Sie schien ihm verändert. Abgesehen von diesen äußeren Merkmalen langer Notzeit, lag etwas über ihr, das früher nicht vorhanden gewesen war, eine zarte Hilfsbedürftigkeit. Sie wirkte auf ihn zerbrechlicher, weicher, mit einem Wort weitaus weiblicher als früher in ihrer robusten Jugendfrische.

Immer noch hielt er ihre Hand, er konnte es nicht fassen, daß sie nun wirklich hier vor ihm auf seinem Grund und Boden stand. Und Barbara sah die Freude in seinen Augen aufleuchten. Und wieder überkam sie ein leichter Schwindel, wie sie ihn manchmal in den ersten Tagen der Freiheit verspürt hatte. Sie schwankte, und ihr Gesicht hob sich weiß von dem dunklen Hintergrund des Waldes ab.

«Was ist?» fragte Jochen besorgt und zog sie mit beiden Armen an sich, dann streichelte er mit seiner großen Hand über ihr Haar. «Sie Arme, was haben Sie durchmachen müssen ...»

Barbaras Kopf lag still an der mächtigen Brust, ihre Wange fühlte den rauhen Stoff seiner Joppe, die nach Pferd und Tabak roch.

«Nun bin ich zu Hause», murmelte sie, und der Mann schloß sie noch fester in seine Arme. Einige Herzschläge lang verharrten sie so. Plötzlich knackten im Wald trockene Zweige, und Barbara hob den Kopf und machte sich frei. Ein Mann ging durchs Unterholz. «Kommen Sie», sagte Jochen, legte den Arm um ihre Schulter und führte sie zum Hecktor. Dort faßte er sie um die Taille und hob sie auf den obersten Balken, band das Pferd an und setzte sich neben sie.

«Ein rechter Waschlappen bin ich geworden, Gevatter», sagte Barbara mit einem Anflug von einem Lächeln.

«Das ist doch kein Fehler, und die kleinen Schwächen werden sich in der frischen Luft und bei der kräftigen Landkost bald geben. Es ist ja schließlich kein Wunder, wenn Sie unter den vergangenen Jahren gelitten haben ...»

Babs machte eine abwehrende Handbewegung.

«Wir wollen nicht mehr davon sprechen, ich will mich bemühen, es zu vergessen.»

«Trotzdem muß ich Ihnen sagen, daß ich viel mehr an Sie gedacht habe, als Sie wissen können, Barbara ...»

Sie blickte nicht auf, sondern betrachtete ihre lehmigen Schuhe, die sie an dem unteren Querbalken rieb, die schweren Klumpen loszuwerden.

«Überhaupt, seitdem es in meinem Haus so einsam wurde», fuhr Jochen fort, «Sie wissen sicher nicht, daß meine Frau schon vor zwei Jahren gestorben ist?»

Betroffen sah Barbara auf.

«O, wie traurig», sie legte ihm die Hand auf den Arm, «sie war doch eine so gesunde, kräftige Frau?»

Joachim berichtete kurz von jenem schlimmen Sommer.

Merkwürdig, dachte Babs, daß Hilde nichts von Frau von Trappens Tod erzählt hat. Nun, sie wird es vergessen haben, und sie selbst hatte ja nur nach Moorburg gefragt.

«Und der kleine Achim?» fragte sie.

Jochen lächelte.

«Der kleine Achim ist schon groß; er geht in der Stadt zur Schule und kommt nur am Wochenende nach Hause. Seine Leidenschaft sind die Pferde, und ich fürchte, er wird später einmal das ganze Karlshöher Areal in Wiesen und Weiden verwandeln und Pferdezucht betreiben.

Sie sind gewiß in der Wassermühle abgestiegen?» fragte Jochen. «Der alte Christoph konnte dies zwar nicht ahnen, aber ...»

«Warum nicht», unterbrach Barbara ihn, «er sah vieles im voraus. Und er sagte einmal zu mir: ‹Barbara, du wirst immer das tun, was dir deine Veranlagung eingibt, auch wenn es dir Leid und das Mißfallen der Spießbürger einbringen wird, das weiß ich.› Vielleicht hat er es doch gewußt, daß ich eines Tages eine Verstoßene sein würde ... Ach, Gevatter, das ist bitter ... und Moorburg geht darüber vor die Hunde.»

«Wer sagt Ihnen denn, daß Sie verstoßen sind? Die alte Dame lebt doch noch ...»

«Ja, gottlob! Aber mein Vater hat mich vor Gericht als Tochter verleugnet, warum sollte Tantchen anders denken?»

Joachim kraulte seinem Pferd die Mähne.

«Eine Freude darf ich Ihnen machen, Barbara. In der letzten Stunde seines Lebens hat Ihr Vater Sie erwartet, und seine letzten Worte waren ‹Babs, mein kleines Mädchen›!»

Ungestüm fuhr Barbaras Kopf zu ihm herum.

«Ist das wahr? Gevatter, von wem wissen Sie es, Sie waren doch nicht dabei, als mein armer Papa starb?»

«Doktor Sähn erzählte es mir, er war allein bei dem Sterbenden.»

«Oh, wie macht mich dies glücklich, dann hat er mir vergeben», sagte sie mit unsicherer Stimme und bedeckte die Augen mit der Hand. Jedoch die Tränen waren nicht aufzuhalten. Es war, als sei ein Damm gebrochen, den das Mädchen zwischen sich und der Welt aufgerichtet hatte, die Spannung löste sich nun. Schluchzend lag Babs an Jochens Schulter. Er hatte den Arm um sie gelegt. «Weinen Sie nur, das wird Ihnen guttun.»

Blutrot versank die Sonne hinter den schwarzen Wäldern. Als die Abendröte bereits verblaßte, versiegten endlich auch Barbaras Tränen.

«Und Tantchen, was sagt sie?»

Zögernd kam diese Frage.

«Ich ahne es nicht. Zweimal versuchte ich, mit ihr über Sie zu sprechen, doch wehrte sie ab. Aber das ist nun schon lang her. Und seit dieser famose Herr von Rödern auf Moorburg regiert, werde ich nicht mehr vorgelassen.»

«Ist es wirklich so schlimm mit Moorburg?» fragte Babs zaghaft. Joachim nickte und erzählte ihr schonend, was er in Erfahrung gebracht hatte. Er spürte, wie Barbara in seinem Arm zitterte. Plötzlich richtete sie sich auf, schüttelte die Haare aus dem Gesicht und blickte in die Richtung, in der Moorburg lag.

«Ich muß hinüber, muß mit Tante reden. Koste es, was es wolle!»

Er glitt vom Sitz herunter, stellte sich vor sie hin und legte beide Hände rechts und links von ihr auf das Holz.

«Nein, Barbara, Sie werden sich erst mal erholen. Und dann werden wir sehen, wie wir Moorburg vor dem sicheren Verfall retten können ... Denken Sie erst einmal an sich, Moorburg läuft Ihnen nicht fort. Es wird nicht einfach sein, Sie werden Ihre Nerven brauchen, gute, gesunde Nerven ... Kommen Sie zu mir nach Karlshöhe, Barbara ...» sagte er bittend.

Sie legte ihm die Hände auf die Schultern und lächelte mit noch feuchten Augen.

«Als Haushälterin, Gevatter?»

«Nein», antwortete Joachim von Trappen fest, «als Herrin und als meine Frau!»

Barbara gab einen Laut der Überraschung von sich und rutschte von ihrem Sitz herab direkt in die Arme des Mannes, die sich fest um sie schlossen.

«Aber Ge ...»

«Nun nicht mehr Gevatter, hörst du, sondern Jochen oder Liebling oder ... was du willst, nur nicht mehr Gevatter ... es hat sich ausgevattert», sagte Jochen glücklich lachend.

«Aber es kommt so überraschend, Jochen. Ich habe in Verbindung mit dir nie an ... so was gedacht. Du warst mir immer mehr wie ein Bruder oder ein lieber Freund, ein Mensch, zu dem man unbedingt Vertrauen haben muß.»

«Danke, für dieses Vertrauen», er hielt sie etwas von sich weg, «ist dir aber nie in den Sinn gekommen, daß ich so etwas wie ein Mann sein könnte, der in dir absolut nicht seine Schwester sieht, sondern ganz eindeutig die Frau, die Frau, die sein Herz schon lange ausfüllt, schon, als du noch der junge, tüchtige Moorburger Inspektor warst.»

«Da lebte aber deine Frau noch», bemerkte Babs verwundert.

«Gewiß, aber Ingeborg und ich waren zu der Zeit nur noch Eheleute vor dem Gesetz, Barbara. Die Verbindung, die zwischen uns anfangs so stark bestand, daß wir meinten, sie müsse ein Leben lang halten, hielt schon die erste große Belastung nicht aus und zerriß. Vielleicht hatten wir uns getäuscht. Was wir für Liebe hielten, war Verliebtheit gewesen, so sehe ich es jetzt ... Ich weiß aber, daß das, was ich dir gegenüber empfinde, das Richtige ist, da mag kommen, was will, das bleibt. Es gibt zu vieles, was wir gemeinsam haben, was verbindet, meinst du nicht?»

«Ja, Jochen. Du sagtest schon einmal ähnliches zu mir ... entsinnst du dich? Wir standen im Regen im Park, und du sprachst über unsere Liebe zu dieser Erde, dieser Landschaft, unserer Heimat und auch von der Arbeit. Und nun muß ich dir doch gestehen, daß ich in der darauffolgenden Nacht darüber nachgedacht habe – es war so etwas Feierliches an dir gewesen – und wohl doch gemerkt habe, daß du nicht nur die Gutsnachbarin in mir sahst. Aber du warst ja verheiratet.»

«Und war es doch nicht», er nahm ihren Kopf zwischen seine schweren Hände, «willst du mir nicht Antwort geben?»

Gegen den letzten, hellen Schein des vergehenden Tages sah Barbara seine Gestalt sich schwarz abheben, und eine mädchenhafte Scheu ergriff Besitz von ihr; der letzte Rest ihrer ehemals in sie tief eingegrabenen Abwehr gegenüber dem Beherrschtwerden flackerte in ihr auf, und doch wußte sie: Diesem da kannst du dich anvertrauen.

«Jochen», sagte sie leise, und sanft nahm sie seine Hände von ihrem Gesicht, «niemand steht mir so nahe wie du, niemand wird vielleicht vo viel Verständnis für mich haben wie du, der mein Leben, mein Streben kennt, und niemanden schätze ich so sehr wie dich. Und doch lag mir der Gedanke an eine Heirat, die doch schließlich eine bedeutende Wende in meinem Leben ist, vor Stunden noch ferner als der Mond der Erde, so daß er mir zu überraschend ist, um dir gleich eine endgültige Antwort geben zu können. Sieh, ich bin innerlich so ausgefüllt mit Sorge um mein geliebtes Moorburg, daß diese Ungewißheit alles andere verdrängt. Kannst du das begreifen?»

«Ja, denn wenn es sich um Karlshöhe handeln würde, ginge es mir nicht anders. So werde ich mich bescheiden müssen. Aber ich habe das Warten gelernt, weiß Gott!»

Er lachte ein wenig bitter.

«Meinst du nicht auch, daß ich dir als Ehemann besser bei deiner schweren Aufgabe behilflich sein könnte denn als Gutsnachbar, Barbara?»

«Vorausgesetzt, daß Tantchen mich nicht hinauswirft ... sie war immer recht streng mit mir ...»

«Was man bekanntlich immer mit Menschen ist, die man gern hat, die anderen, die einem gleichgültig sind, läßt man laufen, wie sie wollen. Und falls du endgültig unter Moorburg einen Strich ziehen mußt, würde sich der Mann in mir freuen. Ja, so selbstsüchtig sind Männer nun mal. Dann hätte ich dich ganz für mich, vorausgesetzt, daß du mich überhaupt willst, und Karlshöhe hätte wieder eine Herrin. Aber es wäre zu schmerzlich für dich, das kann ich nachempfinden, so in der Nachbarschaft mit ansehen zu müssen, wie deine Heimat langsam verludert.»

Inzwischen war es ganz dunkel geworden. Sie wandten sich zum Gehen, das Riesenroß tappte neben ihnen her, und Barbara hatte sich bei Jochen eingehängt, sie sprachen über Moorburg.

«Was? In Mamas Rosengarten eine Waschbärenfarm?» Babs war entsetzt.

«Und die ersten beiden Tiere sollen ihm eingegangen sein. Ich hörte neulich von Kobalski, den ich in Gnissen traf, er will nun Maulbeerbäume für Seidenraupen pflanzen, dieser Narr.»

«Was macht er denn in seinem Laboratorium?»

«Weiß der Kuckuck! Wahrscheinlich Serum gegen Rotlauf und andere Tierkrankheiten. Weißt du, der kommt mir vor wie ein Alchimist, und dabei saugt er Moorburg aus. Aber er hat hier in der Gegend große Bewunderer und seine Frau, die sich gern als Künstlerin feiern läßt, ebenfalls.»

Sie waren an dem Weg zur Wassermühle angelangt.

«Nun, wie ist es, willst du mit mir nach Karlshöhe gehen, Barbara, und dich ein wenig erholen, zunächst als Besuch?»

«Nein, Jochen, später.»

«Aber nicht gleich kopfüber in die Schwierigkeiten stürzen! Laß dich erst ein paar Tage von Hilde pflegen; sie kann das. Und wenn du mich brauchst, ruf mich, hörst du?»

Sie reichte ihm beide Hände.

«Laß mich nicht lange warten, Barbara», sagte Joachim leise, «weißt du, daß du jetzt noch viel anziehender und schöner geworden bist, als du es früher warst?»

Sie fühlte seine Lippen an ihrem Haaransatz. Dann stand sie allein und hörte das Pferd davontraben. Als sie langsam zur Mühle hinunterging, fröstelte sie. Sie hatte die ganze Zeit, als Jochen ihr zur Seite war, nicht bemerkt, wie feuchtkalt die Nachtluft war. Vom See her strich eine kühle Brise ihr über Gesicht und Hände. Aus dem Fenster von Christophs Wohnstube fiel rötliches Licht.

10

In dieser Nacht schlief Barbara von Pogwisch wenig. Trotz des heißen Backsteins, den Hilde, in ein Tuch gewickelt, fürsorglich ins Bett gelegt hatte, konnte sie nicht warm werden. Und einmal fiel ihr mit einer Spur von Bedauern ein, daß sie nun, wenn sie Joachims Einladung Folge geleistet hätte, in einem gut durchwärmten Gastzimmer des Karlshöher Herrenhauses unter einer Daunendecke liegen würde. Ein Glühwein, den Jochen bereitet und bei dem sie noch ein oder zwei Stündchen geplaudert hätten, hätte ihr sicherlich zur nötigen Bettschwere verholfen. Alles, was ihr früher so selbstverständlich war, hatte sie so lange entbehrt. Wie oft hatte sie mit dem Vater abends vor dem Kamin in der Bibliothek gesessen und Glühwein oder Feuerzangenbowle getrunken. Auch Tantchen war nie abgeneigt und hatte, angeregt durch das Getränk, aus ihrer fröhlichen Jungmädchenzeit in ihrem kinderreichen Elternhaus erzählt. Tantchen! Wie mochte es ihr gehen? Unruhig warf sich Barbara herum. Wieder fiel die Sorge wie Zentnerlast auf ihr Gemüt. Nein, sie wollte nicht warten und sich pflegen lassen. Sie würde sich erst erholen können, wenn sie Gewißheit hatte. Sie wußte, daß sie jetzt an einer bedeutsamen Wende ihres Lebens stand. Es war vieles, was sie gutzumachen hatte. Und Jochen? Sie schob vorerst die Gedanken an ihn beiseite. Moorburg hatte sie nötiger als Joachim von Trappen.

Erst gegen Morgen schlief Barbara ein. Hilde ließ sie schlafen, und Anton erledigte erst andere Arbeit, damit der Lärm des Sägewerks die Schläferin nicht störte.

Mittags kam Barbara herunter, ihre Augen waren blank und die Wangen leicht gerötet. Sie fühlte sich gekräftigt und frisch und sprach Hildes einfacher, doch schmackhafter Kost tüchtig zu.

Am Spätnachmittag, sie half Hilde bei der Bestellung des Gartens, was ihr großen Spaß machte, ritt ein Reiter unter den Nußbaum, und Anton kam in den Garten und meldete, es sei Besuch da für das gnädige Fräulein.

Jochen! Durchfuhr es Barbara. Aber es war nicht Herr von Trappen, sondern ein schlanker, großer Junge. Als er Barbara sah, sprang er vom Pferd und ließ es frei. Das Tier hob den Kopf, richtete die Ohren steif nach vorn und wieherte einmal hell auf, dann setzte es sich in Trab.

Barbara ließ den Spaten fallen und eilte auf das Tier zu, warf ihm die Arme um den Hals und drückte das Gesicht an die Mähne.

«Pluto! Du lebst noch!» stammelte sie, und ihre Augen wurden feucht. Leise schnaubend, daß die Lippen zitterten, hielt der Wallach still. Dann betrachtete ihn Barbara. Wie alt war er geworden, aber sein Fell glänzte wie ehedem. Immer wieder strich sie über das weiche Maul, und fühlte den warmen Atem an ihren Fingern und sah ihr eigenes Bild in den sanften Tieraugen, die sie unentwegt ansahen.

«Schade, daß du nicht sprechen kannst, Pluto!» murmelte sie. «Was magst du inzwischen alles erlebt haben, alter Kamerad ...» Dann fiel ihr Blick auf den Jungen, der noch immer bescheiden unter dem Nußbaum stand, ein Paket unterm Arm. Als sie auf ihn zuschritt, brauchte sie nicht zu fragen, wer er sei. Joachim von Trappens gütige, graue Augen sahen ihr entgegen, doch hatte er Ingeborgs weizenblondes Haar geerbt.

«Hast du meinen Pluto inzwischen gepflegt, Achim?» fragte sie und reichte ihm die Hand. Er nickte und beugte sich artig über die erdige Hand, worauf er ihr einen Brief und das Paket überreichte.

Hastig öffnete Babs den Brief, es waren nur einige Zeilen:

«Liebe Barbara! Achim gibt Dir hiermit Deinen Pluto zurück, den ich seinerzeit, kurz nach Deinem Verlassen Moorburgs, Deinem Vater abkaufte, um ihn Dir zu erhalten. Wenn Du Dich über ihn freust, ist der Zweck erfüllt. In der Hoffnung, Dich bald zu sehen, immer Dein Joachim. P.S. Anbei eine Reithose Achims; da ich annehme, daß Du im Moment über eine solche nicht verfügst, hoffentlich paßt sie!»

Der gute Mensch! Daß er daran gedacht hatte! Gerührt blickte sie seinen Sohn an.

«Ihr habt mir eine ganz große Freude bereitet, dein Vater und du, Achim ... komm nun herein, du magst gewiß ein Schinkenbrot und Milch, was? Ich schreibe inzwischen deinem Vater; du hast doch etwas Zeit?»

«Nicht viel, ich muß ja zu Fuß zurück», erwiderte Achim.

«Nein, ich fahre dich mit dem Wagen hinauf, jedenfalls bis zum Karlshöher Weg.»

Als sie etwas später über die Landstraße fuhren, fragte ihn Babs, ob er schon mal ein Auto gelenkt habe. Er schüttelte den Kopf.

«Soll ich es dir zeigen?»

Er strahlte.

«Nun, dann komm am nächsten Sonnabend zu mir, dann wollen wir es mal probieren.»

Achim war ganz Feuer und Flamme, und seine Scheu war überwunden. Dann sprachen sie von Pluto.

«Er mag seit einem Jahr nicht mehr springen», sagte der Junge.

«Nun, das ist bei seinem hohen Alter kein Wunder», meinte Babs.

«Wir haben uns immer gut verstanden, der Pluto und ich. Darf ich ihn mal besuchen?» fragte Achim.

«Sicher darfst du das», entgegnete Barbara und fuhr ihm übers Haar. «Aber nun brauchst du wohl ein jüngeres Pferd?»

«Ja, der Vater hat mir den Sultan geschenkt. Das ist ein Sohn von Fatme, und er gehört mir ganz allein. Und springen kann der Sultan! Leider habe ich immer nur am Wochenende Zeit zum Üben, und Vater meint, ich soll erst mein Abitur machen, danach könnte ich auf Turniere gehen, eher nicht.»

Sie trennten sich am Karlshöher Wegweiser wie alte Bekannte. «Ich habe heute wenig Zeit», sage Babs, «sonst würde ich dich ganz nach Hause fahren.»

Auf dem Rückweg begann es ganz fein zu regnen.

Drei Stunden später ritt Barbara zum Moorburger Schloß hinüber. Sie hatte keine Ruhe mehr. Pluto trug sie den altvertrauten Weg am Schwarzsee entlang. Barbara sah, in Gedanken versunken, über das wogende, dunkelgraue Wasser, das sich plätschernd am Ufer brach. Düster und traurig lag die Landschaft in der Abenddämmerung. Schwerbauchige Regenwolken hingen herab, und feiner Wasserstaub sprühte ihr ins Gesicht. Dumpf pochte ihr Herz voller banger Sorge. Hildes schwarzer Ledermantel, den sie auch sorgsam über Plutos Kruppe gebreitet hatte, umhüllte sie. Das Haar hatte sie unter ein schwarzes Mützchen gestopft. Es war ihr fast schwerer zu Sinn als damals, als sie dem Urteil der schwarzen Männer hinter dem Richtertisch entgegensah, und doch brannte ein wärmendes Flämmchen in ihr, nun, da sie sich der Liebe des gütigen Mannes auf Karlshöhe bewußt wurde. Wie kalt und verlassen war ihr noch vor wenigen Tagen zumute gewesen, als sie nur mit einem Handköfferchen in der Hand das Tor zur Welt passiert hatte. Und treue Liebe hatte sie angetroffen. Pluto war wieder da, der Flitzer, ihre Wassermühle mit ihren anhänglichen Menschen und die Trappens, Vater und Sohn. Sollte sich ihr nun, da sie ausgezogen war, die Heimat zurückzuerobern, das alte Herz dort oben hinter den beiden Türmen verschließen? Barbara richtete sich straff auf, und Pluto, der den Ruck spürte, setzte sich in Trab. Er war nicht steif im Kreuz geworden, der alte Wallach, Babs fühlte es mit Freude, er ging noch immer seinen geschmeidigen Trab. Sie nahm die Zügel auf. Wollen doch sehen, Pluto, ob sie uns in unserer Heimat haben wollen! Links tauchte das Malvenhaus auf. In Juttas Holzveranda fehlten einige Bretter, zwischen dem Treppchen, das zum Ufer hinunterführte, wuchsen Gras und Gesträuch, und von Ulrichs Bootssteg standen nur noch einige Pfähle im Wasser. Hinter dem dünnen Regenschleier sah Barbara das Schloß liegen, nah und doch fern. Pluto beeilte sich. Der Wind, der ihnen entgegenwehte, trug jetzt den Geruch der kleinen Raubtiere des Herrn von Rödern herüber. Babs hob die Nase: Pfui Teufel, wie roch es schlecht auf Moorburg.

Was war denn das? Sie sah über die Hecke in die Gärtnerei: statt der Gewächshäuser und Obstgärten wüstes Brachland. Barbara senkte den Kopf... meine Schuld, meine Schuld, hämmerte es in ihr.

Da waren die Gehege der kleinen Bestien, im Dämmern sah sie hinter dem Maschendraht ein Füchslein schleichen, aber die Ställe stanken vor Schmutz. Pluto prustete empört und lief noch schneller auf den Hof zu. Dunkel war diese Seite des Schlosses. Im Torhaus sah Babs Licht. Eine große Lücke klaffte, wo einst der Pferdestall gestanden hatte. Pluto blieb ratlos stehen. Babs sah sich ebenso ratlos um. Wohin mit ihrem alten Pferd? Langsam ritt sie quer über den Hof auf den Wagenschuppen zu. Die Hufe klapperten laut über das Pflaster. Oben im Torhaus erschien eine Gestalt am Fenster.

«Ist da jemand?»

Sie antwortete nicht, denn sie wollte kein Aufsehen erregen, sonst hätte sie auch mit dem Flitzer fahren können. Im Dunkel der Remise sattelte sie ab und warf Pluto zwei Säcke über. Dann stand sie eine Weile schweratmend an Pluto gelehnt und streichelte sein feuchtes Fell.

«Du hast ja leider keinen Daumen, Pluto, den du mir jetzt drücken kannst», flüsterte sie, wehmütig lächelnd. Nun war sie in Moorburg und stand wie ein Dieb in der Nacht hier im Schuppen! Hatte sie das nötig? Mit schnellen, festen Schritten ging sie auf das Portal zu. Die Männer, die oben im Torhaus am Fenster standen, sah sie nicht.

«Und ich sage euch, es waren unser Fräulein und Pluto!» sagte Paul erregt. Die anderen tippten an die Stirn und meinten, Paul habe einen über den Durst getrunken, es sei ja Sonnabend. Wo denn das Fräulein von Pogwisch plötzlich herkommen solle, die käme nicht wieder oder erst in einigen Jahren, und einer zählte an den Fingern ab, wie lange sie noch «zu brummen» habe. Paul habe Gespenster gesehen.

«Aber ihr habt auch den Hufschlag gehört!» schrie Paul erbost. «Das war doch kein Gespenst, Gespenster schleichen umher. Ich gehe jetzt nachsehen, sie ist nach der Remise geritten.»

In ihrer Aufregung entging es ihnen, daß Barbara zum Schloß hinüberging und im Portal verschwand. Paul lief zur Remise hinunter, wo er nur noch Pluto vorfand. Leise rief er nach Barbara, und als er keine Antwort bekam, lief er, so schnell ihn seine Beine trugen, zu Kobalskis Haus hinüber.

In der großen Halle blieb Barbara einen Augenblick stehen, die Deckenbeleuchtung brannte, aber niemand zeigte sich. Der vertraute Geruch des Vaterhauses umfing sie, aber an der Garderobe hingen fremde Mäntel und Hüte. Langsam stieg sie die Treppe hinauf. Die Läufer waren zerschlissen, und hier und da fehlte eine der Metallstangen, man hatte Nägel hineingeschlagen. Nun hörte sie Stimmen und Gelächter in den unteren Räumen. Oben brannte kein Licht, aber sie fand auch so den Weg zum Zimmer ihrer Großtante.

Das Blut brauste ihr in den Ohren, als sie die Klinke niederdrückte und eintrat. Das Nachttischlämpchen erleuchtete das Zimmer nur schwach. Tove von Pogwisch richtete den Kopf aus ihren Kissen auf.

«Wer ist da?»

Ihre Stimme war schwach und heiser, ärgerlich schaute sie auf die schwarzglänzende Gestalt, die im Halbdunkel an der Tür lehnte.

«Tantchen!» flüsterte es jetzt von dort her, dann ein leises Knattern des Mantels, und Barbara lag vor dem Bett der Greisin auf den Knien und drückte die nasse Wange an die welke Hand.

Tove von Pogwisch konnte nicht sprechen, aber sie zog mit der anderen Hand die nasse Mütze von Barbaras Haar, sah erschüttert die schneeweiße Strähne darin und strich sanft darüber.

Es war Barbara in diesem Augenblick, als ginge von der leise streichelnden Greisenhand eine große Kraft aus, ein warmes Gefühl der Dankbarkeit ergriff von ihr Besitz. Sie hob das Gesicht und sah in die gänzlich verblaßten Vergißmeinnichtaugen.

«Willst du mich auch wieder haben, Tantchen?»

«Kind, Barbara», stammelte die alte Dame, «der liebe Gott hat es gut gemacht, daß ich dich noch wiedersehen darf. Ich habe ihn jeden Abend darum gebeten.»

«O Tantchen, dann hast du mir vergeben?»

«Ja, Kind, denn heißt es nicht: Wie wir vergeben unseren Schuldigern?»

Barbara beugte sich über das kleine weiße Gesicht und küßte es vorsichtig. Dann richtete sie sich auf und murmelte:

«Es heißt aber auch: und führe uns nicht in Versuchung, sondern erlöse uns von dem Übel ...»

«War es das, Kind?»

Barbara nickte.

«Nur habe ich es nicht abwarten können, und das war ein Mangel an Vertrauen, eine Selbstüberheblichkeit, die sich gerächt hat, nicht nur an mir, sondern vor allem an euch hier und an Moorburg, Tantchen. Ich habe viel Zeit gehabt, darüber nachzudenken, und mir scheint jetzt vieles in einem ganz anderen Licht. Seine eigene Natur kann man wohl nicht ändern, aber man kann einsichtiger und auch geduldiger werden.»

«Du warst damals sehr jung ... und impulsiv, wie die Pogwischs es sind ... Wir wollen es begraben, Babs ...»

Barbara umarmte sie.

«Bin ich nun wieder deine alte Babs? Aber ich will keine ungezogene Pige mehr sein, hörst du, sondern eine ganz artige, die viel gutzumachen hat. Darf ich das, Tantchen?»

«Du sollst es. Es ist höchste Zeit, daß du kommst», Tove von Pogwisch sank mit geschlossenen Augen in die Kissen zurück.

«Gib mir meine Tropfen», stöhnte sie, «da auf dem Nachtschrank ... die Schwester ist wohl schon zu Bett.»

Erschrocken reichte Babs ihr das Getränk; einen Augenblick lag die alte Dame ganz still, und Barbara streichelte die alten Hände.

«Es ist nur die Freude; das alte Herz will nicht mehr recht; nun darf es bald ausruhn», flüsterte sie.

Eben wollte Babs Protest erheben, als der grelle Sopran der Frau von Rödern in die Stille stach.

«Mein Gott, was ist denn das?» Barbara lauschte entsetzt. «Mußt du dir das etwa immer anhören?»

«Niemand weiß, wie schrecklich diese Jahre für mich waren», sagte Tantchen leise, «und nichts dagegen tun können! Wie oft habe ich die Schwester hinuntergeschickt, um Ruhe zu bitten.»

«Tantchen, das hört sofort auf, gibst du mir Vollmacht?»

«Darauf habe ich nur gewartet, Kind. Denn ich wußte, daß du, sobald du in Freiheit bist, herkommen würdest. Du kannst doch ohne dein Moorburg nicht leben, was?»

«Ja, Tantchen, ich weiß nicht, was ich getan hätte, wenn auch du mich verstoßen hättest, wie Papa es damals vor Gericht tat ... Nun weiß ich aber, daß auch er mir verziehen hat ... nun ist das Leben wieder freundlich.»

Lautes Händeklatschen drang von unten herauf.

«Soll ich runtergehen, Tanchen? Was sind das überhaupt für Leute?»

«Ach, ich weiß nicht, sie laden sich so viele Menschen auf meine Kosten ein. Sie selber kommen gar nicht mehr herauf zu mir. Ich will sie auch gar nicht sehen. Sieht es schlimm auf Moorburg aus, Babs?»

«Es war dunkel, als ich herkam, aber mir scheint, manches ist sehr verändert», sagte Babs vorsichtig.

Sie erfuhr nun, wie die Röderns sich auf Grund von Tantchens Hilflosigkeit eingeschlichen und das ganze Schloß in Besitz genommen hatten.

«Ich habe nur auf dich gewartet, Kind. Du sollst jetzt wieder die Zügel in die Hand nehmen und das Pack ‹hinaussmeißen, hinaussmeißen›, hörst du!» Tantchens Augen funkelten. «Die haben nur auf meinen Tod gewartet, ein Wunder, daß sie mich nicht vergifteten, aber die Schwester kocht hier oben extra für uns; sie hat in der alten Besenkammer eine kleine Küche eingerichtet, ich eß ja nicht mehr viel.»

«Tantchen», sagte Barbara erschüttert, «und all das ist meine Schuld. Wir hätten frohe und zufriedene Jahre verleben können. Ich verdiene eine tüchtige Tracht Prügel mit deinem Handstock. Wo hast du ihn denn?»

«Ja, den brauch ich nicht mehr, ich kann nicht mehr auf sein, die Beine sind zu schwach ... Aber gib mir mal die kleine Ebenholzschatulle her.»

Barbara mußte den Kasten aufschließen.

«Obenauf liegt ein Kuvert, das nimm mal heraus, öffne es, und lies das Dokument, das darin ist.» Tantchens Stimme war feierlich, dabei zerrte sie mit einiger Anstrengung an einem ihrer Ringe.

Barbara tat, wie ihr geheißen. Es war eine Testamentsabschrift, die Barbara von Pogwisch nach dem Ableben der Freifrau von Pogwisch als Erbin Moorburgs einsetzte. Sie ließ das Blatt langsam sinken.

«O Tantchen!» sagte sie nur; dann sah sie auf das Datum; es lag zwei Jahre zurück und war kurz nach dem Tode Major von Pogwischs verfaßt worden.

«Die da unten wissen es nicht», Tantchen blinzelte vergnügt, «die glauben, sie könnten Moorburg überschlucken. Ich ließ den Notar kommen, als sie verreist waren. Und nun komm her, Kind!»

Sie nahm Barbaras Hand und streifte ihr den alten schöngefaßten Ring mit dem Pogwisch-Wappen über, den schon der Kammerherr von Pogwisch getragen hatte.

«Wir wollen nicht damit warten, bis ich tot bin. Ich bin nur noch ein Wrack und kann nichts mehr tun ... Ab heute bist du die Besitzerin von Moorburg, ich schenke es dir!»

Überwältigt nahm Barbara die leichte, kleine Gestalt in ihre Arme und küßte sie.

«Dank, Tantchen, tausend Dank! Ich kann es noch gar nicht fassen», stammelte sie.

«Und nun geh hin, und ‹smeiß› das Gesindel hinaus, daß wieder Ordnung wird. Du wirst viel Arbeit haben, Kind!»

Ermattet lag die Greisin in den Kissen, aber ein frohes Lächeln spielte um ihren Mund.

«Ich will nun versuchen, wiedergutzumachen», sagte Barbara, sich aufrichtend, «du sollst noch viel Freude haben, Tantchen. Und nun ruh dich nach der Aufregung aus. Kann ich noch was für dich tun?»

«Ja, stell das Gekreisch da unten ab, daß ich endlich mal ruhig schlafen kann. Nachher kannst du heraufkommen und mir berichten, wenn du magst.» Sie sah zu der großen, schlanken Gestalt auf, die jetzt die Arme reckte.

«Ich könnte jetzt vor Freude radschlagen!»

«Mach doch», lächelte Tantchen, «aber draußen auf dem Rasen, wie früher. Hier schlägst du mir das Möblement kaputt!»

«Dafür bin ich wohl zu alt und würdig.»

Aber als sie oben an der Treppe im Dunkeln stand, überkam sie doch der Übermut; sie legte sich über das Geländer und rutschte blitzschnell und lautlos in die Halle hinunter, wie sie es früher mit ihrer Schwester Lily getan hatte.

Als sie auf die Tür des Gartensaals, hinter der jetzt wieder die mühsam heraufgeschraubte Stimme zu hören war, zuging, merkte sie, wie ihre Wangen vor Eifer und Ingrimm brannten. Laut fiel die Tür hinter ihr ins Schloß. Ruckartig fuhren die Köpfe der Anwesenden – etwa zehn Personen – herum.

«Meine Damen und Herrn, ich bitte, diese Veranstaltung sofort abzubrechen. Sie haben jahrelang vergessen, daß eine kranke, alte Dame im Haus liegt. Das hört nun endgültig auf!»

Der Gesang war verstummt, wie erstarrt sahen sie auf die Fremde, die dort im Halbdunkel an der Tür stand, im schwarzglänzenden, offenen Mantel und Reithosen, die Hände in den Manteltaschen vergraben.

Barbaras Blick schweifte durch den großen Raum: Halbgefüllte Kuchenteller, Portweingläser und leere Flaschen, Rauch waberte um Stehlampen. In der Ecke saßen vier Herren am Spieltisch, auf dem Banknoten lagen und Schnapsgläser standen. Fürwahr, sie verstanden zu leben, die Röderns.

Nun wurden Stimmen laut.

«Eine Irrsinnige!»

«Gott, wie peinlich!»

Frau von Rödern, die mit zornrotem Gesicht am Flügel stand, rief: «So eine Unverfrorenheit, ist mir doch noch nicht vorgekommen! Wirf sie raus, Kuno!»

Herr von Rödern erhob sich vom Spieltisch.

«Wie kommen Sie überhaupt hier herein? Soll das etwa ein Jux sein? Kennt einer der Anwesenden die Dame?»

In die Stille fiel Barbaras Stimme scharf und betont.

«Ich bin Barbara von Pogwisch, die Besitzerin Moorburgs, und weder meine Großtante noch ich haben Sie als Gäste gebeten.»

«Die Mörderin!» kreischte eine schrille Frauenstimme. «Man muß die Polizei verständigen.»

«Lüge, Lüge», schrie Frau von Rödern, «die hat noch zwei Jahre.»

Dunkle Röte färbte Barbaras Gesicht. Sie fühlte den schweren Schlüssel der Wassermühle zwischen ihren Fingern, und ob sie wollte oder nicht, sie mußte grinsen.

«Jawohl, meine Herrschaften! Die Mörderin höchstpersönlich, sie nahm sich die Freiheit, zu entweichen. Die Wachen erschoß sie ... Und nun ... Hände hoch! Keiner verläßt den Raum!» Dabei riß sie den Schlüssel aus der Tasche, den Bart verdeckte sie mit dem Zeigefinger. Langsam zitterten die Arme in die Höhe, vor Schreck geweitete Augen stierten das Mädchen an, das sich kaum eines Lachens erwehren konnte. Und als ihr Blick über die Jammergestalten schweifte, blieb er plötzlich an der Terrassentür haften, hinter der zwei Gesichter verschwanden. Waren es nicht Kobalski und Paul gewesen?

Barbara blieb mit ihrer «Kanone» wohlweislich im Dämmern an der Tür stehen, als sie nun, an den Herrn, der sie angesprochen hatte, gewendet, anhub:

«Sie sind wohl Herr von Rödern, der unrechtmäßige Beherrscher Moorburgs, der Mann mit den mißglückten Experimenten, der Herr der Waschbären, Füchse und Seidenraupen, soviel mir bekannt ist. Sie sind also der Mann, der im Begriff ist, Moorburg den Todesstoß zu versetzen, indem er die spärlichen Gutseinnahmen für seine Experimente ... und Lustbarkeiten verschwendet. Sie sind es also, der auf das Ableben einer gütigen, alten und hilflosen Dame wartet.»

«Das ist nicht wahr! Sie selbst hat mich zum Administrator eingesetzt.»

«Schweigen Sie! Wollen Sie die Freifrau von Pogwisch Lügen strafen? Sie haben sich mehr angemaßt, als Ihnen als Gutsbeamter, denn weiter waren Sie nichts, zustand. Und Sie, große Künstlerin, haben mit Ihrem Gekreisch jahrelang den Schlaf meiner verehrten Großtante gestört, für solch fortgesetzte Roheit verdienten Sie allein schon eine Kugel.»

Ein Stöhnen antwortete ihr.

«Und Sie anderen hatten die Schamlosigkeit, sich hier auf Kosten einer Hilflosen, die sich dagegen nicht wehren kann, zu mästen, obgleich bekannt sein dürfte, daß Moorburg vor dem Ruin steht.»

«Sagen Sie um Christi willen, was Sie mit uns vorhaben», rief ein stattlicher, schwarzgekleideter Herr vom Spieltisch herüber.

Barbara musterte ihn.

«Wenn ich nicht irre, ein hochwürdiger Geistlicher, doch nicht etwa der Pfarrer von Moorburg? Was? Nicht möglich! Beim Jeu? Und nun, meine Herrschaften ... innerhalb von einer Stunde, mehr gebe ich Ihnen nicht, haben Sie alle miteinander Moorburg verlassen!»

Barbara hatte während ihrer Ansprache hinter der Tür zur Halle ein leises Trappeln vieler Füße gehört. Jetzt trat sie in die Mitte des Raumes und legte den Hausschlüssel der Wassermühle klirrend auf die Marmorplatte eines Rauchtisches. Ein Seufzer der Erleichterung ging durch den Raum, und die Arme sanken ermattet herunter. Dann erhob sich Stimmengewirr.

«Beweisen Sie, daß Sie Barbara von Pogwisch sind», schrie Herr von Rödern, straffen Schrittes kam er auf Barbara zu. Sie hielt ihm den Wappenring entgegen.

«Den haben Sie der alten Dame erpreßt mit derselben Unverschämtheit, wie Sie uns überrumpelt haben, Sie Schwindlerin! Ich muß ihr helfen, der armen Frau. Herr Pastor, rufen Sie die Polizei!» Damit eilte er zur Tür.

Doch als er sie öffnete, prallte er zurück.

«Was ist denn, Herr von Rödern?» fragte Barbara scheinheilig und schob ihn beiseite. Da standen sie, Kopf an Kopf in der Halle, die ganze Moorburger Belegschaft, sogar die Frauen waren mitgekommen. Der alte Kobalski stand direkt vor der Tür und hob den Arm.

«Hoch, unser Fräulein von Pogwisch! Willkommen auf Moorburg!» brandete ein gewaltiger Chor auf. Kobalski hob wieder den Arm. «Wir wollen keine Röderns mehr!»

Barbara trat auf den Vorarbeiter zu und reichte ihm beide Hände.

«Nee, nee, daß ich das noch erleben darf, daß unser Fräulein wieder da ist!» sagte er leise.

«Ich danke euch allen, auch im Namen meiner Großtante!» rief Barbara mit erhobener Stimme. «Ich danke euch für eure Treue und daß ihr mir in dieser schweren Stunde zur Seite steht. Nun wollen wir gemeinsam danach streben, daß unser Moorburg wieder gesund wird ... Unser geliebtes Moorburg lebe hoch!»

«Hoch, hoch!» fielen alle begeistert ein.

Viele Hände streckten sich Barbara entgegen, sogar der Gastwirt und seine resolute Frau waren gekommen.

«Kasubke», befahl Barbara, «ihr stecht morgen, Sonntag, ein Faß Bier auf meine Kosten an oder auch zwei. Ich denke, die böse Zeit ist nun zu Ende, und darauf wollen wir anstoßen.»

Beifälliges Gemurmel ringsumher, dann erhob sich eine Stimme. «Raus mit dem Aufspieler!»

Ein Brausen ging durch die Halle. Barbara winkte mit der Hand. «In einer Stunde haben sie Moorburg verlassen, geht nun ruhig nach Hause. Morgen nachmittag sehen wir uns bei Kasubke wieder!»

«Paul», wandte sich Babs an den Knecht, «spannen Sie die Breek an, darauf werden die Herrschaften wohl alle Platz haben, und fahren Sie sie in die Stadt.»

«Der Mistwagen wäre gerade gut für die!» rief einer.

«Hatten Sie wirklich einen Revolver, Fräulein von Pogwisch?» fragte Paul und sah Barbara strahlend an.

«Ach, wo denn?» lachte diese und hob den Zeigefinger. «Habt ihr ein bißchen spioniert?»

«Es war großartig», sagte Kobalski, und Barbara unterhielt sich noch eine Weile mit dem Vorarbeiter, und was sie nun erfuhr, empörte sie noch mehr. Die Leute waren sehr unregelmäßig entlohnt worden, auch das Winterholz, das ihnen zustand, hatten sie nicht erhalten, so daß einige sich auf eigene Faust versorgt hatten, was früher auf Moorburg noch nie geschehen war.

«Kobalski, Sie müssen mir alles genau berichten. Kommen Sie Montag früh acht Uhr ins Kontor, dann besprechen wir das Weitere. Gute Nacht!»

Im Gartensaal fand Barbara ein Häufchen erregt diskutierender Menschen vor. Der Pastor war mit seiner Frau über die Terrasse entwichen, desgleichen ein Ehepaar aus der Nachbarschaft, das sein Auto in der Garage stehen hatte. Die Zurückgebliebenen waren Hausgäste.

«Habe ich mich nicht deutlich genug ausgedrückt, als ich Ihnen eröffnete, daß Sie in einer Stunde Moorburg zu verlassen haben?» fragte Babs und trat zwischen sie. Sie sah auf ihre Armbanduhr. «Nunmehr haben Sie nur noch 45 Minuten Zeit, Ihre Siebensachen zu packen, der Wagen wird gleich vorfahren. Und ich kann Ihnen versichern, falls Sie aus irgendeinem Grunde nicht in der Lage sein werden, allein einzusteigen, die Knechte werden Ihnen behilflich sein, ob mit Koffer oder ohne, das spielt keine Rolle, aber mit Nachdruck! Und gewartet wird nicht, wer um halb elf nicht vor dem Portal steht, kann zu Fuß gehen ...»

«Sagen Sie mal, was denken Sie sich eigentlich?»

Rot wie ein Truthahn ging Herr von Rödern auf sie zu.

«Sie benehmen sich hier wie ... wie eine Zuchthäuslerin, Sie mißratenes Geschöpf! Jahrelang habe ich mich hier auf einem heruntergewirtschafteten Gut abgeplagt, und nun wollen Sie mich einfach hinaussetzen: Ich werde Sie verklagen, damit Sie dort wieder hinkommen, wo Sie hingehören!»

«Seien Sie vorsichtig!» erwiderte Barbara und musterte ihn von oben bis unten.

«Sie haben eine so schmutzige Weste, Sie werden sich hüten, mit den Gesetzen in Berührung zu kommen. Seien Sie froh, wenn Sie hier ungeschoren abziehen können und meine Großtante Ihnen nicht den Prozeß macht. Es würde nichts nützen, wenn Sie eine Freiheitsstrafe erhalten, damit bekommen wir die von Ihnen vertanen Gelder nicht zurück. Wenn Sie aber noch weiterhin mit nichtsnutzigen Redensarten die Zeit vertrödeln, bleibt Ihnen nicht mal mehr Zeit, Ihre Zahnbürste und Ihren Rasierapparat einzupacken.» Sie wandte sich an Frau von Rödern, die mit weißem Gesicht an der Tür lehnte.

«Soviel ich gehört habe, haben Sie Kinder. Sollen die im Nachthemd auf den Wagen gehoben werden?»

«Und meine kostbaren Apparate, und die Tiere, und ...»

Herr von Rödern fuhr sich mit dem Zeigefinger zwischen Kragen und Hals.

«Die werde ich verkaufen und mit dem Erlös die von Ihnen veruntreuten Lohngelder ersetzen, falls ich das Zeugs überhaupt loswerde. Jetzt ist genug geredet worden», sie blickte wieder auf die Uhr, «eine halbe Stunde noch!» Damit verließ sie den Raum und ging auf den Hof hinaus.

«Laufen Sie in den linken Turm, und passen Sie auf, daß Herr von Rödern nicht mehr sein Laboratorium betritt. Und Sie passen bei den Gehegen auf, daß er die Tiere nicht herausläßt», beauftragte sie zwei der Knechte. Sie traute diesem Menschen alles zu, und es erwies sich später, daß Herr von Rödern wirklich versucht hatte, in sein Allerheiligstes einzudringen, doch vor dem Knüppel, den der junge Mensch wohlweislich mitgenommen hatte, wich er zurück.

Eine halbe Stunde später trat Babs leise bei Tove von Pogwisch ein, die, von Kissen gestützt, im Bett saß. Schwester Anna war bei ihr. Mit leuchtenden Augen und geröteten Wangen, straff aufgerichtet, meldete das Mädchen: «Exzellenz, Befehl ausgeführt. Die Luft ist rein.»

«Komm her, Kind», sagte Tantchen. Barbara neigte sich über sie und spürte einen kleinen, trockenen Kuß auf der Wange.

«Gott sei Dank!» seufzte die dicke Schwester und erhob sich, als Babs sie begrüßte.

In der Ferne verhallte allmählich der Lärm, den die Leute machten, die den vollgepackten Wagen bis hinter die Katen begleiteten – sogar Pferdeäpfel waren geflogen.

«Nun brauche ich wohl kein Schlafpulver mehr, Schwester Anna», sagte Tove von Pogwisch, «endlich mal wieder Ruhe im Haus! Geht nun auch schlafen, Kinder!»

Schlafen! dachte Babs, als sie die Treppe hinunterstieg. In solch einer Nacht, die erste seit Jahren, in der ich wieder frei von dem fast unerträglichen Druck bin, frei von der Sorge um Tantchen und um Moorburg. Jetzt erst wirklich frei!

Sie fühlte sich stark genug, den Kampf gegen die Moorburger Not aufzunehmen. Und Joachim von Trappen würde ihr zur Seite stehen. Das war so viel, was Vater früher selbst erledigt hatte oder Herr Reher. All diese Banksachen und Verkäufe, und jetzt erst: Wechsel, Hypotheken, dabei mußte Joachim helfen.

Die Tür zu ihrem alten Mädchenzimmer im Turm stand offen, Licht brannte darin, und eine heillose Unordnung herrschte im Zimmer, das Barbara ganz fremd erschien. Einer der Gäste hatte anscheinend darin gehaust. Babs stieß mit der Fußspitze einen auf dem Teppich liegenden Sockenhalter beiseite. Ihr Blick glitt über die Wände und den Boden ... alles verändert, nur der Schreibtisch stand noch da, aber darüber fehlten die Bilder von Lily und Moorburg. Dafür hing ein Kalender mit einem süßlichen Farbdruck und der Firmenaufschrift eines Möbelgeschäftes in der Kreisstadt. Enttäuscht wandte sie sich ab. Was sollte sie hier? Etwa schlafen in diesem fremden Bett? Sie drehte das Licht aus und warf die Tür hinter sich zu. Während sie den Gang nach dem Haupthaus zurückschritt, trat sie auf ihren eigenen Schatten. Sie bemerkte es und blieb plötzlich, von einem Gedanken überfallen, stehen. Lächelnd, ganz in sich selbst versunken, verharrte sie einen Augenblick, dann eilte sie mit schnellen Schritten weiter.

Wenig später stürmte Barbara mit dem Braunen ihres Vaters am Seeufer entlang. Ihr Gesicht glühte, und der schwarze Mantel wehte hinter ihr drein. Es regnete nicht mehr, aber der Mond war verhangen, und mitunter huschten schwarze Fetzen an ihm vorüber. Galopp, Galopp! Es war wie die wilde Jagd. Der Wiesenboden schwankte unter den Hufen, Wasser spritzte auf, und Kies verstob hinter den wirbelnden Pferdebeinen. Barbaras Haare flatterten: Es war eine Lust zu leben!

Sie warf den Kopf zurück, preßte die Knie an das Leder.

«Ho, alter Brauner, hast du keine Lunge mehr? Gib heraus, was du hast, du kannst die ganze Nacht rasten!»

Schön und wild war das Antlitz, das der Mond beschien.

Die Uhr auf dem Karlshöher Pferdestall schlug gerade Mitternacht, als die Freiin von Pogwisch sich vor der Terrasse des hohen, weißen Hauses aus dem Sattel gleiten ließ.

Zwei Monate später unterschrieb Barbara neben ihrem Gatten die Heiratsurkunde auf dem mit Blumen geschmückten Tisch des Standesbeamten in Gnissen. Nach einigen Formalitäten war bewilligt worden, daß Barbara ihren Vaternamen weitertragen durfte. Tove von Pogwisch, die außer sich vor Freude über ihren «Schwiegersohn» Joachim von Trappen war, hatte darum gebeten, damit auch die Nachkommen des Paares den Namen Pogwisch weitertragen konnten. So führte sie langsam und bedächtig die Feder: Barbara Freifrau von Pogwisch-Trappen.

Ulrich Stauffenbiel und Ludwig von Trappen waren die Trauzeugen. Jutta, die sich ein kleines Doppelkinn zugelegt hatte, mit dem Ulrich sie gern zu necken pflegte, bezeichnete sich als Brautjungfer ihrer «Schwippschwägerin», worauf Ulrich Barbara zuzwinkerte und, auf seine drei Kinder hindeutend, meinte, auch im zwanzigsten Jahrhundert geschehen noch Zeichen und Wunder.

Pastor Bolten vollzog im Gartensaal die kleine Haustrauung.

«Sie sind doch der Moorburger Hauspfarrer», sagte Barbara zu ihm. «Wollen Sie nicht wieder nach Moorburg kommen?»

Detlev Bolten lehnte freundlich, aber bestimmt ab.

Das Moorburger Pastorat stand zur Zeit leer, denn Pastor Wolff war gleich nach der ereignisreichen Nacht in Urlaub gegangen, und später war seine Familie mit Sack und Pack fortgezogen. Man wußte nicht, wo er abgeblieben war. Es fragte auch niemand danach.

An dem auf die Hochzeit folgenden Morgen, es war Sonntag, war die Kirche so besetzt wie seit Jahren nicht. Detlev Bolten stand wieder auf der Kanzel mit den Engeln und hielt die wohl beste Predigt, die er je in Moorburg gehalten hatte. In der großen Kirche seiner Vaterstadt war er zu einem bedeutenden Prediger herangereift. Zwar verstanden die einfachen Zuhörer nicht ganz den Sinn seiner Ausführungen, doch der warme, gütige Ton des Pfarrers ergriff sie. Im Karlshöher Kirchenstuhl saßen außer Ludwig von Trappen auch Ulrich und Jutta mit ihren beiden ältesten Kindern, Elisabeth und Dietrich. Jutta sah wie einst den Erzengel Gabriel, der die Gesichtszüge ihres Mannes trug, und drückte Ulrichs Hand. Ein Lächeln stand in beider Augen, als sich ihre Blicke begegneten und dann gemeinsam zu der hölzernen Figur schweiften.

«Eigentlich müßte er Barbaras Gesichtszüge tragen, unser Schutzpatron», flüsterte Ulrich seiner Frau ins Ohr. Sie nickte und sah zu der Freundin hinüber, die mit Joachim und ihrem Stiefsohn Achim im Moorburger Kirchenstuhl saß.

Joachim von Trappen hatte für Karlshöhe einen zuverlässigen, älteren Beamten gefunden, der mit seiner Frau einige Zimmer des Karlshöher Hauses bewohnte und pflichtgetreu den Betrieb leitete. Da Joachim bei dem schlechten Zustand Moorburgs alle Hände voll zu tun hatte, war er mit Achim ganz nach dort übergesiedelt. Auch hatte er bedeutende Summen seines eigenen Vermögens in die Moorburger Wirtschaft stecken müssen, um große Lücken wieder aufzufüllen. Barbara hatte, da ihr letzteres peinlich war, anfangs protestiert, doch Jochen erklärte, sie sparten immerhin auf Moorburg das Gehalt eines Inspektors oder ob sie beabsichtigte, ihn als Inspektor zu entlohnen?

«Ich bin ja so arm, daß ich dich gar nicht bezahlen könnte, und du bist unbezahlbar», erklärte Babs.

«Wieso eigentlich arm? Es fällt dir wohl ziemlich schwer, dich an den Gedanken zu gewöhnen, daß dir Karlshöhe mit allem Drum und Dran sowie das Vermögen deines Mannes auch gehören ...»

«So wäre denn Karlshöhe wieder mit Moorburg vereint in einer festen Hand. Es hat lange gedauert, wohl an die hundertzehn Jahre. Und ich überlasse dir gern das Zepter», sagte Barbara ernst und legte ihm die Hände auf die Schultern.

«Dafür trägst du die Krone, Liebste!» Jochen legte sich ihre Arme um seinen Hals und küßte sie.

«Liebe», lächelte sie und zupfte ihre Bluse zurecht, «wie dumm, wie blind ist doch ein junges Mädchen, das noch nicht weiß, daß Liebe erst die Vollendung des Menschseins ist. Was weiß das Samenkorn in der Erde von der reifen, schweren Ähre unter dem Himmel?»

Am Weihnachtsabend schenkte Barbara von Pogwisch-Trappen einem Knaben das Leben, und die Hebamme von Gnissen erklärte, es seien Jahre her, daß sie einem so strammen Bürschchen auf die Welt geholfen habe.

Sobald sie das Bett wieder verlassen durfte, stellten Mutter und Sohn sich Tantchen Tove vor, die sehr hinfällig geworden war. Aber als sie den kleinen Jungen von allen Seiten bestaunte, glänzten die verblaßten Vergißmeinnichtaugen befriedigt.

«Na, an dem Racker ist ja doch alles fertig geworden. Ich bin zufrieden mit dir, Babs. Der bekommt mal solche Fäuste wie sein Papa. Ich dachte schon, die Ohren seien vielleicht nicht gesäumt, oder er hätte nur vier Zehen, oder ein Nasenloch zuwenig. Aber Siebenmonatskinder sollen ja besser sein als Achtmonatskinder, habe ich gehört.»

«Ja, Tantchen, das habe ich auch mal gelesen. Er hatte es wohl etwas eilig, der junge Herr», Babs hob eine Augenbraue und blinzelte auf ihren Sohn hinab.

Tantchen sah mit einem schnellen Blick auf, *den* Ton in der Stimme ihrer Großnichte kannte sie.

«Na, na», brummte sie, «kannst du mir nicht mal eben meinen Stock herholen. Auch junge Mütter verdienen manchmal Haue ...»

Barbara beugte sich schnell über die Stirn der Greisin und küßte sie.

«Tantchen, du bist die klügste Frau, die ich kenne», sie lachte glücklich, dann nahm sie ihren Jungen auf den Arm und schwenkte ihn hoch durch die Luft.

Ängstlich sah Tantchen zu.

«Laß ihn nicht fallen, den Erben von Moorburg.»

Die Taufe jedoch erlebte Tove von Pogwisch nicht mehr. Lautlos kam der Tod in einer der ersten lauen Frühlingsnächte an das Lager der Schläferin, und ohne daß sie ihn gewahr wurde, nahm er sie hinüber in sein Reich. Es war kurz vor ihrem neunzigsten Geburtstag.

Unablässig verrann die Zeit. Saat und Ernte, Tau und Regen wechselten ab, Licht lag auf dem Schwarzsee, und Wolken geisterten über seinen düsteren Spiegel. Wiesenblumen und greller Schnee säumten seine Ufer, Kuckucksruf und Krähenschrei schwangen sich über seine Wellen.

Der kleine Hinrich von Pogwisch-Trappen saß schon stramm vor seinem Halbbruder Achim im Sattel und hielt sich an der Pferdemähne fest. Sie ritten hinter den Eltern am Rand wogender Kornfelder. Barbara, wieder oder noch immer in ihren schilfleinenen Hosen, hob den Arm und deutete hügelabwärts auf die blühende Heide, in der sich tiefe Einschnitte grüner Kartoffelfelder zeigten. Ihre unfreiwillig unterbrochene Aufbauarbeit brachte jetzt Segen. Moorburg blühte wie nie zuvor. Was eingerissen war, war wieder errichtet worden, Neues war dazugekommen. Sogar die Malven standen wieder Wache um die reetgedeckte Sommerresidenz der Familie Stauffenbiel.

Stammbaum der Familie von Pogwisch

* 1768 Otto Freiherr von Pogwisch-Rentorff (Grevenslund)
∞ * 1775 Mathilde von Motz (Schwester des Peter v. Motz)

- * 1802 Wulf (Grevenslund)
- * 1805 Luise ∞ Major v. Lersching
- * 1808 *Hinrich* ∞ * 1810 Charlotte von Wasmer auf Moorburg
- * 1834 Christoph

- * 1830 Eberhard
- * 1835 *Jürgen* ∞ * 1839 *Tove* Freiin von Braren
- * 1837 Mathilde (Lili) ∞ Rittm. v. Rödern
- * 1839 Paul ∞ * 1850 Caroline v. Schwoon

- * 1858 Wilhelm
- * 1863 Hinrich
- * 1872 Otto ∞ * 1879 Beate Gräfin Oesten

- * 1884 Auguste von Lersching
- * 1886 Kuno ∞ * 1895 Gertrud Lemke
- * 1900 Lily
- * 1902 *Barbara* ∞ * 1893 Joachim v. Trappen (Karlshöhe)

- * 1920 Helmuth
- * 1921 Achim von Trappen (aus 1. Ehe mit Ingeborg Dewitz)
- * 1928 Hinrich Frhr. v. Pogwisch-Trappen

Stammbaum derer von Polzin

* 1773 Peter von Motz (Polzin) ∞
* 1780 Caroline Wedell

* 1802 Margarethe ∞
* 1798 Arnold von Schwoon

* 1824 Peter ∞
Anna v. Hacke

- * 1850 Caroline, Amanda, Tekla ∞ Paul von Pogwisch
- * 1860 Eduard ∞ Malvine v. Beeth

Clare Darcy

Victoire und der leichtsinnige Marquis
rororo 5056

Pamela und der eigenwillige Lord
rororo 4695

Allegra und der Heiratsantrag
rororo 4859

Regina und das verschwundene Halsband
rororo 5273

Eugenia und der verfolgte Vetter
rororo 5688

ro ro ro

C 2063/6

Das Haus am Eaton Place

Porträt einer englischen Familie

die Romane zu der erfolgreichen Familienserie

Bis jetzt erschienen:

Porträt einer Familie
John Hawkesworth · rororo Band 1937

Die Frauen der Bellamys
John Hawkesworth · rororo Band 1938

Die Zeiten ändern sich
Mollie Hardwick · rororo Band 1939

Für König und Vaterland
Mollie Hardwick · rororo Band 1952

Dornen im Siegerkranz
Michael Hardwick · rororo Band 4160

Ende und neues Beginnen
Michael Hardwick · rororo Band 4194

Alice M. Ekert-Rotholz

Reis aus Silberschalen
(894)

Wo Tränen verboten sind
(1138)

Strafende Sonne, lockender Mond
(1164)

Mohn in den Bergen
(1228)

Die Pilger und die Reisenden
(1292)

Der Juwelenbaum
(1621)

Fünf Uhr Nachmittag
(1781)

Füchse in Kamakura
(4144)

Gastspiel am Rialto
(4810)

Flucht aus den Bambusgärten
(5383)

ro
ro
ro

C 486/20

Elizabeth Goudge

Das Gasthaus am Fluß
(4085)

Das Herz der Familie
(4147)

Das Mädchen vom Meer
(4296)

Der grüne Delphin
(4472)

Das Testament des Mr. Adam
(5673)

rororo

C 989/4